Texte détérioré — reliure défectueuse

NF Z 43-120-11

LES VRAIS MYSTÈRES DE PARIS

PAR VIDOCQ

Les faits qui vont se dérouler sous les yeux du lecteur se passent durant la première moitié du dernier règne.

Depuis, les mœurs ont changé, et Paris a été transformé.

Ces ruelles étroites, ces bouges infects, ces tapis-francs, réceptacles de voleurs et d'assassins, tout cela a en grande partie disparu de nos jours.

Il faut avoir connu le Paris d'il y a vingt ans pour bien saisir la singulière physionomie qu'il conserve dans ce récit.

Habitudes, aspect, topographie, tout cela est d'un autre âge et semble bien loin de nous.

Cela est d'hier.

Dans cette histoire, pleine de révélations, les uns trouveront, non sans être émus, les souvenirs d'un passé dont ils purent juger le caractère étrange, les autres le saisissant tableau d'une époque féconde en mystères.

I

Les voleurs volés.

Par une belle matinée de juin, une élégante calèche amenait au château de Choisy-le-Roi deux personnes qui venaient de louer ce bâtiment princier.

C'étaient deux hommes dont le costume et les manières annonçaient des gens distingués; le plus jeune portait à la boutonnière de son frac le ruban rouge de la Légion d'honneur; le plus âgé était porteur d'une de ces bonnes et joviales physionomies qui annoncent que celui auquel elles appartiennent est parfaitement content de son sort. La rotondité de toute sa personne, l'ampleur calculée de ses habits, coupés sans prétention, la magnifique épingle qui attachait sa cravate à une chemise de fine toile de Hollande, et la chaîne d'or dont les nombreux anneaux brillaient sur son gilet de piqué blanc, lui donnaient l'aspect d'un riche financier. Ces deux hommes, après avoir examiné avec la plus scrupuleuse attention l'habitation, dont le propriétaire leur faisait les honneurs avec cette politesse obséquieuse qui caractérise le spéculateur qui vient de terminer une excellente affaire, parurent assez contents de ce qu'ils venaient de voir, et le plus jeune donna l'ordre au chasseur doré sur toutes les coutures qui le suivait à distance, de faire décharger des voitures de déménagements qui venaient d'arriver, amenant tout un monde de domestiques et de tapissiers décorateurs.

Le propriétaire attendait avec une certaine impatience l'ouverture des caisses qui contenaient les meubles qui devaient garnir les lieux; il était persuadé d'avance qu'ils étaient d'une valeur plus que suffisante pour répondre des loyers; cependant il était bien aise de les voir; son attente ne fut pas trompée, tous les meubles étaient neufs et du meilleur goût. D'autres caisses renfermaient de magnifiques cristaux, des porcelaines peintes et dorées, de l'argenterie et bien d'autres choses encore. Les tapissiers décorateurs, aidés par les domestiques du nouveau locataire, eurent bientôt mis tout en place. Cela fait, les étrangers, après avoir donné à tout le coup d'œil du maître et fait rectifier ce qui ne leur parut pas convenable, se retirèrent, emportés par le brillant véhicule qui les avait amenés.

Tant que dura la belle saison, ils reçurent à leur pavillon belle et nombreuse compagnie; mais, au commencement de l'automne qui suivit, tous les services furent emballés et remportés à Paris, les étrangers ne firent plus à Choisy-le-Roi que de rares apparitions, et les volets et les portes du pavillon restèrent constamment fermés.

Quelques mois après, par une froide nuit de février, un drame singulier se passait dans cette maison désertée de ses maîtres. Le temps était affreux. Le ciel, d'un gris terne, ressemblait à une immense nappe de plomb; une pluie fine, qui tombait depuis le matin avec un bruit monotone, avait détrempé le sol, qui était couvert de larges flaques d'eau; le vent gémissait à travers les vieux arbres; les eaux du fleuve, si limpides lorsqu'elles réfléchissaient l'azur d'un beau ciel, étaient devenues ternes et limoneuses.

Deux hommes, misérablement vêtus, rôdaient depuis quelques instants autour du pavillon des gardes. Avec la nuit, le froid était devenu plus vif et avait converti en brillants stalactites chaque goutte de pluie qui s'était arrêtée sur les rameaux dépouillés.

Il n'apparaissait pas de lumière à l'intérieur. Les deux hommes qui marchaient près l'un de l'autre s'arrêtèrent au même instant, comme s'ils avaient obéi à la même pensée. Tout était calme autour d'eux; seulement, à de rares intervalles, on entendait retentir le son aigu du sifflet des conducteurs de wagons, ou les aboiements du chien de garde de quelque ferme isolée.

— Tu le vois, je ne me suis pas trompé, dit à voix basse à son compagnon l'un de ces deux hommes, la *taule* (1) n'est pas habitée.

— C'est bien, il ne s'agit plus que d'*enquiller* (2). Tu as les *halènes* (3)?

— Comme tu dis, Fifi.

L'homme releva un vieux bourgeron de toile bleue qui composait, avec un mauvais pantalon de treillis, un costume très-peu capable de le défendre contre les rigueurs de la saison, et fit voir à son camarade que son buste était entouré d'une corde de grosseur moyenne.

— V'là la *tournousse* (4)! dit-il.

(1) Maison.
(2) Entrer.
(3) Nom générique de tous les instruments dont se servent les voleurs.
(4) Corde.

— C'est tout ce qu'il faut. J'ai une *vanterne sans loches, des bûches plombantes et des caroubles dans les valades de ma pelure* (1).

— Tu es bien heureux d'avoir une *pelure* (2), car il fait diablement *vert* (3).

En effet, le givre tombait sur les membres presque nus du misérable qui s'était débarrassé de la corde qui ceignait son corps; des petits glaçons pendaient après les poils incultes qui ombrageaient sa lèvre supérieure; ses dents claquaient avec force. Il se tenait courbé, et il se battait les flancs sans pouvoir parvenir à se réchauffer.

— Allons, de l'*atout* (4), lui dit son compagnon; si le *chopin* (5) est bon, tu pourras demain au *matois* (6) *abloquir des frusquins à la forêt Noire* (7).

— Oh! qu'oui, qu'j'irai à la *forêt Noire*, et que je m'*colletrai* (8) une *castorine* toute *batifonne* (9) et doublée en *lyonnaise* (10), dans les bons numéros.

Tout en parlant, l'homme avait cherché sur le sol et il avait ramassé une pierre d'une certaine grosseur.

— Voilà, je crois, ce qu'il nous faut.

L'autre individu, qui avait fait plusieurs nœuds à la corde, attacha la pierre à une de ses extrémités et la lança sur le chaperon du mur. La pierre tomba de l'autre côté. Il tira la corde à lui, il s'y cramponna avec force, et lorsqu'il se fut assuré qu'elle était bien assujettie :

— A gaye, dit-il (11).

Il se suspendit à la corde, et en un instant il eut atteint la crête du mur sur lequel il se mit à cheval. Son camarade l'imita.

Ils n'eurent besoin, pour descendre, que de répéter la même manœuvre.

Après avoir traversé la cour, ils se trouvèrent sous un élégant péristyle devant une porte en chêne qui paraissait solide. De chaque côté de cette porte, il y avait des fenêtres à hauteur d'appui qu'ils examinèrent d'abord. Ces fenêtres étaient fermées de fortes persiennes assujetties par de larges barres de fermeture en fer méplat et à clavettes, et fermées à l'intérieur par des cadenas à secrets.

— Il y a des *crapauds aux vanternes* (12), impossible d'*enquiller* (13) par là, voyons la *tourde* (14).

— Tiens, c'est une entrée tourmentée.

— Forée?

— Non, bénarde.

— C'est bon, nous pourrons peut-être bien *débrider* (15).

Les deux larrons avaient essayé presque toutes les fausses clés de leur trousseau lorsque la porte roula sur ses gonds. Ils s'arrêtèrent quelques instants.

— Prêtons *loches* (16), dit l'un d'eux avant de se déterminer à entrer.

— Je n'entends rien, répondit l'autre, donne la *camoufle* (17) et au petit bonheur.

— La *piole* est *rupine* (18), il doit y avoir *gras* (19).

Ils venaient de fermer la porte du vestibule, et ils se

(1) J'ai une lanterne sourde, des allumettes et des fausses clés dans les poches de ma redingote.
(2) Redingote.
(3) Froid.
(4) Du courage.
(5) Vol.
(6) Matin.
(7) Acheter des habits au Temple.
(8) Je me donnerai.
(9) Neuve.
(10) Soierie.
(11) A cheval.
(12) Des cadenas aux fenêtres.
(13) D'entrer.
(14) Porte.
(15) Ouvrir.
(16) Prêtons l'oreille.
(17) La chandelle.
(18) La maison est riche.
(19) Beaucoup à prendre.

croyaient chez eux, lorsqu'ils entendirent le bruit des pas de deux personnes qui marchaient sur le gravier de la route et qui s'arrêtèrent devant la grille qui défendait l'entrée de la cour; une clé tourna dans la serrure, la grille fut ouverte, et deux hommes enveloppés de larges manteaux entrèrent dans la cour et se dirigèrent vers la maison, après avoir fermé avec soin.

Les premiers arrivés avaient vu à travers deux guichets à claire-voie pratiqués dans les panneaux de la porte tout ce qui venait de se passer.

— Merci, nous sommes *marrons* (1), dit le plus misérable des deux, *planquons*-nous (2).

— Il tremble toujours ce *Délicat*; n'avons-nous pas des *lingres* (3) bien affilés?

— Oui, mais ces deux *chênes* (4) paraissent de taille à se défendre, le plus sûr est de nous *esgarer* (5), nous trouverons peut-être notre belle lorsqu'ils seront dans le *pieu* (6), et s'il faut *refroidir* (7), ma foi alors comme alors.

Après ces quelques paroles échangées rapidement et à voix basse, ils se blottirent derrière la porte d'un petit dégagement, après avoir éteint la bougie de leur lanterne sourde.

Il était temps, les nouveaux venus entraient dans la pièce qu'ils venaient de quitter et peu d'instants après ils allumaient une lampe.

Les larrons cachés dans le petit dégagement ne pouvaient rien voir, mais ils pouvaient tout entendre.

— Qui de nous ira à la cave? dit un des nouveaux venus.

— Ce sera vous, monsieur le marquis.

— Soit, pendant ce temps, monsieur mon intendant, vous ferez du feu, j'ai besoin de me réchauffer un peu.

Le marquis prit une clé accrochée au mur près de la porte du dégagement et sortit de la salle.

— As-tu entendu, dit *Délicat* à son camarade, il paraît que c'est des *messiers de la haute* (8), un marquis et un intendant; pus qu'ça d'monnaie.

— Veux-tu bien taire ta *menteuse* (9), v'là l'marquis qui *rapplique* (10).

Le marquis rentrait en effet dans la salle qu'il venait de quitter, le feu flambait dans l'âtre, il prit deux verres et quelques biscuits dans une armoire:

— Voilà, dit-il, une de ces vieilles bouteilles du clos Vougeot que nous ne débouchons que dans les grandes occasions, à la santé du père *Loiseau*.

— Ce pauvre *orphelin* (11) n'est pas, à l'heure qu'il est, aussi content que nos *zigues* (12).

— Il faut en convenir, ce vicomte de Lussan est une véritable providence, il est comme le solitaire, il sait tout, il voit tout, il est partout.

— Tu lui as *coqué son fade* (13)?

— *Gy* (14), *dix mille balles en tailbins d'allègue* (15), il s'est contenté de cela, le vicomte est raisonnable.

Et prudent: les *tailbins n'ont pas de centre* (16).

— *Allumons un peu cette camelotte* (17).

(1) Pris sur le fait.
(2) Cachons-nous.
(3) Des couteaux.
(4) Hommes.
(5) Cacher.
(6) Lit.
(7) Tuer.
(8) Des hommes comme il faut.
(9) Langue.
(10) Revient.
(11) Orfèvre.
(12) Nous.
(13) Donné sa part.
(14) Oui.
(15) Dix mille francs en billets de banque.
(16) Les billets n'ont pas de nom.
(17) Voyons cette marchandise.

— *Entraves-tu* (1) comme ils *jaspinent (bigorne* (2)? dit *Délicat*, c'est des *grinches* (3).

— T'as raison, c'est des *pègres* (4) et de la *haute* (5) encore.

— Et qui viennent de faire un fameux *chopin* (6), les gueux.

— *Rembroque* (7) ces *mirzalles* (8), disait le marquis à son intendant, tandis que *Délicat* et son compagnon causaient à voix basse dans le petit dégagement, tant *rondines* (9), *piquantes* (10), *cadennes* (11) et *durailles sur mince* (12). Il y en a pour plus de *cinquante mille balles* (13).

— Tu vois, mon cher marquis, que je travaille toujours assez bien, soit dit entre nous; bon cheval n'est jamais rosse.

— C'est vrai.

— Les *caroubles débridaient bien* (14), n'est-ce pas?

— Le père *Loiseau* n'aurait pas ouvert plus facilement avec ses clés.

Le marquis tira sa montre.

— Bientôt neuf heures, dit-il, il est temps de partir, nous avons beaucoup de choses à faire ce soir; va porter la *camelotte* (15) à la *planque* (16), et partons, nous *attrimerons plus tard au fourgat* (17).

L'intendant réunit dans la forme de son chapeau plusieurs petites boites de maroquin vert et rouge qu'il en avait tirées, et sortit de la pièce.

— C'est fait, dit-il en rentrant après une absence de quelques minutes; maintenant, partons.

— Qué chance, mon vieux *Coco-Desbraises*, ils vont *décaniller*.

— Oui, qu'ils se *donnent* (18), et nous disons deux mots à *la planque de ces rupins* (19).

Après le départ du marquis et de son intendant, *Délicat* et *Coco-Desbraises* sortirent du petit dégagement dans lequel ils s'étaient tenus blottis, avec l'espérance de découvrir la cachette dont ils avaient entendu parler. Ils se disposaient à briser les meubles, mais tous les meubles étaient vides; ils cherchèrent avec un acharnement sauvage sans pouvoir rien trouver; ils voulurent enfin se venger sur la cave, dont ils ouvrirent la porte avec la clé accrochée dans la salle à manger; mais cette cave, comme tous les meubles qu'ils avaient déjà visités, était complètement vide; ils y trouvèrent seulement une bouteille de vin blanc, qu'ils vidèrent en deux coups.

— En v'là une dure, et v'là une criminelle, pas un *fenin* (20) chez un marquis, dit *Délicat*, c'est le *raboin* (21) qui s'en mêle.

— Tout ça n'est pas naturel, répondit *Coco-Desbraises*, mais ous donc qu'ils ont *planqué la camelotte de l'orphelin qu'ils ont nettoyé* (22)?

— J'en *paume la sorbonne* (23); si tu veux, nous allons re-

(1) Entends-tu.
(2) Comme ils parlent argot.
(3) Des voleurs.
(4) Des voleurs.
(5) Du grand genre.
(6) Vol.
(7) Regarde.
(8) Boucles d'oreilles.
(9) Bagues.
(10) Epingles.
(11) Chaînes.
(12) Diamants sur papier.
(13) Francs.
(14) Les fausses clefs ouvraient bien.
(15) La marchandise.
(16) La cachette.
(17) Nous vendrons plus tard au receleur.
(18) Qu'ils partent.
(19) A la cachette de ces riches.
(20) Liard.
(21) Le diable.
(22) La marchandise de l'orfèvre qu'ils ont volé.
(23) J'en perds la tête.

commencer à *rapioter* (1) partout ; la *camelotte* (2) est ici, c'est sûr ; il faut la trouver.

De nouvelles recherches furent tout aussi infructueuses que celles qui venaient d'être faites.

— *Niente* (3), dit *Coco-Desbraises*, qui paraissait en proie à une violente colère.

— Foi de bon *zigue* (4), répondit *Délicat* ; si tu veux, nous allons *coquer la riffle à la piole* (5), puisque nous ne pouvons rien trouver.

— Ça serait pas juste, y ne sont peut-être pas les propriétaires.

— Pourquoi que ça n' serait pas eux, puisque l'un de ces *grinches* (6) est marquis, et que l'autre est son intendant ? C'est-y drôle que des nobles qui sont nobles soient des *pègres* (7), et des *chouettes pègres* encore (8).

— C'est vrai que c'est drôle ; car s'ils sont *riflards* (9), pourquoi qu'ils risquent leur peau pour *poisser* (10) ?

— Dis donc, si c'étaient des *railles* (11) ?

— En v'là une de *loffitude* (12). Si c'étaient des *rousses* (13), est-ce qu'ils seraient marquis et intendant ? Ah ! que j'*marronne* (14) de n'avoir pas pu les *remoucher* (15).

— As-tu remarqué comme ils parlent ? qu'on dirait des charabias ou des Gascons.

— En tout cas, y sont vicieux, les coquins, d'avoir si bien *planqué* (16) leur *camelotte* (17).

— T'as raison ; mais quand on est si de la *bonne* (18), s'exposer à aller au *pré* (19), c'est *pavillonner* (20).

— C'est peut-être une passion ; mais quand on a des *chopins de cinquante mille balles à fourguer* (21), on peut bien risquer quelque chose. C'est-y ça un *grinchissage* (22) ! Sont-y heureux les scélérats !

— T'auras beau te *morfiller le dardant* (23), tu n'empêcheras pas que ça ne soit comme ça ; l'eau va toujours à la rivière.

Tout en conversant, *Délicat* et *Coco-Desbraises* avaient parcouru la maison dans tous les sens ; mais, à leur grand regret, ils n'avaient rien trouvé de bon à prendre ; seulement *Délicat*, ayant découvert dans une remise une redingote et un pantalon oubliés depuis longtemps et couverts de poussière, voulut absolument s'en munir.

Délicat et *Coco-Desbraises* employèrent, pour sortir du pavillon, le moyen qui leur avait servi pour y entrer ; et, après avoir suivi quelques instants un petit sentier tracé à travers les terres labourées, ils se trouvèrent sur la route pavée qui conduit à Paris.

— Nous avons un bon ruban de queue d'ici à *Pantin* (24), dit *Coco-Desbraises*.

— C'est égal, répondit *Délicat* ; je n'ai plus *taffetas du vert* (25), et je puis aller jusqu'au bout du monde, maintenant

(1) Fouiller.
(2) Marchandise.
(3) Rien.
(4) Camarade.
(5) Mettre le feu à la maison.
(6) Voleurs.
(7) Voleurs.
(8) Bons voleurs.
(9) Richards.
(10) Voler.
(11) Mouchards.
(12) Bêtise.
(13) Mouchards.
(14) Bisque.
(15) Les regarder.
(16) Caché.
(17) Marchandise.
(18) Si riche.
(19) Aux galères.
(20) C'est être fou.
(21) Des vols de cinquante mille francs à vendre au receleur.
(22) Un vol.
(23) Te manger le cœur.
(24) Paris.
(25) Plus peur du froid.

que j'ai un *montant* (1) et une bonne *pelure* (2) sur les *andosses* (3).

Les deux drôles continuèrent leur route.

Le marquis et son intendant, qui avaient pris le chemin de fer pour revenir à Paris, se quittèrent à la station ; l'intendant était monté dans un cabriolet, et le marquis avait continué sa route à pied, le visage à moitié couvert par un cache-nez et le corps bien enveloppé dans son manteau. Arrivé sur le boulevard de l'Hôpital, il s'arrêta quelques minutes ; puis il revint sur ses pas. Après avoir recommencé plusieurs fois la même manœuvre ; il entra dans une maison sans portier, dont la porte était fermée par une serrure à secret ; il gravit lestement quatre étages, et entra dans une petite pièce carrée dont il ferma soigneusement la porte.

Sans perdre de temps, il quitta le costume assez élégant dont il était couvert pour se revêtir de celui que portent habituellement les patrons ou conducteurs de bateaux ; cela fait, il sortit, et après avoir traversé le quai, il descendit sur la berge, puis détacha un bateau du piquet auquel il était retenu, et s'abandonna au cours de la Seine. Arrivé à la hauteur de la place de l'Hôtel-de-Ville, et après avoir solidement amarré son bateau à un des gros anneaux de fer scellés dans le parapet, il s'engagea dans l'étroite et sombre ruelle à laquelle on a donné le nom de la rue des Teinturiers.

II

La mère Sans-Refus.

La rue de la Tannerie est une des plus boueuses, des plus sales du vieux Paris.

La plus ignoble de ses maisons était alors occupée par un de ces établissements de tolérance dont les vitres sont toujours enduites d'une couche épaisse de blanc d'Espagne ; on a cependant ménagé dans une de celles de la boutique, qui forme à elle seule le rez-de-chaussée, un petit espace circulaire, dans lequel apparaît souvent un œil provocateur, chargé d'indiquer aux passants inexpérimentés l'industrie exercée rue de la Tannerie nº 31.

Cette boutique est divisée en deux parties, séparées par une cloison jadis vitrée, dont les carreaux, depuis longtemps brisés, ont été remplacés par du papier huilé ; la boutique, proprement dite, est garnie seulement de quelques tables couvertes de toile cirée, qui ne sont jamais essuyées si ce n'est par les manches des consommateurs, de quelques chaises et de plusieurs grossiers tabourets. Le comptoir sur lequel se carrent quelques bouteilles, des verres ébréchés et une série de mesures d'étain, est formé d'un vieux bas de buffet en chêne vermoulu ; le fauteuil de *Madame*, placé derrière, est recouvert d'une basane, qui de noir est presque devenue rouge ; ce fauteuil a perdu un de ses bras dans une des batailles qui se sont livrées en ce lieu, et des nombreuses blessures qui le couvrent, s'échappent le crin et la bourre qu'il renferme dans ses flancs.

Ce modeste trône est occupé par une femme âgée d'environ cinquante-cinq ans, grande, maigre, les yeux d'un bleu pâle ; un usage immodéré du tabac a considérablement élargi les méplats de son nez long et pointu ; sa bouche, d'une grandeur plus qu'ordinaire, n'est garnie que de dents noires et mal rangées ; ses lèvres sont pâles et minces ; quelques poils gris sont mêlés à sa chevelure rousse, elle est coiffée d'un mouchoir rouge posé en marmotte ; les pendeloques qui garnissent ses oreilles sont formées de brillants assez beaux ; ses

(1) Culotte.
(2) Redingote.
(3) Épaules.

doigts sales sont tous ornés de bagues ; une chaîne en jaseron, qui supporte une grosse montre d'or, fait quinze ou vingt cercles autour de son cou : à sa ceinture pend un clavier d'argent, qui enserre des clés et un couteau.

Cette femme a placé près d'elle une bouteille d'absinthe, à laquelle elle donne, assez fréquemment, les accolades les plus fraternelles.

Les odalisques de son modeste harem sont diversement occupées ; plusieurs boivent, quelques-unes se tirent les cartes, d'autres, faute de cigarettes, fument du caporal dans des pipes culottées.

Si le lecteur veut bien nous le permettre, nous ne nous arrêterons pas auprès de ces pauvres filles, et nous entrerons dans l'arrière-salle, lorsque nos yeux auront percé le nuage épais de fumée qui charge l'atmosphère de cette pièce, nous pourrons examiner les individus qui s'y trouvent.

Leur aspect n'offre rien de bien remarquable ; ils sont vêtus, à peu près, comme tout le monde, si ce n'est qu'ils paraissent avoir une prédilection singulière pour les couleurs éclatantes, la toilette de quelques-uns serait irréprochable, si de grosses chaînes d'or, des breloques très-apparentes ne venaient pas lui donner un cachet de mauvais goût tout particulier ; le costume des autres est celui d'honnêtes ouvriers endimanchés, ceux qui ne sont seulement que d'un bourgeron et d'un large pantalon de toile se tiennent dans l'ombre : au reste, quel que soit le costume qu'ils portent, tous ces hommes paraissent se connaître ; c'est que nous sommes dans un *vrai Tapis franc*, et que les hommes parmi lesquels nous avons introduit le lecteur sont les habitués de ce lieu, dont leur nom maintenant est connu de tout le monde.

La police, qui visite souvent ces cabarets, y pêche, pour ainsi dire, en eau trouble ; à chaque coup d'épervier qu'elle y jette, elle ramène un voleur en recherche, un forçat ayant rompu son ban ; cependant elle échoue quelquefois : lorsque cela arrive, elle établit une souricière, mais le maître du cabaret dont l'intérêt est de protéger ceux qui le font vivre, et qui sait que la police donne un peu trop d'extension au proverbe : « Ce qui est bon à prendre, est bon à rendre, » se sert d'un mot d'ordre ou d'un signal, pour avertir ses habitués lorsque la *raille* (1) est chez lui : une bouteille posée d'une certaine manière, un pain de quatre livres placé contre les carreaux, etc.

La profession du maître ou de la maîtresse du *Tapis franc*, qu'ils soient logeurs, rogomistes ou maîtres de mauvais lieu, est destinée à voiler l'industrie qu'ils exercent en réalité, celle de receleurs ; c'est au *Tapis franc* que les voleurs déposent ou fabriquent leurs instruments de travail, qu'ils se déguisent, qu'ils apportent leur butin, qu'ils procèdent aux partages, qu'ils se réfugient sous de faux noms, lorsqu'ils sont trop vivement poursuivis.

Les maîtres de *Tapis francs* sont pour les voleurs de profession ce que la Mère est pour les compagnons du tour de France ; le voleur évadé ou libéré, qui veut continuer l'exercice de sa profession, y trouve, sans bourse délier, s'il est connu, ou seulement s'il peut se recommander de quelque voleur fameux qu'il a laissé au bagne ou dans les prisons, un logement, des habits convenables au genre de vol qu'il pratique, des passe-ports, des certificats et les instruments nécessaires ; *l'homme de peine* (2) est admis de droit à prendre part à la première affaire ; s'il désire s'abstenir, il reçoit un *bouquet* (3) de vingt-cinq pour cent sur le produit de la vente du *chopin* (4).

— *Rengraciez* (5), dit un homme placé à une table du fond, en s'adressant à tous ceux qui se trouvaient dans la salle, *prêtez loches* (6).

Le bourdonnement des conversations particulières cessa

(1) La police.
(2) Voleur qui a déjà subi quelques condamnations.
(3) Bienvenue.
(4) Vol.
(5) Taisez-vous, ou faites silence.
(6) Écoutez.

tout à coup et chacun se rapprocha de l'homme qui venait de parler.

Cet homme, d'une taille élevée et bien prise, paraissait âgé d'à peu près trente à trente-cinq ans ; son visage, encadré dans un collier de barbe noire parfaitement coupé, avait un caractère particulier de distinction, et il aurait fallu toute la perspicacité d'un observateur attentif pour découvrir, sur sa physionomie, une certaine expression de dureté, qui devait échapper aux yeux du vulgaire. Son costume se composait d'une veste bleue à boutons noirs en os, d'un large pantalon de coutil à raies rouges, retenu sur les hanches par une ceinture en escot de même couleur ; sa chemise de cotonnade à carreaux était fermée sur sa poitrine par une petite ancre d'argent à facettes, et au dessous son chapeau de cuir verni, de forme très-basse et à larges bords, s'échappaient de grosses boucles de cheveux d'un noir d'ébène.

Cet homme, qui portait le costume des conducteurs de bateaux, n'était pas cependant un de ces laborieux ouvriers, car ses mains n'accusaient pas les rudes travaux auxquels ils se livrent.

— *Douze plombes crossent à la vergne*, l'instant de la *décarade* (1) est arrivé, continua-t-il, avancez à l'ordre, et que chacun tâche de faire son profit de ce que je vais lui dire ; à vous, messieurs les *fourlineurs* (2).

Deux hommes parfaitement costumés, habit à la française, chapeau Gibus, bottes vernies et le reste, s'avancèrent près de lui.

— Messieurs *Mimi* et *Lenain*, c'est vous qui *sonderez les valades* (3) au foyer de l'Opéra ; *Dejean la Main-d'Or et Petit Crépine* seront à *l'encarade* (4), *Maladetta* et *Lion le Taffeur*, à la *décarade* (5) ; vous pouvez *sans taffetas vous esbatre dans le trèpe* (6), toutes les mesures sont prises en conséquence : de tous les *rousses* (7) que la police a envoyés au bal de l'Opéra, un seul est à craindre, c'est le *Coup de deux* (8) ; au reste, c'est le seul qui vous connaisse, mais le grand Richard est chargé de ne pas le quitter, et lorsqu'il le verra se diriger de votre côté il vous fera le *saint Jean* (9) et vous *rengracierez* ; il faudra que ce *rousse* soit bien du vice, s'il vous *paume marron* (10) ; voilà vos *talbins d'encarade*, *camoufflez-vous* avec des *doubles vanternes* (11), et bonne chance.

« Vous *Robert* et *Cadet Vincent*, mettez une blouse par-dessus vos vêtements, allez à la *fian* (12) et ne passez pas sans vous arrêter devant les *boucards bons à esquinter* (13). Voilà un jeu de *caroufle et une ripe* (14) dont vous me direz des nouvelles.

« Les *charrieurs* à la *mécanique* (15) ne sortiront que vers deux ou trois heures pour *épouffer* (16) les panés qui quitteront le bal sans *roulotte* (17).

(1) Minuit sonne à la ville, l'instant du départ.
(2) Voleurs de poche.
(3) Fouillerez dans les poches.
(4) Entrée.
(5) Sortie.
(6) Sans crainte vous mêler à la foule.
(7) Agents de police.
(8) Les voleurs avaient donné ce surnom à un agent de police assez adroit, qui ordinairement en arrêtait deux à la fois.
(9) Signal pour avertir un complice de cesser, qu'il est en danger d'être pris.
(10) Prend sur le fait.
(11) Voilà vos billets d'entrée, déguisez-vous avec des lunettes.
(12) Au hasard.
(13) Les boutiques bonnes à être enfoncées.
(14) Noms de certains instruments de voleurs effractionnaires.
(15) Voleurs, qui avec un mouchoir attrapent un passant par le cou, le portent ainsi sur les épaules pendant qu'un camarade s'occupe à le dévaliser de manière à le laisser quelquefois nu et sans vie sur la voie publique.

Lorsque la victime est morte, ce qui arrive souvent, les *charrieurs à la mécanique* jettent le cadavre dans le canal, car c'est ordinairement qu'ils exercent leur horrible industrie.

(16) Saisir à l'improviste.
(17) Voiture.

« Les *goupineurs de poivriers* (1) et les *sautedessus* peuvent se donner de l'air ; *Délicat* et *Coco-Desbraises* exploiteront les boulevards et le quartier du Temple, *Biscuit* et *Cornet tape dur* les rues environnant les Halles.

« Les deux *momes* (2) et *Lasaline* iront à la chasse aux *bleus* (3) ; surtout, mes amis, pas *d'esgard* (4) et que chacun respecte notre devise : probité quand même, »

Ce discours de l'homme au costume de marinier, que nous n'avons rapporté que parce qu'il nous fournissait l'occasion de nommer quelques-uns des personnages qui doivent figurer dans cette histoire, fut débité tout d'une haleine, d'une voix brève et avec un accent qui ne permettait pas à l'observation le droit de se faire place ; il fut écouté avec la plus sérieuse attention, et lorsqu'il fut achevé, chacun se disposa à se rendre au poste qui lui avait été indiqué.

Le marinier sortit après avoir dit quelques mots à la vieille femme placée au comptoir.

— C'est bien *Rupin* (5), c'est bien, lui répondit-elle, on exécutera tes ordres, mon garçon, voilà un *carouble* (6) ; allons, mes poulettes, continua-t-elle en s'adressant à ses odalisques, il y aura *gras* pendant la *sorgue* (7) au dodo.

Les femmes allèrent se coucher, et il ne resta dans la salle où nous avons introduit le lecteur que ceux qui ne devaient sortir que beaucoup plus tard.

La maîtresse du lieu n'avait pas quitté la place qu'elle occupait et continuait à caresser sa bouteille. La sourde rumeur qui partait de l'arrière-salle n'inquiétait pas la vieille femme qui connaissait par expérience la turbulence de ses habitués.

Un individu dont la physionomie décelait l'odieux caractère prit la parole après le départ de *Rupin*, c'était *Délicat* qui venait d'échanger quelques paroles avec *Coco-Desbraises*.

— Sommes-nous les *larbins* (8) de Rupin pour qu'il se donne le genre de nous envoyer au *vague* (9) ? dit-il ; allez, qu'il nous dit, *squintez les boucards et les cambrioles* (10), escarpez *les messières* et *balancez-les à la lance*, mais *aboulez icigo le pèze*, les *bogues*, les *bêtes à cornes*, la *blanquette* et toute la *camelotte* ; je solrai le tout et je prendrai *double fade* pour *mézigue* (11), est-ce juste ça ?

— Non, non, ça n'est pas juste, dirent tous ceux qui avaient écouté *Délicat*.

— Mais ça n'est pas tout, continua ce dernier, il faut *coquer* leur *fade* à ces *batteurs d'entifles* qui ne *goupinent* que du *chiffon rouge* ; ils nous *coquent*, c'est vrai, des *affaires* qui ne sont pas *mouchiques*, mais pour notre *truc* cela n'est pas nécessaire, nous trouvons en *baladant* tout ce qu'il nous faut (12).

— C'est vrai tout de même, reprit un homme que les autres nommaient *Mauvais Gueux*, surnom que du reste il méritait à tous égards. C'est donc pour le regarder faire les *mecs* (13) que nous courons le risque de nous faire *gerber* à *viogne* ou à la *passe* (14), c'est être par trop *melon* que de *flouer*

si *grand flouant* (1) pour des particuliers qui nous *nazent* (2), lorsqu'ils nous rencontrent dans la rue.

— Et qui vous disent : Monsieur, je n'ai pas l'honneur de vous connaître, si vous leur offrez un petit canon, ajouta *Coco-Desbraises*.

Si vous aviez autant de *toupet* (3) que moi, vous ne *coqueriez quelpoique* à ces *épateurs* (4).

Il ne faut plus risquer notre viande pour ces *frileux* (5).

— Des *frileux* ! s'écria un individu qui n'avait pas encore parlé, des *frileux*, vous ne *bonniriez* pas de pareilles *loffitudes* si vous les aviez vus à *l'ouvrage* (6) ; des *frileux*, eux qui *escarperaient* (7) le Père éternel plutôt que de se laisser *agrafer* (8) ; au surplus, ce n'est pas pendant qu'ils sont *absents* qu'il faut les *écorner* (9), quand ils seront là à la bonne heure.

— Ecoutez *Vernier les bas bleus* si vous voulez vous faire *esquinter* (10), reprit *Délicat*, allez-vous y faire mordre, *Rupin* et ce brigand de Provençal vous arrangeront comme ils ont arrangé le *Grand Louis* et *Charles la belle cravate*.

— Vous me faites tous suer avec vos *boniments* (11), dit *Mauvais Gueux*, c'est-il donc si difficile que de se débarrasser de ces messieurs ; si vous voulez me faire *nane* (12) je me charge de régler leur compte.

— C'est-il du *flan* (13), dit *Coco-Desbraises* ; si c'en est, je vais vous communiquer une idée lumineuse.

— Voyons, ton idée, ton idée ? s'écrièrent-ils tous.

— Eh bien ! si vous êtes tous d'accord, il y aura un bon *chopin* (14) et sans *morasse* (15). On *filera* (16) ces deux particuliers, de sorte qu'on saura où ils *perchent* (17) ; on restera à la *plangue* (18) très-tard, et le lendemain on sera à leur porte à six heures du matin pour les voir *décarer* (19) ; à la première occasion, on les *estourbira* (20), et lorsqu'ils seront *refroidis* (21), on *enquillera* (22) chez eux.

— Bravo ! bravo ! s'écria toute la bande.

— Que ceux qui veulent qu'on *refroidisse* les *Rupins* lèvent la main, dit *Délicat*.

Tous, hormis *Vernier les bas bleus*, imitèrent *Délicat*, cette opposition au désir général suscita une tempête contre cet homme.

— Ah ! vous voulez *escarper* (23) vos camarades pour les *grinchir* (24), dit-il à ces brigands ; ils vous commandent, dites-vous, et cela ne vous convient pas, alors *travaillez* (25) seuls ; mais *escarper* des hommes qui vous donnent chaque jour des leçons à l'aide desquelles vous pouvez *grinchir* presque impunément. C'est de la reconnaissance à la *Capahut* (26), mais votre projet ne s'accomplira pas, j'avertirai *Rupin*.

(1) Voleurs qui attaquent les ivrognes tombés ivres-morts sur la voie publique.
(2) Enfants.
(3) Manteaux.
(4) Tromperie, mauvaise foi.
(5) Riche.
(6) Clé.
(7) Il y aura du butin cette nuit.
(8) Domestiques.
(9) Aller voler.
(10) Forcez les boutiques et les chambres.
(11) Assassinez les bourgeois et les jetez à la rivière, mais apportez ici l'argent, les montres, l'argenterie, les marchandises ; je vendrai le tout et je prendrai double part pour moi.
(12) Faire la part à ces donneurs d'affaires qui ne travaillent que de la langue, ils nous donnent des vols à faire qui ne sont pas mauvais, mais pour notre matière, nous trouvons en nous promenant ce qu'il nous faut.
(13) Les maîtres.
(14) Condamner à vie ou à mort.

(1) Jouer si gros jeu.
(2) Méprisent.
(3) De hardiesse.
(4) Vous ne donneriez rien à ces faiseurs d'embarras.
(5) Des poltrons.
(6) Vous ne diriez pas de pareilles sottises si vous les aviez vus voler.
(7) Assassineraient.
(8) Prendre.
(9) En médire.
(10) Tuer.
(11) Discours.
(12) Me prêter la main.
(13) Est-ce de bonne foi.
(14) Vol.
(15) Danger.
(16) Suivra.
(17) Logent.
(18) Cachette.
(19) Sortir.
(20) Assassinera.
(21) Tués.
(22) Entrera.
(23) Assassiner.
(24) Voler.
(25) Volez.
(26) Un voleur nommé Capahut, qui a désolé fort longtemps les

— Si nous t'en laissons le temps, s'écria *Coco-Desbraises*. Durant le temps qu'avait duré cette discussion plusieurs litres avaient été vidés, aussi les cerveaux étaient-ils très-échauffés, l'opposition de *Vernier les bas bleus* fut donc on ne peut plus mal accueillie.

— Non ! nous ne te laisserons pas le temps de prévenir les 'rupins, dit *Délicat*.

— C'est cela, ajouta *Mauvais-Gueux*, il faut le *buter* (1).

Vernier les bas bleus n'était pas homme à se laisser intimider cependant ; tous les bandits, s'étant armés de couteaux, allaient, excités par *Délicat*, *Mauvais-Gueux* et *Coco-Desbraises*, se précipiter sur lui ; il comprit que ce serait folie d'essayer de résister seul à une dizaine d'hommes animés par le vin et la colère : il recula jusqu'à la porte de la boutique, qu'il ouvrit précipitamment, et se sauva par la petite rue des Teinturiers.

Les agresseurs, qui ne voulaient pas engager dans la rue une lutte qui aurait infailliblement attiré du monde sur le lieu de la scène, n'avaient point songé à poursuivre *Vernier les bas bleus* ; cependant celui-ci, qui croyait les avoir tous à ses trousses, courait avec tant de vélocité, qu'il renversa deux femmes en traversant la rue de la Tannerie.

La surprise, la douleur et la crainte firent jeter des cris perçants à ces deux femmes ; elles demandaient du secours, mais le plus profond silence régnait dans cette rue déserte et mal éclairée, dont l'aspect sinistre augmentait encore leur anxiété : l'une d'elles, étant parvenue à se relever, faisait de vains efforts pour aider sa compagne à l'imiter, sans pouvoir y parvenir ; celle-ci, qui sentait ses forces l'abandonner, dit à son amie :

— Hâte-toi, ma chère Laure, frappe à la porte la plus voisine ; je meurs si je ne suis bientôt secourue. Eperdue, Laure courut d'abord à l'extrémité de la rue, afin d'y chercher le cocher de la voiture qui les avait amenées. Malheureusement elle ne le trouva pas ; elle revint de suite à la place où était restée son amie, à laquelle la douleur et la crainte arrachaient des larmes. Laure, en regardant autour d'elle, crut remarquer une faible lumière à l'intérieur de la maison d'où était sorti l'homme qui les avait renversées ; elle frappa à la porte avec ses poings, personne ne répondit ; impatientée, elle ramassa par terre un morceau de plâtras, et frappa de nouveau à coups redoublés.

— Sainte mère de Dieu ! qué qui cogne si tard ? répondit de l'intérieur une voix dont toutes les cordes paraissaient cassées. Quoiqu'vous voulez ?

— Du secours pour une dame qui vient d'être blessée ! répondit Laure d'une voix suppliante.

La porte fut ouverte et la femme que nous connaissons déjà parut sur le seuil : elle tenait à la main une espèce de lampion, dont la flamme tremblotante semblait prête à s'éteindre. Un mouvement de surprise et d'intérêt, tout à la fois, se peignit sur la physionomie de la *mère Sans-Refus* (la tavernière avait reçu de ses habitués ce surnom qui indiquait sa constante bonne volonté). A la vue de la jeune fille dont la gracieuse physionomie, éclairée par les pâles rayons que projetait le lampion, rappelait les délicieuses créations qui se détachent sur les fonds obscurs d'Esteban Murillo.

Laure avait été sur le point de fuir à l'aspect ignoble et repoussant de cette femme, mais elle se rappela que son amie attendait des secours et elle surmonta la répugnance qu'elle éprouvait.

— Oùs donc qu'elle est vot'dame que j'lui porte quenque

(1) Tuer.

chose pour la ravigoter, j'sommes heureuse, ma petite chatte, d'pouvoir être utile à des jolies jeunesses comme vous.

En achevant ces mots, la *mère Sans-Refus* prit une bouteille, versa de l'eau-de-vie dans un verre, prit son lampion de l'autre main et dit à Laure :

— A c't'heure, allons voir c'te dame, que je la soulage.

Laure la conduisit près de son amie qui s'était enveloppée de sa pelisse et attendait avec résignation qu'on vint la secourir.

La vieille femme posa son lampion sur les gravois, dont une partie servait de siège à la comtesse Lucie de Neuville (ainsi se nommait la femme blessée) ; puis elle lui offrit le breuvage qu'elle avait apporté.

— Merci ! merci ! bonne dame, je n'ai besoin de rien, dit-elle en repoussant le verre ; aidez-moi seulement à regagner ma voiture.

La *mère Sans-Refus* lampa la liqueur et mit le verre dans la poche de son tablier.

— Entrez un instant chez moi, dit-elle ; vous serez mieux que dans la rue.

Laure et la *mère Sans-Refus* soulevèrent la comtesse, qui fut introduite dans la boutique, éclairée seulement alors par la faible lueur qui se faisait jour à travers les carreaux de papier huilé de la cloison.

La *mère Sans-Refus*, qui avait replacé son lampion dans la niche pratiquée dans un mur de refend pour le recevoir, examinait avec intérêt les traits de la comtesse.

— Doux Jésus ! se disait-elle... Est-elle *girofle la rupine* (1), aussi *girofle* que ma pauvre *Nichón*. Qué *broquille* (2), qué *bride* (3), qué *chouette peluire sur ses endosses* (4), qué chance qu'olle n'aye pas été *rembroquée* (5) par les *fanandels* (6), ils l'auraient *grinchie d'autor* (7), mais ils n'auront que *nibergue* (8), les scélérats.

La comtesse se trouvait un peu mieux et elle essayait de se lever ; la *mère Sans-Refus* s'y opposa.

— N'grouillez pas, lui dit-elle, vous vous feriez du mal, vous êtes ici plus en sûreté que chez le curé de la paroisse ; nous allons, votre amie et moi, chercher votre cocher, et puis après nous vous conduirons à votre voiture, ça n'sera pas long : au surplus soyez sans crainte *j'vas brider le boucart* (9).

La *mère Sans-Refus* frappa sur la cloison et dit seulement ces deux mots : du *maigre* (10).

Cela fait, elle sortit, emmenant Laure avec elle.

Lucie demeura seule et attendit quelques instants avec résignation ; cependant elle n'était pas tranquille, elle éprouvait un sentiment de terreur indéfinissable, qu'augmentait encore l'aspect misérable de tout ce qui l'entourait ; tout à coup le bruit confus de plusieurs voix, venant de la pièce formée par la cloison, frappa son oreille. Elle réunit toutes ses forces pour s'en approcher, comme se cachant, se blottissant, pour ainsi dire, derrière l'espèce de comptoir près duquel l'avait fait asseoir sa singulière hôtesse, et retenant son haleine, émue, tremblante, elle écouta !...

Les individus cachés par la cloison parlaient à voix basse, Lucie ne pouvait donc saisir que quelques-unes de leurs paroles, qui, du reste, ne disaient rien à son imagination ; c'était un mélange confus de mots hétéroclites et de locutions vicieuses entremêlées d'horribles blasphèmes.

De plus en plus épouvantée, Lucie comprit enfin l'affreuse position dans laquelle elle se trouvait placée ; à chaque instant elle s'attendait à devenir la victime des hommes qu'elle entendait dans la pièce voisine ; en ce moment la porte pratiquée dans la cloison s'ouvrit ; Lucie se crut perdue ; elle eut

environs de Paris, et qui a terminé sa carrière sur l'échafaud, avait l'habitude de ne jamais voyager qu'à cheval.

Lorsqu'il revenait du *travail* (de voler) et qu'il était accompagné d'un de ses complices, malheur à celui-ci si les partages étaient arrivés dans un lieu écarté, le premier laissait tomber quelque chose sur la route, puis il piquait son cheval de manière à le faire caracoler, au moment où il voulait descendre, son camarade se baissait pour lui éviter cette peine, Capahut saisissait alors un pistolet, et son complice avait cessé de vivre.

(1) Est-elle belle la dame.
(2) Boucles d'oreilles.
(3) Chaîne ou collier.
(4) Quel beau manteau sur ses épaules.
(5) Vue.
(6) Camarades.
(7) Volée d'autorité.
(8) Rien.
(9) Fermer la boutique.
(10) Silence.

cependant assez de présence d'esprit pour conserver sa position, un homme vint allumer sa pipe au lampion que la *mère Sans-Refus* avait replacé dans sa niche, tout en répondant à un individu resté dans l'arrière-salle :

— Foi de *Coco-Desbraises !* dit-il, si elle me fait des traits, je *lui faucherai le colas* (1).

Lucie, sans bien comprendre le sens de ces paroles, devina cependant, à l'accent de celui qui venait de les prononcer, qu'elles renfermaient une horrible menace, elle fit un léger mouvement, l'homme tourna la tête vers le comptoir, comme s'il avait entendu quelque bruit, et la lueur du papier enflammé avec lequel il avait allumé sa pipe, et qu'il avait jeté sur le sol, ayant éclairé la place où se tenait Lucie, elle vit distinctement, sous le comptoir derrière lequel elle s'était accroupie, le cadavre d'un homme jeune encore, enveloppé seulement d'une mauvaise serpillière : l'homme attendit un instant, puis il rentra dans la salle en disant :

— Allons, mes bijoux, un *glacis d'eau d'aff* (2).

Une sueur froide, dont les gouttes abondantes ruisselaient sur son visage, inonda le corps de Lucie; tout son sang reflua vers son cœur; mais puisant du courage dans l'excès même du péril, elle ne perdit pas totalement l'usage de ses sens. A chaque instant cependant elle croyait entendre sonner sa dernière heure, les minutes lui paraissaient des siècles, mille affreuses images traversaient son imagination. Pourquoi l'avait-on enfermée? pourquoi avait-on emmené sa compagne? Elle allait être volée, assassinée peut-être; enfin, sa terreur devint si grande qu'elle allait crier pour implorer du secours, lorsque le bruit de la clé tournant dans la serrure la rappela à elle. Voulant savoir si, enfin, c'étaient son amie et la vieille femme, elle leva la tête, et à la faible lueur du réverbère, à laquelle donnait passage la porte qui était demeurée entr'ouverte, elle aperçut un homme sur le seuil ; c'était celui auquel nous avons entendu la *mère Sans-Refus* donner le nom de *Rupin ;* sa main droite était appuyée sur la clé restée dans la serrure, dans l'autre il tenait un rouleau de ces petits cordages dont se servent habituellement les mariniers; il restait immobile sur le seuil, comme s'il attendait l'arrivée de quelqu'un.

Le son de plusieurs voix et le bruit d'une voiture vinrent fort à propos ranimer quelque peu le courage de Lucie, que tant d'émotions avaient brisée; elle fit un mouvement involontaire, l'attention de l'homme fut éveillée; il se retourna, et ses regards se dirigèrent vers la place occupée par Lucie, la blancheur de ses vêtements et le feu de ses diamants, qui brillaient dans l'ombre, la trahirent.

Rupin s'approcha d'elle vivement, il lui saisit les deux mains en s'écriant : « *Tron de l'air*, qu'elle est *chouette la menesse* (3), c'est du fruit nouveau que *d'allumer une calège de la haute dans le tapis de la mère Sans-Refus* (4); n'ayez pas peur, belle étrangère, nous connaissons les manières qu'il faut employer avec les *calèges* (5), vous serez traitée avec égard et politesse.

— De grâce, laissez-moi sortir d'ici, lui répondit Lucie, laissez-moi sortir, je vous en supplie.

— Oui, tu sortiras, bel ange, mais avant de sortir, il faudra payer le passage ; allons, embrasse-moi. Et, joignant le geste aux paroles, il saisit Lucie par la taille.

La jeune femme jeta un cri perçant, la porte du repaire intérieur s'ouvrit, et la boutique se trouva tout à coup encombrée par une foule d'individus porteurs de sinistres physionomies; l'un d'eux, qui tenait une chandelle à la main,

(1) Je lui couperai le cou.
(2) Un verre d'eau-de-vie.
(3) Qu'elle est belle, la femme.
(4) Que de voir une femme de grand genre dans la maison (*tapis* est ici employé pour maison).
(5) On ne rencontre pas la *calège* sur la voie publique, elle n'est pas cependant une femme honnête, ses appas sont la marchandise qu'elle débite, mais elle vend très-cher ce que ses pareilles, d'un étage inférieur, livrent à un prix modéré; sa toilette est plus fraîche, ses manières plus polies, mais ses mœurs sont les mêmes.

s'approcha de Lucie, et déjà il allongeait la main pour saisir son collier.

Rupin le repoussa brusquement, et changeant subitement de ton et de langage.

— Oh ! pardonnez-moi, madame, dit-il à Lucie, mais par quel hasard une femme de votre monde se trouve-t-elle à cette heure dans un pareil lieu ?

Lucie n'eut pas le temps de lui répondre; Laure et la *mère Sans-Refus* entraient à ce moment dans la boutique, suivies de plusieurs individus attirés par les cris; l'un d'eux voulut saisir *Rupin;* mais celui-ci, doué d'une vigueur peu commune, se débarrassa facilement de son agresseur, qui alla tomber sur le comptoir; le choc fut si rude, que les verres, les bouteilles et les mesures d'étain tombèrent sur le sol avec un bruit épouvantable.

La *mère Sans-Refus* entendit dans le lointain le bruit des pas mesurés d'une patrouille.

— *Enquillez à la planque, la sime aboule icigo* (1), s'écria-t-elle.

Rupin et les autres malfaiteurs disparurent par l'arrière-salle, et il ne restait plus dans la boutique, lorsque la patrouille arriva, que les curieux attirés par le bruit.

Lucie, soutenue et guidée par Laure, avait profité du trouble pour s'esquiver et rejoindre la voiture qui les avait amenées, elle donna cependant sa bourse à la *mère Sans-Refus*, dont l'étrange et dangereuse hospitalité fut généreusement payée.

Une demi-heure après cette scène, qui avait duré moins de temps qu'il ne nous en a fallu pour essayer de la décrire, Lucie et Laure rentraient chez elles.

III

Les voleurs aristocratique

La *haute pègre* (2) est une association d'hommes qui, dans la guerre qu'ils font à la société, se sont donné l'un à l'autre des preuves de dévouement et de capacité, qui exercent depuis déjà longtemps, qui ont inventé ou pratiqué avec succès un genre quelconque de vol; le *pègre de la haute* (3) fera voler, mais il ne volera pas lui-même un objet d'une importance minime, il croirait compromettre sa dignité d'homme capable; il ne fait que des affaires importantes, et méprise ceux qui volent des bagatelles; ceux-là, il les domine.

A une époque qui n'est pas éloignée, les *pègres de la haute* avaient leurs lois, lois qui n'étaient pas écrites dans aucun Code, mais qui, cependant, étaient plus exactement observées que la plupart de celles qui régissent notre ordre social; ces lois sont maintenant tombées en désuétude, mais encore aujourd'hui le *pègre de la haute*, qui n'a pas trahi ses camarades au moment du danger, n'est pas abandonné par eux lorsqu'à son tour il se trouve dans la *peine* (4); il reçoit des secours en prison, au bagne, et quelquefois même au pied de l'échafaud.

On rencontre partout le *pègre de la haute*, au Coq-Hardi (5) et à la Maison-Dorée, au bal Chicard (6) et au balcon du théâtre Italien; qu'il soit vêtu d'un costume élégant, d'une veste ronde ou seulement d'une blouse, il porte convenablement le costume que les nécessités du moment l'ont forcé

(1) Entrez dans la cachette, la patrouille arrive ici.
(2) Association de voleurs distingués.
(3) Voleur distingué.
(4) Se trouve sous le coup d'une condamnation.
(5) Guinguette mal famée à la Courtille.
(6) Maison du même genre à la place Maubert. Nous aurons occasion de parler de cette maison, qui est une des plus hideuses plaies de la capitale.

LES VRAIS MYSTÈRES DE PARIS
Par VIDOCQ

Débarrassés du domestique, les voleurs purent quitter l'hôtel *Carmagnola*. (Page 13.)

d'adopter: il sait prendre toutes les formes et parler tous les langages; celui de la bonne compagnie lui est aussi familier que celui des bagnes et des prisons.

Le *pègre de la haute* aime son métier et les émotions qu'il procure, et une qualité qu'on ne peut lui refuser est celle d'excellent jurisconsulte: aussi il ne procède pour ainsi dire que le Code à la main, et s'il a adopté un genre particulier de vol, il acquiert bientôt une telle habileté, qu'il peut en quelque sorte exercer impunément; cela est si vrai que ce n'est qu'à des circonstances imprévues ou des délations qu'on a dû l'arrestation de ceux d'entre eux qui ont comparu devant les tribunaux.

Plusieurs nuances distinguent entre eux les *pègres de la haute*: la plus facile à saisir est celle qui sépare les voleurs parisiens des voleurs provinciaux; les premiers n'adoptent guère que les genres qui demandent de l'adresse et de la subtilité, la *tire* (1), la *détourne* (2); les seconds, au contraire, moins adroits, mais plus audacieux, seront *caroubleurs* (3), *vanterniers* (4) ou *roulottiers* (5). Mais il existe des organisa-

(1) Le vol dans les poches.
(2) Le vol à l'intérieur et à l'étalage des boutiques.
(3) Voleurs effractionnaires qui se servent de pinces, de fausses clés, etc.
(4) Voleurs qui s'introduisent par les fenêtres et à l'aide d'escalade, dans les appartements qu'ils ont l'intention de dévaliser.
(5) Les roulottiers sont ceux qui volent les malles, valises, etc., placées sur les voitures publiques et autres.

tions encyclopédiques, aussi les grands hommes de la corporation exercent-ils indifféremment tous les genres, rien ne leur paraît difficile; ils ne reculent devant quoi que ce soit. Souvent même leur tête est l'enjeu de la partie qu'ils jouent contre la société.

Introduisons maintenant le lecteur dans un cabinet de travail qui fait partie d'un joli petit hôtel du faubourg Saint-Honoré.

Devant un bureau à cylindre, couvert de papiers, de journaux, de brochures et de ces mille superfluités qui sont indispensables, pour constituer un luxe bien entendu, est assis un homme enveloppé dans une élégante robe de chambre; il tient entre ses mains un petit carnet d'écaille, enrichi d'incrustations en or, qu'il examine avec beaucoup d'attention.

A quelque distance, assis sur un fauteuil à la Voltaire, avec tout le laisser-aller d'un ami intime, est un homme plus âgé que celui dont nous venons de parler; cependant le sans-façon de ses manières peut paraître quelque peu extraordinaire, car son costume noir des pieds à la tête, sa culotte courte, ses bas de soie, ses souliers à petites boucles d'or annoncent sinon un domestique, du moins un subalterne.

L'homme placé devant le bureau est M. le marquis de Pourrières, auditeur au conseil d'État et chevalier de l'ordre royal de la Légion d'honneur. Cependant cet homme ne nous est pas inconnu, nous l'avons rencontré chez la *mère Saus-Refus*, donnant, sous le nom de *Rapin*, des instructions à une bande de malfaiteurs.

Ceci peut sembler inouï. Rien de plus vrai. Il y a dans le

meilleur monde, dans la plus haute société, des hommes sortis des bagnes et des prisons du royaume; à chaque pas que vous faites dans un salon, vous pouvez être coudoyé par un escroc, un voleur, un assassin même. Un ancien forçat, qui certes avait bien mérité la peine à laquelle il avait été condamné, *Guy de Chambreuil*, était, en 1815, directeur général des haras de France et chef de la police du château. Qui ne se rappelle le fameux *Cognard*, qui, sous le nom du comte de *Pontis de Sainte-Hélène*, était parvenu à se faire nommer colonel de la légion de la Seine (1).

M. le marquis de *Pourrières*, auditeur au conseil d'État et chevalier de l'ordre royal de la Légion d'honneur, malgré son hôtel, ses équipages, sortis des ateliers du carrossier à la mode, ses magnifiques attelages, son nom, sa place et ses décorations, qui lui faisaient ouvrir à deux battants les portes des plus aristocratiques demeures, n'était rien autre chose qu'un des membres les plus distingués de la *haute pègre*.

Il tenait toujours à la main le petit carnet d'écaille.

— Comprends-tu cela, toi, dit-il à son compagnon; rencontrer une comtesse chez la *mère Sans-Refus*, une vraie comtesse, vrai Dieu!

— Une vraie comtesse! une vraie comtesse! c'est possible, mais le contraire aussi est possible; tout ce qui reluit n'est pas or, *nous sommes nous-mêmes une preuve de la vérité de ce vieux proverbe*.

— Mais, butor! ne t'ai-je pas fait connaître l'événement qui avait amené là cette femme.

— Tu viens de me parler d'une chute, c'est vrai; mais peux-tu me dire ce que cette comtesse était venue chercher à plus de minuit dans la rue de la Tannerie?

— Non, je sais seulement que cette femme est très-capable d'inspirer une violente passion à un honnête homme; au reste, je me suis trouvé là à propos pour empêcher *Délicat* de lui faire un mauvais parti, l'éclat de ses diamants avait ébloui le misérable.

— Mais ce que tu as fait n'est pas très-adroit; si vraiment ces diamants étaient aussi beaux que tu le dis, c'est une bonne occasion de perdue, et tous les jours elles deviennent plus rares...

— Mais, maître sot, ne savez-vous pas que la *mère Sans-Refus*, que nous devons ménager, car nous trouverions difficilement un *tapis* plus commode que le sien, ne veut pas que l'on *répande du raisiné* (2) chez elle; et puis la bonne femme s'était éprise de cette belle comtesse qui, à ce qu'elle prétend, ressemble à sa fille.

— Est-ce vrai?

— Il y a quelque chose.

— En ce cas, tu dois en être amoureux, c'est ce qui t'arrive chaque fois que tu rencontres une femme qui de près ou de loin ressemble à la petite *Niehon*.

— Tu sais, mon cher *Roman*, que les plaisirs ne me font jamais négliger les affaires.

(1) Tout le monde connaît l'histoire du nommé Cognard, forçat plusieurs fois évadé du bagne. Cognard était si bien en cour, qu'à Gand, le duc de Berry le présenta lui-même à Louis XVIII, qui attacha sur la poitrine du prétendu comte de Pontis de Sainte-Hélène sa propre croix de Saint-Louis.

Guy de Chambreuil était un individu de même étoffe.

Ces deux individus n'étaient pas les seuls qui, à la même époque, occupaient des places à la cour; nous citerons parmi plusieurs autres les noms nous échappent, le nommé de Fénelon, qui prétendait appartenir à la même famille que l'illustre auteur de *Télémaque*. Cet individu, qui avait été détenu sept années à Bicêtre, était gentilhomme de la chambre; Jalade, faussaire, libéré après avoir subi huit années de travaux forcés, feutier en chef; Morel, évadé du bagne de Brest, employé au secrétariat des commandements du roi; Siévenot, aussi évadé du même bagne, colonel d'un régiment de ligne; Ménégaut, dit de Maugenest, qui, après avoir subi quatre ou cinq condamnations, s'était fait poète de cour, et qui chantait les Bourbons après avoir chanté la République et l'Empire.

(2) Du sang.

— Est-ce que vraiment tu as l'intention de revoir cette femme?

— Sans doute.

— Mais elle te reconnaîtra!

— Je le crois.

— Elle jasera.

— Qu'est-ce que cela me fait? Crois-tu qu'il me sera difficile de justifier à ses yeux ma présence chez la *mère Sans-Refus* et mon déguisement; autrefois les grands seigneurs allaient aux Porcherons et chez Ramponneau; ils peuvent bien maintenant aller dans les mauvais lieux, c'est tout simple; mais comme il faut avant tout donner à la belle comtesse une bonne opinion de ma personne, je vais lui faire remettre ce carnet dans lequel j'ai trouvé ses cartes et ces deux billets de mille francs.

Le marquis, qui tout en conversant avec *Roman* avait écrit quelques mots sur une feuille de papier ambré et timbré à ses armes, mit le carnet, les deux billets de banque et sa lettre sous enveloppe, puis il sonna; un domestique vêtu d'une élégante livrée se présenta.

— Rendez-vous, lui dit-il, chez madame la comtesse de Neuville, vous lui ferez remettre ceci; si l'on vous interroge, vous ne répondrez rien, vous ne direz même pas à qui vous appartenez.

Le domestique s'inclina et sortit.

Roman soupira lorsqu'il fut dehors; la restitution de ces deux billets de mille francs lui paraissait une chose monstrueuse.

Le marquis de Pourrières et *Roman* continuaient la conversation dont nous venons de donner le commencement, lorsque l'on annonça le vicomte de Lussan.

— Faites entrer, s'écria le marquis, Richard ne pouvait arriver plus à propos, ajouta-t-il en s'adressant à *Roman*.

Le vicomte de Lussan était un beau jeune homme, d'une taille de beaucoup au-dessus de la moyenne, mais que faisaient excuser l'extrême aisance et la grâce parfaite de ses manières.

— Bonjour, marquis, dit-il en saluant de Pourrières avec une politesse tout à fait aristocratique : vous le voyez, je suis exact; je vous apporte votre part et celle de votre fidèle Achate, ajouta-t-il en souriant gracieusement à *Roman*.

— Y a-t-il *gras* (1)? répondit celui-ci.

— Vraiment, mon cher *Roman*, s'écria le vicomte de Lussan, vous êtes insupportable; ne pouvez-vous, lorsque nous sommes entre nous, employer le langage des honnêtes gens? Je ne sais si vous êtes comme moi, marquis, mais je ne puis entendre prononcer un mot d'argot sans me sentir les nerfs agacés.

— Allons, cher vicomte, ne faites pas la guerre à ce pauvre *Roman*, et parlons d'affaires. Que nous apportez-vous?

— Deux mille francs, pour vous et *Roman*.

— Ce n'est guère, dit celui-ci.

— La moisson au bal de l'Opéra n'a pas été aussi bonne que nous l'espérions, *Maladetta* et *Lion* ne se sont pas trouvés à leur poste.

— Cela m'étonne, dit encore *Roman*; *Maladetta* et *Lion* sont ordinairement très-exacts.

— Leur absence nous a été très-préjudiciable; *Robert* et *Cadet-Vincent* ont été assez heureux; ils ont dévalisé complètement la boutique d'un petit orfèvre de la rue Pastourelle; les deux enfants et *Lasaline* ont rapporté quelques manteaux; on a retiré du tout six mille francs, le tiers pour vous et *Roman*, mille francs pour moi, le reste a été partagé entre les autres.

— Les *charrieurs à la mécanique* et les autres ont-ils rapporté quelque chose?

— Ils ne sont pas sortis. Vraiment marquis, vous devriez nous débarrasser de cette canaille.

— Pourquoi? ce sont des gens intrépides qui se contentent de peu, et qui seront très-utiles si l'occasion de les employer se présente. Mais parlons d'autre chose. Vous connaissez

(1) Beaucoup.

sans doute, vous qui êtes reçu dans la bonne compagnie, madame la comtesse de Neuville?

— Je suis de toutes ses réunions.

— Ainsi, vous pouvez me présenter chez elle?

— Non, pas chez elle, cher marquis, mais chez la marquise de Villerbanne, tante de son mari; mais permettez... Pour quelles raisons désirez-vous être présenté à madame de Neuville.

— Cette comtesse ressemble à la *Nichon*, dit *Roman*... Et Pourrières, qui l'a vue par hasard, est devenu amoureux d'elle.

— Diable, diable, mais c'est que, moi aussi, je suis presque amoureux de madame de Neuville, et je ne sais si je dois donner à de Pourrières des armes pour me combattre.

— Comment, vicomte, vous me craignez!

— Oh! ce n'est pas sans peine que je ferai ce que vous désirez.

— Allons donc, mon cher de Lussan, nous agirons chacun de notre côté, le plus heureux ou le plus adroit réussira; mais comme vous êtes plus jeune et beaucoup plus joli garçon que moi, toutes les chances sont en votre faveur.

— Je le souhaite, cher marquis... Au reste, ce que vous désirez sera fait.

Sur ce, de Lussan quitta de Pourrières et *Roman*, après avoir salué le marquis et son ami avec cette grâce et cette urbanité, apanage ordinaire d'un gentilhomme de bonne maison.

IV

La comtesse de Neuville.

Madame de Neuville et Laure de Beaumont, son amie, habitaient, rue Saint-Lazare, près celle de Larochefoucault, une de ces anciennes et vastes demeures qui ne ressemblent en rien aux constructions de notre époque, auxquelles une main parcimonieuse paraît avoir mesuré l'air et l'espace. Le comte de Neuville, gentilhomme de bonne souche, était, au moment où commence cette histoire, colonel au corps royal d'état-major, et tous ses grades avaient été acquis sur le champ de bataille, toutes les décorations qui brillaient sur sa poitrine avaient été le prix du sang ou d'une action d'éclat, ce qui n'est pas commun par le temps qui court.

Le comte de Neuville était doué de cette franchise de cœur, apanage ordinaire des hommes qui ont longtemps vécu dans les camps; et les seuls défauts qu'il eût été possible de lui reprocher avec quelque apparence de raison étaient une extrême susceptibilité et une certaine violence de caractère qui seraient passées inaperçues chez tout autre individu, mais que faisaient remarquer son âge et sa position dans le monde.

Lucie, en épousant le comte de Neuville, n'avait pas contracté un mariage d'inclination; mais comme elle n'était, avant son mariage, jamais sortie du pensionnat dans lequel elle avait été élevée, elle avait accepté sans éprouver le moindre chagrin un homme que des qualités estimables et un extérieur qui, sans être séduisant, n'était pas dépourvu d'un certain charme, recommandaient suffisamment.

La comtesse était une très-jeune et très-jolie femme, quelque peu capricieuse, assez volontaire, mais bonne, spirituelle, douce en un mot de cette générosité grande et de cette parfaite distinction qui paraissent n'appartenir qu'à certaines individualités.

Lucie avait perdu son père quelques mois après son mariage; son frère aîné, élevé loin d'elle, avait été tué en Afrique lorsqu'elle n'était encore qu'une enfant; son mari était

donc le seul homme au monde dont la protection lui fût acquise.

Laure de Beaumont était orpheline, mais un oncle maternel, qui habitait une contrée éloignée, s'intéressait à elle, et à la fin de chaque semestre faisait tenir à la maîtresse du pensionnat dans lequel elle avait été élevée avec madame de Neuville, une somme assez considérable pour lui assurer tous les soins et tous les égards imaginables.

Lorsque Lucie eut épousé le comte de Neuville, désirant ne pas être séparée de Laure, qu'elle aimait et dont elle était aimée, elle avait voulu qu'elle vînt habiter son hôtel, et en avait fait son amie et sa compagne de tous les instants.

Laure avait dix-huit ans : c'était une blonde charmante, rien n'était plus séduisant que la gracieuse désinvolture de ses mouvements; le bleu azuré de ses yeux faisait excuser la pâleur de son visage, et ses traits, empreints de cette distinction, apanage ordinaire des races privilégiées, décelaient une belle âme; on ne pouvait l'entendre sans éprouver une douce émotion; en un mot, cette jeune fille paraissait être la réalisation d'un de ces rêves qui viennent quelquefois caresser notre imagination lorsque nous avons vingt ans, rêves dorés dont nous conservons toujours le souvenir.

Voilà quelles étaient les deux femmes que nous avons rencontrées chez la *mère Sans-Refus*. Nous devons maintenant faire connaître à nos lecteurs l'événement qui avait conduit madame de Neuville et sa compagne dans cet ignoble lieu.

M. de Neuville, que le ministre de la guerre avait nommé chef de l'état-major d'une division employée en Algérie, était parti quelques jours auparavant pour se rendre à son poste. Ce départ avait beaucoup contrarié sa jeune épouse, qui redoutait pour lui les dangers qu'il allait courir; mais le colonel, en partant, l'avait rassurée, autant du moins que cela lui avait été possible, et ne voulant pas que son absence, pendant la saison des bals et des réunions, privât la jeune femme des plaisirs que sans doute elle avait espérés, il lui avait fait promettre qu'elle irait dans le monde, il lui avait surtout recommandé de ne pas négliger une de ses parentes, la marquise de Villerbanne.

Les salons de la marquise de Villerbanne, qui habitait un des hôtels de la place Royale, étaient un terrain neutre sur lequel se rencontraient tous les hommes distingués de la société parisienne; gentilshommes. artistes, militaires, littérateurs ou diplomates y étaient bien reçus, lorsque des qualités personnelles les rendaient dignes de la position qu'ils occupaient dans le monde; aussi ces réunions étaient-elles brillantes, animées.

Madame de Neuville et Laure, après avoir donné à leur toilette ce soin consciencieux que de jolies femmes ne négligent jamais, et qui doit ajouter une nouvelle force à la puissance de leurs attraits, attendaient dans le salon que les chevaux fussent attelés au coupé, lorsque Paolo entra.

Paolo avait trente-cinq ans, il était depuis six ans au service du baron de Noirmont, père de madame Neuville, lors du mariage de celle-ci. C'était un Savoisien dont plusieurs années de séjour à Paris n'avaient pas changé les mœurs primitives, bon, franc, loyal, plein de dévouement.

Il était entré dans le salon pour annoncer que les chevaux allaient être prêts dans quelques minutes; cela fait, il resta, Lucie devina qu'il avait quelque chose à lui dire.

— Vous avez quelque chose à me dire, Paolo? lui dit-elle en accompagnant ces paroles du plus gracieux sourire.

— C'est vrai, madame la comtesse, mais je ne sais si je dois...

— Allons, ne craignez rien et expliquez-vous.

Paolo sortit une lettre de la poche de son gilet.

— On m'a prié de vous remettre cette lettre, mais elle vient d'une personne à laquelle monsieur le comte a fait défendre la porte de l'hôtel, à mademoiselle de Mirbel, et je n'ose...

— Une lettre d'Eugénie, dit Lucie, après ce qui s'est passé.

— Cette lettre vient de m'être remise par une vieille femme en guenilles. Mademoiselle de Mirbel est, à ce qu'elle assure, très-malade et très-malheureuse; j'ai pensé que madame la comtesse... Les yeux du bon serviteur étaient pleins de larmes, madame de Neuville vit qu'il n'osait pas lui dire tout ce qu'il savait.

— Vous avez bien fait, Paolo, lui dit-elle, donnez-moi la lettre de mademoiselle de Mirbel, laissez-nous maintenant, je sonnerai si j'ai besoin de vous.

— Tu n'as pas oublié Eugénie de Mirbel, dit madame de Neuville après avoir parcouru la lettre qu'elle avait décachetée.

— Eugénie de Mirbel, répondit Laure, une jolie brune qui est entrée dans le monde quelques mois après mon arrivée au pensionnat.

— Oui, je sais maintenant pourquoi M. de Neuville m'a défendu de la recevoir. Ah! les hommes ont bien peu d'indulgence pour les fautes qu'ils nous font commettre.

La pauvre fille m'écrit une lettre désolante; elle a un enfant et elle meurt de froid et de faim.

— Partons de suite, Lucie, dit Laure lorsque madame de Neuville eut achevé la lecture de cette lettre; partons de suite : si M. de Neuville était ici, il viendrait avec nous, j'en suis sûre.

— Oh! oui, répondit Lucie, M. de Neuville m'a défendu de voir Eugénie, et il avait raison, mais elle n'était pas malheureuse alors.

Lucie et Laure jetèrent une pelisse sur leurs épaules, puis madame de Neuville sonna, ce fut Paolo qui se présenta.

— Vous allez me chercher un fiacre sur la place la plus voisine, vous me conduirez près de la petite porte du jardin, rue Larochefoucault, où vous m'attendrez, lui dit-elle.

Bien qu'elle n'eût pas l'intention de cacher à son mari la démarche qu'elle allait faire, madame de Neuville croyait devoir se servir d'une voiture de place, afin de ne pas se trouver, pour ainsi dire, obligée de déduire à ses gens les raisons qui l'engageaient à visiter une personne qui demeurait dans la rue de la Tannerie, au lieu d'aller passer la soirée chez madame de Villerbanne.

La soirée était déjà avancée, lorsque Lucie et Laure montèrent en voiture après avoir traversé le vaste jardin de l'hôtel.

La comtesse était trop attristée pour parler pendant tout le temps que le fiacre mit à franchir l'espace qui sépare la rue Saint-Lazare de la rue de la Tannerie; le sort malheureux de son ancienne amie paraissait l'affecter vivement, et Laure, sur laquelle la tristesse qui assombrissait ses traits paraissait réagir, n'osait troubler ses réflexions.

On démolissait en ce moment, dans la rue de la Tannerie, les vieilles masures qui ont fait place aux constructions nouvelles, qui avoisinent maintenant la place de l'Hôtel-de-Ville; la rue, déjà étroite, était encombrée de gravois, qui la rendaient impraticable aux voitures, aussi avait-elle été barrée; les deux femmes avaient donc été forcées de laisser le fiacre qui les avait amenées, au coin de la rue Planche-Mibray.

Elles trouvèrent sans difficulté la demeure d'Eugénie de Mirbel, la pauvre fille n'avait pas fait une peinture exagérée de son affreuse misère, dont l'aspect navra le cœur de madame de Neuville.

C'était une misère épouvantable.

La pauvre mère se mourait tenant un enfant dans ses bras.

Elle le tendit à la comtesse en s'écriant :

— Je suis perdue, mais tu sauveras ma fille.

Lucie fondit en larmes, jura de ne jamais abandonner l'enfant, puis essaya de consoler la mère.

Elle envoya chercher un médecin, une garde, fit acheter tout ce qui était nécessaire pour attendre qu'Eugénie eût repris assez de forces pour pouvoir être transportée dans une maison de santé : elle donna un peu d'argent à la vieille femme qui avait apporté la lettre de son ancienne amie; tous ces soins avaient nécessité un temps assez long, aussi était-il près de minuit lorsqu'elle quitta son amie, à qui elle promettait de venir la voir dans la journée du lendemain. Le lecteur sait comment elle fut, ainsi que Laure, renversée par *Vernier les bas bleus* qui se sauvait de chez la *mère Sans-Refus* à la suite d'une querelle, et quelles furent les suites de cette chute.

Une demi-heure après sa sortie de chez la *mère Sans-Refus*, la comtesse de Neuville, ainsi que nous l'avons dit, rentrait à son hôtel, avec Laure, par la petite porte du jardin, près de laquelle, fidèle à la consigne qu'il avait reçue, Paolo était demeuré en faction.

La blessure de madame de Neuville, sans être très-grave, nécessitait cependant des soins immédiats ; elle fit donc appeler de suite le docteur Matheo, médecin ordinaire de l'hôtel.

Au matin, elle était mieux.

Laure, qui avait passé la nuit près d'elle, et à laquelle elle faisait connaître qu'on lui avait volé un petit carnet orné d'incrustations qui contenait, outre ses cartes, deux billets de banque de mille francs, cherchait à la consoler de son mieux. Nous avons commis, lui disait Lucie, une grave inconséquence en nous risquant à une heure indue dans un quartier désert...

— A-t-on le temps de penser à tout, lorsqu'il s'agit de faire une bonne action? lui répondit Laure. Au reste, c'est sans raison que tu t'inquiètes ; celui qui a volé ton carnet ne s'attachera sans doute qu'à la valeur des billets.

— Mais cet homme, d'abord si brutal et qui a pris si subitement le ton, les manières et le langage d'un homme du monde, et qui a empêché l'un de ceux qui sont sortis de la salle du fond de me prendre mon collier, qui peut-il être ?

— Sans doute un honnête ouvrier qui n'a pas voulu voir commettre en sa présence un vol qu'il pouvait empêcher.

— Tu te trompes, Laure, cet homme n'est pas un ouvrier, et je ne sais pourquoi, mais ce que je crains le plus, c'est que ce soit entre ses mains que soit tombé mon carnet.

— De grâce, tranquillise-toi, ma chère Lucie, il y a mille à parier contre un que ce que tu crains n'arrivera pas.

Laure parlait encore, lorsqu'une femme de chambre annonça le valet qui avait été expédié par le marquis de Pourrières. Madame de Neuville brisa le cachet armorié du paquet qui lui fut remis, et en ouvrit l'enveloppe en tremblant ; il contenait le carnet, les deux billets de banque, et parmi les cartes, un petit billet dont voici le contenu :

« Je bénis le ciel qui a fait tomber entre mes mains le car-
« net que vous avez perdu dans la maison où je vous ai ren-
« contrée ; j'espère, madame la comtesse, qu'il me sera per-
« mis de vous présenter mes hommages en un lieu plus
« convenable. »

La comtesse ne put rien apprendre du domestique qu'elle voulut questionner elle-même, il obéit scrupuleusement à la consigne qu'il avait reçue.

Les armes qui ornaient la lettre et la main qui l'avait tracée étaient tout à fait inconnues à madame de Neuville.

V

Un grand fanandel.

Comment un bandit pouvait-il être authentiquement marquis de Pourrières, auditeur au conseil d'État, admirablement posé dans le monde ?

C'est ce que la justice fut bien longtemps à s'expliquer; les plus habiles limiers de la police ne trouvèrent que très-difficilement la filière des antécédents de cet homme.

La vie de cet étrange assassin est un drame bizarre semé d'aventures extraordinaires et de traits d'audace inouïs que nous allons raconter.

Cette biographie se mêle à celle de son prétendu intendant et du faux vicomte de Lussan, l'un des hauts personnages de la plus fameuse association de voleurs qui rançonna jamais Paris.

Il existait à Toulouse, rue des Consuls, un commerçant honnête qui se nommait *Salvador*.

Il voulait faire de son fils unique un notaire.

Ce brave homme donnait fort souvent, à un certain Duchemin, prétendu voyageur de commerce, une hospitalité payante pour les quelques semaines que cet homme venait passer par trimestre à Toulouse.

Ce Duchemin avait fini par être l'ami de la famille ; l'ami du fils surtout.

Il avait toujours témoigné d'une vive affection pour ce jeune homme.

Duchemin avait ses vues sur lui.

Recéleur de la célèbre bande qui se cachait dans la forêt de Cages, il venait vendre à Toulouse les produits des rapines de ces brigands à un juif qui en connaissait la provenance.

Duchemin se proposait d'exploiter, au profit d'une association qu'il rêvait, les vices naissants et les talents du fils de *Salvador*.

Il lui suggéra l'idée de quitter la maison paternelle, ce que le jeune homme accepta : il n'eut pas de peine ensuite à en faire un bandit.

Duchemin (nous connaîtrons plus tard le véritable nom de cet homme) appartenait à une honnête famille du midi de la France ; il avait reçu une assez bonne éducation, et était doué de capacités assez éminentes pour occuper dans le monde une position honorable.

Duchemin dissipa sa fortune en quelques années, n'eut pas le courage de la refaire honnêtement, devint voleur ; puis il se fit recéleur, trouvant ce métier plus lucratif.

Il avait facilement gagné *Salvador* qui eut bientôt oublié ses parents et qui se lança avec une ardeur toute juvénile au milieu des plaisirs faciles que Duchemin faisait en quelque sorte naître sous ses pas.

Salvador, pour échapper aux recherches actives qui avaient été faites par sa famille, avait d'abord pris le nom d'Aymard. Ce fut sous ce nom qu'il fit ses premières armes. Arrivé, après avoir parcouru une notable partie de la France, dans une des villes du nord, il fut reçu chez une jeune veuve fort riche à laquelle il avait su inspirer de l'amour ; il lui vola, à l'instigation de Duchemin, un écrin d'une valeur considérable. La jeune femme ne pensa pas un seul instant à accuser celui qu'elle aimait, et ce premier succès ayant enhardi *Salvador*, il fabriqua plusieurs faux, au moyen desquels des sommes considérables furent enlevées à divers banquiers de la France et de la Belgique.

Un certain jour, la fortune se lassa de favoriser les entreprises du jeune homme, il fut arrêté au moment où il venait de commettre un vol chez un riche bourgeois de Valenciennes où il se trouvait alors ; mais aidé par ses complices qui, plus heureux que lui, n'avaient pas été pris, il parvint à se tirer des mains de la gendarmerie.

Duchemin, et le jeune homme qu'il était allé arracher au foyer paternel pour en faire son complice, étaient vivement poursuivis ; on savait qu'ils s'étaient auteurs des faux nombreux qui venaient d'épouvanter le commerce, et le signalement de ces deux malfaiteurs avait été envoyé dans toutes les communes du royaume. Duchemin et *Salvador*, pour laisser aux recherches le temps de se ralentir, quittèrent la France, qu'ils traversèrent et s'embarquèrent à Marseille sur un paquebot qui faisait voile pour l'Italie.

L'argent ne leur manquait pas : ils arrivèrent donc à Turin en grand équipage. *Salvador* prit le nom de vicomte de Lestang, et se fit passer pour un jeune homme de noble famille qui voyageait accompagné de son gouverneur pour achever son éducation. Les maisons les plus honorables de Turin furent ouvertes au jeune gentilhomme français, dont tout le monde, et particulièrement les femmes, admirait la beauté et les excellentes manières. *Salvador* avait capté les bonnes grâces de madame *Carmagnola*, l'une des femmes les plus distinguées de la ville ; cette dame, encore très-désirable, avait cependant atteint l'âge auquel une femme peut sans se compromettre témoigner de l'intérêt à un aimable jeune homme,

Salvador était devenu un des plus intimes de son petit cercle. Duchemin, en sa qualité de gouverneur, accompagnait partout son élève ; il examinait les lieux, prenait adroitement une empreinte, des fausses clés étaient fabriquées, et bientôt on entendait parler dans la ville d'un vol, dont les yeux peu exercés de la police turinaise ne pouvaient deviner les moyens d'exécution.

Salvador et Duchemin avaient retrouvé à Turin plusieurs de leurs complices, auxquels ils avaient écrit de venir les joindre, ils formèrent entre eux le projet de voler la caisse de la maison *Carmagnola*. Tout fut préparé pour assurer la réussite de ce crime ; des fausses clés furent préparées et au moment indiqué les complices se réunirent près du lieu où ils devaient opérer. La nuit était obscure, et grâce à une forte pluie, les rues étaient désertes : toutes les portes de la maison du riche banquier *Carmagnola* furent ouvertes avec une dextérité surprenante, et les malfaiteurs arrivèrent sans obstacle dans la pièce où se trouvait la caisse qu'il s'agissait de vider : c'était un coffre en bois de chêne recouvert d'une plaque de fer d'une épaisseur raisonnable, scellé dans le mur par de fortes lames de fer, et fermé par trois serrures dont Duchemin n'avait pu se procurer les empreintes, il fallait donc les forcer, ce que les malfaiteurs essayèrent, en se servant d'un cric et de coins en buis ; elles allaient céder sous les efforts redoublés de quatre hommes vigoureux, qui croyaient déjà tenir l'or et les billets de banque, lorsque tout à coup une bruyante détonation se fit entendre.

Les voleurs prirent la fuite ; les coups de pistolet qui les avaient si fort effrayés, et les avaient arrêtés au moment où le vol qu'ils projetaient allait être consommé, n'étaient cependant pas dirigés contre eux. Le banquier *Carmagnola*, qui devait le lendemain faire un petit voyage, avait remis ses pistolets à son domestique, en lui ordonnant de les mettre en état, et celui-ci avait déchargé imprudemment ses armes dans le jardin, sur lequel donnait la fenêtre de la petite pièce dans laquelle se trouvaient alors les voleurs.

Ceux-ci, en se sauvant, renversèrent presque le domestique qui, étonné de rencontrer au milieu de la nuit quatre individus dans le jardin de son maître, se mit sans hésiter à leur poursuite ; il allait atteindre l'un d'eux, et les cris qu'il poussait allaient infailliblement amener du monde sur le lieu de la scène ; le bandit se retourna, l'attendit de pied ferme et lui porta en pleine poitrine un coup de poignard qui l'étendit sur le sol.

Débarrassés du domestique, les voleurs, que rien ne vint plus contrarier dans leur fuite, purent quitter l'hôtel *Carmagnola*, et se disperser sans être davantage inquiétés.

— Vous allez bien, dit Duchemin à *Salvador*, lorsque tous deux se trouvèrent réunis devant un bon feu dans la chambre de l'hôtel de la *Bonne-Femme* qu'ils habitaient ; vous allez bien, c'est une justice à vous rendre ; un homme blessé, tué, peut-être.

— Ne fallait-il pas me laisser prendre ? répondit *Salvador*, je tuerais dix hommes plutôt que de faire connaissance avec les prisons italiennes.

— Très-bien, mon cher élève. Un jour, je l'espère, vous surpasserez votre maître. Mais quels seront les résultats de tout ceci ?

— Nuls ; ce domestique, s'il n'est pas mort, ne pourra reconnaître personne puisque, suivant notre coutume, nous étions masqués.

Duchemin et *Salvador* en étaient là de leur conversation, lorsqu'un domestique de l'hôtel vint les prévenir qu'un inconnu désirait leur parler. Salvador répondit qu'on pouvait faire entrer.

— Demandez des chevaux de poste et partez à l'instant même, leur dit celui qu'on avait introduit auprès d'eux, et qui n'était autre qu'un de ceux qui les avaient aidés dans la tentative qui venait d'échouer, partez si vous ne voulez pas être arrêtés dans quelques heures. La rumeur publique, corroborée par les assertions du domestique que vous avez blessé, qui prétend avoir reconnu M. le vicomte de Lestang, vous accuse hautement.

— Mais cela est impossible, s'écria *Salvador*, nous étions tous masqués.

— Votre masque se sera dérangé; vous avez peut-être dit quelques mots; tout ce que je puis vous dire, c'est que vous êtes reconnus, que je suis certain de ce que j'avance, et que les gens de justice sont actuellement chez le banquier. Faites maintenant ce que vous voudrez.

Salvador voulait rester et tenir tête à l'orage, mais Duchemin crut qu'il était plus sage de partir.

— *Lorsque l'on a du beurre sur la tête*, dit-il à son compagnon, *il ne faut pas aller au soleil; le beurre fond et tache* (1).

L'avis de Duchemin l'emporta, et quelques minutes après l'entretien que nous venons de rapporter, une voiture emportait *Salvador* et ses deux compagnons.

A peine rentrés en France, ils volèrent le receveur général du Var, à Draguignan, auquel ils enlevèrent une somme de près de 35,000 francs, avec des circonstances assez singulières, que nous rapporterons pour donner à nos lecteurs la mesure du caractère audacieux de *Salvador* et de ses complices.

Salvador, en échangeant des espèces contre des mandats au porteur, sur divers receveurs généraux, mandats qui s'escomptent partout avec facilité, avait pu prendre toutes les empreintes qui étaient nécessaires; Duchemin, de son côté, qui de gouverneur du vicomte de Lestang était devenu son valet de chambre, avait si adroitement manœuvré, qu'il était parvenu à se lier avec le domestique de confiance du receveur général.

Ce domestique couchait dans la pièce où se trouvait la caisse. C'était un très-honnête garçon, et Duchemin vit de suite qu'il ne fallait pas songer à le corrompre. L'attaquer, le mettre, non pas peut-être en quartiers, mais au moins dans l'impossibilité de s'opposer à la réussite de leur entreprise, *Salvador* et ses compagnons l'eussent fait volontiers; mais le domestique, semblable à ce chien dont parle le bon La Fontaine, était de taille à se vaillamment défendre, Duchemin avait donc cru devoir l'aborder très-humblement. Quelques bouteilles de vin de Jurançon, offertes à propos, délièrent la langue du domestique, qui raconta toute son histoire à Duchemin.

Cette histoire était celle de tout le monde; cependant elle renfermait l'énonciation d'un fait dont Duchemin crut qu'il pourrait tirer parti. Le valet, dans le cours de sa narration, ayant parlé d'un vieux château, situé dans son pays, dans lequel, suivant lui, il revenait des esprits, Duchemin s'était mis à rire.

— Si vous aviez vu, comme moi, ces esprits, vous n'auriez pas envie de rire, s'était écrié le domestique.

— Vraiment, lui répondit Duchemin qui venait de concevoir les moyens de mener à bien l'entreprise qu'il méditait et avait repris son sérieux. Vraiment, vous avez vu des esprits?

— Comme je vous vois.

Et le domestique raconta une de ces longues et lamentables chroniques qui se disent aux veillées.

La nuit était venue, et Duchemin et le domestique qui s'étaient arrêtés dans une petite auberge des environs de Draguignan, songèrent à rentrer en ville. La journée avait été chaude, et à de certains intervalles des flammes du feu Saint-Elme, si commun dans le midi, apparaissaient dans la campagne. Le domestique, encore sous l'impression du récit qu'il venait de faire, paraissait en proie à la plus vive frayeur.

— J'ai toujours cru, disait-il en saisissant le bras de Duchemin, que ces petites flammes bleues étaient des âmes en peine.

— Vous pourriez bien avoir raison, lui répondait celui-ci.

Arrivés en ville ils se quittèrent.

Salvador avait approuvé le projet qu'avait conçu Duchemin. Vêtus tous deux d'un costume complet de pénitent noir, ils s'introduisirent heureusement dans la pièce où couchait le domestique qui était, comme nous l'avons dit, celle dans laquelle se trouvait la caisse. Leur compagnon faisait le guet.

Le pauvre gardien dont les rêves retraçaient les images dont il s'était occupé toute la journée, s'étant éveillé, fut saisi d'une telle frayeur à la vue des deux effroyables fantômes qui se trouvaient devant ses yeux, qu'il n'eut pas la force de jeter un seul cri. *Salvador* et Duchemin ne perdirent pas de temps; tandis que le premier ouvrait la caisse avec les fausses clés qu'ils avaient fabriquées, le second jetait de la poudre de lycopode sur la flamme d'une petite bougie qu'il tenait à la main.

Le malheureux domestique, qui se serait défendu avec courage s'il avait su avoir affaire à deux malfaiteurs, n'avait pas de force contre les esprits. Il perdit l'usage de ses sens.

Salvador et Duchemin se retirèrent sans rencontrer d'obstacles; mais par une fatalité singulière, le lendemain du jour où fut commis ce vol, les deux amis furent arrêtés par un gendarme intelligent, au moment où ils allaient monter en diligence.

Traduits devant la cour d'assises d'Aix, ils furent condamnés tous deux à dix années de travaux forcés, et conduits au bagne de Toulon.

Lorsqu'un voleur, qui durant le cours de sa carrière s'est fait connaître par quelques actions d'éclat, arrive au bagne, il a le droit que personne ne songe à lui contester de choisir la meilleure place du *banc* (1); les *braves garçons* (2) lui apportent tous les petits objets qui sont nécessaires à un forçat, ils dégarnissent même leur *serpentin* (3) pour améliorer celui du nouveau venu.

Les argousins, dont depuis quelque temps on a fait des adjudants, ont pour ces hommes une sorte de respect et des égards qu'ils n'accordent pas aux forçats qui expient un crime de peu d'importance.

L'entrée de Duchemin et de *Salvador* dans la salle n° 3 (4), fut saluée par d'unanimes acclamations; les forçats se cotisèrent, le vin coula à flots, chacun raconta son histoire, et, comme on le pense bien, ce furent les plus criminels qui obtinrent les plus bruyants applaudissements.

Salvador, lorsque Duchemin eut raconté son histoire aux doyens de la salle n° 3, obtint une légère part de la considération que l'on accordait à son compagnon; on loua beaucoup surtout sa présence d'esprit et son courage dans la tentative de vol commise chez le banquier *Carmagnola*.

Les deux amis s'étaient procuré, aussitôt leur arrivée au bagne, tous les petits objets qui sont nécessaires à un forçat; ils s'étaient, en un mot, conduits comme des hommes résignés à subir une punition qu'ils reconnaissent avoir méritée; cependant telle n'était pas leur intention; Duchemin portait sur lui une assez forte somme en billets de banque qu'il avait su soustraire à tous les regards, et comme au bagne aussi bien que partout ailleurs on trouve tout ce que l'on désire, lorsqu'on est en mesure de payer, il n'avait pas eu de peine à se procurer un de ces étuis de fer-blanc ou d'ivoire de quatre pouces de long sur environ douze lignes de diamètre qui peuvent contenir un passe-port, une scie et sa monture et auquel les voleurs ont donné le nom de *bastringue*.

La jeunesse de *Salvador* avait intéressé en sa faveur le commissaire du bagne, qui lui avait accordé une des places de *sous-payot*.

Les places de *payot* et de *sous-payot* sont les plus belles et les plus lucratives de toutes celles qui peuvent être accordées aux forçats qui, par leur conduite ou leur éducation, se montrent dignes des faveurs de l'administration. Le *payot*, comme tous les autres sous-officiers de la galère, est *déferré* et ne va pas à la *fatigue* (5), mais il a de plus qu'eux la permission de circuler librement dans l'intérieur du bagne.

Duchemin et *Salvador* avaient tout préparé pour faciliter

---

(1) Axiome des voleurs israélites, dont le sens est trop clair pour qu'il soit nécessaire d'en donner la traduction.

(1) Lit de camp.
(2) Les bons voleurs.
(3) Matelas.
(4) La salle du bagne de Toulon qui porte ce numéro est consacrée aux forçats les plus dangereux.
(5) Au travail.

eur évasion, et ils attendaient avec patience un moment favorable, lorsqu'à des indices qui ne pouvaient échapper à des yeux aussi clairvoyants que ceux de Duchemin, ils s'aperçurent que leur projet avait été deviné par un de leurs compagnons d'infortune.

Duchemin n'avait pas obtenu les mêmes faveurs que Salvador, il était accouplé et allait à la fatigue ; son compagnon de chaîne, qui subissait une condamnation à cinq ans, était un homme de vingt-trois à vingt-cinq ans, fortement constitué ; ses traits, d'une régularité parfaite, étaient empreints d'une remarquable expression de résolution : nous dirons les causes qui avaient amené au bagne de Toulon cet homme qui doit jouer un rôle important dans la suite de cette histoire.

VI

Comment on devient faussaire.

Le compagnon de chaîne de Duchemin était un fils de bonne famille, qui, pour son malheur, avait rencontré sur son chemin une femme dont l'influence lui avait été fatale.

C'était la fille de cette vieille hôtesse du tapis franc de la rue de la Tannerie, la *mère Sans-Refus*. Elle se nommait Sylvia.

Elle avait été élevée à Saint-Denis par suite d'un singulier marché.

La *mère Sans-Refus* connaissait un vieil officier, chevalier de la Légion d'honneur, brave, mais peu délicat, qui demandait aux tricheries du jeu des ressources déshonorantes.

Cet homme avait une fille et il avait obtenu qu'elle entrât à Saint-Denis.

Mais l'enfant tomba malade au moment où elle allait partir pour le pensionnat ; la petite vérole l'emporta en quelques jours.

La *mère Sans-Refus*, qui connaissait tous les filous de Paris, le sut, et proposa au père de substituer à la morte une fille du même âge qu'elle avait eue d'un voleur.

L'officier accepta.

Mademoiselle *Sans-Refus* reçut à Saint-Denis la plus brillante éducation, et se fit enlever à seize ans par un escroc de haute volée :

Ce drôle, qui l'aimait peu et voulait l'exploiter, lui devint odieux.

Elle voulut s'en débarrasser.

Elle alla à Marseille où son amant brillait dans les cercles sous un grand nom d'emprunt.

Un pêcheur du village des Catalans, nommé Beppo, s'était épris pour elle d'une passion sourde ; elle l'avait remarqué le suivant partout.

Elle l'encouragea, lui promit son amour s'il consentait à la débarrasser de son tyran, et lui jura de l'épouser quand, le crime oublié, il rentrerait en France six mois après une fuite nécessaire en Italie.

Elle pensait bien se débarrasser de ce pauvre diable quand il reviendrait ; une dénonciation à la police l'enverrait au bagne.

Beppo tua l'amant et passa en Italie.

Sylvia devint actrice, débuta à Marseille, obtint un succès fou, distingua un jeune homme qu'elle crut riche et qui n'avait que quelque vingt mille francs à dépenser. Encore les attendait-il pour partir aux Indes.

Ce pauvre garçon, nommé *Servigny*, fou d'amour, sachant les bijoux de l'actrice engagés, voulut les retirer. Il obtint de l'argent en faisant un faux qu'il croyait devoir rester ignoré, car il supposait payer à l'échéance.

Un retard dans l'envoi des fonds le perdit ; il fut condamné à cinq ans de bagne.

Quoique faussaire, il avait un fond d'honnêteté très-vivace encore ; il traînait sa chaîne de compagnie avec Duchemin, rêvant sans cesse de s'évader.

Nous reverrons plus tard tous ces personnages liés entièrement à notre drame par l'enchaînement des faits.

Ce Beppo fut à une certaine heure le maître de l'honneur et de la vie de plus de cent personnes. Il tenait ces existences dans sa main fermée, qu'il ouvrit.

Et cette Sylvia, qui épousait le marquis de Rosely trois mois après la condamnation de *Servigny*, se débarrassait, dans une promenade en mer, de ce mari importun.

Elle se trouvait riche, marquise et libre.

Nous verrons comment cette sirène terrible en vint à aimer *Salvador*, devenu, lui, marquis de Pourrières par la plus audacieuse incarnation que brigand ait jamais réussie.

VII

L'évasion.

Duchemin se fit raconter par *Servigny* l'histoire de sa condamnation ; il le sonda pour s'assurer qu'il voulait s'évader, puis il voulut juger de son énergie.

Il suscita une querelle entre lui et un autre forçat. Il s'agissait d'un vol à commettre sur un garde-chiourme, et l'on avait besoin de l'assistance de *Servigny*, qui refusa net. Il avait commis un faux dans un moment de délire ; mais il était incapable de voler de sang-froid. Le forçat qui lui avait proposé le coup, et qui était fort redouté, devint furieux de ce refus :

— Ah ! tu ne veux pas m'aider ? lui dit-il, eh bien, mauvais *fagot* (1), tu n'aideras jamais personne, il faut que je te *refroidisse* (2).

Et, joignant l'effet aux menaces, il se précipita sur lui. *Servigny* l'attendit de pied ferme, et, sans paraître employer toutes ses forces, il le terrassa ; puis, lui serrant le cou entre ses deux mains, il le força de demander grâce.

Enchanté de l'épreuve, Duchemin fit cesser cette lutte et le même soir proposa à *Servigny* d'être en tiers dans l'évasion.

Servigny accepta avec empressement.

Le plan était très-simple.

Un certain Corse, nommé Matheo, qui avait commis un crime connu de Duchemin, était chirurgien à l'hôpital du bagne.

Il était, comme on dit, dans la main de Duchemin, auquel il promit son concours.

Les trois forçats, simulant une maladie, entrèrent à l'infirmerie ; ils pratiquèrent un trou (dont on montre encore la trace) dans la salle dite des morts, et s'enfuirent par là.

Ils trouvèrent dans une cour, sous des madriers, deux uniformes de gendarme et des mousquetons avec des cartouches.

Duchemin et *Salvador* s'équipèrent en gendarmes de pied en cap.

Servigny joua le rôle du malfaiteur que l'on conduit de brigade en brigade.

C'est ainsi qu'ils traversèrent Toulon et en sortirent, prenant la route du Beausset.

A quelque distance de Toulon, ils prirent un chemin tracé au milieu d'un bois assez épais, dans lequel ils voulaient se reposer quelques instants ; ils y étaient à peine arrivés, lorsque trois coups de canon, répétés trois fois à des intervalles égaux, annoncèrent aux habitants des environs de Toulon

(1) Forçat.
(2) Que je te tue.

que trois forçats venaient de s'évader, et qu'une somme de cent francs serait la récompense de celui d'entre eux qui ramènerait au bagne un des fugitifs.

— Nous ferons bien, dit Duchemin, de rester dans ce bois jusqu'à la fin de la journée, afin de ne traverser qu'à la nuit le bourg du Beausset.

— Mais si nous sommes rencontrés ici par quelques-uns de ces chasseurs d'hommes ! répondit Salvador, et il montrait à ses compagnons plusieurs paysans armés de carabines rouillées et de mauvais fusils de munition, qui gravissaient une petite colline dominant le bouquet d'arbres au milieu desquels ils étaient cachés.

— Ils n'auront pas l'esprit de deviner que l'uniforme de la gendarmerie royale couvre le gibier qu'ils chassent; ce qu'il faut surtout éviter, c'est la rencontre de nos frères d'armes de la brigade du Beausset; dès que nous aurons atteint la forêt de Cuges, nous serons sauvés.

Lorsqu'il ne fait ni trop chaud, ni trop froid, messieurs les gendarmes, n'ayant cependant ils n'ont rien de mieux à faire, montent à cheval vers le soir et parcourent les environs de leur résidence.

Duchemin, parfaitement au courant des habitudes de ces messieurs, croyait ne devoir rien redouter, attendu qu'il tombait, lorsqu'il quitta le bois avec ses deux compagnons, une de ces pluies continues qui, dans les contrées méridionales, paraissent plus froides et plus désagréables que partout ailleurs.

Malheureusement pour les fugitifs, le brigadier de la gendarmerie du Beausset venait de se disputer avec sa ménagère, cela l'avait mis de très-mauvaise humeur, et comme il fallait nécessairement qu'il en fit supporter les effets à quelqu'un, il choisit de préférence les gendarmes qui se trouvaient sous sa main, il les fit donc monter à cheval et les emmena faire patrouille.

Les fugitifs, sortis du bois dans lequel ils avaient passé une partie de la journée, suivirent, tant que cela leur fut possible, des sentiers et des chemins de traverse; enfin, la nuit étant tout à fait venue, et ne se trouvant plus qu'à un quart de lieue du Beausset, ils crurent devoir rejoindre la grande route; ils y arrivaient lorsqu'ils rencontrèrent la patrouille commandée par le brigadier dont nous venons de parler, la surprise leur fit faire un mouvement; cependant ils ne perdirent pas contenance, et continuèrent leur route en hâtant le pas, après un bonjour, camarades, prononcé par Duchemin avec un accent qui n'accusait pas la plus légère émotion.

Ils croyaient avoir esquivé ce mauvais pas, mais ils furent bientôt cruellement détrompés; le brigadier s'était tout à coup rappelé les coups de canon qui avaient retenti dans la journée, et comme il ne trouvait dans sa mémoire aucun nom à appliquer sur les physionomies des gendarmes qu'il venait de rencontrer, lesquels devaient cependant appartenir à la résidence de Toulon, il lui vint dans l'esprit une foule de soupçons qu'il voulut éclaircir.

— Camarades ! cria-t-il aux prétendus gendarmes qui avaient déjà fait assez de chemin, camarades, arrêtez-vous un instant, nous désirons vous parler.

— Faut-il courir ? demanda Salvador à Duchemin, faut-il nous arrêter ?

— Il faut continuer à marcher du même pas, ils croiront que nous ne les avons pas entendus, et peut-être qu'ils nous laisseront tranquilles.

— Regardez, dit Servigny.

Salvador et Duchemin tournèrent la tête en arrière, les gendarmes, sur l'ordre de leur brigadier, avaient tourné bride, et ils arrivaient au galop, en manœuvrant de manière à couper la retraite à ceux qu'ils soupçonnaient, si cela devenait nécessaire.

— De l'avant, et Rif sur la Copue, s'écria Salvador, ou nous sommes pauantes (1), à moi le brigadier; il fit feu, et le pauvre

(1) Du courage, et feu sur les gendarmes, ou nous sommes pris.

vieux soldat tomba frappé d'une balle dans la poitrine, Duchemin avait imité Salvador, et un autre gendarme avait éprouvé le même sort que le brigadier.

Servigny, s'étant débarrassé des liens qui ne l'attachaient qu'en apparence, se sauva d'un côté, Duchemin et Salvador, qui tout en courant rechargeaient leurs armes, et qui savaient où se retrouver s'ils échappaient au danger qui les menaçait, avaient pris chacun une direction opposée, les deux gendarmes échangèrent quelques coups de carabine avec ces deux bandits, mais l'un d'eux ayant été blessé légèrement, et ceux qu'ils poursuivaient s'étant engagés au milieu des terres labourées, dans lesquelles ils ne pouvaient les suivre sans abandonner leurs chevaux et sans renoncer à secourir les blessés, ils cessèrent de poursuivre les fugitifs, et retournèrent sur la grande route relever leurs camarades.

Salvador et Duchemin purent donc arriver à une auberge isolée, située à peu de distance au delà du Beausset, dans laquelle Mathéo avait déposé pour eux tout ce qui leur était nécessaire pour changer de costume.

Il y a dans toutes les provinces, surtout aux environs des villes où se trouvent des bagnes et des maisons centrales, des aubergistes tenues par un hôtelier franc du collier, et prêt à tout faire pourvu qu'il y trouve son compte; l'homme qui tenait celle où Salvador et Duchemin trouvèrent ce qui avait été déposé pour eux était affilié à la bande qui en ce moment infestait depuis plusieurs années la forêt de Cuges, et il lui rendait, parce qu'il y trouvait son compte, les plus importants services.

Duchemin et Salvador, après une nuit de repos, se mirent en route, lestés d'un excellent déjeuner, pourvus de deux bonnes montures et vêtus convenablement; ils gagnèrent la forêt de Cuges sans rencontrer d'obstacles.

Duchemin, qui connaissait les lieux, puisque, ainsi que nous l'avons dit précédemment, c'était lui qui était chargé de vendre à Toulouse et dans d'autres villes le butin de la bande, rencontra facilement ceux qu'il désirait revoir.

On lui fit l'accueil le plus amical, et pendant plusieurs mois il partagea, ainsi que Salvador, les nobles travaux de ses anciens amis.

La bande était composée en grande partie d'habitants du pays, les uns meuniers, les autres cultivateurs ou tisserands; ceux qui, comme Duchemin et Salvador, n'étaient pas établis dans le pays, se cachaient tantôt chez l'un, tantôt chez l'autre, le chef de la bande (qui formait un effectif de dix hommes, y compris les nouveaux venus), réunissait souvent chez lui ses subordonnés, soit pour procéder aux partages du butin, soit pour leur donner connaissance des faits qui pouvaient intéresser leur sûreté.

L'aubergiste du Beausset l'ayant fait prévenir un jour qu'une battue générale devait être faite dans la forêt de Cuges par plusieurs brigades de gendarmerie, le chef convoqua toute la bande, afin de lui faire part de cette nouvelle; Salvador et Duchemin n'arrivèrent que très-tard à la maison du chef, ils frappèrent, personne ne leur répondit, cependant la pièce dans laquelle devaient avoir soupé leurs camarades paraissait éclairée. La maison avait une seconde porte connue seulement des affidés, et qui avait été pratiquée afin qu'ils pussent se sauver dans la campagne en cas d'alerte; cette porte était ouverte, ce qui surprit étrangement Duchemin.

— Entrons, lui dit Salvador, il doit s'être passé ici quelque chose d'extraordinaire.

— Entrons, répondit Duchemin après avoir examiné si ses pistolets étaient en bon état.

Ils entrèrent dans la maison, et arrivèrent sans rencontrer d'obstacles dans la pièce éclairée.

Le chef, sa femme, ses deux filles et leurs sept camarades étaient étendus pêle-mêle sur le sol.

— Ils sont morts-ivres, dit Salvador, et il s'approche de l'un d'eux. Mort ! s'écria-t-il; puis regardant successivement tous les autres :

— Morts ! ils sont tous morts ! Que veut dire ceci ?

— Cela veut dire, répondit Duchemin, qui avait à son tour

ceaux. — Typ. et atér. M. et P.-E. Charaire.

LES VRAIS MYSTÈRES DE PARIS

Par VIDOCQ

Il fut saisi d'une telle frayeur qu'il n'eut pas la force de jeter un cri.

examiner les cadavres, que notre ami Mathéo vient de faire la besogne du *haut* (1).

Salvador et Buchemin ne pouvaient plus rester dans ce pays ; après avoir pris l'argent qu'ils trouvèrent dans la ferme, ils dirent adieu à la Provence et se dirigèrent vers Paris, où nous allons les retrouver.

Nous dirons plus tard ce qui arriva à *Sévrigny*.

VIII

Le vrai marquis de Pourrières.

Un mois après l'évasion des trois forçats, deux hommes entraient dans un des plus riches établissements que fréquentent les escrocs de la *grande Bohème*, cette caste de filous de haute volée qui exploitent.

Dans un des passages ouverts sur le boulevard, au centre d'un des plus riches et des plus brillants quartiers de la bonne ville de Paris, est un établissement dans lequel, à toutes les heures du jour et de la soirée, on peut être certain de rencontrer quelques-uns des membres de la *grande Bohème* parisienne ; cet établissement, situé dans la partie la plus obscure du passage en question, échappe aux regards des passants. L'honnête homme qui, par hasard, entre là pour y prendre sa demi-tasse ou sa canette de bière, s'y trouve dépaysé ; il y est gêné sans savoir pourquoi. Il prend pour des diplomates tous ces gens si superbement vêtus ; les rubans rouges qui brillent à toutes les boutonnières l'éblouissent, et lorsqu'il sort, il est tout prêt de demander à la dame du comptoir pardon de la liberté grande.

L'établissement dont nous venons de parler ne ressemble pas, on le voit de reste, à celui de la rue de la Tannerie. D'élégants guéridons de marbre blanc remplacent les tables couvertes de toile cirée ; des divans tiennent la place des mauvais tabourets ; le comptoir est resplendissant de dorures, et derrière, sur un siège qui ressemble beaucoup à un trône, se carre une jolie femme. Le maître de céans ne ressemble pas à un limonadier ordinaire. Il ne porte pas le gilet de piqué blanc et la cravate de mousseline que ses confrères paraissent avoir adoptés. Il n'a jamais sous le bras l'indispensable serviette ; sa tournure, toutes les habitudes de son corps, ses moustaches grisonnantes taillées en brosse, le font ressembler plutôt à un ex-officier de grosse cavalerie. Il donne des poignées de main à ceux de ses habitués dont la bourse paraît pour le moment bien garnie ; sa voix est brève, rude même, lorsqu'il s'adresse à ceux d'entre eux qui paraissent éprouver une gêne momentanée.

(1) Bourreau.

Le débit des canettes de bière, des demi-tasses et des verres d'absinthe est la moindre branche du commerce de ce limonadier, si un jeune homme de famille, disposé à manger son bien en herbe, est conduit dans son guêpier, il y sera adulé, choyé, fêté de toutes les manières. Monsieur lui racontera les campagnes qu'il n'a pas faites ; madame, qui ne veut pas oublier qu'elle a été jolie, lui octroiera ses plus gracieux sourires. Si le jeune homme a besoin d'argent. « Eh ! bon Dieu ! monsieur, lui dira-t-on, pourquoi n'avez-vous pas parlé plus tôt ? je vous aurais prêté sans intérêt la somme dont vous avez besoin, mais adressez-vous à monsieur un tel, si vous voulez, je vous conduirai chez lui ; » et si le jeune homme est circonvenu de tous les côtés, on ne lui laisse pas le temps de réfléchir, il souscrit enfin des lettres de change à l'usurier, qui lui donne en échange une faible somme d'argent et une collection de tableaux apocryphes; le limonadier partage le profit, et le jeune homme est dépouillé du reste par les compères.

— Monsieur *** est de première force au billard, monsieur *** joue supérieurement à l'écarté ; et il a toujours sous la main des compères prêts à le servir de toutes les manières, pourvu qu'ils aient leur part du gâteau, aussi est-il toujours prêt à jouer tout ce qu'on désire.

Monsieur *** avance de l'argent à ceux de ses habitués qui en ont besoin pour terminer une *affaire*, et partage avec eux les bénéfices, il donne ou fait donner sur leur compte de bons renseignements moyennant finance, etc. Enfin, il a plusieurs cordes à son arc et ces cordes sont constamment tendues.

Il était un peu plus de six heures du soir, les garçons allumaient le gaz dans l'établissement en question, et les habitués venaient de sortir pour aller dîner ; il ne restait dans la salle que ceux qui étaient intéressés dans une partie engagée entre le maître de la maison et un très-beau jeune homme : et deux étrangers, placés à une table voisine de celle occupée par les joueurs, qui suivaient avec beaucoup d'intérêt toutes les phases de la partie.

La présence de ces deux hommes paraissait importuner les joueurs, qui auraient probablement manifesté le mécontentement qu'ils éprouvaient si la mine résolue et la tournure tout à fait dégagée de ces profanes ne leur avaient pas imposé une certaine retenue.

— Nous sommes dans un *étouffe* (1), dit à voix basse à son compagnon celui des deux qui paraissait le plus âgé, et le plus jeune des deux joueurs est un pigeon que les autres sont en train de plumer.

— Cela me fait cet effet-là.

— Il n'y a pas de doute, ce petit, qu'ils ont nommé de Préval, fait le *sert* (2) à celui qui tient les cartes.

La partie était terminée, le jeune homme avait perdu, il tira pour payer son adversaire un portefeuille gonflé de billets de banque.

— Le *sinve* a le *sac* (3), dit le plus jeune des deux étrangers, si nous pouvions lui *hisser* le *gandin* (4), cela nous remettrait à flot.

— Laisse-moi faire et tout ira bien, répondit l'autre ; puis il s'approcha du limonadier à moustaches grises et lui dit quelques mots à l'oreille, celui-ci le regarda d'un air courroucé.

— C'est comme cela, lui dit à voix basse l'étranger, sans paraître beaucoup ému de ses regards menaçants ; c'est comme cela, encore cette partie, mais qu'elle soit la dernière, je ne veux pas laisser dépouiller devant moi un compatriote.

— Monsieur veut peut-être le dépouiller lui-même ? dit Préval, qui avait entendu les quelques paroles que nous venons de rapporter.

— Peut-être bien, mon jeune monsieur !... répondit Duchemin... — Nos lecteurs, sans doute, l'ont déjà reconnu, ainsi que

(1) Une réunion de fripons.
(2) Signal que fait un compère à celui qui tient les cartes, afin de lui indiquer le jeu de son adversaire.
(3) La dupe a beaucoup d'argent.
(4) Le tromper.

son compagnon *Salvador*. — Est-ce que cela vous déplairait?

De Préval ne releva pas cette provocation indirecte et le jeune homme ayant perdu la partie, paya avec autant de bonne grâce que la première fois. Le combat finit faute de combattants.

Quelques instants après, le jeune homme, *Salvador* et Duchemin, étaient à peu près seuls dans le café.

— Je crois, dit ce dernier, que nous sommes compatriotes.

— Nous sommes, au moins, de la même province ! répondit gracieusement le jeune homme... Je suis du village de Pourrières, en Provence.

— Et moi de Trets, à moins de deux lieues de chez vous ; mais vous connaissez peut-être ma famille, je me nomme *Roman*.

Salvador poussa le coude de son ami.

— Quelle imprudence ! lui dit-il.

— Laisse donc, répondit *Roman*; mon *centre d'altèqua n'est pas plus mouchique que mon centre à l'estorgue* (1).

— J'ai quitté fort jeune le pays, répondit le jeune homme ; cependant je crois me rappeler qu'un notaire de ce nom habitait Pourrières.

— C'était mon oncle et mon tuteur.

Roman disait vrai.

— Je me nomme de Pourrières ! dit à son tour le jeune homme qui ne pouvait, sans manquer aux convenances, cacher plus longtemps son nom à son compatriote.

— Qu'il se nomme Pierre, Paul ou Jean, l'important pour nous est de nous emparer du portefeuille, dit tout bas Salvador.

— Tout vient à point à qui sait attendre, reprit Roman qui continua de causer avec le jeune homme ; il lui parlait des beaux sites de leur pays, de son beau ciel, des jolies filles d'Arles et des beaux garçons de Tarascon. Salvador prit part à la conversation ; de Pourrières, charmé d'avoir rencontré d'aussi aimables compatriotes, les pria de venir dîner avec lui. Salvador et Roman firent quelques façons pour la forme, mais de Pourrières ayant renouvelé ses instances, ils le suivirent au café Anglais.

De Pourrières fit très-honorablement les choses. Il fit servir à ses convives les mets les plus succulents et les vins les plus généreux, de sorte qu'au dessert la plus parfaite harmonie régnait entre ces trois personnages. Salvador et Roman, qui voulaient provoquer la confiance de leur amphitryon, lui avaient chacun raconté une histoire, qu'ils avaient inventée pour les besoins du moment. De Pourrières, ne voulant pas se montrer moins communicatif que ses nouveaux amis, prit à son tour la parole :

— Messieurs, dit-il, vous êtes les premiers qui depuis quinze ans aient entendu mon nom, que je cache sous celui de Courtivon. Vous devez vous souvenir, puisque vous êtes Provençaux, que mon père acquit une célébrité funeste en tuant ma mère, dans des circonstances telles que le jury acquitta le marquis, quoique plus tard il fût prouvé que sa femme n'était pas coupable.

— Je me rappelle ceci, dit Salvador, et je me souviens même que vous avez quitté le pays à la suite de ces événements.

— C'est vrai, je n'ai pas voulu revoir mon père. Je ne voulais pas de son nom et n'en veux pas encore. Je ne le porterai jamais et j'obtiendrai de m'appeler légalement de Courtivon. Aussi vous prié-je de me garder le secret sur mon vrai nom.

— Nous vous le promettons, fit Duchemin.

— Mon père, reprit le marquis, aussi désolé que moi quand il eut les preuves de son erreur, sentit bien que sa vue devait m'être odieuse ; il fut le premier à m'engager à voyager, me faisant tenir vingt mille francs par an, partout où je me trouvais.

— Vous avez eu bien des aventures ? dit Duchemin.

— En effet. Mais j'ai assez de cette vie de Juif-Errant. Je compte m'établir à Paris et m'occuper d'une ancienne maîtresse et d'un fils que j'en ai eu. Ils doivent être à Genève

(1) Mon véritable nom n'est pas plus compromis que mon nom supposé.

tous deux ; un certain Juif nommé Josué, intermédiaire entre moi et mon père, me renseignera.

« Ma fortune et ma situation viennent de changer subitement. »

Il leur raconta son histoire :

— Pendant quinze ans j'ai voyagé un peu partout, dit-il.

« J'ai eu des aventures assez singulières et je suis revenu à Paris assez las de cette existence de Juif-Errant.

« J'ai eu, d'une maîtresse, un fils que je fais élever et que je reconnaîtrai un jour.

« Quinze années s'étaient écoulées depuis que j'avais quitté le château de Pourrières, et je n'avais pas une seule fois écrit à mon père. Lorsque je reçus à Bruxelles, que j'habitais depuis quelque temps, une lettre de Josué qui m'apprit qu'il venait de mourir, et qu'il fallait absolument pour me faire mettre en possession de l'héritage que j'étais appelé à recueillir ; le juif m'envoyait 20,000 francs pour faire mon voyage et me mettre à même de faire une figure honorable en arrivant dans mon pays, il me disait aussi que le choléra avait enlevé mes oncles, et que j'étais le seul et le dernier rejeton de l'ancienne famille de Pourrières.

« Je quittai de suite Bruxelles et je m'arrêtai à Paris, j'avais l'intention de séjourner quelques mois dans cette ville, que je n'avais pas encore vue, j'y suis depuis moins de deux mois et dans quelques jours je quitterai cette ville sans éprouver le moindre regret.

« Je suis las de courir le monde, j'ai vu l'Angleterre, la Suisse, l'Italie, la Hollande, l'Espagne et le Portugal, et j'ai rencontré partout les mêmes vices et les mêmes travers.

« Je donne dans quelques jours un grand dîner d'adieux à toutes les personnes dont j'ai fait la connaissance depuis que j'habite Paris ; si vous voulez y assister, vous me ferez plaisir ; et si êtes observateurs, vous pourrez y étudier des physionomies assez curieuses. »

Salvador et Roman acceptèrent avec empressement l'invitation du marquis.

La soirée était déjà avancée lorsqu'ils quittèrent le cabinet dans lequel ils avaient dîné. Le marquis, ayant manifesté l'intention de rentrer de suite chez lui, ses nouveaux amis l'accompagnèrent jusque dans l'appartement qu'il occupait seul dans une assez jolie maison de la rue Joubert, et ne le quittèrent que lorsqu'il se fut mis au lit, et après avoir pris rendez-vous pour le lendemain.

— Ceci peut nous être utile, dit Salvador à Roman lorsqu'ils furent dans la rue, en lui présentant un morceau de cire jaune.

— Ah ! tu as pris l'empreinte, c'est fort bien ; mais nous n'aurons pas besoin, je crois, de nous en servir, j'ai une idée que je te ferai connaître tout à l'heure.

Roman et Salvador venaient d'arriver dans la chambre garnie du modeste hôtel que le mauvais état de leur bourse les avait forcés de choisir. Salvador avait pris un siège pour se reposer quelques instants en fumant un cigare ; Roman, qui était resté debout, se découvrit et fit plusieurs profondes et respectueuses révérences à son compagnon, qui le regardait avec étonnement.

— J'ai bien l'honneur, lui dit-il, de présenter mes civilités à monsieur le marquis de Pourrières, et le prie de vouloir bien agréer mes très-sincères compliments de condoléance.

Un éclair brilla dans les yeux de Salvador ; il avait compris son maître.

— A quand l'exécution de ton plan ? lui dit-il.

— Il faut que je le mûrisse et que je fasse naître une occasion favorable ; mais ce sera facile.

Salvador se jeta au cou de son digne camarade, qu'il tint longtemps embrassé.

— C'est charmant, ajouta-t-il ; c'est charmant, mon ami Roman ; vous êtes un grand homme.

IX

Récits divers.

Le festin offert par le marquis Alexis de Pourrières à tous ceux qu'il connaissait à Paris, et auquel devaient assister Salvador et Roman, avait été commandé plusieurs jours à l'avance et ne devait, disait-on, rien laisser à désirer.

Au jour et à l'heure indiqués, le couvert était mis dans un salon élégamment décoré et éclairé par une quantité raisonnable de bougies parfumées.

La table était couverte de linge damassé d'une blancheur éblouissante ; de magnifiques cristaux, d'admirables porcelaines réfléchissaient mille jets lumineux ; des surtouts de bronze doré, véritables chefs-d'œuvre artistiques sortis des ateliers de Denière, étaient chargés des fleurs exotiques les plus rares ; les vins rafraîchissaient dans des seaux en maillechort remplis de glace ; le chef et ses aides, le sommelier et les garçons de service étaient à leur poste, les convives pouvaient arriver, tout était disposé pour les recevoir.

De Pourrières arriva le premier ; Salvador et Roman le suivirent de près ; il s'empressa d'aller au-devant de ses nouveaux amis, dont il serra les mains dans les siennes.

Salvador et Roman admiraient le luxe et la parfaite ordonnance du couvert, et adressaient à l'amphitryon des félicitations qui paraissaient le flatter, lorsque les convives les plus pressés arrivèrent ; il y en avait de jeunes et de vieux ; beaucoup portaient à leur boutonnière le signe révéré de l'honneur. Salvador remarqua parmi eux un beau jeune homme, doué d'une taille de beaucoup au-dessus de la moyenne et d'une physionomie gracieuse, sur laquelle cependant on pouvait remarquer l'expression d'une fierté dédaigneuse. Quel est, dit au marquis, ce jeune homme qui ne vous a adressé qu'un très-léger salut, et auquel tous ceux qui sont ici paraissent adresser des hommages ?

— Ce monsieur, répondit de Pourrières avec un léger sourire, est une des plus curieuses physionomies de la société parisienne ; on ne lui connaît ni rentes, ni propriétés de ville ou de campagne, ni places, ni pensions ; il n'est ni artiste, ni commerçant, ni homme de lettres ; cependant il donne le ton aux lions les plus distingués de la capitale, il a sa place dans la loge infernale, il renouvelle souvent ses équipages et ses attelages, il joue et perd, sans froncer le sourcil, des sommes considérables ; il habite un des hôtels les plus confortables du nouveau quartier de l'Europe ; et lorsqu'il sort de chez lui, il demande à son valet de chambre, qui lui répond toujours oui, s'il a mis de l'or dans ses poches. Aussi, M. le vicomte Achille de Lussan voit-il s'ouvrir devant lui les portes des plus nobles demeures ; il est de tous les clubs de la bonne compagnie, de toutes les sociétés philanthropiques ; les plus jeunes et les jolies duchesses en raffolent ; et si elles l'osaient, elles disputeraient son cœur à la danseuse qu'il entretient, une très-jolie créature qui nous fera peut-être l'honneur d'assister à ce banquet.

— Ce M. de Lussan, dit Roman, me paraît un solide gaillard.

— Vous ne vous trompez pas, répondit de Pourrières ; il se sert des armes qu'il a reçues de la nature avec autant d'adresse que de l'épée que lui ont léguée ses nobles aïeux ; il a tué déjà quelques curieux qui avaient cherché à connaître les sources de sa fortune. Aussi a-t-on pour lui maintenant infiniment de respect.

Pendant le temps qu'avait duré la courte conversation que nous venons de rapporter, plusieurs nouveaux convives étaient arrivés, et, après avoir salué l'amphitryon, s'étaient mêlés aux divers groupes qui attendaient, en causant, l'heure à laquelle on devait se mettre à table.

De Pourrières continuait la conversation commencée avec Salvador et Roman.

— Si tous ces gens-là, disait-il, voulaient être sincères et raconter leur histoire, vous entendriez de singuliers aveux, et en une heure vous apprendriez plus de choses que ne peuvent vous en apprendre, en dix ans, tous les romans intimes que l'on a fabriqués depuis quelque temps; il y a, voyez-vous, dans les replis du cœur humain des passions mauvaises, des vices ignobles que l'œil de Dieu peut seul apercevoir, et qui ne seront jamais mis en œuvre par les romanciers.

— Oh! oh! monsieur le marquis, savez-vous que vous prêchez à ravir.

— Vous avez raison, le moment est mal choisi pour faire de la morale ; puisque nous sommes ici pour nous amuser, amusons-nous ; mais évitez surtout de me donner mon nom ; tous ceux qui sont ici ne me connaissent que sous celui de Courtivon.

Roman lança à Salvador un coup d'œil significatif.

— En attendant qu'il nous soit permis de faire honneur au festin, dit-il en s'adressant au marquis, continuez, autant du moins que cela vous sera possible, de nous faire connaître les convives.

— Avec plaisir. Ce petit monsieur qui se fait appeler de Préval, est un satellite qui gravite autour de l'astre que l'on nomme de Lussan ; mais comme on connaît à peu près les moyens qu'il emploie pour soutenir le luxe qu'il affiche, on ne lui accorde pas la considération qu'on n'ose refuser au vicomte de Lussan. Les femmes qui se laissent séduire par la jolie figure, les gracieuses manières et les tirades sentimentales de M. de Préval, qu'elles soient duchesses, actrices ou femmes entretenues, sont la mine qu'il exploite ; une vieille princesse russe fait les frais de son tilbury, une actrice ceux de son appartement, une fille entretenue lui fournit son argent de poche. M. de Préval, pour parer aux éventualités de sa position, a une seconde corde à son arc ; il est, dit-on, plus qu'heureux au jeu.

« Ce petit homme rabougri, qui cause en ce moment avec le vicomte de Lussan, à la tournure grotesque, aux jambes torses, au gros ventre, dont la tête est encaissée dans des épaules d'une largeur peu commune, fut jadis le curé d'un village des environs de Paris. Monsieur l'abbé, vous pouvez le voir, affecte un maintien grave et vénérable, ce n'est pourtant qu'un de ces prêtres hautains, qui, soit bêtise, soit orgueil, prétendent tout assujettir au ton de leurs hypocrites momeries ; quant à la religion, ce personnage l'exploite en véritable disciple d'Escobar.

« Notez que cet homme s'est lancé dans de grandes entreprises, qu'il est criblé de dettes, et que, pour faire diversion à ses embarras, il rend un culte assidu à la dive bouteille.

« Lorsqu'il était curé de*** il devait des sommes considérables au banquier P***, il fallait les payer ou du moins donner au banquier des signatures qui le rassurassent sur le sort de sa créance. Payer n'était pas chose facile, l'élément principal manquait : donner de bonnes signatures, autre difficulté, car, qui aurait consenti à cautionner un ecclésiastique qui n'avait d'autre fortune que le produit de sa cure ? Il fallait donc, pour que monsieur le curé pût arriver à son but, qu'il recourût à un de ces tours inédits, à un de ces tours que maître Lucifer inspire à ses âmes et féaux pour les sortir momentanément d'affaires, sauf à les leur faire expier plus tard. Voici donc celui que monsieur le curé joua au plus honnête des paroissiens, nommé, je crois, M. François.

« M. François, suivant un de ses domestiques qui conduisait aux champs une voiture du fum de sa basse-cour, rencontra au détour d'une rue fort étroite l'abbé en question, curé de la commune ; celui-ci profitait du soleil printanier pour faire sa promenade dans le village, il avait tricorne en tête et le bréviaire à la main, enfin le costume rigoureusement exigé par les saints canons.

« — Il y a bien longtemps, mon bon monsieur François, dit le curé, que je n'ai eu le plaisir de vous voir au presbytère : aurais-je eu le malheur d'encourir votre disgrâce ?

« — Pas le moins du monde, monsieur le curé, répondit M. François, je n'ai jamais eu qu'à me louer de vos procédés envers moi ; mais vous l'avouerai-je ? plus le temps de Pâques approche, et plus je fuis le presbytère ; il me semble que je

ne saurais y aller sans régler certains comptes fort arriérés... vous savez...

« — Allons donc, mon bon monsieur François, croyez-vous que je fasse de la religion dans la rue. Si je me plains de la rareté de vos visites, mon bon monsieur François, c'est parce que vous êtes un aimable convive, et que depuis longtemps je n'ai eu le plaisir de me trouver avec vous ; il faut, pour m'en dédommager, que vous veniez sans cérémonie un de ces matins me demander à déjeuner, je vous ferai goûter d'un certain vin vieux de derrière les fagots, dont vous me direz votre sentiment ; surtout ayez soin de ne pas venir un jour maigre.

« M. François, flatté d'une invitation aussi polie, s'empressa d'accepter le déjeuner offert ; on prit jour pour le jeudi suivant.

« Le jour indiqué étant venu, le bon M. François fait un pouce de toilette et se rend au presbytère.

« On s'assied, la table est mise avec propreté et même avec élégance ; deux couverts seulement y figurent, mais les bouteilles y sont en bien plus grand nombre. Les morceaux se succèdent avec rapidité, on mouille d'autant ; les gais propos viennent à la suite ; bref, Rabelais n'a rien de mieux dans son chapitre des propos de table.

« Le second service a disparu : M. François paraît légèrement absorbé par la digestion, son œil indécis n'a plus la même netteté.

« Nos gens se mettent à trinquer de plus belle, les couleurs se confondent, on verse alternativement le blanc et le rouge, puis le rouge et le blanc ; puis vient le café avec ses éternels accompagnements : le vieux cognac, le kirsch de la Forêt-Noire et l'anisette de Bordeaux ; mais depuis longtemps monsieur le curé s'était aperçu que les yeux de son convive papillotaient, que ses jambes étaient titubantes, enfin que sa raison était ensevelie au fond des bouteilles, c'était l'état où il voulait l'amener.

« — Monsieur François, dit-il, avant de nous séparer, j'espère que vous voudrez bien me rendre un petit service.

« — Comment donc, monsieur le curé, mais tout ce que vous voudrez ; disposez de moi, ne suis-je pas votre ami ?

« — Oh ! je le sais, mais il s'agit de peu de chose. Vous saurez donc que monseigneur l'évêque m'a demandé quelques renseignements sur l'état moral de la paroisse, sur l'instruction primaire, etc.; ces renseignements sont rédigés, mais il faut, outre mon témoignage, qu'ils soient revêtus de la signature d'un des plus notables de la commune ; or, qui est plus compétent que vous en pareille matière, vous qui parlez latin comme feu Cicéron, et que tout le monde cite comme le plus érudit du pays ? Voici les papiers, veuillez les signer.

« En achevant ce petit discours, monsieur le curé place divers papiers sur la table. M. François, encore sous l'influence des paroles flatteuses qu'il vient d'entendre, et des nombreuses rasades qui lui ont été versées, s'arme d'une plume, et par cinq fois environ son nom de son plus beau paraphe.

« Le tour était joué.

« On se quitte les meilleurs amis du monde.

« A six mois de là, le digne M. François, entouré de sa famille et de ses domestiques, dînait patriarcalement, heureux du bonheur de tous ceux qui l'entouraient, lorsqu'un homme, à mine rébarbative, se présente : c'était une de ces figures sinistres connues de tout un arrondissement, comme l'épouvantail des grands et des petits ; à cet aspect de funeste présage, toutes les mâchoires cessent de fonctionner, la foudre tombant au milieu de la famille réunie ne l'aurait pas autant impressionnée, terrifiée !

« Cependant M. François se lève :

« — Qu'y a-t-il, maître Tenantbon ? (c'était le nom du personnage, honnête huissier de son état) dit-il.

« — Une misère, mon bon monsieur François, c'est une petite visite intéressée que je viens vous rendre, pour et à celle fin de recevoir de vous une somme de dix mille francs, plus les frais montant de cinq mille effets créés par monsieur le curé de votre commune, endossés par vous et protestés faute de payement.

« — Comment ? quoi ? qu'est-ce ? que dites-vous ?

« — Mais ! dit maître Tenantbon, de sa voix la plus mielleuse; ceux qui m'envoient ne sont pas des fous. Tenez, voyez, n'est-ce pas là votre signature?

« — Ah mon Dieu ! qu'ai-je fait ? s'écrie M. François, moi qui ai cru signer des papiers pour l'évêché... malédiction ! Oui, dit-il enfin à maître Tenantbon, c'est bien là ma signature ; mais il y a des juges à Berlin et je serai vengé !

« A un mois de là, l'abbé en question était condamné à un an de prison comme coupable d'escroquerie et d'abus de confiance ; mais la Belgique est une terre hospitalière, où l'on fait collection d'hommes de bien : l'abbé alla, pendant quelque temps, en augmenter le nombre (1).

« Deux hommes se sont retirés dans l'embrasure d'une fenêtre pour causer plus à leur aise ; l'un est grand, maigre, son teint est bilieux, ses yeux d'un gris douteux sont surmontés d'épais sourcils noirs qui se rejoignent à la naissance du nez ; c'est un de messieurs les avoués de première instance de la bonne ville de Paris ; l'autre est gros et court, sans yeux à fleur de tête, au nez couvert de légers bourgeons, c'est un des membres de la corporation des avocats. Ces deux hommes mitonnent, sans doute, quelques sales affaires, ils n'en font pas d'un autre genre.

« Maître Ruinard, ainsi se nomme l'avoué, vivait, lorsqu'il était encore étudiant en droit, avec une jeune femme qui devint enceinte de ses œuvres ; cette malheureuse, de concert avec son amant, se fit avorter.

« Lorsque l'étudiant en droit prit femme, il quitta sa maîtresse, qui s'empressa de former d'autres liens.

« Devenue enceinte de nouveau, elle voulut mettre à profit les leçons qu'elle avait reçues de son premier amant ; en conséquence, elle se fit avorter ; mais cette fois le crime fut découvert, et elle fut traduite devant la cour d'assises de la Seine.

« Par un hasard singulier, son ancien amant, celui qui avait été son complice lorsqu'il avait commis son premier crime, faisait partie du jury qui devait décider de son sort. La femme, vous devez bien le penser, se garda bien d'user de son droit de récusation contre un homme sur l'indulgence duquel elle croyait pouvoir compter.

« Lorsqu'après les débats, les jurés étaient réunis dans la chambre des délibérations, l'avoué se trouva appelé le dernier à émettre son vote : cinq voix déjà étaient favorables à l'accusée, vous croyez sans doute que celle de son amant va partager les votes et qu'elle sera acquittée, eh bien ! vous vous trompez ; il se réunit aux jurés qui avaient voté contre l'accusée, qui fut condamnée à six ans de réclusion.

— Oh ! quel homme abominable ! s'écrièrent en même temps Salvador et Roman.

« Après le prononcé du jugement, continua de Pourrières, l'avoué, qui sortait de la cour d'assises, fut accosté par un avocat très-connu et très-recommandable, qui savait tout ce qui s'était passé jadis entre lui et la femme qui venait d'être condamnée.

« — Vous avez dû bien souffrir pendant tout le temps qu'ont duré les débats et la délibération du jury? lui dit-il.

« — Que voulez-vous, mon ami ! répondit l'avoué avec le plus grand calme ; elle était coupable.

« — Vraiment, j'admire votre sang-froid, il ne vous manquerait plus que d'avoir voté contre elle.

« — Mais c'est ce que j'ai fait.

« — Comment, vous avez voté contre celle qui a été votre maîtresse, et après ce qui s'est passé entre elle et vous ?

« — Que voulez-vous, mon ami, j'étais convaincu de sa culpabilité, qu'elle s'est fait avorter pendant le temps qu'elle était ma maîtresse ; au reste, mon cher ami, j'ai obéi à ma conscience.

« L'avocat indigné, tourne le dos sans répondre un seul mot à ce Brutus d'un nouveau genre, qui se console en faisant fortune du mépris que les gens lui témoignent (2)

« Celui qui cause avec l'avoué dont je viens de vous parler n'est pas encore arrivé aussi haut que le député patriote. Il existe entre celui-ci et celui-là la même distance qu'entre le

(1) Historique.
(2) Historique.

vicomte de Lussan et de Préval ; cet avocat entretient dans les prisons des courtiers qui sont chargés de lui procurer des affaires. On lui proposa, il y a peu de temps, de défendre un jeune voleur, accusé d'avoir soustrait une somme d'argent considérable ; le jeune fripon pouvait espérer qu'il serait acquitté, s'il était habilement défendu ; car, aucun fait positif ne venait justifier l'accusation. L'avocat vit l'accusé, et après l'avoir écouté, il lui donna bon espoir et lui demanda le solde de ses honoraires ; l'accusé lui dit qu'il ne pourrait le payer qu'après sa mise en liberté ; l'avocat crut devoir lui faire observer qu'il ne serait pas plus riche lorsqu'il serait libre, qu'il ne l'était en prison.

« — Oh ! que si, répondit le détenu qui connaissait de réputation le particulier auquel il avait affaire ; lorsque je serai libre, je pourrai vous payer généreusement.

« L'avocat, qui avait dressé l'oreille au coup d'œil significatif du voleur, pressa son client, qui enfin lui avoua qu'il était réellement l'auteur du vol dont il était accusé, et que le sac qui contenait les espèces était enterré sous le lit de sa mère. L'avocat feignit de ne pas croire le voleur ; celui-ci, voulant lui donner une preuve de sa bonne foi, l'invite à retirer le sac du lieu où il se trouve caché. Prenez le magot, lui dit-il, et gardez-le tant que ce qu'il contient, vous me remettrez le reste lorsque je serai libre. L'avocat se rendit à Charentonneau, petit hameau de Maisons-Alfort. Comme la mère ignorait la culpabilité de son fils, et le lieu où était caché le sac volé, il fallait, pour que notre héros pût procéder à son aise, qu'il se débarrassât de la présence de cette honnête femme, ce qu'il fit en l'envoyant à Maisons-Alfort, chercher une feuille de papier timbré. Pendant son absence, la cachette fut aisément découverte, et le sac en fut tiré. L'avocat défendit le jeune voleur, qui fut acquitté. Mais lorsqu'il réclama les trois quarts de la somme volée, l'avocat réclama ses honoraires. Le voleur, aussi honteux qu'un renard qui se serait laissé prendre par une poule, jura, mais un peu tard, qu'on ne l'y prendrait plus (1).

— Si jamais je suis accusé, dit Roman, je ne confierai pas à ce monsieur, le soin de me défendre.

— Vous ferez bien, répondit de Pourrières ; mais si, pour des raisons à vous connues, vous désirez vendre ou louer la jolie petite maison ornée de pampres verts que vous possédez à Trets, ne vous adressez pas non plus à l'individu, porteur d'un nez pyramidal, qui se dandine sur ce sofa. Les ruses du métier qu'il exerce sont nombreuses, et vous pourriez bien, vous, vous y laisser prendre. Mais comme cet individu ne dépense pas en folie l'argent qu'il escroque, il aura bientôt acquis une brillante fortune ; il achètera alors des propriétés, il sera capitaine de la milice citoyenne, chevalier de la Légion d'honneur, électeur, juré, et il condamnera impitoyablement tous ceux qui comparaîtront devant lui.

« Trouvant un jour que son commerce ne lui rapportait pas d'assez beaux bénéfices, un marchand de bas et de bonnets de coton fit annoncer dans tous les journaux qu'il livrerait, moyennant la modique somme de un franc, une graine qui, plantée dans un bon terrain, devait donner naissance à un chou d'une dimension merveilleuse ; malheureusement pour les horticulteurs, l'usage leur prouva que la graine du chou colossal n'était que de la graine de niais.

« La physionomie colorée, les cheveux du plus beau rouge carotte qu'il soit possible de voir, et l'habit noir à queue de morue de l'individu qui cause en ce moment avec l'inventeur du chou colossal, vous annoncent au naturel des îles Britanniques. Celui-ci vend aux bons Parisiens un spécifique unique, propre à guérir les maux passés, présents et à venir. La panacée de cet honnête insulaire est tout simplement de la farine de lentilles que l'on achète parce qu'il la vend sous son nom scientifique, d'Ervelenta.

« Voici deux hommes, que je suis très-étonné de rencontrer ensemble, quoiqu'ils soient compatriotes. Le midi de la France les a vus naître. Le premier est âgé d'environ cinquante-cinq ans ; il est corpulent et de belle taille ; il est doué d'une physionomie agréable, bien qu'elle soit légèrement marquée de

(1) Historique.

petite vérole ; ses manières sont nobles et gracieuses ; on dit tout bas, bien bas, qu'il a achevé ses études au bagne, où ses camarades l'avaient surnommé le philosophe et l'avocat, et qu'il porte, sur l'épaule droite, le témoignage de ses anciens services. Depuis sa libération, trois décorations, qu'il n'avait pas au bagne, brillent sur sa poitrine.

« La mise de cet homme est toujours recherchée ; il joue l'aristocrate à ravir ; on peut dire, sans craindre d'être démenti, que c'est un coquin de bonne compagnie.

« Le second est aussi bel homme que son compatriote, mais il n'est pas, comme lui, doué d'une physionomie propre au métier qu'ils exercent tous deux. La petite vérole, qui n'a laissé que de légères traces sur le visage de son ami, a fait sur le sien de notables ravages. Sa barbe est blonde et épaisse ; il la fait couper après une première affaire, et il la laisse croître lorsqu'il vient d'en terminer une seconde. Il dit dans les tripots, dont il est le plus fidèle habitué, qu'il est de noble origine, ancien officier de cavalerie, comte palatin du Saint-Empire Romain ; prétentions démenties par l'expression commune de son visage et sa tournure assez semblable à celle d'un souteneur de filles ; il n'est en réalité que chevalier de l'ordre énigmatique de l'Éperon-d'Or, dont il a acheté le brevet cinquante écus à Sartorius Corté ; il donnerait, à ce qu'il assure, son brevet pour quatre cigares ; je le crois ; lorsqu'il acheta ce malencontreux brevet, il croyait qu'il lui donnait le droit d'attacher à sa boutonnière le ruban de l'ordre qui est de la même couleur que celui de la Légion d'honneur, hélas ! il n'en est rien.

« Ces deux individus qui ne marchent jamais l'un sans l'autre, se trouvèrent un jour très-sanglés (c'est l'expression dont ils se servent), tous les deux, c'est-à-dire qu'ils avaient un très-pressant besoin d'argent. Le plus âgé dit alors au plus jeune :

« — Écoute, j'ai trouvé cette nuit une mine d'or, ou plutôt, ce qui vaut mieux, une mine de billets de banque.

« — Comment, lui répondit son ami, tu veux fabriquer des faux billets de banque ? Cela ne me va pas. Je me moque de la police correctionnelle, mais je respecte beaucoup la cour d'assises.

« — Et qui diable te parle de fabriquer quoi que ce soit ? N'est-il donc plus possible de se procurer de bons et véritables billets de banque ?

« — Pour s'en procurer un nombre raisonnable, je ne connais que deux moyens : les faire soi-même ou voler la Banque de France ; et je te l'avoue, l'une ou l'autre de ces deux actions m'épouvante ; tu sais que je suis honnête homme, et que l'idée seule de commettre une mauvaise action me donne des crispations.

« — Mais il ne s'agit, je te l'assure, ni de voler ni de rien de semblable ; il ne faut que savoir saisir adroitement un portefeuille bien plein de cet agréable et soyeux papier.

« — S'il ne s'agit que de s'emparer avec adresse d'un portefeuille, je consens à t'aider ; mais, avant tout, je désire que tu m'expliques ton plan.

« — Mon plan est simple, et si demain il fait aussi beau temps qu'aujourd'hui, je suis certain du succès.

« — Tu me fais mourir d'impatience avec tes réticences ! Dis-moi de suite de quoi il s'agit, je suis tout oreilles : parle !

« — Tu as remarqué l'autre jour l'embonpoint du portefeuille de mon banquier.

« — Oui, je l'ai vu et convoité. Mais ce portefeuille est comme l'arche sainte, personne ne peut y toucher.

« — Cependant si demain le soleil se lève radieux, et si tu veux me seconder, nous en serons propriétaires.

« — Je crois, mon cher, que tu es devenu fou. Il nous serait plus facile de prendre la lune avec nos dents que de nous approprier le portefeuille de ce brave homme.

« — Demain, s'il fait beau (c'est la condition sine quâ non), tu te promèneras sous les fenêtres de l'usurier en question, et si le portefeuille tombe à tes pieds, tu le ramasseras et tu disparaîtras : voilà tout ce que j'exige de toi, entends-tu ?

« — Oui, j'entends, mais je ne comprends pas.

« — Consens-tu, oui ou non, à faire ce que j'exige de toi ?

« — Eh bien ! oui !

« — C'est bien. Alors prie Dieu que la journée de demain

soit belle, et s'il exauce tes prières, avant qu'il soit midi nous serons tous deux de la fête.

« — En ce cas nous nous retrouverons demain matin à sept heures au Palais-Royal, vis-à-vis la Rotonde.

« Le lendemain les deux amis se rencontrèrent au lieu et à l'heure indiqués. Le ciel était pur, le soleil brillait, tout annonçait un jour exempt d'orage. L'empressement était égal de part et d'autre, ils se dirigèrent ensemble vers le domicile de l'usurier, et le plus âgé dit à son ami :

« — Avant d'entrer dans la maison, sois attentif, et la fortune te tombera sur la tête.

« Le comte palatin du Saint-Empire Romain se promenait sur le trottoir, attendant avec impatience le bienheureux aérolithe qui devait lui tomber dessus. Enfin, après une heure d'attente qui lui parut aussi longue qu'une journée passée au violon, sans argent, le portefeuille qu'il attendait tomba ; il le ramassa et disparut : personne n'avait remarqué ce qui venait de se passer.

« Voici ce qui était arrivé dans le cabinet de l'usurier dont, ainsi que l'avait prévu notre escroc, une des fenêtres était ouverte à cause du beau temps. Le plus âgé des deux, qui lui faisait escompter souvent certains billets qui étaient toujours bien payés à leur échéance, lui en avait présenté deux de mille francs chaque, à quatre mois de date. Le compte fait, il revenait à notre homme quinze cent soixante francs : le brave usurier ne donnait pas des coquilles. Le portefeuille fut retiré de la caisse, et trois billets de cinq cents francs en furent extraits, tournés et retournés dix fois et remis enfin, accompagnés d'un long soupir ; l'usurier, comme il en avait l'habitude, plaça le portefeuille à côté de lui afin de puiser dans sa caisse les soixante francs qui devaient compléter la somme qu'il devait remettre à son client ; à ce moment l'escroc saisit le portefeuille qu'il jeta par la fenêtre, qui fut fermée aussitôt.

L'usurier avait été si surpris, qu'il resta au moins une minute sans pouvoir dire un mot ; enfin il reprit ses sens et poussa des cris perçants, on accourut ; l'escroc était assis dans l'un des coins de la pièce, son bordereau d'escompte et les trois billets de banque qu'il avait reçus, à la main. « Je crois,—dit-il aux personnes accourues aux cris de l'usurier, que ce respectable monsieur est subitement devenu fou ». Le commissaire de police, mandé d'après les ordres du banquier, arriva enfin ; notre héros est fouillé, on ne trouve rien sur lui, il explique par A plus B sa présence chez l'usurier, qui, seulement alors, se rappelle que le portefeuille a été jeté par la fenêtre ; tout le monde remarque qu'elle est hermétiquement fermée et que celui qu'on accuse est placé à une extrémité opposée ; de son côté, il assure qu'elle était dans cet état lorsqu'il est entré. Le malheureux usurier qui devine que son argent, ce qu'il a de plus cher au monde, est à jamais perdu pour lui, se livre à tous les transports du plus furieux désespoir ; ses excès font croire qu'il a perdu l'esprit. Cependant, on interroge celui qu'il inculpe. Son air patelin, la vue de ses décorations convainquirent tout le monde de son innocence. On fut chez lui, on obtint d'excellents renseignements, il fut enfin relaxé.

« Comme vous le pensez bien, le craignait d'être suivi, aussi il prit des précautions pour aller rejoindre son ami ; enfin, vers six heures du soir ils se rencontrèrent au café qui fait le coin du boulevard et de la rue Montmartre ; ils se saluèrent comme des connaissances qui ont été quelque temps sans se voir, puis ils allèrent dîner chez Véfour.

« Entre la poire et le fromage, le plus vieux dit à son ami :

« — Eh bien ! combien as-tu trouvé ? l'usurier prétend qu'il contenait 50,000 francs.

« — Que dis-tu ? 50,000 francs, comment, où ?

« — Mais dans le portefeuille de ce matin.

« — De quoi me parles-tu ? ma parole d'honneur, je ne te comprends pas.

« — C'est assez plaisanter, combien y avait-il ? voilà le principal.

« — Mais tu es donc devenu imbécile ?

« — Tu es un brave camarade, n'est-ce pas ?

« — Sans doute.

« — Eh bien, ne me tiens pas plus longtemps dans l'incertitude, partageons et que tout soit dit.

« — Eh ! de par tous les diables, est-ce pour me faire tourner en bourrique que tu me payes à dîner ? Explique-toi, de grâce.

« Il s'explique. Lorsqu'il eut achevé son discours, le comte palatin, après de nombreux éclats de rire, lui répondit qu'il ne savait ce qu'il voulait dire; alors, mais alors seulement, le plus âgé des deux larrons vit que son camarade voulait s'approprier le contenu du portefeuille, il se leva et lui dit d'une voix solennelle : « J'avais cru jusqu'à ce jour que tu étais un honnête homme, je me suis trompé. Adieu; Dieu te punira (1). »

— Je vois que nous allons dîner avec tout ce que Paris renferme d'hommes tarés, ajouta Salvador.

— Détrompez-vous, mon cher compatriote, à part quelques rares exceptions, tous les hommes qui sont ici sont des personnages très-recommandables; les uns sont riches ou paraissent l'être, les autres exercent des professions honorables, quelques-uns occupent des places qui ne sont ordinairement accordées qu'à des hommes vertueux, ce n'est que tout bas que l'on dit ce que je viens de raconter, et lorsque l'on rencontre ces gens-là dans un salon, on leur fait bon visage.

— Eh! bonjour donc, monsieur de Courtivon, dit un beau jeune homme qui tendait à de Pourrières une main parfaitement gantée que celui-ci serra dans la sienne. Le jeune homme, après avoir échangé quelques paroles avec l'amphitryon, alla se mêler aux groupes déjà nombreux qui se formaient dans la salle.

— Est-il possible de refuser la main qui vous est tendue lorsqu'elle est aussi bien gantée que celle de ce beau jeune homme ? dit de Pourrières en souriant.

— Cela serait en effet difficile, lui répondit Salvador, si surtout cet individu est un peu moins coquin que tous ceux dont vous venez de nous raconter l'histoire.

« Ce jeune homme est un assez habile médecin, mais quelle que soit la science qu'il ait acquise sur les bancs de l'école, son savoir sera toujours au-dessous de son savoir-faire, aussi sa clientèle est-elle une des plus distinguées et des plus lucratives.

« Une femme dont le mari est absent, et qui redoute les suites d'une conversation quelque peu criminelle avec le caissier ou l'intendant de son mari, fait venir le docteur Delamarre, qui se charge de dissiper ses craintes. Les jeunes personnes de nobles familles qui ne veulent pas que leur écusson soit taché, les lorettes qui veulent esquiver les conséquences d'un souper à la Maison-d'Or, les grisettes qui ne veulent pas laisser de traces d'une soirée orageuse à l'Ile-d'Amour, trouvent chez lui assistance et délivrance lorsqu'elles ont dé l'argent.

« Voulez-vous un héritier, cet habile docteur saura vous en procurer un; si vous en avez de trop, il vous en débarrassera; en un mot, ce galant homme est la providence de toutes les vertus douteuses et de toutes les ambitions.

« L'air respectable et les manières distinguées quoique sans prétention de ce monsieur vous l'ont sans doute fait prendre pour un négociant du premier ordre, c'est un faiseur. Savez-vous ce que c'est qu'un faiseur?

— Non ! répondirent en même temps Salvador et Roman.

— Eh bien ! les faiseurs sont des individus qui se donnent la qualité de banquiers, de négociants ou de commissionnaires en marchandises pour usurper la confiance des véritables commerçants.

« Les faiseurs peuvent être divisés en deux classes ; la première n'est composée que des hommes capables de la corporation, de ceux qui opèrent en grand; les pauvres diables que vous pourrez voir dans l'allée du Palais-Royal qui fait face au café de Foi composent la seconde. A chaque renouvellement damné, on les voit reparaître sur l'horizon, pâles et décharnés, les yeux mornes et vitreux; cassés quoique jeunes encore, toujours vêtus du même costume, toujours tristes et soucieux, ils ne font que peu ou point d'affaires;

(1) Historique.

leur unique métier est de vendre leur signature à leurs confrères du grand genre.

« Vous nommer toutes les sociétés en commandites qui sont mortes entre les mains de cet individu, continua de Pourrières, en montrant à Salvador et à Roman un homme gros et court, à la physionomie joyeuse, qui cachait sous des bésicles d'or des petits yeux clignotants, et qu'il était facile de reconnaître pour un enfant d'Israël, ce serait vouloir faire une chose impossible; cet homme aurait inventé la commandite si elle n'avait pas existé; entre ses mains l'actionnaire devient une pâte molle qu'il pétrit à son gré, à laquelle il fait prendre toutes les formes et toutes les couleurs; cet homme est un grand génie, il a inventé les intérêts garantis, les primes mirobolantes et les dividendes prélevés sur le capital; il a tout exploité, mines de houilles, mines de fer, d'or et d'argent, bitumes de toutes les espèces et de toutes les couleurs; chemins de fer et bateaux remorqueurs; journaux catholiques, politiques, commerciaux, artistiques, littéraires, des femmes et de la jeunesse : la caisse de chacune des entreprises n'est que rarement ouverte pour payer les intérêts et les dividendes échus; mais, en revanche, le caissier est toujours à son poste lorsqu'il s'agit de recevoir les fonds des nouveaux actionnaires; les bénéfices d'une affaire servent à réparer les pertes de l'autre; lorsque toutes les caisses sont vides, ce qui arrive plus souvent que ne le voudrait cet honnête industriel, des annonces, et quelles annonces ! sont lancées dans tous les journaux, et de tous les coins de la France surgissent de nouveaux actionnaires empressés de prendre leur place au banquet de la commandite ; somme toute, cet homme est un très-grand homme. »

Tous ceux qui devaient prendre part au festin étaient arrivés, de Pourrières allait faire connaître à ses amis un petit vieillard assez pauvrement vêtu, que tout le monde saluait avec les marques du plus profond respect, lorsque le vicomte de Lussan s'approcha de lui :

— Je crois, dit-il, après avoir salué Salvador et Roman, que tous vos convives sont arrivés; ne ferions-nous pas bien en attendant les dames, qui sans doute ne se feront pas attendre longtemps, de passer dans un petit salon dans lequel nous trouverons toutes les liqueurs apéritives possibles.

— C'est une excellente idée que vous avez eue là, monsieur le vicomte, répondit le marquis.

Toute la compagnie, conduite par de Pourrières, entra dans un petit salon voisin de celui où avait été dressé le couvert. Sur une table ronde d'acajou, on avait placé plusieurs flacons et des verres à pattes en cristal taillé; l'absinthe aux reflets d'émeraude, le vermouth, le stoughton-madère, furent servis aux convives avec une généreuse profusion.

Les femmes arrivèrent.

La première se nommait Mina : c'était une belle et forte femme, ses cheveux noirs et luisants se déroulaient en longs anneaux sur les épaules d'une blancheur éblouissante, ses grands yeux noirs brillaient d'un vif éclat, ses lèvres un peu épaisses peut-être, mais d'un rouge aussi vif que celui d'une grenade, laissaient apercevoir des dents blanches et bien rangées; bien que cette femme fût douée d'une taille élevée, tous ses mouvements étaient souples et harmonieux, et elle avait adopté des ajustements qui ajoutaient de nouveaux charmes à sa merveilleuse beauté. Une robe de pou[l]t de soie cerise garnie de dentelles en points d'Angleterre, emprisonnait des formes aussi pures que celles de la Diane chasseresse; ses cheveux étaient tenus par un cercle d'or, et un collier formé d'une magnifique opale et d'un triple rang de perles de moyenne grosseur ornait son cou dont les muscles saillants annonçaient une grande force.

Elle était accompagnée d'une femme qui formait avec elle le plus parfait contraste : celle-ci, qui se faisait appeler Félicité Beaupertuis, était aussi frêle, aussi mignonne que son amie était forte et puissante; envisagés séparément, ses traits n'étaient pas irréprochables; mais ils composaient un ensemble qui plaisait au premier coup d'œil. L'expression sereine de sa physionomie, la placidité de ses regards indiquaient un excellent naturel; ses mains et ses pieds étaient d'une élégance et d'une petitesse vraiment remarquables;

son costume était simple, mais élegant. Mina était admirable,
Félicité était jolie; laissons à nos lectrices le soin de décider
de la valeur respective de ces deux éminentes qualités.

L'entrée de ces deux femmes dans le petit salon où se
trouvaient réunis les convives de de Pourrières fut saluée par
d'unanimes acclamations. Tous, jeunes et vieux, s'empressaient autour d'elles, et elles recevaient les hommages avec
autant d'aisance qu'une belle reine reçoit ceux de ses plus
dévoués courtisans; cependant une légère rougeur venait animer les joues un peu pâles de Félicité, lorsque l'admiration
qu'on lui témoignait s'exprimait en termes trop énergiques.

— Voilà, dit *Salvador* à de Pourrières, une petite personne
très-séduisante.

— N'est-ce pas? répondit-il. Eh bien! cette jeune fille est
aussi bonne qu'elle est jolie, et peut-être que si elle s'était
trouvée placée dans d'autres circonstances, elle serait l'orne-
ment du meilleur monde..... Mais quelle est la nouvelle divinité qui nous arrive? Eh! parbleu, c'est la danseuse de
M. le vicomte de Lussan.

Le vicomte, en effet, était allé au-devant d'une jeune femme
d'une parfaite beauté; ses traits fatigués, le léger cercle noir
qui entourait ses yeux bruns, la nonchalance des habitudes
de son corps, la faisaient ressembler à un beau lis qui s'in-
cline vers la terre après avoir supporté longtemps les efforts
de l'orage.

D'autres femmes suivirent, toutes jeunes, jolies et richement parées; chacune, en entrant, était abordée par ceux des
convives qu'elle connaissait, une seule demourait solitaire
dans le coin le plus obscur du salon, sans que personne songeât à s'occuper d'elle; cette femme, il est vrai, était vieille,
laide, et plus que modestement vêtue; l'isolement dans lequel on la laissait paraissait contrarier beaucoup le petit
vieillard dont de Pourrières allait parler à ses deux amis lorsque de Lussan l'avait abordé; il se remuait en tous sens, il
était et remettait son tricorne qui se balançait sur son chef
dénudé.

— Une si bonne femme! disait-il entre ses dents, ils n'ont des
yeux que pour toutes ces poupees bien habillées; enfin il alla
la prendre par la main, dans le coin qu'elle occupait, la vieille
femme dont nous venons de parler, et il l'amena au milieu
du cercle :

— Messieurs et mesdames, dit-il, j'ai l'honneur de vous présenter mon epouse, madame Juste.

Salvador et *Roman* croyaient que l'aspect hétéroclite de ce
couple allait exciter des éclats de rire universels; leur attente fut trompée : à leur grande surprise, la plupart de ceux
qui s'empressaient autour des femmes jeunes et jolies dont
nous venons de parler, les quittèrent pour venir offrir leurs
hommages à la vieille madame Juste.

— Il ne faut pas que cela vous étonne, leur dit de Pourrières, M. Juste est un très riche usurier, et il prête de l'argent
à la plupart des jeunes gens de famille qui sont ici.

— Nous avons donc ici des jeunes gens de famille ?

— Sans doute, croyez-vous par hasard que c'est par moi
qu'ont été invités les fripons dont je viens de vous parler ?

— S'il n'en est pas ainsi, comment se trouvent-ils ici ?

— Tous ces gens-là tripotent des affaires, aussi ils cherchent
à se lier avec tous les jeunes gens qui débutent dans la vie,
et ils réussissent souvent; car on n'est pas ordinairement
très-difficile sur le choix de ses liaisons, lorsque l'on ne possède pas encore cette expérience qui ne s'acquiert qu'avec
les années; je suis moi-même une preuve vivante de la vérité de ce que j'avance; ne vous ai-je pas dit que, durant les
premières années de ma vie, je m'étais lié avec *Ronquette* ?

Huit heures sonnèrent à la magnifique pendule de bronze
doré qui ornait la cheminée du salon.

— A table! s'écrièrent tout d'une voix les convives... à
table !

Le banquet offert par de Pourrières devait se passer comme
toutes les fêtes de semblable nature.

L'apport sur la table du plus beau dessert qui se puisse
imaginer excita de la part des convives des cris unanimes
d'admiration.

Jusque-là, tout s'était passé très-convenablement, mais

à ce moment le fumet des vins capiteux servis avec profusion aux convives leur étant monté à la tête, et le café et
les liqueurs françaises et des îles ayant achevé une besogne
si bien commencée, la conversation prit tout à coup des allures très-décolletées. Ainsi que cela arrive presque toujours,
ce furent les femmes qui donnèrent le signal des propos ha-
sardés et des épigrammes licencieuses.

— Prions ces dames de nous raconter leur histoire, dit
un jeune homme dont les regards langoureux, les longs
cheveux blonds, toutes les allures annonçaient un poète in-
compris.

— Ce monsieur a besoin d'un sujet de vaudeville, répondit
la lorette.

— De roman, ajouta la danseuse.

— Vous brûlez toutes du désir de nous raconter votre histoire, dit l'avocat; et de notre côté, nous brûlons du désir de
vous entendre; n'est-il pas vrai, messieurs?

— Sans doute, répondit en même temps de Pourrières,
Salvador et *Roman.*

— Qu'entendrons-nous d'abord, continua l'avocat, le vaudeville ou le roman?

— Le vaudeville, dit l'abbé.

— Le roman, dit *Salvador.*

— Les avis sont partagés, ajouta Mina ; si, pour mettre
tout le monde d'accord, nous écoutions un drame.

— Va pour le drame ; mais qui nous le racontera ? dit
Roman.

— Eh parbleu! Félicité Beaupertuis, répondit Mina; son
histoire, j'en suis sûre, est très-attendrissante.

— Voyons! Félicité, exécute-toi, ma chère, ajouta la danseuse.

Félicité hésita quelques minutes avant de se déterminer à
prendre la parole; mais *Salvador* lui ayant versé un verre
de vin de Champagne qu'elle but lentement :

— C'est une bien bonne chose que le vin de Champagne,
dit-elle; lorsque l'on a bu quelques rasades de ce vin généreux, tous les événements de la vie nous apparaissent couleur de rose.

— Vide encore un verre et commence ton histoire, dit la
danseuse.

Félicité repoussa de la main le verre qu'on lui présentait.

— Je n'ai plus soif, dit-elle.

Puis s'étant affermie sur son siège, elle commença ainsi :

— Je suis née à Dijon.

— Ville renommée pour son excellente moutarde, dit un
jeune homme qui paraissait très-fier de ses joues colorées,
de ses belles dents, de ses deux gros yeux bêtes à fleur de
tête, et qui parut très-étonné de ne pas voir ce qu'il regardait comme une excellente plaisanterie exciter des éclats de
rire universels.

Félicité, tout interdite, s'était arrêtée :

— Continue, lui dit Mina; si ce jeune monsieur recommence ses facéties, nous le prierons d'aller jouer au loto.

« Je suis née à Dijon, reprit Félicité ; sur la place de l'Hôtel-de-Ville, en face de l'ancien palais des ducs de Bourgogne, il y a une jolie petite maison, dont les contrevents sont
peints en vert et dont les murailles sont cachées par des
touffes épaisses de capucines et de pois de senteur qui courent sur un treillage de fil d'archal; cette maison est celle
de ma famille, j'ai passé là les plus belles années de ma vie.
A quinze ans j'étais aussi heureuse que peut l'être une innocente jeune fille, que les événements de la vie ne sont pas
encore venus désillusionner; lorsque j'allais me coucher,
après une journée bien employée et que mon père avait
déposé sur mon front un bon gros baiser, presque toujours
des songes couleur de rose venaient caresser mon sommeil.

« J'avais atteint ma seizième année, lorsqu'un jour mon
bon père, après m'avoir embrassée encore plus tendrement
que de coutume, me demanda si je serais bien aise de me
marier.

« Ce mot de mariage, qui cause ordinairement tant et de
si douces émotions aux jeunes filles, ne vous l'avouer,
ne me causa que de l'épouvante. La première pensée qui
me vint à l'esprit fut que, lorsque je serais mariée, je serais

LES VRAIS MYSTÈRES DE PARIS

Par VIDOCQ

Ses excès font croire qu'il a perdu l'esprit. (Page 22.)

forcée de quitter mon père que j'aimais tant, les jolis oiseaux de ma volière d'ont les chants joyeux m'éveillaient chaque matin, et les belles fleurs de mon petit parterre que je cultivais avec tant de plaisir. Aussi je fondis en larmes et je me jetai sur le sein de mon père, en le priant de me garder auprès de lui.

« Le bon vieillard m'embrassa en souriant. — Il ne faut pas, me dit-il, que ce que je te dis te cause le plus léger chagrin, tu ne seras peut-être pas forcée de me quitter et ce n'est que de ton plein gré que tu épouseras celui que je te destine. Je voulais que mon père me promît de ne plus me parler de mariage ; mais il me fit observer qu'il était déjà vieux, que les blessures qu'il avait reçues et ses nombreuses infirmités ne lui permettaient pas d'espérer une bien longue existence ; que mon frère (j'avais un frère alors), forcé de suivre partout le régiment auquel il appartenait, en qualité de lieutenant, ne pouvait pas me servir de protecteur, et que lui, ne mourrait pas tranquille s'il devait quitter la vie en me laissant seule au monde.

« Celui qui avait demandé ma main me fut enfin présenté par mon père : c'était le chirurgien major d'un régiment, alors en garnison dans notre ville : c'était un beau jeune homme, de trente ans environ. Les manières et le langage d'un homme de bonne compagnie, mon père avait été l'ami du mien ; quoique jeune il avait déjà fait plusieurs campagnes, et le signe de l'honneur brillait sur sa poitrine. Après qu'il m'eut parlé trois ou quatre fois, je commençai à croire que je l'épouserais sans peine. Un mois ne s'était pas

écoulé que je l'aimais de toutes les puissances de mon âme, toutes ses paroles trouvaient un écho dans mon cœur ; lorsqu'il n'était pas auprès de moi, je désirais son retour ; lorsque j'entendais le bruit de ses pas retentir sur le seuil de notre porte, une sueur froide inondait tout mon corps et mon front devenait brûlant. Eh bien savez-vous ce qui arriva ? Cet homme, que ses camarades estimaient, car il est brave, à ce qu'ils assurent ; cet homme, auquel mon père avait accordé une place à son foyer, parce qu'il avait cru, le pauvre vieux soldat, que la croix qu'il portait sur sa poitrine était la meilleure garantie de probité qu'il pût exiger ; cet homme dont il serrait chaque matin la main dans les siennes, eh bien ! cet homme employa tout ce qu'il possédait de facultés pour égarer le cœur et les sens d'une pauvre jeune fille ; il l'entraîna loin du foyer paternel, et lorsqu'il en eut obtenu tout ce qu'elle pouvait lui donner, il la quitta sans s'inquiéter de ce qu'elle allait devenir.

« J'avais donc suivi mon amant, et, je dois l'avouer, ce ne fut que lorsqu'il m'eut quitté que je pensai à mon père, que la disparition de sa fille chérie devait avoir plongé dans le désespoir.

« Mon amant m'avait abandonnée dans un hôtel garni, au moment où j'allais devenir mère. A partir de cette époque, huit jours, pendant lesquels je ne sais ce qui m'arriva, doivent être retranchés de ma vie. Lorsque je repris mes sens j'étais couchée dans une des salles de l'hospice de la Maternité ; les faits qui venaient de se passer étaient confus dans ma mémoire. Je voulus absolument qu'on me les rappelât.

VRAIS MYSTÈRES DE PARIS. 4

Ce fut alors seulement que j'appris qu'après avoir lu la lettre de mon amant, par laquelle il m'annonçait son départ et m'engageait à former, pour me distraire, disait-il, une autre liaison, j'étais tombée sur le carreau, froide et inanimée; pendant deux jours on m'avait gardée à l'hôtel que j'habitais; mais le médecin qui me soignait, voyant que je ne reprenais pas mes sens et que je manquais de tout, avait voulu qu'on me transportât à l'hospice. Tout à coup un souvenir me revint à l'esprit... « Et mon enfant? » m'écriai-je. Je compris au silence que l'on garda, et aux tristes regards que l'on jeta sur moi, qu'il était mort avant d'avoir vu le jour.

— Pauvre fille! dit la lorette.

— Oh! ce n'est rien, reprit Félicité; donnez-moi à boire, ajouta-t-elle en tendant son verre au vicomte de Lussan.

« La jeunesse et une excellente constitution furent plus fortes que le mal; je guéris; et avec la santé je recouvrai la paix de l'âme. Je ne regrettais plus, je n'aimais plus celui qui m'avait séduite; je n'éprouvais plus pour lui que le mépris que devait inspirer son indigne conduite.

« Lorsque l'on me mit à la porte de l'hospice, j'étais encore un peu pâle, je n'avais pas recouvré toutes mes forces, et je fus contrainte de m'arrêter plus d'une fois pour me reposer avant d'arriver à l'hôtel garni que j'habitais avant mon entrée à l'hôpital. La maîtresse de cette maison parut charmée de me voir rétablie. Je la priai de me conduire à la petite chambre qui avait été la mienne; elle me demanda de l'argent, et me fit clairement comprendre qu'elle ne me remettrait le peu de hardes que j'avais laissées chez elle que lorsque je lui aurais payé la petite somme qu'elle me réclamait. Comme je versais des larmes amères, elle me fit observer que j'avais tort de me désoler, et qu'à Paris une jeune et jolie fille ne devait pas être embarrassée de sa personne.

« Je sortis de chez mon hôtesse sans savoir où j'allais porter mes pas; j'errai toute la journée dans les rues de Paris; la nuit vint. Il faisait froid, mes dents claquaient les unes contre les autres, je n'avais rien pris depuis la veille. Je m'arrêtai près d'une borne, dans une rue que je ne connaissais pas, et je pleurai; la pluie tombait sur moi sans que j'y fisse attention. Une vieille femme, abritée sous un mauvais parapluie vert, s'approcha de moi.

« Elle me demanda le sujet qui faisait couler mes larmes, et pourquoi je restais exposée à la pluie. Je ne sais ce que je lui répondis, mais elle m'emmena chez un marchand de vin et me fit asseoir près d'un poêle dans lequel brûlait un bon feu. Lorsque, grâce à une douce chaleur, le sang circula de nouveau dans mes veines, elle me fit apporter une tasse de vin chaud sucré et quelques biscuits. Un demi-verre de vin et un biscuit me ranimèrent un peu, et je pus raconter à la vieille tout ce qui m'était arrivé. Lorsque je lui eus dit que je ne savais où passer la nuit, elle me répondit de ne pas m'inquiéter, qu'elle allait me conduire chez son domicile, et que le lendemain elle me placerait comme ouvrière dans une maison où je me trouverais très-bien.

« Le lendemain, en effet, elle me conduisit dans une maison d'assez belle apparence, et me présenta à une dame qui, après m'avoir examinée avec la plus scrupuleuse attention, lui dit qu'elle m'acceptait; puis lui donna quelques pièces d'argent à la vieille, qui me recommanda de faire tout ce que l'on exigerait, si je voulais que l'on continuât à s'intéresser à moi. Je lui promis tout ce qu'elle voulut. La vieille et la dame à laquelle elle venait de me présenter parurent charmées de ma docilité; la vieille, avant de me quitter, voulut absolument m'embrasser.

« — Vous êtes bien jeune, me dit-elle, mais soyez tranquille, on vous formera : vous êtes ici à bonne école.

« Je ne comprenais pas alors l'horrible sens qu'elle attachait à ses paroles.

« J'étais, en effet, à bonne école. Cependant durant les quelques premiers jours que je passai dans la maison de madame Dinville, je me trouvais assez heureuse. Cette femme m'avait retiré les vêtements plus que simples que je portais lorsque j'étais entrée dans sa maison, et elle m'avait donné en place des ajustements qui me paraissaient au-dessus de la condi-

tion d'une pauvre ouvrière. Elle me faisait servir dans ma chambre les mets les plus délicats et les vins les plus exquis, et elle me prodiguait les soins les plus empressés.

« Presque toujours elle me tenait compagnie, lorsque je prenais mes repas; alors, elle m'excitait à boire, et lorsque les fumées du vin commençaient à me monter au cerveau, elle me tenait les discours les plus singuliers.

« J'étais depuis huit jours chez cette femme, lorsqu'un matin, elle me dit de m'habiller et de la suivre; je m'empressai de lui obéir.

« Une voiture nous attendait à la porte. Madame Dinville me conduisit dans plusieurs magasins où elle fit quelques acquisitions; elle n'achetait pas un bijou, ou une pièce d'étoffe, sans me consulter; et elle me fit observer qu'elle me destinait plusieurs des objets qu'elle venait de choisir; et comme je me récriais, elle me dit en m'embrassant : Taisez-vous, petite fripponne, vous êtes jolie comme un ange, vous me ferez regagner tout cela.

« La voiture nous déposa dans une petite rue sombre et étroite, devant une maison d'assez pauvre apparence, dans laquelle on entrait par une longue allée. Lorsque je m'y engageais, à la suite de ma conductrice, des hommes de mauvaise mine étaient arrêtés devant la porte d'un marchand de vin voisin; l'un d'eux dit à un de ses camarades :

« — Elle n'est pas mouche (1), la débutante. C'est ça qui ferait une chouette marmite (2).

« Et cet homme me lança un regard qui me fit baisser les yeux.

« Quelques secondes après ce petit événement, j'étais avec madame Dinville dans une assez grande salle où se trouvaient déjà plusieurs femmes qui paraissaient attendre qu'on les introduisît dans une autre pièce, où elles restaient quelques instants; après quoi, elles se hâtaient de quitter celle dans laquelle nous faisions antichambre. Ces femmes étaient aussi différentes de physionomies que de costumes. Les unes étaient jeunes et jolies; les autres, déjà sur le retour, étaient aussi laides qu'il est possible de l'être. Les unes étaient couvertes de soie et de velours, coiffées d'élégants chapeaux et drapées dans de magnifiques cachemires. Les autres étaient à peine vêtues de quelques mauvaises guenilles; cependant, elles paraissaient toutes se connaître, et causaient entre elles du ton le plus amical. Quelquefois, une de ces femmes, qui était entrée en riant dans la mystérieuse petite pièce, en sortait tout en larmes, accompagnée d'un garde municipal.

« Je n'étais pas à mon aise dans ce lieu; j'éprouvais de la crainte sans savoir pourquoi; je le dis à madame Dinville, qui me répondit que j'étais une enfant et qu'il ne fallait pas que je m'épouvantasse de ce que je voyais.

« Un vieillard, assez ignoble d'aspect, auquel madame Dinville en entrant avait donné son nom et le mien, nous appela; introduites à notre tour dans la petite pièce, nous y trouvâmes un homme, assis devant un bureau de bois noir, et courbé sur un gros registre; il ne leva pas seulement les yeux pour nous regarder. Il me demanda mon nom, mon âge, le lieu de ma naissance. Je lui répondis machinalement. J'étais tellement étonnée de tout ce que je voyais, que je n'avais plus la conscience de mes actions.

« — Numéro 3,797, murmura l'homme qui achevait de transcrire sur son gros registre mes réponses à ses questions.

« Ce ne fut pas. tout; on me conduisit dans un cabinet où je trouvai plusieurs hommes dont l'aspect et la physionomie annonçaient des honnêtes gens, c'étaient des médecins. Comme je restais devant eux les yeux baissés et la contenance embarrassée, l'un d'eux fit observer à ma conductrice qu'ils n'avaient pas le temps d'attendre mon bon plaisir. Lorsqu'elle m'eut expliqué ce que l'on exigeait, je m'évanouis, le voile qui couvrait mes yeux venait enfin de se déchirer.

« Lorsque je repris mes sens, j'étais dans la voiture qui nous avait amenés; madame Dinville était auprès de moi. Elle ne me dit pas un mot; elle comprenait, l'infâme mégère, qu'elle devait laisser à la douleur si vive que j'éprouvais le

(1) Laide.

(2) Une femme qui rapporterait beaucoup d'argent.

temps de se calmer. Lorsque nous fûmes arrivées chez elle, je voulais qu'elle me rendît mes pauvres vêtements et qu'elle me laissât sortir de sa maison.

« Elle me dit que j'étais folle, que je refusais mon bonheur; elle me fit une peinture effroyable de la misère qui allait me saisir aussitôt que j'aurais passé le seuil de sa porte. Comme je ne voulais absolument rien entendre, elle m'apprit enfin que je ne m'appartenais plus, que j'étais devenue, sous le numéro 3,797, la propriété de la police, qu'il fallait, en un mot, mourir d'inanition ou rester attachée à la glèbe de la prostitution.

« Madame Dinville parut sensible aux reproches amers que je lui fis; elle me dit qu'elle n'aurait pas agi ainsi si la vieille qui m'avait amenée ne l'avait pas trompée. Enfin, elle me proposa de rester, mais seulement en qualité d'ouvrière. Que pouvais-je faire, quel parti pouvais-je prendre, si ce n'est celui de mourir? Et mourir lorsque l'on est aussi jeune que je l'étais alors, cela paraît bien dur, je restai.

« Les pensionnaires de madame Dinville n'étaient plus alors cachées à mes yeux, et ces femmes, sans doute pour plaire à leur maîtresse, ne cessaient de me vanter les charmes de leur métier. Madame Dinville, de son côté, n'avait pas cessé de m'accabler de petits soins.

« Elle m'avait mis entre les mains des livres infâmes que j'avais d'abord jetés loin de moi avec horreur, et qu'ensuite j'avais lus, poussée par cette irrésistible envie de tout savoir qui tourmente toutes les jeunes filles. Ces lectures, les propos de mes compagnes, le régime alimentaire auquel m'avait soumise madame Dinville, produisirent enfin l'effet qu'elle en attendait; un mois ne s'était pas écoulé, que je n'étais plus reconnaissable; je riais et je pleurais sans sujet, toutes mes nuits étaient remplies par des songes érotiques; j'étais à moitié folle. Enfin, un soir madame Dinville me fit boire de je ne sais quelle infernale drogue, elle me couvrit de riches ajustements, et, au lieu de m'enfermer dans ma chambre, ainsi qu'elle en avait l'habitude, elle me fit rester dans le salon, où se tenaient, tant que durait la soirée, celles qui étaient devenues mes compagnes. Des hommes vinrent, qui nous firent boire du vin de Champagne, et le lendemain j'étais tout à fait perdue.

« A partir de ce moment, ma vie ne fut plus qu'une suite continuelle de folles journées, suivies de nuits plus folles encore.

« Un soir madame Dinville introduisit plusieurs officiers dans le salon où nous nous tenions; je fus choisie par le plus jeune de ces officiers, c'était un capitaine des chasseurs d'Afrique. Il était doué de la plus aimable physionomie; ses grands yeux noirs, qui laissaient tomber sur moi des regards de commisération, étaient empreints d'une remarquable expression de mélancolie. Sans pouvoir me rendre compte du sentiment auquel j'obéissais, moi qui n'acceptais jamais sans me faire violence les amants du hasard auxquels j'étais condamnée, j'attendais avec une certaine impatience le moment où il me serait permis de me retirer avec ce jeune officier. Et cependant, j'en atteste le ciel, aucune des pensées que vous me supposez sans doute ne m'était venue à l'esprit.

« Enfin, après avoir bu beaucoup de vin de Champagne et vidé une quantité raisonnable de bols de punch glacé, l'heure de la retraite arriva; toutes mes compagnes étaient plus ou moins émues, et ce n'est pas sans peine que leurs cavaliers pouvaient se tenir sur leurs jambes; contre mon habitude, je n'avais pas voulu prendre part à ces libations, j'avais remarqué que le jeune officier trempait seulement ses lèvres dans son verre chaque fois que ses camarades avalaient de copieuses rasades, et j'avais voulu l'imiter.

« Le lendemain matin lorsque je m'éveillai, le jeune officier qui avait passé la nuit auprès de moi l'était sans doute depuis longtemps; le cigare qu'il fumait était plus d'à moitié consumé; il me regardait avec le même regard mélancolique que j'avais remarqué la veille; je ne sais comment cela se fit, mais je devinai ses pensées, je cachai mon visage sur sa poitrine et je versai des larmes amères.

« Il m'embrassa sur le front; — Pauvre, pauvre fille! dit-il.

« J'avais enfin trouvé quelqu'un qui me plaignait, j'appartenais donc encore à l'humanité. Cette pensée me fit du bien, je continuai de pleurer, mais les larmes que je répandais étaient douces, elles ne ressemblaient pas à celles que j'avais déjà répandues et qui me retombaient sur le cœur après avoir brûlé mes paupières.

« Le jeune officier, qui n'avait pas cessé de me regarder, employait toutes ses forces pour se contenir; cependant une larme s'échappa de ses paupières, elle s'arrêta une seconde dans le profond sillon que le yatagan d'un Arabe avait tracé sur son visage, puis elle glissa le long de sa joue et resta suspendue comme une brillante goutte de rosée à l'extrémité de ses moustaches. Oh! j'aurais bien voulu sécher, sous un chaste baiser, cette précieuse larme; je ne l'osais pas.

« Comment s'établit entre deux êtres qui ne se sont jamais vus cette mystérieuse communauté de sensations qui fait qu'ils se comprennent sans avoir besoin de se parler : c'est une énigme dont nous ne trouvons jamais le mot.

« J'éprouvais un irrésistible désir de raconter à cet homme les événements qui m'avaient amenée dans le lieu où je me trouvais; je ne voulais pas qu'il se plaisait chez madame Dinville, je lui dis tout ce que je viens de vous dire.

« A mesure que j'avançais dans mon récit, les traits de l'officier se couvraient d'une affreuse pâleur.

« — Où êtes-vous née? quel est votre nom, me dit-il lorsque j'eus terminé; et comme j'hésitais :

« — Répondez-moi, s'écria-t-il, il faut que vous me répondiez!

« Je lui dis le nom de mon père; un sourd gémissement sortit de sa poitrine, il se cacha le visage dans ses deux mains et il demeura quelques instants sans me répondre.

« C'était mon frère!...

« Élevé dans une école militaire, il avait quitté la maison paternelle lorsque je n'étais encore qu'un enfant, et depuis, les nécessités de sa profession l'en avaient toujours tenu éloigné; mais les lettres qu'il avait reçues de notre père lui avaient appris les circonstances de ma suite avec le chirurgien-major que je devais épouser, et c'était la similitude de faits qu'il avait remarquée entre ce qui était arrivé à sa sœur et à la fille publique qui lui racontait son histoire, qui l'avait engagé à me demander mon nom.

« Je n'essayerai pas de vous peindre l'affreux désespoir qui me saisit lorsque je fis cette horrible découverte; mes sanglots éclatèrent avec une telle force, qu'ils attirèrent dans ma chambre mes compagnes et les camarades de mon frère; nous fûmes alors forcés de jouer une ignoble comédie, il fallut que nous supposâmes une brouille provoquée par une de ces vulgaires circonstances de nature à être comprises de ceux qui nous interrogeaient.

« Ils nous laissèrent seuls afin que nous puissions faire la paix.

Après quelques instants de silence, Félicité Beaupertuis continua le récit qu'elle avait commencé :

« Lorsque nous fûmes seuls, dit-elle, mon frère me fit observer que nous ne pouvions rien contre des faits accomplis et que nous avions le droit d'espérer que Dieu nous pardonnerait le crime que nous venions de commettre, car nous étions, en réalité, plus malheureux que coupables. Il ne faut pas, ajouta-t-il, nous laisser abattre par le désespoir, il faut d'abord que vous quittiez cette infâme maison, et je vais de suite m'occuper de vous en procurer les moyens.

« Mon frère sortit après m'avoir promis de revenir avant la fin de la journée. J'eus beaucoup à souffrir pendant son absence; madame Dinville et ses pensionnaires, qui avaient remarqué sur mon visage les traces des larmes que j'avais versées, ne cessaient de m'interroger, et comme je refusais de leur répondre, elles se mirent à faire des conjectures à perte de vue sur ce qui s'était passé entre moi et le jeune capitaine; chacune de leurs suppositions, chacune de leurs paroles me paraissaient, je ne sais pourquoi, une sanglante insulte, et je devais tout entendre sans me plaindre!...

« Mon frère revint enfin, il manifesta à madame Dinville le désir de me conduire au théâtre; comme il offrait de lui payer très-généreusement le droit de m'emmener, elle ne crut pas devoir le refuser.

« Il me conduisit dans une petite chambre de l'hôtel qu'il habitait, et, à partir de ce moment, il employa toutes ses journées à chercher pour moi une honnête maison dans laquelle on voulût bien me recevoir; le sort, qui n'était pas las de me poursuivre, ne voulut pas que ses démarches fussent couronnées de succès.

« La permission qu'il avait obtenue était sur le point d'expirer, il allait donc être forcé de partir avant d'avoir pu assurer mon sort d'une manière convenable; cette pensée le désolait, et tous les jours son front devenait plus sombre.

« J'avais beaucoup réfléchi, depuis environ un mois, que je vivais presque seule, et j'avais pris une détermination que je voulais communiquer à mon frère. Je le fis donc un soir prier d'entrer chez moi (il n'y venait que lorsque la nécessité l'y forçait); je lui dis alors qu'après ce qui s'était passé, je ne devais plus vouloir rentrer dans le monde, et que le parti le plus sage que je pouvais prendre était celui d'aller achever ma vie dans un couvent. Mon frère n'essaya pas de me faire changer de résolution, il comprenait qu'elle ne m'était inspirée que par les nécessités de ma position; aussi, sans perdre de temps, il fit toutes les démarches nécessaires, et la veille de son départ pour l'Afrique, il put me conduire au couvent des sœurs de Saint-Vincent de Paul.

« J'étais employée depuis environ huit mois dans un des hôpitaux de Paris, et je m'étais toujours acquittée de tous les devoirs qui m'étaient imposés avec assez de soin et d'exactitude pour mériter les éloges de mes supérieures. Les lettres que je recevais de mon frère me permettaient d'espérer qu'à une époque très-rapprochée, il me serait permis d'aller embrasser mon père; enfin, si je n'étais pas complétement heureuse, j'avais du moins recouvré la paix de l'âme.

« Toutes mes espérances furent détruites en un moment, et je me trouvai tout à coup replongée dans une plus affreuse position que celle où je me trouvais lorsque je fis la rencontre de la femme à laquelle je devais tous mes malheurs. Une des pensionnaires de la Dinville, qui était affligée d'une affreuse maladie, fut placée dans une des salles de mon service. Cette femme, malgré le costume que je portais et les changements qu'avait fait subir à ma physionomie une vie à la fois calme et active, me reconnut; je la suppliai de ne pas me trahir, elle me le promit; mais deux jours ne s'étaient pas écoulés que tout le monde savait qu'appartenir à Dieu, j'avais appartenu à la police. Un matin, la mère supérieure me fit demander dans son cabinet, et lorsque nous fûmes seules, elle me dit qu'elle devait reconnaître que depuis que j'étais placée sous ses ordres, elle n'avait pas trouvé l'occasion de m'adresser un reproche, mais que mes antécédents s'opposaient à ce que je restasse plus longtemps parmi les saintes filles dont je portais l'habit.

« Je n'essayai pas d'attendrir cette religieuse; ses regards ternes et froids, sa parole brève et sèche, me disaient trop que toutes les supplications seraient inutiles, je me résignai.

« Je quittai mes habits de religieuse qui furent remplacés par des vêtements simples, mais propres, que me fit donner la mère supérieure.

« Comme je passais pour me retirer devant le lit occupé par la femme qui m'avait trahi : « Au revoir! » me dit-elle. Ces paroles et le sourire sardonique qui les accompagna m'affectèrent plus que l'affront que je venais de subir; elles venaient de m'apprendre que le malheur avait tracé autour de moi un cercle infranchissable, et qu'il n'existe pas ici-bas de voies ouvertes au repentir.

« Je pris à ce moment la résolution de faire mentir cet oracle.

« Au moment où j'allais franchir le seuil de l'hospice, le concierge me remit deux lettres; cet homme, auquel j'avais prodigué les soins les plus affectueux pendant tout le temps qu'avait duré une maladie qu'il venait de faire, trouva le moyen de rendre encore plus douloureuse la blessure qui me faisait souffrir. « Donnez-moi votre adresse, ma sœur, me dit-il, j'irai peut-être vous voir. » Et il accompagna ces ignobles paroles d'un sourire plus ignoble encore.

« Arrivée sur le quai, je m'arrêtai afin de lire les deux lettres que je venais de recevoir; alors seulement je remarquai qu'elles étaient toutes deux cachetées de noir. Je fus saisie d'un tremblement convulsif : l'une de ces lettres m'apprit que mon père était mort après une longue et douloureuse maladie, l'autre que mon frère avait été tué en Afrique en chargeant à la tête de sa compagnie un goum de Bédouins; je ne jetai pas un cri, je ne versai pas une larme, je regardai tristement la Seine, dont les eaux coulaient calmes et limpides; je me dis que j'avais assez souffert pour qu'il me fût permis de chercher un refuge dans la mort, et je restai longtemps appuyée sur le parapet.

« Je fus arrachée aux sombres réflexions qui m'accablaient par la voix d'une vieille femme qui me demandait ce que je faisais là. « — J'attends, répondis-je, que la nuit soit venue afin de me jeter dans la rivière; cette réponse était la continuation des pensées qui occupaient mon esprit.

« La vieille me saisit le bras, alors seulement je reconnus une femme de ménage que j'avais eue dans mon service peu de temps auparavant.

« — Etes-vous folle, ma sœur? me dit-elle, et que vous est-il donc arrivé?

« En m'adressant cette question, elle me regardait d'un air affectueux. Toutes les glaces dont j'avais cuirassé mon cœur se fondirent devant les doux regards de cette pauvre femme. Je pleurai. Déjà les oisifs s'arrêtaient autour de nous :

« — Venez chez moi, me dit la vieille, nous serons plus à notre aise pour causer.

« Elle n'avait pas quitté mon bras qu'elle avait passé sous le sien; je la suivis sans opposer de résistance dans la plus pauvre mansarde d'une pauvre maison de la rue des Rats.

« — Restez là, me dit-elle, remettez-vous; j'ai besoin de sortir, mais je ne resterai pas longtemps dehors. Lorsque je serai de retour, vous me raconterez ce qui vous est arrivé, et peut-être que je pourrai vous être utile; je suis bien pauvre, c'est vrai, mais quand on a de la bonne volonté, il est toujours possible de faire un peu de bien.

« La vieille rentra après une heure environ d'absence, elle prépara avec une activité au-dessus de son âge, un léger repas dont elle m'engagea à prendre ma part. J'avais le cœur trop gros pour essayer de la satisfaire; cependant, pour ne pas la désobliger, j'acceptai une tasse de bouillon, dont j'avalai quelques gorgées.

« La vieille avait achevé son modeste repas

« — Eh bien, mon enfant? me dit-elle,

« Je lui dis tout ce qui m'était arrivé, et je lui fis lire les deux lettres que je venais de recevoir.

« — Vous êtes bien malheureuse, me dit-elle; vous avez déjà supporté de bien cruelles épreuves, et peut-être que l'avenir vous en réserve de plus cruelles encore, mais cela ne vous donne pas le droit de disposer de votre vie; c'est de Dieu que vous tenez l'existence, mon enfant, et vous devez attendre pour mourir l'instant où il lui plaira de vous reprendre ce qu'il vous a donné. En quittant la maison de votre père pour suivre votre amant, vous avez commis une grande faute, acceptez donc comme une expiation toutes les souffrances qui vous ont été envoyées.

« Je regardais avec étonnement cette pauvre femme, qui appartenait évidemment aux dernières classes de la société, et qui trouvait, pour consoler une affligée, des paroles éloquentes.

« — Mais il faudra donc, m'écriai-je, que je retourne dans l'abominable maison de madame Dinville.

« — Non, mon enfant, me répondit la bonne vieille, vous ne retournerez pas dans la maison de cette femme; ce n'est pas en vain que Dieu m'a conduite sur votre chemin au moment où vous alliez commettre un crime. Je vous l'ai déjà dit, avec de la bonne volonté on peut faire beaucoup de choses. Ainsi ne vous désespérez pas, je chercherai, et il est probable que je trouverai ce qui vous convient; en attendant restez ici, et priez Dieu de vous donner assez de courage pour supporter les peines de cette vie.

« Ainsi qu'elle me l'avait promis, ma respectable hôtesse se mit en campagne, et, après quelques jours, elle m'annonça qu'elle avait enfin trouvé une place pour moi et elle me mena chez un vieillard et sa femme, qui voulurent bien, sur sa recommandation, me recevoir chez eux.

« J'étais depuis environ un mois dans cette maison, lorsqu'un jour je me accostée dans la rue par deux individus d'assez mauvaise mine, qui m'abordèrent en me demandant si je ne me nommais pas Louise Durand. Comme ces noms ne m'appartenaient pas, je leur répondis qu'ils se trompaient; ils insistèrent. Impatientée, à la fin, de ce qu'ils ne voulaient pas me laisser tranquille, je finis par leur dire mon véritable nom. « — Je ne m'étais donc pas trompé, dit l'un d'eux en changeant subitement de ton et de langage; eh bien, puisque vous êtes la demoiselle ***, vous allez avoir la bonté de venir avec nous; vous pouvez, ma princesse, vous vanter de nous avoir joliment fait trimer. » Ces deux hommes étaient deux agents de cette division de la police à laquelle on a donné le nom d'attribution des mœurs. Ils me conduisirent dans un corps-de-garde, où ils rédigèrent le procès-verbal de mon arrestation. Cela fait, ils me menèrent à la préfecture de police, et je fus jetée au milieu d'une cinquantaine de femmes qui ne paraissaient pas très affligées de leur sort.

« Les vêtements noirs que je portais, à cause de la mort de mon père et de mon frère, et que j'avais achetés avec le peu d'argent que la supérieure m'avait remis avant de me congédier, m'attirèrent d'abord quelques brocards; mais, voyant que je ne répondais rien à leurs sottes plaisanteries, et que je ne bougeais pas du coin dans lequel je m'étais réfugiée en entrant dans la salle, ces femmes finirent par me laisser tranquille.

« Le lendemain matin, mon nom retentit dans les couloirs de la prison et un geôlier me remit entre les mains du garde municipal chargé de me conduire devant mon juge. Je fus forcée de traverser toutes les cours de la préfecture, accompagnée de mon guide, pour arriver à la maison où j'étais déjà venue avec madame Dinville. Les passants s'arrêtaient pour me regarder, et ils paraissaient étonnés de ce que je cachais mon visage sous mon mouchoir.

« Je fus introduite dans le cabinet d'un commissaire interrogateur; je n'essayai pas de l'apitoyer sur mon sort; je savais trop bien que cela serait inutile; je me bornai seulement à répondre, par oui et par non, aux questions qu'il m'adressa, et je l'entendis, sans éprouver beaucoup d'émotion, me condamner à trois mois de prison.

« On me conduisit à la prison de Saint-Lazare. Je retrouvai dans cette maison, qui doit ressembler à toutes les autres prisons, plusieurs femmes que j'avais eu occasion de connaître pendant le temps que j'avais passé chez madame Dinville. Ces femmes me plaignirent, elles blâmèrent beaucoup celle qui, en me trahissant, m'avait fait perdre la position que j'occupais à l'hospice.

« — Si seulement, me dit l'une d'elles, tu n'avais été rencontrée par les agents qu'un mois plus tard, tu aurais pu rester chez les braves gens où t'avait placée cette bonne vieille femme! car, après un an, tu aurais été rayée d'office.

« Cette femme disait vrai : un mois de plus, et la police, à laquelle j'appartenais encore corps et âme, consentait à lâcher sa proie.

« — Que veux-tu, ma pauvre amie! c'est comme cela, me disait souvent cette femme avec laquelle je m'étais liée parce qu'elle me paraissait un peu moins dévergondée que toutes mes autres compagnes de captivité, une fois que notre nom est inscrit sur le Livre-Rouge (1), il faut qu'il y reste, et le parti le plus sage que nous puissions prendre, c'est de bien employer notre jeunesse, et d'attendre, pour nous désoler, que nous soyons vieilles et laides.

« Je commençais à croire qu'elle pouvait bien avoir raison. J'avais en effet usé toutes mes forces dans la terrible lutte que je soutenais depuis si longtemps, et tous mes efforts

(1) Les filles publiques nomment ainsi les registres sur lesquels on inscrit leur nom.

avaient été inutiles; j'étais lasse de souffrir, et je ne voulais plus mourir : je jetai, comme on dit, le manche après la cognée, et comme je ne recevais de secours de personne, j'écrivis à madame Dinville de m'en envoyer, et je lui promis de rentrer chez elle aussitôt que je serais en liberté. Sa réponse ne se fit pas attendre: elle était plus affectueuse que je ne l'espérais, et accompagnée d'argent et de toutes les bagatelles qui pouvaient adoucir ma captivité.

« Ma vie, à partir du jour où je fus mise en liberté, a été celle de toutes les femmes de ma sorte; mais je puis le dire parce que c'est la vérité, souvent, pendant les ignobles orgies au milieu desquelles je jouais quelquefois le rôle le plus actif, je regrettais les jours que j'avais passés à soigner les malades de l'hospice; mais, lorsque cela m'arrivait, je cherchais des consolations au fond d'un verre de champagne.

« Verse-moi à boire, superbe vicomte de Lussan! dit ici Félicité Beaupertuis, en interrompant son récit. »

Le vicomte s'empressa d'obéir.

— C'est vraiment une chose curieuse, continua-t-elle en élevant son verre au-dessus de sa tête que de voir le dernier rejeton, à ce qu'on dit, d'une des plus illustres familles de la Bretagne, servir d'échanson à une courtisane. Messieurs, je bois à votre santé, vous ne valez pas mieux que moi.

— Bravo! Félicité, s'écrièrent les femmes, c'est très-bien! Mais achève ton histoire.

Félicité chancelait sur sa chaise, ses yeux regardaient sans voir, la pauvre fille commençait à ressentir les premières atteintes de l'ivresse.

— Ah! oui, dit-elle, il faut que j'achève mon histoire. Eh bien! moi aussi j'ai eu du bonheur, comme toi, Mina, comme vous toutes, mesdames ou mesdemoiselles; j'ai trouvé un homme qui paye ma marchande de modes, mon bijoutier et mes laquais; mais cet homme qui est vieux et laid, il ne m'aime pas, il m'a achetée comme il aurait acheté un cheval ou un chien de prix; je suis pour lui un objet de luxe, et il me quitterait demain si je cessais d'être à la mode... mais je suis à la mode! aussi je suis bien parée, j'ai des diamants et des laquais, et je dors jour et nuit sur la plume. Cela durera tant que dureront ma jeunesse et mes attraits... tant que je serai drôle, comme dit monsieur chose... Après, l'hôpital; c'est ce qui nous attend toutes... Lorsque j'y serai pour y mourir, on ne m'en chassera peut-être pas...

Félicité Beaupertuis prit le verre placé à côté d'elle, et, bien qu'il fût vide, elle essaya de le porter à ses lèvres, mais elle n'eut pas la force de le soutenir, elle le laissa tomber, et il se brisa sur le parquet; puis elle promena autour des regards étonnés, sa tête tomba sur sa poitrine, et elle s'endormit profondément.

Le récit qu'elle venait de faire avait diversement impressionné les convives; de Pourrières, quelques jeunes gens et les femmes étaient tous disposés à la croire et à la plaindre, les autres pensaient qu'elle avait voulu seulement se rendre intéressante.

— Vous nous devez une histoire, dit alors Préval en s'adressant à une danseuse; vous exécuterez-vous avec autant de bonne grâce que notre amie Félicité?

— Certainement, je suis toute prête à vous obéir; mais si vous le vouliez, monsieur de Préval, vous pourriez nous raconter une histoire beaucoup plus intéressante que tout ce que je pourrais vous dire.

— Eh! laquelle, bon Dieu?

— Mais, la vôtre, parbleu! Croyez-vous, par hasard, que nous ne savons pas ce qui s'est passé aux îles d'Hyères, entre vous et cette jeune fille de la Légion d'honneur?

— Dis donc, de Préval, il paraît que c'était une maîtresse-femme? dit de Lussan.

— Souffrez-vous encore du coup de couteau qu'elle vous a fait donner par un pêcheur provençal? reprit la danseuse.

— Non, je suis maintenant tout à fait guéri; mais ne parlons plus de cela, je vous prie.

— Est-il vrai que cette petite fille est devenue une admirable cantatrice, et que, sous le nom de Silvia, elle a obtenu, à Marseille, un succès colossal?

— Est-il vrai qu'elle soit la fille d'une femme, nommée ou

surnommée la *mère Sans-Refus*, qui tient une maison suspecte, dans la rue de la Tannerie ?

Ces nombreuses questions contrariaient infiniment le pauvre de Préval, qui essaya plusieurs fois, sans pouvoir y parvenir, de changer le sujet de cette conversation ; cependant, lorsque l'on fut las de le taquiner, on rappela à la danseuse la promesse qu'elle venait de faire.

— Quels sont ceux d'entre vous qui se rappellent le bal de la Grande-Chaumière ? dit-elle.

— Moi, moi, s'écrièrent tous ceux de la compagnie, qui appartenaient au barreau ou à la médecine.

— Eh bien ! leur répondit la danseuse, convenez avec moi, que c'est un lieu charmant. La Grande-Chaumière ! A l'audition de ces mots, semblables au vieux coursier qui vient de sentir l'aiguillon, le grave magistrat qui allait s'endormir sur son siège, l'avocat studieux qui lisait attentivement les pièces poudreuses d'un volumineux dossier, le docteur émérite qui cherchait la solution d'un problème médical, lèvent la tête et un sourire vient éclairer leurs physionomies si soucieuses il n'y a qu'un instant, et tous les événements de leur vie passée se déroulent devant eux ; ce sont les luttes orageuses du parterre de l'Odéon, les rencontres sous les vieux marronniers du Luxembourg, les pipes culottées et la mansarde où l'on se trouvait si bien avec une jolie grisette.

« La Grande-Chaumière, voyez-vous, c'est l'Eldorado des disciples de Cujas, de Barthole et d'Hippocrate et de ces jolis oiseaux du quartier latin, dont le nid est partout où il y a du vin de Chablis, des huîtres, des filets sautés et des cigarettes de maryland. Chacun trouve là ce qui lui convient ; les étudiants de jolies grisettes qui ne sont pas des Lucrèces, les grisettes des soins empressés, de la bière mousseuse et des échaudés tous les jours ; des glaces et des soupers fins, durant les premiers jours de chaque mois.

« J'étais une modeste petite ouvrière, lorsque je fus conduite dans ce lieu de délices, par une de mes compagnes d'atelier ; je n'avais jamais rien vu de si beau, les sons mélodieux du flageolet et du cornet à piston, les soins empressés d'un beau jeune homme, qui me dit, entre une valse et une contredanse, qu'il mourrait à ses pieds si je ne consentais à prendre pitié de ses peines, me firent oublier l'heure à laquelle je devais rentrer chez nous. Mon père était un pauvre ouvrier dont l'éducation n'avait pas corrigé les défauts qu'il avait reçus de dame Nature ; aussi était-il rude, brutal même. Au lieu de me faire des observations, que j'aurais écoutées avec respect, il me maltraita d'une manière horrible et me mit à la porte de la maison paternelle, en me disant de retourner d'où je venais. Ma mère, qui trop souvent déjà avait éprouvé les cruels effets des colères de mon père, pleurait dans un coin, sans oser me défendre.

« Outrée du châtiment que je venais de recevoir pour une faute, en réalité assez légère, je quittai notre maison sans éprouver de bien vifs regrets, et j'allai passer la nuit chez l'amie qui m'avait menée à la Grande-Chaumière ; elle me reçut bien et me dit que je pouvais demeurer avec elle tant que cela me ferait plaisir.

« L'amant de cette jeune fille était le plus intime ami de celui qui m'avait si vivement courtisée à la Grande-Chaumière ; je revis ce jeune homme, il recommença ses poursuites ; j'étais jeune, inexpérimentée, il ne me déplaisait pas ; vous avez déjà deviné qu'il devint mon amant.

« J'apportai dans cette liaison une délicatesse de cœur et une pureté de sentiments que mon amant n'était pas capable de comprendre ; aussi trois mois ne s'étaient pas écoulés lorsqu'il me quitta pour s'atteler au char d'un nouvel astre qui venait de se lever sur l'horizon du quartier latin.

« Cet abandon, que rien ne justifiait, me blessa ; mais comme je suis, Dieu merci, douée d'une dose de philosophie assez raisonnable, je ne pensai pas un seul instant à mourir ; un homme est venu, et m'a dit qu'il m'aimait, je l'ai cru, et cet homme, après avoir obtenu de moi tout ce que je pouvais lui donner, m'a quittée avec autant d'indifférence que l'on se débarrasse d'un vêtement dont on ne veut plus se servir. Serais-je toujours la dupe de mes bonnes qualités ? Non ! je suis pauvre, il n'existe pas une personne au monde sur l'a-

mitié de laquelle je puisse compter, mais je suis jeune, je suis belle, très-belle même, l'avenir est à moi ; je ferai comme font toutes ces femmes, qui, parce que je suis modestement vêtue, me regardent d'un air si dédaigneux lorsque je passe près d'elles ; tant que dureront ma jeunesse et ma beauté, je mènerai bonne et joyeuse vie : lorsque mes beaux cheveux noirs seront devenus blancs, lorsque ma taille, à l'heure qu'il est, si svelte et si bien prise, sera courbée par l'âge, lorsque les trente-deux perles qui garnissent ma bouche seront devenues de misérables petits os jaunes tremblotants dans leurs alvéoles, je ne serai pas malheureuse, car je veux avoir le soin de faire chaque jour la part de l'avenir.

« Cette résolution prise, au moment où je venais d'être lâchement abandonnée par celui que j'aimais, a été depuis lors la règle constante de toutes les actions de ma vie ; j'ai senti que si je voulais réussir dans la carrière que j'ai choisie, je devais me laisser aimer par tous ceux à qui cela pourrait faire plaisir, et ne jamais aimer personne ; je me suis rappelé les courtisanes célèbres qui sont mortes à l'hôpital après s'être roulées sur des monceaux d'or, aussi je n'ai jamais aimé personne, pas même vous, monsieur le vicomte de Lussau, qui êtes en ce moment l'heureux possesseur de mes charmes, et j'ai converti en bonnes inscriptions sur le trésor la plus grande partie de ce que m'ont rapporté mes sourires, mes œillades et mes douces paroles.

« Vous allez peut-être trouver que je suis une créature bien ignoble, bien égoïste ; qu'est-ce que cela me fait ? N'avez-vous pas dit tous, avec je ne sais plus quel poète, que la vertu sans argent était un meuble inutile, et toutes vos actions ne sont-elles pas la conséquence de cette maxime ? Pourquoi donc ne me serait-il pas permis de faire ce que vous faites ?

« On dit que des ministres vendent leur pays, que des députés vendent leur conscience, que des électeurs vendent leurs votes, que des généraux vendent leurs armées à l'ennemi ; le pape, à ce que l'on assure, vend des indulgences, des dispenses et la croix de l'Éperon d'or ; monsieur l'abbé vendait l'absolution à ses ouailles ; on dit que des juges vénaux vendent des acquittements et des condamnations, que des hommes influents vendent les places, les grades et les privilèges dont ils peuvent disposer ; des avocats, des avoués et des huissiers vendent leurs clients ; les portiers et les domestiques vendent leurs maîtres, j'ai acheté des éloges à cet illustre littérateur ; j'achèterais des sonnets à ce jeune poète chevelu si ses vers valaient quelque chose ; le docteur Delamarre vend aux femmes trompées des conseils qui les conduiront tôt ou tard devant la Cour d'assises ; cet Anglais, qui tout à l'heure va tomber sous la table, et cet ex-marchand de bonnets de coton, vendent de la graine de niais aux badauds ; cet honnête gérant de commandite vend à ses actionnaires la poudre qu'il leur jette aux yeux ; des maris vendent leurs femmes, des mères vendent leurs filles ; M. Juste vend au poids de l'or de l'argent aux jeunes gens de famille ; il paraît enfin que, dans notre moderne Babylone, la moitié du monde vend l'autre moitié. Je vends des sourires, des œillades et des doux propos, que ceux d'entre vous qui ne trouvent pas la marchandise de bonne qualité le disent et on leur rendra leur argent.

— Bravo ! Coralie, s'écria M. Roulin lorsque la danseuse eut achevé cette longue tirade, bravo ! à chacun son compte, le diable n'y perdra rien.

— Vous êtes bien prompt à m'applaudir, est-ce parce que je vous ai oublié...

— M. Roulin ne vend rien, il achète au contraire tout ce qui se présente, dit le comte palatin du Saint-Empire Romain.

— Excepté votre croix de chevalier de l'Éperon d'or.

— Messieurs, dit *Salvador*, quelle est la conclusion qu'il faut tirer de tout ce que nous venons d'entendre ?

— Voulez-vous que je vous réponde avec franchise ? dit le député franco-russe.

— Vous me ferez plaisir.

— Eh bien ! celui qui a dit que les sots étaient ici-bas pour nos menus plaisirs, celui-là a mis au jour une vérité qui est de tous les temps et de tous les pays.

— Amen ! dit l'ex-curé.

Il était tard, et les convives éprouvaient tous le besoin d'aller prendre quelques instants de repos. De Pourrières fit apporter un énorme bol de punch, chacun en prit sa part, et l'on se sépara.

X

Deux meurtres.

Le surlendemain de ce dîner, *Salvador* et *Roman* se rendirent chez leur amphitryon. Bien qu'il fût déjà tard, de Pourrières, qui avait fêté l'avant-veille Bacchus et Comus avec beaucoup d'ardeur, était encore couché, et se plaignait d'avoir la tête lourde et l'estomac embarrassé.

— Je suis tellement malade, dit-il à ses nouveaux amis, que je crois bien qu'il me sera impossible de me mettre en route demain, ainsi que j'en avais l'intention.

— C'est que vous nous avez donné un véritable festin de Balthazar, répondit *Roman*; mais le ciel est serein, le soleil brille, et si vous le voulez, monsieur le marquis, nous irons tous ensemble déjeuner à la provençale chez un de nos compatriotes qui habite Villemonble, un joli petit village à deux lieues de Paris.

De Pourrières, qui était véritablement indisposé, ne voulait pas d'abord accepter l'invitation qui lui était faite, mais *Salvador* et *Roman* ayant redoublé leurs instances, et lui ayant fait observer qu'une promenade à la campagne dissiperait les nuages qui obscurcissaient son cerveau et lui rendrait toute sa vigueur, il se détermina à les suivre.

Salvador et *Roman*, depuis qu'ils avaient fait la rencontre du marquis de Pourrières, n'avaient pas laissé se passer un seul jour sans aller lui rendre visite, et de simples connaissances ils étaient devenus les plus intimes amis, *Roman* surtout, que sa qualité de compatriote rendait cher au jeune homme, avait conquis toute sa confiance, et ce dernier avait pris l'habitude de le consulter sur tout ce qu'il voulait faire.

Il lui avait fait lire toute sa correspondance avec un juif nommé Josué, dont il a été parlé, et une femme de Genève, qui était chargée d'élever son fils, ainsi que la copie du testament de son père, et les divers codicilles qui l'accompagnaient. La lecture de ces pièces avait prouvé à *Roman* que l'idée de substituer *Salvador* au marquis de Pourrières, en faisant disparaître ce dernier, était très-réalisable. En effet, le choléra avait enlevé les plus proches parents du marquis et tous les vieux serviteurs de la famille, à l'exception d'un seul, que son grand âge devait rendre facile à tromper.

Roman et *Salvador* avaient amené eux un cabriolet de louage, qu'un commissionnaire avait été chargé de garder pendant le temps qu'ils avaient passé chez leur ami.

— Nous serons peut-être un peu gênés, dit *Roman* à de Pourrières avant de monter en voiture, mais à la guerre comme à la guerre, le cabriolet nous mènera bien jusqu'à Bondy, où nous le laisserons, et nous traverserons à pied le parc du Raincy. Cette course nous donnera de l'appétit, en même temps qu'elle vous fera connaître une des plus agréables promenades des environs de Paris, un beau château et une superbe avenue.

Salvador, le marquis et *Roman* prirent place dans le cabriolet, qui se trouva assez grand pour les recevoir tous trois sans qu'ils éprouvassent trop de gêne. *Salvador*, qui s'était placé au milieu, prit les rênes, et l'on partit.

Le cheval, qui paraissait assez vigoureux pour fournir une course beaucoup plus longue que celle que l'on exigeait de lui, trottait à ravir, et l'espace qui sépare la rue Joubert du joli village de Bondy fut franchi avec rapidité.

Après avoir traversé ce village, les voyageurs, ainsi que

cela avait été convenu, descendirent de voiture, et après avoir pris chacun un verre de genièvre chez l'aubergiste du *Cheval-Rouge*, auquel ils confièrent le cheval et le cabriolet, ils se mirent en route pour Villemonble.

C'était par une belle matinée de juillet, le ciel était bleu et semé de petits nuages argentés, le soleil, qui s'était levé radieux, dorait la cime des arbres; chaque bouffée de vent apportait avec elle les senteurs parfumées des fleurs des champs.

Lorsque l'on vient de quitter une ville aussi tumultueuse que Paris, l'aspect de la campagne, quand elle est revêtue de sa plus belle parure, et que tout semble sourire dans la nature, impressionne toujours vivement : on se sent plus léger qu'on ne l'était un instant auparavant, on hume l'air de toute la force de ses poumons, et l'on est tout disposé à croire que l'on vient de faire un nouveau bail avec la vie.

Telle était la disposition d'esprit d'Alexis de Pourrières, qui marchait devant *Salvador* et *Roman* en fumant un cigare de la Havane.

Il s'arrêta tout à coup.

— Vraiment, dit-il, je vous suis obligé d'être venus me chercher ce matin, et surtout d'avoir insisté pour m'emmener; si je ne vous avais pas suivis, je serais encore dans mon lit, aussi malade qu'il est possible de l'être après une forte débauche, tandis que, maintenant, je suis gai, dispos, et tout prêt à trouver excellents les mets simples que notre compatriote va nous servir.

— J'aimerais mieux être forcé de combattre seul dix gendarmes pour reconquérir ma liberté, dit *Salvador* à voix basse, que d'assassiner cet homme aussi lâchement que nous l'allons faire.

— Des scrupules ! lui répondit *Roman* sur le même ton; vraiment, le moment est bien choisi. As-tu donc oublié que nous n'avons plus d'argent, et qu'il faut absolument que nous nous tenions tranquilles pendant quelque temps, si nous ne voulons pas retourner là-bas.

— Notre position est embarrassante, c'est vrai ; mais cet homme nous témoigne tant de confiance...

— Eh ! qui diable te prie de mettre la main à la pâte. Lorsqu'arrivera le moment d'agir, tu tourneras la tête, ce sera absolument comme si tu n'étais pas là.

— De quoi parlez-vous donc ? dit de Pourrières qui marchait toujours en avant.

— Oh ! de choses très-peu intéressantes, répondit *Roman*, de la pluie et du beau temps. Tu peux, si tu le veux, rester en arrière, continua-t-il en s'adressant à son compagnon, dans cinq minutes l'affaire sera faite.

Ils étaient arrivés dans la partie la plus obscure et la moins fréquentée du parc.

— Par ici, monsieur le marquis, dit *Roman* à de Pourrières qui avait tourné la route, par ici, en suivant ce sentier, nous arriverons un quart d'heure plus tôt à Villemonble.

De Pourrières revint sur ses pas, et *Roman* le laissa passer le premier dans l'étroit sentier qu'il lui désignait.

— J'ai une faim de diable, dit-il après avoir fait quelques pas.

Roman avait promené ses regards autour de lui. Tout était calme, le ciel était serein ; la fauvette et le chardonneret chantaient leurs amours sous le feuillage des vieux chênes.

Sa main caressait, dans une des poches de son paletot, un instrument de mort de dix à onze pouces de long, formé de cinq à six brins de baleine réunies ensemble, et terminé aux extrémités par deux boules de plomb de la grosseur d'un œuf, pesant chacune une livre et recouvertes, ainsi que la branche qui les unissait l'une à l'autre, par un tissu de cuir tressé avec art.

Il s'était rapproché du marquis.

— Va déjeuner chez Satan, dit-il.

De Pourrières tomba comme s'il avait été frappé de la foudre.

A ce moment, par un de ces changements de temps si communs pendant les jours caniculaires, le ciel devint sombre et gris, l'éclair sillonna la nue, le tonnerre gronda dans le lointain, et une pluie battante et continue eut bientôt changé en une scène de désolation le paysage, il n'y a qu'un instant si riant et si animé.

Salvador s'était rapproché de *Roman* et regardait avec des yeux effrayés le cadavre du marquis de Pourrières étendu sur le sol.

— Cet orage si subit ne nous présage rien de bon, dit-il après quelques minutes de silence.

— Cet orage est, au contraire, un événement très-heureux pour nous, répondit *Roman* qui avait repris tout son sang-froid; il nous donne la certitude que nous ne serons pas interrompus, mais hâtons-nous, il ne nous reste pas trop de temps pour tout ce que nous avons à faire.

Roman tira de dessous un amas de branches mortes et de feuilles sèches amoncelées au pied d'un vieil orme, une de ces grosses cruches de grès, auxquelles on a donné le nom de dame Jeanne; et lorsque *Salvador* eut pris le portefeuille et tout ce qui se trouvait dans les poches du marquis de Pourrières, il en vida le contenu sur le cadavre, en ayant soin d'en bien imbiber tous les vêtements.

— C'est de l'essence de térébenthine, dit-il. Cinq minutes après que nous y aurons mis le feu, il ne restera plus de ce cadavre que des lambeaux informes, auxquels il sera impossible de donner un nom.

Salvador et *Roman*, après que ce dernier eut mis le feu au tas de ramées qu'il avait réunies autour et au-dessus du cadavre, se hâtèrent de quitter le théâtre du crime qu'ils venaient de commettre et regagnèrent, à pas pressés, l'auberge de Bondy dans laquelle ils avaient laissé leur voiture.

Salvador était toujours extrêmement pâle, *Roman* le laissa sur le seuil de l'auberge et alla seul reprendre le cabriolet auquel, suivant l'ordre qu'il avait donné, le cheval était encore attelé.

— Vous avez été surpris par l'orage et cela a dérangé votre promenade, lui dit l'hôtelier du *Cheval-Rouge*.

— C'est un malheur dont nous nous consolerons facilement, répondit *Roman*. — Il avait amené la voiture devant la porte charretière sous laquelle *Salvador* s'était tenu. — Allons, messieurs, dit-il de manière à être entendu, montez. Adieu, notre hôte.

— Bon voyage, messieurs, répondit l'aubergiste sans seulement tourner la tête.

— Si nous devons un jour rendre compte aux hommes de la mort du marquis de Pourrières, dit-il à son complice, celui-là ne pourra pas déposer contre nous, il n'a pas remarqué que nous sommes arrivés trois et que nous ne sommes que deux au départ.

La maison dans laquelle se trouvait l'appartement habité par de Pourrières était composée de deux corps de logis: l'un sur la rue, l'autre sur un jardin qui les séparait; l'appartement du marquis était situé au troisième étage du premier, et la loge du concierge était à l'entre-sol du deuxième; il était donc très-facile de s'introduire, sans être vu, dans cet appartement.

Salvador et *Roman*, qui, ainsi que nous l'avons dit, avaient pris dans les poches du marquis son portefeuille et ses clés, s'introduisirent chez lui à la tombée de la nuit, après avoir ramené la voiture chez le loueur de carrosse de la rue Basse-du-Rempart où ils l'avaient prise.

Ils s'emparèrent de tout l'argent et des billets de banque, des divers bijoux et de tous les papiers, lettres et passe-ports qu'ils trouvèrent, et ils furent assez heureux pour ne rencontrer personne lorsqu'ils se retirèrent.

Après cette expédition, les deux complices, qui étaient brisés de fatigue, se hâtèrent de rentrer chez eux. *Salvador* était aussi pâle qu'un cadavre, et des mouvements convulsifs qu'il ne pouvait comprimer annonçaient qu'il était en proie à une terreur ardente; *Roman*, au contraire, était aussi tranquille et aussi gai que de coutume.

— Mon cher élève, dit-il à *Salvador*, lorsqu'ils furent rentrés dans leur petite chambre, il faut tâcher de changer de physionomie; si les sergents de ville devant lesquels nous sommes passés pour nous rendre ici avaient remarqué ta figure, ils auraient deviné que tu venais de faire un mauvais coup.

— Oh! répondit *Salvador*, j'aurai toujours devant les yeux l'image de ce malheureux.

— Si c'était ton premier coup *d'escarpe* (1), je comprendrais que tu ne sois pas très à ton aise, ces sortes d'affaires chiffonnent toujours un peu la première fois; mais il n'en est pas ainsi. As-tu donc oublié le domestique du banquier *Carmagnola* et le brigadier de la gendarmerie du Beausset?

— Oh! ce n'est pas la même chose! ceux-là, si je les ai frappés c'était pour me défendre; mais cet homme, *Roman*, cet homme que nous avons tué lorsqu'il nous croyait ses amis!...

— N'en parlons plus, ce sera beaucoup plus sage, et occupons-nous de nos petites affaires. Te voilà, maintenant, à peu près certain d'hériter du nom et de la fortune du marquis de Pourrières, auras-tu assez de courage et de présence d'esprit pour marcher au avant?

— J'espère que tu n'en doutes pas.

— Tu es plus jeune que le défunt, mais cela n'y fait rien: tu as toujours paru un peu plus âgé que tu ne l'étais; tu ne lui ressembles pas positivement, mais tes traits et ta taille ont de l'analogie avec les siens: tu es blond, mais, grâce aux prodiges récents de la chimie, il sera facile de faire de toi le plus beau brun du monde. Tes yeux sont bleus et les siens étaient noirs; mais la différence échappera d'autant plus facilement à tous les regards, que personne ne songera à contester ton identité.

— Mais il reste, à ce qu'il paraît, un vieux domestique de la famille.

— C'est vrai, mais l'âge doit avoir affaibli toutes les facultés de cet homme que nous ferons disparaître, si cela devient absolument nécessaire.

— Nous serons aussi forcés de voir le juif Josué.

— Je me présenterai chez lui comme un fondé de pouvoirs, je ne me montrerai pas trop sévère lorsqu'il s'agira de régler le chapitre des intérêts et ce juif n'en demandera pas davantage; l'enfant du défunt et de *Juzetta* n'est pas un obstacle sérieux, il devient ton fils à dater d'aujourd'hui; nous verrons plus tard ce que nous pourrons en faire.

— Allons, allons, tout est pour le mieux, me voilà marquis de Pourrières et possesseur d'au moins soixante mille francs de rente, s'écria *Salvador* qui avait repris toute sa gaieté.

— Tu veux dire, reprit *Roman*, que nous voilà marquis de Pourrières et possesseurs de soixante mille francs de rente.

— Cela coule de source; nous ne pouvons plus nous séparer maintenant.

Le premier soin de *Roman* et de *Salvador* fut de quitter, pour se loger plus convenablement, l'hôtel qu'ils habitaient sous des noms d'emprunt depuis leur arrivée à Paris. Ils ne craignaient pas, du reste, le résultat des recherches provoquées par la découverte que l'on avait faite du cadavre de leur victime, certains qu'ils étaient qu'on ne pourrait appliquer un nom à ces restes informes.

Ils étaient retournés souvent au café dans lequel ils avaient rencontré pour la première fois l'infortuné de Pourrières, personne ne s'enquit auprès d'eux de celui qui n'était connu que sous le nom de Courtavon, et qui du reste avait annoncé son prochain départ à tous ceux qui le connaissaient.

Après avoir bien étudié leur rôle et lorsque *Salvador*, qui possédait un grand talent de faussaire, fut parvenu à imiter parfaitement l'écriture du défunt, ils partirent pour Aix.

Ils avaient pris tout le rôle avant d'arriver dans cette ville, *Salvador* avait tous les papiers du marquis de Pourrières qui étaient parfaitement en règle, il avait fait teindre ses cheveux avec le plus grand soin, et cette opération avait tout à fait changé l'expression de sa physionomie; *Roman* avait pris le nom de Lebrun et se faisait passer pour son intendant.

Il fut décidé que *Salvador* resterait à Aix, et que *Roman*, chargé d'une lettre dont l'écriture imitait à s'y méprendre celle du marquis, se rendrait seul chez le notaire dépositaire du testament, afin de prendre connaissance des affaires de la succession; il devait trouver bien et donner son approbation

(1) Assassinat.

LES VRAIS MYSTÈRES DE PARIS

Par VIDOCQ

Elle me demanda le sujet qui faisait couler mes larmes. (Page 26.)

à tout ce qui avait été fait, tout en ayant soin de se montrer défenseur soigneux des intérêts de son maître.

Le notaire, qui du reste était un très-honnête homme, le reçut très-bien, et huit jours ne s'étaient pas écoulés qu'il avait accordé toute son estime à M. Lebrun; il était, en effet, difficile de rencontrer un intendant à la fois plus honnête homme et moins méticuleux.

Le notaire, oncle et tuteur de *Roman*, était mort depuis longtemps, et comme le compagnon de *Salvador* n'était venu quinze ans auparavant que deux ou trois fois au village de Pourrières, il ne craignait pas d'être reconnu, il était donc parfaitement tranquille et il employait tous les instants qu'il ne passait pas avec le notaire, à recueillir à Pourrières et dans les environs tous les renseignements de nature à faciliter l'entrée de son compagnon sur la scène; il apprit avec plaisir que le choléra avait fait dans cette partie de la Provence de tels ravages, que la moitié au moins de la population était descendue dans la tombe.

Lors de sa première visite au château de Pourrières, il était accompagné du notaire: c'était en quelque sorte une démarche officielle; mais voulant, à ce qu'il disait, faire plus ample connaissance avec ceux qui allaient devenir ses camarades, il y revint seul plusieurs fois. Les domestiques, tous nouveaux serviteurs, craignaient que le jeune marquis ne les gardât pas à son service; encouragés par l'air bonhomme et la jovialité de monsieur l'intendant, ils osèrent lui faire part de leurs craintes. *Roman* les rassura: son maître, disait-il, ne voulait causer de peine à personne, il saurait au contraire

récompenser les services de ceux que le défunt marquis aurait oubliés dans son testament; quant à vous, disait-il souvent au vieil Ambroise, vous n'aurez pas à vous plaindre, monsieur le marquis m'a fait part de ses intentions à votre égard, et comme vous n'êtes pas de ce pays, si vous désirez vous retirer dans votre village, il ajoutera douze cents francs de rente à ce que vous a laissé feu monsieur son père.

— Mon jeune maître est bien bon, monsieur Lebrun, répondait toujours Ambroise, à cette insinuation qu'il ne considérait cependant que comme un témoignage d'intérêt, mais j'habite la Provence depuis mon enfance, et j'ai l'intention d'y terminer mes jours; à mon âge, voyez-vous, on a besoin de soleil.

— S'il t'arrive malheur, c'est que tu l'auras voulu, vieux bélître, se disait alors *Roman*.

Roman puisait dans les longs entretiens qu'il avait souvent avec Ambroise, une foule de renseignements utiles qu'il transmettait journellement à *Salvador*, afin de lui donner le temps de les graver dans sa mémoire; Ambroise, qui avait voué à la maison de Pourrières un attachement semblable à celui qu'éprouvait le vieux Caleb pour la maison des Ravenswood, aimait beaucoup à raconter; aussi était-il charmé, lorsque monsieur l'intendant l'ayant fait demander dans sa chambre, dans laquelle il était toujours sûr de trouver une vieille bouteille de vin cuit, le mettait sur le chapitre de la famille; c'était en éprouvant le plus vif plaisir qu'il racontait les prouesses de son vieux maître à l'armée des princes et les premières fredaines du jeune marquis, et ses yeux étaient humides lorsqu'il parlait des chagrins qu'avait causés au vieux gentilhomme qu'il avait servi si longtemps l'absence prolongée de son fils.

Ambroise, tout vieux qu'il était, paraissait avoir une excellente mémoire ; il se rappelait très-bien son jeune maître, qu'il avait, disait-il souvent, fait sauter plus d'une fois sur ses genoux.

— Je crois bien que je le reconnaîtrais, cependant il doit être bien changé; cette phrase terminait ordinairement ses discours.

Ambroise était un obstacle sans doute, mais cet obstacle n'était pas de nature à faire renoncer à leur entreprise des hommes aussi audacieux que l'étaient Salvador et Roman; il fut donc décidé que le premier qui avait eu le temps de bien étudier le rôle qu'il devait jouer ne ferait pas attendre plus longtemps à ses vassaux le marquis Alexis de Pourrières.

Salvador partit d'Aix assez tard pour n'arriver à Pourrières qu'à la naissance de la nuit. Il se rendit de suite chez le notaire, et lorsqu'il se fut nommé, l'officier ministériel qui cependant avait vu souvent Alexis de Pourrières lorsqu'il était déjà âgé de plus de dix ans, s'empressa de le reconnaître, afin de faire preuve de perspicacité.

Rassuré par l'heureux résultat de cette première démarche, Salvador, qui d'abord avait été quelque peu embarrassé, se sentit assez d'aplomb pour ne plus rien craindre. Après avoir approuvé à son tour tout ce que Roman avait trouvé bien, il parla au notaire de ses voyages, des égarements de sa jeunesse, et des regrets que lui inspirait la mort de son père, dont il aurait voulu fermer les yeux; puis il lui demanda des nouvelles d'Ambroise, de ce vieux et loyal serviteur de la famille, qu'il espérait, disait-il, retrouver encore plein de verdeur malgré son âge avancé.

Le notaire, pour faire sa cour au nouveau seigneur de Pourrières, lui proposa d'envoyer chercher ce vieux domestique, et comme Salvador s'était empressé d'acquiescer à la proposition qui lui était faite, un clerc fut dépêché à l'instant même, après avoir reçu l'ordre de ne point revenir sans amener Ambroise avec lui.

Le premier soin de ce jeune homme, qui avait entendu tout ce que venaient de dire le notaire et Salvador, fut de rapporter au vieux domestique que son patron, qui n'avait vu le marquis de Pourrières que lorsqu'il était âgé de dix ans, l'avait cependant reconnu de suite et que cela avait paru singulièrement flatter monsieur le marquis.

Ambroise parut charmé du retour de son jeune maître.

— Si votre patron l'a reconnu de suite, dit-il au jeune clerc, je suis bien sûr de le reconnaître aussi.

Ambroise, aussitôt son arrivée, fut introduit dans le cabinet du notaire.

— Te voilà donc ? mon vieil ami, lui dit Salvador; il y a bien longtemps que nous ne nous sommes vus; allons, viens m'embrasser !...

Salvador, qui était vêtu d'un costume complet de deuil, paraissait vivement ému. Ambroise, à qui sa présence rappelait une foule de vieux souvenirs, se jeta dans les bras de son jeune maître, qui le tint longtemps serré contre sa poitrine.

A ce moment on annonça M. Lebrun. Roman, après avoir salué son maître avec beaucoup de respect, prit part à la conversation, et fit un éloge pompeux du vieux domestique, qui paraissait charmé de l'accueil qui lui était fait, et dont la satisfaction fut portée à son comble, lorsque le notaire ayant prié le marquis de partager le souper impromptu qu'il venait de faire servir, il accepta, à la condition qu'Ambroise prendrait à table sa part de ce repas.

Pendant tout le temps que dura le souper, Salvador ne cessa de prodiguer à Ambroise les témoignages de son attachement, et lorsque l'heure de la retraite était arrivée, il se retira avec Roman, le vieux domestique était aussi satisfait qu'il est possible de l'être.

Les affaires de la succession n'étaient pas difficiles à régler; on devait au juif à peu près six cent mille francs; mais le vieux marquis, qui dépensait au plus la moitié de son revenu, avait laissé, en argent comptant, une somme très-considérable. Roman se chargea d'aller régler avec ce juif, qu'il trouva dans sa masure du quartier Saint-Jean, occupé, comme toujours, à compter l'or qu'il avait extorqué à quelques malheureuses dupes, de sorte que Josué désintéressé, il devait rester au marquis de Pourrières environ cinquante mille francs de rentes en biens-fonds.

Salvador qui, après sa visite au notaire, était retourné à Aix pour y terminer, à ce qu'il disait, quelques affaires importantes, vint habiter le château de Pourrières, aussitôt que son ami lui eut fait savoir qu'il avait terminé avec Josué.

— Ce vieux coquin, disait Roman dans la lettre qu'il envoyait à son compagnon, nous a tiré une fameuse plume de l'aile, mais il n'a pas conçu le plus léger soupçon.

Le vieux manoir habité par un jeune et brillant cavalier prit tout à coup un aspect plus riant et plus animé, les vieilles tapisseries furent remplacées par des tentures à la mode, des meubles du plus nouveau goût vinrent prendre la place des lourdes chaises et des gothiques bahuts qui furent relégués au grenier, de beaux chevaux, une calèche et des livrées élégantes complétèrent un ensemble tout à fait confortable.

Les gentilshommes du voisinage avaient invité plusieurs fois Salvador à des parties de chasse et à des réunions qu'il s'était empressé de rendre, et toujours il avait obtenu les succès les plus flatteurs.

On a naturellement beaucoup d'indulgence pour les gens chez lesquels on s'amuse; aussi les voisins du château de Pourrières, qui était devenu le centre de tous les plaisirs de la contrée, ressentaient beaucoup d'amitié pour son propriétaire; les femmes trouvaient que c'était un joyeux compagnon, les femmes admiraient sa grâce aristocratique et la parfaite élégance de ses manières.

Quelques-uns des petits-cousins qu'Alexis de Pourrières n'avait fait qu'entrevoir lors du séjour qu'il avait fait à Marseille avant de commencer ses voyages en Europe, vinrent le visiter, Salvador les reçut si gracieusement, il leur fit avec tant de politesse les honneurs de sa demeure, qu'il parvint à leur faire oublier qu'ils avaient espéré se partager la fortune qu'il possédait.

Salvador et Roman auraient été parfaitement tranquilles s'ils n'avaient pas remarqué que depuis quelque temps le caractère d'Ambroise était totalement changé; le vieux domestique, d'ordinaire dispos et toujours prêt à rire, était devenu sombre et taciturne, il paraissait dominé par quelques pensées importunes, et souvent on l'avait surpris hochant la tête négativement après avoir regardé son maître.

Roman, qui possédait toute la confiance d'Ambroise, l'avait plusieurs fois interrogé avec adresse : Ambroise avait longtemps évité de répondre à ses questions, mais un jour Roman ayant été beaucoup plus pressant que de coutume, Ambroise se détermina à le prendre pour confident.

« Je suis peut-être fou, mon cher monsieur Lebrun, mais je souffre tant, vous aurez pitié de moi.

Et se penchant vers Roman, il lui dit à voix basse :

— Êtes-vous bien sûr que notre maître est réellement le marquis Alexis de Pourrières?

— Vous me faites là une singulière question, répondit Roman. Depuis cinq ans que je suis au service de M. le marquis, je l'ai toujours entendu nommer ainsi par les personnes recommandables avec lesquelles il était en relation, et je dois croire que le nom qu'il porte lui appartient, puisque vous-même, ainsi que le notaire, vous l'avez reconnu lors de son arrivée ici.

— C'est vrai, c'est vrai, répondit Ambroise en secouant tristement la tête; je suis fou;

Roman employa toute sa rhétorique pour rassurer Ambroise, qu'il ne quitta pas pour aller trouver Salvador que lorsqu'il le vit un peu plus calme.

— Mais il faut absolument que cet homme périsse, dit Salvador; s'il ne meurt pas, nous sommes perdus.

Roman, depuis quelques instants, paraissait réfléchir.

— C'est cela, s'écria-t-il tout à coup en se frappant le front, c'est cela. Mon ami, dans trois ou quatre jours au plus tard, nous n'aurons plus rien à redouter.

— Quel est ton projet?

— Tu le connaîtras lorsqu'il sera réalisé.

— Mais encore faut-il que je sache?

— Eh bon Dieu! monsieur le marquis, laissez, je vous en prie, agir à sa guise, votre dévoué serviteur; vous savez qu'il est homme de ressources et qu'il n'a pas froid aux yeux.

Roman, à quelques jours de là, invitait au nom de son maître, les châtelains les plus voisins et le notaire que nous connaissons déjà, à passer la journée au manoir de Pourrières. Tous les invités se montrèrent exacts; on savait que le marquis savait faire les honneurs de sa table.

Le déjeuner fut servi avec ce luxe et ce comfort qui ajoutent une nouvelle saveur à la délicatesse des mets et à l'excellence des vins. On resta longtemps à table, *Salvador*, après avoir fait servir à ses convives le café et les liqueurs, leur proposa une partie de boules; on joue beaucoup aux boules dans les contrées méridionales de la France, et particulièrement en Provence. La proposition fut acceptée avec enthousiasme, et les convives s'empressèrent de se rendre sur une pelouse située devant l'entrée principale du château.

On allait engager les parties, lorsque Ambroise botté et éperonné, et conduisant une jument par la bride, s'approcha de *Salvador* et lui demanda s'il avait quelques commissions pour Aix. Celui-ci, qui avait reçu de *Roman* les instructions nécessaires, lui remit un bon de cent francs qu'il le chargea de remettre au libraire Aubin, qui faisait ses abonnements aux journaux et aux Revues de la capitale.

— Le père Ambroise est encore fort et vigoureux, dit le marquis en s'adressant à ses convives, et malgré son grand âge, il est aussi bon cavalier que le premier postillon du pays. Mais c'est égal, je défendrai à Lebrun de vous faire faire d'aussi longues courses.

Ambroise était en selle, il piqua légèrement sa bête et partit au petit trot.

— Il est bien bon pour moi, se disait-il en laissant flotter les rênes sur le sol de sa monture, tout le monde le reconnaît : le notaire, qui causait avec lui tout à l'heure; les neveux de feu madame la marquise; mais ses yeux sont bleus, dit-il à haute voix, et j'en suis bien sûr, ceux d'Alexis étaient noirs...

Tandis que la monture d'Ambroise trottait dans un petit sentier qui conduisait à la route d'Aix, les parties de boules continuaient devant l'entrée du château.

Elles se prolongèrent jusqu'à l'heure du dîner, auquel assistèrent toutes les personnes qui avaient pris part au repas du matin. Vers huit heures du soir, *Salvador* ayant demandé une clé dont il prétendait avoir besoin, *Roman* lui répondit devant ses convives qu'Ambroise avait emporté cette clé et qu'il n'était pas encore rentré. On pensa naturellement que le vieillard s'étant trouvé fatigué, s'était déterminé à coucher à Aix, et qu'il ne reviendrait que le lendemain.

Le château de Pourrières était entouré de vastes dépendances en terres labourées, bois, vignes, plantations de mûriers et d'oliviers, qu'il fallait traverser pour gagner le village où se trouvait un embranchement qui conduisait à la route d'Aix; ce chemin était celui que prenaient toutes les personnes qui venaient de la ville; mais les habitants du château que leurs affaires appelaient à Aix en avaient adopté un autre qui diminuait le trajet d'au moins une demi-lieue.

Le parc du château de Pourrières, d'une très-vaste étendue et planté d'arbres de haute futaie, était traversé à son extrémité par un ruisseau qui prend sa source dans les montagnes qui couronnent la vallée où est bâti ce château. Ce ruisseau coule lentement entre deux rochers d'une hauteur d'environ trente-cinq mètres, au sommet desquels on arrive par deux pentes douces ménagées exprès des deux côtés du parc; ces deux rochers et le ruisseau qu'ils enserrent dans leur sein forment à la partie du parc qui avoisine le manoir une ceinture naturelle qu'il deviendrait impossible de franchir si un pont n'avait pas été établi sur les deux crêtes les moins élevées des rochers.

La largeur du ruisseau n'étant pas très-considérable, on a tout simplement, pour établir ce pont, jeté de forts madriers sur les rochers, et sur ces madriers qui sont tenus en place par de forts crampons en fer, on a fixé des planches assez épaisses. Lorsqu'on a traversé ce pont primitif, on suit un petit sentier qui conduit, après quelques détours, sur la grand'route d'Aix à Marseille.

Salvador et ses convives allaient se lever de table, lorsqu'un domestique, dont la physionomie renversée et les yeux hagards annonçaient qu'il était porteur d'une mauvaise nouvelle, entra dans la salle à manger.

— O monsieur le marquis! s'écria-t-il, quel malheur! quel affreux malheur!... Ambroise! le pauvre Ambroise!

— Eh bien! dit *Salvador*, qu'est-il donc arrivé à Ambroise?

— Il est mort! monsieur le marquis; je viens de retrouver son corps dans le ruisseau du parc. Le pont s'est rompu, sans doute au moment où il passait dessus avec sa jument.

Et le domestique, sans attendre la réponse de son maître, le quitta pour aller apprendre la triste nouvelle aux autres habitants du château.

Tous les convives s'étaient levés de table lorsque le domestique était venu annoncer le fatal événement qui avait causé la mort du pauvre Ambroise, et *Salvador* s'était élancé sur ses traces en affectant tous les signes d'une profonde douleur. Les convives avaient suivi ses pas, et lorsqu'on arriva au lieu où gisait le cadavre, *Roman*, qui s'était mêlé parmi les amis de son maître, affichait une douleur que tout le monde s'empressa de consoler.

Le cadavre du vieux serviteur fut relevé avec toutes les marques du plus profond respect et transporté au château. Les convives de *Salvador*, respectant la douleur qu'il paraissait éprouver, se retirèrent après lui avoir témoigné toute la part qu'ils prenaient au triste événement qui venait d'arriver.

Le lendemain matin, *Salvador* et *Roman* se promenaient dans la partie réservée du parc. *Roman*, qui paraissait très-satisfait, se frottait joyeusement les mains.

— Le hasard nous a servi, dit *Salvador*, que *Roman* n'avait pas tout à fait mis dans la confidence de son projet, et qui depuis la veille n'avait pas trouvé un instant pour interroger son digne ami.

— Oui, dit *Roman*, mais c'est moi qui ai fait naître ce hasard.

— Comment cela?

— Je savais que chaque fois qu'Ambroise se rendait à Aix, il prenait la route du parc qui abrège beaucoup le chemin.

— Mais cela ne me dit pas comment il se fait que le pont se soit rompu, justement au moment où il passait dessus.

— Eh! mon cher, rien de plus simple. Depuis quelques jours, je versais chaque matin de l'acide sulfurique sur les parties des madriers qui avaient le plus souffert des outrages du temps, de sorte qu'ils devaient nécessairement se rompre et s'emporter avec eux toute l'édifice au moment où ils auraient à supporter le poids d'un homme et d'un cheval; et les parties de rochers sur lesquelles était établi ce pont formant l'entonnoir, il était certain qu'Ambroise serait mort avant d'être arrivé au fond du précipice.

— *Roman*, je suis content de vous, dit *Salvador* en tendant la main à son digne compagnon; vous vous êtes acquis des droits éternels à ma reconnaissance et à la moitié de la fortune de la famille de Pourrières. A propos, quand partageons-nous?

— A quoi bon partager? Tu le sais, j'ai de l'amitié pour toi; aussi, je désire que nous ne nous séparions jamais. La position que j'occupe ici ne me déplaît pas; je ne parais pas être, il est vrai, que le premier de tes domestiques, mais cela ne me fait rien; cette comédie perpétuelle m'amuse.

Roman, en sa qualité d'intendant, fit faire des funérailles magnifiques à Ambroise. *Salvador* assista au service funèbre et au convoi, et tous les habitants du village de Pourrières remarquèrent son air affligé lorsque l'on couvrit de terre la dépouille mortelle du vieux serviteur. Par ses soins, un modeste monument, surmonté d'une croix de fer, fut élevé à sa mémoire, près du caveau destiné à servir de sépulture aux membres de la famille de Pourrières.

Roman recevait le prix des fermages et tous les autres revenus. Lorsque *Salvador* avait besoin d'argent, il en demandait à son compagnon qui lui en donnait sans compter. Un jour, désirant envoyer à Paris une somme assez forte à son carrossier, il la demanda comme de coutume à *Roman*.

— Je suis bien fâché de ne pouvoir te satisfaire, mais il faut que tu attendes les prochaines rentrées; ma caisse est vide.

Salvador, qui savait que *Roman* avait touché, deux jours auparavant, environ quinze mille francs de divers fermiers en retard, lui en fit l'observation.

— Les quinze mille francs, s'écria *Roman*, ils sont loin s'ils courent toujours. J'ai joué au baccarat, et je les ai perdus; mais je les *regagnerai*.

— Tu ferais beaucoup mieux de ne plus jouer, lui répondit *Salvador*, que ce contre-temps paraissait vivement contrarier.

— Eh! pourquoi me priverais-je de jouer, si j'y trouve du plaisir? Est-ce que je trouve mauvais que tu achètes des chevaux et des équipages?

— On se ruine vite lorsque l'on a la passion du jeu.

— Lorsque nous serons ruinés, nous reprendrons notre ancien métier; nous sommes encore trop jeunes pour nous retirer des affaires.

Salvador leva les épaules et quitta *Roman* sans lui répondre.

Cette petite altercation n'eut pas de suite; la chaîne qui attachait ces deux hommes l'un à l'autre était beaucoup trop forte pour se rompre au premier choc.

Le récit des faits qui précèdent l'époque à laquelle nous sommes arrivés n'a pas dû donner à nos lecteurs une opinion exacte du caractère de *Salvador*. En effet, ils ne l'ont vu jusqu'à présent agir qu'à la suite de *Roman*; ils ont donc pu croire que c'était une de ces natures sans individualité, bonnes tout au plus à suivre l'impulsion qui leur est donnée : il n'en était rien cependant. *Salvador*, au contraire, possédait autant, si ce n'est plus, de résolution que son compagnon, il savait examiner les choses de haut, qualité qui manquait à *Roman*; et il n'eût pas été impossible à un habile phrénologiste de trouver sur son crâne les bosses de l'organisation et de la prévision. Nous avons déjà dit quels étaient les agréments extérieurs de sa personne et de son esprit. *Roman*, qui avait guidé les premiers pas de *Salvador* dans la carrière du crime, devait exercer et exerçait en effet une certaine influence sur son esprit; mais son pouvoir devait cesser le jour où son élève s'apercevrait qu'il était assez fort pour voler de ses propres ailes.

Salvador se dit un jour que, porteur d'un beau nom, possesseur d'une belle fortune, et doué d'assez de capacités pour occuper une place importante dans la société, il devait tout faire pour conquérir cette place. Le voleur voulait voir le signe de l'honneur briller sur sa poitrine; l'assassin ne se serait pas trouvé déplacé sur le siège du législateur : l'ambition venait de le mordre au cœur.

— Tu veux devenir quelque chose, lui disait souvent *Roman*, auquel il avait confié ses rêves d'avenir; à ton aise, chacun prend son plaisir où il le trouve; mais, prends garde, c'est en voulant monter trop haut que l'on tombe.

— Tomber de haut ou de bas, répondait *Salvador*, lorsque la mort doit être le résultat de la chute, qu'importe!

— Que tu sois député ou pair de France, ou que tu restes tout simplement le marquis de Pourrières, cela m'est égal, pourvu que nous puissions avoir bonne table, bons vins et de quoi jouer au baccarat.

— Sois raisonnable, ne perds pas plus de la moitié de notre revenu.

— Sois tranquille, je suis en veine maintenant.

Le marquis de Pourrières, qui jusqu'à ce jour avait fréquenté seulement les gentilshommes de son bord, rendit des visites aux fonctionnaires publics de son arrondissement.

Il joua très-bien son rôle d'ambitieux auprès d'eux.

Il fonda une musique pour la garde nationale, se fit nommer chef de bataillon, devint membre du conseil général, bref, il parvint à jouir d'une certaine influence politique, tout allait au mieux.

Restait une ombre au tableau.

Cette femme et ce fils dont Pourrières avait parlé.

Grâce à la correspondance du marquis, *Salvador* se mit au courant de cette affaire et écrivit aux autorités de Genève pour avoir des renseignements sur l'ancienne maîtresse de celui dont il occupait la place.

Il reçut une réponse tranquillisante.

Mère et enfant avaient disparu, on le lui écrivait de Genève.

— Eh bien! dit *Roman*, lorsque *Salvador* eut achevé la lecture de la lettre qu'il venait de recevoir, un seul individu dans le monde pouvait nous demander compte de la fortune que nous avons acquise, et le ciel, ou plutôt le diable nous en débarrasse; nous sommes vraiment des coquins bien heureux.

— Il ne faut pas trop compter sur notre destinée, et le plus petit événement peut survenir et renverser, tout à coup, l'échafaudage sur lequel nous sommes montés.

— Vous êtes fou, monsieur le marquis; notre édifice est trop solide pour tomber au premier souffle de l'orage; et s'il plaît au diable, nous mourrons dans notre lit, et marquis de Pourrières.

— Je le souhaite et je l'espère; mais pouvons-nous savoir ce que l'avenir nous réserve!

La conversation finit là.

Peu de jours après, *Salvador* quitta le château où il laissa *Roman*, pour aller à Lyon, opérer le recouvrement de quelques sommes importantes, dues à la succession du vieux marquis de Pourrières, et déposées en l'étude de maître Coste, notaire. Les démarches qu'il fut forcé de faire le mirent en relations avec les personnes qui composaient, à cette époque, la société la plus distinguée de la ville.

A la suite d'un dîner, auquel il avait été invité, quelques jeunes gens, qu'il voyait assez habituellement, lui firent la proposition de les accompagner au grand théâtre. *Salvador*, après s'être fait un peu prier, pour satisfaire aux exigences du bon ton, se détermina à les suivre. Ces messieurs, en entrant dans leur loge, firent assez de bruit pour troubler le spectacle; et grâce au sans-gêne de leurs manières et à l'excentricité de leur toilette, ils étaient devenus après quelques minutes le point de mire de toutes les lorgnettes. Les lions de la province imitent, hélas! tous les travers des lions parisiens.

Ces messieurs étaient tous armés d'un de ces télescopes auxquels on a conservé le nom de lorgnettes. Après avoir mis en état ces formidables instruments, ils examinèrent à leur tour, et lorsqu'ils rencontraient une physionomie originale, ou un joli minois derrière leur objectif, des observations pleines de malignité, ou des exclamations admiratives, partaient de leur loge avec la rapidité des fusées d'un feu d'artifice, et souvent elles allaient frapper les oreilles de ceux qu'elles intéressaient.

Salvador, depuis quelques minutes, ne pouvait détacher ses yeux d'une femme qui venait d'entrer dans une loge, située en face de celle qu'il occupait avec ses amis, et dont la brillante toilette et la merveilleuse beauté attiraient tous les regards.

L'attention soutenue de *Salvador* parut à la fin blesser cette femme, qui, à son tour, regarda notre héros avec tant d'assurance et de fixité, qu'elle lui fit presque baisser les yeux.

— *Tron de l'air*, dit-il à un de ses amis en lui désignant l'objet de son admiration; cette femme est au moins aussi effrontée qu'elle est belle; quel regard, il est aussi acéré que la pointe d'un poignard malais.

— Ah! vous avez remarqué cette belle personne! lui dit le jeune homme auquel il s'était adressé; elle est très-désirable, n'est-ce pas?

— Certes, répondit *Salvador*, et si je n'avais pas la crainte de vous rencontrer tous sur mon chemin, je tâcherais de conquérir ses bonnes grâces.

— Si ce n'est que la crainte d'avoir l'un de nous pour rival, vous pouvez tenter l'aventure; mais je crois que vous ne réussirez pas.

— Vous m'étonnez; cette femme est-elle donc douée d'une vertu à toute épreuve?

— Vous êtes quelque peu présomptueux, monsieur le marquis; n'accordez-vous qu'aux Lucrèces le pouvoir de vous résister?

— Oh! vous ne m'avez pas compris; mais répondez-moi

sérieusement, je vous en prie, cette femme est-elle si vertueuse que ce soit faire une folie que d'essayer de s'en faire aimer?

— Avez-vous lu, monsieur le marquis, un excellent roman du plus fécond de nos romanciers : la *Peau de chagrin?*

— Sans doute.

— Vous vous rappelez alors une certaine comtesse Fœdora?

— Quel rapport?...

— Eh bien ! si cette femme était un peu plus âgée, nous croirions tous qu'elle servait de modèle à M. de Balzac lorsqu'il traçait le portrait de la comtesse Fœdora.

— Ainsi, selon vous, cette femme est ?...

— Une femme sans cœur, cher marquis, et nous sommes trop de vos amis pour ne pas chercher à vous détourner du défilé dans lequel vous paraissez vouloir vous engager.

— Merci de vos bons avis, messieurs; mais, en vérité, il est bien difficile de les suivre lorsque l'on a devant les yeux une créature aussi séduisante que celle-ci.

— Il faudrait avoir la puissance du dieu qui anima la Galathée du sculpteur Pygmalion, si l'on devait devenir amoureux de toutes les belles statues que l'on peut rencontrer sur son chemin.

— Si j'étais un paladin moins aventureux, je quitterais la lice avant d'avoir combattu, car vos discours ne sont pas de nature à m'encourager; mais ne me direz-vous pas le nom de cette femme et ce qui vous autorise à parler d'elle en des termes si défavorables?

— Nous vous apprendrons volontiers tout ce que vous désirez savoir.

— Je vous écoute.

— Madame la marquise de Roselly n'a pas probablement l'intention de se fixer dans notre ville, car elle n'a pas monté sa maison et se contente depuis qu'elle est ici du plus bel appartement de l'hôtel des *Ambassadeurs*; cependant ses équipages, qu'elle a fait venir de Paris, excitent à la fois l'admiration et l'envie de toutes nos merveilleuses.

« Le caractère assez extraordinaire, les habitudes originales de cette marquise (elle fume, fait des armes comme le meilleur élève de Mathieu Coulon, et est aussi bonne écuyère que Baucher) auraient suffi pour que toutes les portes se fermassent devant elle, si la renommée aux cent voix n'avait pas pris le soin de nous apprendre son histoire.

« La marquise de Roselly venait on ne sait d'où lorsqu'elle débuta au grand théâtre de Marseille sous le nom de Silvia.

— Silvia ! s'écria *Salvador* en interrompant le narrateur; Silvia !

— Vous connaissez la marquise de Roselly ?

— Pas précisément, mais j'ai beaucoup entendu parler de la cantatrice Silvia. — C'est singulier, se disait *Salvador* qui se rappelait ce que lui avait raconté *Servigny* pendant son séjour au bagne de Toulon.

— Continuez, je vous en prie, dit-il après quelques instants de silence.

— Je vous disais donc, continua le narrateur, que Silvia venait on ne sait d'où lorsqu'elle débuta au grand théâtre de Marseille. Comme elle est douée d'un talent incontestable et d'une beauté que vous êtes à même de juger, elle obtint les plus brillants succès, et bientôt elle compta autant d'adorateurs qu'il y avait à Marseille de jeunes gens riches et bien tournés. Après une liaison avec un jeune homme de Paris dont le nom m'échappe, liaison dont les suites furent fatales à ce malheureux qui paya de sa liberté et de son honneur le bonheur bien fugitif d'avoir serré une femme jolie entre ses bras, elle fit la connaissance du marquis de Roselly, noble seigneur vénitien; cet Italien, à ce qu'il paraît, n'avait point de cervelle, car trois mois ne s'étaient pas écoulés qu'au grand étonnement de tous les oisifs de Marseille, Silvia, après avoir payé un énorme dédit à son directeur, quitta le théâtre et annonça à tout le monde qu'elle allait épouser son adorateur.

« On crut d'abord que les espérances de la jeune actrice ne se réaliseraient pas; on ne pouvait croire qu'un aussi noble gentilhomme que le marquis de Roselly se déterminerait à épouser une fille de théâtre dont la réputation était plus qu'équivoque; cependant, au jour indiqué, le mariage fut célébré avec beaucoup de pompe.

« Silvia, devenue marquise, ne changea ni de caractère, ni de conduite, et son mari s'étant noyé à la suite d'une promenade sur l'eau, elle ne parut pas trop affligée de la perte qu'elle venait de faire, et après un voyage qu'elle fit en Italie pour recueillir ce qui lui revenait des biens du marquis de Roselly, elle reparut à Marseille, et, sans attendre que l'année de son deuil fût expirée, elle remonta sur les planches du grand théâtre; une insensibilité si ouvertement affichée révolta tout le monde, et au lieu des bravos et des transports d'admiration qui avaient accueilli ses débuts, elle ne récolta cette fois que des huées et des sifflets. Les quelques amis qui lui restaient, une femme jolie, quels que soient ses vices, en a toujours quelques-uns, affirmèrent que la succession de son mari étant composée en grande partie de biens domaniaux qui, suivant les lois qui régissent le royaume Lombard-Vénitien, retournent à l'État à défaut d'héritier du sang, c'était la nécessité qui la forçait à suivre de nouveau la carrière dramatique, mais ce fut en vain, elle fut forcée de quitter Marseille. Ce fut alors qu'elle vint ici.

— Mais si vraiment elle n'a pas de fortune, dit *Salvador* à celui de ses nouveaux amis qui venait de lui apprendre ce qui précède, quels moyens emploie-t-elle pour suffire à l'entretien du luxe dont elle s'environne ?

— Vous me demandez là, cher marquis, la solution d'un problème bien facile à résoudre : une femme ne trouve-t-elle pas tous les jours des ressources nouvelles ?

— Ainsi, vous croyez ?

— Je crois que la belle marquise de Roselly serait, à l'heure qu'il est, toute disposée à vous vendre très-cher ce que vous pouvez vous procurer à beaucoup meilleur compte, en vous adressant ailleurs.

— Oh! vous êtes véritablement trop méchant.

— Je suis de l'avis du philosophe de Genève; vous savez ce qu'il a dit de la courtisane du roi ?...

— Assez, assez, ménagez un peu plus cette pauvre marquise.

Silvia, ou plutôt la marquise de Roselly, paraissait avoir deviné que *Salvador* et les jeunes merveilleux placés près de lui s'occupaient d'elle, car elle n'avait pas cessé de regarder la loge dans laquelle ils se trouvaient, en balançant nonchalamment le bouquet de violettes de Parme et de camélias qu'elle tenait à la main.

Après la seconde pièce elle sortit non sans avoir jeté sur *Salvador* un de ces regards qui enveloppent de la tête au pied celui auquel ils sont adressés.

Salvador, pendant les quelques jours qui suivirent cette soirée, pensa plus d'une fois à Silvia; il n'était pas devenu positivement amoureux de cette femme, dont la beauté avait impressionné vivement ses sens, mais il se sentait entraîné vers elle par un sentiment inexplicable et une curiosité irrésistible.

Salvador alla un soir augmenter la foule, déjà si nombreuse, des adorateurs que la belle Silvia traînait après elle sur la place Bellecour, rendez-vous des gens de bonne compagnie, et ce ne fut pas sans peine qu'il parvint à conquérir un siège à ses côtés. Silvia, qui connaissait déjà son nom, et qui savait qu'il occupait dans le monde une assez belle position, voulut bien se départir en sa faveur des rigueurs dont assez ordinairement elle accablait ceux qui portaient ses chaînes.

— Je crois, lui dit *Salvador*, après les préliminaires obligés de toute conversation que l'un des deux interlocuteurs veut amener sur un terrain plus intéressant que celui sur lequel elle s'agite, que j'ai eu le plaisir, il y a quelques jours déjà, de vous rencontrer au grand théâtre.

— C'est vrai, lui répondit Silvia, et vraiment, je dois vous le dire, vous n'auriez pas, je le crois, examiné avec plus d'attention un cheval de luxe que vous auriez eu l'envie d'acheter.

— Ah! madame, vous punissez bien sévèrement une faute que tout le monde aurait commise à ma place. Lorsqu'une fois les yeux se sont fixés sur vous, croyez-vous qu'il soit possible qu'ils se détournent?

— Écoutez, monsieur le marquis, dit Silvia après quelques instants de silence, si je suis sincère, me promettez-vous de répondre avec franchise aux quelques questions que je vais vous adresser?

— Oui, répondit *Salvador*.

Silvia jeta sur lui un regard qui semblait interroger les plus secrètes pensées de son âme.

— M'aimez-vous? dit-elle.

Salvador était venu sur le terrain avec le dessein d'attaquer, et c'était l'ennemi qui lui présentait la bataille. Cette interversion des rôles, qu'il n'avait pas prévue, le dérouta complétement; aussi il hésita quelques instants avant de se déterminer à répondre.

— Eh bien, reprit Silvia, m'aimez-vous?

— Je le crois, répondit *Salvador*.

— Je ne serai pas moins franche que vous, je n'ai encore aimé personne, pas même mon mari, ajouta-t-elle en riant, et j'ai cru jusqu'à ce jour que ce serait toujours ainsi : il paraît que je me suis trompée.

— Ah! madame, est-ce un aveu et dois-je l'interpréter en ma faveur?

— Vous faites beaucoup trop de chemin en peu de temps, monsieur le marquis, je ne veux pas dire que je vous aime, mais seulement qu'il est possible que je finisse par vous aimer; mais si vous voulez me croire, nous en resterons là.

— Ah! madame! ce que vous me demandez là est impossible.

— Je ne sais si je me trompe, monsieur le marquis, mais quelque chose me dit que d'une liaison entre vous et moi, il ne doit rien résulter de bon.

— Croyez, madame, que si mes espérances se réalisent, de mon côté, du moins, vos prévisions seront trompées.

La conversation continua quelques instants encore sur ce ton, et *Salvador* ne quitta la belle marquise de Roselly qu'après avoir obtenu la permission d'aller chez elle lui présenter ses hommages.

L'amour, ce sentiment si pur, par lequel deux âmes se fondent en une seule, peut-il donc être éprouvé par des créatures aussi perverses que celles qui nous occupent en ce moment; et le sentiment qui les engage à se rapprocher l'une de l'autre est-il bien le même que celui dont nous avons tous plus ou moins ressenti les atteintes; hélas! oui, les tigres, aussi bien que les colombes, recherchent les individus de leur espèce, lorsqu'arrive la saison des amours.

L'amour, lorsqu'il a lié l'un à l'autre deux individus dont la vie a été une suite continuelle de débordements et de crimes, est peut-être plus violent, plus constant, plus capable de dévouement que celui qui a pris naissance dans le cœur d'un individu de trempe ordinaire; cette vérité, une fois admise, les événements qui doivent être le résultat de la rencontre de *Salvador* et de Silvia ne seront plus que les effets naturels d'une cause éprouvée.

Poulmann est peut-être, de tous les assassins, celui qui a affiché le plus révoltant cynisme et la plus effroyable immoralité; et bien! cet homme, qui énumérait avec une certaine complaisance toutes les phases de son crime, qui décrivait sans sourciller l'horrible agonie de sa victime, se rattachait cependant à l'humanité par l'affection qu'il portait à la femme *Simonnet*, surnommée *Louise aux yeux de chat*, qui, de son côté, était folle de lui. Ces deux individus, pendant leur détention à la Conciergerie, se donnaient à chaque instant les preuves d'un attachement sans bornes. *Poulmann*, auquel Louise avait donné toute sa chevelure, la contemplait avec ravissement tous les instants du jour, et la portait constamment sur son cœur; il adressait à sa maîtresse des lettres dans lesquelles il lui peignait son amour en traits de feu, et lorsqu'il la rencontrait à l'avant-greffe, il la serrait entre ses bras avec une force extraordinaire. *Louise aux yeux de chat*, de son côté, avait renfermé dans un petit sachet, qu'elle portait sur sa poitrine, toutes les lettres qu'elle avait reçues de *Poulmann*. Elle les lisait dix fois par jour, et souvent l'auteur de ce livre lui entendait adresser, à ses compagnes de captivité, ces singulières paroles : « Que je suis malheureuse, mon mari était un homme de mauvaises mœurs, qui me rendait la vie insuppor-

table et me battait sans cesse; je le quitte, j'ai la chance de tomber entre les mains d'un honnête homme qui me rend le bonheur et la tranquillité, et il faut qu'on vienne l'arrêter : quelle fatalité! »

Ce qui précède a surabondamment prouvé que les plus grands scélérats, les femmes les plus criminelles sont, aussi bien que les personnes les plus vertueuses, susceptibles d'attachement. Aussi nos lecteurs ne seront pas étonnés lorsque nous dirons que, moins d'un mois après s'être rencontré pour la première fois, *Salvador* et *Silvia* éprouvaient l'un pour l'autre un amour (doit-il être permis de conserver ce nom à un sentiment éprouvé par des individus de semblable nature? aussi violent que celui qui unissait *Poulmann* à la femme *Simonnet*.

Après quelques mois de séjour à Lyon, Silvia et *Salvador* se disposèrent à partir pour le château de Pourrières, que ce dernier voulait faire visiter à sa maîtresse avant de se mettre en route pour Paris, où il avait l'intention de se fixer.

Les premiers temps de leur liaison n'avaient pas été exempts d'orages. *Salvador*, que la sensualité seule avait d'abord attiré près de Silvia, avait primitivement tenté de rompre les nœuds qui l'attachaient à cette femme; Silvia, de son côté, avait cherché par tous les moyens possibles à faire de son amant ce que, jusqu'à ce moment, elle avait fait de tous les hommes qu'elle avait rencontrés, un hochet, une sorte de mannequin toujours prêt à accepter tous ses caprices, à se courber devant toutes ses volontés. Ils n'avaient ni l'un ni l'autre réussi dans leur entreprise, un sourire, quelques douces paroles, quelques regards plus tendres que de coutume, ramenaient *Salvador* aux pieds de Silvia, lorsqu'il venait de manifester l'intention de briser ses chaînes; mais lorsqu'elle voulait lui faire sentir trop le joug qu'il portait, l'amant si tendre, si soumis quelques minutes auparavant, changeait totalement d'aspect, et les éclats de toute sa colère épouvantaient Silvia, toute résolue qu'elle était.

— Écoutez, lui dit un jour *Salvador* après une scène plus violente que toutes celles qui l'avaient précédée, voulez-vous que nous restions ensemble?

Silvia eût été désolée si son amant lui eût manifesté le désir de rompre avec elle, mais les mauvais instincts qui la dominaient à son insu empêchèrent la réponse qu'elle avait dans le cœur de venir se placer sur ses lèvres; elle répondit le contraire de ce qu'elle pensait.

— Non, dit-elle.

— Vous êtes bien déterminée?

Silvia hésita quelques minutes avant de répondre, mais elle ne put se résoudre à démentir son caractère.

— Oui, ajouta-t-elle.

Salvador était sur le point de remporter une victoire complète, mais il ne put se contenir plus longtemps.

— Ah! vous voulez me quitter! je devais m'attendre à cela de votre part; mais n'y comptez pas.

Silvia venait de reconquérir d'un seul coup les avantages qu'elle avait perdus dans les luttes précédentes.

— Je vous trouve plaisant, dit-elle, et vous affichez de singulières prétentions; parce que probablement je n'ai pas cessé de vous plaire, vous voulez me garder auprès de vous malgré moi; cela ne sera pas, monsieur le marquis de Pourrières.

— Cela sera, madame la marquise de Roselly.

— Je suis curieuse de connaître le moyen que vous comptez employer pour me forcer à faire votre volonté.

— Tenez, Silvia, vous vous êtes grossièrement trompée si vous avez cru qu'il vous serait possible de faire de moi ce que vous avez fait de tous ceux que vous avez rencontrés; je ne suis ni un Préval, ni un *Servigny*; de ma poitrine au poignard d'un assassin il y a, sachez-le bien, un espace que vous ne pourrez pas franchir, et ce n'est pas moi que vous enverrez au bagne de Toulon.

— Ah! vous savez ce qui m'est arrivé avec ces deux messieurs? dit Silvia profondément étonnée.

— Je sais bien d'autres choses encore et je puis, lorsque cela me plaira, renverser l'échafaudage sur lequel vous êtes montée. M. de Préval a-t-il pris la peine de vous apprendre que le nom que vous portiez à l'institution de la Légion d'honneur n'était pas le vôtre ?

— Je ne possède pas le talent de deviner les charades. Je ne vous comprends plus.

— Je vais me faire comprendre.

Salvador raconta à sa maîtresse tout ce qu'il savait de sa vie passée, comment elle avait été admise à l'institution de la Légion d'honneur, sous le nom de *Catherine Fontaine*, qui n'était pas le sien, et comment elle se trouvait être la fille d'une femme qui tenait un mauvais lieu.—Vous le voyez, ajouta-t-il, je puis, si cela me plaît, faire déclarer nul votre mariage avec le marquis de Roselly, qui a été contracté sous des noms supposés ; vous serez alors forcée de rendre compte à ses héritiers de ce que vous avez recueilli de sa succession. Vous le voyez, Silvia, vous êtes entièrement à ma discrétion, ne me forcez pas à user de mon pouvoir.

— Ce que vous dites, répondit Silvia, doit être vrai, car vous connaissez assez mon caractère pour être certain qu'avant d'accorder une créance entière à vos paroles, j'aurais soin de m'assurer de leur valeur ; je suis donc, jusqu'à un certain point, à votre discrétion, mais cela ne m'inquiète guère ; quoi que vous fassiez, il me restera quelque chose que vous ne pourrez pas m'enlever.

— Eh quoi, s'il vous plaît ?

— Les talents que je possède, de la jeunesse et peut-être quelques attraits, ajouta Silvia, en adressant à *Salvador* le plus gracieux des sourires.

— Vous êtes une infernale coquette, lui répondit son amant tout à fait désarmé, mais croyez-moi, Silvia, tâchons de marcher d'accord sur le chemin que nous devons suivre ensemble, plus de ces luttes dont les suites nous seraient fatales à tous deux.

— Vous vous trompez de moitié, mon cher.

— Comment l'entendez-vous ?

— Je veux dire que si la bataille s'engage de nouveau, toutes les chances seront en votre faveur, car vous possédez tous les secrets de l'ennemi, qui, de son côté, ne sait absolument rien de ce qui vous regarde.

— Oh ! je vous assure que vous savez de ma vie tout ce qu'il est possible d'en savoir.

— Peut-être, mais si vous avez des secrets que je vous aye intérêt à cacher, faites en sorte que je ne puisse pas les découvrir ; si jamais vous veniez à me tromper, j'en ferais peut-être un usage qui ne vous conviendrait pas.

— A bon entendeur, salut.

— Et il demeure constant ?

— Que je vous adore et que vous voulez bien ne pas me détester ; et que si jamais je vous trompe, vous aurez acquis le droit de vous venger.

— Convenu, dit Silvia, en tendant sa main à *Salvador*, qui y déposa le plus ardent des baisers.

— Et vous me suivrez à Pourrières, et de là à Paris, dit-il sans quitter la main de sa maîtresse qu'il tenait serrée dans les siennes, et en attachant sur ses yeux un regard qui cherchait à deviner sa pensée.

— Partout où vous voudrez, répondit-elle ; et cette fois le sourire sardonique, qui venait toujours se placer sur ses lèvres lorsqu'elle répondait à ses adorateurs, ne vint pas démentir l'expression de sa voix et de son regard.

Elle était sincère.

Salvador fit de suite les préparatifs de son départ, et après avoir cent fois recommandé à Silvia, que la crainte de blesser les convenances l'empêchait d'emmener avec lui, de ne pas trop se faire attendre, il quitta Lyon.

Roman était absent lorsqu'il arriva au château de Pourrières ; et lorsqu'il demanda aux domestiques où il était allé, on lui répondit que monsieur l'intendant était parti depuis environ huit jours pour aller rejoindre, à Lyon, monsieur le marquis, et que, depuis lors, on n'avait pu recevoir de ses nouvelles.

L'absence de son complice aurait inquiété *Salvador* dans tout autre moment ; mais l'impatience avec laquelle il attendait sa maîtresse, et les préparatifs qu'il faisait faire pour la recevoir occupaient tous ses instants et ne lui laissaient pas le temps de penser à autre chose.

Il savait qu'il ne pouvait, sans blesser les convenances, recevoir chez lui une femme qu'il avait l'intention de faire admettre dans le monde qu'il fréquentait. Aussi son premier soin, en arrivant au château de Pourrières, avait été d'aller trouver un châtelain de ses voisins, que les honneurs qu'il avait obtenus depuis qu'il s'était rallié au nouveau gouvernement n'avaient pas éloigné de lui, afin de prier sa femme de vouloir bien recevoir chez elle, pendant quelques jours, la noble marquise de Roselly, qu'il avait annoncée comme la veuve d'un gentilhomme italien avec lequel il s'était lié pendant ses voyages.

De semblables services ne se refusent jamais ; aussi Silvia, lors de son arrivée à Pourrières, fut accueillie par le voisin de *Salvador* avec l'empressement et la cordialité que l'on croyait devoir témoigner à une femme que sa jeunesse, sa beauté, son esprit et sa position de veuve rendaient très-intéressante.

Salvador avait laissé entrevoir à ses voisins qu'il désirait captiver les bonnes grâces de la marquise de Roselly, qu'il avait l'intention de prendre pour femme et il voulait bien y consentir ; aussi les fréquentes visites qu'il lui faisait paraissaient toutes naturelles au brave gentilhomme, qui, sans y mettre d'affectation, saisissait toutes les occasions de les laisser seuls.

Salvador avait terminé toutes les affaires qui le retenaient à Pourrières, et Silvia avait annoncé à ses hôtes son prochain départ : ils devaient se mettre en route à un jour d'intervalle et se rejoindre à Valence, où le premier arrivé devait attendre l'autre à l'hôtel *de la Poste*, après une fête d'adieu qui allait être donnée au château de Pourrières et à laquelle avaient été invités tous les voisins du marquis. Celui-ci, autant pour plaire à sa maîtresse que pour laisser à ses amis des souvenirs agréables, avait voulu que rien ne manquât à cette fête. Un festin magnifique devait être servi aux invités, les meilleurs musiciens d'Aix avaient été mis en réquisition afin de composer un orchestre digne des nobles danseurs auxquels il était destiné, le parc tout entier devait être illuminé en verres de couleurs, enfin un admirable feu d'artifice devait la terminer.

La fête était arrivée à son apogée et *Salvador* allait prier Silvia de donner le signal du feu d'artifice qui devait précéder le souper, lorsqu'un domestique vint le trouver dans la partie du parc où l'orchestre avait été établi, afin de lui annoncer que M. Lebrun venait d'arriver, et qu'après s'être retiré dans son appartement, il faisait prier monsieur le marquis de venir lui parler.

Le domestique s'était acquitté de sa mission devant Silvia, que *Salvador* tenait sous le bras et il faisait les honneurs de la fête ; il parut singulier à cette dernière, qu'un intendant fît prier son maître de venir le trouver dans sa chambre, et elle ne put s'empêcher de témoigner son étonnement.

— Oh ! mon intendant est un ancien serviteur de la famille, répondit *Salvador* à ses observations, et je lui permets des petites licences que je ne tolérerais chez aucun autre.

Et comme le domestique attendait la réponse de son maître :

— Dites à mon intendant, ajouta-t-il en appuyant sur ce dernier mot, de venir me trouver ici.

Le domestique alla transmettre à *Roman* l'ordre qu'il avait reçu, et celui-ci, qui s'était déjà débarrassé de son costume de voyage, fut assez vivement contrarié d'être forcé de se déranger pour aller se mêler à la foule des invités.

— Il paraît, se dit-il, qu'il y a quelque chose de nouveau, puisqu'il ne peut pas disposer d'un instant ; nous allons voir cela.

Après avoir fait un peu de toilette, il se rendit dans le parc ; lorsqu'il aborda *Salvador*, celui-ci lui fit un signe qui, tout imperceptible qu'il était, n'échappa pas aux regards clairvoyants de Silvia.

— Ne pouviez-vous, dit *Salvador*, prendre quelques instants sur votre repos, afin de venir me communiquer ce que vous avez de si pressé à me dire ?

— Je prie monsieur le marquis de vouloir bien m'excuser, répondit *Roman*, qui avait compris le signe de son ami; mais ce que j'ai à lui dire ne souffrant aucun retard et ne regardant que lui, et tous les appartements du château étant envahis par la foule, j'ai pensé que nous serions plus commodément chez moi.

— C'est bien; maintenant, vous pouvez vous expliquer.

Et comme *Roman* ne répondait pas.

— Vous pouvez parler devant madame, ajouta *Salvador*.

— Je demande bien pardon à monsieur le marquis, mais ce que j'ai à lui dire m'étant à peu près personnel, il est nécessaire que je ne m'explique que devant lui.

Salvador devina aux regards de *Roman* que lui seul devait entendre ce que son complice voulait lui dire, il conduisit Silvia dans la partie du parc réservée pour le bal, et il revint joindre son ami.

— Puis-je savoir, dit-il, lorsqu'ils se trouvèrent dans une partie écartée du parc, d'où ils sors et ce que tu as fait depuis quinze jours que tu as quitté le château?

— Ah! mon ami, je n'ose te dire ce qui m'est arrivé.

— Je le devine, tu es resté à Aix pendant ces quinze jours?

— Oui.

— Tu as joué?

— Oui.

— Et tu as sans doute beaucoup perdu?

— C'est ta faute autant que la mienne, pourquoi m'as-tu quitté? Lorsque je suis seul je m'ennuie, et alors je joue pour me distraire, mais ce qui vient de m'arriver me servira de leçon.

— Voilà plusieurs fois déjà que tu me tiens le même langage... Voyons, combien as-tu perdu?

— Vingt-deux mille francs.

— Vingt-deux mille francs! s'écria *Salvador*; mais, bourreau, ajouta-t-il, tu as donc promis au diable de nous ruiner?

— J'en conviens, la saignée est un peu forte; mais, tu le sais, mon ami, au jeu comme à la guerre, on peut, en un instant, réparer les pertes d'une année.

— Ainsi, tu ne veux pas cesser de jouer?

— Pourquoi n'essayerais-je pas de regagner ce que j'ai perdu?

— Ah! je voudrais que tous les joueurs fussent au fond des enfers!

— Le souhait est charitable, mais veux-tu me permettre une petite observation?

— Je t'écoute.

— Il a été dit, si je m'en souviens bien, que la fortune du marquis de Pourrières nous appartiendrait à tous deux?

— Sans doute.

— Depuis que nous sommes ici, j'ai perdu deux cent mille francs environ... Eh bien! crois-tu que tu n'as pas dépensé davantage en objets de luxe, en chevaux, en équipages, sans compter ce que t'a coûté l'organisation et la musique de ton bataillon de garde nationale.

— Mais, mon ami, ce n'est pas tant l'argent que tu as perdu que je regrette, que le mauvais effet que cela peut produire dans le monde; on doit difficilement comprendre qu'un intendant puisse perdre des sommes considérables, et l'on peut penser que tu es un fripon et que je suis un imbécile.

— Ce que tu dis est vrai; mais indique-moi, je t'en prie, le moyen de vaincre une passion aussi impérieuse que la passion du jeu.

— Écoute! *Roman*, notre position est délicate, le plus léger accident peut déchirer le voile épais qui couvre nos crimes. Les lieux que tu fréquentes sont le rendez-vous de tout ce que la société renferme de plus vicieux, et tu peux y rencontrer quelqu'un qui te reconnaisse.

— Tu parles aussi bien que feu saint Jean Bouche d'Or, et je te promets de suivre à l'avenir tous tes conseils.

— Je désire que cette fois tu tiennes tes promesses. Ainsi, c'est convenu, tu ne joueras plus?

— Laisse-moi seulement regagner ce que je viens de perdre, et après je dis un éternel adieu aux tapis verts, aux cartes et aux dés.

— Mon cher ami, ne nourris pas plus longtemps une espérance qui conduit au suicide tous les joueurs qui ne veulent pas mourir de faim.

Silvia, que *Salvador* avait menée près de la noble châtelaine chez laquelle elle habitait, lorsque *Roman* l'avait abordé, avait quitté cette dame après une conversation de quelques minutes, et ayant suivi une assez longue avenue en se cachant derrière chaque arbre, elle était arrivée dans le fourré épais où se trouvaient *Salvador* et *Roman*.

Elle venait à ce moment de se placer assez près d'eux pour pouvoir entendre tout ce qu'ils disaient.

— Mon cher *Roman*, ajouta *Salvador* après quelques instants de silence, cela ne peut durer. Depuis que nous sommes ici, voilà plus de deux cent mille francs que tu perds; encore quelques années de cette vie et nous serons ruinés, et forcés peut-être de reprendre notre ancien métier. Séparons-nous, c'est le parti le plus sage que nous puissions prendre.

— Ingrat! répondit *Roman*, tu veux me quitter?

— C'est de ma part un parti pris, si tu ne veux pas changer de conduite. Comme, ainsi que je te l'ai dit, j'ai l'intention de me fixer à Paris, je vais emprunter sur toutes les propriétés de la seigneurie de Pourrières la somme qu'il me faut pour monter ma maison dans la capitale : si tu le veux, je te remettrai une somme équivalente à celle qui te revient sur ce qui nous reste.

— Ne me remets rien et restons comme nous sommes : tu sais bien que je ne puis pas me séparer de toi.

— Restons ensemble puisque cela te plaît; mais je prends, à partir de ce jour, la clef du coffre, et lorsque tu voudras jouer ne viens pas me demander de l'argent, car, je te le jure, je ne t'en donnerai pas.

— Eh! qu'est-ce que cela me fait? Crois-tu, par hasard, que si j'en voulais absolument, il ne me serait plus possible de m'en procurer?

— Ne va pas au moins remettre la main à la pâte!

— C'est bon, c'est bon, le temps est un grand maître! Du reste, je suis décidé à ne plus jouer.

— S'il en est ainsi, tout est oublié. Mais il faut que je te quitte pour m'occuper un peu de mes invités, tu m'attendras dans mon appartement, n'est-ce pas?

Silvia, cachée derrière un arbre, avait écouté la fin de la conversation du marquis de Pourrières et de son intendant, et cette conversation venait de lui apprendre qu'il existait un secret entre ces deux hommes; mais de quelle nature était ce secret? C'était là ce qu'elle aurait voulu savoir, et ce que peut-être elle aurait appris si un de ces éternuments, que malgré les plus violents efforts il est impossible de comprimer, n'était pas venu tout à coup révéler aux deux amis la présence d'un tiers.

— Quelqu'un nous écoute, dit *Roman* à voix basse en montrant du doigt la place où se tenait Silvia.

— Nous n'avons heureusement rien dit qui puisse nous compromettre, répondit de même *Salvador*.

Silvia, aux mouvements du marquis et de son intendant, qui, depuis son malencontreux éternument, ne parlaient plus qu'à voix basse, avait deviné qu'elle venait d'être découverte; craignant d'avoir été reconnue et ne voulant pas laisser supposer à son amant qu'elle n'était venue que pour l'épier dans cette partie du parc, elle quitta la place qu'elle occupait et se dirigea vers lui.

— Eh! quoi, c'est vous, monsieur le marquis, dit-elle en l'abordant, je n'espérais pas, je vous l'assure, avoir le bonheur de vous rencontrer dans cette partie déserte du parc.

— Ah! vipère, pensa *Salvador*, en se mordant les lèvres, tu nous épiais! Croyez, madame la marquise, dit-il en offrant son bras à Silvia, que le bonheur est tout de mon côté. C'est bien, continua-t-il d'un ton bref et impératif en s'adressant à *Roman* qui, ignorant encore la liaison qui existait entre son complice et la femme qu'il avait devant les yeux, était redevenu le plus humble et le plus poli des intendants, c'est bien, vous pouvez vous retirer.

Sceaux. — Typ. et stér. M. et P.-E. Charaire.

LES VRAIS MYSTÈRES DE PARIS

Par VIDOCQ

Il me maltraita d'une manière horrible. (Page 30.)

Roman s'inclina et laissa seuls Silvia et *Salvador*.

— Vous nous écoutiez! dit ce dernier à sa maîtresse.

— Je crois que vous vous trompez, répondit-elle.

— Pourquoi dissimuler? Je vous ai vue, vous étiez là.

Et *Salvador* montrait à Silvia l'arbre derrière lequel elle s'était tenue cachée.

— Et quand cela serait? répondit-elle, quels reproches auriez-vous le droit de me faire? Grâce à l'emploi de je ne sais quels moyens, vous êtes parvenu à savoir plus de choses qui me concernent que je n'en sais moi-même. Pourquoi ne me serait-il pas permis de faire, pour savoir ce qui vous regarde, l'équivalent de ce que vous avez fait vous-même? Du reste, ne soyez pas inquiet, je ne sais rien, je n'ai rien entendu.

Salvador regarda fixement Silvia; il voulait deviner sa pensée dans ses yeux : elle soutint sans changer de visage les regards qu'il attachait sur elle, puis elle lui dit en souriant avec grâce :

— Et quand bien même je saurais quelque chose, quel mal pourrait-il en résulter pour vous? N'avons-nous pas fait ensemble une espèce de pacte? Observez les conditions avec autant de fidélité que moi, et quoi qu'il arrive je ne vous trahirai pas.

— C'est bien! répondit *Salvador*; mais rejoignons la compagnie, notre absence pourrait être remarquée.

L'heure à laquelle le signal du feu d'artifice qui devait précéder le souper devait être donné était arrivée, et les invités attendaient leur hôte avec une certaine impatience, lorsque *Salvador* rejoignit la compagnie. Après s'être excusé

du petit retard dont il s'était rendu coupable, et lorsque tout le monde se fut placé commodément, Silvia donna le signal et tout à coup mille gerbes de feu, de toutes les couleurs s'élancèrent dans les airs et éclairèrent les parties les plus sombres du parc, et lorsque les dernières étincelles de la dernière fusée se furent éteintes sur le fond brun du ciel, on se rendit dans la salle à manger, où un magnifique ambigu attendait tous ceux que les plaisirs de la soirée avaient disposés à y faire honneur.

Après avoir témoigné au marquis de Pourrières la reconnaissance que leur inspirait sa généreuse hospitalité, et l'avoir prié d'agréer les vœux qu'ils faisaient pour son prochain retour, les convives se séparèrent au moment où les premiers feux du jour commençaient à dorer l'horizon.

Silvia avait été forcée de se retirer avec la noble dame chez laquelle elle avait été reçue.

Salvador, en rentrant dans son appartement, y trouva *Roman*, ainsi que cela avait été convenu; ce dernier était réellement fâché d'avoir perdu des sommes aussi considérables; il regrettait surtout d'avoir pu, par sa conduite, exciter quelques soupçons; il tendit la main à son ami qui la serra dans la sienne.

La paix étant faite, *Salvador* raconta à son complice ce qui lui était arrivé avec Silvia, et lui apprit que la marquise de Rosely et la cantatrice, dont leur compagnon d'évasion, *Serrigny*, leur avait parlé au bagne de Toulon, étaient une seule et même femme, et que cette femme était devenue sa maîtresse. *Roman* engagea son ami à apporter la plus grande prudence dans ses relations avec cette sirène, et il ajouta, qu'il craignait que l'amour ne fit du tort à l'amitié; *Salvador* rassura son complice, et ils se séparèrent pour aller prendre quelques heures de repos.

Les démarches que *Salvador* fut obligé de faire pour se procurer la somme nécessaire à ses frais de voyage et d'installation à Paris furent couronnées de succès, mais elles le retinrent à Pourrières quelques jours de plus qu'il ne l'avait pensé. Enfin, il se mit en route, accompagné de son ami, et après qu'il eut rejoint Silvia, qui, ainsi que cela avait été convenu, l'attendait à Valence, à l'hôtel *de la Poste;* une bonne berline, attelée de quatre vigoureux chevaux, les conduisit rapidement à Paris.

XI

Le chemin du crime.

De Pourrières avait une position magnifique; il pouvait vivre heureux (si les assassins peuvent l'être), honoré, jouissant d'un beau revenu et fournissant une brillante carrière.

Mais son goût effréné du luxe, la fatale passion du jeu qui dominait *Roman,* les dépenses folles de Silvia devaient amener une catastrophe.

Roman, qui était allé à Bade, jouer les cinquante mille francs donnés par *Salvador, Roman* revint sans un centime.

En peu de nuits il avait tout perdu.

Le premier soin de *Roman,* en arrivant à Paris, fut de se rendre chez son ami, qui devina à sa triste mine et à son piètre équipage qu'il avait été déçu dans ses espérances.

— Eh bien ! lui dit-il, tu ne reviens pas millionnaire, à ce qu'il paraît ?

— Il s'en faut de tout, mon cher *Salvador,* répondit *Roman* en frappant sur ses poches vides. Je reviens assez semblable au philosophe Bias, c'est-à-dire que je porte avec moi toute ma fortune.

— Tu le vois, je n'avais pas tort lorsque je te disais que cette dernière tentative ne serait pas plus heureuse que toutes les précédentes.

— Tu avais raison, je ne veux pas le nier, répondit *Roman,* après s'être commodément établi dans un fauteuil à la Voltaire; mais si tu veux bien me permettre, nous allons causer un peu de nos petites affaires. Fais défendre ta porte.

Salvador sonna.

— Je n'y suis pour personne, dit-il au domestique qui se présenta.

— Monsieur le marquis a sans doute oublié, répondit le domestique, que madame la marquise de Roselly a fait dire qu'elle viendrait à une heure prendre monsieur le marquis pour l'accompagner au bois...

— Monsieur le marquis n'y est pour personne, dit *Roman,* pas même pour madame la marquise de Roselly.

Salvador fit un signe pour approuver ce que venait de dire son intendant.

Le domestique s'inclina et sortit.

— Maintenant, je t'écoute, dit *Salvador* lorsqu'ils furent seuls.

— Parmi les vieux proverbes qui courent le monde depuis je ne sais combien d'années, répondit *Roman,* il y en a un dont la vérité ne saurait être mise en doute.

— Et que dit ce proverbe ?

— Il dit que nous voyons toujours la paille qui est dans l'œil de notre voisin et que nous n'apercevons pas la poutre qui est dans le nôtre. Tu me dis que j'ai tort de jouer, qu'il est probable que si je continue je perdrai une bonne partie de ce que nous possédons...

— Est-ce vrai ?

— Je ne dis pas non, aussi lorsque tu me fais de la morale,

il y a déjà longtemps que je me suis dit moi-même tout ce qu'il est possible de se dire à propos d'un pareil sujet; mais crois-tu assez raisonnable pour avoir le droit de me morigéner ?

— Si j'avais perdu au jeu deux cent cinquante mille francs en deux ans, je crois que j'irais de suite me pendre.

— Tu ne réponds pas à ma question ; je te demande si tu te crois assez raisonnable pour avoir le droit de me morigéner ?

— Je ne suis certes pas un Caton, mais je ne me crois pas aussi fou que toi.

— Les proverbes auront toujours raison.

— Eh ! tu me fais mourir avec tes proverbes. Voyons, où veux-tu en venir ?

— A te prouver que tu es aussi fou que moi, si ce n'est plus.

— Je t'écoute.

— Le marquis de Pourrières, en mourant, nous a laissé environ soixante mille francs de rente, n'est-ce pas ? C'était un fort joli denier, et nous pouvions mener tous deux une existence fort agréable en dépensant chacun trente mille francs chaque année.

— Sans doute.

— Mais j'ai joué, et j'ai fait à cette fortune une brèche...

— Trop considérable, morbleu ! deux cent cinquante mille francs en deux ans.

— J'ai eu tort ; je le sais, mais puisque mon compte est établi, examinons un peu le tien.

« Les réparations et l'ameublement du vieux manoir de Pourrières ont coûté, si je ne me trompe, quarante mille francs ; l'organisation et la musique de la garde nationale, dix mille francs. Je ne parle que pour mémoire de ces deux articles. Il fallait bien réparer et meubler convenablement notre demeure, et je ne suis pas fâché de voir briller ce chiffon rouge à ta boutonnière. Les fêtes, feux d'artifices et tout ce qui s'ensuit, vingt-cinq mille francs ; ta maison, tes chevaux et tes équipages, cinquante mille écus ; ta maison des Champs-Elysées, les chevaux, les équipages, les habits prune de Monsieur galonnés d'or, les vestes et les culottes de panne rouge de la livrée de madame la marquise de Roselly, au moins autant ; tout cela fait à peu près trois cent soixante-cinq mille francs. Suis je exact ?

— Que trop, malheureusement.

— Nous avons donc, outre nos revenus qu'une foule de menues dépenses ont absorbés et au delà, dissipé plus de six cent mille francs, et à l'heure qu'il est il ne nous reste plus que trente mille francs de rente, quinze mille francs à chacun ; c'est peu, n'est-ce pas ?

— Il faudra bien cependant que nous finissions par nous contenter de cela.

— Et le plus tôt sera le mieux ; pour ma part, j'en fais le serment solennel, jamais je ne poserai une pièce d'or sur un tapis vert.

— C'est bien ! mon ami, c'est bien !

— Ainsi, nous allons retourner à Pourrières, tu vas renoncer à tes rêves d'ambition et au luxe dont tu t'es environné; tu feras comprendre à ta maîtresse qu'il ne faut à deux amants bien épris l'un de l'autre qu'une chaumière, de frais ombrages, un clair ruisseau, des fruits et du laitage.

— Dis donc, *Roman,* je crois que tu te moques de moi.

— Tu te trompes, je te l'assure ; ce qui vient de m'arriver m'a fait faire de très-sérieuses réflexions, et je crois maintenant qu'il n'est pas de vie plus agréable que celle que l'on peut mener à la campagne.

Roman s'était levé, et il se promenait dans le cabinet que nous avons décrit au début de cet ouvrage, en chantonnant le refrain d'une romance devenue populaire :

> Quand on fut toujours vertueux
> On aime à voir lever l'aurore.

— Es-tu devenu fou ? s'écria *Salvador* en se levant à son tour.

— Ainsi donc, mon pauvre ami, répondit *Roman,* tu n'es

pas soucieux d'aller l'enterrer de nouveau à Pourrières, où nous ne sommes restés aussi longtemps que pour laisser à ceux qui nous connaissent le temps de nous oublier, et tu crois que ta maîtresse ne quitteroit pas volontiers sa jolie maison des Champs-Élysées, ses équipages et le reste; quant à ce qui me regarde, je crois bien que le serment que je viens de faire ressemblera à tous ceux que j'ai déjà faits.

— Mais que devenir alors?

— Écoute, nous sommes, toi et moi, dominés chacun par des passions différentes, mais dont les résultats doivent être les mêmes, et tous les efforts que nous pourrions faire pour échapper à notre destinée seraient, je le crains bien, des efforts inutiles; ainsi, je crois que le parti le plus sage que nous puissions prendre est celui de suivre l'impulsion de notre nature et d'attendre le dénoûment avec patience et résignation.

— Oh! nous n'aurons pas besoin d'attendre longtemps, le dénoûment est beaucoup plus proche que tu ne le crois peut-être. Pour me procurer de l'argent comptant, j'ai été obligé d'engager une bonne partie des revenus des terres de Pourrières; c'est tout au plus si, à l'heure qu'il est, il me reste une dizaine de mille francs; et il faut, si je ne veux pas déchoir, qu'à la fin de ce mois je paye ce que je redois à mes fournisseurs et à ceux de Silvia.

— Cette marquise de Roselly n'a donc pas de fortune?

— Eh! lorsque j'ai fait sa connaissance elle avait déjà dissipé tout ce qu'elle possédait.

Roman et *Salvador* en étaient là de leur conversation lorsque le domestique, que ce dernier avait chargé de défendre sa porte, entra dans le cabinet précédant Silvia.

— Monsieur le marquis est témoin, dit-il, que madame a forcé ma consigne.

— C'est bien, répondit *Salvador*, vous pouvez vous retirer.

— Vous n'êtes pas galant, monsieur le marquis, dit Silvia; vous me dites hier que vous m'accompagnerez au bois aujourd'hui, et lorsque je viens vous rappeler votre promesse, vous me faites répondre que vous êtes absent; cela est mal.

— Daignez croire, madame...

— Oh! je vous excuse; mais c'est parce que je vous trouve avec M. Lebrun, que je suis charmée de rencontrer ici.

— Madame la marquise est infiniment trop bonne, répondit *Roman* en s'inclinant avec toute l'humilité d'un serviteur de bonne maison.

— Allons! c'est décidé, se dit Silvia; je ne saurai encore rien aujourd'hui. Eh bien! partons-nous? dit-elle à *Salvador*.

— Je suis à vos ordres, madame, répondit-il en se levant. Silvia avait remis son chapeau qu'elle avait ôté en entrant, et drapé sur ses épaules l'écharpe soyeuse et légère dont elle enveloppait habituellement sa taille fine et cambrée.

— A propos, dit-elle en s'adressant à *Salvador*, puisque monsieur votre intendant est ici, ayez donc l'extrême obligeance de le prier de m'apporter demain une dizaine de mille francs; j'ai promis de l'argent à mes marchandes de modes, lingères, couturières, etc., etc., et je serais désolée d'être forcée de leur manquer de parole; je vous rembourserai cette bagatelle au premier jour.

L'expression d'un vif mécontentement se peignit sur les traits de *Salvador* à cette demande imprévue; il allait cependant répondre par une promesse, mais *Roman*, auquel il venait de faire connaître l'état précaire de ses finances, ne lui en laissa pas le temps.

— Je crois, madame, qu'il me sera pas possible à monsieur le marquis de vous rendre le léger service que vous lui demandez. Lorsque vous êtes entrée, j'achevais de lui rendre mes comptes; et comme il a été forcé de payer récemment de très-fortes sommes, ma caisse, en ce moment, est à peu près vide.

— Est-ce vrai? dit Silvia en s'adressant à *Salvador*.

— Que trop vrai, hélas! répondit celui-ci en laissant un long soupir s'échapper de sa poitrine.

— Seriez-vous ruiné? s'écria Silvia.

— Oh! pas tout à fait, répondit Roman en souriant; mais il faudra peut-être que monsieur le marquis vende une partie de ses terres.

Silvia s'était assise, et *Salvador*, qui avait repris sa place devant le bureau, paraissait enseveli dans de profondes et tristes réflexions.

— Il ne faut pas vous chagriner, lui dit sa maîtresse; ce n'est qu'un moment à passer; il faut diminuer le train de votre maison, supprimer une partie de vos équipages... et des miens, ajouta-t-elle à voix basse.

Salvador venait d'être piqué à l'endroit le plus sensible.

— Diminuer le train de ma maison! s'écria-t-il, supprimer une partie de mes équipages! cela est impossible! Que pensera-t-on de moi dans le monde? On croirait que je suis ruiné, et le ministre ne m'accorderait pas la place que je sollicite.

— Il est certain, monsieur le marquis, que si l'on vous voit déchoir au premier acte de votre apparition dans le monde, vos espérances dans le monde ne se réaliseront pas.

— Il faut pourtant que je sorte de cet affreux labyrinthe.

— Ah! il ne vous faudrait, pour vous tirer d'embarras, que la valeur de ce que je viens de voir il n'y a qu'un instant.

— Eh! qu'avez-vous donc vu, madame la marquise? dit *Roman* plutôt pour ne pas laisser tomber la conversation que pour satisfaire sa curiosité.

— La plus belle collection de pierres précieuses qu'il soit possible d'imaginer; des diamants, des émeraudes, des saphirs, des rubis, des améthystes, des topazes, des opales magnifiques, des perles admirables.

— Enfin, tous les trésors de Golconde et de Visapour, dit *Salvador*. Et quel était l'heureux possesseur de toutes ces richesses?

— Un des compatriotes de M. de Roselly, répondit Silvia, que j'ai rencontré hier chez la duchesse de Beautreillis, et qui est venu ce matin me présenter ses hommages.

— Et ces pierres étaient bien belles? reprit *Roman*, que la conversation commençait à intéresser.

— Admirables. Je crois voir encore briller devant mes yeux le rouge éclatant des escarboucles, le rouge plus pâle des rubis, les reflets dorés des opales, le violet mystérieux des améthystes; des saphirs, et le vert des émeraudes, qui rappellent la couleur du ciel par une belle journée d'été, et le sombre feuillage des forêts.

— Le compatriote de M. le marquis de Roselly est au moins le plus riche marchand joaillier de la noble ville de Venise, dit *Roman*.

— Vous faites erreur, ce n'est point un marchand qui possède cette riche collection de pierres précieuses, mais un gentilhomme de bonne maison. Le nom des Colorédo est écrit depuis des siècles sur le livre d'or de la noblesse vénitienne.

— Et il veut sans doute vendre ces pierreries?

— Il n'est venu à Paris que pour cela; et c'est en sortant de chez Halphen, qu'il veut charger des négociations relatives à cette vente, qu'il est venu me rendre visite.

— Je souhaite bien sincèrement que cet étranger ne se ruine pas à Paris; mais s'il monte sa maison aussi grandement que monsieur le marquis a monté la sienne, il faudra peut-être qu'après avoir vendu ses pierreries, il vende encore ses terres.

— Oh! il n'y a pas de danger, le comte de Colorédo est le plus avare de tous les mortels. Croiriez-vous qu'il se contente d'un des plus petits appartements de l'*Hôtel de Castiglione*, et qu'il dîne à une table d'hôte à cinq francs par tête; il n'a pas, d'ailleurs, l'intention de se fixer à Paris. Mais nous nous amusons à parler de choses indifférentes, et nous oublions que l'heure du bois sera bientôt passée; partons-nous, monsieur le marquis?

— Je suis à vos ordres, madame.

Au moment où *Salvador* allait sortir, *Roman* le prit à part pour lui demander un billet de mille francs; et comme *Salvador* se récriait:

— Sois tranquille, lui dit son ami, cette fois, ce n'est pas pour aller la jouer que je demande cette somme: va t'amuser au bois, et ne t'inquiète pas de l'avenir; dans quelques jours j'aurai probablement de très-bonnes nouvelles à t'annoncer.

Roman alla de suite reprendre à l'*Hôtel des Princes* ce qu'il y avait laissé avant son départ pour Baden-Baden, il fit porter le tout, qui constituait encore une garde-robe très-convenable, chez son ami ; puis, lorsque cela fut fait, il sortit et prit à la porte de l'hôtel un cabriolet qui le conduisit à l'embarcadère du chemin de fer d'Orléans.

Il partit par le premier convoi et descendit à Orléans, à l'hôtel de *la Boule-d'Or*, d'où il écrivit à *Salvador* de lui envoyer, par la voie la plus prompte, ses malles et tout son bagage.

« Ce que je te demande te paraîtra peut-être extraordinaire, lui disait-il en terminant sa lettre, et tu seras peut-être surpris de ce que j'ai pris un autre nom que celui qui maintenant paraît m'appartenir ; mais que cela ne t'empêche pas de faire ce que je te demande, je tiens à te prouver, et j'espère y réussir, que si je sais perdre de l'argent, je sais aussi en gagner. »

Après avoir reçu ce qu'il attendait, *Roman* revint à Paris par la même voie que celle qui lui avait servi pour arriver à Orléans ; et de l'embarcadère au chemin de fer, il se fit conduire à l'*Hôtel de Castiglione*, où il n'arriva que le soir, enveloppé dans un vaste manteau, la tête couverte d'un bonnet de soie noire, et son mouchoir devant sa bouche, comme quelqu'un qui souffre d'un violent mal de dents.

Avant d'arrêter un appartement, il fit observer aux gens de l'hôtel qu'il désirait, attendu son état maladif, savoir quels étaient ceux qu'il aurait pour voisins, et s'ils ne faisaient pas de bruit ; on répondit à ces observations qui parurent toutes naturelles, que l'appartement qui portait le n° 11 était, de tous ceux de la maison, celui qui convenait le mieux à sa position ; le n° 12 était occupé par un seigneur italien, qui ne rentrait habituellement que pour se coucher, et qui ne s'occupait, lorsque par hasard il restait chez lui, qu'à lire et à écrire ; le n° 13, par une vieille dame sourde qui ne recevait personne, qui ne sortait que le soir pour aller dîner, et rentrait à onze heures au plus tard ; et la pièce au-dessus, par le teneur de livres de la maison.

Roman arrêta le numéro 11.

Lorsque le lendemain matin il sortit de sa chambre, *Salvador*, lui-même, en passant près de lui, ne l'aurait pas reconnu ; de brun il était devenu blond, des moustaches et une barbe épaisse couvraient son visage, qui de plein et de coloré qu'il était ordinairement, était devenu maigre et pâle, ses yeux étaient, en outre, cachés sous des lunettes vertes d'une dimension plus qu'ordinaire ; enfin, il paraissait si souffreteux, si malingre, si rachitique, que les propriétaires de l'hôtel, en le voyant gagner appuyé sur le bras d'un domestique la voiture qu'il avait fait demander, ne purent s'empêcher de le plaindre et se dirent que ce malheureux étranger laisserait ses os en France.

Roman, cependant, ne pensait pas à mourir ; les questions adroites qu'il avait faites aux serviteurs de l'hôtel lorsqu'il avait choisi son appartement, lui avaient appris, ainsi qu'on l'a vu, quel était celui qu'occupait le comte Colorédo ; ce renseignement une fois obtenu, il ne lui avait été difficile de saisir un moment favorable pour prendre l'empreinte de la serrure, et il sortait pour se procurer les instruments qui lui étaient nécessaires pour opérer au moment opportun.

Roman, qui avait déjà exercé à Paris, savait qu'on pouvait trouver au Temple et chez tous les ferrailleurs de la rue de Lappe, des clés de toutes les formes et de toutes les dimensions : il en acheta deux petits trousseaux, dont l'un devaient servir pour les portes extérieures, et celles de l'autre pour les meubles ; puis des vrilles, un petit ciseau et une lime ; il espérait bien cependant ne pas être forcé de se servir de ces derniers instruments, car il avait déjà remarqué que les serrures des portes et des meubles de l'hôtel de Castiglione n'étaient, comme celles de presque toutes les maisons garnies, que des serrures de pacotille qui peuvent être ouvertes par presque toutes les clés.

Il n'eut de peine à se procurer ce qu'il désirait, et lorsqu'il se trouva seul dans son appartement, il se dit, en se frottant les mains et en jetant sa perruque et sa fausse barbe au plafond, que le plus difficile de l'affaire qu'il projetait était fait, et qu'il ne s'agissait plus que d'avoir de la patience ; le hasard, du reste, le favorisa plus qu'il ne l'espérait.

Il était depuis cinq jours seulement à l'hôtel, lorsqu'un matin il entendit dans la chambre de son voisin un bruit inaccoutumé : on ouvrait et on fermait les meubles, on traînait des malles ; ce remue-ménage semblait indiquer les apprêts d'un voyage précipité. Le cœur de *Roman* battit avec violence. Depuis plus d'une heure, chaque mouvement qu'il entendait augmentait les transes mortelles auxquelles il était en proie, lorsqu'un domestique prononça ces mots fatals : Allez vite chercher une voiture, M. de Colorédo veut partir à l'instant même. Plus de doute, le trésor sur lequel il comptait allait lui échapper. Le son d'une nouvelle voix vint frapper son oreille ; c'était celle de l'étranger qui disait au garçon d'hôtel de lui choisir la voiture la plus propre qu'il pourrait trouver et de la prendre à l'heure. Au surplus, ajouta-t-il, faites monter le cocher, je m'entendrai avec lui. *Roman*, l'oreille appliquée contre la cloison qui séparait son appartement de celui de l'étranger, retenait son souffle afin de ne pas perdre une syllabe. Le cocher demandé arriva.

— Je vous prends à l'heure, dit l'étranger, vous me conduirez d'abord chez Boivin, le fameux gantier de la rue de la Paix, puis ensuite à l'ambassade d'Autriche, où vous m'attendrez jusqu'à quatre heures du soir. Combien me prendrez-vous pour tout cela ?

Le cocher demanda vingt francs. Le noble italien qui était en réalité aussi avare que Silvia l'avait dit, ne voulait en donner que quinze, et il défendait ses intérêts avec tant de ténacité que le cocher fut obligé de céder. Dix minutes après, *Roman*, de sa fenêtre, voyait son voisin monter dans le char numéroté qui devait le conduire rue de Grenelle-Saint-Germain.

— C'est cela, dit-il, va danser chez madame d'Appony, je vais, pour ma part, faire danser les pierreries (1).

Une heure s'étant écoulée, *Roman* sortit de son appartement, et après avoir jeté en haut et en bas de l'escalier un coup d'œil investigateur, il s'introduisit à l'aide des clés qu'il s'était procurées dans celui du malheureux propriétaire des pierres précieuses dont Silvia avait fait devant lui une si brillante description.

L'appartement était fait, et le comte devait être absent plusieurs heures ; il avait donc devant lui plus de temps qu'il ne lui en fallait pour visiter, sans craindre d'être dérangé, tous les meubles qui garnissaient ce logement. Il ferma donc la porte sur lui ; il mit ses armes en état, car il était bien déterminé à ne point se laisser prendre vivant, si le hasard voulait qu'il fût surpris, et après avoir mis des chaussons de tresse, afin que le bruit de ses pas ne pût être entendu des locataires de l'étage au-dessous, il commença une visite exacte de tous les meubles. Il avait déjà fouillé tous les tiroirs de la commode, tous ceux du secrétaire et toutes les armoires qu'il avait ouverts avec la plus grande facilité, à l'aide des clefs de ses deux trousseaux, et il désespérait, lorsqu'il avisa dans un coin une espèce de petit chiffonnier qu'il n'avait pas remarqué d'abord.

— Le magot est là-dedans, ou il n'est nulle part, se dit-il.

Et les tiroirs du chiffonnier éprouvèrent le sort de ceux des autres meubles. *Roman* ne s'était pas trompé : dans un des tiroirs de ce meuble, il trouva une petite boîte de chagrin dans laquelle toutes les pierres précieuses dont avait parlé Silvia ; il ne prit pas le temps de les examiner.

Après avoir remis tous les meubles en état, il sortit de l'appartement du comte aussi heureusement qu'il y était entré.

Son premier soin, lorsqu'il fut rentré chez lui, fut de faire un peu de toilette ; puis il sonna et commanda au domestique qui se présenta, d'aller lui chercher une voiture.

Roman, serrant contre sa poitrine sa précieuse capture, et appuyé, comme de coutume, sur le bras d'un domestique, gagna sa voiture ; et lorsque son cocher, qui avait vigoureusement fouetté les deux Bucéphales attelés à son carrosse,

---

(1) On se rappelle que les matinées dansantes de madame d'Appony avaient obtenu la plus grande vogue.

eut laissé bien loin derrière lui la rue et l'hôtel de Castiglione, un ouf! prolongé sortit de sa poitrine.

Au moment où *Roman* était monté en voiture, un véhicule numéroté s'était arrêté devant la porte de cet hôtel, et une dame, que dans sa préoccupation il n'avait pas remarquée, en était descendue, et avait demandé au concierge si le comte Colorédo était chez lui. Cette dame se retira, après avoir reçu une réponse négative, lorsqu'elle remarqua notre héros.

— C'est singulier, se dit-elle, cet homme, qui paraît si malade, ressemble beaucoup, malgré la barbe, les moustaches et les lunettes vertes qui couvrent son visage, à l'intendant de M. le marquis de Pourrières.

— Cocher, dit-elle en s'adressant à son automédon, suivez cette voiture, mais de loin, et de manière à ce qu'on ne puisse vous remarquer; vingt francs pour vous, si vous vous acquittez de cette mission avec intelligence.

Il n'y a rien que ne puisse faire un cocher de voiture publique auquel une personne, qui paraît en état de tenir sa promesse, vient d'offrir un napoléon; aussi celui de Silvia (le lecteur a déjà deviné que la dame qu'il conduisait n'était autre que la marquise de Roselly) employait-il tous ses soins pour se montrer digne de la magnifique récompense qu'il espérait obtenir.

Roman se fit conduire à la barrière de l'Étoile, où il quitta sa voiture.

— Suivez l'homme, dit Silvia à son cocher, mais de loin, et de manière à ce qu'il ne puisse pas vous remarquer.

Roman entrait dans le bois de Boulogne par la porte Maillot.

— Vite, vite, dit Silvia, s'il s'engage dans les taillis, nous allons le perdre.

Le cocher fouetta ses chevaux, qui quittèrent, à leur grand regret probablement, leur paisible allure; mais lorsqu'ils arrivèrent à la porte Maillot, le vieillard cacochyme, qui marchait si lentement le long de la route de Neuilly, avait disparu.

— Ce vieillard est bien leste, se dit Silvia, je suis évidemment sur les traces du secret que je veux pénétrer; mais comment retrouver cet homme? Allons, c'est une occasion perdue, mais s'il plaît à Dieu...

Silvia allait donner l'ordre à son cocher de retourner, mais, par une de ces inspirations subites auxquelles on obéit sans chercher à se rendre compte du sentiment qui les a fait naître, elle lui dit de suivre l'allée dans laquelle ils se trouvaient, et qui conduit au rond-point; arrivée à cette partie du bois de Boulogne, Silvia vit sortir d'une allée transversale, et s'engager dans celle qui conduit à la grille de Passy, l'intendant du marquis de Pourrières, vêtu d'une redingote qui lui serrait la taille, et dépouillé des moustaches, de la barbe et des lunettes qui lui cachaient le visage quelques minutes auparavant.

— Enfin! dit Silvia.

Elle fit arrêter sa voiture, remit à son cocher la récompense promise, et le quitta, après lui avoir donné l'ordre d'aller l'attendre à la porte Maillot.

Roman marchait avec assez de rapidité pour que Silvia éprouvât beaucoup de peine à le suivre; mais l'envie qu'elle éprouvait de réussir lui donnait à chaque instant de nouvelles forces. *Roman* se retournait souvent, mais Silvia, qui s'était enveloppée dans son châle, et qui avait baissé son voile, ne le suivait que de loin, et il n'était pas probable que la vue d'une femme élégante, si toutefois il la remarquait, lui inspirât la moindre inquiétude; enfin, il arriva à la station de la barrière des Bons-Hommes, où il prit un cabriolet; il était temps : Silvia, dont la longue course qu'elle venait de faire avait épuisé les forces, pouvait à peine se soutenir; elle monta en voiture et fit suivre celle de *Roman*, qui s'arrêta à la porte de l'hôtel du marquis de Pourrières.

Roman entra; Silvia attendit quelques instants avant de le suivre, et lorsqu'elle supposa qu'il était installé dans le cabinet du marquis, elle entra, et malgré les efforts du domestique, qui voulait s'opposer à son passage, elle arriva dans la pièce où se trouvaient les deux amis. Les pierreries volées

au comte Colorédo étaient étalées sur le bureau de *Salvador* :

Le voilà donc connu ce secret plein d'horreur,

dit Silvia en enlevant un journal que *Roman* avait jeté sur les pierreries au moment où elle était entrée dans l'appartement.

— Que voulez-vous dire? s'écria *Salvador*; et que signifie, madame, cette habitude que vous avez prise de forcer la consigne de mes gens, lorsque je désire être seul?

— Vous me permettrez sans doute de m'asseoir, répondit Silvia, qui s'était débarrassée de son châle et de son chapeau, et avait pris un siège, qu'elle avait placé près de celui de son amant. Ces pierreries appartiennent au comte Colorédo, et elles ont été volées par votre intendant, M. Lebrun.

— Madame la marquise me permettra de lui faire observer que, sans doute, elle a perdu l'esprit, répondit *Roman*.

— Laissons de côté, je vous prie, nos titres respectifs, et expliquons-nous simplement et sans formules de politesse; mais, d'abord, laissez-moi, mon cher monsieur Lebrun, vous prouver que je n'ai pas perdu l'esprit. Lorsque vous êtes sorti de l'hôtel de Castiglione, vous étiez enveloppé dans une houppelande de drap brun, vous aviez une perruque blonde, des moustaches et de la barbe de la même couleur; vous êtes monté dans un cabriolet à quatre roues portant le n° 266, qui vous a conduit jusqu'à la barrière de l'Étoile, où vous l'avez quitté; vous avez ensuite suivi la route de Neuilly, puis vous vous êtes engagé dans un des massifs de *l'allée des Voleurs* (1), dont vous êtes sorti vêtu du costume que vous portez maintenant, après avoir laissé sans doute dans les taillis votre houppelande, votre perruque, votre barbe et vos moustaches; vous avez pris ensuite une autre voiture qui vous a conduit jusqu'ici. Eh bien! ai-je perdu l'esprit?

Roman, pendant que Silvia parlait, avait, sans qu'elle s'en aperçût, tiré de la poche de côté de sa redingote un poignard à lame courte et triangulaire; il se leva brusquement, posa une de ses mains sur son épaule et la renversa sur le siège qu'elle occupait, il levait le bras pour la frapper, mais *Salvador*, qui avait remarqué ses mouvements, s'élança pour le retenir.

— As-tu perdu la tête? s'écria-t-il.

Silvia ne s'aperçut du danger qu'elle avait couru qu'au moment où elle n'avait plus rien à craindre; tous ses traits se couvrirent d'une pâleur mortelle, mais elle ne perdit pas l'usage de ses sens.

— Vous n'êtes guère prudent, mon bon monsieur Lebrun, dit-elle à *Roman*, auquel la réflexion était venue, et qui remettait dans sa poche le poignard qu'il en avait tiré.

— Remettez-vous, dit *Salvador*, vous n'avez rien à craindre, quant à présent.

— Je suis toute remise, lui répondit Silvia, et très en état de vous écouter, si toutefois vous avez quelque chose à me dire.

— J'ai, en effet, beaucoup de choses à vous dire. Vous saviez depuis longtemps qu'il existait un secret entre moi et Lebrun, et qu'il n'était mon intendant que pour la forme. Eh bien! nous ne sommes pas seulement amis, nous sommes complices, et le crime que nous avons commis aujourd'hui n'est pas le premier; vous savez ce que vous avez à faire; quant à dénoncer le vol commis par Lebrun chez le comte Colorédo, vous ne le ferez pas, puisque vous seriez notre complice. Maintenant, serons-nous trois à marcher du même pas dans la même carrière, ou ne devons-nous rester que deux?

— Nous resterons trois, répondit Silvia en offrant ses deux mains à *Roman* et à *Salvador*; je tiens à avoir ma part des pierreries de ce brave comte Colorédo.

— Et vous l'aurez belle, je vous en réponds, s'écria *Roman*. Je vois que j'avais tort de me défier de vous, et que mon ami

(1) Il existait effectivement au bois de Boulogne une allée qui portait ce nom, un écriteau l'indiquait aux promeneurs.

ne se trompait pas, lorsqu'il me disait que vous étiez une femme résolue et sur laquelle on pourrait compter au besoin.

— Monsieur le marquis de Pourrières sait que je l'aime, et que je lui suis toute dévouée, répondit Silvia en appuyant sa jolie tête sur la poitrine de *Salvador*, qui déposa un baiser sur son front.

Roman fit le récit des moyens qu'il avait employés pour s'emparer des pierreries du comte Colorédo, et ses deux auditeurs s'étaient beaucoup égayés aux dépens de la victime.

— Ainsi, dit Silvia, l'idée de vous approprier ces pierreries vous est venue au moment même où je vous en ai parlé.

— Oh! mon Dieu oui, répondit *Roman*. Je conçois promptement et j'exécute de même.

— Et tu es un noble ami, ajouta *Salvador*; me donner ma part dans une affaire à laquelle je n'ai pas participé! c'est un beau trait.

— Ainsi, tu me laisseras faire une petite partie sans trop me gronder?

— Certainement, mon ami; et la moitié de ce que produira la vente de ces admirables cailloux te sera remise en beaux et bons billets de banque.

— Cela ne presse pas, je ne suis pas en veine dans ce moment.

— Une idée! s'écria Silvia en riant aux éclats, le comte Colorédo ne perdra pas tout, puisque vous avez laissé vos malles à l'hôtel de *Castiglione*.

— Ah! charmant! mais ces malles sont absolument vides; un chiffon laissé dedans aurait peut-être mis la police sur mes traces.

— Vois cependant, mon cher *Roman*, comme le plus petit événement peut annuler les combinaisons les plus savantes : si Silvia, au lieu d'être une femme selon mon cœur, avait été une créature ordinaire, nous étions perdus.

— Mon cher camarade, tu ne sais ce que tu dis; une femme ordinaire ne m'aurait pas reconnu, n'est-il pas vrai, belle marquise?

— Je crois que vous avez raison.

— Allons, allons, tout est pour le mieux dans le meilleur des mondes possibles, et je crois qu'à nous trois nous pourrons faire de grandes choses.

— Lorsque notre bourse sera vide, dit Silvia, je vous parlerai d'une petite affaire dont les résultats, je l'espère, ne seront pas moins beaux que ceux que M. Lebrun vient d'obtenir.

— Je vous rappellerai votre promesse en temps utile, madame la marquise.

La conversation se prolongea sur ce ton quelque temps encore; puis enfin la question de savoir à qui les pierreries seraient vendues fut agitée. *Salvador*, *Roman* et Silvia, qui avaient plus vécu en province qu'à Paris, ne connaissaient pas encore toutes les ressources de la capitale.

— Nous pouvons dessertir nous-mêmes ces pierres et les mettre sur papier; mais à qui les vendre ou les engager? voilà la question à laquelle il faudrait pouvoir répondre, dit *Salvador*.

— C'est, en effet, embarrassant.

— Oh! une idée, ajouta *Salvador* en se frappant le front, je tiens notre affaire. Te souviens-tu de cet original que nous avons rencontré chez Lemardelay, qui avait amené avec lui une vieille femme de tournure si grotesque, et que tout le monde accablait de compliments et de salutations.

— M. Juste?

— Juste, je crois que cet homme est celui qu'il nous faut.

— Et tu sais où le trouver?

— Pas précisément, mais je sais où trouver le comte palatin du Saint-Empire Romain. Tu sais, l'homme au portefeuille? et il est probable que ce noble personnage pourra m'indiquer la tanière de ce Juste.

— Je n'ai pas besoin de te recommander d'être prudent, de ne pas faire à ces gens-là d'ouvertures de nature à leur donner l'éveil.

— La recommandation est au moins inutile.

— C'est que je n'accorde pas beaucoup de confiance à ce comte palatin, qui a trompé si indignement son ami dans l'affaire du portefeuille.

— Sois tranquille, te dis-je, je n'ai pas oublié que les *ouvriers* parisiens (1) n'ont pas de probité.

— C'est qu'il ne serait pas très-agréable de faire naufrage au port, avec d'autant plus de raison que cette affaire sera probablement la dernière que nous ferons; car si les promesses qui m'ont été faites se réalisent, j'obtiendrai sous peu de temps un très-bel emploi.

— Si vous vouliez me permettre de voir le ministre et de solliciter pour vous, dit Silvia à *Salvador*, après avoir adressé à *Roman* un coup d'œil significatif, je suis bien sûre que vous n'attendriez pas longtemps.

— Au fait, c'est une idée, répondit *Roman*.

— Ne parlons pas de cela, je vous prie, je ne veux pas devoir aux beaux yeux de ma maîtresse l'emploi que je sollicite.

— Eh bien! c'est dit, je saurai demain où demeure M. Juste, et ce sera madame la marquise qui sera chargée de traiter l'affaire que nous voulons faire avec lui.

XII

Un usurier.

Roman savait que le comte palatin du Saint-Empire Romain était un des plus fidèles habitués de l'établissement du limonadier à moustaches grises, et que pour rencontrer ce noble personnage, il ne fallait qu'aller passer quelques heures de l'après-midi dans cette maison où il venait tous les jours.

C'est ce que fit *Roman*. Il y était depuis moins d'une heure, lorsqu'il vit entrer celui qu'il attendait; il l'appela, et le comte vint avec empressement se placer près de lui. Après les politesses d'usage entre gens de bonne compagnie, le comte demanda à *Roman* si les résultats de son voyage à Baden-Baden avaient été satisfaisants.

— Hélas! non, répondit celui-ci, et à l'heure qu'il est, je payerais avec bien du plaisir un excellent dîner à celui qui pourrait m'indiquer un honnête marchand d'argent disposé à escompter à un taux raisonnable du papier couvert d'excellentes signatures.

— Que ne vous adressez-vous au maître de céans? .

— Je n'ai pas beaucoup de confiance en cet homme-là.

— Si ce sont des écus que vous voulez, il n'y a que M. Juste qui puisse faire votre affaire.

— M. Juste, dites-vous? mais ce nom-là ne m'est pas inconnu.

Roman se souvenait que ce juif avait été l'intermédiaire du vrai marquis de Pourrières.

— Cet homme-là me convient, reprit-il, et si vous voulez me donner son adresse, j'irai demain chez lui de votre part.

Le comte donna l'adresse qu'on lui demandait, se réservant *in petto* de voir le soir même l'usurier, afin de stipuler avec lui la commission à laquelle il aurait droit.

Roman, ainsi qu'il l'avait promis, paya un excellent dîner au comte.

Il employa toute la journée qui suivit à recueillir des renseignements sur le compte de M. Juste, et ce qu'il apprit lui donna la conviction que l'on pouvait sans crainte proposer les affaires les plus louches à cet usurier; dont la discrétion était, disait-on, acquise à tous ceux qui lui procuraient les moyens de gagner de l'argent. Cependant, lorsqu'il rapporta à Salvador et à Silvia tout ce qu'il avait appris, il recommanda à cette dernière de n'agir qu'avec une extrême prudence, et de ne faire, si elle le jugeait convenable, que des demi-ouvertures à l'usurier lors de sa première visite.

— N'ayez pas d'inquiétude, lui répondit Silvia, j'irai demain

(1) Voleurs.

voir ce monsieur, et je vous promets que vous serez content de moi.

Le lendemain, ainsi que cela avait été convenu, Silvia sortit de chez elle pour se rendre chez M. Juste.

Elle se fit conduire devant la grille principale du jardin du Luxembourg, où elle laissa sa voiture; et, après avoir défendu à son chasseur de la suivre, elle s'enveloppa dans son châle, abattit sur ses yeux le voile de dentelle qui ornait son chapeau, et entra dans le jardin, qu'elle traversa tout entier pour sortir par la grille de la rue d'Enfer.

Arrivée dans la rue Saint-Dominique d'Enfer, elle sonna à la porte d'une maison d'assez pauvre apparence, et attendit patiemment quelques minutes avant que quelqu'un vînt lui ouvrir. Les aboiements d'un chien, auquel la plénitude de sa voix permettait de supposer une taille formidable, répondirent seuls d'abord aux premiers tintements de la sonnette. Silvia ne s'effraya pas, et sonna de nouveau; les aboiements du chien redoublèrent; mais un petit guichet, pratiqué dans la porte et défendu par d'assez forts barreaux de fer, fut ouvert, et lui laissa voir une figure jaune et parcheminée, éclairée par deux petits yeux vert de mer, et surmontée d'un bonnet dont la couleur primitive disparaissait sous une couche épaisse de crasse.

C'était celle de M. Juste.

— Que demandez-vous? dit-il.

— M. Juste, répondit Silvia; mais abrégez, s'il vous plaît, les formalités qui doivent précéder mon admission dans la place, ajouta-t-elle, en levant assez son voile pour permettre à M. Juste de jeter un coup d'œil sur ses jolis traits.

— Bien, bien, dit le digne usurier, que la vue d'un aussi joli visage avait probablement attendri; je vais vous ouvrir, laissez-moi seulement le temps d'attacher mon chien.

La porte fut enfin ouverte, et Silvia, en passant dans une petite cour qu'il fallait traverser pour arriver au bâtiment habité par M. Juste, ne put s'empêcher de remarquer le compagnon de l'usurier, terre-neuvien de la plus forte race, qui grondait dans sa loge.

— Eh! eh! dit Juste, que dites-vous du compagnon de ma solitude? Croyez-vous, qu'avec un gardien de cette taille, et aussi incorruptible que celui-ci, je doive beaucoup craindre messieurs les voleurs de la bonne ville de Paris?

Une baie, fermée par une forte porte en chêne, garnie d'une serrure de sûreté et de plusieurs verrous, donnait entrée dans le bâtiment d'habitation, dont toutes les fenêtres étaient garnies d'énormes barreaux de fer; et, avant d'arriver au cabinet dans lequel Juste avait introduit Silvia, il fallait traverser plusieurs pièces dont les portes, la nuit, devaient être soigneusement fermées.

Elle arriva à la chambre du juif.

Quelques chaises de paille, une petite table de bois noir, devant laquelle était placé un fauteuil de canne, une cuvette et un pot à eau placés sur la cheminée, et surmontés d'une mauvaise gravure collée sur la muraille, composaient tout l'ameublement du cabinet dans lequel Juste avait introduit Silvia. Les fenêtres de ce cabinet, comme celles de toutes les autres pièces, étaient garnies de forts barreaux assez rapprochés l'un de l'autre, pour ne laisser pénétrer dans l'appartement qu'un jour pâle et douteux.

Les murs étaient tapissés d'un papier commun à fleurs blanches sur un fond bleu déchiré en plusieurs endroits; la cheminée était garnie seulement d'une paire de petits chenets en fonte, et à la voir si propre et si nette, on devinait que même, pendant les jours les plus rigoureux de l'hiver, M. Juste n'y faisait pas de feu.

Il offrit à Silvia une des chaises de paille qui garnissaient son cabinet, et se plaça dans le fauteuil.

— Vous permettez, dit-il, après s'être enveloppé dans la vieille redingote de molleton noir, couverte de taches, et percée aux coudes, dont il était vêtu, vous permettez que j'achève mon repas; je déjeunais lorsque vous avez sonné à ma porte.

— Ne vous gênez pas, répondit Silvia.

Une jatte de lait et un morceau de pain bis composait le déjuner de Juste

— M'expliquerez-vous, dit-il, en trempant une mouillette dans sa jatte de lait, ce qui me procure l'honneur de votre visite?

Silvia essaya de prendre une voie détournée pour arriver au but qu'elle voulait atteindre.

— Vous possédez des objets très-curieux et d'un grand prix, dont vous seriez, à ce que l'on assure, bien aise de vous défaire, répondit-elle, et comme il est possible que je me détermine à en acheter quelques-uns, je suis venue pour les voir.

— On vous a trompée, dit Juste, en jetant sur Silvia un regard interrogateur, les objets qui garnissent mes magasins ne sont pas à vendre, je les donne quelquefois à ceux dont j'escompte le papier, mais je les rachète aussitôt qu'ils sont vendus; si cependant vous désirez jeter un coup d'œil sur mes curiosités, je suis à vos ordres.

Silvia ayant témoigné qu'elle ne serait pas fâchée d'examiner attentivement ces objets qu'elle n'avait fait qu'entrevoir, M. Juste, qui avait expédié la dernière bouchée de son modeste déjeuner, se leva et précéda Silvia dans les pièces où étaient rassemblés tous ses bric-à-brac.

— Voilà, dit-il, de magnifiques toiles dues aux pinceaux des plus célèbres maîtres des écoles française, italienne, hollandaise et espagnole; les meilleurs ouvrages des littérateurs les plus distingués de l'époque : la *Vierge de Meudon*, de M. Groult de Tourlaville, une *Christéide*, une *Blonde*, le *Mousse* de madame Augusta Kernock, le *Code des honnêtes gens* et une multitude d'autres *codes*, et plusieurs autres chefs-d'œuvre : des Elzévir, des Étienne, des Alde et des Manuce. Dans ce bocal est renfermé l'aspic de la reine Cléopâtre; voilà du vin de Champagne, de Moët et compagnie d'Épernay; la boîte à mouches de madame de Pompadour, le stylet dont se servit Dibutade lorsqu'elle traça sur la muraille le profil de son amant, la palette d'Apelles, un des ciseaux de Phidias, un autographe de Molière; le ruban avec lequel Androclès conduisait son lion dans les rues de Rome.

M. Juste, pour faire l'énumération de toutes ces richesses, avait pris le ton d'un charlatan, qui vante aux badauds rassemblés autour de lui les propriétés merveilleuses de son baume.

— Avez-vous, parmi toutes ces curiosités, l'anneau de Gygès et le sceau du grand Salomon? dit Silvia en souriant.

— Est-ce que vous avez envie d'acheter ces deux objets? répondit M. Juste, en fixant sur Silvia ses petits yeux vert de mer.

— S'ils étaient à vendre... l'anneau de Gygès surtout me conviendrait infiniment; on a souvent besoin d'aller dans des lieux dans lesquels on ne voudrait par être vue.

— Chez l'usurier Juste, pas exemple!

— Vous l'avez dit, maître, répondit Silvia.

— Et peut-on connaître, madame, le motif qui vous amène dans ce lieu où vous ne voudriez pas être rencontrée?

— Vous êtes discret, monsieur Juste?

— Très-discret, belle dame, surtout lorsque j'y trouve mon compte.

— Si vous le voulez, nous ferons ensemble une affaire dont vous n'aurez pas à vous plaindre.

— Et quelle est cette affaire?

— Vous êtes bien pressé...

— Excusez mon impatience, elle est toute naturelle, l'affaire que vous voulez me proposer est, dites-vous, très-avantageuse.

— Vous allez en juger : mais procédons par ordre, vous ne me connaissez pas, et comme je vis dans un monde où vous n'êtes pas admis, il n'est pas probable que vous puissiez me retrouver une fois que je serai sortie de votre maison; je puis donc, sans me compromettre, vous dire ce qui m'amène près de vous.

— Très-vrai! aimable dame.

— Si on vous offrait, moyennant cent mille francs, des pierres précieuses qui valent au moins cinquante mille francs de plus, accepteriez-vous la proposition?

M. Juste regarda fixement Silvia pendant quelques minutes

avant de lui répondre, puis il se rapprocha d'elle et lui souffla ces quelques mots dans l'oreille.

— Si les pierreries valent réellement cinquante mille écus, je vous compterai la somme que vous exigez, quand bien même ces pierreries seraient celles qui ont été volées, il y a deux jours, au comte Colorédo.

— Je vois que vous êtes un homme raisonnable et qu'il y a moyen de s'entendre avec vous ; mais si je vous apportais dans quelques heures les pierreries en question, seriez-vous en mesure de me compter immédiatement la somme en billets de banque ?

— Immédiatement ; en billets de banque, ou en or : à votre choix.

— En ce cas, maître, ouvrez votre caisse, j'ai apporté les pierreries avec moi.

— J'en étais sûr! Et ce sont celles du comte Colorédo?

— Que vous importe? si elles valent réellement cinquante mille écus.

— Vous avez raison; mais voulez-vous me permettre d'examiner ces pierres?

— Rien de plus juste; je n'ai pas l'intention de vous vendre chat en poche.

Silvia étala les bijoux et voulut lui donner des explications.

Juste ne l'écoutait plus; les regards ardents qu'il attachait sur les pierreries du comte Colorédo résumaient toutes ses facultés. Ses petits yeux étincelaient sous le verre de ses lunettes, et il exprimait par des exclamations et des petits cris inarticulés sa vive admiration.

— Quels beaux diamants, disait-il; quelles magnifiques émeraudes! Tout cela vaut au moins deux cent mille francs, s'écria-t-il enfin, cédant, sans y penser, à la jo[...]e lui causait la certitude d'acquérir, moyennant la moi[...] de leur valeur, toutes les richesses étalées devant ses yeux.

— Ah! ah! lui dit Silvia, cela vaut au moins deux cent mille francs. En ce cas, maître, vous m'en donnerez bien cent cinquante mille.

Cette observation intempestive rendit à l'usurier tout le sang-froid que l'admiration lui avait fait perdre.

— Je vais vous donner, dit-il, la somme convenue et pas un liard avec. Ces pierreries sont celles du comte Colorédo, et pour en tirer parti, il faut que je les envoie en Angleterre ou en Hollande, et que je charge de les vendre un de mes con-

frères, auquel je serai forcé d'allouer une très-forte commission, de sorte que mes bénéfices seront beaucoup moins considérables que vous ne le supposez.

— C'est bien! tenons-nous-en à ce qui a été convenu.

Juste remit à Silvia quatre-vingt-dix-neuf billets de mille francs.

— Il en manque un, dit-elle après les avoir comptés.

— Je le sais bien, répondit l'usurier. Mais comme vous avez sans doute une bibliothèque, j'ai pensé que vous voudriez bien m'acheter quelques livres.

— Vous plaisantez, mon cher! que voulez-vous que je fasse de vos bouquins?

— Des bouquins! *Une Blonde, la Vierge de Meudon* et le *Code des honnêtes gens!* Ah! belle dame, vous n'appréciez pas à leur juste valeur les œuvres les plus remarquables de littérateurs distingués.

— C'est possible, mais j'aime mieux mon billet de mille francs : donnez-le moi ou rien de fait.

— Le voilà. Vous voyez que je suis rond en affaires; ainsi, si de nouvelles occasions se présentent, c'est à moi, je l'espère, que vous vous adresserez.

— Sans nul doute.

— N'allez pas surtout trouver mon confrère Josué, c'est un misérable sans foi qui écorche ses clients.

— Vous paraissez détester cordialement cet homme?

— Pourquoi, aussi, a-t-il quitté Marseille pour venir s'établir à Paris et m'enlever une bonne partie de ma clientèle?

— Ah! messire Josué de Marseille est maintenant à Paris! dit Silvia, se parlant à elle-même.

— Vous le connaissez?

— Pas personnellement, mais une dame de mes amies a fait quelques affaires avec lui.

— Envoyez-moi cette dame, je suis beaucoup plus raisonnable, et j'ai beaucoup plus d'argent que Josué.

— Plus d'argent que Josué! cela me paraît difficile : on assure que ce juif est trois ou quatre fois millionnaire.

— Je suis plus riche que lui, dit Juste en accompagnant ces paroles d'un sourire d'orgueilleuse satisfaction.

— Oh! oh!

— N'en doutez pas, dit le juif. Et il accompagna la jeune femme jusqu'à la porte, qu'il referma soigneusement.

FIN DE LA PREMIÈRE SÉRIE.

S[...]ux. — Typ. et stér. M. et P.-E. Charaire.

LES VRAIS MYSTÈRES DE PARIS

PAR VIDOCQ

DEUXIÈME SÉRIE

XII

Un usurier (suite).

Lorsque Silvia lui eut tourné le dos, il voulut fermer sa porte, mais il en fut empêché par un homme de haute taille, doué d'une physionomie agréable, et dont l'élégant négligé du matin annonçait un homme de très-bonne compagnie, qui passa son bras entre la porte et le chambranle, et ferma vivement la porte lorsqu'il fut entré dans la petite cour.

Juste, qui ignorait le but de ce qui venait de se passer,

tremblait de tous ses membres et n'osait prononcer un seul mot ; il était tout prêt à supposer à cet individu quelques intentions criminelles, lorsque le vicomte de Lussan (car c'était lui) le rassura quelque peu en lui disant en riant aux éclats :

— Vous voyez bien, monsieur Juste, que toutes vos précautions peuvent être mises en défaut : vous voici à ma discrétion.

L'usurier, que l'étonnement paraissait avoir pétrifié et qui tremblait toujours un peu, voulut cependant essayer de persuader à ce visiteur importun qu'il n'avait pas conservé la moindre crainte du moment qu'il l'avait reconnu.

— L'entrée inopinée et assez brusque d'un individu que je croyais étranger, dit-il, m'avait, il est vrai, épouvanté ; mais maintenant que je sais que j'ai l'honneur de parler à un estunable gentilhomme, j'ai recouvré tout mon sang-froid et je suis parfaitement tranquille.

— Malgré vos assertions, répondit le vicomte de Lussan en regardant l'usurier qui ne paraissait pas encore très-rassuré, je suis persuadé que vous avez conservé des soupçons, puisque vous ne me conduisez pas dans votre cabinet; savez-vous, monsieur Juste, qu'il n'est pas très-poli de me recevoir sous ce vestibule.

— Je dois avouer à monsieur le vicomte que la manière peut-être un peu brutale dont il s'est introduit chez moi m'a causé une certaine frayeur, et avec d'autant plus de raison, que monsieur de Lussan est ordinairement très-poli et excessivement réservé; mais à l'heure qu'il est, je suis, je vous le répète, parfaitement tranquille.

De Lussan, dont un excellent déjeuner avait excité la gaieté, s'apercevant que l'usurier, malgré tous ses efforts, ne pouvait vaincre la peur qui le travaillait, voulut se donner le plaisir de l'épouvanter davantage.

— Vous allez donc de suite m'introduire dans votre cabinet, je veux y entrer de gré ou de force; mais daignez croire, mon cher Juste, que je n'ai pas pris la respectueuse liberté de vous arracher à vos importantes occupations, sans y être forcé par un puissant motif.

Juste aurait bien voulu pouvoir se dispenser de faire ce qu'exigeait le vicomte de Lussan, car il venait de se rappeler que son portefeuille de maroquin vert, qui contenait encore, malgré les deux fortes saignées qu'il venait de lui faire, une très-forte somme en billets de banque et autres valeurs, était resté sur la cheminée de son cabinet, et il craignait, par-dessus tout, qu'il ne vint à frapper les regards de son noble visiteur; il essaya, par des paroles insidieuses, de le retenir dans une des pièces d'entrée où, tout en causant, ils étaient arrivés.

Le vicomte regarda quelques minutes l'usurier, dont la mine piteuse était vraiment comique, puis il se mit à rire aux éclats!

— Monsieur Juste, lui dit-il lorsque cet excès d'hilarité fut passé, vous êtes un vieil imbécile! suis-je donc un étranger pour vous? je crois vous avoir donné assez de preuves de loyauté pour mériter votre confiance.

— Monsieur le vicomte a raison; je n'ai jamais eu qu'à me louer de ses bons procédés; mais il me permettra de lui faire observer que je suis seul, que j'habite un quartier presque désert, que tous les jours on entend parler d'assassinats et de vol, et que, d'après cela, il doit m'être permis de me tenir un peu sur mes gardes. Je dois encore ajouter que votre langage et vos manières me paraissent aujourd'hui si peu en harmonie avec vos principes et vos habitudes, que j'ai dû craindre un moment pour ma fortune et pour ma vie.

— Votre franchise, mon cher, m'oblige à vous dire toute la vérité. Avant de venir ici, j'avais déjeuné chez Desmares avec des députés de ma province, nous avons fêté Bacchus avec ferveur; et lorsque je suis arrivé à votre porte, j'avais encore dans le cerveau les fumées du champagne et du chambertin. Je venais vous trouver afin de vous parler de diverses affaires, et je n'avais, je vous l'assure, nullement l'envie de vous épouvanter; mais l'occasion de vous prouver que les hommes les plus prévoyants peuvent être mis en défaut s'est présentée, et ma foi je ne l'ai pas laissée s'échapper. J'ai voulu plaisanter un moment, voilà tout; vous avez eu peur, et j'ai continué afin de vous épouvanter davantage; il paraît que j'ai réussi au delà de mes espérances. Du reste, je vous donne ma parole de noble Breton, que je n'ai l'intention de nuire ni à votre personne, ni à votre fortune.

— Vous me donnez donc votre parole de gentilhomme que je n'ai rien à craindre?

Le vicomte de Lussan répondit par l'affirmative à cette question de l'usurier.

Juste, qui paraissait très-rassuré depuis que le vicomte de Lussan lui avait donné sa foi de gentilhomme que sa personne et ses biens seraient respectés, l'introduisit enfin dans son cabinet. Il n'oublia pas cependant de jeter, en entrant, son mouchoir sur le portefeuille; et ce mouvement ayant, selon

toute apparence, échappé à son compagnon, il se sentit soulagé d'un grand poids.

Il offrit un siège au vicomte et s'assit dans son vieux fauteuil de canne.

— Vous pouvez vous vanter de m'avoir fait une furieuse peur, monsieur le vicomte, dit Juste une fois qu'il se fut retranché derrière le grillage qui formait une espèce de rampart autour de la petite table qui servait de bureau.

Nous devons maintenant expliquer à nos lecteurs quels étaient les moyens employés par Juste pour se mettre à l'abri des tentatives de ceux de ses clients qu'il croyait capables de lui nuire.

Un chien de Terre-Neuve, animal qu'il avait payé cher et qu'il avait élevé et dressé lui-même avec le plus grand soin, était véritablement un gardien formidable et très-capable de dévorer un homme sur un signe de son maître; aussi était-il toujours en liberté. Le père Juste, qui comptait sur sa vigilance et son incorruptibilité, qualités que diverses fois il avait fait éprouver et qui jamais n'avaient été mises en défaut, était parfaitement tranquille.

Lorsqu'on sonnait, il n'ouvrait sa porte qu'après avoir reconnu, à travers le petit guichet dont nous avons parlé, quelle était la personne qui sollicitait son admission. Lorsqu'il l'avait admise, il la faisait entrer dans son cabinet et lui se retirait dans son espèce de fort, dont la porte se refermait en dedans et ne pouvait être ouverte qu'à l'aide d'un cordon placé à la droite de l'usurier. Si quelqu'un avait voulu tenter de forcer le grillage, il pouvait se retirer dans la cour auprès de son fidèle gardien, qui alors l'aurait défendu jusqu'à la mort. La pièce qu'il appelait son cabinet était ci-devant une chambre à coucher dont l'alcôve, treillagée et garnie de petits rideaux verts, existait encore. C'est dans cette alcôve que Silvia s'était tenue cachée pendant tout le temps que le général était resté chez Juste.

De ce qui précède, on doit naturellement conclure que Juste pouvait, jusqu'à un certain point, recevoir chez lui, sans avoir rien à redouter de leur part, les gens suspects avec lesquels il était en relations réglées; en effet, dans sa cour il avait son gardien à sa disposition, et, à son défaut même, il pouvait demander du secours à ses voisins, dont les fenêtres en dominaient l'intérieur; il n'était pas, du reste, probable que l'on osât y commettre un attentat contre sa personne.

Lussan causait depuis quelques instants avec l'usurier, et n'avait pas encore abordé le sujet de sa visite, les fumées qui obscurcissaient son cerveau ne s'étaient pas encore tout à fait dissipées.

— Vous ne me rendez pas justice, disait-il sans cesse; croyez-vous qu'un gentilhomme d'aussi bonne maison que votre serviteur ait jamais manqué à sa parole?

En achevant ces mots, il enleva avec le bout de sa canne le mouchoir à petits carreaux bleus qui cachait le bienheureux portefeuille dont il s'empara.

La physionomie de Juste, en voyant son trésor à la disposition du comte de Lussan, prit tout à coup une expression de douloureuse anxiété, que toutes les paroles imaginables seraient incapables de peindre : on pouvait seulement entendre quelques sourds gémissements s'échapper de sa poitrine, et ce n'est qu'à grand'peine qu'il put réunir assez de force pour articuler ces quelques paroles :

— Monsieur le vicomte !... mon portefeuille !... votre parole... rendez-moi mon portefeuille !

Le vicomte avait ouvert le vieux portefeuille et examinait avec beaucoup d'attention tout ce qu'il contenait.

— Diable ! dit-il enfin, sans paraître remarquer la profonde consternation empreinte sur tous les traits de Juste, des billets de banque, des bank-notes, des mandats sur les receveurs généraux, d'excellentes actions au porteur : il y a toute une fortune dans ce vieux portefeuille.

— Monsieur le vicomte, répétait toujours le pauvre Juste, vous m'avez donné votre parole de gentilhomme, je suis sans inquiétude.

De Lussan, que les transes mortelles du malheureux usurier amusaient singulièrement, paraissait ne pas vouloir l'entendre.

— Je disais donc, continua-t-il, qu'il y a dans ce portefeuille toute une fortune; et si je le voulais, je pourrais sortir d'ici en l'emportant sans que vous tentiez de vous opposer à mon passage, il est même probable que vous n'iriez pas faire à la police la confidence de ce qui vous serait arrivé.

— C'est vrai, dit Juste, je vous aime trop pour avoir le courage de vous dénoncer; mais je suis ruiné... mort...

— Vous n'êtes ni mort, ni ruiné; mais vous êtes et vous serez toujours un vieil imbécile, un pincemaille, un vieux juif; vous méritez sans aucun doute une sévère leçon, mais je n'ai pas oublié que je vous ai donné ma parole.

Et le vicomte de Lussan tendit à Juste, par le guichet pratiqué dans le grillage, le vieux portefeuille et tout ce qu'il contenait.

Il n'y a pas dans notre langue d'expressions assez énergiques pour retracer fidèlement le changement qui s'opéra soudainement sur le visage de l'usurier à cette restitution si inattendue; les plus brillantes couleurs remplacèrent tout à coup l'affreuse pâleur qui couvrait son visage; il faudrait, en un mot, être usurier et avare afin de pouvoir peindre convenablement la vive satisfaction qu'il éprouva.

— J'ai voulu seulement continuer la plaisanterie, lui avait dit le vicomte en lui remettant son trésor, mais je crois bien que maintenant vous êtes corrigé, et que vous ne serez plus tenté de vous méfier d'un homme comme moi.

— Ah! monsieur le vicomte, que de reconnaissance, s'écria Juste après avoir enfoui le portefeuille dans une des vastes poches de sa vieille houppelande; si jamais vous avez besoin de quelques billets de mille francs, je vous les prêterai... moyennant de bonnes et valables garanties, et un intérêt raisonnable, s'empressa-t-il d'ajouter, dans la crainte que celui auquel il s'adressait ne voulût de suite mettre sa bonne volonté à l'épreuve.

— Laissons toutes ces fadaises et parlons de l'objet qui m'amène, dit le vicomte; vous êtes maintenant, je crois, en état de m'écouter?

— Oui, monsieur le vicomte.

— J'ai rencontré, il y a déjà quelque temps, chez une noble dame de charité, le joaillier chez lequel elle se fournit depuis environ dix ans; j'ai causé avec cet homme, qui m'a fait, ainsi que cela se pratique, ses offres de services, et m'a instamment prié d'aller lui rendre visite si par hasard j'avais quelques acquisitions à faire. Vous avez deviné, digne père Juste, que peu de jours après cette rencontre, il me prit la fantaisie d'acheter quelques bijoux et que je me rendis chez le joaillier en question, où je dépensai quelques centaines de francs.

« Lors de cette première visite, j'ai fait durer aussi longtemps que cela m'a été possible, j'ai trouvé l'occasion d'adresser quelques paroles aimables à la femme et à la fille de mon homme, qui sont du reste toutes deux de très-jolies et de très-aimables femmes.

« Je suis retourné plusieurs fois faire de nouvelles emplettes chez cet honnête marchand. Grâce à mon extrême politesse, aux compliments que j'adresse sans cesse aux deux dames, qui sont un peu, comme toutes les femmes, disposées à accorder une confiance sans bornes à ceux qui les adulent, à quelques fleurs offertes à propos, je n'ai pas eu de peine à devenir le plus intime ami de la maison; de sorte que j'ai pu facilement prendre l'empreinte des trois serrures de sûreté qui ferment la porte de l'appartement, et que le joaillier croit invulnérables.

— C'est une affaire magnifique! Est-elle mûre?

— Pas encore tout à fait; mais je voudrais avoir sous la main, pour m'en servir en temps utile, deux hommes adroits et déterminés pour l'exécution: pouvez-vous me procurer cela?

— Mais que ne prenez-vous Lion-le-Taffeur et Maludetta, ou bien Robert et Cadet-Vincent?

— Lion et Maludetta sont des hommes spéciaux qui ne conviennent pas à cette affaire; et je ne veux pas les avoir, vous le savez bien, de relations directes avec deux autres, dont le ton et les manières sont de nature à compromettre le plus honnête homme du monde.

— Ah diable! à qui donc confier l'exécution de cette affaire?

— Voyez, demandez à la Sans-Refus, il doit y avoir parmi les habitués de son établissement quelqu'un à qui il soit possible de parler sans compromettre sa réputation.

— Voulez-vous Délicat, Coco-Désbraises, Rolet-le-Mauvais-Gueux, Charles-la-Belle-Cravate, le Grand-Louis, Vernier-les-Bas-Bleus; je ferai parler par la mère Sans-Refus à ceux d'entre eux qui vous conviendront.

— Vous êtes fou, Juste! Il faut que je donne moi-même les instructions nécessaires, et je ne puis vraiment me compromettre avec un seul des misérables que vous venez de nommer.

— Mais si vous les connaissez, ils ne vous connaissent pas plus qu'ils ne me connaissent moi-même, et vous pouvez sans inconvénient vous rencontrer avec les deux que vous m'avez propres, Charles-la-Belle-Cravate et Vernier-les-Bas-Bleus, par exemple.

Le vicomte de Lussan réfléchit quelques instants.

— Décidément, dit-il, je ne veux aucun de ces misérables; tous ces gens-là ont un langage atroce, de pitoyables costumes, et de si dégoûtantes manières qu'ils me font mal au cœur. Cherchez, père Juste, vous devez avoir, parmi vos connaissances, ce qui me convient: les deux que vous m'avez procurés pour l'affaire du marchand papetier.

— Ah! vous vouliez parler de Fanfan-la-Grenouille et de Poil-aux-Lèvres; ces deux braves garçons viennent d'être arrêtés, par suite de révélations: ils sont là-bas.

— J'en suis désespéré. Mais vous pourrez sans doute en trouver d'autres: j'attendrai, rien ne presse.

— S'il n'y a pas péril en la demeure, je vous y engage. Je crois que, si vous me laissez un peu de temps devant moi, il me sera possible de vous procurer des gens avec lesquels vous pourrez facilement vous entendre.

Juste, lorsqu'il faisait cette promesse au vicomte de Lussan, pensait à la femme à laquelle il avait, quelques heures auparavant, acheté les pierreries du comte Colorédo, il supposait, et nos lecteurs savent que ses conjectures étaient fondées, que cette femme n'était un de ces misérables des individus qui avaient commis le vol, individus qui ne s'en tiendraient probablement pas là, et que tôt ou tard il finirait par connaître.

— Maintenant que nous sommes parfaitement bien ensemble, dit le vicomte de Lussan, il faut que je vous fasse comprendre que toutes les précautions dont vous vous entourez seraient inutiles, si un individu comme moi, par exemple, voulait vous assassiner, afin de vous voler ensuite. D'abord, on pourrait sans peine empoisonner votre Cerbère.

Et comme l'usurier secouait la tête et faisait une grimace négative:

— Il y a de si friandes boulettes, reprit le vicomte, qu'elles tentent les chiens les mieux élevés et les plus sobres. Du reste, si, de ce côté, votre animal est invulnérable, ne connaît-on pas mille moyens de charmer les chiens, et de rendre aussi doux qu'un mouton, le plus féroce de ces animaux, et puis, vous vivez seul, et depuis la mort de madame Juste, vous ne sortez que rarement, de sorte que vous seriez mort depuis longtemps lorsqu'on commencerait à s'inquiéter de vous.

— Oui, tout cela est possible; mais quand je serais mort, qui indiquerait aux assassins le lieu où renferme mon or et mon portefeuille? car c'est par extraordinaire que je l'avais apporté avec moi; c'est une imprudence que j'ai commise aujourd'hui pour la première fois, et qui ne se renouvellera plus, je vous assure: il est vrai que je n'avais eu à traiter qu'avec une femme et un général de mes amis, et que je ne devais rien craindre de ces personnages.

— Ainsi donc, vous êtes persuadé qu'il serait impossible de découvrir votre cachette?

— Oui, monsieur le vicomte.

— Quelle erreur est la vôtre, mon cher Juste! on la découvrirait, gardez-vous d'en douter. Mais tranquillisez-vous: aucun de ceux avec lesquels vous êtes en relations ne songe à vous faire le moindre mal; car, admettons un moment qu'on vous enlève quelques centaines de mille francs, qui, partagées entre trois ou quatre personnes, seraient bientôt dissipées, où trouverait-on après un homme comme vous? car vous êtes vraiment notre Providence! Quel que soit le chiffre d'une affaire, vous payez comptant; tandis que vos confrères ne donnent que des à-compte; vous savez si bien faire disparaître les objets que vous achetez, qu'une fois qu'ils sont entrés chez vous, on n'en entend plus parler. Avec vous, on termine de suite; il est vrai que vous donnez le moins possible; mais qu'est-ce que cela fait? Vous voyez que nous avons le plus grand intérêt à vous conserver. Que deviendrions-nous sans vous? Vous nous êtes nécessaire, indispensable; soyez donc sans inquiétude sur votre sort, vous n'avez rien à redouter : on ménage toujours les gens dont on a besoin; et puis, d'ailleurs, ne vous ai-je pas prouvé la vérité de ce que je viens de vous dire en vous rendant votre portefeuille, que je pouvais garder impunément.

— C'est vrai, mais tous mes clients ne sont pas des nobles gentilshommes bretons. Si ce portefeuille était tombé entre les mains de *Coco-Desbraises* ou de *Délicat*, ils l'auraient gardé.

— Il faut convenir, mon cher Juste, que vous faisiez une piteuse grimace, grimace à la fois épouvantable et risible, tandis qu'il était entre mes mains, la mort était vraiment sur vos lèvres. Vous aimez donc bien l'argent, monsieur Juste?

— Oh! oui, je l'aime! L'argent et Dieu, voyez-vous, sont les seuls objets de mon culte! L'argent! Mais que faire ici-bas sans argent! N'est-ce pas avec ce métal, avec ce vil métal, comme disent ceux qui n'en possèdent pas, que l'on peut se procurer tous les bonheurs et toutes les satisfactions de cette vie, et toutes les béatitudes de l'autre?

— Je sais, répondit de Lussan, que lorsque l'on possède beaucoup d'argent, il devient facile d'obtenir des honneurs, des grades et des places; que pour avoir de superbes chevaux, des équipages magnifiques, de jolies maîtresses, tous les plaisirs enfin, il en faut beaucoup; mais à vous, père Juste, qui vivez comme un anachorète, qui êtes toujours mal vêtu, et qui ne déjeunez jamais au café Anglais, à quoi vous sert, dites-le moi, tout celui que vous possédez, puisque vous ne savez pas en jouir?

— Je ne sais pas en jouir, monsieur de Lussan, je ne sais pas en jouir? quelle erreur est là la vôtre! Je jouis beaucoup plus que vous; je savoure toutes les délices, tout le bonheur dont vous faites tant de cas; je m'enivre à la coupe que vos lèvres effleurent à peine, et mes jouissances sont d'autant plus grandes et plus délicieuses, qu'elles n'entraînent pas après elles les regrets et les désillusions de la vie commune. J'ai comme vous des maîtresses, des chevaux et des équipages : des maîtresses plus pimpantes et plus jolies, des chevaux de meilleure race, des équipages plus brillants que les vôtres, monsieur le vicomte de Lussan!

— Vous m'étonnez, cher Juste! Je vous avoue que je ne m'étais jamais douté que vous possédiez tant et de si belles choses. Mais où sont-elles donc? je suis vraiment désireux de voir toutes ces merveilles.

Juste sortit de la poche de sa houppelande le vieux portefeuille de maroquin vert, puis il en tira les billets de banque, banck-notes, mandats et actions au porteur qu'il renfermait et qu'il étala sur sa petite table de bois noir, puis il s'écria avec enthousiasme :

— Voilà mes salons dorés, mes boudoirs parfumés, mes bains de jaspe et de porphyre, mes équipages du carrossier à la mode, mes chevaux anglais, mes chiens de race et mes valets dorés sur toutes les coutures! voilà mes maîtresses! et celles-là sont douées de toutes les beautés que mon imagination leur prête! brunes et blondes, fougueuses ou naïves, enjouées ou mélancoliques, fidèles même, si cela me convient; car avec de l'argent, voyez-vous, on achète tout, même la fidélité, la marchandise la plus rare.

Le vicomte de Lussan écoutait l'usurier d'un air profondément étonné; il ne s'attendait pas à trouver, sous une aussi ignoble enveloppe, des idées aussi poétiques que celles que venait d'exprimer le vieux Juste.

— Continuez, dit-il, je vous écoute avec beaucoup d'attention, et je vous avoue que, jusqu'à ce jour, je ne m'étais pas douté que le père Juste, ce vieux bonhomme que très-souvent

j'ai vu grelotter dans une pièce sans feu, durant les plus rudes journées de l'hiver, et souffler dans ses doigts pour se réchauffer, était susceptible d'éprouver d'aussi vives jouissances.

— Des jouissances! mais en est-il de plus vives, de plus réelles que celle de plonger, dans un bain d'or, de serrer contre sa poitrine plusieurs millions en billets de banque, et de pouvoir se dire : Quand je le voudrai, je pourrai satisfaire toutes mes fantaisies et tous mes caprices : des femmes. j'en aurai de tous les pays et de toutes les conditions : des cantatrices et des danseuses, des almées et des bayadères, si cela me convient, j'ai le moyen de les payer le prix qu'elles se vendent; quand je le voudrai, la poitrine du vieil usurier de la rue Saint-Dominique-d'Enfer sera couverte de rubans de toutes les couleurs et de croix de tous les ordres; quand je le voudrai, je ne serai plus le père Juste, mais monsieur de Saint-Juste.

— Mais, monsieur Juste, puisque vous comprenez si bien les jouissances de la vie, pourquoi diable, puisque vous en avez les moyens, vous contentez-vous de l'ombre lorsque vous pouvez vous procurer la réalité?

L'usurier, en proie à une surexcitation presque fébrile, avait oublié toute prudence; il attacha quelques instants ses petits yeux vert de mer qui brillaient comme des escarboucles sur le vicomte de Lussan, puis il se mit à rire aux éclats.

— Ah! ah! dit-il, vous n'êtes poètes qu'à demi, vous autres gens du monde; vous me dites que j'ai tort de me contenter de l'ombre, lorsque je puis me procurer beaucoup d'or, et j'en ai beaucoup d'or, beaucoup plus que vous ne pourriez le croire, si je vous disais la somme à laquelle s'élèvent mes richesses, beaucoup plus que n'en possèdent des gens qui se croient infiniment plus riches que moi, et cet or, il n'est ni dans les caisses de l'Etat, ni dans celle d'un banquier, il est ici. Je puis, chaque soir, si cela me plaît, me rouler sur un lit de pièces d'or et de billets de banque, et ce lit me paraîtra plus doux que le lit de pétales de roses de Lucullus; je puis en ramasser une certaine quantité, et me dire, sans craindre que qui que ce soit vienne me démentir : « Avec cela je suis au-dessus de tous les hommes, je le puis, à mon gré, rendre souples et rampants; avec cela je tiens entre mes mains l'honneur des filles et des femmes, celui des pères et des maris; je puis leur faire ouvrir toutes les portes, faire fléchir devant moi toutes les consciences; je puis enfin me faire rendre le culte qui n'est dû qu'à Dieu. »

La physionomie du vieil usurier, pendant tout le temps qu'il avait employé pour débiter cette longue tirade, avait exprimé tour à tour la joie la plus fanatique et la plus délirante satisfaction. Son teint, ordinairement si pâle et si terreux, brillait des plus vives couleurs.

— Ma foi, mon cher Juste, lui dit le vicomte de Lussan, vous êtes si éloquent et si persuasif, que je suis forcé d'être de votre avis, et de croire que le vrai bonheur est celui que vous savez si bien peindre; je veux, à l'avenir, marcher sur vos traces; mais, pour goûter le bonheur dont vous faites tant de cas, il me manque les premiers éléments. Le père *Loiseau* me fournira, je l'espère, les premières pierres de l'édifice que je veux bâtir.

— Il faut le croire, monsieur le vicomte, répondit Juste en tendant, à travers le guichet de son grillage, sa main décharnée au vicomte de Lussan, il faut le croire.

Le vicomte sortit.

XIII

Vol et assassinat.

Silvia, en sortant de chez Juste, conçut une pensée audacieuse; celle de le dévaliser.

Elle fit part de ses projets à ses deux complices qui imaginèrent un plan.

Ils convinrent que Silvia proposerait au juif de prêter à *Salvador*, sur sérieuses garanties, deux cent mille francs, on engagerait le juif à apporter cette somme au domicile du marquis et on la lui enlèverait en l'assassinant.

Ceci était d'autant plus facile que Juste avait eu des relations avec le marquis et qu'il ne devait concevoir aucun soupçon.

Un matin Silvia fit mander Juste et lui proposa l'affaire; il accepta avec empressement.

L'intérêt était considérable, les sûretés étaient excellentes.

Le marquis convint d'apporter chez Silvia les pièces nécessaires pour signer le marché; Juste promit de venir le soir même nanti des billets de banque.

Le marquis se retira après avoir conclu le marché.

Le juif allait partir quand Silvia lui dit négligemment :

— Vraiment, mon cher Juste, si je portais sur moi une somme aussi considérable, je ne serais pas aussi tranquille que vous l'êtes, j'aurais peur de la perdre ou de me la voir enlever par des voleurs.

— Je ne perds jamais rien, s'écria Juste.

— Mais les voleurs ?

— Les voleurs ! dit-il à voix basse, ils ne pourraient, après m'avoir tué, trouver les deux cents billets de mille francs. Je les coudrais dans mon scapulaire; et il tira de dessous son gilet une sorte de loque sale et de couleur douteuse que tous les juifs portent sur leur poitrine. — Ils ne s'aviseraient pas bien certainement, continua-t-il, de chercher quelque chose dans ce mauvais chiffon et puis, d'ailleurs, j'ai plutôt l'apparence d'un pauvre mendiant que celle d'un homme qui porte toute une fortune sur lui.

— Vous êtes doué d'une rare présence d'esprit, répondit Silvia qui avait appris tout ce qu'elle désirait savoir, il faut être vous pour avoir de ces idées; mais il est déjà tard et j'éprouve le besoin de me reposer, adieu, mon cher Juste, à demain.

Salvador, *Roman* et Silvia employèrent une bonne partie de la journée à se mettre en mesure de réussir; il fut convenu que Silvia emploierait toutes les ressources que lui fourniraient son adresse et son imagination, pour retenir chez elle le juif jusqu'à onze heures et demie du soir, elle devait l'inviter à souper avec elle, en prétextant que le marquis avait éprouvé une difficulté imprévue qui le retardait.

Puis, à onze heures et demie, une lettre devait annoncer que l'affaire était remise au lendemain.

Le juif, sur ce, aurait à se retirer, toujours porteur de la somme.

Tout se passa à merveille. Juste, qui craignait par-dessus tout que le marquis de Pourrières ne s'adressât à Juste, arriva quelques minutes avant l'heure indiquée; il attendit avec patience jusqu'au moment où le domestique qui s'était présenté la veille, vint annoncer que son maître priait madame la marquise de Roselly de faire agréer ses excuses à la personne avec laquelle il devait se rencontrer et de l'inviter à attendre quelques heures.

— Plus de doute, dit Juste d'une voix dolente lorsque Silvia lui eut transmis le message qu'elle venait de recevoir, plus de doute, il va s'adresser à Juste.

— Ne craignez rien, répondit Silvia, je vous promets que monsieur le marquis vous rapportera deux cent mille francs; mais comme je ne veux pas que vous ayez fait pour rien une aussi longue course, vous allez me faire le plaisir de souper avec moi.

Josué voulut en vain se défendre en protestant qu'il n'était pas digne d'un pareil honneur, Silvia lui fit tant de politesses qu'il fut forcé d'avouer que, d'après les lois de Moïse, il ne pouvait ni manger ni boire chez une chrétienne.

— Acceptez seulement un biscuit et un verre de vin de Tokay, lui dit Silvia qui n'avait pas songé que les lois de Moïse viendraient mettre des entraves à ses projets.

— Hélas ! madame la marquise, répondit le malheureux juif poussé dans ses derniers retranchements, nous devons nous abstenir de vins et d'aliments qui ne seraient pas préparés par des enfants d'Israël ; le lait même dont nous faisons usage doit avoir été recueilli par des co-religionnaires.

— Eh bien, mon cher Juste, vos lois sont absurdes et je veux qu'aujourd'hui, pour me plaire, vous leur désobéissiez ; je vous promets du reste que je ne vous ferai pas servir de viandes impures.

Silvia fit servir à messire Juste le souper le plus confortable : une tranche de pâté de foie gras, des cailles en caisse, des confitures de Bar et quelques fruits magnifiques. Le digne Juste n'était pas habitué à manger d'aussi bonnes choses; aussi obéissant en même temps à l'envie de faire, sans qu'il lui en coûtât rien, un excellent repas, et à la crainte de désobliger la marquise qui avait renouvelé ses instances, il se mit à table, et une fois qu'il y fut il s'en donna à cœur joie ; il sablait sans trop faire la grimace les nombreuses rasades de vins généreux que lui versait sa perfide Hébée. Enfin il était tout guilleret lorsqu'un valet apporta la lettre avertissant le juif que l'affaire était remise au lendemain. Josué sortit de chez elle à plus de onze heures et demie du soir.

Salvador et *Roman*, vêtus tous deux d'un costume qui les rendait méconnaissables, attendaient au coin de l'avenue Fortuné, d'où ils pouvaient facilement voir sortir le juif de la maison de Silvia.

Il passa près d'eux pour gagner les Champs-Élysées, il avait posé son vieux feutre de côté et il chantonnait en marchant l'air d'une vieille ballade allemande.

— Je crois, vrai Dieu, dit à voix basse *Roman* à son compagnon, qu'il est à moitié gris.

— Il est parbleu bien tout à fait, répondit *Salvador* sur le même ton, voilà qu'il pleut à verse et il ne songe seulement pas à ouvrir le parapluie qu'il porte sous son bras.

— Madame la marquise de Roselly est vraiment une femme précieuse, reprit *Roman* ; si tu n'étais pas mon ami, et si j'étais un peu plus jeune, je tâcherais de te l'enlever.

Roman et *Salvador* avaient échangé les quelques paroles qui précèdent en marchant de loin sur les traces de Juste, qui avait suivi la grande avenue des Champs-Élysées et traversé la place de la Concorde pour gagner le quai des Tuileries.

— Attention ! dit *Roman* lorsque Juste eut dépassé de quelques mètres le pont de la Concorde, attention ! puis il s'élança sur le juif; il lui jeta autour du cou un foulard roulé en forme de corde et se retournant brusquement, le pauvre Josué se trouva suspendu sur ses épaules (1), et à moitié étranglé avant d'avoir pu faire un mouvement pour se défendre, tandis que *Roman* s'avançait vers le parapet, *Salvador* arrachait le scapulaire suspendu au cou de la victime, et le frou-frou du papier de soie lui ayant appris qu'il tenait ce qu'il ambitionnait :

— C'est fait, dit-il à son compagnon, laisse-là ce malheureux qui n'est peut-être pas tout à fait mort et qui bien certainement ne nous a pas reconnus.

— Mon cher ami, répondit *Roman*, il n'y a que les *refroidis* (2) qui ne *jaspinent quelquoique* (3); et sans attendre la réponse de *Salvador*, comme il se trouvait à ce moment au coin d'une des descentes qui conduisent à la rivière, il jeta par-dessus le parapet le malheureux Juste.

— Ah ! c'est un meurtre inutile, dit *Salvador* lorsqu'il entendit le bruit que fit le corps en tombant dans la rivière.

Le malheureux juif n'avait pas jeté un seul cri, n'avait pas fait un seul mouvement.

— Allons, allons, dit *Roman*, hâtons-nous, nous n'avons pas de temps à perdre en discours inutiles.

Roman et *Salvador* quittèrent à la hâte les blouses et les pantalons de toile qu'ils portaient par-dessus leurs vêtements; un chapeau mécanique, caché sur leur poitrine par-dessous leur gilet, remplaça, après qu'ils lui eurent rendu sa forme naturelle, les casquettes à visières dont ils étaient coiffés ; ils firent de toute cette défroque un paquet qu'ils remplirent

(1) Les malfaiteurs ont donné à ce genre d'assassinat le nom de *charriage à la mécanique.*

(2) Morts.

(3) Parlent bas.

de plusieurs grosses pierres et qu'ils jetèrent à la rivière puis ils s'éloignèrent et regagnèrent le faubourg Saint-Honoré.

Un individu, qu'un caprice ou tout autre motif avait amené sur le bord de l'eau, et qui remontait sur le quai par le chemin de halage qui conduit à la rivière, avait vu tout ce qui venait de se passer.

Ainsi que nous l'avons dit, lorsque le juif sortit de chez Silvia, il pleuvait à torrents et le ciel était couvert; mais pendant le temps qu'il avait mis à franchir l'espace qui sépare l'avenue Chateaubriand des Tuileries, la pluie avait cessé peu à peu, et au moment où *Roman* jetait le juif par-dessus le pont, le vent avait chassé les nuages qui jusqu'alors avaient voilé l'astre des nuits. De sorte que l'homme dont nous venons de parler, dont l'attention avait été éveillée par le bruit que fit en tombant dans l'eau le cadavre du malheureux Juste, avait pu facilement voir toutes les péripéties du lugubre drame qui venait de s'accomplir.

Soit crainte, soit tout autre sentiment, cet homme, pendant tout le temps que *Salvador* et *Roman* employèrent à se débarrasser de leurs déguisements, s'était tenu caché derrière une pile de gros madriers, d'où il pouvait facilement voir, sans craindre d'être aperçu, tout ce qui se passait; lorsque les deux assassins se mirent en route, il les suivit de loin jusqu'à leur domicile, où ils rentrèrent à une heure et demie du matin.

L'homme qui les avait suivis ne se retira qu'après être resté plus d'une heure devant leur porte.

Le lendemain dans la matinée, Silvia vint rendre visite à ses deux complices, qui lui apprirent ce qui s'était passé la veille; elle fut charmée d'apprendre qu'ils étaient nantis du précieux scapulaire, qu'ils jetèrent au feu après en avoir retiré les billets de banque, et qui fut entièrement consumé en moins de quelques minutes.

Après avoir examiné les billets de banque, qui étaient de très-bon aloi, examen assaisonné de plusieurs joyeux propos sur le compte du pauvre Juste, ces trois scélérats se mirent à table et déjeunèrent d'un grand appétit.

Pourquoi de semblables monstres ne portent-ils pas au front une marque propre à les faire reconnaître lorsqu'ils se trouvent mêlés aux autres hommes? Pourquoi leur forme est-elle semblable à la nôtre? ou plutôt pourquoi Dieu a-t-il voulu que l'existence d'organisations semblables fût possible?

Silvia, qui avait quelques visites à faire, s'était retirée au moment où l'on allait servir le café et les liqueurs; il était alors onze heures et demie du matin.

Salvador et *Roman*, bien loin de se douter qu'ils étaient découverts, et que leurs têtes étaient à la merci d'un homme que le hasard avait rendu témoin du crime qu'ils venaient de commettre, devisaient joyeusement en fumant un cigare, lorsqu'un domestique vint leur remettre la carte d'un monsieur qui demandait à être introduit près d'eux.

— Connais-tu cela? demanda *Salvador*, après avoir passé à son ami une carte du plus beau carton-porcelaine, sur laquelle était écrit, en caractères presque imperceptibles, ce nom surmonté d'une couronne à trois pointes :

Le vicomte de Lussan.

Le vicomte de Lussan, répondit *Roman* après quelques instants de réflexion, eh! oui, parbleu, je dois connaître cela, ce nom est celui de ce grand et beau jeune homme qui était à ce fameux banquet. C'est singulier! il paraît que nous devons rencontrer les unes après les autres toutes les personnes qui assistaient à ce repas. J'ai déjà rencontré le comte palatin du Saint-Empire Romain, nous sommes presque en relations avec l'usurier Juste, et voici qu'aujourd'hui le vicomte de Lussan se présente chez nous ; c'est singulier...

— Que peut-il nous vouloir? ajouta *Salvador*.

— C'est ce que nous saurons après avoir causé avec lui.

— Faites entrer, dit *Salvador* au domestique qui, pour attendre les ordres de son maître, s'était discrètement retiré près de la porte de l'appartement.

Le vicomte fut immédiatement introduit.

— J'ai l'honneur de parler à monsieur le marquis de Pourrières, dit-il à *Salvador*, après l'avoir salué avec une grâce et

une élégance parfaites. — Et comme *Roman*, rentré dans son rôle d'intendant, voulait se retirer. — Restez, monsieur, ajouta-t-il, le motif de ma visite est aussi intéressant pour vous que pour monsieur le marquis, ce n'est pas du reste la première fois que j'ai l'honneur de me trouver avec vous, messieurs, j'étais, si je ne me trompe, l'un des convives d'un banquet auquel vous assistiez aussi.

— C'est vrai, monsieur, répondit *Salvador*, mais prenez un siége et faites-moi connaître, je vous en prie, le motif qui me procure l'honneur de vous recevoir.

Le vicomte de Lussan se plaça, sans faire plus de façons, dans le fauteuil que *Salvador* lui avait offert.

— Ma visite vous étonne, elle vous inquiète peut-être, il y a de ces jours où les événements les plus simples ont le privilége de nous troubler, de nous causer une certaine inquiétude, dit le vicomte en attachant sur les deux amis des regards qui les surprenaient étrangement.

— Veuillez m'expliquer, monsieur, s'écria *Salvador* en se levant de son siége, ce que signifient ce ton et ce langage.

— Écoutons d'abord ce que monsieur le vicomte désire nous communiquer, dit *Roman* à *Salvador*, nous nous fâcherons ensuite, s'il y a lieu.

— Parfaitement raisonné, mon cher monsieur, répondit le vicomte de Lussan, parfaitement raisonné. Le hasard, messieurs, a souvent fait des merveilles, il a terni des réputations, changé des positions, détruit des avenirs; le hasard élève aujourd'hui au pinacle un homme que demain il précipitera dans un abîme; grâce au hasard, bien des crimes sont ensevelis dans l'ombre, et c'est presque toujours le hasard qui amène la découverte de ces mêmes crimes; le hasard...

— De grâce, monsieur, dit *Roman*, laissez là tous ces hasards et arrivez à nous faire connaître le motif qui procure à monsieur le marquis de Pourrières l'honneur de vous recevoir.

— C'est précisément ce que j'allais avoir l'honneur de vous dire lorsque vous m'avez interrompu. Hier au soir, par hasard, je rendis visite à une jolie danseuse, à laquelle, je ne sais par quel hasard, je tiens infiniment, et chez laquelle je n'étais jamais allé que le matin. Je ne fus pas admis. De charitables amis que je rencontrai par hasard au club, et auxquels je confiai mes peines, m'apprirent une chose que tout le monde, excepté moi, savait depuis longtemps déjà, c'est-à-dire qu'un des généraux de brigade de la milice citoyenne avait acheté cinquante mille francs les bonnes grâces de ma danseuse, et qu'il était probable qu'à l'heure qu'il était, on livrait au susdit général la marchandise dont il venait de faire l'acquisition. On n'apprend pas de semblables choses sans en être quelque peu contrarié, je jouai pour me distraire et je perdis une somme considérable. Trahi à la fois par l'amour et par la fortune, il me vint la fantaisie d'en finir avec la vie, et bravant les vents et la pluie, je me mis en route, à pied, pour me rendre chez moi. Je demeure rue de Varennes. En passant devant la rivière, les folles idées qui, quelques instants auparavant, avaient traversé mon esprit, me revinrent de plus belle et je descendis au bord de l'eau...

Salvador et *Roman* se lancèrent l'un à l'autre un rapide coup d'œil, ils avaient à peu près deviné le motif qui avait amené chez eux le vicomte de Lussan. Celui-ci recula son fauteuil et continua ainsi :

— A ce moment, le vent chassa au loin les nuages qui voilaient le disque argenté de l'astre des nuits, et je vis que les ondes du fleuve étaient jaunes et limoneuses, cette vue me guérit de mon envie de mourir.

« J'allais rejoindre le quai par le chemin de halage, il était alors près de minuit, lorsqu'à l'extrémité de ce chemin, je vis deux hommes vêtus de blouses de toile bleue jeter à l'eau, par-dessus le parapet, un autre homme petit et grêle, après lui avoir arraché un objet, dont je ne pus distinguer la forme, qu'il portait sur la poitrine; l'homme jeté à l'eau avait été probablement étranglé auparavant, car il ne faisait aucun mouvement; les deux hommes en question se débarrassèrent de leurs blouses de toile et firent un paquet qu'ils envoyèrent dans la rivière tenir compagnie à l'homme qu'ils venaient d'y jeter. Pendant que les événements que je viens de vous raconter s'étaient passés, je m'étais tenu caché derrière une pile de madriers déposés par hasard sur le chemin de halage, non par peur, je vous assure, je n'ai peur de rien, mais parce que je me suis rappelé à ce moment le vieux proverbe qui dit : *Qu'il y a toujours quelque chose à pêcher dans l'eau trouble.* »

Salvador et *Roman* étaient presque frappés de stupeur, ils voyaient bien le but que voulait atteindre le vicomte de Lussan, mais ils craignaient que ses prétentions ne fussent exagérées.

— Maintenant, messieurs, continua le vicomte qui s'était arrêté quelques instants, afin sans doute de laisser à ses auditeurs le temps de placer quelques observations, je pense que si je vous dis que j'ai suivi les deux hommes en question lorsqu'ils se sont retirés, et que c'est ainsi que j'ai découvert que ces deux hommes n'étaient autres que vous, je ne vous apprendrai rien que vous ne sachiez déjà. Vous voyez bien, messieurs, que le hasard est une singulière divinité : s'il n'avait pas plu à un général de la milice citoyenne de devenir amoureux d'une danseuse de l'Opéra, le vicomte de Lussan ne serait pas venu ce matin vous prier de lui octroyer une petite part de votre butin.

— Monsieur, dit *Salvador*, votre démarche, en admettant que notre position soit telle qu'il vous plaît de nous la faire, ne nous autorise-t-elle pas à profiter du hasard qui vient pour ainsi dire vous mettre à notre discrétion ?

— Sans doute, et si vous pouviez sans vous compromettre vous défaire de moi et que vous vous en défassiez, je vous assure que je trouverais cela tout naturel, mais je ne suis pas à votre discrétion ; vous n'avez pas cru, je l'espère, que le vicomte de Lussan était venu se jeter dans la gueule du loup (pardonnez-moi la comparaison), sans avoir préalablement pris toutes les mesures qui pouvaient m'en faire sortir ; je suis, je crois, de taille à me défendre, j'ai bon courage et de bonnes armes.

Le vicomte de Lussan tira de la poche de côté de son habit un pistolet richement damasquiné, dont il fit négligemment jouer la batterie.

— Ils sont deux, dit-il, et je vous donne ma parole de gentilhomme, qu'au besoin, ils ne me feraient pas défaut, ce sont de véritables Kukenreitter. Ce n'est pas tout, j'ai laissé à votre porte, dans mon tilbury, un jeune gentilhomme parisien de mes amis, M. de Préval, qui, s'il ne me voyait pas revenir, viendrait infailliblement vous demander de mes nouvelles, vous voyez donc que je suis en règle sur tous les points ; que voulez-vous faire ?...

— Vous prier de venir dîner avec moi aujourd'hui, dit *Salvador* en tendant au vicomte de Lussan une main que celui-ci serra affectueusement dans les siennes.

— Je suis vraiment désolé de ne pouvoir accepter votre aimable invitation ; je dîne aujourd'hui en ville, et je prends congé de vous.

— Attendez, je vous en prie, quelques instants encore, dit *Salvador*, nous avons quelque chose à vous remettre.

— Ah ! c'est vrai ! d'honneur je n'y pensais plus.

— Voyons, ajouta *Roman*, qu'exigez-vous ?

— Oh ! je suis raisonnable, remettez-moi seulement le huitième de ce que vous a procuré cette affaire ; je m'en rapporte à votre loyauté.

Salvador fit un signe à *Roman*, qui sortit de l'appartement, il rentra quelques minutes après, tenant à la main vingt-cinq billets de banque de mille francs chaque, qu'il remit au vicomte de Lussan.

Celui-ci les serra dans son portefeuille après les avoir comptés.

— Ceci vient à point pour réparer les brèches faites par la bouillotte à ma caisse, et je suis vraiment charmé d'avoir fait votre connaissance ; mais puisque vous vous êtes exécutés d'aussi bonne grace, je veux vous faire regagner et au delà le petit emprunt forcé que je viens de vous faire.

Le vicomte de Lussan raconta alors à ceux qu'il considérait déjà comme de nouveaux amis, qu'il méditait un vol chez le joaillier *Loiseau*, puis il leur parla de la *mère Sans-Refus*, des hommes qui se réunissaient chez elle, de la possibilité de les

utiliser, puis enfin de l'usurier *Josué*, le rival de *Juste*, un recéleur émérite.

Roman lui demanda s'il n'était pas possible de tirer pied ou aile de ce vieil Arabe.

— On pourrait sans doute, répondit le vicomte, arracher quelques bonnes plumes à ce vieil oiseau de proie, mais je crois que ce serait impolitique ; il serait, en effet, difficile de retrouver un homme toujours prêt comme lui à acheter de suite et à payer comptant tout ce qu'on lui présenterait ; si vous voulez me croire, nous conserverons le père Juste, qui, si mes prévisions se réalisent, nous sera très-utile.

Salvador et *Roman* avaient écouté le vicomte de Lussan avec beaucoup d'attention, et ils lui donnèrent l'assurance qu'il pouvait compter sur eux pour l'affaire *Loiseau* (ce furent les termes dont ils se servirent) lorsque le moment serait arrivé ; enfin ils se quittèrent en parfaite intelligence, après s'être mutuellement promis de se revoir.

— Eh bien ? dit *Roman* à son ami, lorsqu'ils se trouvèrent seuls.

— Eh ! eh ! répondit *Salvador*, sais-tu que l'on pourrait faire de beaux coups si l'on avait à sa disposition les hommes qui fréquentent l'établissement de la mère de mon amante ; j'ai bien envie d'essayer de donner une direction commune à tous ces éléments épars.

— Ainsi, tu n'es pas fâché d'avoir fait la connaissance de ce vicomte de Lussan ?

— Puisque nous avons tant fait que de reprendre notre ancien métier, je ne vois pas pourquoi nous nous arrêterions en aussi beau chemin, et je crois que cet homme nous sera très-utile.

— Je le crois aussi, mais c'est un gaillard qui ne me paraît pas disposé à donner ses coquilles, du reste, je ne regretterai pas les vingt-cinq mille francs que nous coûte sa connaissance, si l'affaire du joaillier *Loiseau* réussit.

— Je le crois parbleu bien, cinquante mille francs au moins de pierreries, et le vicomte de Lussan n'en demande que dix mille pour sa part.

Quelques jours après les événements que nous venons de rapporter, les journaux annoncèrent à leurs lecteurs qu'on avait trouvé au pont de Neuilly, engagé dans les hautes herbes qui croissent sur les îlots du Roi, le cadavre d'un vieillard qui s'était volontairement jeté dans la rivière, puisqu'il était encore porteur de sa montre d'or et de dix-sept francs en petite monnaie.

— O Providence! s'écria *Roman* après avoir lu l'article dont nous venons de donner la substance.

XIV

Une vengeance qui couve.

Pendant qu'en apparence tout marchait à souhait, un grave danger planait sur les coupables.

Beppo, le pêcheur du village catalan, Beppo, qui avait frappé l'amant de Silvia sur l'ordre de celle-ci, Beppo était enfin revenu à Marseille à l'époque fixée. Il croyait y trouver Silvia fidèle à ses promesses ; elle était partie depuis longtemps, ne donnant à personne de ses nouvelles ; la vieille mère du pêcheur ne put apprendre qu'une chose à celui-ci, c'est que la chanteuse était devenue marquise de Rosoly ; puis qu'elle avait disparu.

Beppo, furieux, en proie à une rage indicible quand il se vit jouer, se mit à la recherche de Silvia et suivit ses traces jusqu'à Lyon.

Là, il perdit la piste.

Mais rien ne put l'arrêter ; les obstacles irritaient sa soif de vengeance.

Il voulait revoir Silvia à tout prix.

Beppo, qui connaissait l'esprit aventureux et l'orgueil démesuré de la femme qu'il aimait, était convaincu que puisque toutes les recherches qu'il avait faites en France et en Italie avaient été inutiles, ce n'était qu'à Paris qu'il pourrait la retrouver, il prit donc la résolution de se rendre de suite dans cette ville.

La mère de Beppo, semblable en cela à presque toutes les provinciales, se faisait de Paris une idée monstrueuse, elle craignait qu'il n'arrivât malheur à son fils, dans cette immense cité; elle le pria donc de renoncer à son projet, mais ses remontrances, ses prières, ses larmes mêmes, furent inutiles; convaincue alors qu'elle ne pourrait le faire changer de résolution, cette bonne femme, qui avait pour son fils un de ces attachements sans bornes qui ne sont éprouvés que par ces natures agrestes, lui dit que puisqu'il voulait absolument partir, elle partirait avec lui; cette résolution combla de joie Beppo, qui, de son côté, aimait sa mère de toutes les puissances de son âme.

La mère de Beppo n'avait que cinquante-deux ans: sa taille était moyenne mais assez fortement charpentée, ses traits étaient réguliers mais fortement prononcés; des cheveux noirs dans lesquels commençaient à paraître quelques fils argentés, des dents blanches et bien rangées, un teint bruni par l'habitude de vivre au grand air, composaient un ensemble qu'un artiste aurait aimé à reproduire, mais qui cependant devait paraître un peu rude au premier aspect; la mère de Beppo était l'un des types parfaits de cette race d'hommes connus à Marseille sous le nom des Catalans, qui, bien que nés en France, de pères nés en France, ont conservé le langage, les mœurs et le costume d'une autre patrie, qui, depuis des siècles, exercent la même industrie, et qui ne s'allient jamais qu'entre eux.

Il y a déjà longtemps que l'on a dit pour la première fois qu'il n'y avait pas de règle qui ne souffrît d'exception; c'est pour cela sans doute que la mère de Beppo se détermina à épouser un assez beau garçon, bien qu'il ne fût pas Catalan. Ce beau garçon qui, pour obtenir la main de celle qu'il aimait, avait été forcé d'adopter les mœurs de sa nouvelle famille, avait cependant voulu que son fils apprît à lire et à écrire, ce qui, du reste, avait paru aux doctes du quartier des Catalans une anomalie monstrueuse, de sorte que si Beppo n'était pas tout à fait civilisé, il était un peu moins sauvage que les gens au milieu desquels il avait été élevé.

Le voyage une fois résolu, Beppo et sa mère se mirent en route pour Paris, ils avaient avec eux une petite voiture attelée d'une mule, destinée à porter le bagage, et dans laquelle montait la vieille mère lorsqu'elle se trouvait fatiguée; quant à Beppo, il était doué d'une si robuste constitution que la fatigue n'avait pas de prise sur ses muscles d'acier.

Le premier soin de Beppo en arrivant à Paris fut de loger convenablement sa mère, puis il la prévint qu'il serait absent quelques jours.

Il se mit de suite en quête, mais ce fut en vain qu'il visita tous les marchands de musique et d'instruments, qu'il s'adressa au Conservatoire et à tous les théâtres.

Un jour il se promenait dans les environs de l'Opéra, n'attendant plus que du hasard la réalisation de ses désirs, un homme lui frappa sur l'épaule et lui dit:

— C'est vous, Beppo?

Beppo se retourna et, dans celui qui venait de l'aborder, il reconnut un de ses compatriotes qui avait occupé un emploi subalterne au Grand-Théâtre de Marseille, à l'époque où Silvia y était attachée.

Beppo, après lui avoir donné la main, lui demanda des nouvelles de la cantatrice.

— J'ai bien souvenance de cette femme, lui répondit son compatriote, et je crois qu'elle est en ce moment à Paris.

— Où est-elle? s'écria Beppo; conduis-moi chez elle.

Et il adressa à son compatriote une multitude de questions qui se succédaient l'une à l'autre avec une rapidité électrique.

Lorsque Beppo eut fini de le questionner, cet homme lui répondit qu'il ne pouvait le satisfaire.

— Tout ce que je puis vous dire, ajouta-t-il, c'est que cette dame est actuellement à Paris, que je l'ai rencontrée deux ou trois fois dans un brillant équipage, accompagnée d'un homme jeune, beau et décoré, qui paraît être son mari.

— Mariée! mariée une seconde fois, s'écria Beppo après avoir écouté son compatriote.

Et, tour à tour, les expressions de la colère, du ressentiment, du désir de la vengeance se peignaient sur sa physionomie. Après avoir recouvré un peu de calme, il adressa de nouvelles questions à son ancien ami, qu'il ne pouvait se résoudre à quitter, et qui ne put lui répondre autre chose que ce qu'il lui avait déjà dit; il ajouta seulement que c'était sur les boulevards et au bois de Boulogne qu'il avait rencontré Silvia; et que, s'il voulait la rencontrer à son tour, il fallait qu'il fréquentât ces parages.

Ces paroles furent un trait de lumière pour Beppo, qui prit de suite la résolution de parcourir les lieux qu'on venait de lui désigner jusqu'à ce qu'il eût retrouvé Silvia; aussi, dès le lendemain, après avoir, durant toute la matinée, parcouru toutes les rues de la Chaussée-d'Antin, car c'était, suivant lui, dans ce quartier qu'il devait espérer de la rencontrer, il se posta sur le boulevard vers l'heure à laquelle les équipages commencent à se rendre au bois.

Il y était depuis environ une heure, lorsqu'il remarqua qu'il était devenu le point de mire des regards de tout le monde; il ne savait à quoi attribuer l'importunité de tous ces gens qui se pressaient autour de lui, lorsqu'il fut abordé par un homme d'âge et de physionomie respectables, qui lui adressa la parole en patois provençal.

Beppo, qui parlait le français, c'est vrai, mais avec un accent marseillais très-prononcé, fut charmé de rencontrer une personne avec laquelle il pouvait se servir de l'idiome paternel. Après avoir échangé avec l'étranger les banalités, préliminaires obligés de toute conversation entre gens qui se rencontrent pour la première fois, Beppo lui demanda pourquoi tous les flâneurs du boulevard le regardaient avec tant d'attention.

— C'est que votre costume n'est pas semblable à celui qu'ils portent, il n'en faut pas davantage pour attirer les regards des lions et des lorettes qui se promènent ici, lui répondit le vieux Provençal.

Jusqu'alors, il n'était pas venu à la pensée de Beppo que son costume fût ridicule, et s'il n'avait pas eu un but à atteindre, il aurait probablement bravé les regards des curieux, et gardé son costume de pêcheur, qui lui paraissait, au moins, aussi gracieux que les habits étriqués de tous ceux qu'il rencontrait; mais il comprit que, pour réussir, il ne fallait pas que sa personne fût remarquable, et il pria son nouvel ami de lui indiquer un lieu où il pourrait acheter des vêtements à la mode. Celui-ci l'envoya au marché Saint-Jacques, de sorte que, le lendemain, le pêcheur catalan, qui avait quitté son large pantalon de toile, son bonnet de laine brun, et son caban de même étoffe et de même couleur, pour endosser une belle blouse de toile bleue, ornée de broderies de toutes les couleurs, un pantalon de velours à petites côtes, dans sa naïveté, il trouvait superbe, et se coiffer d'une casquette de drap à grande visière, avait tout à fait l'aspect d'un débardeur endimanché, et qu'il put parcourir sans craindre d'être remarqué, les lieux où il espérait toujours rencontrer Silvia, c'est-à-dire la ligne des boulevards, la grande avenue des Champs-Élysées, et l'allée fashionable du bois de Boulogne.

Un matin, étant sorti à la pointe du jour de l'auberge où il logeait avec sa mère depuis son arrivée à Paris, il se dirigea, contre son habitude, vers la barrière du Trône.

Il avait pris la résolution de suivre les boulevards extérieurs jusqu'à la barrière de l'Étoile, d'où il voulait revenir chez lui en traversant Paris. Arrivé au but qu'il s'était assigné, il s'aperçut que la promenade matinale qu'il venait de faire lui avait ouvert l'appétit, et, comme à ce moment il se trouvait justement devant le temple culinaire ouvert par Graziano aux amateurs du macaroni à l'italienne et des côtelettes de veau à la milanaise, il entra. Il se fit servir un bon déjeuner qu'il expédia assez rapidement, et il venait de savourer une demi-tasse de café, accompagnée d'un petit verre de cognac, lorsque le bruit d'un équipage qui venait de Neuilly, et se dirigeait vers Paris, lui fit machinalement tourner la tête.

C'était une calèche bleue découverte, garnie à l'intérieur de

LES VRAIS MYSTÈRES DE PARIS
Par VIDOCQ

Je crois que j'ai eu le plaisir de vous rencontrer au théâtre.

satin blanc, véritable chef-d'œuvre de Thomas-Baptiste et attelée de quatre beaux chevaux gris-pommelé. Silvia, magnifiquement parée, était seule dans cette voiture.

La calèche avait passé devant les fenêtres de Graziano avec la rapidité de l'éclair, et Beppo n'avait pu y jeter qu'un seul coup d'œil; mais ce coup d'œil lui avait suffi pour reconnaître la femme qu'il aimait.

Il s'était placé pour déjeuner devant une des fenêtres de la salle du premier étage, qui était restée ouverte. Il comprit de suite que s'il prenait le temps de descendre et de payer ce qu'il devait à son hôte, il risquait fort de ne plus retrouver les traces d'une voiture emportée par quatre vigoureux chevaux.

Il était doué d'assez de résolution, et il avait trop l'envie de ne pas laisser échapper une occasion aussi favorable, pour hésiter longtemps sur le parti qu'il avait à prendre. L'étage qui le séparait du sol n'était pas très-élevé : il sauta par la fenêtre et se mit à courir le long de l'avenue de Neuilly, afin de rattraper l'équipage qui fuyait devant lui, et qui, à ce moment, allait entrer dans Paris par la barrière de l'Étoile.

Cependant Graziano et ses garçons avaient remarqué la fuite de Beppo, et ils s'étaient mis à sa poursuite, agitant leurs serviettes et criant de toute la force de leurs poumons : « Au voleur! au voleur! arrêtez le voleur! » Mais Beppo courait avec tant d'agilité, qu'il est probable qu'ils ne l'auraient pas attrapé, si des ouvriers bitumiers, qui travaillaient près de l'arc-de-triomphe, ne s'étaient opposés à son passage.

Beppo, tant qu'il vit devant lui la voiture qui emportait

celle qu'il aimait, employa toutes ses forces et tout son courage pour s'échapper des mains de ceux qui le retenaient; mais lorsque, devenue un point imperceptible à l'horizon, elle disparut enfin derrière un nuage de poussière, il cessa de se démener et se laissa conduire sans opposer la moindre résistance, au corps-de-garde de la barrière.

Quelques minutes après, il fut conduit devant le commissaire de police de la commune de Neuilly.

Beppo avait compris que, par son imprudence, il venait de se mettre dans une position fâcheuse dont il ne sortirait que s'il ne manquait pas de présence d'esprit : il dit au commissaire de police qu'étant à Marseille, il avait connu une femme attachée au Grand-Théâtre en qualité de première chanteuse, à laquelle il avait prêté toutes ses économies; que cette femme avait quitté Marseille furtivement, enlevant des sommes considérables à plusieurs personnes, et à lui personnellement plus de quatre mille francs, et que c'était parce qu'il venait de la voir passer dans un brillant équipage, qu'il avait voulu suivre afin de découvrir sa demeure, qu'il était parti de chez Graziano, en oubliant de payer son déjeuner. À l'appui de ce qu'il avançait, il exhiba ses papiers de sûreté qui étaient parfaitement en règle, sa bourse, dans laquelle se trouvaient une douzaine au moins de napoléons, ce qui ne permettait pas de lui supposer l'intention de filouter le montant d'une carte qui ne s'élevait pas à cinq francs, et des lettres du notaire de Fréjus, qui avait été chargé de la vente de ses propriétés, et qui par conséquent justifiaient la possession légitime de la somme qu'il venait d'exhiber.

— Ces couleurs-là ne sont pas de bon teint, dit l'un des garçons de Graziano, qui voulait faire l'avocat. Je connais ce particulier-là depuis plus de dix ans, et voilà, à ma connaissance, au moins vingt fois qu'il fait le même tour et raconte la même histoire.

Beppo rugissait de colère, et il est probable que s'il eût été seul avec le garçon restaurateur, qui paraissait, du reste, très-content du petit discours qu'il venait d'improviser, il lui aurait fait passer un assez mauvais quart d'heure. Cependant il se maîtrisa.

— Monsieur, dit-il au commissaire de police, ce garçon est un fou ou un calomniateur. Je ne suis à Paris que depuis quinze jours : je suis logé au marché Lenoir, avec ma mère, et il vous sera facile de vous convaincre de la vérité de ce que j'avance en le faisant interroger.

La fermeté des réponses de Beppo avait convaincu le commissaire de police que ce n'était que par un malentendu qu'il avait été amené devant lui; il se borna donc à lui ordonner de payer ce qu'il devait à Graziano, et il lui permit de se retirer.

Beppo remit deux pièces de cinq francs au restaurateur, et lui dit de distribuer à ses garçons ce qui resterait, une fois sa carte payée; afin de les récompenser de la peine qu'ils s'étaient donnée en courant après lui.

Ces deux pièces de cinq francs avaient mis de très-bonne humeur Graziano et ses garçons, qui firent à Beppo toutes les excuses imaginables, lorsqu'ils quittèrent tous ensemble le bureau du commissaire de police. Il vint alors à Beppo l'idée que le restaurateur pourrait peut-être lui donner quelques renseignements, de nature à l'aider dans ses recherches; il lui dépeignit minutieusement la femme et l'équipage après lesquels il courait lorsqu'il avait été arrêté, et lui demanda s'il connaissait l'un ou l'autre.

— La voiture que vous venez de me dépeindre si exactement, répondit Graziano, passe assez souvent devant ma porte pour se rendre au bois; mais ce n'est que très-rarement que la dame dont vous parlez est seule ; son mari est presque toujours avec elle. C'est un jeune et beau garçon décoré...

— Eh ! comment savez-vous que cet homme est son mari? s'écria Beppo, qui ne pouvait se faire à l'idée de savoir Silvia mariée.

— Je le présume, répondit Graziano, à moins que ce ne soit son amant, ou son frère, ou un ami; mais, tout ce que je puis vous dire, c'est que je ne crois pas que la dame que vous venez de dépeindre soit celle qui vous a trompé; elle a de trop beaux équipages, une livrée trop riche pour n'être pas honnête.

— Non, non, je ne me suis pas trompé, c'est bien elle, j'en suis certain, et comme vous me dites qu'elle passe assez souvent devant votre maison, à dater de ce jour, je deviens votre pensionnaire, et, pour éviter que vous ne conceviez des soupçons, je déposerai chaque matin entre vos mains une somme assez forte pour vous répondre de la dépense que je ferai chez vous pendant la journée, car je veux avoir la liberté d'entrer et de sortir quand cela me conviendra; cela vous va-t-il?

— Jamais marchand n'a refusé de vendre, répondit Graziano, mais je crois que vous perdrez et votre temps et votre jeunesse; du reste, cela vous regarde.

Beppo s'installa le même jour chez Graziano, où il resta jusqu'à huit heures du soir.

Le lendemain, il arriva à sept heures du matin, et resta jusqu'à ce que la nuit fût tout à fait venue.

Plus de douze jours se passèrent, et ni la femme, ni la voiture qu'il attendait n'apparurent sur l'horizon. Les habitués de la maison Graziano, qui connaissaient le motif de ces longues stations, étaient tous disposés à le croire fou; il était, en effet, assez bizarre de passer toutes ses journées à attendre qu'une voiture passât devant une porte. Cependant Beppo ne se lassait pas, et comme il ne paraissait pas d'humeur facile, et qu'il était de taille à en imposer aux mauvais plaisants, ceux qui d'abord avaient témoigné l'envie de se moquer de lui le laissèrent à la fin parfaitement tranquille.

A force d'attendre une souris au passage, le chat finit par poser la patte dessus. La constance de Beppo, qui avait montré autant de patience au moins que le plus matois des Rominagrobis de gouttières, fut enfin récompensée. Un soir, vers huit heures, Graziano et ses garçons, qui commençaient à s'intéresser à lui, le virent se lever précipitamment en s'écriant :

— La voilà !

En effet, la calèche bleue, attelée de ses quatre chevaux gris pommelés, dans laquelle était Silvia et deux messieurs élégants, passait au petit trot devant la boutique du restaurateur italien.

Beppo la suivit sans peine; elle passa la barrière, puis il la vit s'arrêter et entrer au n° 22 de l'avenue Chateaubriand. C'est donc là qu'elle demeure, se dit-il, puis il se posta au coin de l'avenue Fortuné, à la même place où, quelques jours auparavant, Salvador et Roman s'étaient tenus pour guetter au passage le malheureux Juste. Il voulait savoir jusqu'à quelle heure resteraient les deux individus qu'il avait vus entrer avec Silvia; ils sortirent ensemble, et beaucoup plus tôt qu'il ne l'espérait. Beppo, comme tous les hommes, était tout disposé à croire ce qu'il désirait; il en conclut tout naturellement que Silvia n'appartenait ni à l'un, ni à l'autre.

Comme il avait l'intention de se présenter le lendemain matin chez Silvia, il fallait qu'il sût sous quel nom il devait la demander. Il questionna, avec plus d'adresse qu'il n'était permis d'en supposer à un enfant de la nature, un domestique qui vint à passer devant lui, et, celui-ci lui ayant appris que l'hôtel qu'il désignait était occupé par la marquise de Roselly, Beppo se mit à sauter comme un jeune chevreuil en s'écriant :

— Quel bonheur ! quel bonheur ! elle ne s'est pas remariée !

Beppo n'avait pas encore atteint sa trentième année; il était grand, et fortement et élégamment constitué; ses cheveux noirs étaient légèrement frisés; ses yeux étaient bleus et ornés de longs cils; sa bouche était peut-être un peu grande, mais en revanche ses dents étaient blanches et parfaitement rangées; de tout cela résultait un très-bel homme, mais qui cependant risquait fort de ne pas être admis chez madame la marquise de Roselly s'il s'y présentait vêtu d'une blouse et coiffé d'une casquette. Beppo savait déjà assez de choses de la vie parisienne pour comprendre cela; aussi il prit une bonne somme dans sa poche, et comme il avait entendu dire dans sa jeunesse qu'on pouvait, avec de l'argent, trouver tout ce qu'on voulait au Palais-Royal, ce fut là qu'il se dirigea : il était un peu plus de neuf heures du matin; et en moins de vingt minutes il eut fait l'acquisition d'un costume complet de fashionable émérite; il trouva tout ce qui lui était nécessaire pour compléter son costume : linge, bottes vernies, cravates, chapeau, gants, cannes, etc.; il voulait être mis avec autant d'élégance que les deux individus qui accompagnaient la veille la jolie Silvia. Il fit transporter dans une voiture toutes ses acquisitions, et se fit conduire chez lui afin de changer de costume.

Après avoir pris un léger repas en compagnie de sa mère, qui ne pouvait se lasser d'admirer son fils, qui, disait-elle, ressemblait à un prince, il monta dans le cabriolet qui l'avait amené, et se fit conduire à la demeure de Silvia.

Il avait remarqué sur le comptoir du marchand tailleur plusieurs cartes-porcelaine : une entre autres, portant une couronne de comte, l'avait particulièrement frappée par son extrême élégance; il l'avait prise pour l'examiner de plus près, et, machinalement, il l'avait mise dans sa poche. Tandis que son véhicule suivait la grande avenue des Champs-Élysées, il se demandait sous quel nom il se ferait annoncer chez Silvia, et il ne pouvait trouver de réponse à cette question, tant il est vrai que ce sont souvent les choses les plus simples qui nous embarrassent le plus.

— Ma foi, se dit-il enfin, je donnerai cette carte que, par hasard, j'ai conservée sur moi, et c'est bien le diable si M. le comte de Badinort n'est pas admis sans difficultés.

Arrivé à la porte de l'hôtel de Silvia, il sonna. Il allait donc voir celle qu'il cherchait depuis si longtemps, il allait lui parler, et cet entretien devait décider du sort de toute sa vie; aussi son cœur battait à rompre sa poitrine, et ce n'est qu'à grand'peine qu'il pouvait se contenir. Il demanda au suisse, Silvia avait un suisse! madame la marquise de Roselly.

— Il ne fait pas jour chez madame la marquise, lui répondit une femme de chambre qui se trouvait par hasard dans le logement du cerbère galonné.

Beppo, qui n'avait pas eu le temps d'apprendre les us et coutumes de la fashion parisienne, pendant le temps qu'il avait exercé aux îles d'Hyères la profession de pêcheur, ne savait trop ce que voulait dire la femme de chambre; aussi, craignant qu'elle ne l'eût pas bien compris, il renouvela sa demande.

— J'ai déjà eu l'honneur de dire à monsieur, lui répondit la camériste, qu'il ne faisait pas encore jour chez madame la marquise, qui ne reçoit que de midi à quatre heures; si cependant monsieur veut laisser son nom...

Beppo comprit alors ce que voulait dire cette domestique, qu'il avait prise d'abord pour une demoiselle de bonne maison. Après lui avoir dit qu'il reviendrait, il alla se promener en attendant l'heure indiquée.

Lorsqu'il revint, il faisait enfin jour chez madame la marquise. Après avoir donné sa carte à la camériste, et quelques minutes d'attente dans un salon où toutes les recherches du luxe et de l'élégance avaient été réunies, il fut enfin introduit dans le boudoir que nous connaissons déjà. Craignant que son apparition subite ne fit jeter à Silvia un cri de surprise, il avait, pour la saluer, posé sur ses lèvres l'index de sa main gauche, précaution bien inutile, il est vrai, car le costume qu'il portait avait tellement changé l'aspect de sa physionomie, qu'elle ne le reconnut pas d'abord; ce ne fut que lorsque, pour répondre à la question qu'elle lui faisait de lui faire connaître le motif de sa visite, il prononça quelques mots que, reconnaissant sa voix, elle s'écria :

— Ciel! Beppo.

— Enfin, Silvia, dit celui-ci, je vous ai retrouvée!

— Eh! que voulez-vous faire, que voulez-vous de moi? répondit la marquise, qui depuis qu'elle ne l'avait vu le pêcheur, avait acquis une dose d'audace qu'elle ne possédait pas encore à l'époque où nous avons rencontré Beppo pour la première fois, et qui avait de suite compris que l'homme qui, pour se présenter chez elle, avait adopté le costume des fashionables, s'était déjà frotté à la civilisation, et qu'il était beaucoup moins à craindre que lorsqu'il portait seulement, rude enfant de la nature, un bonnet de laine brune, un vieux caban de pêcheur et qu'il marchait pieds nus sur les grèves de la Méditerranée.

— Que voulez-vous faire? répéta-t-elle, je vous l'ai déjà dit, je ne veux pas vous suivre, et le temps n'est plus où vous m'inspiriez de la terreur.

— Le ciel m'est témoin, dit Beppo, que ce n'est point ce sentiment que j'aurais voulu vous inspirer; quelquefois peut-être j'ai pu me laisser emporter par la violence de mon caractère; mais, dites-le-moi, Silvia, mes excès n'étaient-ils pas justifiés par votre manque de foi?

— Si c'est pour me parler de ce qui s'est autrefois passé entre nous, répondit Silvia, que vous êtes venu chez moi, vous pouvez vous retirer, rien ne m'ennuie plus que le récit des vieilles histoires; et je n'ai, d'ailleurs, ni le loisir, ni la volonté de vous écouter plus longtemps.

Silvia allait tirer le cordon d'une sonnette, afin de prévenir ses gens.

Beppo lui saisit le bras, et la repoussa assez brusquement pour qu'elle allât tomber sur la chaise longue qu'elle venait de quitter.

— Vous m'écouterez, lui dit-il, il le faut, je le veux !

Et comme Silvia faisait un signe de tête négatif :

— Écoutez, ajouta-t-il, ne me forcez pas à commettre un nouveau crime; c'est déjà bien assez des remords qu'entraîne après lui celui que j'ai commis. Je vous le jure par Notre-Dame de la Garde, si vous jetez un cri, si vous faites un geste, je vous enfonce jusqu'à la poignée ce poignard dans le cœur.

Silvia pâlit légèrement, le passé lui avait appris que le pêcheur était incapable de manquer à un serment semblable à celui qu'il venait de faire.

— Parlez donc, dit-elle avec une légère expression de dédain qui n'échappa pas aux regards pénétrants de Beppo, parlez donc, je vous écouterai, puisque je ne puis faire autrement.

— Aussi bien, il faut que tout cela finisse, dit Beppo se parlant à lui-même à voix basse.

Il s'était assis près d'un petit guéridon sur lequel, quelques jours auparavant, Silvia avait fait servir à souper au vieux juif. Il tenait sa tête entre ses deux mains, et paraissait enseveli dans de profondes et tristes réflexions.

— Je vous attends, dit Silvia.

— Vous me disiez tout à l'heure que vous n'aimiez pas les vieilles histoires, il faut cependant que vous en écoutiez une dont vous connaissez déjà tous les détails.

« Une jeune femme, qui cachait sous la physionomie d'un ange l'âme d'un démon, vint un jour trouver dans sa cabane un pauvre pêcheur qui jamais ne lui avait adressé la parole.

« Elle savait cependant que ce pêcheur l'aimait de toutes les forces de son âme, qu'il la révérait à l'égal d'une madone, qu'elle était devenue la pensée de tous ses jours, le rêve de toutes ses nuits; car elle avait remarqué qu'il suivait partout ses traces, et que ses regards qu'il osait à peine jeter sur une aussi grande dame, la violente passion qu'elle lui avait inspirée. Cette jeune femme vint donc trouver le pêcheur.

« Elle n'attendit pas qu'il lui fit l'aveu de ses sentiments, elle lui dit qu'elle les avait devinés, et qu'il ne lui était pas défendu d'espérer; puis, lorsqu'elle l'eut enivré de sa parole, fasciné de ses regards, elle lui mit un poignard dans la main, et lui dit d'aller tuer un homme qui devait, à une certaine heure, passer dans un lieu qu'elle lui désigna. Comme il hésitait, elle lui raconta une histoire qui eût justifié un crime, si un crime pouvait être justifié, histoire qu'elle inventa à l'instant même, et qui cependant arracha des larmes à celui qui l'écoutait. Elle lui dit, à cet homme qui était fou, qu'elle l'aimait depuis le jour où, pour la première fois, elle l'avait vu, et que ce n'était que depuis ce jour que la tyrannie de celui qu'il fallait frapper lui était devenue insupportable; elle lui dit que cet homme était le seul obstacle qui s'opposait à leur bonheur; que lorsqu'il n'existerait plus elle serait libre, et qu'elle se trouverait heureuse de partager avec lui le modeste avenir qu'il était à même de lui offrir. Le misérable promit de faire tout ce que voulait l'enchanteresse, et, comme elle paraissait douter de sa parole, il lui jura par Notre-Dame de la Garde d'accomplir ses desseins. Faut-il vous dire le reste? Il s'embusqua au coin d'une rue, il attendit dans l'ombre un homme qui ne songeait pas à se défendre, et il lui plongea dans le cœur le poignard que voici. »

« Tous les détails de l'histoire que je viens de vous raconter sont-ils exacts, madame?

— Je ne vous dis pas le contraire, répondit Silvia de l'air de la plus parfaite indifférence. Avez-vous achevé?

Beppo sentait tout son sang bouillonner dans ses veines, et de sa main droite, qu'il avait machinalement passée sous sa chemise, il se meurtrissait la poitrine; cependant il eut assez de force pour se contenir.

— Non, je n'ai pas achevé, ajouta-t-il; mais il me reste peu de choses à vous dire.

« Lorsque le meurtrier, tout couvert encore du sang de sa victime, vint demander à sa complice le salaire de son crime, il ne la trouva pas; et ce ne fut que longtemps après qu'il parvint à la découvrir. Alors, comme aujourd'hui, comme toutes les fois qu'il lui fut possible de la rencontrer, elle n'eut pour lui que des paroles outrageantes et des regards de dédain. Est-ce vrai, madame ? »

Beppo, en prononçant ces derniers mots, s'était levé du siège qu'il occupait et il dominait de toute sa hauteur Silvia qui était à demi étendue sur sa chaise longue, et qui jouait négligemment avec les glands de la cordelière qui serrait sa taille.

Elle ne répondit pas.

— Je vous ai demandé si ce que je viens de dire était vrai ? répéta Beppo.

— Écoutez-moi, répondit Silvia qui comprenait qu'il ne serait pas prudent de pousser à bout Beppo, dont l'irritation croissante commençait à l'inquiéter. Je ne veux pas chercher à le nier, vous pouvez m'adresser de justes reproches ; mais pourquoi revenir sans cesse sur des faits *accomplis* ? Nous avons *obéi* chacun à notre destinée, et je crois que le parti le plus sage que nous puissions prendre est d'oublier le passé et de ne pas engager une lutte dont les résultats seraient nécessairement fatals, soit à vous, soit à moi.

— Ainsi, reprit Beppo, vous vous serez servi de moi comme d'un instrument que l'on peut briser sans crainte lorsque l'on n'en a plus besoin. Il n'en sera pas ainsi, madame.

— Qu'exigez-vous donc ? car enfin il faut que tout ceci ait un terme ; je suis véritablement lasse de ces obsessions continuelles.

— J'exige que vous teniez la parole que vous m'avez donnée : vous m'avez déshérité de ma part de paradis, il est bien juste, je crois, que je me procure ici-bas toute la somme de bonheur à laquelle je puis prétendre, et ce n'est qu'avec vous que je puis être heureux.

— Vous êtes fou ; mais pour vous suivre, mon pauvre Beppo, il faudrait que je renonçasse à toutes les choses sans lesquelles je ne puis vivre, au luxe dont je suis entourée.

— Certes, j'aimerais mieux que vous fussiez pauvre, je serais plus à l'aise pour vous réclamer l'exécution de votre promesse. Mais lorsque vous m'avez fait cette promesse, vous étiez plus pauvre que moi, et si depuis votre position a changé, ce n'est que grâce à un manque de foi de votre part. Je puis donc, sans vous donner le droit de me prêter des pensées qui ne sont pas les miennes, vous dire partout et toujours, que vous soyez pauvre ou riche, cantatrice ou marquise, Silvia, vous m'avez fait une promesse, il faut la tenir.

— Ainsi vous voulez que je renonce à tous les plaisirs et à toutes les aisances d'une vie élégante, que je quitte le monde dans lequel j'ai l'habitude de vivre, que je dise adieu à tous mes amis, pour aller m'enterrer avec vous dans je ne sais quelle solitude ; vous êtes fou, mon cher : ce n'est que des héroïnes de roman dont l'on exige de pareils dévouements ; et, grâce à Dieu, je ne suis ni une Clarisse Harlowe, ni une Paméla.

Beppo, qui depuis quelques instants paraissait réfléchir, ne répondit pas.

Silvia crut que le moment était opportun pour frapper un grand coup.

— Et puis, ajouta-t-elle, je vous dois un aveu qui vous déterminera peut-être à changer de résolution. Lorsque je vous ai dit que je vous aimais, je ne me rendais peut-être pas compte de mes sentiments ; mais à peine cet aveu s'était-il échappé de mes lèvres, que je m'aperçus que je vous avais trompé en me trompant moi-même ; j'aurais voulu pouvoir vous rappeler et vous dire que je vous rendais le serment que vous veniez de me faire ; mais il n'était plus temps. Aussi, ne sachant pas ce que je pourrais vous dire lorsque vous viendriez réclamer l'exécution de la promesse que je vous avais faite, je saisis avec empressement une occasion de fuir qui se présenta par hasard. Mais, je vous le jure, je n'aimais pas plus l'homme avec lequel je m'enfuyais que je ne vous aimais vous-même, que je n'aimais ceux que le hasard me fit rencontrer plus tard, pas plus que je n'aimais celui dont aujourd'hui je porte le nom : mon heure n'était pas venue.

Les idées de Beppo, depuis qu'il habitait Paris et qu'il s'était frotté à la civilisation, s'étaient singulièrement modifiées, et à l'heure qu'il était, il sentait que le rôle qu'il jouait auprès de Silvia était parfaitement ridicule ; il était donc bien aise de ce qu'elle voulait bien, en essayant de se justifier, lui épargner la peine de recourir à des violences. Il ne voulait pas cependant renoncer à ses projets ; il se croyait des droits sur cette femme, pour laquelle il avait commis un crime, et ces droits, il voulait les faire respecter ; mais, devinant que

la violence ne lui servirait à rien, il voulut avoir recours à la ruse.

— Et maintenant ? dit-il sans élever la voix.

Silvia l'examina quelques instants avant de se déterminer à répondre.

L'expression de sa physionomie était triste, mais calme.

— Maintenant, ajouta-t-elle, mon heure est venue, je ne veux pas chercher à vous le cacher ; et, croyez-le bien, ce n'est pas parce que je trouve ma personne un prix au-dessus du dévouement que vous m'avez témoigné que je ne veux pas vous tenir la promesse que je vous ai faite, c'est seulement parce que je ne puis vous donner un cœur qui, aujourd'hui, appartient à un autre.

— C'est bien, répondit Beppo, c'est bien, je sais maintenant ce qui me reste à faire.

— Retournez en Provence, Beppo, vous trouverez encore d'heureux jours sous le beau ciel de votre patrie. Si vraiment vous m'aimez, si vous m'aimez pour moi, vous devez désirer mon bonheur, et je ne puis être heureuse avec vous, l'image de celui que vous avez tué pour me plaire viendrait sans cesse se placer entre vous et moi. Mais, croyez-le bien, je ne vous oublierai jamais ; j'aurai présent à la mémoire le souvenir de l'affection que vous m'avez vouée ; et qui sait ! peut-être il nous sera permis de nous réunir lorsque plusieurs années auront passé sur nos deux têtes.

Silvia, pour dire à Beppo tout ce qui précède, avait employé les plus caressantes inflexions de sa voix, et comme celui-ci l'avait écoutée avec beaucoup de calme, elle pouvait croire que ses paroles avaient produit sur lui l'effet qu'elle en espérait. Cependant elle aurait voulu qu'il lui dît quelques mots de nature à lui prouver qu'elle ne s'était point trompée.

Voyant qu'il ne répondait pas, elle crut qu'elle devait frapper un dernier coup, coup décisif, et qui, suivant elle, devait lui apprendre ce qu'il devait craindre ou espérer. Elle continua donc en ces termes :

— Mais si je ne puis, mon cher Beppo, vous récompenser quant à présent, ainsi que vous paraissez le désirer, vous me permettrez, je l'espère, de partager avec vous une partie de ce que je possède. Je suis riche, très-riche même, je puis donc, sans me gêner, vous prier d'accepter ce léger témoignage de l'amitié que j'ai pour vous.

Silvia, en achevant ces mots, posa sur le petit guéridon auprès duquel Beppo était assis, un paquet de billets de banque assez volumineux.

Voici quel fut, en substance, le raisonnement que se fit de suite Beppo :

« Si j'accepte la somme qu'elle vient de m'offrir, elle croira que j'accepte la position qu'elle veut me faire, et elle ne se méfiera plus de moi ; si, au contraire, je la refuse, elle devinera que je n'ai pas renoncé à mes projets, et elle se tiendra continuellement sur ses gardes. »

— J'accepte cette somme, dit-il à Silvia en ramassant les billets de banque qu'il mit dans la poche de son habit après les avoir comptés ; comme vous le disiez tout à l'heure, le parti le plus sage que je puisse prendre est celui de ne pas engager avec vous une lutte dont les suites seraient fatales à l'un de nous. Je crois que je ferais bien de retourner en Provence, et de tâcher de vous oublier, c'est ce que je vais faire, et pas plus tard qu'aujourd'hui.

— Bien vrai ? dit Silvia en attachant sur Beppo un regard qui cherchait à deviner sa pensée dans ses yeux.

— Je ne vous ai pas, je crois, donné le droit de douter de ma parole ; je vous quitte, madame, et je souhaite bien sincèrement que vous soyez heureuse.

Beppo sortit après s'être respectueusement incliné devant la marquise de Roselly.

Huit jours après cette entrevue, Silvia était au pouvoir de Beppo.

Celui-ci, à peine sorti de chez la marquise de Roselly, avait été rejoindre sa mère qu'il trouva sur la porte de l'auberge, attendant son retour avec impatience, et qui lui demanda de suite s'il était content du résultat de sa démarche. Beppo, qui avait la rage dans le cœur depuis que Silvia lui avait avoué qu'elle en aimait un autre, pria sa mère de le laisser se recueillir quelques instants, et de suite il se retira dans sa chambre. Après y avoir passé quelques heures, il en sortit beaucoup plus calme qu'il n'y était entré. C'est que sa résolution était prise, et qu'il ne s'agissait plus que de l'exécuter.

Sa mère, il est presqu'inutile de le dire, ignorait de quelle nature étaient les liens qui l'attachaient à Silvia, elle ne savait pas même quelle était la position de cette femme; elle savait seulement que son fils avait rencontré aux îles d'Hyères une femme douée d'une merveilleuse beauté, dont il était devenu éperdument amoureux, qu'il avait longtemps cherché cette sirène sans pouvoir la rencontrer, et que c'était pour la chercher encore qu'il était venu à Paris. La bonne femme n'avait appris que le matin même que ses démarches avaient été couronnées de succès, et que c'était pour aller chez celle qu'il aimait, qu'il était sorti en si brillante toilette; la Catalane n'avait pas douté un seul instant que son fils ne réussît dans la démarche qu'il allait entreprendre; il lui paraissait en effet impossible qu'une femme ne fût pas sensible aux mérites qu'elle lui accordait.

Elle fut donc profondément surprise lorsque Beppo, sans cependant lui donner plus de détails qu'il ne voulait qu'elle en connût, lui eut appris le mauvais succès de sa dernière tentative; elle lui fit de nouvelles instances, afin de l'engager à renoncer à cette femme qui paraissait le dédaigner; mais elle parlait à un sourd, les obstacles n'avaient fait qu'augmenter l'aveugle passion à laquelle le malheureux Beppo était en proie; il avait conçu un projet dont lui-même il ne cherchait pas à se dissimuler l'absurdité, mais que, cependant, il voulait exécuter coûte que coûte; disons cependant qu'alors ce n'était plus seulement l'amour qui le faisait agir, mais qu'à ce sentiment se mêlaient ceux de la jalousie, de l'orgueil blessé, et peut-être aussi le désir de se venger des dédains que lui avait prodigués maintes fois une femme qu'il aimait, sans pouvoir s'en défendre, et tout en appréciant à sa juste valeur son atroce caractère.

Comme sa mère, après de longs discours semés d'arguments qu'il n'avait pas même essayé de réfuter, car il en reconnaissait l'impossibilité, lui demandait s'ils retourneraient bientôt en Provence, il lui répondit qu'il était déterminé à se fixer à Paris, où il lui serait facile de se créer une industrie qui lui permettrait de vivre, et même assez largement, sans entamer son petit capital qu'il avait, du reste, l'intention de placer chez un banquier. La bonne femme qui, du reste, se trouvait bien partout où était son fils, s'opposa d'autant moins à ce projet, qu'elle espérait que les distractions d'une grande ville chasseraient du cœur de son fils la passion qui le rendait si malheureux, de sorte que lorsque Beppo lui eut donné l'assurance que pour le moment, du moins, il ne voulait pas s'en occuper, elle se trouva tranquille, et il ne fut plus question entre eux que de chercher un logement convenable pour s'y fixer définitivement.

Beppo, que ses courses continuelles avaient familiarisé avec le bruit et le tumulte de la capitale, se chargea de ce soin, et dès le lendemain, il se mit en quête.

Pendant plusieurs jours, il chercha vainement ce qu'il désirait, et cela ne doit pas étonner; il voulait un logement faisant partie d'une maison située dans un quartier isolé et très-peu habité; il voulait que ce logement fût lui-même éloigné de toute habitation, et disposé de manière à ce que, si par hasard ceux qui l'habitaient venaient à pousser quelques cris, ces cris ne pussent être entendus par d'officieux voisins: cela n'était donc pas facile à trouver, surtout dans une ville comme Paris, où chacun sait ce que vaut un pouce de terrain, et agit en conséquence, de sorte que les habitations y sont aussi rapprochées l'une de l'autre que les alvéoles d'un gâteau d'abeilles; il trouva cependant ce qu'il voulait dans la rue Contrescarpe-Saint-Marcel.

Cette maison, double en profondeur, est élevée, sur la rue, d'un entresol et de cinq étages, ce qui constitue déjà une hauteur très-raisonnable; mais le propriétaire ayant, à ce qu'il paraît, remarqué que sa maison était assez solidement bâtie pour supporter un bâtiment supplémentaire, a fait construire sur le toit une sorte de pavillon carré composé de deux grandes pièces superposées l'une au-dessus de l'autre, qui augmente de deux cents francs environ les valeurs locatives de sa maison.

Des fenêtres de ce logement, qui fait partie d'une maison située sur le point culminant du quartier le plus élevé de Paris, on découvre toute la capitale et les campagnes environnantes, et l'on est si rapproché du ciel, que les mille bruits de la grande ville ne viennent plus frapper les oreilles que comme un vague murmure. Ce pavillon était inoccupé à l'époque où Beppo cherchait un logement pour lui et sa mère, et comme il paraissait réunir toutes les conditions qu'il désirait, il s'empressa de le louer et de venir s'y établir, après l'avoir meublé de tous les objets nécessaires à un ménage.

Il fallait, après avoir établi sa mère dans cette espèce de pigeonnier, que Beppo la déterminât à lui prêter aide et assistance en cas de besoin: cela ne lui fut pas difficile.

Lorsqu'il lui eut dit qu'il ne tenait qu'à lui de garder en son pouvoir, seulement pendant quelques jours, la femme qu'il aimait, il était sûr qu'elle changerait de résolution; que lorsqu'elle le rebutait, elle ne faisait que céder aux influences étrangères dont elle était entourée, et que ce n'était que pour la soustraire à ces mêmes influences qu'il voulait l'enlever; la bonne femme, qui ne désirait rien au monde que le bonheur de son fils, qu'elle croyait incapable de commettre une mauvaise action, et qui, de plus, ignorait la condition de celle dont il lui parlait, lui promit tout ce qu'il voulut.

Beppo venait de s'assurer le concours d'un auxiliaire aussi dévoué que possible; la cage était trouvée, cage assez jolie vraiment, et pourvue de tout ce qui pouvait rendre l'existence supportable à une femme habituée à toutes les aisances du luxe et du confort, il ne s'agissait plus que d'y faire entrer l'oiseau auquel elle devait servir de prison, c'était le plus difficile. Cependant Beppo ne désespérait pas de réussir; il savait par expérience qu'avec beaucoup de patience et de résolution on peut faire beaucoup de choses, et enlever une femme lui paraissait beaucoup moins difficile que de découvrir une adresse dans une ville comme Paris. Il faut ajouter encore qu'il comptait un peu sur le hasard, et qu'il se disait que puisqu'une première fois déjà il était venu à son aide, il n'était pas impossible qu'il le favorisât une seconde fois.

Il n'avait donc pas de plan arrêté; il se bornait seulement à errer sans cesse aux environs de la maison de Silvia, attendant du hasard une occasion favorable qu'il se promettait bien de ne pas laisser échapper.

Silvia était presque aussi superstitieuse que son amant: c'est une loi fatale à laquelle doivent obéir tous ceux qui n'ont pas la conscience très-nette; elle croyait donc, comme lui, aux songes, aux présages et à l'influence des jours; et très-souvent le matin elle allait consulter une devineresse assez célèbre, experte en phrénologie, physiognomonie, cartomancie, aéromancie, chiromancie, astrologie judiciaire, magnétisme et autres fariboles, qui demeurait dans la rue des Vignes, à Chaillot.

Comme elle ne se souciait pas de mettre ses gens dans la confidence de cette faiblesse, et que le domicile de la pythonisse n'était pas très-éloigné de son hôtel, puisque pour s'y rendre il ne fallait que traverser les Champs-Élysées, elle y allait à pied et très-simplement vêtue. Beppo, qui, ainsi que nous venons de le dire, était sans cesse aux environs de son hôtel, vêtu tantôt d'une manière et tantôt d'une autre, devait donc infailliblement finir par la rencontrer.

C'est ce qui arriva, par une sombre et pluvieuse matinée que Silvia avait justement choisie afin de ne pas être remarquée, et au moment où lui-même, bien persuadé que celle qu'il attendait ne sortirait pas par un aussi mauvais temps que celui qu'il faisait, allait se retirer.

Lorsque Silvia était sortie de chez elle, il ne tombait qu'une petite pluie, dont elle pouvait être facilement garantie par le parapluie qu'elle avait emprunté à sa femme de chambre; mais elle était à peine arrivée au bout de l'avenue Chateaubriand, que toutes les cataractes du ciel s'ouvrirent à la fois, et que des torrents de pluie chassèrent au loin tous ceux qui, comme elle, avaient jusqu'à ce moment bravé l'orage.

Elle était à une distance à peu près égale de son hôtel et

du domicile de la tireuse de cartes. Rentrerait-elle chez elle, ou irait-elle chez la devineresse ? Elle allait, malgré le vent et la pluie, continuer bravement sa route, lorsqu'elle fut brusquement saisie par Beppo, qu'elle ne s'attendait certes pas à rencontrer là.

La vue inopinée de cet homme, qu'elle croyait, à l'heure qu'il était, depuis longtemps en Provence, causa à Silvia un tel saisissement qu'elle n'eut pas la force d'appeler à son secours.

— Si vous jetez un cri, si vous faites un geste, un seul mouvement de nature à attirer l'attention, dit Beppo, vous êtes morte. Je ne veux vous faire aucune violence, mais il faut que je vous parle, ne cherchez pas à me tromper, ne me faites pas de promesses, que vous n'avez pas plus l'intention de tenir que je n'ai celle de les écouter, ce serait prendre une peine inutile; vous m'avez entendu, vous savez ce dont je suis capable; suivez-moi donc, il le faut.

Tout en parlant, Beppo avait entraîné Silvia vers la barrière de l'Étoile, où il espérait trouver une voiture. Son attente ne fut pas trompée, par un de ces hasards assez rares par les temps de pluie, un fiacre était resté sur la place, il fit monter dedans Silvia, que la surprise qu'elle avait éprouvée paraissait avoir anéantie; puis il dit quelques mots à l'oreille du cocher, qui, désireux sans doute d'obtenir la magnifique récompense qui venait de lui être promise, fouetta vigoureusement les maigres rossinantes attelées à son carrosse, lesquelles, voulant bien cette fois seconder les intentions de leur maître, partirent au galop.

XV

A Choisy-le-Roi.

Des jours, des semaines, des mois se passèrent sans que Silvia reparût à son hôtel, sans que l'on entendît parler d'elle; Salvador et Roman ne savaient à quoi attribuer cette disparition si subite, que rien n'avait provoquée, que rien ne justifiait, et qui leur parut encore plus inexplicable, lorsque les gens de justice étant venus apposer les scellés au domicile de la marquise de Roselly, il fut constaté qu'elle n'avait rien emporté de ce qui lui appartenait, ni habillements, ni bijoux, ni argent.

Salvador, qui aimait véritablement Silvia, se montra pendant assez longtemps affligé de la disparition de sa maîtresse, et chaque fois que Roman ou le vicomte de Lussan, qui était devenu son plus intime ami, cherchaient à le consoler, il les repoussait brusquement; il ne s'occupait plus de rien, ni de solliciter auprès des ministres l'avancement qu'on lui avait fait espérer, ni des magnifiques affaires que Roman sans cesse lui proposait ni le vicomte de Lussan, qui commençait à croire que ses nouveaux amis ne lui seraient pas aussi utiles qu'il se l'était figuré d'abord.

Mais il n'est si cuisant chagrin que le temps ne calme, Salvador, après avoir employé un mois tout entier à regretter Silvia, après avoir voulu s'occuper d'autre chose que de la chercher, se dit enfin que, si elle était perdue pour lui, c'était un fait accompli auquel il ne pouvait remédier, et dont il fallait qu'il prît son parti. Cependant, ne voulant pas que sa maîtresse, s'il venait à la retrouver, pût lui reprocher d'avoir négligé aucune des précautions qui pouvaient servir à le mettre sur ses traces, il s'en fut trouver la police, afin de faire rechercher partout la marquise de Roselly, disparue de son domicile d'une manière si bizarre et si inexplicable.

Son titre, sa position, sa fortune, le monde, et peut-être aussi les magnifiques récompenses qu'il promit aux employés subalternes, le firent accueillir on ne peut plus favorablement. On lui promit de faire tout ce qu'il était humainement possible

pour retrouver la noble dame; mais on ne lui cacha pas qu'il était presque certain qu'on ne réussirait pas.

— Il est probablement arrivé malheur à cette dame, lui dit celui auquel il s'adressa. Depuis quelque temps la capitale est infestée par une foule de garnements qui, chaque jour, commettent de nouveaux méfaits; ce sont de ces rôdeurs de barrières pour qui rien n'est sacré, qui assassinent un homme pour lui voler deux pièces de cinq francs; et il pourrait bien se faire que la dame dont vous parlez soit tombée entre les mains de quelques-uns d'entre eux.

Et comme Salvador faisait observer à ce fonctionnaire que ses conjectures n'étaient pas fondées, attendu qu'il était prouvé que la marquise de Roselly était sortie de chez elle en plein jour, et que les gens dont il parlait n'étaient à craindre que la nuit.

— C'est vrai, c'est vrai, répondit le fonctionnaire; il y a dans cet événement quelque chose de mystérieux qui me passe; mais espérez, monsieur le marquis, l'œil de la police est constamment ouvert, et rien de ce qui se passe dans la capitale ne lui échappe; si madame la marquise de Roselly est encore de ce monde, nous découvrirons le lieu où elle se cache ou plutôt où on la tient cachée; nous avons bien découvert les assassins du juif Juste.

— Ah! vous avez découvert les assassins du juif Juste, dit Salvador, qui ne réprima pas sans peine un léger mouvement de frayeur.

— Quand je dis que nous avons découvert ces assassins, je m'avance peut-être un peu trop; mais nous tenons en ce moment, sous les verrous, deux de ces rôdeurs de barrières, qui pourraient bien être les auteurs de la mort de ce malheureux, que l'on avait d'abord attribuée à un suicide.

— Je souhaite bien sincèrement que vous ne vous trompiez pas, monsieur, répondit Salvador; il serait vraiment déplorable que les auteurs de cet effroyable crime échappassent à la juste vengeance de la société; pour ma part, j'en serais désolé. Je connaissais beaucoup Juste, avec lequel j'ai fait quelques affaires lorsque j'habitais Marseille, et je puis assurer que c'était un très-honnête et très-galant homme.

— Ils n'échapperont pas, monsieur le marquis, pas plus eux que les misérables dont depuis quelque temps les nombreuses déprédations effrayent la capitale.

— En effet, ajouta Salvador, on m'a entendu maintenant parler de vols commis avec une audace et une adresse infinies; on serait vraiment tenté de croire que les gens qui les commettent sont dirigés par quelqu'un d'habile et qu'ils reçoivent des indications de personnes bien placées dans le monde. N'êtes-vous pas de mon avis ?

— Du tout, monsieur le marquis, du tout, les voleurs agissent isolément; et il n'y a pas dans le monde, j'entends par le monde, celui que vous habitez, des gens qui leur donnent des renseignements. Quoi qu'il en soit, nous leur faisons une rude guerre, et si aujourd'hui ils jouissent de l'impunité, nous aurons notre lendemain.

L'outrecuidance du fonctionnaire amusait beaucoup Salvador; et malgré le vif chagrin qu'il éprouvait, lorsqu'il le quitta, en lui recommandant de ne pas négliger la mission qu'il venait de lui confier, il eut besoin de se contenir afin de ne pas lui rire au nez, car il savait mieux que ce fonctionnaire ce qu'il fallait penser des crimes nombreux qui depuis quelque temps désolaient la capitale.

En effet, pendant qu'avait duré sa somnolence, Roman et le vicomte de Lussan n'avaient pas perdu leur temps; grâce à ce dernier, le compagnon de Salvador avait été mis en rapport avec le père Juste, qui l'avait encouragé dans la poursuite de l'entreprise qu'il méditait, et qui lui avait donné l'assurance que, quelle que fût l'importance des objets qui lui seraient présentés, il les achèterait sans coup férir. L'usurier lui avait ensuite fait connaître la Sans-Refus, à laquelle il l'avait recommandé comme un homme sur lequel on pouvait compter, et très-capable de rendre à la société d'importants services.

Roman, vêtu d'un costume approprié au rôle qu'il voulait jouer, s'était rendu plusieurs fois chez la mère Sans-Refus; il avait parlé d'abord à ceux des habitués qui lui parurent mériter le plus de confiance ; ces ouvertures avaient été accueillies avec le plus vif empressement, et il n'avait pas tardé à acquérir sur ces hommes, pour la plupart incultes et grossiers, l'autorité que devaient lui procurer l'audace éminente dont il était doué, et l'éducation qu'il avait reçue ; car les malfaiteurs sont peut-être de tous les hommes ceux qui sont disposés à accueillir avec le plus de facilité l'influence des hommes qui leur paraissent supérieurs, soit par leurs qualités personnelles, soit par leur éducation. On se rappelle sans doute que les complices de Lacenaire ne s'adressaient jamais à lui, qu'en lui disant monsieur Lacenaire, et que cet infâme scélérat ne les considérait, disait-il, que comme ses domestiques.

Salvador, lorsqu'il était sorti de l'état de torpeur dans lequel il avait été plongé pendant quelque temps, avait d'abord blâmé les démarches de son compagnon ; mais la chose était faite et Salvador était l'homme du monde qui savait le mieux accepter la logique des faits accomplis. Il ne songea donc plus bientôt qu'à tirer le parti le plus avantageux possible de ce qu'avait fait son ami, et en peu de temps, il se vit à la tête d'une bande nombreuse de scélérats prêts à tout faire, pourvu qu'ils y trouvassent quelque chose à gagner, qu'il connaissait tous et dont il n'était pas connu.

Voici à quel point étaient arrivées les choses peu de temps avant l'époque où nous avons commencé cette histoire.

Salvador et Roman étaient les chefs reconnus de tous les bandits auxquels le bouge de la mère Sans-Refus servait de lieu de réunion ; ils n'agissaient qu'après avoir reçu les ordres de l'un ou de l'autre, et le produit de chaque vol était vendu à la tavernière, qui le payait à peu près ce qu'elle voulait, à la charge, par elle, de le revendre un prix plus élevé au père Juste et de remettre à Roman, à Salvador et au vicomte de Lussan, une certaine somme qui était partagée entre eux, le premier produit auquel prenaient toujours part les trois associés apportaient, sans contestation à ceux qui avaient commis le vol. La mère Sans-Refus achetait pour son propre compte tout ce qui n'était pas or, argent ou bijoux, objets sur lesquels le triumvirat n'élevait aucune prétention, quant à l'argent ou aux billets de banque, ils restaient à ceux dans les mains desquels ils tombaient, car, malgré leurs promesses, ils n'étaient pas assez sots pour les apporter à la masse. Il existait donc entre les trois amis, Juste et la mère Sans-Refus une véritable société commerciale en participation, dont les opérations consistaient à acheter aux malfaiteurs, le meilleur marché possible, le fruit de leurs déprédations et à partager une différence.

Il est bien entendu que lorsqu'il se présentait une bonne affaire, Roman et Salvador l'exécutaient seuls, et qu'ils en gardaient le profit, après avoir remis en argent ou en billets au vicomte de Lussan la somme à laquelle lui donnaient droit les indications qu'il avait fournies ; car c'était ordinairement au rôle d'indicateur que se bornaient les fonctions de ce dernier. Si, par hasard, ils avaient besoin de quelques hommes d'exécution pour leur donner un coup de main, ils avaient toujours le soin de se faire la part du lion.

Ce fut à cette époque que, sentant le besoin d'avoir à leur disposition un lieu dans lequel ils pussent délibérer à l'aise et cacher les objets dont ils ne voudraient pas se débarrasser de suite, Salvador et Roman louèrent le pavillon isolé de Choisy-le-Roi, dans lequel nous avons introduit le lecteur au premier chapitre de ce livre.

Maintenant que nous sommes revenus à notre point de départ, nous reprendrons où nous l'avons laissé notre récit, qui ne sera plus interrompu que lorsque nous aurons à apprendre à nos lecteurs ce qui arriva à Serviguy, du moment où il quitta Salvador et Roman, après la lutte contre les gendarmes de la brigade de Beausset, jusqu'à celui où nous le retrouverons.

Si, maintenant, le lecteur veut bien nous suivre, nous le conduirons rue Saint-Lazare, près celle Saint-Georges, nous le prierons d'entrer dans l'hôtel du comte de Neuville, où nous retrouverons la comtesse Lucie de Neuville et Laure de Beaumont, qui sans doute n'ont pas été oubliées.

XVI

Mathéo.

Ainsi que nous l'avons dit, la comtesse Lucie de Neuville ne put rien apprendre du domestique que Salvador avait chargé de lui remettre le petit paquet contenant le carnet qu'elle avait perdu chez le Sans-Refus et le petit billet armorié qui l'accompagnait.

La remise de ce carnet prouvait à la comtesse que ses conjectures étaient en partie fondées. Ainsi, il était certain que l'homme qui lui avait d'abord causé tant de frayeur était un homme de bonne compagnie, pourquoi ne l'a-t-il pas signé ? Pourquoi cet homme se trouvait-il dans un pareil lieu, couvert d'un costume qui n'est pas celui de sa classe ? Pourquoi, avant d'avoir vu quelle était la personne à laquelle il s'adressait, a-t-il employé pour me parler un langage inqualifiable ?

Laure, qui avait écouté la comtesse avec beaucoup d'attention, se leva, tout à coup du siége sur lequel elle était assise, et frappant ses mains l'une contre l'autre :

— Mais qui te dit, s'écria-t-elle, que cet homme qui t'a tant effrayée est bien celui qui vient de t'envoyer ton carnet ? Ce carnet ne peut-il pas être tombé entre les mains d'une autre personne, par exemple, entre celles de l'une des personnes que tes cris avaient attirées dans cette caverne au moment où nous nous sommes sauvées ?

— Tu te trompes, ma chère Laure, répondit la comtesse ; ce billet, que j'ai lu plus de dix fois, a été bien certainement écrit par l'homme dont je te parle ; les termes dans lesquels il est conçu le prouvent de reste.

Et Lucie lut à son amie le billet en question, en accompagnant chaque ligne de commentaires qui prouvaient qu'elle ne se trompait pas.

Laure fut enfin forcée de se rendre à l'évidence.

— En effet, dit-elle, ce billet, je le crois maintenant, a été écrit par cet homme ; mais, après tout, que dois-tu craindre ? Rien ne t'oblige à cacher les circonstances qui t'ont amenée dans cette maison. Ainsi, en admettant que cet homme ait quelques mauvais desseins, je ne crois pas que tu aies grand sujet de le craindre.

Lucie allait répondre à son amie, lorsque Paolo annonça le docteur Mathéo. La comtesse donna l'ordre de le faire entrer.

Le docteur paraissait beaucoup plus vieux qu'il ne l'était en réalité. Il n'était âgé que de trente-cinq ans environ, et cependant son crâne était presque entièrement nu, et les rares cheveux noirs qui couvraient encore la partie postérieure de sa tête étaient semés de quelques fils argentés. Les chagrins, les remords ou l'étude avaient creusé de profonds sillons sur son visage, qui presque toujours paraissait couvert de sombres nuages. Cependant, au total, le docteur Mathéo n'était pas un homme disgracieux d'aspect ; il s'exprimait avec élégance et facilité, et grace à son profond savoir et à la rigidité de ses mœurs, depuis cinq ans qu'il s'était fixé à Paris, où il était venu s'établir, après avoir quitté le service de la marine, dans lequel il avait été employé assez longtemps et où il avait commencé sa carrière, il s'était acquis une clientèle composée des gens les plus comme il faut, et qui lui était excessivement attachée.

Après avoir levé l'appareil qu'il avait posé la veille sur la blessure de la comtesse, blessure assez légère du reste, et qu'il trouva en bon état, il allait se retirer après avoir échangé avec elle les banalités ordinaires, lorsque Lucie, qui tenait encore à la main le petit billet qu'elle venait de recevoir, lui demanda s'il connaissait le nom de la personne à laquelle appartenaient les armoiries du cachet.

— Je ne puis, quant à présent, vous satisfaire, répondit le docteur après avoir attentivement examiné le cachet; mais si, comme l'indique du reste l'aspect de ces armoiries, elles appartiennent à une ancienne famille, il ne sera pas difficile de savoir ce nom, et pour peu, madame la comtesse, que cela puisse vous faire plaisir, je me chargerais très-volontiers de vous le découvrir.

Lucie, poussée par une curiosité qu'elle ne pouvait s'expliquer à elle-même, voulait absolument découvrir ce qu'elle ignorait encore; elle répondit donc au docteur qu'il lui rendrait un important service s'il parvenait à découvrir le nom de la personne à laquelle appartenait le cachet, qu'elle enleva de la lettre sur laquelle il était apposé afin de le lui remettre; elle ajouta même que, si après l'avoir découvert il voulait bien l'informer de ce qu'était cette personne, de sa position dans le monde, enfin de tout ce qui pouvait servir à se former une opinion sur son compte, il l'obligerait infiniment.

— Ce que vous me demandez ne sera pas bien difficile.

La comtesse, depuis qu'elle savait que le docteur allait s'occuper de percer l'espèce de mystère qui enveloppait l'évènement qui venait de lui arriver, était beaucoup plus calme; elle songea alors à lui demander des nouvelles de la pauvre Eugénie de Mirbel, à laquelle, d'après les ordres qu'elle lui avait donnés lorsqu'il était venu poser le premier appareil sur sa blessure, il avait dû déjà rendre visite. Mathéo lui apprit que cette jeune fille avait passé une assez bonne nuit, et qu'il pouvait lui donner l'assurance qu'elle recouvrerait la santé; il croyait même qu'elle pouvait, dès ce moment, être transportée sans inconvénients dans une maison de santé.

Lucie avait d'abord eu l'intention de placer sa malheureuse amie dans un de ces établissements; mais elle se dit que, puisqu'elle voulait faire une bonne action, il fallait que cette bonne action fût complète, et qu'elle ferait beaucoup mieux de faire louer et meubler pour son amie un petit logement dans lequel elle serait transportée de suite, et où, grâce à de bons soins, elle se rétablirait bien plus promptement. Ensuite, aidée de ses secours qui ne lui manqueraient pas, car elle connaissait assez le noble cœur de son mari, pour être certaine d'avance qu'il approuverait tout ce qu'elle ferait, Eugénie pourrait attendre qu'elle le fût, en utilisant les nombreux talents qu'elle possédait, créé une position indépendante.

— Je regrette beaucoup de ne pouvoir sortir, dit-elle après avoir fait connaître ses intentions au docteur qui les approuva sans réserve; je me serais occupée de suite de cette affaire, car ma pauvre amie ne peut pas rester plus longtemps dans l'affreux galetas où elle se trouve maintenant, et je ne puis charger de ces démarches aucune des personnes que je connais, qui sont toutes du monde dans lequel a vécu mademoiselle de Mirbel, et qui, presque toutes, la connaissent.

— Si vous me jugez digne de votre confiance, je me chargerai bien volontiers de toutes ces démarches, que vous ne pourriez faire que, dans quelques jours, répondit le docteur. Je n'ai pas l'honneur de connaître mademoiselle de Mirbel, mais je crois cependant qu'elle est tout à fait digne de ce que vous voulez faire pour elle, et je serais heureux de m'associer, autant du moins que vous voudrez bien me le permettre, à une aussi bonne action.

— Je vous reconnais bien là, docteur, dit la comtesse, vous n'êtes avare ni de votre temps, ni même, à ce qu'on assure, de votre bourse, lorsqu'il s'agit d'être utile à quelqu'un.

— Je fais tout ce qui m'est possible pour me faire pardonner par Dieu les fautes que j'ai pu commettre, répondit le docteur, dont le front s'était couvert d'un sombre nuage, lorsque la comtesse de Neuville lui avait adressé les quelques paroles que nous venons de rapporter.

— Savez-vous, monsieur Mathéo, ajouta Laure, qui avait recouvré toute l'aimable gaieté de son caractère depuis que son amie paraissait plus tranquille, savez-vous qu'à vous voir quelquefois si triste, vous que tout le monde estime et aime, et qui n'avez pas à vous plaindre de la fortune, qui vous traite, ce qu'on assure, en enfant gâté, il serait permis de croire que vous avez commis quelques grandes fautes, et que vous êtes tourmenté par les remords?

Les paroles de Laure venaient, sans qu'elle s'en doutât, de soulever un violent orage dans le cœur du docteur Mathéo, et l'expression d'un amer découragement passa rapide sur son visage.

— A Dieu seul, dit-il, appartient le droit de m'apprendre si quelques-unes des actions de ma vie sont ou ne sont pas de grands crimes. Mais nous nous laissons entraîner bien loin du sujet qui devrait nous occuper, ajouta-t-il en faisant un effort pour sourire.

— Sans doute, reprit Laure en riant de bon cœur; mais, croyez-le bien, monsieur le docteur, je n'ai jamais cru que vous étiez un grand criminel; j'ai voulu seulement vous faire un peu la guerre, parce que je ne veux pas que vous soyez toujours aussi triste, et que je suis fâchée de ce que vous nous négligiez pour d'autres clients.

Laure, en achevant ces mots, avait adressé à son amie un regard d'intelligence.

— Laure a raison, ajouta la comtesse de Neuville; vous nous négligez, monsieur le docteur.

— Je ne vous comprends pas, madame la comtesse.

— Je veux dire que, comme vous consacrez tout votre temps aux pauvres malades, il ne vous en reste plus pour ceux de vos clients qui ont le malheur d'être riches.

— J'en trouverai, madame, daignez en être persuadée, pour faire tout ce qui pourra vous être agréable.

Et le docteur Mathéo sortit, après avoir promis aux deux dames qu'il allait de suite et activement s'occuper des missions dont elles l'avaient chargé.

Le lendemain, il revint chez la comtesse, qui l'attendait avec la plus vive impatience.

— Eh bien ! lui dit-elle aussitôt qu'il eut été introduit dans le petit salon où elle se trouvait alors, Eugénie?

— Votre amie, madame la comtesse, répondit le docteur Mathéo, est maintenant dans un logement petit, mais sain et commode, et je l'ai laissée près d'elle, pour lui donner les soins qui lui sont encore nécessaires, une garde sur laquelle je crois pouvoir compter; car elle paraît aimer beaucoup mademoiselle de Mirbel, qui de son côté lui est très-attachée, puisqu'elle n'a pas voulu s'en séparer : c'est cette même vieille femme, m'a-t-elle dit, qui a apporté ici la lettre qui vous a appris le malheureux de votre amie. J'ai dit à mademoiselle de Mirbel pourquoi vous n'alliez pas la voir, elle a paru très-affligée de l'accident qui vous était arrivé; mais lui ayant donné l'assurance que cet accident n'avait rien de grave, et que d'ici à très-peu de jours vous pourriez sortir sans inconvénient, elle s'est tranquillisée. Du reste, j'ai maintenant la conviction qu'il ne faut plus à mademoiselle de Mirbel, pour achever de se guérir, que du calme et des soins qui, grâce à vous, madame la comtesse, ne lui manqueront pas.

— Ainsi, dit Laure, cette pauvre Eugénie n'est plus dans cette vilaine petite chambre si nue et si délabrée?

— Elle ne manque de rien, reprit Lucie; vous avez pourvu son logement de tout ce qui était nécessaire?

Et comme le docteur répondait que, pour faire convenablement les choses, il n'avait eu besoin que de suivre à la lettre les instructions de sa noble cliente :

— Oh ! c'est qu'il y a une foule de choses qui sont nécessaires à une femme et auxquelles un homme ne pense jamais; ainsi je parie que vous n'avez pas pensé à un berceau pour sa petite fille.

— Vous vous trompez, madame la comtesse, à l'heure qu'il

Écoutez, dit Salvador, voulez-vous que nous restions ensemble?

est la petite fille de votre amie dort bien paisiblement dans le plus joli berceau qu'on puisse imaginer.

— C'est bien, bon docteur, c'est bien, ajouta Laure en tendant sa jolie petite main au docteur Mathéo qui la prit dans les siennes, et dont une larme, qu'il ne put parvenir à cacher, vint mouiller les paupières.

— Pourquoi, lui dit Lucie, cherchez-vous à nous cacher cette larme qui est la preuve de la sensibilité de votre cœur? Les hommes sont-ils ainsi faits, que lorsqu'ils éprouvent un bon sentiment, ils craignent que l'on ne s'en aperçoive?

Le docteur ne releva pas cette observation de la comtesse de Neuville; ainsi que cela lui arrivait souvent, il demeura quelques instants enseveli dans une profonde tristesse.

— Allons, Lucie, dit Laure, ne vas-tu pas maintenant faire la guerre à ce bon docteur qui s'est donné tant de peine pour nous obliger?

— Ah! qu'à ça ne plaise, s'écria la comtesse! mais je suis si heureuse de savoir que notre pauvre amie est maintenant tout à fait hors de danger et qu'elle ne manque de rien, que je ne sais plus ce que je dis.

— Je voudrais être mariée, dit tout à coup Laure d'un ton délibéré.

— Eh pourquoi, grand Dieu! s'écria la comtesse? N'es-tu pas heureuse auprès de moi, que tu es si pressée de me quitter?

— Je ne dis pas cela; mais si j'étais mariée, je pourrais aller, venir, sans que cela parût extraordinaire et je trouve-

rais bien, moi qui ne suis pas blessée, un moment pour aller voir la pauvre Eugénie de Mirbel.

La comtesse prit dans ses deux mains la tête de son amie, qu'elle embrassa sur le front : Écoute, lui dit-elle après cette douce étreinte, le docteur m'assure que dans deux ou trois jours je pourrai sortir, et tu devines que ma première visite sera pour notre amie; eh bien! je te promets que tu viendras avec moi.

— Bien vrai! s'écria Laure, oh! que tu es bonne, ma chère Lucie; et la jeune fille rendit avec usure, à son amie, les caresses qu'elle venait d'en recevoir.

Ni Laure, ni la comtesse ne parlaient au docteur de la seconde commission dont il avait été chargé; ces deux charmantes femmes étaient heureuses du bien qu'elles avaient pu faire, et le plaisir qu'elles éprouvaient leur faisait oublier l'objet qui, deux jours auparavant, piquait si vivement leur curiosité.

— Croyez-vous par hasard que j'aie négligé l'un des deux missions que vous m'aviez confiées, que vous ne me parlez pas de ceci? dit le docteur en tirant le cachet de son portefeuille.

— C'est vrai, docteur, répondit la comtesse de Neuville, mais je suis si heureuse de savoir que mon amie est hors de danger et un peu moins malheureuse, que j'en oublie mes propres contrariétés; eh bien, savez-vous à quelle famille appartiennent les armoiries de ce cachet?

— Ces armoiries sont celles d'une très-noble et très-ancienne maison de la Provence, de la maison de Pourrières, et il est certain que ce cachet a été apposé par M. le marquis Alexis de Pourrières, le seul membre de cette famille qui existe encore aujourd'hui.

— C'est singulier, se dirent en même temps Laure et Lucie de Neuville, et elles échangèrent un regard d'intelligence, traduction fidèle de leurs pensées.

— Et sait-on quelle espèce d'homme c'est que ce marquis de Pourrières ?

— Le marquis de Pourrières, s'il faut croire plusieurs de mes clients auxquels j'en ai parlé et dont je n'ai pas le droit de suspecter la bonne foi, est un gentilhomme aussi noble de cœur que de souche; il est venu se fixer à Paris il y a deux ans environ, et de suite, grâce aux recommandations qu'il avait apportées de sa province, il a été admis dans les meilleurs salons ; il était, lorsqu'il quitta la Provence, commandant de la garde nationale de son canton, membre du conseil général de son département, chevalier de la Légion d'honneur, et venait d'être nommé auditeur au Conseil d'État; il est riche, jeune encore, et il peut, dit-on, prétendre à tout. Pendant quelque temps il a été très-chagrin de la perte qu'il a faite d'une dame qu'il devait épouser, à ce que l'on assure; cette dame, que l'on nommait la marquise de Roselly, est disparue sans que l'on ait jamais pu savoir ce qu'elle était devenue ; les démarches que le marquis de Pourrières a faites et fait faire, les recherches de la police ont été inutiles; comme je viens d'avoir l'honneur de vous le dire, le marquis, pendant, assez longtemps, a été très-affligé, mais maintenant il est, sinon tout à fait, du moins à peu près consolé; on ajoute qu'il a l'intention de se marier, ce qui ne lui sera pas difficile, car il n'est pas un père qui ne soit heureux d'accorder la main de sa fille à un aussi galant homme.

Tout ce que venait de dire le docteur avait plongé Lucie et Laure dans le plus profond étonnement; ainsi, cet homme, si noble de race et de caractère, si riche, si bien posé dans le monde, la comtesse l'avait rencontré dans un des lieux les plus infâmes de la capitale; il y paraissait très à son aise, et il était vêtu d'un costume en harmonie parfaite avec le ton, les manières et le langage qui avaient été les siens pendant un certain laps de temps : c'était là un étrange mystère, mystère auquel Lucie se trouvait mêlée, et qu'il était de son intérêt (du moins elle le croyait) de chercher à pénétrer ; Laure, de son côté, bien qu'elle n'attachât pas à cet événement autant d'importance que son amie, n'aurait pas non plus été fâchée de voir ce singulier marquis qui courait les rues de Paris vêtu d'un costume qui, suivant elle, devait le rendre laid à faire peur.

Les deux femmes, dominées toutes deux par le même sentiment, la curiosité, (et quelle est la fille d'Ève qui, quelles que soient les qualités qu'elle possède, n'est pas quelque peu curieuse?) se regardaient toutes deux en silence.

Laure fut la première qui rompit la glace.

— Je devine, dit-elle à son amie, ce que tu n'oses me dire. Tu as envie de me demander s'il faut confier à notre bon docteur l'événement de la rue de la Tannerie.

Lucie fit un signe affirmatif.

— Eh! bon Dieu! je n'y vois pas d'inconvénient, cet événement pouvait arriver à tout le monde, et il n'y a rien dans tout ceci que tu doives cacher ; tu feras bien, après tout, de prendre les conseils d'un homme qui nous porte assez d'intérêt pour nous rendre service si cela est nécessaire, et qui a assez d'expérience pour dire s'il tu as raison de t'inquiéter, ou si tu te fais un monstre d'une chimère.

La comtesse de Neuville sentait que son amie avait raison, cependant ce ne fut qu'après avoir hésité quelques instants, qu'elle se détermina à raconter au docteur Mathéo ce qui lui était arrivé deux jours auparavant, dans le cabaret de la Sans-hefus, à la suite de la blessure qu'elle s'était faite en sortant de chez Eugénie de Mirbel.

Le docteur, après avoir écouté la comtesse avec beaucoup d'attention, lui répondit qu'en définitive elle ne devait pas craindre les suites de cet événement, et il ajouta qu'il n'était pas probable que l'homme dont, pendant quelques instants, elle avait eu à se plaindre, et le marquis de Pourrières fussent le même individu.

— Vous venez de me dire, ajouta-t-il, qu'au moment où,

accompagnée de votre amie, vous vous étiez échappée de ce repaire, vos cris y avaient attiré plusieurs personnes; n'est-il pas possible que le marquis de Pourrières se soit trouvé parmi elles, et que ce soit lui qui ait ramassé votre carnet et vous l'ait envoyé.

Et comme la comtesse ayant à ce moment à défendre son opinion contre le docteur et contre son amie, qui s'était rangée à l'opinion de ce dernier, persistait à soutenir que l'homme du costume de marinier et le marquis de Pourrières étaient un seul et même individu, puisque c'était ce dernier qui lui avait envoyé le carnet, le docteur ajouta :

— Écoutez, madame la comtesse, si vraiment c'est le marquis de Pourrières que vous avez rencontré dans ce cabaret; et vous en paraissez si convaincue que je n'ai plus le droit d'en douter; il y a effectivement dans cet événement quelque chose de mystérieux, qu'il est bon d'éclaircir ; puisque cet homme vous a si vivement frappée, vous devez vous rappeler ses traits, essayez de me le décrire. J'irais chez le marquis de Pourrières... sous le premier prétexte venu, car il ne faut pas que votre nom soit prononcé dans tout ceci, et je vous dirais ensuite si vos conjectures sont ou non fondées.

— Ainsi, reprit la comtesse, vous croyez que vous pouvez, sans qu'il en résulte rien de désagréable, ni pour vous, ni pour moi, aller comme cela sans motif chez ce marquis de Pourrières?

— Je vous répète, madame, que votre nom ne sera pas prononcé, vous n'avez donc absolument rien à redouter ; quant à ce qui me regarde, en me mettant en peine, nous autres docteurs nous avons le privilège de pouvoir nous introduire partout sans exciter de soupçons.

La comtesse décrivit alors au docteur l'homme qu'elle croyait être le marquis de Pourrières, et dans le portrait qu'elle en fit, elle s'attacha à peindre la régularité et la beauté des traits de son visage, le timbre flatteur de sa voix, et la parfaite élégance de ses manières lorsqu'il eut changé de ton et de langage.

Le docteur écoutait attentivement la comtesse de Neuville, qui, sans s'en apercevoir, se servait d'expressions qui semblaient indiquer que cette rencontre ne la préoccupait si vivement, que parce que l'homme dont elle parlait avait vivement impressionné son esprit.

Les femmes sont pour la plupart ainsi faites : douées d'une imagination à la fois plus riche et plus active que celle des hommes, elles doivent naturellement se sentir attirées vers tout ce qui sort des limites de l'ordinaire; aussi n'est-il pas rare de les voir éprouver pour des hommes placés à cent lieues du monde qu'elles habitent un sentiment vague de sympathie qui ne tarde pas à se transformer en un sentiment plus tendre et d'une nature plus déterminée, lorsque des événements imprévus ne viennent pas se jeter à la traverse et apporter un nouvel aliment à l'activité incessante de leur imagination.

Le docteur Mathéo ne sortit de chez la comtesse de Neuville que pour se rendre chez le marquis de Pourrières, dont il se procura facilement l'adresse.

Lorsqu'il se fit annoncer, Salvador et Roman étaient ensemble dans le cabinet que nous connaissons déjà.

Ce nom : le docteur Mathéo, prononcé par le domestique chargé d'annoncer les personnes qui demandaient à être introduites, fit taire à Salvador et à Roman un soubresaut sur les sièges qu'ils occupaient, ils se regardèrent quelques instants sans parler. Salvador fut le premier à rompre le silence.

— Le docteur Mathéo! dit-il ; que peut-es-tu de cette visite? serait-ce par hasard le Mathéo que nous connaissons?

— C'est probable, ce nom-là n'est pas commun.

— Ainsi tu crois que nous sommes découverts ?

— Je le crains ; mais après tout nous n'avons rien à redouter : si Mathéo connaît une partie de nos secrets, nous connaissons tous les siens.

— Faites entrer, dit Salvador au domestique : nous allons savoir de suite, continua-t-il en s'adressant à Roman, si nous devons craindre les résultats de cette visite.

Mathéo, introduit dans le cabinet, reconnut d'abord *Roman*, qu'il connaissait plus particulièrement et depuis beaucoup plus longtemps que *Salvador*, qu'il n'avait vu que pendant le séjour assez court de ce dernier au bagne de Toulon. Il éprouva d'abord un tel saisissement que pendant quelques instants il n'eut pas la force de prononcer une parole : de *Roman*, ses regards se portèrent sur *Salvador*, qu'il examina attentivement et qu'il ne tarda pas à reconnaître, malgré les changements que les années avaient apportés dans sa physionomie et la couleur de ses cheveux, qui, ainsi que le lecteur le sait déjà, étaient devenus tous de blonds qu'ils étaient auparavant.

L'étonnement manifesté d'abord par le docteur n'avait pas échappé aux deux amis : ils en conclurent naturellement que lorsqu'il s'était présenté chez le marquis de Pourrières, il ne venait pas y chercher les deux forçats dont il avait facilité l'évasion quelques années auparavant, mais maintenant ils étaient reconnus, ils n'en pouvaient plus douter, la feinte était donc inutile. Hâtons-nous de dire cependant qu'ils ne craignaient que peu les résultats de cette découverte, attendu que Mathéo, en admettant que ce fût son intention, ne pouvait les perdre sans se perdre lui-même. Ils crurent donc devoir aborder la question, et ce fut *Roman* qui, après avoir consulté *Salvador* du regard, adressa le premier la parole au docteur Mathéo.

— Eh bien ! mon vieil ami, dit-il, lorsque tu te faisais annoncer chez M. le marquis de Pourrières. Tu ne t'attendais pas à rencontrer chez ce noble gentilhomme d'aussi anciennes connaissances ?

— Il est vrai, répondit le docteur, qui n'était pas tout à fait remis de la surprise qu'il avait éprouvée, il est vrai ; et cédant à un mouvement de désespoir qu'il ne put réprimer, le docteur laissa tomber sa tête entre ses mains.

— Est-ce que, par hasard, il serait devenu vertueux ! dit *Roman* à voix basse en montrant à *Salvador* le docteur Mathéo, qui paraissait profondément accablé.

— Il faut voir, repartit celui-ci.

— Eh bien ! Mathéo, reprit *Roman*, tu ne nous dis rien ! On croirait vraiment que tu es fâché de nous avoir rencontrés ?

— C'est vrai, répondit le malheureux docteur, je vous dis vrai ; mais j'avoue que j'ai été si étonné de vous rencontrer ici, que la surprise m'a d'abord privé de l'usage de la parole, et puis, je ne savais sous lequel *Salvador* est connu maintenant...

— Ce nom est le mien ! s'écria *Salvador*.

— Oh ! je ne dis pas le contraire, répondit le docteur ; je crois cependant que je ne puis dire à celui que j'ai connu sous le nom de *Salvador* ce qu'il m'est destiné au marquis de Pourrières. Il ne me reste plus qu'à me retirer. *Roman* sait des secrets qui peuvent me perdre, et que sans doute il vous a confiés. Vous êtes donc les deux seuls hommes au monde que je doive craindre ; mais si ma vie est entre vos mains, votre liberté est entre les miennes ; nous n'avons donc pas besoin de nous faire de mutuelles promesses. L'intérêt que tous trois avons à nous taire nous répond réciproquement l'un de l'autre. Nous avons, vous et moi, par les moyens qui nous ont parti les plus convenables, conquis chacun une position élevée dans le monde, sans rester chacun de notre côté, sans chercher à nous rencontrer de nouveau, et que Dieu nous conduise tous dans la voie que nous avons prise.

En achevant ces mots, Mathéo se leva pour sortir.

— Je crois qu'il avait raison, dit *Salvador* à *Roman* tandis qu'il se dirigeait vers la porte, il est devenu vertueux, vertueux même ; mais laisse-moi seul avec lui, il faut absolument que je connaisse le motif de son changement. Restez, dit-il en élevant la voix et en s'adressant à Mathéo, qui n'avait pas entendu ce qu'il venait de dire à *Roman* ; restez, Mathéo, j'ai besoin de vous parler ; et sur un signe qu'il lui fit, *Roman* se retira.

— Écoutez, Mathéo, dit *Salvador* lorsqu'il se trouva seul avec le docteur, je ne vous pas que vous me quittiez en emportant l'idée que les leçons du passé ont été perdues pour moi ; vous savez que depuis les forçats... et m'avaient connu au bagne de Toulon, et croyaient, grâce à votre concours,

que vous accordâtes à *Roman* plutôt qu'à moi, je parvins à m'échapper. Poursuivis activement après l'événement du Beausset, nous fûmes forcés de nous réfugier dans la forêt de Cuges, et de nous allier à la bande commandée par les frères Bisson.

« Ce ne fut qu'après de nombreuses traverses que je parvins à quitter la France. Après deux années passées hors du territoire, ayant appris la mort de mon père, qui avait toujours ignoré les fautes, ou plutôt les crimes que j'avais commis, car c'était heureusement sous un nom supposé que j'avais été condamné, je me hâtai d'affermer mes terres, et lorsque j'eus mis toutes mes affaires en ordre, je vins me fixer à Paris, et par une conduite exemplaire, j'ose le dire, je tâchai de me faire oublier à moi-même les crimes de ma vie passée, lorsque je fis la rencontre de *Roman*, que j'avais quitté après la mort singulière de tous ces hommes qui composaient la bande des frères Bisson. »

Arrivé à cet endroit de son récit, *Salvador* s'arrêta quelques instants et regarda fixement Mathéo, dont le front était inondé de sueur, et qui se troubla visiblement.

— *Roman* était malheureux, continua *Salvador* sans paraître s'apercevoir du trouble de son auditeur, je devais le craindre, et il me promettait de se bien conduire à l'avenir ; toutes ces raisons me déterminèrent à le recevoir chez moi, et il y a trois jours, à lui donner la place d'un majordome que je venais de perdre, mais, je dois le dire, depuis qu'il est avec moi, je n'ai eu qu'à me louer de ses services. Vous voyez donc, mon cher Mathéo, par mon exemple, par celui de *Roman*, par le vôtre même, ajouta *Salvador* en baissant la voix, qu'après avoir commis de grandes fautes, il est encore possible de suivre la bonne voie.

— Je ne sais, répondit Mathéo, quel est le motif qui vous a engagé à me faire cette confidence, cependant je vous crois, j'ai besoin de vous croire ; mais, puisque vous paraissez tenir à me convaincre, dites-moi ce que vous faisiez, il y a trois jours, vêtu d'un costume qui n'est pas le vôtre, dans un des plus infâmes bouges de la capitale ?

Cette question, à laquelle il ne s'attendait pas, étonna singulièrement *Salvador*. Mathéo était-il au courant des événements de sa nouvelle existence, et devait-il continuer de feindre ? Il prit ce dernier parti. C'était le plus sûr, et il serait toujours temps de l'abandonner, si cela devenait nécessaire.

— Je ne sais comment vous avez pu savoir, dit-il, qu'il y a trois jours, vêtu comme vous le dites, d'un costume qui n'est pas le mien, j'étais dans un mauvais lieu de la rue de la Tannerie ; quoi qu'il en soit, je ne veux pas le nier. Il y a quelques jours donc, je sortis à pied par hasard, et je fus abordé par un homme qui était en même temps que moi au bagne de Toulon, dans la salle n° 3. Cet homme m'avait reconnu, malgré toutes les précautions que j'ai prises pour rendre ma physionomie méconnaissable. Je craignais qu'il ne voulût me suivre, afin de connaître mon adresse et de pouvoir me tenir à sa discrétion. Il n'en fit rien, il m'aborda au contraire humblement, il me dit qu'il était très-malheureux, et que cependant, jusqu'à ce moment, il n'avait pas voulu voler, mais qu'il était poussé dans ses derniers retranchements, et que le soir même, aidé de plusieurs individus qu'il devait retrouver dans un lieu qu'il me désigna, il devait commettre un vol. Je voulus arracher ce malheureux au sort funeste qui l'attendait ; s'il craignait de nouveau crime, et comme je n'avais pas sur moi une somme assez forte pour le mettre à l'abri du besoin, jusqu'à ce qu'il eût trouvé un travail lui procurant des moyens d'existence honorable, je lui donnai rendez-vous pour lui remettre la somme que je lui destinais. Voilà l'explication toute simple de ma présence dans l'établissement de la rue de la Tannerie et de mon déguisement.

Mathéo était un peu plus tranquille depuis qu'il avait entendu *Salvador*, les explications que venait de lui donner celui-ci n'étaient pas dénuées de vraisemblance, et, ainsi que tout autre, du reste, il pouvait en contester la réalité.

Salvador, cependant, ne savait pas encore quelles étaient les raisons qui avaient amené le docteur Mathéo chez le marquis de Pourrières, et c'était là l'objet qui l'intéressait le plus.

— Maintenant, mon cher Mathéo, dit-il, vous me direz sans doute ce qui vous amenait chez moi ?

— Une dame, dit Mathéo, qui veut bien m'honorer de sa confiance, a été conduite, par suite d'un accident qui pouvait arriver à la première personne venue, dans la maison où vous vous trouviez par hasard ; vous vous êtes permis à l'égard de cette dame...

— Des inconvenances que je déplore, répondit Salvador ; mais nous étions tous deux plongés dans l'obscurité, je n'avais donc pu voir à qui j'avais affaire ; j'ai supposé un instant que je m'adressais à une des habitantes de la maison, et je devais, pour ne pas exciter de soupçons, prendre le ton et les manières d'un des individus qu'elle devait être habituée à y rencontrer ; au reste, cette dame a dû vous apprendre qu'aussitôt que je me suis aperçu de mon erreur, je me suis empressé de m'excuser.

— C'est vrai. Ainsi c'est vous qui avez renvoyé à cette dame le petit carnet contenant des cartes et deux billets de mille francs, et qui avez écrit la lettre qui accompagnait cet envoi ?

— C'est moi.

— Les termes de cette lettre semblent indiquer que vous avez conservé l'espoir de rencontrer cette dame dans le monde ; est-ce en effet votre intention ?

— Vous me faites subir, mon cher Mathéo, un interrogatoire dont je veux bien excuser l'inconvenance en faveur du motif qui sans doute vous fait agir. Je n'ai, je vous l'assure, aucune intention sur madame la comtesse de Neuville ; je lui ai envoyé le carnet, et ce qu'il contenait, parce que je n'ai pas cru devoir me l'approprier, et la lettre qui l'accompagnait n'était qu'une banale formule de politesse. Il est probable que je ne reverrai jamais cette dame, à moins que je ne la rencontre dans le monde, ce qui est douteux ; mais il me restera toujours le souvenir de sa gracieuse physionomie et le regret bien sincère de lui avoir causé une aussi vive terreur.

— Terreur bien vive, en effet, répondit Mathéo, et que la vue d'un cadavre caché sous une espèce de comptoir près duquel elle était blottie, est encore venue augmenter.

— Vous pouvez, pour la tranquilliser, lui donner l'assurance que ce cadavre n'était pas celui d'un homme assassiné. L'amphithéâtre, quelque bien approvisionné qu'il soit, ne fournit pas toujours aux étudiants laborieux et à quelques-unes de nos célébrités médicales, des sujets en quantité suffisante ; aussi, pour s'en procurer, ils ont pris le parti de s'adresser à de certains industriels qui vont voler la nuit dans les cimetières des cadavres à la convenance de leurs clients. Quelques-uns de ces industriels se réunissent dans l'établissement en question ; et c'est sans doute un des articles de leur commerce qu'ils auront déposé là pour quelques instants, n'en ayant pas trouvé le placement immédiat, qui a si fort effrayé madame la comtesse de Neuville (1).

Salvador venait d'achever ce court récit, lorsque *Roman* entra dans le cabinet sans se faire annoncer.

(1) Bien avant qu'il ne fût question en France de Roberts Burck et des résurrect.onnistes d'Édimbourg, des scélérats dont les noms sont souvent cités dans les annales de la police, les nommés *Nifflet, Casque, Filoufi, Postillon, Lorgnebé, Lasonde, Brasseur* et *Barhara,* faisaient métier de voler les cadavres récemment inhumés, pour les vendre aux chirurgiens et aux étudiants en médecine. Mais fort souvent, en enlevant la nuit dans les cimetières ces cadavres, ils enlevaient un vieillard à la place d'un adolescent, un sujet masculin pour un féminin ; alors leurs clients ne voulaient plus leur payer le prix convenu : de là des mécompt s pour ces scélérats qui ne touchaient que deux ou trois pièces de cinq francs, lorsqu'ils comptaient sur une somme beaucoup plus forte.

Alors ils se mirent, afin de pouvoir servir leur clientèle à souhait, à étrangler la première personne, telle qu'on la désirait, qu'ils rencontraient la nuit dans la rue. Ce fut à cette époque que fut inventé le *charriage à la mécanique.* Ils avaient double chance : la première, la dépouille de la victime ; la seconde, la vente de son cadavre.

— Je vous demande bien pardon, dit-il, d'interrompre votre conversation ; mais ce que j'ai à dire à *Salvador* ne souffre pas de retards. Tu permets, continua-t-il, en s'adressant à Mathéo.

— Ne vous gênez pas pour moi, répondit celui-ci, je vais me retirer.

— Non, reste, j'ai besoin de te parler, ajouta *Roman.*

Mathéo se retira dans l'embrasure d'une fenêtre afin de laisser aux deux amis la faculté de causer librement.

— Il paraît que c'est aujourd'hui la journée aux événements, dit *Roman* à *Salvador.*

— Qu'est-il donc encore arrivé ? répondit celui-ci.

— *Délicat, Coco-Desbraises* et *Rolet le Mauvais Gueux,* savent qui nous sommes.

— Pas possible ! s'écria *Salvador*

— C'est si possible que cela est.

— Mais, quel funeste hasard les a si bien instruits ?

— Je vais te l'apprendre.

« Depuis la scène à la suite de laquelle madame de Neuville avait été renversée par *Vernier les Bas-Bleus* qui se sauvait de chez la *mère Sans-Refus,* cet homme n'avait pas reparu dans le bouge de la rue de la Tannerie. Comme il n'avait pas voulu s'associer aux desseins que tramaient les autres bandits contre *Salvador* et *Roman,* il craignait qu'ils ne lui fissent un mauvais parti ; de sorte qu'il n'avait pu rencontrer ni l'un ni l'autre des deux amis, auquel il avait l'intention de dévoiler le complot formé contre eux. Ce n'était que quelques minutes avant l'entrée de *Roman* dans le cabinet, qu'il avait rencontré ce dernier, auquel il avait appris comment *Délicat* et *Coco-Desbraises* s'étaient introduits dans le pavillon de Choisy-le-Roi ; comment plus tard, en les suivant, ils s'étaient procuré leur adresse et leurs noms, et quel était le projet qu'ils avaient formé contre eux, projet auquel s'étaient associés tous les autres bandits ; mais, avait ajouté *Vernier les Bas-Bleus, Rolet le Mauvais Gueux* est le seul auquel ils aient fait la confidence entière de leur plan ; il est le seul avec eux qui sache qui vous êtes, car ils ont fait la réflexion qu'à eux trois ils pouvaient facilement vous tuer et vous voler. Ils ont cependant promis aux autres de leur donner part au gâteau et de leur apprendre qui vous êtes. S'ils ne réussissent pas, ils ont l'intention de *manger le morceau* (1).

— Diable ! diable, dit *Salvador,* après avoir écouté *Roman* avec beaucoup d'attention ; ceci est grave. *Vernier les Bas-Bleus* sait-il aussi qui nous sommes ?

— *Vernier* ne sait rien. Il n'y a, quant à présent, que les trois individus que je viens de nommer qui soient à craindre.

— Il faut absolument qu'ils ne le soient plus, et au plus tôt. Ils sont trois aujourd'hui, ils seront peut-être quatre demain et ainsi de suite. Il n'y a pas de raison pour que cela finisse. Mais est-il bien certain que *Vernier les Bas-Bleus* ne nous trompe pas ?

— Quel intérêt ?...

— Au fait ! Du reste, j'ai remarqué sur la physionomie des hommes que j'ai rencontrés à la *planqua* (2), hier et avant-hier, un air de contrainte qui n'annonçait rien de bon.

— Ainsi ?...

— C'est dans quelques jours qu'arrive la fête de la *Sans-Refus,* elle donne, dit-on, ce jour-là un dîner monstre à ses intimes, nous assisterons à ce dîner, et nous verrons ce que nous aurons à faire, et s'il faut en découdre, nous serons là trois qui en viendront bien plusieurs.

— Eh ! parbleu ! le vicomte de Lussan. Puisque nous l'avons bien amené à faire le *sert* (3) à nos hommes, crois-tu qu'il refuse de nous donner un coup de main dans une circonstance qui l'intéresse autant que nous ?

— Non, sans doute, nous pouvons même au besoin compter sur *Vernier les Bas-Bleus.*

— Eh bien ! c'est dit. Mais il faut empêcher que les trois individus en question ne parlent, et pour cela il faudrait si bien

(1) Dénoncer.
(2) Cachette, lieu de rendez-vous ignoré.
(3) Signal.

les occuper jusque-là, qu'ils n'aient pas le temps de prononcer une parole indiscrète.

— Comment faire ?

— Tu sais où retrouver *Vernier les Bas-Bleus* ?

— Sans doute. Je l'ai rencontré aux Champs-Elysées où j'étais allé pour prendre l'air pendant que tu causais avec ce maudit docteur. Je l'ai mené dans un petit café de la rue de Bourgogne où je lui ai dit de m'attendre, et je suis vite accouru ici afin de te raconter tout cela.

— C'est bien ; voilà maintenant ce qu'il faut faire : prends de l'argent et va retrouver Vernier, tu lui remettras deux billets de mille francs, tu lui diras d'en garder un pour lui et de dépenser l'autre avec *Délicat, Coco-Desbraises* et *Rolet le Mauvais Gueux*, avec lesquels il lui sera facile de se raccommoder ; il leur dira qu'il vient de faire un bon *chopin* (1) et qu'il a voulu manger son *carle* (2) avec eux, tout ce qu'il voudra. La seule chose dont il devra s'occuper, sera de faire manger et boire ces individus, boire surtout, de manière à ce qu'ils n'aient pas un moment de raison ; s'il les amène ivres au banquet de la *Sans-Refus*, il y aura pour lui un autre billet de mille francs.

— Bien, très-bien, je vais retrouver *Vernier*.

— Termine avec Mathéo.

— Ah ! Mathéo, eh bien ! qu'en penses-tu ?

— Je crois que, comme nous disions tout à l'heure, il est devenu vertueux ; mais j'avoue, qu'après l'avoir entendu, je m'explique difficilement que tu m'aies dit de lui, lorsque nous étions là-bas, qu'il était intéressé et poltron.

— Mon cher, je le disais cela pour te donner de la confiance ; mais, à te parler franchement, je crois qu'il n'est pas plus poltron que toi et moi. Mais je ne veux pas laisser à *Vernier les Bas-Bleus* le temps de s'impatienter. Je vais sortir avec Matheo, je veux absolument savoir pourquoi il a envoyé dans l'autre monde nos vieux amis de la forêt de Cuges.

Roman, en effet, sortit avec le docteur ; mais, malgré tous ses efforts, il ne put amener Mathéo sur le terrain où il voulait l'entraîner, et ils se quittèrent assez mécontents l'un de l'autre.

XVII

Les forçats libérés (3).

Notre tableau des mystères de Paris serait incomplet si, arrivé à ce point culminant de notre récit, nous ne traitions la question des forçats libérés.

La société est sans cesse menacée par une armée de cent mille repris de justice, auxquels sont refusés, par leur position, les moyens d'existence ordinaires, et que l'obligation de la résidence désigne involontairement au mépris public, ce qui les pousse à rompre leur ban.

Ce n'est pas, certes, sans éprouver un vif sentiment de crainte que nous nous sommes déterminé à écrire les quelques lignes qui suivent, bien qu'elles trouvent ici une place toute naturelle.

Les évènements de sa vie ont donné à l'auteur de ce livre le triste avantage de pouvoir étudier, sur les lieux mêmes, les mœurs des prisonniers. Il croit donc pouvoir soumettre aux hommes éclairés et impartiaux le résultat de ses observations, et il *s'estimera heureux s'il peut appeler l'intérêt des véritables philanthropes sur des hommes qui en sont quelquefois plus dignes qu'on ne le suppose.*

La première question à se poser, avant de proposer aucune réforme pénitentiaire, est celle-ci : la société, en infligeant des peines aux coupables, n'a-t-elle pour but que de les *punir*, sans s'inquiéter de leur sort à venir, ou veut-elle les ramener au bien, pour les rappeler ensuite dans son sein ?

(1) Vol.
(2) Argent.
(3) Nous rappellerons au lecteur que ce livre a été écrit en 1844.

Dans la première hypothèse, hypothèse monstrueuse, et qui révoltera tous les esprits sages, la société n'aurait à s'occuper que des lois préventives ; tous ses efforts devraient se borner à moraliser les classes, pour diminuer le nombre des coupables. Quant aux lois répressives, elles seraient toutes à supprimer, ainsi que nos prisons et nos bagnes, qui ne seraient alors que des causes de dépenses inutiles. Dès le moment, en effet, qu'on désespérerait de tous les coupables, tous devraient être anéantis sans miséricorde, et le code de Dracon, qui condamnait à mort pour les plus légers délits, devrait être exhumé et remis en vigueur ; il garantirait au moins la société, si dominée par un sentiment d'égoïsme. Elle n'a d'autre but, en frappant les coupables, que d'assurer sa sécurité, sans se préoccuper de leur amélioration.

Si nous jetons les yeux sur le code de nos lois, nous voyons qu'on a gradué les peines, qu'on a cherché à les proportionner aux crimes et aux délits, qu'on a laissé en outre aux magistrats chargés de les appliquer, la faculté de les modérer encore, suivant que le coupable leur paraîtrait mériter, soit par ses antécédents, soit par son repentir, plus ou moins d'indulgence ; nous en concluons que le législateur a pensé que l'homme qui avait mérité une peine temporaire pouvait s'amender, et reprendre dans la société la place qu'il n'avait que momentanément perdue.

Cette conviction du législateur n'est pas, et nous l'en remercions Dieu, une vaine illusion ; un très-grand nombre de condamnés pourraient, en effet, se corriger, si l'autorité voulait bien prendre des mesures pour arriver à ce résultat. Mais pour qu'il en soit ainsi, il faut qu'elle se persuade bien que le prisonnier est toujours un membre de la famille, et qu'elle n'a reçu de la société la mission de le punir qu'afin de le rendre meilleur.

Lorsqu'un malheureux qui ne possède plus le libre exercice de ses facultés intellectuelles commet des actes de nature à compromettre la sécurité publique, l'autorité chargée de veiller à la conservation de tous les intérêts ne se contente pas de le mettre dans l'impossibilité de nuire, elle charge d'habiles médecins de lui donner des soins, jusqu'à ce qu'il ait recouvré sa raison ; pourquoi n'agirait-elle pas de même envers les malheureux contre lesquels elle s'est trouvée dans la nécessité de sévir ?

Généralement parlant, les hommes, du moins nous aimons à le croire, naissent bons ; aussi doit-on considérer comme atteints d'une maladie morale ceux que des passions funestes poussent au crime ; ils doivent être, comme les insensés, mis dans l'impossibilité de nuire, par leur état ; mais, s'il en soit ainsi, elle les rejette de son sein et les relègue pendant un certain temps dans des lieux à ce destiné, où elle n'a plus à les redouter. Mais nous ne voyons pas pourquoi celui qui n'est autre chose, en résumé, qu'un malheureux auquel il manque quelques organes moraux, ou dont les organes sont viciés, serait plus abandonné que tous les autres malades. Nous comprendrions difficilement, en effet, que l'on ne cherchât pas à le guérir, c'est-à-dire à lui rendre, si nous pouvons nous exprimer ainsi, la santé morale qu'il a perdue ; en d'autres termes, le remettre dans la voie qu'il n'aurait jamais dû quitter, celle de la droiture et de l'honneur.

Qu'on en soit donc bien convaincu, il y a beaucoup moins d'hommes incorrigibles qu'on ne le pense généralement, et, ici, ce ne sont pas de vaines théories que nous venons de jeter en avant ; nous avons fait de nombreux essais, et ce sont ces essais qui nous autorisent à émettre cette assertion, non sous la forme dubitative et comme une croyance que l'évènement pourrait venir démentir, mais comme une réalité dont nous avons fait l'expérience, et que nous devons proclamer hautement, puisqu'en définitive elle ne peut qu'honorer l'espèce humaine.

Pendant vingt ans et plus, que l'auteur de ce livre a passé à la tête de la police de sûreté, il n'a presque toujours employé que des forçats libérés, souvent même des forçats évadés, dont l'autorité voulait bien tolérer la position, en considération des services qu'ils rendaient ; il choisissait même de *préférence* ceux auxquels des antécédents plus fâcheux avaient acquis une certaine célébrité ; eh bien ! il a souvent confié à ces hommes les missions les plus délicates; ils ont eu fréquemment entre les mains des valeurs considérables pour les porter à la police et dans les greffes, ils ont pris part à des opérations à la suite desquelles ils auraient pu facilement détourner des sommes importantes, et aucun d'eux n'a forfait à l'honneur. Et, chose remarquable, si parfois l'administration a dû sévir contre des agents coupables de soustractions frauduleuses, ce ne fut jamais que contre ceux qu'elle pouvait appeler les *purs*, c'est-à-dire contre ceux qui n'avaient jamais été frappés de condamnations.

Après sa sortie de la police, lorsque l'administration refusa d'employer ces mêmes hommes qui, durant le temps qu'ils avaient été placés sous ses ordres, avaient donné tant de preuves d'une conversion sincère, plusieurs d'entre eux, privés tout à coup de moyens d'existence, et ne voulant pas reprendre leur métier primitif, s'en allèrent travailler à la fabrique de blanc de céruse de Clichy, sans se laisser épouvanter par les longues maladies, suite, hélas! prévue de leur travail même, maladies toujours suivies d'une mort cruelle, que plusieurs subirent plutôt que de commettre de nouveaux crimes.

La fabrication du blanc de céruse, et quelques autres fabrications aussi pernicieuses et fatales dans leurs résultats, sont à peu près les seules industries que puissent exercer les repris de justice. Ces industries, qui tuent les ouvriers qu'elles occupent, qui ne produisent qu'un modique salaire, ne chôment cependant pas, et les hommes qu'elles emploient sont presque tous des repris de justice assez expérimentés, assez adroits, assez audacieux pour exercer avec une certaine chance d'impunité le métier de voleur; ces hommes se sont donc sincèrement corrigés.

L'auteur de ce livre pourrait, au reste, citer mille exemples de conversions qui sont à la connaissance de tous, ou que du moins tout le monde peut vérifier.

Lorsque, retiré de la police de sûreté, il établit à Saint-Mandé une fabrique de carton, il voulait continuer les observations qu'il avait déjà faites sur les repris de justice, et chercher encore les moyens d'être utile à cette classe de parias qu'on a trop négligés jusqu'ici, ou plutôt dont l'autorité ne paraît s'être occupée que pour les mettre dans l'impossibilité de gagner honorablement leur vie. Il avait principalement en vue de procurer au plus grand nombre possible un métier facile et suffisamment rétribué pour qu'ils n'eussent plus besoin de chercher dans le crime des moyens d'existence. Il n'employa donc dans ses ateliers que des malheureux des deux sexes, que la surveillance et le préjugé qui les suit ordinairement réduisaient à l'inaction, à la misère et au désespoir. Les mêmes causes reproduisirent les effets qu'il avait remarqués. Beaucoup de ces êtres, qu'une longue pratique du vice et des séjours plus ou moins prolongés dans les bagnes et dans les prisons avaient presque complètement dégradés, s'amendèrent et devinrent des ouvriers probes, sobres et laborieux; et il a vivement regretté que le gouvernement n'ait pas cru devoir encourager son œuvre, et, ne craint pas de le dire, véritablement philanthropique, et ne l'ait pas mis, par de légers sacrifices, à même de subvenir aux frais que nécessite tout établissement qui commence. Il aurait eu, il n'en doute pas, de nombreux imitateurs, et les résultats obtenus auraient depuis longtemps résolu aux yeux de tous, comme elle l'est aux siens, la plus importante de toutes les questions actuellement à l'ordre du jour.

Si des faits généraux nous passons aux faits particuliers, les exemples à l'appui de notre opinion ne nous manqueront pas. Parmi une foule qui se présentent à notre mémoire, nous en choisirons seulement deux qui nous paraissent les plus saillants.

Un jeune étudiant est refusé lors de son dernier examen; il prétend que l'on a été injuste à son égard; son esprit s'exalte, et de suite il court chez celui de ses professeurs auquel, à tort ou à raison, il attribue sa disgrâce, et il dirige sur lui le pistolet dont il s'était armé. Quelques jours après cette tentative d'assassinat, le jeune homme fut arrêté, et par suite traduit devant la cour d'assises de la Seine. Il ne chercha pas à nier la tentative criminelle dont la vindicte publique lui demandait la réparation; mais il prétendait ne pouvoir s'expliquer à lui-même comment, avec le caractère dont il était doué, il avait pu se déterminer à commettre une semblable action.

L'avocat de ce jeune homme chercha à établir que son client était en démence, et qu'il ne jouissait pas du libre exercice de ses facultés lorsqu'il avait voulu assassiner son professeur. Il cita des faits de nature à prouver qu'il était doué d'un caractère qui rendait en quelque sorte inexplicable le crime qu'il avait voulu commettre, faits qui, du reste, furent confirmés par les déclarations de plusieurs témoins honorables.

Ce système de défense fut parfaitement accueilli. On posa cette question au jury : « L'accusé jouissait-il du libre exercice de ses facultés lorsqu'il a commis le crime qui fait l'objet de l'accusation? » Une réponse négative fit acquitter le jeune homme. Les magistrats qui avaient voulu poser cette question, et les douze citoyens qui la résolurent dans un sens favorable à l'accusé, ont nécessairement admis la possibilité du fait qu'elle énonçait. Une opinion partagée par des magistrats de cour royale, par douze citoyens honorables et par une foule de légistes, de médecins et de philosophes, ne doit, ce me semble, étonner personne. Au reste, dans l'espèce, l'événement a démontré que les magistrats et les jurés avaient agi sagement, car le jeune étudiant d'alors est aujourd'hui un père de famille honorablement placé dans le monde.

Deux assassins, nommés Blanchet et Henry, condamnés au supplice de la roue par la cour de justice de Paris, étaient détenus à Bicêtre lorsque éclatèrent les événements de notre première révolution; grâce à ces événements, ils furent oubliés, et bientôt ils recouvrèrent leur liberté en s'évadant lors du massacre des prisons en septembre 1793, et ils la conservèrent pendant plusieurs années. Ils ne furent remis en prison que lorsque la justice eut repris un cours régulier; mais il y avait trop de temps que la sentence avait été prononcée pour qu'on pût songer à l'exécuter, on se borna donc à les laisser en prison. Durant un laps de temps de près de trente années, ils ne donnèrent pas à l'autorité le moindre sujet de plainte; leur conduite, au contraire, aurait pu être citée à tous les autres détenus comme un exemple à suivre; enfin on se détermina à les mettre en liberté. Ils vivent encore tous deux; l'un est maître perruquier, et l'autre fabricant de cartes géographiques, et ils jouissent de l'estime et de la considération de tous ceux qui les connaissent. Ils sont tous deux la preuve qu'on peut encore se corriger même après avoir commis un crime énorme, et que c'est peut-être à tort que Boileau a dit quelque part :

> L'honneur est comme une île escarpée et sans bords,
> On n'y peut plus rentrer dès qu'on en est dehors.

Nous avons suffisamment démontré, et démontré par des faits, que les plus grands criminels eux-mêmes peuvent être ramenés à résipiscence.

L'ignorance est au moral ce que la petite vérole est au physique : toutes deux laissent des traces ineffaçables, on doit convenir que celles qui flétrissent l'âme sont cent fois pire que celles qui enlaidissent le corps. Tous les soins possibles ont été pris pour répandre dans le peuple les bienfaits de la découverte de Jenner, des primes d'encouragement sont offertes aux mères qui font vacciner leurs enfants, et certains privilèges sont accordés à ces derniers : ainsi, ils sont seuls admis dans les écoles du gouvernement; enfin on impose aux nourrices l'obligation de faire vacciner leurs nourrissons; et, dès leur arrivée dans les régiments de notre armée, les jeunes conscrits sont soumis à cette opération. Pourquoi donc ne fait-on rien de semblable pour répandre les bienfaits si éminemment précieux de l'instruction? Pourquoi l'éducation des enfants, quelque chose qu'on ait faite jusqu'ici, reste-t-elle toujours une charge pour les parents pauvres? Pourquoi dans celles de nos écoles qu'on veut bien appeler gratuites, laisse-t-on supporter par ces derniers le prix des livres et du papier? et pourquoi encore les oblige-t-on à fournir à leurs enfants tel ou tel costume? Nous voulons bien admettre que ces livres, ce papier, ce costume obligé, ne nécessitent, en définitive, que de bien légers sacrifices; mais quelque légers qu'ils soient, ils sont trop considérables, souvent, pour des malheureux qui se lèvent quelquefois sans savoir comment ils se procureront le pain de la journée; tant que vous n'aurez pas intéressé la misère ou l'avarice des parents à envoyer leurs enfants aux écoles, alors assez nombreuses pour satisfaire aux exigences de la population; tant que vous ne leur aurez pas, au besoin, fait une obligation de ce devoir, vous n'aurez pas assez fait.

Mais cela fait, est-ce à dire qu'il n'y aura plus rien à faire? Non, sans doute : il faut s'occuper de tous les âges comme de toutes les classes. Et nous le demandons, y a-t-il en France des établissements dans lesquels les adolescents puissent, en apprenant un état, compléter l'éducation que, dans un pays civilisé, tous les hommes devraient posséder, et, en même temps, contracter l'habitude du travail et de la sobriété? Non! c'est la réponse qu'on se trouve à regret forcé de faire à cette question : la prévoyance de l'autorité ne s'est pas étendue jusque-là.

Ainsi donc, tel homme est vicieux, parce qu'on a négligé de développer le germe des bonnes qualités que la nature avait mises en lui; tel autre meurt de faim, parce qu'on a dédaigné de lui apprendre un état ou qu'il ne trouve pas l'occasion d'exercer celui qu'il a appris par hasard.

De cet état de choses à un vol qui sera bientôt suivi de plusieurs autres, et qui du voleur par occasion ou par nécessité fera un voleur de profession, il n'y a qu'un pas.

Mais il y a, dit-on, du travail pour tout le monde. Cependant, ceux qui avaient écrit sur leurs drapeaux : *Vivre en travaillant ou mourir en combattant!* n'avaient pas de travail; cependant tous les jours, les tribunaux condamnent des individus qui n'ont ni domicile, ni moyens d'existence, bien qu'ils ne soient pas encore des voleurs. Il est assurément bien permis de croire que si ces individus avaient trouvé l'occasion d'utiliser leurs facultés, ils n'auraient pas manqué de la saisir, car leur misère même est une présomption en leur faveur. Cependant, ainsi que nous l'avons déjà dit, des individus vont mourir à la peine dans les ateliers pestilentiels de la fabrique de Clichy, c'est faute, assurément, de trouver de l'ouvrage dans des établissements moins insalubres.

C'est en voulant méconnaître la véritable cause de la profonde misère qui accable tant de malheureux, qu'on est arrivé à écrire dans nos codes ces lois monstrueuses sur les vagabonds, lois qui ont donné naissance à plus de crimes qu'on ne paraît le supposer.

Notre législation sur les mendiants n'est ni plus morale ni moins funeste en résultats que celle qui frappe les vagabonds; si les premiers sont frères jumeaux de ceux-ci, s'ils sont tous deux nés de mêmes pères et mères, il faut reconnaître que nos lois les traitent avec une même sévérité, et que, sous ce rapport, elles sont au moins impartiales si elles ne sont pas souvent injustes.

Pour avoir le droit de blâmer la mendicité et celui de punir les mendiants, il faut avoir donné à tous les nécessiteux la possibilité de vivre à l'aide d'un travail quelconque (car il est un droit qui les domine tous et qui appartient à tous les hommes, c'est celui de vivre, en travaillant, bien entendu). Si avant de s'être acquitté de ce devoir on se montre sévère, on court le risque de punir un homme qui a préféré la mendicité au vol, et c'est précisément ce qui arrive tous les jours.

Les agents de l'autorité ne manquent pas d'arrêter tous les nécessiteux qu'ils trouvent sur leur chemin, et ceux qui sont ainsi arrêtés sont condamnés à deux ou trois jours d'emprisonnement; ils sont ensuite mis à la disposition de l'autorité administrative qui les fait enfermer et ne leur rend la liberté que lorsqu'ils ont acquis un capital de trente à quarante francs, fruit du travail d'une année tout entière; jeté ensuite sur le pavé, que peut faire le mendiant avec une aussi faible somme? il la dissipe en cherchant ou en ne cherchant pas du travail, et se trouve bientôt aussi misérable qu'il l'était lors de son arrestation. Cela n'arriverait pas si, au lieu d'une pri-

son, ces malheureux avaient trouvé dans un établissement *ad hoc* un travail convenablement rétribué.

L'autorité, pour se montrer aussi sévère envers les mendiants, a-t-elle fait pour eux tout ce qu'elle devait faire? Nous avons, il est vrai, des dépôts de mendicité, et l'on pourrait s'étonner que les mendiants ne s'empressent pas de s'y rendre; mais cet étonnement cesse, lorsqu'après examen, on reste convaincu que ces dépôts ne sont autre chose que des prisons. Eh quoi! vous voulez qu'un malheureux donne sa liberté, le seul bien qui lui reste, pour un morceau de pain bis et un potage à la rumfort, cela n'est ni juste, ni raisonnable. Eh! quel inconvénient trouveriez-vous donc à lui laisser l'ombre au moins de cette liberté et à lui accorder la faculté de sortir, au moins une fois par semaine.

Le travail de ces malheureux dans les dépôts de mendicité pourrait aussi être plus convenablement rétribué; presque tous les pauvres peuvent être employés utilement par une administration intelligente, cela est si vrai, que la plupart de ceux qui sont bons pauvres à Bicêtre travaillent encore, ils savent se trouver à eux-mêmes quelques travaux en rapport avec leurs forces et leurs capacités, et gagnent ainsi d'assez bonnes journées, c'est une preuve incontestable que l'administration se montre parcimonieuse envers ceux qu'elle garde dans ses dépôts, ou qu'elle ne sait pas tirer un parti convenable de leur travail. Quoi qu'il en soit, on conçoit sans peine qu'un homme auquel le travail ne rapporte que cinq à six centimes par jour, s'en dégoûte facilement.

Au nombre des mendiants, il s'en trouve qui n'implorent la charité publique que parce que des infirmités réelles les mettent dans l'impossibilité de travailler; si quelques-uns méritaient l'indulgence, assurément ce seraient ceux-là, car ils souffrent doublement, et de leurs maux physiques et de la violence morale qu'ils se font, pourtant c'est pour eux que sont les rigueurs, et l'autorité laisse des mendiants privilégiés vaquer tranquillement à leur industrie.

Les fruits de la charité publique, destinés à secourir la misère des pauvres, sont on ne peut plus mal distribués; on inscrit sur les registres des bureaux de bienfaisance tous ceux qui se présentent avec quelques recommandations, et l'on repousse impitoyablement celui qui n'a que sa misère pour parler pour lui, et qui ne peut s'étayer du nom de personne; aussi il y a dans Paris des gens qui sont assistés à la fois dans cinq ou six arrondissements, tandis que de plus nécessiteux ne reçoivent aucun.

Celui qui est enfin parvenu à se faire inscrire dans un bureau de charité est toujours assisté, quels que soient les changements opérés dans sa position; d'un autre côté ceux que de fâcheuses circonstances plongent momentanément dans la misère n'arrivent, quelles que soient leurs recommandations, à se faire inscrire et secourir, que longtemps après que les besoins du moment ont cessé, longtemps après qu'ils ont produit leurs irréparables effets.

Ainsi, qu'un ouvrier laborieux tombe malade, sa famille, privée du salaire journalier qui la faisait vivre, se trouve bientôt réduite à la plus affreuse misère et dans l'impossibilité de procurer quelque soulagement à celui qui n'attend que son retour à la santé pour redevenir son soutien; peu, quelquefois, pourrait activer cette guérison si désirée, mais il meurt souvent avant qu'on ait pu obtenir quelque chose des bureaux de bienfaisance, ou s'il se relève c'est pour entendre ses enfants lui demander du pain, sans pouvoir les satisfaire, c'est pour se trouver en proie à ce morne désespoir compagnon inséparable de la misère; et nous n'avons pas besoin de le dire puisque tout le monde le sait, le désespoir et la misère sont de bien mauvais conseillers.

Les secours destinés aux pauvres sont insuffisants, il serait peut-être juste d'imposer en leur faveur les gens qui possèdent, proportionnellement à leurs revenus. Des gens qui possèdent cinquante et cent mille livres de rente donnent seulement quelques centaines de francs par année pour les pauvres, et cependant ils croient faire beaucoup; ils dédaignent, ils méprisent les pauvres, c'est cependant dans leurs rangs qu'ils trouvent tout ce dont ils ont besoin, des ouvriers, des domestiques, des remplaçants qui verseront au besoin leur sang pour leur fils et quelquefois même de jeunes et jolies filles pour satisfaire leurs passions.

Les ouvriers sont presque tous ivrognes et brutaux, les domestiques volent, ce n'est peut-être que trop vrai; mais à qui la faute si ce n'est à vous, messieurs, qui possédez? Si vos dons étaient proportionnés à votre fortune et aux besoins des classes pauvres, les enfants du pauvre recevraient une meilleure éducation, ils connaîtraient les lois et l'histoire de leur pays, et bientôt il ne resterait pas la plus légère trace des défauts, des vices mêmes que vous reprochez à ceux que la Providence a placés sur les derniers degrés de l'échelle sociale.

Tant que pour secourir les pauvres, on se bornera à leur envoyer une dame richement parée et étincelante de diamants, leur porter les bons d'un pain de quatre livres et d'une tasse de bouillon; tant qu'on se bornera à emprisonner ceux qui implorent la commisération publique, les résultats de l'état de choses actuel seront à craindre.

Nous ne nous étendrons pas davantage sur ce sujet, qui serait interminable si l'on voulait signaler tous les abus, et indiquer tous les remèdes qu'il serait possible d'y apporter; il nous suffit d'avoir démontré que la société avait beaucoup à faire pour les mendiants, afin d'éviter qu'ils n'embrassent une profession beaucoup plus dangereuse pour elle, en un mot qu'ils ne se fassent voleurs.

L'honorable M. de Belleyme, qui ne put faire, durant sa courte administration, tout le bien qu'il méditait, eut cependant le temps de fonder un établissement qui devait servir de refuge à tous les individus des classes pauvres, et dans lequel ils devaient trouver les moyens d'employer utilement leurs facultés; les heureux effets que cet essai ne tarda pas à produire auraient dû encourager les amis de l'humanité, mais l'institution de M. de Belleyme fut malheureusement accueillie avec cette indifférence qui n'accompagne que trop souvent les œuvres du véritable philanthrope.

L'ivrognerie est de toutes les passions celle qui dégrade le plus l'homme, elle est aussi l'une de celles qui arment le plus souvent son bras pour le meurtre et le crime. Qui n'a senti son cœur se soulever de dégoût en rencontrant dans les carrefours et parfois dans les plus beaux quartiers de la capitale, ces hommes abrutis par la boisson, se traînant de borne en borne, et criant à chaque pas qu'ils font le risque de se tuer? Qui n'a également frémi d'horreur en lisant dans les journaux les détails des crimes que l'ivresse a fait commettre? Pourtant l'autorité n'a pris aucune mesure pour réprimer les tristes effets de cette inconcevable passion, et notre législation est restée désarmée pour la combattre; et assurément cette passion est mille fois plus dangereuse que le vagabondage, mille fois plus dégradante que la mendicité, contre lesquels on sévit avec une rigueur souvent bien inconsidérée.

Si nous cherchons à nous expliquer cette mansuétude pour les ivrognes, notre raison se perd en conjectures, et nous arrivons toujours à cette conclusion: les ivrognes consomment des produits sur lesquels l'administration perçoit des droits énormes. Serait-ce là ce qui leur vaut l'indulgence? Vraiment on serait tenté de le croire, lorsqu'on voit ce nombre prodigieux d'établissements borgnes, qui infestent la capitale et les barrières, ces bouges de perdition qui ne sont fréquentés que par des malfaiteurs et des prostituées du dernier étage, et les ivrognes que le bon marché des boissons qu'on y débite y attire. Tous les quartiers populeux de Paris possèdent un ou plusieurs établissements de ce genre, et sans parler de *Paul Niquet*, que tout le monde connaît, on pourrait citer, on ne comprendrait dans l'énumération que les plus célèbres, on pourrait citer, disons-nous: le *Chapeau Rouge*, rue de la Vannerie; L'*Auvergnat*, rue Planche-Mibray, L'*Abattoir*, quartier de l'Arsenal; le *Cassis*, rue du Plâtre Saint-Jacques; le *Petit bal Chicard*, rue Saint-Jacques; le *Drapeau Tricolore*, rue Galande; la *maison Muraille*, rue des Marmousets; l'*Hôtel de la Modestie*, rue de la Tacherie, et enfin le *Grand Saint-Michel* ou le *Grand Bal Chicard*, rue de Bièvre (1). On débite dans ces

(1) Quelque sombres que soient les couleurs dont celui qui voudra peindre la physionomie des lieux dans lesquels on peut

cloaques de l'eau-de-vie, du cassis et d'autres spiritueux à raison de quatre-vingts centimes le litre; ces liqueurs, falsifiées

trouver des échantillons de la population excentrique de la capitale, charge sa palette; quelque vigoureux que soient les contours tracés par lui; quelle que soit, du reste, la puissance de son imagination, ses tableaux, s'ils ne sont copiés sur la nature, seront toujours au-dessous de la réalité: c'est qu'il existe, en effet, de ces choses, de ces hommes qu'il faut avoir vus pour en concevoir l'existence.

Les établissements que nous venons de citer existent réellement; mais nous n'engageons pas nos lecteurs à les visiter, car c'est suivant nous un bien triste spectacle que celui de l'humanité, lorsqu'elle a perdu la dernière trace de sa céleste origine, et c'est à peu près le seul qu'ils pourraient rencontrer dans tous ces lieux et dans beaucoup d'autres dont l'énumération seule remplirait un volume. Cependant, comme maintenant on est généralement avide de tout connaître, nous allons essayer d'en dire quelques mots.

Le *Grand-Saint-Michel*, surnommé le *grand bal Chicard*, rue de Bièvre, près la place Maubert, est le plus considérable de tous les établissements que nous venons de citer, semblables à ces plaies purulentes qui déshonorent le visage des débauchés et des ivrognes, étalent effrontément leur enseigne dans les rues de notre cité. Des chiffonniers, des marchands de chansons, des joueurs d'orgue et des marchands d'allumettes, des voleurs et de lideuses prostituées toujours prêtes à se livrer à ces misérables pour quelques verres d'eau-de-vie, ou un mauvais repas, voilà quels sont les gens que l'on rencontre habituellement au *Grand-Saint Michel*. Mais si une belle journée a invité les bons habitants de Paris à prendre le plaisir de la promenade, levez les yeux vers cette espèce de soupente qui domine la salle principale de l'établissement dont nous parlons, et examinez un peu les individus qui s'y trouvent; — mais ils sont convenablement costumés: ce sont sans doute des gens comme il faut, qui sont venus là pour étudier les excentricités des mœurs populaires. Examinez de nouveau, et si vos yeux ne vous suffisent pas, joignez-y vos oreilles, et tâchez de saisir au passage, au milieu du brouhaha qui règne ici, quelques bribes de la conversation de ces gens si bien vêtus. — Mais, en effet, la toilette de ces hommes et celle de ces femmes, quoique riche, est d'assez mauvais goût. Ils boivent de l'eau-de-vie à pleins verres, et des refrains de chansons obscènes s'échappent de leur bouche. Quels sont donc ces gens? Eh! bon Dieu! rien autre chose que des voleurs et des prostituées, plus heureux ou plus adroits que ceux qui les dominent, qui viennent étaler à leurs richesses, afin d'exciter la jalousie de leurs camarades, stimuler ceux d'entre eux qui restent dans l'inaction, et respirer une atmosphère qu'ils aiment, en attendant qu'un revers de fortune les force à servir de spectacle à leur tour.

L'eau-de-vie ne se vend au *Grand-Saint-Michel* que quatre-vingts centimes le litre, et le vin seulement cinquante centimes; mais quel vin, et surtout quelle eau-de-vie! Le vin laissé après les parois de chaque verre des traces bleuâtres de son origine; l'eau-de-vie est un mélange malfaisant d'alcool, d'acide sulfurique (oui, d'acide sulfurique!) et de caramel. Cependant les consommateurs se pressent devant l'immense comptoir d'étain où se fait le débit de ces internales drogues, débit si considérable, que, pour épargner à ses garçons de trop fréquents voyages à la cave, la directrice de l'établissement (c'est une femme qui est à la tête de cette maison), mademoiselle Victorine, a fait établir à la cave au comptoir, tout un appareil de pompes, de réservoirs et de tuyaux, aussi compliqué qu'une machine à vapeur, de sorte que pour remplir le verre des ivrognes, auxquels on a préalablement fait payer ce qu'ils demandent, il ne s'agit que de tourner l'un des robinets d'une fontaine intarissable.

La discorde siège en souveraine dans la salle principale du grand bal Chicard: des misérables qui ont été forcés de se promener toute la nuit, faute de posséder les deux ou quatre sous nécessaires pour se procurer un grabat chez Pageot (Pageot est un logeur du faubourg du Temple, dont la maison n'est ordinairement habitée que par des forçats libérés ou en rupture de ban, voire des assassins; c'est chez lui qu'ont été arrêtés Lacenaire, Avril et plusieurs autres), viennent passer la journée au *Grand-Saint-Michel*. Leur unique occupation est de tirer des

LES VRAIS MYSTÈRES DE PARIS
Par VIDOCQ

Mais Salvador, qui avait remarqué ses mouvements, s'élança pour le retenir.

à l'aide de matières malfaisantes, sont désagréables au goût autant qu'elles sont nuisibles à la santé, mais elles procurent l'effet que les malheureux qui les prennent en attendent,

escadres (style du lieu), ou de chercher querelle à ceux qui, plus heureux, peuvent stationner devant le comptoir, querelles suivies bientôt de luttes plus hideuses que celles des sauvages de la mer du Sud, dans lesquelles les adversaires cherchent à s'arracher les yeux de leur orbite, à se dévorer les parties saillantes du visage. Mais ne croyez pas que pour séparer ces cannibales, on ira chercher la force armée : si la lutte est par trop sanglante, si elle se prolonge trop longtemps, les garçons de l'établissement, dont les efforts ont été impuissants, ont recours à mademoiselle Victorine, qui, sans se donner beaucoup de peine, sépare les combattants, qu'elle saisit par les flancs, et qu'elle jette, sans plus de façons à la porte. Libre à eux de se reprendre dans la rue.

Malheur à ceux qui s'endorment après boire sur un des bancs crasseux du Grand Saint Michel; on profitera de leur sommeil pour les dépouiller de tout ce qu'ils possèdent; et cela au grand jour, sans plus se gêner que pour une action toute naturelle.

On fait aussi un commerce au grand bal Chicard; et quel commerce, grand Dieu! Semblables à ces oiseaux de proie qui ne cherchent leur pâture que sur les cadavres en putréfaction, des brocanteurs se tiennent constamment dans cet ignoble bouge, toujours prêts à acheter à des malheureux tourmentés d'une soif inextinguible la blouse, le gilet rond ou la chemise dont ils sont couverts; et les quelques reçus en échange de ces guenilles sordides, sont immédiatement portés au comptoir, et c'est tout

elles grisent, elles leur procurent les douceurs de l'ivresse et disposent leur sang aux orgies, aux saturnales, qui suivent presque constamment de copieuses libations. Les maîtres des au plus si les vendeurs se réserveront dix centimes pour payer l'infâme potage dont ils se nourrissent.

Mademoiselle Victorine, la maîtresse du lieu, est, sans contredit, la plus curieuse physionomie de toutes celles qu'il est impossible de rencontrer au Grand-Saint-Michel. Cette femme (cette créature est une partie de ce tout qui forme la plus belle moitié du genre humain) paraît parfaitement à son aise au milieu de la tourbe ignoble qui fréquente son établissement; et ce qu'il y a de plus singulier, c'est que cette tourbe a pour elle infiniment de respect. Hâtons-nous de dire, pour rendre hommage à la vérité, que ce n'est peut-être pas à sa personne que l'on accorde ce respect, mais bien à la force herculéenne dont elle est douée, force dont assez souvent, ainsi que nous l'avons dit plus haut, les nécessités de sa position l'obligent à donner de nouvelles preuves; et cependant l'extérieur de cette femme n'offre rien d'extraordinaire : elle n'a pas encore atteint son sixième lustre; sa physionomie n'est pas désagréable; sa voix n'est ni rauque ni saccadée; elle sait même baisser les yeux, lorsque par hasard une personne qui ne fait pas partie de sa clientèle habituelle la regarde avec une attention trop soutenue; en un mot, elle ressemble plus à une honnête et coquette villageoise, qu'à la maîtresse d'une ignoble taverne.

Par quel concours de circonstances cette femme s'est-elle trouvée placée à la tête d'un semblable établissement? Comment a-

etablissements que nous venons de nommer ont en effet, pour en doubler la puissance attractive, le soin d'y réunir des

t-elle fait pour accoutumer sa vie aux spectacles horripilants qu'elle a constamment sous les yeux, ses oreilles à l'effroyable harmonie des blasphèmes et des paroles obscènes, c'est là l'un de ces mystères impénétrables, une de ces énigmes sans mot, dont OEdipe lui-même n'aurait pas trouvé la solution.

Il n'est, dit-on, si petit astre qui n'ait ses satellites; s'il en est ainsi, les astres plus considérables ne doivent pas en manquer; aussi, après le grand bal Chicard de la rue de Bièvre, vient le petit bal Chicard de la rue Saint-Jacques. Cet établissement est un diminutif de celui dont nous venons de parler : ce sont les mêmes individus que l'on y rencontre, tout aussi sales, tout aussi dépenaillés.

Si nous nous enfonçons dans le sombre dédale des vieilles rues de la Cité, nous trouverons d'abord, sous la porte cochère d'une maison de la rue des Marmouzets, en face de celle de la Licorne, la maison Muraille. Cette maison est le rendez-vous des ignobles prostituées qui infestent le quartier de la Cité, qui trouvent le moyen d'extorquer quelques sous aux malheureux qu'elles y rencontrent.

C'est chez le sieur Muraille que s'est passé le fait que nous allons rapporter, pour donner à nos lecteurs une idée du degré d'abaissement auquel peuvent atteindre des hommes abrutis par l'abus du vin bleu et des liqueurs fortes.

Deux chiffonniers, accompagnés chacun de leur fils, jeunes enfants de quatorze à quinze ans, se trouvaient dans cette maison : tous étaient ivres, les deux pères et les deux fils; cependant ils voulaient boire encore : les malheureux n'avaient pas encore atteint cette dernière période de l'ivresse, durant laquelle l'homme, transformé en une masse inerte, n'a plus même la conscience de son existence; et c'était à ce nec plus ultra de l'ivresse qu'ils voulaient arriver. Mais comment faire, quels moyens employer pour satisfaire cette envie? Il ne leur restait pas un sou, ou plutôt, pour nous servir du langage assez imagé des lieux dans lesquels nous avons conduit nos lecteurs, les toiles se touchaient; mais, oh! idée lumineuse, un des deux fils était vêtu d'une blouse. Cette blouse était à peu près neuve, et le brocanteur était là. Il est vrai que cette blouse était l'unique vêtement du malheureux enfant; mais il est avec le ciel des accommodements. L'autre fils avait aussi une blouse, vieille, à la vérité; mais il avait un gilet dessous. Les deux pères tinrent conseil, et il fut décidé que celui qui avait un gilet donnerait sa blouse dépenaillée à l'autre, et que le vêtement neuf serait vendu, ce qui fut fait. Une fois leur gousset garni, ces misérables prirent place à une table et se firent servir un litre d'eau-de-vie : un litre pour quatre, c'est bien peu, si surtout, voulant joindre l'éloquence du geste à celle de la parole, on en renverse une partie en se démenant : c'est ce qui arriva. Pour recueillir le précieux liquide répandu sur la table, l'un des deux vieux chiffonniers se servit de son bras, et le dommage fut réparé sans grande perte.

Quelques instants après, en voulant allumer sa pipe, cet homme, qui commençait à ne plus pouvoir se tenir sur ses jambes (un second litre avait été absorbé, et les deux enfants étaient déjà sous la table), laissa tomber sur sa blouse, imprégnée d'alcool, l'allumette dont il venait de se servir : le feu prend à ses vêtements; effrayé, il se rapproche de son camarade, auquel il communique l'élément destructeur. Vous croyez peut-être que le propriétaire de l'établissement va porter des secours à ces misérables; quelle erreur est la vôtre! il a vraiment bien d'autres chats à fouetter; il se contente de les jeter dans la rue, et, du seuil de sa porte, il les regarde en riant bêtement se rouler dans le ruisseau de la rue des Marmouzets, afin d'éteindre les flammes qui menacent de les dévorer.

En face est située la maison Auguste. C'est dans cette maison que les femmes de la maison Muraille mènent boire du vin les pauvres diables avec lesquels elles viennent de boire de l'eau-de-vie chez ce dernier. Le changement de boisson les étourdit, et lorsqu'ils sont totalement privés de sens, elles les volent.

Lorsque ces femmes ne trouvent pas de chalands dans les lieux qu'elles fréquentent habituellement, elles rôdent sur les ponts et sur le quai aux Fleurs : malheur, trois fois malheur à

femmes, le rebut de leur sexe, qui vendent leurs faveurs quelques sous ou quelques verres de mauvaise eau-de-vie,

ceux qui, séduits par les charmes équivoques de ces fallacieuses sirènes, les accompagnent dans les sombres cabarets de la rue du Haut-Moulin; ce n'est que dépouillés de leurs plus belles plumes qu'ils sortiront du guêpier dans lequel ils se seront fourrés.

Les individus qui fréquentent habituellement tous ces lieux infâmes ne dînent que rarement et ne déjeunent jamais. Quoi qu'il en soit, des spéculateurs se sont aperçus qu'il était encore possible de gagner quelques sous sur le maigre pitance dont ils se contentent; et les sieurs André et François ont ouvert pour eux, le premier rue du Haut-Moulin, le second rue de la Tacherie, deux officines culinaires. L'hôte chez lequel Gil-Blas de Santillane fit son premier repas, après sa sortie de la maison paternelle, était un Carême, comparativement à ces deux desservants de Comus. Qu'est-ce, en effet, que des filets de mulets et une omelette aux craquelins, comparés aux mets fantastiques dont se nourrit la plèbe parisienne? Écoutez : lorsque les chaleurs de l'été sont un peu plus fortes qu'à l'ordinaire, l'administration municipale fait visiter les laboratoires de MM. les charcutiers, bouchers, marchands de volailles et de poissons de Paris, et toutes les viandes qui ne paraissent pas aux examinateurs d'une fraîcheur convenable sont saisies, pour être jetées pendant la nuit dans les eaux vannes de Montfaucon et de la Petite-Villette. Eh bien! malgré toutes les précautions de la police, ces viandes sont repêchées, et c'est de ces ignobles aliments (nous aimons cependant à croire que l'on veut bien prendre la peine de les laver) que se nourrissent des misérables qui se sont abreuvés toute la journée de cette eau-de-vie dont nous avons indiqué la composition. Et que l'on ne nous accuse pas de nous servir de couleurs trop sombres, ce que nous venons de dire est vrai, trop vrai, malheureusement; oui, nous avons vu des hommes se repaître d'aliments qu'au même instant des chiens ont refusé, et cela dans la capitale du monde civilisé, à quelques pas de distance du Louvre, de la préfecture de la Seine et de la préfecture d police!

Le Drapeau tricolore et le Cassis sont principalement fréquentés par des mendiants, des marchands à éventaire de la place Maubert, des marchandes de cartons et des prostituées. Après avoir visité ces deux établissements, il faut s'arrêter quelques instants rue des Noyers, chez Sifflet, distillateur, avant d'arriver chez Paul Niquet.

Le nom de Paul Niquet est un nom célèbre parmi les plus célèbres; aussi nous avons en à Paris le grand et le petit Paul Niquet. Dans plusieurs villes des départements, à Paris même, on a fondé des établissements sous le patronage du nom de Paul Niquet; mais l'ancien, le véritable Paul Niquet, celui de la rue aux Fers, c'est aussi celui dont nous allons dire quelques mots.

Cet établissement est actuellement tenu par le sieur Feillieux. Paul Niquet, à ce qu'on assure, est maintenant un riche bourgeois, aimé et considéré dans le quartier qu'il habite, à cheval sur la morale, et qui ne peut souffrir les ivrognes. L'ingrat! il a donc oublié que, s'il est aujourd'hui quelque chose, c'est aux ivrognes qu'il doit en rendre grâce. Quoi qu'il en soit, la maison Paul Niquet a conservé sa physionomie primitive. Une lanterne placée au-dessus de la baie d'une étroite et longue allée indique aux passants l'entrée de cet établissement; vous croyez peut-être que cette allée va vous conduire dans une salle aérée en été, convenablement chauffée en hiver ; erreur, profonde erreur; le comptoir, garni d'un appareil semblable à celui du Grand-Saint-Michel, est tout simplement placé dans l'un des angles d'une petite cour que l'on a couverte d'un châssis vitré. Il n'y a ni tables, ni bancs chez le successeur de Paul Niquet; les ivrognes y boivent debout devant le comptoir. Il est inutile d'ajouter que l'eau-de-vie et les liqueurs qu'on y consomme ne sont pas d'une qualité supérieure à celles des établissements du même genre.

A partir de dix heures du soir, des hommes et des femmes sans aile, voleurs et voleuses, mais voleurs et voleuses de bas étage; des ouvriers débauchés, des souteneurs de filles et d'ignobles prostituées, auxquels viennent se mêler un peu plus tard quelques honnêtes habitants des campagnes qui avoisinent Paris, se

mais qui ne laissent pas échapper l'occasion de dévaliser ceux qu'elles ont su captiver, lorsque l'ivresse est arrivée che eux à ce point d'engourdir tout leur être.

XVIII

La fête de la *mère Sans-Refus*.

Il fut un temps, disent les Nestors du bagne et des maisons centrales, lorsque sur le préau ou dans le chauffoir de la prison où ils se trouvent ils ont rassemblé autour d'eux un essaim d'auditeurs, avides d'écouter leurs leçons en attendant qu'ils puissent marcher sur leurs traces, il fut un temps où les voleurs étaient à la fois braves et discrets, c'était le bon temps (les vieillards toujours aiment à vanter le passé aux dépens du présent) ; alors, un *rousse à l'arnache* (1) ou un *cuisinier* (2), à moins d'être bien certain de ne pas être connu, ne se serait certes pas avisé de s'introduire dans les lieux où les *grin-*

réunissent chez le successeur de Paul Niquet. Ceux qui ont quelques sous boivent incontinent, ceux dont les poches sont vides, semblables à ces hérons qui, perchés sur leurs longues pattes, attendent sur le bord d'une rivière qu'ils puissent happer un petit poisson au passage, attendent, le dos appuyé contre la muraille qui fait face au comptoir, la venue de quelqu'un qui leur procure les moyens de se rafraîchir. C'est ce qui ne manque pas d'arriver ; la maison Paul Niquet, étant la plus connue de toutes celles du même genre qui existent à Paris, est accidentellement fréquentée par tous les étrangers qui veulent connaître les mœurs de la populace parisienne, par ceux des habitants de Paris qui, à la suite d'un souper qui s'est terminé tard, ou plutôt de bonne heure, veulent passer à flâner le reste de la nuit, et par MM. les étudiants en droit et en médecine de première année, charmés à ce qu'il paraît de pouvoir passer là quelques heures en mauvaise compagnie. Les pauvres diables dont nous venons de parler se glissent parmi ces hôtes aristocrates de la maison Paul Niquet, auxquels ils servent de bénévoles cicéroni ; ils leur racontent les chroniques du lieu et l'histoire des habitués les plus remarquables ; enfin, ils font tant et si bien qu'ils attrapent un verre d'eau-de-vie à celui-ci, une pipe de tabac à celui-là, une pièce de deux sous à cet autre, tant et si bien enfin que, lorsque le jour arrive, ils sont, oh ! félicité suprême ! aussi gris, si ce n'est plus, que leurs camarades mieux argentés.

Lorsqu'un homme d'honnête apparence, mais dont le cerveau paraît un peu échauffé, arrivé seul dans cet Eldorado de la crapule parisienne, et que pour payer ce qu'il vient de se faire servir, il jette sur le comptoir une pièce de cinq ou deux francs, les petits verres arrivent pour une bonne partie de la galerie, sans qu'il ait besoin de les commander ; des officieux le feront pour lui, car les garçons ne peuvent s'en prendre qu'à celui qui possède ; où il n'y a rien, le roi perd ses droits. Ce vieux proverbe reçoit tous les jours, ou plutôt tous les soirs, chez le successeur de Paul Niquet, de nombreuses applications.

Il a disposé pour les gens comme il faut, qui veulent passer chez le successeur de Paul Niquet une partie de la nuit, une petite salle assez propre, à laquelle on n'arrive qu'en traversant le comptoir, et de laquelle on peut tout voir sans être vu. Le droit d'entrer dans cette salle se paye assez cher : il est vrai qu'une fois qu'on y est, on ne court pas le risque d'avoir maille à partir avec la police, tandis que ceux qui restent debout dans le comptoir peuvent à chaque instant être arrêtés par les rondes de nuit ; mais comme les heures du passage de ces rondes sont à peu près connues, sitôt qu'elles sonnent, toute cette population nocturne se disperse comme une volée de perdrix au coup de fusil du chasseur.

(1) Agent de la police de sûreté, qui ne reçoit pas une solde fixe, mais seulement une gratification proportionnée à l'importance et à l'utilité des renseignements qu'il donne, ou des captures qu'il fait faire.

(2) Agent de sûreté reconnu et avoué par la police.

ches (1) avaient l'habitude de se réunir ; il savait trop bien qu'au moindre indice de nature à déceler un *macaron* (2), il aurait été sacrifié à la sécurité générale ; cela du reste est arrivé plusieurs fois, même en prison, et les *chats* (3) se contentaient, lorsque le *macaron* était expédié, de tirer son cadavre par une jambe pour en débarrasser la cour, en disant : c'est bien fait ; pourquoi, puisqu'il était *rousse* (4), ne s'est-il pas fait mettre à part (5) ?

En ce temps-là les *grinches*, lorsqu'ils étaient pris, ne se *mettaient pas à table* (6), ceux qui avaient *travaillé* (7) avec eux pouvaient dormir sans *taf* (8), souvent même on pouvait aller voir son *camarade d'affaires* (9) terminer glorieusement sa carrière sur la *placarde* (10), plutôt que de *donner* (11) les *fanandels* (12) ; en ce temps-là, on avait de la probité et de l'*atout* (13).

Maintenant, ce n'est plus de même ; les *raffles* (14) vont partout tête levée, et sitôt qu'un *poisse* (15) est *paumé marron* (16), il *casse le morceau* (17), il n'y a plus de *vrais tapis* (18) ; de sorte qu'un *bon garçon* ne sait plus, lorsqu'il sort du *castuc* (19) ou du *pré* (20), de quel côté porter ses pas.

Ce que disent ces Nestors du bagne, pour leur conserver le nom que nous venons de leur donner, n'est vrai que jusqu'à un certain point. Sans doute il y a maintenant moins de types caractéristiques qu'autrefois ; il s'est opéré une telle fusion dans nos mœurs que plusieurs se sont effacés ; malheureusement cela ne prouve rien en notre faveur ; cependant il existe encore dans des coins oubliés de la vieille Lutèce, quelques lieux où se conservent toujours intactes toutes les vieilles traditions. La maison de *Marie-Madeleine-Colette Comtois*, dite *Sans-Refus*, était un de ces lieux-là. Depuis longtemps, elle était connue pour n'être autre chose qu'un repaire à voleurs. La police y faisait de fréquentes descentes, mais presque toujours ces descentes étaient infructueuses, et si quelquefois elle y faisait des captures, c'était celles de quelques novices qui n'étaient pas encore initiés aux mystères du lieu et dont on croyait devoir laisser à quelques années de *collège* (21) le soin de terminer l'éducation. Les mots sacramentels *entôlez* à la *planque* (22) n'étaient, du reste, prononcés que dans les grandes occasions et en faveur de ceux en petit nombre qui avaient donné à l'association des preuves de leur zèle, de leur capacité et de leur discrétion.

Nous avons déjà décrit avec autant d'exactitude que cela nous a été possible, l'extérieur de la maison *Sans-Refus* ; maison qui existe encore aujourd'hui à la place que nous avons indiquée et dans l'état où se trouvait à l'époque où se passeront les événements de cette histoire. Nous devons

(1) Voleurs.

(2) Dénonciateur.

(3) Gardiens.

(4) Mouchard.

(5) Un nommé Clérambourg fut assassiné au bal des Nègres, guinguette mal famée des Champs-Élysées, pour avoir empêché la fille Louison, surnommée la *Blagueuse*, avec laquelle il vivait, de porter des secours à son ancien amant, le nommé *Lartifaille*, condamné à vingt-quatre ans de fers.

(6) Ne dénonçaient pas leurs camarades.

(7) Volé.

(8) Peur.

(9) Celui avec lequel on avait commis un ou plusieurs vols.

(10) La place publique.

(11) Dénoncer.

(12) Camarades.

(13) Courage.

(14) Mouchards.

(15) Voleur.

(16) Pris sur le fait, en flagrant délit.

(17) Il dénonce ses camarades.

(18) De lieux où un voleur puisse trouver un asile et des ressources en cas de besoin.

(19) De la maison centrale.

(20) Du bagne.

(21) De prison.

(22) Entrez dans la cachette.

maintenant faire pour l'intérieur de cette maison ce que nous avons fait pour l'extérieur.

La boutique, ainsi que nous l'avons déjà dit, était partagée en deux parties égales, par une cloison jadis vitrée, dont on avait remplacé les carreaux absents par du papier huilé. Dans la première partie se tenaient les odalisques attachées à l'établissement et les consommateurs vulgaires. La seconde formait une espèce de sanctuaire dans lequel n'étaient admis que les adeptes.

Une porte avait été pratiquée dans le mur du fond de cette partie de la boutique. Cette porte petite, basse et garnie de fortes pentures, donnait entrée dans une petite cour carrée entourée de hautes murailles et de laquelle on ne pouvait voir qu'un coin du ciel. Jamais un rayon de soleil ne descendait dans cette cour, dans laquelle on devait avoir froid au milieu des plus chaudes journées de l'été ; le pavé en était inégal, raboteux, toujours sordide et fangeux, et ses murs, sur lesquels croissaient des agaries vénéneux, avaient pris cette teinte presque verte qui n'appartient qu'aux lieux humides et malsains.

Une seconde porte avait été pratiquée dans le mur de refend de droite, contigu à la petite ruelle des Teinturiers. Après avoir passé cette porte, on n'avait plus que quelques pas à faire pour arriver sur la berge du fleuve dont, à ce moment, les eaux avaient atteint une certaine hauteur ; mais cette porte n'était que rarement ouverte.

À l'extrémité opposée de cette cour, il existait une pompe sous le robinet de laquelle on avait placé une auge plus longue que large, formée d'une seule pierre de taille. Cette auge, presque toujours pleine de détritus et d'eau croupissante, pouvait être facilement enlevée de la place qu'elle occupait, à l'aide d'un fort manche à balai passé entre deux trous pratiqués à ses extrémités opposées. Alors elle laissait voir un trou creusé dans le sol, qui allait s'élargissant par le bas, à la naissance duquel on avait, à l'aide de crampons et de forts pitons en fer, adapté une échelle de meunier. L'auge pouvait être replacée aussi facilement qu'elle avait été enlevée, de sorte qu'une fois qu'elle avait été remise en place et de nouveau remplie d'eau, il devenait impossible, à moins d'être initié aux mystères du lieu, de découvrir la retraite dont elle cachait l'entrée.

Après avoir descendu les vingt marches de l'échelle de meunier, on se trouvait dans un grand caveau carré, distrait des caves de la maison, partagées en trois parties égales, et dont ce caveau était une, par de forts murs auxquels on avait eu le soin de donner, bien qu'ils fussent de construction nouvelle, l'apparence de vétusté et la noirceur vénérable des vieux murs.

On pouvait, au besoin, sortir de ce caveau par une porte basse et cintrée qui donnait entrée sous la voûte qui, avant les constructions du quai qui viennent d'être faites, régnait sous toute la longueur du quai de Gèvres.

Une table, formée de quelques planches de sept à huit pieds de long placées sur des tréteaux, autour de laquelle vingt-cinq ou trente personnes pouvaient prendre place sans être trop gênées, avait été dressée dans le caveau dans lequel nous venons d'introduire nos lecteurs.

Les planches avaient été couvertes, en guise de nappes, de draps de grosse toile écrue enlevés à la couche virginale des pensionnaires de la *mère Sans Refus* (hâtons-nous de dire que ces draps étaient blancs de lessive), et chargées d'un nombre d'assiettes, de grossière faïence, de toutes les formes et de toutes les couleurs, égal à celui des convives qui devaient prendre part au festin. Un dindon monstre, convenablement bourré de hachis et de marrons, deux oies et un fromage d'Italie, des assiettes de charcuterie assortie, d'autres remplies jusques aux bords de beurre, de radis, de moutarde, de sardines et de cornichons : tels étaient les pièces de résistance et les hors-d'œuvre qui devaient l'accompagner. Le dindon était en outre flanqué de deux pâtés de lapins équivoques, et de deux salades de barbe de capucin garnie de tranches de betteraves ; deux énormes bonnets de Turc ou biscuits de Savoie, surmontés chacun d'une grosse touffe d'immortelles et de l'image en pâte sucrée de la sainte dont

on allait célébrer la fête, garnissaient les deux extrémités de la table qui était éclairée par une douzaine de chandelles fichées dans des chandeliers de cuivre et de plaqué, vénérables représentants de tous les siècles passés, récurés pour cette occasion solennelle et surmontés de bobèches en papier découpé de diverses couleurs ; les couverts d'argent de *conseiller* (1), sur lesquels on pouvait encore distinguer les restes d'anciennes armoiries grossièrement effacées, comme les chandeliers, appartenaient à toutes les époques ; un *petit père noir* (2), plein jusqu'aux bords de cet excellent vin bleu que l'on ne boit qu'à Paris, complétait chaque couvert ; on n'avait pas servi de couteau, les gens de la classe à laquelle appartenaient ceux qui devaient prendre place à ce banquet, ayant l'habitude d'en porter constamment un dans leur poche.

Sur un vieux coffre, couvert, comme la table, d'un drap blanc de lessive, on avait disposé le dessert, qui se composait de deux fromages, un de Brie, l'autre de Gérard-Mer, vulgairement appelé Géromée ; de noix et de noisettes ; un plein saladier, de pruneaux, de pain d'épices et de biscuits de Reims ; le tout accompagné de plusieurs bouteilles ornées d'étiquettes sur lesquelles on pouvait lire ces indications : cent sept ans, vanille, parfait-amour, cognac, noms des liqueurs que chérissent les enfants de Mercure.

Le vieux fauteuil de la *mère Sans-Refus*, enveloppé aussi d'un drap blanc afin que les habits de gala de l'héroïne de la fête n'enlevassent rien de l'épaisse couche de graisse dont il était couvert, avait été transporté dans le caveau et placé au haut bout de la table. Sur ce siège trônait déjà la tavernière qui, pour faire honneur à ses convives, avait fait des frais de toilette vraiment extraordinaires, et s'était parée de ses plus pimpants atours. Son visage, habituellement noir et crasseux, avait été nettoyé avec de la pommade au jasmin ; mais malgré cette précaution, il était encore sillonné de légers filets noirs, et comme la serviette, imprégnée du précieux cosmétique, n'avait été promenée que sur les parties apparentes, il se détachait en blanc sur le fond obscur des parties inférieures, assez semblable à une vitre mal nettoyée ; une robe de mérinos, du rouge le plus éclatant, bordée et nervée de cordonnet vert, un tablier de soie d'un vert un peu plus clair que celui des agréments de la robe et garni de dentelles noires, une ceinture de velours de même couleur, attachée sous la poitrine par une boucle enrichie de roses et de perles fines, un bonnet monté à rubans aurore, un tour blond dont les tirebouchons se déroulaient le long de ses joues creuses, et un fichu de belle dentelle composaient un ensemble de toilette qui ne pouvait appartenir qu'à la *mère Sans-Refus* ou à une femme de sa sorte.

Mais si la parure de la *mère Sans-Refus* était du plus mauvais goût, elle était en revanche d'une extrême richesse ; le cou décharné de la vieille mégère était entouré de diamants de grosseur raisonnable et de la plus belle eau ; ses doigts maigres et osseux étaient tous garnis de bagues de formes diverses ; enfin, toute sa personne ressemblait assez à un de ces mannequins d'étalage sur lesquels les bijoutiers, qui courent les foires, font l'exhibition des richesses de leur magasin.

Les deux sièges placés à droite et à gauche de la *mère Sans-Refus* étaient occupés, l'un par *Cadet-Filoux*, le doyen des *grinches* (3) et des *escarpes* (4), l'autre par *Cadet l'Artésien*, beau vieillard de soixante-douze ans, encore frais et dispos, qui avait passé quarante-cinq années de sa vie au bagne de Brest, d'où il s'était évadé plusieurs fois. Ces deux vénérables débris du temps passé, qui avaient été les amis de *Comtois* et de *Marianne Lempare*, et qui, à ce titre, avaient obtenu les places d'honneur, avaient conservé le costume qu'ils portaient, lorsque, jeunes et forts, ils étaient les sultans privilégiés des Vénus Callipiges, habitants des bouges, qui à cette époque infestaient les rues de la Vieille-Lanterne, de la Vieille-

(1) Provenant de vols et démarqués.

(2) Pot de faïence brune pouvant contenir un ou deux litres de vin.

(3) Voleurs.

(4) Assassins.

Placé-aux-Veaux, de la Mortellerie et *tutti quanti;* grand chapeau à cornes, cravate d'une ampleur démesurée, veste très-courte, pantalon large, bas à coins de couleur et chaussures sortant des magasins du successeur de la *mère Rousselle* (1).

Un autre vieux larron, *Coco-Lardouche*, était placé près de *Cadet-Filoux;* ces trois messieurs causaient avec la *mère Sans-Refus*, en attendant l'arrivée des autres convives.

Ces derniers arrivaient à la suite l'un de l'autre, et à mesure qu'après avoir descendu les vingt degrés de l'échelle de meunier, ils faisaient leur entrée dans le caveau, la superbe ordonnance du banquet leur arrachait des exclamations admiratives. Le *grand Louis, Charles la Belle-Cravate, Robert, Cadet-Vincent,* et plusieurs autres, étaient déjà arrivés; il ne manquait plus que *Délicat, Coco-Desbraises, Rolet le Mauvais Gueux, Rupin,* le *Provençal* et le *grand Richard*, ainsi que *Vernier les Bas-Bleus*, sur lequel, du reste, on ne comptait pas.

— Faut-y descendre? cria *Cornet Tape-dur*, qui était resté en haut, afin d'introduire les convives à mesure qu'ils arrivaient.

— Pas encore, mon garçon, lui répondit la *mère Sans-Refus; Rupin,* le *Provençal* et le *grand Richard* ne sont pas arrivés.

— C'est bon, c'est bon, la *daronne* (2), répondit *Cornet Tape-dur*, ça m'est égal d'attendre; mais n'allez pas me casser le ventre, au moins.

— Eh! pourquoi donc qu'on les attendrait, les *rupins?* ajouta *Charles la Belle-Cravate*, qui avait encore sur le cœur certaine correction qui lui avait été administrée par *Salvador* et *Roman*, correction à laquelle *Délicat* et ses deux camarades, qui cherchaient par tous les moyens possibles à aigrir tous les bandits contre leurs ennemis, avaient fait allusion en diverses circonstances. Pourquoi qu'on les attendrait, sont-y donc si grands seigneurs qu'y ne puissent pas arriver à l'heure comme les *fanandels* (3).

— Veux-tu bien ne pas tant *balancer le chiffon rouge*, méchant *ferlampier* (4), s'écria la *mère Sans-Refus* de sa voix la plus aigre; j'suis-t'y pas libre de faire *morfiller ma refaite de sorgue* (5) par qui qui me plaît? et ça m'plaît à moi qu'on attende les *rupins*.

— Là! là! n'vous fâchez pas, la mère, dit le *grand Louis*, on les attendra, les *rupins*, pis que ça vous convient; mais faut convenir tout d'même qu'vous les aimez comme vos petits boyaux, et qu'si, par hasard, la *raille* (6) découvrait la *planque* (7), vous seriez capable d'les cacher sous vos couillons.

— Eh ben! oui, j'les aime, c'est des hommes qu'a d'l'ordre, de la conduite et du cœur à l'ouvrage, avec lesquels qu'on peut gagner sa pauvre vie, et qui sont toujours *flambants* (8), au lieur que vous, tas de propres à rien, vous ne travaillez que quand vous n'avez plus de *lime sur les andosses* (9); aussi vous êtes toujours *freels comme des plongeurs* (10), avec des *frusques boulins* (11), *aux arpions des philosophes de neuf jours* (12), de sorte que vous pouvez vous couper les ongles des pieds sans vous déchausser.

(1) La mère Rousselle, cordonnière de la rue de la Vannerie, chez laquelle se fournissaient autrefois tous les voleurs. Les souliers qui sortaient des magasins de la mère Rousselle étaient très-reconnaissables, et la valeur morale de la clientèle de cette cordonnière était si bien appréciée, qu'un juge interrogateur, attaché au petit parquet, M. Limodin, avait pris l'habitude d'envoyer tout de suite en prison tous ceux qui étaient amenés devant lui, ayant aux pieds des souliers de la mère Rousselle.

(2) La mère.
(3) Camarades.
(4) Ne remue pas tant la langue, malheureux.
(5) Manger mon souper.
(6) La police.
(7) La cachette.
(8) Bien mis.
(9) De chemise sur les épaules.
(10) Nu ou presque nu, comme des nageurs.
(11) Habits en mauvais état.
(12) Aux pieds des savates percées.

— C'est ça! moquez-vous de notre misère; mais rira bien qui rira le dernier; avec ça qu'elle est bien, *ta refaite de sorgue* (1), qu'y n'y a pas tant seulement un jambonneau.

— Ah! tu trouves que j'ai pas bien fait les choses, méchant *pègre à marteau* (2)! eh bien! t'en *morfilleras* (3) pas, voilà tout; le *pivois* (4), le *larton* (5) et la *criolle* (6), te passeront devant le *naze* (7).

— Eh! dites donc, les autres, cria par le trou *Cornet Tape-dur*, n'*jaspinez* (8) donc pas tant, y'là les *rupins*.

En effet, *Salvador, Roman* et le vicomte de Lussan, vêtus d'un costume en harmonie avec le lieu où ils se trouvaient, quoique propre, descendaient les degrés de l'échelle et entraient dans le caveau.

Les trois nouveaux arrivés, après avoir légèrement salué ceux qui se trouvaient déjà dans le caveau, allèrent prendre les places qui leur avaient été réservées près de la *mère Sans-Refus* et du respectable triumvirat, composé, comme on sait, de *Cadet-Filoux*, de *Coco-Lardouche* et de *Cadet-l'Artésien*.

— Hein! comme y font leur tête, dit le *grand Louis* à *Charles la Belle-Cravate*, y n'ont pas tant seulement dit bonjour aux amis.

— Patience, ça n'durera pas, lorsque *Délicat, Coco-Desbraises* et *Rolet le Mauvais-Gueux* seront arrivés, faudra bien qu'y déchantent.

— Allons, allons, mauvais sujets, dit la *mère Sans-Refus* en prenant un petit air agréable, à table.

— A table, à table! s'écrièrent presque tous les bandits.

— Et pourquoi donc qu'on s'mettrait à table avant qu'*Délicat* et ses amis soient arrivés, puisqu'on a bien attendu les *rupins?* dit le *grand Louis*.

— Tu verras bien si j'attends ces *panés*-là, répondit la *mère Sans-Refus;* si y sont bien ous qu'y sont, qui z'y restent.

— Pourquoi ne les attendrait-on pas? dit alors *Salvador;* puisque les amis ont eu la complaisance de ne pas se mettre à table sans nous, il est juste que nous attendions à notre tour; accordons-leur au moins le quart d'heure de grâce.

— Allons, va pour un quart d'heure, reprit la *mère Sans-Refus*, mais pas plus.

— S'ils n'allaient pas venir, dit le vicomte de Lussan en s'adressant à *Salvador*, ce serait fort désagréable; je serais désolé d'être venu pour rien dans cette atroce caverne.

— Il n'y a pas de danger, répondit *Roman, Vernier les Bas-Bleus*, qui ne les a pas quittés depuis trois jours, m'a fait dire ce matin, au petit café de la rue de Bourgogne, qu'il les amènerait.

— V'là l' restant des amis, cria *Cornet Tape-dur*.

Délicat, Coco-Desbraiss et *Rolet*, dans un état d'ébriété qui annonçait que *Vernier les Bas-Bleus* s'était fidèlement acquitté de sa mission, descendaient l'échelle de meunier, suivis de *Vernier*, qui, sitôt qu'il eut mis le pied sur le sol, s'approcha de *Roman* et lui dit à l'oreille:

— Les v'là; depuis trois jours que j' les pilote, ils n'ont parlé à personne. Vous voyez que j' me suis fidèlement acquitté de ma tâche.

— Et tu vois que je tiens ma promesse, lui répondit *Roman* en lui remettant un billet de mille francs: chose promise, chose due.

— Merci, s'il y a d' la *morasse*, (9) vous pouvez compter sur moi.

— *Cornet! bride le beucart* (10), et viens te mettre à la *carrante* (11), mon garçon, cria la *mère Sans-Refus* à celui des bandits qui était resté en haut.

(1) Souper.
(2) Voleur misérable, d'objets de peu d'importance.
(3) Mangeras.
(4) Vin.
(5) Pain.
(6) Viande.
(7) Nez.
(8) Bavardez.
(9) Du bruit, du tapage.
(10) Ferme la boutique
(11) Table.

Il ne fut pas nécessaire de lui répéter cet ordre; il eut bien vite terminé tout ce qu'il avait à faire dans la boutique, et, à son tour, il fit son entrée dans le caveau; mais, quelque diligence qu'il 'ût faite, il n'arriva pas assez tôt pour pouvoir choisir une place; il fut forcé de se contenter d'un tabouret placé à l'extrémité de la table.

Le repas fut d'abord aussi paisible que pouvait l'être une réunion composée d'éléments semblables à ceux qui étaient rassemblés dans le caveau de la *mère Sans-Refus*. Les bandits voulaient d'abord satisfaire le vigoureux appétit que, pour la plupart, ils avaient le bonheur de posséder. Il est inutile de dire que *Salvador* et ses deux compagnons, accoutumés à une chère beaucoup plus délicate que celle qui, pour le moment, était à leur disposition, ne touchaient à leurs mets que pour se donner une contenance, et ne faisaient que mouiller leurs lèvres aux rouges bords que leur versait avec une libéralité toute gracieuse la hideuse Hébé de ce banquet de dieux infernaux.

Au dessert, les convives, qui arrosaient chaque bouchée qu'ils avalaient d'une copieuse rasade de vin bleu, étaient assez animés pour laisser poindre une certaine confusion, diagnostic précurseur de l'orgie qui allait suivre.

La *mère Sans Refus*, qui avait le vin très-sensible, versait des larmes d'attendrissement en rappelant aux vieillards placés près d'elle la triste fin de son père, *gerbé à corir sur la lune à douze quartiers* (1), et qui était mort sans *cribler* (2). Tous les bandits, à l'exception de *Salvador* et de ses deux compagnons qui se bornaient au simple rôle d'observateurs, et de *Vernier les Bas-Bleus*, qui suivait l'exemple de ses patrons, buvaient à l'envi l'un de l'autre, parlaient tous à la fois, ou chantaient des refrains où la crudité de la pensée le disputait au cynisme de l'expression.

Les vieillards, auxquels la compagnie n'avait pas cessé de prodiguer les soins et les égards dus à leur âge et à leurs antécédents, commencèrent à s'animer; leurs yeux brillèrent d'un plus vif éclat qu'à l'ordinaire, et les mouvements de leur tête annoncèrent qu'ils allaient parler.

Tous les bandits firent silence pour les écouter.

Le plus vieux, *Cadet-Filoux*, remplit de vin son verre qu'il éleva au-dessus de sa tête; les deux autres, *Cadet l'Artésien* et *Coco-Lardouche*, suivirent son exemple.

— A la mémoire de la vieille *Pègre!* s'écrièrent-ils en chœur.

— A la mémoire, continua *Cadet-Filoux*, de ceux qui, comme nous, ont su souffrir sans jamais *manger le morceau* (3)!

Tout le monde s'empressa de faire raison à ce toast, et la conversation se trouva amenée sur un terrain où elle ne devait pas languir.

— C'est tout d' même un bon métier que celui de *pègre* (4), dit *Cornet Tape-dur* qui s'escrimait contre un pilon de volaille.

— Oui, oui, tu trouves le métier bon lorsqu'il s'agit de se bourrer le fusil, répondit le *grand Louis*; mais lorsqu'il s'agit de *travailler*, il n'est plus de ton goût, *taffeur* (5).

— Au fait, il n'est pas déjà si *chouette* (6), le *truc* (7), avec la perspective que l'on a devant les yeux, ajouta *Vernier les Bas-Bleus*, jusqu'à ce moment, avait gardé le silence; le *collège* (8), la *traverse* (9), ou la *passe* (10).

— C'est votre faute, dit *Coco-Lardouche*; si aussitôt qu'un de vous autres est pris, il ne se *mettait pas a table* (11); les *rail-*

(1) Condamné à mourir sur la roue.
(2) Crier.
(3) Dénoncer leurs camarades.
(4) Voleur.
(5) Poltron.
(6) Bon.
(7) Métier.
(8) Prison.
(9) Bagne.
(10) La guillotine.
(11) S'il ne disait pas tout ce qu'il sait.

les (1), les *gerbiers* (2) et l'*Avocat Bêcheur* (3) n'auraient pas si beau jeu.

— Dites donc, vieux, s'écria *Charles la Belle-Cravate*, est-ce qu'il y en a parmi nous quelques-uns qui ont fait les *macarons* (4)?

— Ce n'est pas là ce que veut dire *Coco-Lardouche*; il sait aussi bien que moi que vous êtes tous des bons garçons, incapables de trahir un camarade.

— Voyez-vous, mes enfants, tous les grinches qui pratiquent la *tire* (5) la *carre* (6) . . . .

(1) Palue.
(2) Juges.
(3) Procureur du roi.
(4) Dénonciateurs.
(5) Le vol à la tire est très-ancien et a été exercé par de très-nobles personnages; c'est sans doute pour cela que les *tireurs* se regardent comme faisant partie de l'aristocratie des voleurs et comme membres de la *haute pègre*, qualités que personne, au reste, ne songe à leur contester.

Le Pont-Neuf était autrefois le rendez-vous des *tireurs de laine* et des coupeurs de la bourse qu'à cette époque les habitants de Paris portaient suspendue à la ceinture de cuir qui entourait leur corps. Ces messieurs, qui alors étaient nommés *Mions de Boulles*, ont compté dans leurs rangs : le frère du roi Louis XIII, Gaston d'Orléans, le poëte Villon, le chevalier de Rieux, le comte de Rochefort, le comte d'Harcourt et plusieurs gentilshommes des premières familles de la cour; ils exerçaient leur industrie à la face du soleil et sous les yeux du guet qui ne pouvait rien y faire, c'était le bon temps! Mais maintenant les grands seigneurs, qui peuvent puiser à leur aise dans la caisse des fonds secrets, ce qui est moins chanceux et surtout plus productif que de voler quelques manteaux râpés ou quelques bourses étiques, ont laissé le métier aux manants.

Les *tireurs* sont toujours bien vêtus, quoique par nécessité ils ne portent jamais de cannes, ni de gants à la main droite; ils cherchent à imiter les manières et le langage des hommes de bonne compagnie, ce à quoi quelques-uns d'entre eux réussissent parfaitement. Les tireurs, lorsqu'ils travaillent, sont trois ou quelquefois même quatre ensemble, ils fréquentent les bals, concerts, spectacles, enfin tous les lieux où ils espèrent rencontrer la foule. Au spectacle, leur poste de prédilection est le bureau des cannes, parce qu'au moment de la sortie il y a toujours là grande affluence, ils ont des relations avec presque tous les escamoteurs et chanteurs des rues qui participent aux bénéfices de la *tire*. Rien n'est plus facile que de reconnaître un *tireur*, il ne peut rester en place, il va et vient, il laisse aller ses mains à l'aventure, mais de manière cependant à ce qu'elles frappent sur les poches ou le gousset dont il veut approximativement connaître le contenu. S'il suppose qu'il vaille la peine d'être volé, deux compères, que le *tireur* nomme ses *nonnes* ou *nonnets*, se mettent chacun à leur poste, c'est-à-dire près de la personne qui doit être dévalisée, ils la poussent, la serrent jusqu'à ce que l'opérateur ait achevé son entreprise. L'objet volé passe entre les mains d'un troisième affidé, le *coqueur*, qui s'éloigne le plus vite possible, mais cependant sans affectation.

Il y a parmi les *tireurs* des prestidigitateurs assez habiles pour en remontrer au célèbre Philippe lui-même, ces grands hommes de la catégorie sont doués d'un sang-froid vraiment remarquable et qui ne se dément jamais.

(6) Presque tous les *carreurs* sont des Bohémiens, des Italiens ou des Juifs, hommes ou femmes : ils se présentent dans un magasin achalandé, et, après avoir acheté, ils donnent en payement une pièce de monnaie dont la valeur excède de beaucoup celle de l'objet dont ils ont fait l'acquisition; tout en examinant la monnaie qui leur a été rendue, ils remarquent une ou deux pièces qui ne sont pas semblables aux autres, les anciennes pièces. « Si vous aviez beaucoup de pièces semblables à celles-ci, nous vous les prendrions en vous donnant un bénéfice, disent-ils. » Le marchand, séduit par l'appât du gain, se met à chercher dans son comptoir et quelquefois même dans les sacs de sa réserve des pièces telles que le *carreur* en désire, et si, pour accélérer sa recherche, le marchand lui permet l'accès de son comptoir, il

ou la *détourne* (1), le *chantage* (2), ou le *charriage* (3). . .

peut être assuré qu'il y puisera avec une dextérité vraiment remarquable.

(1) Vol à l'intérieur et à l'étalage des boutiques.

(2) Le *chanteur* est un voleur qui fait contribuer un individu en le menaçant de mettre le public ou l'autorité dans la confidence de sa turpitude.

Les *chanteurs* ont à leur disposition de jeunes garçons doués d'une jolie physionomie qui s'en vont tourner autour de tel financier, de tel noble personnage et même de tel magistrat, qui ne se rappelle de ses études classiques, que les odes d'Anacréon à Bathylle et les passages des Bucoliques de Virgile adressés à Alexis; si le *pantre* mord à l'hameçon, le *Jésus* le mène dans un lieu propice, et lorsque le délit est bien constaté, quelquefois même lorsqu'il a déjà reçu un commencement d'exécution, arrive un agent de police d'une taille et d'une corpulence respectables : « Ah! je vous y prends, dit-il; suivez-moi chez le commissaire de police. » Le *Jésus* pleure, le pécheur supplie; larmes, prières sont inutiles. Le pécheur offre de l'argent, le faux agent de police n'est pas incorruptible, tout s'arrange moyennant finance, et il n'est plus question de procès-verbal.

Ce n'est pas toujours de cette manière que procèdent les chanteurs, c'est quelquefois le frère ou le père supposé du jeune homme qui joue le rôle de l'agent de police; cette dernière manière de procéder, qui entraîne en cas de malheur une pénalité moins forte, puisqu'au délit principal ne se joint pas celui d'usurpation de fonctions, est même la plus usitée.

(3) Le mot *charriage*, dans le langage des voleurs, est un terme générique qui signifie voler un individu en le mystifiant ; les *charriurs* sont donc en même temps voleurs et mystificateurs, et presque toujours ils spéculent sur la bonhomie d'un fripon qui n'exerce le métier que par occasion; ils vont habituellement deux de compagnie, l'un se nomme l'*Américain* et l'autre le *Jardinier*. Le *Jardinier* aborde le premier individu dont l'extérieur n'annonce pas une très-vaste conception, et il sait trouver le moyen de lier conversation avec lui; tout à coup ils sont abordés par un quidam richement vêtu qui s'exprime difficilement et qui désire être conduit, soit au Jardin-du-Roi, soit au Palais-Royal, soit à la plaine de Grenelle, pour y voir le *petite foussillement bien choisi*, mais toujours à un lieu très-éloigné de l'endroit où l'on se trouve, il offre en échange de ce léger service une pièce d'or, quelquefois même deux, il s'est adressé au *Jardinier* et celui-ci dit à la dupe : « Puisque nous sommes ensemble, nous partagerons cette bonne aubaine, conduisons cet étranger où il désire aller, cela nous promènera. » On ne gagne pas tous les jours dix ou vingt francs en se promenant, aussi la dupe se garde bien de refuser la proposition, les voilà donc partis tous les trois pour leur destination.

L'étranger est très-communicatif. Il raconte son *histoire* à ses compagnons; il n'est que depuis peu de jours à Paris, il était au service d'un riche étranger qui est mort en arrivant en France et qui lui a laissé beaucoup de pièces jaunes qui n'ont pas cours à Paris, et il voudrait bien changer contre des pièces blanches, il donnerait volontiers une des siennes pour trois et même deux de celles qu'il désire.

La dupe trouve l'affaire excellente, il y a 100 pour 100 à gagner à un pareil marché; il s'entend avec le *Jardinier* et il est convenu qu'ils duperont l'*Américain*. « Mais, dit le *Jardinier*, les pièces d'or ne sont peut-être pas bonnes, il faut aller les faire estimer. » Ils font comprendre cette nécessité à l'étranger qui leur coûte une pièce sans hésiter, et ils vont ensemble chez un changeur qui leur rend quatre pièces de cinq francs en échange d'une de vingt, ils en remettent trois à l'*Américain*, qui paraît parfaitement content, et ils en partagent une; les bons comptes font les bons amis, l'affaire est presque conclue, l'*Américain* étale ses rouleaux d'or, qu'il met successivement dans un petit sac fermé par un cadenas.

— Vous être fait estimer mon pièce d'or, dit-il alors, moi souloir aussi savoir si foire archent il être bon.

— Rien de plus juste, répond le *Jardinier*.

L'*Américain* ramasse toutes les pièces de cinq francs du *pantre*, et sort accompagné du *Jardinier*, soi-disant pour aller les

qu'ils soient *cambrioleurs* (1), *roulottiers* (2), *bonjouriers* (3), *ramastiques* (4) . . . .

faire estimer. Il va sans dire qu'il a laissé en garantie le petit sac qui contient ses rouleaux d'or.

Le *pantre* est tout à fait tranquille; il attend paisiblement dans la salle du marchand de vin, chez lequel il s'est laissé entraîner, qu'il plaise à ses deux compagnons de revenir; il attend une demi-heure, puis deux, puis les soupçons commencent à lui venir, il ouvre enfin le sac dans lequel, au lieu de pièces d'or, il ne trouve que des rouleaux de monnaie de billon.

(1) Les *cambrioleurs* travaillent rarement seuls; lorsqu'ils préméditent un coup, ils s'introduisent trois ou quatre dans une maison, et montent successivement à tous les étages; l'un d'eux frappe aux portes, si personne ne répond, c'est bon signe, et l'on se dispose à opérer aussitôt pour se mettre en garde contre toute surprise; pendant que l'un des associés fait sauter la gâche ou joue du rossignol, un autre va se poster à l'étage supérieur et un troisième à l'étage au-dessous.

Lorsque l'affaire est *donnée* ou *nourrie*, un des voleurs se charge de *filer* (suivre) la personne qui doit être volée, dans la crainte qu'un oubli ne la force à revenir au logis; s'il en est ainsi, celui qui est chargé de cette mission la suit pour mieux prévenir ses camarades, qui peuvent alors s'évader avant le retour du *mézière* (du bourgeois).

Il y a aussi les *cambrioleurs à la flan* (voleurs de chambre au hasard) qui s'introduisent dans une maison sans avoir auparavant jeté leur dévolu; ces improvisateurs ne sont sûrs de rien, ils vont de porte en porte; où il y a, ils prennent; où il n'y a rien le voleur, comme le roi, perd ses droits. Le métier de *cambrioleur à la flan* n'est exercé que par ceux qui débutent dans la carrière, est très-périlleux et très-peu lucratif.

(2) Les *roulottiers* appartiennent presque tous aux dernières classes du peuple, et leur costume est presque toujours semblable à celui des commissionnaires ou des rouliers. Ils *travaillent* toujours plusieurs ensemble. Lorsqu'ils ont remarqué sur une voiture un objet qui paraît valoir la peine d'être volé, l'un d'eux aborde le conducteur et le retient à la tête de ses chevaux, tandis que les autres débauchent la voiture et en font tomber les ballots.

En général, les *roulottiers* procèdent avec une audace vraiment extraordinaire. Il est arrivé plusieurs fois à un roulottier fameux, le nommé *Goupil*, de monter en plein jour, et dans le quartier des halles, sur l'impériale d'une diligence et d'en descendre une malle comme si elle lui appartenait.

(3) Le costume du *bonjourier* ou *chevalier grimpant* est propre, élégant même, il est toujours chaussé comme s'il était prêt à partir pour le bal, et un sourire, qui ressemble plus à une grimace qu'à toute autre chose, est continuellement stéréotypé sur son visage.

Rien n'est plus simple que sa manière de procéder. Il s'introduit dans une maison à l'insu du portier ou en lui demandant une personne qu'il sait devoir y demeurer; cela fait, il monte jusqu'à ce qu'il trouve une porte à laquelle il y ait une clef, il ne cherche pas longtemps, car beaucoup de personnes ont la détestable habitude de ne jamais retirer leur clef de la serrure; le *bonjourier* frappe d'abord doucement, puis plus fort, puis encore plus fort; si personne n'a répondu, bien certain alors que la victime est absente ou profondément endormie, il tourne la clef, entre et s'empare de tous les objets à sa convenance; si la personne qu'il vole se réveille pendant qu'il est encore dans l'appartement, il lui demande le premier nom venu, et se retire après avoir prié d'agréer ses excuses; le vol est quelquefois déjà consommé lorsque cela arrive.

(4) Les *ramastiques* ou *ramastiqueurs*, comme beaucoup d'autres filous, ne doivent leurs succès qu'à la cupidité des dupes.

La scène se passe sur la place publique. Les acteurs principaux examinent avec soin les allants et les venants. Enfin apparaît sur l'horizon l'individu qu'ils attendent; sa physionomie, son costume, décèlent un quidam aussi crédule qu'intéressé. L'un des observateurs l'aborde et lui adresse quelques-unes de ces questions dont la réponse doit révéler à l'interrogateur l'état des finances de l'interrogé. Si les renseignements obtenus lui paraissent favorables, il fait un signe : alors l'un de ses compagnons prend les devants et laisse tomber de sa poche une boîte ou un petit pa-

soulasses (1), *Romanichels* (2), *vanterniers* (3). . . . . .

quet, de manière cependant à ce que l'étranger ne puisse faire autrement que de remarquer l'objet; c'est ce qui arrive en effet, et au moment où il se baisse pour le ramasser, sa nouvelle connaissance s'écrie : « Part à deux. » On s'empresse d'ouvrir le paquet, à la grande joie du *pantre*. On y trouve ou une bague ou une épingle magnifique; un écrit accompagne l'objet, et cet écrit est la facture d'un marchand joaillier qui reconnaît avoir reçu d'un domestique une somme assez forte pour le prix de ce qu'il envoie à M. le marquis ou à M. le comte un tel. « Nous le rendons pas cela, dit le fripon; un marquis, un comte a bien le moyen de perdre quelque chose, et nous serions de bien grands niais si nous ne profitions pas de la bonne aubaine que le ciel nous envoie. » La dupe ne pense pas autrement, il ne reste donc plus qu'à vendre l'objet, voilà le difficile. Le *ramastique* fait observer que cela ne serait peut-être pas prudent, on ne se défait pas facilement d'un objet d'un aussi grand prix, comment faire ? « Écoutez, dit enfin le fripon, vous me paraissez un honnête garçon, et je vais vous donner une marque d'une confiance dont vous vous montrerez digne, je l'espère; je vais laisser l'objet entre vos mains, mais comme j'ai besoin d'argent, vous me ferez l'avance de quelques centaines de francs, mais j'exige que vous me donniez votre adresse. » Le niais, qui déjà est déterminé à garder toute la valeur de ce qu'on a trouvé, s'empresse d'accepter la proposition, et, dans son for intérieur, il se moque de la simplicité de son compagnon; il ne cesse de rire à ses dépens que lorsqu'il a fait estimer la trouvaille par un joaillier, qui lui apprend que le bijou qu'il possède vaut tout au plus 15 ou 20 francs.

(1) Voleurs qui se lient avec une personne pour la tromper ensuite d'une manière quelconque. Tous les membres de la grande famille des trompeurs peuvent donc être nommés ainsi.

(2) Les *Romanichels*, originaires à ce qu'on assure, de la Basse-Egypte, forment, comme les Juifs, une population errante sur toute la surface du globe, population qui a conservé le type qui la distingue, mais qui diminue tous les jours, et dont bientôt il ne restera plus rien.

Les *Romanichels* sont donc ces hommes à la physionomie orientale que l'on nomme en France Bohémiens; en Allemagne, Die Egyptens; en Angleterre, Gypsis; en Espagne et dans toutes les contrées du midi de l'Europe, Gitanos.

Les *Romanichels* n'ont inventé, ou du moins ont exercé avec beaucoup d'habileté, le vol à la *carre* dont nous venons de parler, qu'ils ont nommé *Cariben*.

Lorsque les *Romanichels* ne volent pas eux-mêmes, ils servent d'éclaireurs aux voleurs. Les chauffeurs qui, de l'an IV à l'an VI de la république, infestèrent la Belgique, une partie de la Hollande et la plupart des provinces du nord de la France, avaient des *Romanichels* dans leurs bandes.

Les *Marquises* (les *Romanichels* nomment ainsi leurs femmes) étaient ordinairement chargées d'examiner la position, les alentours et les moyens de défense des *gernaffes* (fermes) ou *pipes* (châteaux) que doivent être attaqués, ce qu'elles faisaient en examinant la main d'une jeune fille à laquelle elles ne manquaient pas de prédire un sort brillant et qui, souvent, devait s'endormir le soir pour ne plus se réveiller.

(3) Les premiers vols à la *vanterne* furent commis à Paris en 1814. Dans une seule nuit, plus de trente vols commis à l'aide d'escalade vinrent effrayer les habitants du faubourg Saint-Germain; mais, peu de temps après cette nuit mémorable, l'auteur de ce livre mit entre les mains de l'autorité trois bandes de *vanterniers* fameux : la première composée de trente-deux hommes, la seconde de vingt-huit et la troisième de seize; sur ce nombre total de soixante-seize, soixante-sept furent condamnés à des peines plus ou moins fortes.

Il serait facile de mettre les *vanterniers* dans l'impossibilité de nuire, il suffirait pour cela de fermer à la tombée de la nuit, et même durant les plus grandes chaleurs, toutes les fenêtres pour ne les ouvrir que le matin.

Un vol à la *vanterne* n'est quelquefois que le préliminaire d'un assassinat : des *vanterniers* voulaient dévaliser un appartement situé à l'entresol d'une maison du faubourg Saint-Honoré; l'un d'eux entre par la fenêtre, visite le lit, ne voit personne, bientôt

ou *neps* (1), devraient se considérer comme les enfants d'une même famille, se prêter aide et assistance en cas de besoin, en un mot, se chérir comme des frères.

Il y a dans le monde, mes enfants, des hommes qui se gorgent tous les jours de truffes et de vin de Champagne, qui dorment sur l'édredon, qui se font traîner dans de somptueux équipages et qui passent leurs soirées à lorgner les tibias des danseuses de l'Opéra, qui emploient les instants qu'ils ne savent que faire à écrire de beaux traités, dans lesquels ils recommandent à ceux qui ne boivent que du vin à six sous, quand ils en boivent! qui se couchent sur une méchante paillasse, quand ils ne couchent pas à la belle étoile, et qui jamais ne verront les tibias de mesdemoiselles Fanny Essler et Cérito, de vivre et de mourir sans jamais s'écarter du sentier de l'honneur : ces gens-là, mes enfants, on les appelle des philanthropes.

— Des philanthropes, s'écria *Coco-Desbraises*, qu'est-ce que c'est que ça des philanthropes, çu va t'y sur l'eau ?

— Les philanthropes sont ceux qui disent au peuple, lorsqu'il n'a pas de pain, de manger de la brioche; ce sont les philanthropes qui, lorsqu'un cruel fléau décimait la population de la capitale, recommandaient aux misérables, qui n'avaient pour couvrir leurs membres amaigris qu'une mauvaise serpillière de toile, de se tenir bien chaudement, de se nourrir d'aliments sains et de ne boire que de bons vins de Bordeaux.

« Vivre, souffrir et mourir sans jamais s'écarter du sentier de la vertu, c'est beau sans doute, mais celui qui n'a pas un toit pour abriter sa tête, des vêtements pour se couvrir, des aliments pour apaiser la faim qui le tourmente, le pauvre diable qui n'a pu trouver de travail, qu'on jette aux dehors par son hôtelier, parce qu'il n'a pu payer son modeste logement, qui n'a pas dîné, et que l'on condamne parce qu'il s'est endormi à jeun sous le porche d'une église ou dans un four à plâtre, se dit à la fin que les philanthropes sont des *solliceurs le toffitudes* (2). »

— Ah! c'est vrai, dit *Charles la Belle-Cravate*, lorsque je me suis laissé *affranchir à la rebiffe* (3) par les *funandels* (4), il y avait deux *luisants* (5) que je n'avais pas *morfilé* (6).

— Eh bien! si toi, qui étais à cette époque honnête, et qui pouvais sans rougir te présenter partout, tu as été réduit à une telle extrémité, juge de ce qui arrive à un malheureux libéré que tout le monde repousse comme un chien galeux!

« Un individu nommé *Carré*, à peine âgé de treize ans, fut condamné à seize années de travaux forcés, pour un vol de deux lapins, commis la nuit, de complicité, à l'aide d'effraction; mais, en raison de son âge, la peine qu'il avait encourue

Il est suivi par un de ses camarades, et tous deux se mettent à chercher ce qu'ils espéraient trouver, mais bientôt ils aperçoivent une jeune dame endormie sur un canapé, elle avait au cou une chaîne et une montre d'or. — Elle *rompille* (elle dort), dit à son compagnon l'un des *vanterniers*, *Delzaics*, surnommé l'*Ecrale*, il faut *pesciller le bogue et la brile de jone* (il faut prendre la montre et la chaîne d'or), — mais si elle *crible* (crie), répond le second *vanternier*, le nommé *Mahou*, dit l'*Apothicaire*, — si elle *crible*, reprend l'*Ecrevisse*, si elle *crible* on lui *fauchera le colu* (coupera le cou). La jeune dame, qui n'était endormie qu'en apparence et qui entendait, sans en comprendre le sens, les paroles que prononçaient les voleurs, eut assez de prudence et de courage pour feindre de toujours dormir profondément; aussi il ne lui arriva rien.

(1) Nom d'une certaine catégorie de voleurs israélites, qui savent vendre très-cher une croix d'ordre, garnie de pierreries fausses.

(2) Des marchands de paroles absurdes, de bêtises.

(3) Les mots de la langue usuelle qui accompagnent ceux du langage argot que donnent souvent à ces derniers une signification complexe; ainsi, ici *affranchir* est mis pour *lorsque j'ai commis mon premier vol, puis mon deuxième*.

(4) Camarades.

(5) Jours.

(6) Mangé.

Sceaux. — Typ. et stér. M. et P.-E. Chaulieu.

LES VRAIS MYSTÈRES DE PARIS

Par VIDOCQ

Il y a que ce méchant gamin veut me buter. (Page 37.)

fut commuée en seize années de prison. Carré se conduisit bien tant que dura sa captivité, et apprit l'état de polisseur de boutons; il fut assez heureux, lors de sa libération, pour trouver de l'occupation, et durant plusieurs années il ne donna pas le moindre sujet de plainte; mais le métier qu'il exerçait étant venu à tomber, il se trouva tout à coup dans la plus affreuse misère; pendant longtemps il alla voir tous les deux ou trois jours une personne charitable, et à chaque visite cette personne lui remettait deux ou trois francs; mais craignant que cette personne ne se lassât de le secourir, il n'alla plus chez elle et vola, dans une cuisine, deux casseroles qui pouvaient valoir dix francs au plus; il fut arrêté pour ce fait et condamné aux travaux forcés à perpétuité et à la marque.

« Lors du départ de la chaîne, la personne en question alla voir Carré; et comme elle ne connaissait pas les circonstances qui l'avaient porté à commettre un nouveau crime, elle crut devoir lui adresser quelques reproches. — Eh! monsieur, lui répondit Carré, je ne pouvais trouver de l'argent nulle part. J'étais repoussé de tout le monde, je n'ai volé que pour être envoyé au bagne; là, au moins, je mangerai tous les jours. »

— Voulez-vous que je vous raconte l'histoire d'un forçat libéré, que plusieurs d'entre vous doivent avoir connu au bagne de Toulon, celle de Aubert (1). Cet homme fut condamné le 2 août 1826, pour un faux commis dans des circonstances qui le rendaient presque excusable, à cinq ans de travaux forcés; il subit sa peine au bagne de Toulon, et fut

(1) Historique, rigoureusement historique.

libéré le 2 août 1831. Il se rendit légalement à Caen, où il re joignit sa femme et sa fille, que le préjugé et la misère, qui en est la conséquence inévitable, le forcèrent bientôt de quitter dans leur propre intérêt, et pour qu'elles ne partageassent pas la réprobation dont il était l'objet; il se rendit à Bordeaux, il s'adressa à une des autorités de la ville, qui, touchée de ses malheurs, le secourut largement de sa bourse, et lui fit avoir un passe-port non stigmatisé, qui lui permit de chercher un emploi. Il parvint à se faire recevoir comme précepteur dans une famille des environs de Bordeaux; il répondit à la confiance qu'on lui témoignait. Mais une fatale circonstance vint dévoiler le mystère dont il s'entourait, et bien qu'on n'eût qu'à se louer de sa conduite et de son travail, on le congédia...

« Il s'enrôle alors dans les armées de Don Pédro, il fut gradé et passa trois ans en Portugal, puis il resta cinq ans en Belgique, d'abord comme ouvrier dans une fabrique de fer, puis à la tête d'une école de jeunes enfants; mais la réprobation vint l'y chercher et l'en chasser, il parvint alors à se faire admettre comme surveillant au chemin de fer, section de Gouy, les piétons à Charleroy; mais les travaux une fois achevés, il se trouva de nouveau sans emploi et dans l'impossibilité d'en trouver un, parce que sa véritable position était connue; il passa en Prusse, où il fut arrêté et ramené à la frontière française; en France, on l'arrêta également, et après une prévention de vingt-trois jours, il fut condamné à vingt-quatre heures de prison pour rupture de ban. Les certificats dont il était porteur plaidèrent en sa faveur, et, en condemnant, le président du tribunal déplora la sévérité de la loi, mais elle dictait la sentence, il ne put qu'user de la faculté qu'elle lui laissait pour infliger le minimum de la peine.

« Après avoir satisfait à cette condamnation, le forçat libéré se rendit à Metz, où le préfet de la Moselle l'envoya à Remelfding, dans la colonie de M. Appert. Il y resta huit mois, et en sortit parce qu'il fut impossible à ce généreux philanthrope de continuer plus longtemps son œuvre charitable. Le libéré voulut alors se rendre à Couvron, près Vitry, où les travaux du chemin de fer étaient alors en pleine activité. Il en sollicita l'autorisation, elle lui fut refusée, par le caprice d'un secrétaire de mairie, et c'est par suite d'un refus inexplicable que ce malheureux, porteur d'excellents certificats et d'une lettre de recommandation fort honorable du sous-préfet de Toul, se trouvait réduit à mendier des secours le long de la route qu'il parcourait pour se rendre à Dreux, lorsque je le rencontrai. Cette victime du préjugé et des rigueurs de la surveillance, vingt-trois ans après l'expiration de sa peine, versait des larmes amères en me disant qu'il savait bien qu'il n'était qu'un lâche, puisqu'il endurait depuis si longtemps de semblables tortures et de semblables humiliations sans avoir le courage de se détruire. »

— Pourquoi qu'il ne grinchissait (1) pas? dit Coco-Desbraises.

— Des idées! reprit Cadet l'Artésien.

— Des idées de pantre (2), ajouta Cadet-Filoux.

— Quoi qu'il en soit, reprit Cadet l'Artésien, Aubert n'est pas le seul fagot (3) dont je puisse vous raconter l'histoire; mais comme je ne veux pas vous tenir là jusqu'à demain matin, je ne vous parlerai plus que d'un seul, de Blanchet.

« Blanchet avait été condamné à un vol de peu d'importance, commis dans un moment d'ivresse. À l'expiration de sa peine, il fut placé sous la surveillance et envoyé dans une petite localité de la province, où il n'avait ni parents, ni amis, il y manqua d'ouvrage. Habitué depuis vingt ans au séjour de Paris, seule ville dans laquelle il pût gagner sa vie (il était marchand des quatre-saisons), mais bientôt il fut arrêté pour rupture de ban et condamné. Renvoyé de nouveau en province, la nécessité lui fit encore une loi de regagner la capitale; mais cette fois, instruit par l'expérience, il se cacha. Les moyens de gagner sa vie lui devinrent par là plus difficiles, et bientôt il tomba en récidive. Cet homme, pourtant, n'avait pas le goût du métier, ses sentiments étaient droits et honnêtes. Il était resté longtemps à la Conciergerie, et s'était attiré l'estime des autres détenus et celle de ses gardiens. Sa conduite y fut toujours exemplaire, et il sut, à ce qu'on assure, gagner la confiance de monsieur le directeur de la prison. Cette confiance fut entière, et jamais il n'en abusa. On dit que monsieur le directeur affirmait, au besoin, que Blanchet n'avait que des sentiments honnêtes, et pourtant la surveillance en a fait un grinche (4) comme nous autres. »

— Décidément, ce vieux scélérat prêche, dit le vicomte de Lussan à ses deux compagnons; j'ai bien envie d'envoyer à tous les diables le prédicateur et ses auditeurs.

— Gardez-vous-en bien, cher vicomte, répondit Salvador, il ne faut pas que nous soyons les provocateurs, si nous ne voulons pas avoir sur les bras toute cette vile canaille.

Ces quelques paroles, échangées à voix basse, n'avaient pas interrompu Cadet-l'Artésien, qui continuait en ces termes:

— Connaissez-vous le pégriot?

« Le pégriot, mes enfants, occupe les derniers degrés de l'échelle, au sommet de laquelle sont placés les pègres de la haute (5); les hommes comme Rupin, le Provençal; Richard, Cadet l'Artésien, Coco-Lardouche et moi jadis, et d'autres vous occupez les échelons intermédiaires. Le besoin conduisait la main du pégriot (6) lorsqu'il commit son premier vol,

(1) Volait pas.
(2) De niais.
(3) Forçat.
(4) Voleur.
(5) Voleurs du grand genre.
(6) Petits voleurs.

et peut-être que si quelqu'un voulait bien lui donner du pain en échange de son travail et l'aider de quelques conseils, il abandonnerait un métier dont les commencements doivent lui paraître assez rudes. Le pégriot est timide, et ce n'est que lorsqu'il est poussé dans ses derniers retranchements qu'il se hasarde à tirer de la poche de celui qui se trouve à sa portée un foulard, que la fourgate (1) lui payera le quart de sa valeur: le pégriot est toujours sale et mal vêtu, il ne déjeune jamais et ne dîne pas tous les jours; lorsqu'il a quelques sous, il va prendre gîte dans un des hôtels à la nuit de la Cité; lorsque son gousset est vide, il se promène toute la nuit, si la première patrouille qu'il rencontre ne le mène pas au corps-de-garde, qu'il ne quittera que pour aller chez un quart-d'œil (2), qui l'enverra à la cigogne (3).

« Voilà comment on devient grinche, l'homme pauvre devient goupeur (4), on l'envoie à la Lorcefée (5), il en sort poisse (6). L'enfant ignorant et abandonné devient pégriot, on l'envoie en prison, il en sort voleur, c'est toujours la même chanson, avec des variations différentes. Une fois qu'on est arrivé là, savez-vous ce qu'il faut faire?

— Eh ben! qué qui faut faire? dit Délicat.

— Prendre le temps comme il vient, la soupe comme elle est, et faire son métier en brave garçon (7), répondit Cadet-Filoux.

— Là, du flan, birbe (8), dit Charles la Belle-Cravate, est-ce qu'une fois qu'on a mis la main à la pâte, il n'y a plus moyen de la retirer (9)?

— Plus moyen, mon garçon, plus moyen, et pour vous prouver à tous que je ne vous en impose pas, je vais vous raconter en peu de mots l'histoire d'un grinche qui a voulu redevenir pantre (10). Dis donc, Cadet-Vincent, as-tu connu là-bas, dans la salle n° 3, un nommé Etienne Lardenois.

— J'crois bien, un beau brun, fort comme un taureau et courageux comme un lion, âgé de vingt-cinq à trente ans au plus; mais dis donc, Coco-Desbraises, tu l'as connu aussi, toi, Etienne Lardenois, à preuve qu'un jour il t'a donné une fameuse floppée?

— Oui, oui, je l'ai connu, Etienne Lardenois, répondit Coco-Desbraises d'une voix sombre.

— Eh bien! voici ce qui lui est arrivé: reprit Cadet-Filoux.

« Etienne Lardenois avait été gerbé à cinq longes de dur pour un grinchissage avec fricfrac, dans une taule habitée (11); vingt ans et plus de pré (12) ça s'arrache, dix ans ça se tire, cinq ans, ça se fait par-dessus la jambe; vous savez ça vous autres. Mais Etienne Lardenois ne pouvait pas s'accoutumer aux coups de rotin de messieurs les argousins; aussi, il ne fit pas ses cinq longes, il les arracha, et lorsqu'il reçut ses escrachés de fagot affranchi (13), il se promit bien de ne plus retourner à Toulon, le pauvre garçon! Il ne se doutait pas du nombre des obstacles qu'il serait forcé de surmonter, s'il voulait tenir la promesse qu'il s'était faite.

« Comme il avait été condamné à une époque où il était encore possible de racheter sa surbine (14)... il n'eut pas trop à en souffrir, il lui fut permis de rester à Paris.

« Etienne Lardenois était ciseleur de son état, c'était un excellent ouvrier, presqu'un artiste; aussi il fut admis sans dif-

(1) La recéleuse.
(2) Commissaire de police.
(3) Préfecture de police.
(4) Vagabond.
(5) A la Force.
(6) Voleur.
(7) Bon voleur.
(8) Là, de bonne foi, vieux.
(9) Qu'on s'est mis à voler.
(10) Honnête homme.
(11) Condamné à cinq années de fers pour un vol avec effraction dans une maison habitée.
(12) Travaux forcés.
(13) Les papiers de forçat libéré.
(14) Sa surveillance.

ficulté dans un atelier où, pendant un certain laps de temps, il gagna cinq francs par jour.

— C'était joli, on pouvait boulotter avec ça, dit *Cadet-Vincent*.

— Malheureusement pour *Étienne Lardenois*, continua *Cadet-Filoux*, un *grinche*, avec lequel il avait eu des raisons là-bas et qui lui en voulait depuis qu'il en avait reçu une *floppée* des mieux conditionnées, le rencontra et finit par savoir où il travaillait; il écrivit au bourgeois d'*Étienne Lardenois* et il lui apprit que celui qu'il occupait était un *fagot affranchi* (1).

— Et voilà *Étienne Lardenois* renvoyé de son atelier? dit *Cadet-Vincent*.

Cadet-Filoux se mit à rire aux éclats :

— Tu ne sais pas? continua-t-il lorsque cet accès d'hilarité fut passé, tu ne sais pas combien les *pantres* (2) sont coquins; le bourgeois d'*Étienne Lardenois* ne le renvoya pas; mais sachant très-bien que son ouvrier ne pourrait pas, s'il sortait de chez lui, trouver de l'ouvrage ailleurs, il lui diminua sa journée de moitié; il ne lui paya plus que deux francs cinquante centimes ce qu'auparavant il lui payait cinq francs; le pauvre garçon fut forcé d'en passer par là.

— Mais ce bourgeois-là était aussi coquin que nous, dit *Rolet le Mauvais-Gueux*.

— Je ne vous dis pas le contraire; quoi qu'il en soit, cela ne faisait pas le compte du *grinche* qui l'avait vendu; voyant qu'à la suite de la dénonciation qu'il avait faite au bourgeois d'*Étienne Lardenois*, son ennemi n'avait pas été honteusement chassé de son atelier, il se dit qu'il serait peut-être plus heureux s'il s'adressait aux camarades de ce dernier; en conséquence, il les accosta dans un cabaret un jour où *Étienne Lardenois* n'était pas avec eux; car il était trop lâche pour attaquer son ennemi en face.

— C'est-à-dire... s'écria *Coco-Desbraises*.

— Est-ce que tu connais l'ennemi d'*Étienne Lardenois*? dit *Cadet-Filoux*.

— Non, répondit le misérable, charmé de ce que le vieux n'avait pas l'intention de le nommer.

— En ce cas, tais-toi et laisse-moi achever mon histoire.

« Ce qu'avait prévu le *macaron* (3) qui avait *mangé sur l'orgue* (4) d'*Étienne Lardenois* arriva, les ouvriers ne voulurent plus travailler avec un forçat libéré, et le maître fut, malgré lui, forcé de le renvoyer; vous avez deviné que la position d'*Étienne Lardenois* fut bientôt connue de tous les gens de son état, et qu'en conséquence il dut y renoncer : que pouvait-il faire?

— Parbleu, *grinchir*, dit *Cornet Tape-dur*.

— Il ne le voulait pas. Voilà ce qu'il fit après avoir épuisé toutes ses ressources, engagé ou vendu tout ce qu'il possédait, fait feu des quatre pieds et remué ciel et terre pour trouver à s'occuper, sans pouvoir y parvenir.

« Il existe à Clichy un établissement dans lequel on fabrique du blanc de céruse...

— Ah çà ! dit *Robert*, j'ai déjà entendu parler plusieurs fois de cette fabrique comme de quelque chose de terrible : que que c'est donc ?

— Vous voulez savoir ce que c'est que la fabrique de blanc de céruse de Clichy? répondit le vicomte de Lussan qui, jusqu'à ce moment, n'avait pas pris part à la conversation, je vais vous le dire.

— Eh bien ! ça nous fera plaisir, reprit *Cadet-Vincent*.

— Nous décernons des croix et des couronnes de lauriers à ceux qui se sont montrés braves sur le champ de bataille, continua le vicomte de Lussan.

« Eh bien ! mon ami, il y a des hommes plus braves et plus vertueux que ceux auxquels on accorde ces belles récompenses, et pour ceux-là on n'a que des rebuffades, du mépris et de la répulsion.

— Bast ! dit *Cornet Tape-dur* dont les yeux écarquillés

(1) Forçat libéré.
(2) Les honnêtes gens.
(3) Le traître, le dénonciateur.
(4) Dénoncé, faire connaître pour ce qu'il était.

annonçaient le plus profond étonnement, et qui que c'est donc que ces hommes-là ?

— Ces hommes-là, ce sont les ouvriers de la fabrique de blanc de céruse de Clichy; ils ont certes bien de la vertu et un bien grand courage, les malheureux que la misère ou les rigueurs d'une surveillance mal entendue forcent à venir chercher à la fabrique de Clichy des moyens d'existence pour leur famille et pour eux, et qui préfèrent une mort cruelle, à laquelle ils savent d'avance qu'ils ne pourront échapper, à la nécessité d'une première faute ou d'une chute nouvelle; en effet, la fabrication du blanc de céruse est si malsaine, les émanations qui s'exhalent de la trituration des matières que l'on y emploie, matières parmi lesquelles domine l'oxyde blanc de plomb, sont si pernicieuses, qu'il faut, avant de se déterminer à aller travailler à la fabrique de Clichy, avoir fait le sacrifice de sa vie; un homme d'une force ordinaire y est expédié en six semaines ou deux mois au plus, un homme sain et vigoureux résiste trois ou quatre mois, ceux qui durent six mois sont des hercules.

« Si un salaire élevé permettait à ces misérables l'espérance de laisser après eux un morceau de pain à ceux qui leur sont chers; si au moins leurs derniers jours qu'ils passent dans la pratique de la vertu la plus rare, l'abnégation, n'étaient pas abreuvés d'amertume, il ne faudrait pas trop crier contre les fabriques de blanc de céruse; mais il n'en est rien, ces ouvriers gagnent un franc cinquante à deux francs par jour, et les lépreux, au moyen âge, n'inspiraient pas plus d'horreur que l'on n'en a de nos jours pour les ouvriers de la fabrique de Clichy; ces malheureux sont regardés par les gens du pays comme des pestiférés maudits de Dieu et des hommes, et portant avec eux la contagion et la mort; et cela est vrai, qu'il n'est pas dans Clichy une seule fille qui, le connaissant, veuille bien danser avec un de ces ouvriers (ces cadavres ambulants, ô! puissance du caractère français, pour s'étourdir), on refuse de prendre du tabac dans leur tabatière et personne ne voudrait qu'ils en prissent dans la leur; dans beaucoup de cabarets on ne veut pas les recevoir, et ceux dans lesquels ils sont admis ne sont fréquentés que par eux; si des buveurs s'y trouvent lorsqu'ils y arrivent, ils s'en éloignent, et si par hasard on voit un homme du pays boire avec un de ces ouvriers sans le connaître, on a un mot d'ordre pour l'avertir : *au plomb*, et à cet avertissement il quitte l'ouvrier qui retombe de toute sa hauteur dans l'isolement le plus complet.

« Allez, lorsque vous n'aurez rien de mieux à faire, vous promener du côté de Clichy, et vous verrez rôder aux environs de la fabrique de malheureuses femmes traînant après elles des enfants maigres et rachitiques, auxquels des hommes encore plus pâles et plus étiolés qu'elles ne le sont elles-mêmes remettront une petite somme destinée à faire les frais de leur subsistance du lendemain ; vous verrez ces malheureuses s'éloigner la mort dans le cœur, après avoir lu dans les yeux du père de leurs enfants l'annonce d'une mort prochaine.

— Richard vous disait tout à l'heure, reprit *Cadet-Filoux*, que, pour supporter pendant six mois la vie à la fabrique de blanc de céruse, il fallait être un hercule ; les hercules sont rares, mais il y en a et *Étienne Lardenois* en était un. Je le rencontrai par hasard un jour que j'allais faire une petite promenade matinale dans la campagne, ce fut lui qui m'aborda, car je ne l'avais pas reconnu, le pauvre garçon. La plus effrayante pâleur avait remplacé les belles couleurs de son visage; ses yeux, dont le blanc était sillonné de petit filets sanguinolents, étaient mornes et ternes, et c'est à peine s'ils pouvaient supporter l'éclat du grand jour; ses cheveux étaient presque tous tombés, ses lèvres avaient pris cette couleur violacée qui rappelle les marbrures que l'on remarque sur les cadavres qui sont restés longtemps dans l'eau, et il n'avait plus de dents ; il était maigre et tellement plus courbé à trente ans que je ne le suis à quatre-vingt-quatre.

Nous entrâmes chez le *malxinque* (1) le plus voisin, et tout en vidant une *rouillarde* (2), qu'il voulait absolument payer, il

(1) Marchand de vin.
(2) Bouteille.

me raconta ce qui lui était arrivé. Le pauvre garçon n'en voulait pas à celui qui lui avait fait perdre son état ; il me dit seulement *en* me quittant que Dieu le punirait tôt ou tard. Probablement qu'il croyait aux *loffitudes* (1) de la religion, depuis qu'il voyait la *carline* (2) de si près.

— Il n'avait pas déjà si tort de croire au *mec des mecs* (3), dit *Cadet l'Artésien* ; car, après tout, il y en a un de *mec des mecs*. Ce n'est ni vous ni moi qui avons créé tout ce qui nous entoure, et il est plus que probable que nous n'avons pas été jetés sur la terre pour vivre comme des *tambours* (4).

— En v'là un de *bigoteur* (5), qui a le *taffetas* (6) d'aller en *glier* (7), où le *raboin* (8) le retournera pour le faire *riffauder* (9). Parce qu'il est près de *conir* (10), il veut faire le bon apôtre, dit *Coco-Lardouche*, de sa voix caverneuse et saccadée.

— J'ai fait tout mon possible, mes enfants, pour vous prouver que les circonstances faisaient autant et plus de *grinches* que la volonté des hommes qui exercent la profession ; et d'après ce que je vous ai dit d'*Étienne Lardenois*, vous avez dû voir qu'à moins de se résigner à suivre son exemple, il n'y avait guère moyen de rentrer sur la route commune une fois qu'on s'en était écarté. Je ne puis donc que vous répéter en d'autres termes ce que je vous disais en commençant : Puisque vous êtes *grinches* restez *grinches* ; mais ne donnez pas à ceux qui vous font la guerre des armes contre vous-mêmes. Au lieu de vous détester les uns les autres, que le *pégriot* (11) serve sans orgueil le *pègre de la haute* (12), en attendant qu'il le devienne à son tour. Votre liberté, quelquefois même votre vie, sont les enjeux de la partie que vous jouez contre la société partie que tôt ou tard vous devez perdre. C'est là une vérité que vous auriez tort de chercher à vous dissimuler ; vous devez donc, si vous êtes raisonnables, tâcher de la faire durer le plus longtemps possible.

— Qu'il est *marlou* (13) le *bírbe* (14), dit *Charles la Belle Cravate*, c'est que c'est vrai tout de même ce qu'il nous dit là.

— Pour qu'elle dure, cette partie, il faut, continua-t-il, après avoir adressé à *Salvador* un regard qui indiqua qu'il était arrivé à la conclusion de son discours, que le camarade en liberté n'abandonne pas son camarade dans la peine ; il faut aussi qu'il ne vienne jamais à ce dernier la pensée d'améliorer sa position aux dépens de ses camarades en liberté ; il faut en un mot que vous vous donniez tous la main et que vous vous aimiez tous comme des frères ; c'est ce que je vous souhaite et je vous donne à tous ma bénédiction. *Amen.*

— Bravo ! bravo ! s'écrièrent tous les bandits en empoignant les *petits pères noirs* placés devant eux. A la santé du *bírbe* (15).

Les têtes étaient passablement échauffées ; le vin de la *mère Sans-Refus* faisait son effet. En ce moment la vieille recéleuse apporta sur la table les fioles de parfait-amour, de cent sept ans et de cognac, que ses atroces convives lorgnaient du coin de l'œil.

Les liqueurs achevèrent ce que le vin bleu avait si bien commencé. Alors la *mère Sans-Refus*, voulant laisser à ses convives toute liberté possible, et, craignant sans doute que la présence d'une personne du sexe ne leur imposât une réserve incommode, fit comme les dames anglaises, qui quittent la table afin de laisser à leurs maris la faculté de se griser à leur aise aussitôt que l'on a enlevé le dessert.

(1) Bêtises.
(2) Mort.
(3) Dieu.
(4) Des chiens.
(5) Dévot.
(6) La peur.
(7) En enfer.
(8) Le diable.
(9) Le faire rôtir.
(10) De mourir.
(11) Petit voleur.
(12) Voleur du grand genre.
(13) Malin.
(14) Vieux.
(15) Vieux.

Les trois vieillards, *Cadet-Filoux*, *Cadet l'Artésien* et *Coco-Lardouche*, auxquels leur grand âge imposait une sobriété que n'étaient pas forcés d'observer les autres individus de la compagnie, suivirent l'exemple de la maîtresse du lieu.

La *mère Sans-Refus*, avant de quitter ses convives, leur adressa une grimace qu'ils voulurent prendre pour un sourire, et leur recommanda de bien s'amuser et de ne pas ménager son vin, dont il restait encore trois pièces dans un des coins du caveau.

— Non ! qu'on ne le ménagera pas ton *picton*, avait dit *Délicat* à ses deux acolytes lorsque la *mère Sans-Refus* s'était retirée. Avez-vous *rembroyé* la *bonique* (1) ? c'est pis que l'étalage d'un *orphelin* (2), et dire que tout ça c'est nos sueurs, c'est not' sang ! Quel mal qu'il y aurait à lui *pesciller d'esbrouffe* (3) tout ce qu'elle nous a *esgaré* (4) à la vieille *attriqueuse* (5) ?

Délicat, *Cocu-Desbraises* et *Rolet le Mauvais-Gueux* occupaient, à table, l'extrémité opposée à celle où se trouvaient *Salvador*, *Roman* et le vicomte de Lussan.

Vernier les Bas-Bleus qui en entrant s'était placé au centre de la table, entre *Cornet Tape-dur* et *Cadet-Vincent*, venait sans affectation de quitter sa place et de s'approcher de *Roman* qui lui avait fait signe de venir lui parler.

Les trois amis n'avaient pas mis encore *Vernier les Bas-Bleus* dans la confidence de leur projet ; il fallait cependant qu'ils sussent s'ils pouvaient compter sur lui.

— Écoute, lui dit *Roman* qui s'était chargé de la négociation ; tu as deviné sans doute que nous avions *Rupin*, Richard et moi, le plus grand intérêt à ce que le secret découvert par *Cocu-Desbraises* et *Délicat*, sceret qu'ils ont déjà fait connaître à *Rolet le Mauvais-Gueux*, ne soit plus connu de personne ?

— Pardine !

— Et crois-tu qu'il y ait plusieurs moyens de forcer ces hommes à se taire ?

— Je n'en connais qu'un ; et si vous voulez l'employer, vous pouvez compter sur moi, dit *Vernier les Bas-Bleus* en adressant à *Roman* un regard significatif. Je n'ai pas oublié qu'ils ont voulu me *buter* (6).

— Voyons, dit le vicomte de Lussan, ils sont ici quatorze : si le combat s'engage, quels sont ceux qui seront contre nous, et quels sont ceux qui resteront neutres ?

— Vous aurez contre vous, outre les trois en question, le *grand Louis* et *Charles la Belle-Cravate*, et peut-être un ou deux autres ; *Robert*, *Cadet-Vincent* et les autres ne se mêleront de rien.

— Eh ! mais la partie est beaucoup plus belle que je ne pensais, reprit le vicomte de Lussan ; il ne s'agit plus que de l'engager.

— Ça ne sera pas difficile, reprit *Vernier les Bas-Bleus*, si vous voulez me laisser faire.

— Tu as carte blanche, mon cher, lui répondit *Roman*, qui dit à ses deux amis, lorsque *Vernier* les eut quittés pour aller se placer près de *Délicat* et de ses deux acolytes : cet homme pourrait bien, pendant les trois jours qu'il vient de passer avec ces individus, avoir appris beaucoup trop de choses. Lorsqu'il nous aura aidés à nous débarrasser de ceux-ci, nous lui réglerons son compte.

— Encore ! dit *Salvador*.

— Messire *Roman* a parfaitement raison, dit le vicomte de Lussan.

Tandis que les *rupins*, si l'on veut bien nous permettre de conserver à ces trois personnages le nom qu'ils portaient dans le lieu où ils se trouvaient, échangeaient à voix basse les quelques paroles qui précèdent, *Vernier*, de son côté, ne perdait pas son temps près de *Délicat* et de ses deux amis.

— Je viens de causer avec les *rupins*, leur dit-il.

— Eh bien ! qué qu'ils t'ont d'i ? dit *Délicat*, le visage allumé par le vin et la colère.

(1) Remarqué la vieille.
(2) Orfèvre.
(3) Prendre d'autorité.
(4) Volé.
(5) Femme qui achète aux voleurs.
(6) Tuer.

— Qu'ils se moquaient de toi et de tes amis, répondit *Vernier les Bas-Bleus*.

— Ah ! ils ont dit ça, repartit *Coco-Desbraises*, y leur-z-y en cuira.

— Faut les *buter* (1), ajouta *Rolet le Mauvais-Gueux*.

— Au fait, c'est votre faute, reprit *Vernier les Bas-Bleus*. Après avoir reconnu qu'il était impossible d'*enguiller* (2) chez eux, où, dites-vous, il y a un *abadis de tarbins du raboin* (3), vous me chargez de leur dire que s'ils ne vous *coquaient pas dix tailbains d'altègue de mille balles*, *vous mangeriez sur leur orgue* (4), et vous ne m'apprenez rien de ce que vous savez, de sorte que j'ai eu l'air d'un *sinve* (5).

— Eh ! dis donc, les *Bas-Bleus*, repartit *Coco-Desbraises*, j'ai dans la *sorbonne* (6) que t'es pas si *sinve* que t'en as l'air, et que ce n'est pas sans intention que tu nous *trimballes* à la *cambrouse* (7) depuis trois *luisants* (8), m'est avis que tu es de *mèche* (9) avec les *rupins* pour nous *emblemer* (10).

— Si je savais ça, ajouta *Délicat* en tirant de la poche de sa redingote un long couteau-poignard, si je savais ça, j'te fourrerais mon *lingre* (11) dans le *palpitant* (12) jusqu'au manche.

Délicat avait élevé la voix pour prononcer ces mots ; ses yeux, qui sortaient de leur orbite, lançaient des éclairs et, des commissures de ses lèvres, sortaient de légers flocons d'écume.

— Qu'est-ce qu'il y a, qu'est-ce qu'il y a ? s'écrièrent à la fois tous les *rupins*.

Vernier les Bas-Bleus s'était promptement reculé en arrière, lorsqu'il avait vu *Délicat* s'armer de son couteau-poignard.

— Il y a, dit-il en désignant *Délicat*, que ce méchant gamin veut me *buter* (13), parce que je ne veux pas l'aider à *escarper* (14) les *rupins*.

— Ah ! tu nous trahissais, *lézard* (15) ! s'écria *Coco-Desbraises* ; eh bien ! tu ne sauras rien, et nous allons te *refroidir* (16).

— Il paraît que *Vernier* ne sait rien, dit *Salvador* à *Roman*.

— *Coco-Desbraises* vient, sans s'en douter, de lui sauver la vie, répondit celui-ci. Eh bien ! vicomte, je crois qu'il est temps d'ouvrir le bal ; êtes-vous prêt ?

— Tout prêt, *my dear*, répondit le vicomte de Lussan en se levant avec beaucoup de sang-froid. Par lequel voulez-vous que je commence ?

— Un instant, dit *Salvador*, puisqu'ils n'ont pas d'armes à feu, il faut nous laisser attaquer.

Vernier les bas bleus, profitant du tumulte, s'était rapproché des *rupins* ; *Délicat* pérorait au milieu d'un groupe composé de ses deux intimes, du *Grand-Louis*, de *Charles la Belle-Cravate* et de quelques autres, et vomissait à haute voix les plus sales injures contre *Salvador* et ses amis.

— Voulez-vous *rengracier* (17), dit enfin *Salvador* d'une voix de tonnerre, il y a assez longtemps que cela dure, et si vous

(1) Tuer.
(2) Entrer.
(3) Une foule de domestiques du diable.
(4) Donnaient pas dix billets de banque de mille francs, vous les dénonceriez.
(5) Niais, nigaud.
(6) Tête. La *sorbonne*, dans le langage des individus semblables à ceux qui sont mis en scène dans ce chapitre, est la tête qui pense, qui médite ; la *tronche* est la tête lorsque le bourreau l'a séparée du tronc. Nous croyons qu'il serait difficile d'exprimer d'une manière à la fois plus concise et plus énergique deux idées aussi dissemblables.
(7) Promène à la campagne.
(8) Jours.
(9) Moitié.
(10) Tromper.
(11) Couteau.
(12) Cœur.
(13) Tuer.
(14) Assassiner.
(15) Mauvais camarade.
(16) Tuer.
(17) Silence, taisez-vous.

ne cessez à l'instant, vous allez me forcer de vous corriger tous.

— Qu'est-ce que c'est ? Nous corriger, s'écria *Rolet le Mauvais-Gueux*, et presque tous les bandits s'avancèrent contre les *rupins*. *Robert*, *Cadet-Vincent*, *Cornet Tape-dur* et quelques autres, prévoyant une lutte à laquelle ils ne voulaient pas prendre part, se hâtèrent de se hisser sur les dernières marches de l'échelle de meunier, d'où ils pouvaient être spectateurs de ce qui allait se passer sans craindre d'attraper quelques horions.

Les *rupins* et *Vernier les bas bleus* se placèrent le long du mur, afin d'éviter d'être cernés.

— *Arma ! presto soubito*, dit *Roman* ; puis ils mirent tous la main aux pistolets de combat dont ils avaient eu soin de se munir. Il leur fallait triompher de neuf coquins résolus, que le vin et l'eau-de-vie qu'ils venaient de boire avaient transformés en autant de bêtes féroces.

— *Butons* (1) les *rupins* d'abord, criaient *Délicat*, *Coco-Desbraises* et *Rolet le Mauvais-Gueux* ; butons-les, nous*refroidirons* (2) après la *fourgate* (3), et nous *rapioterons* (4) partout ; il y a *gras* (5) dans la *taule* (6).

— A bas les *lingres* (7), tas de *ferlampiers* (8), cria *Salvador* d'une voix qui parvint à dominer le tumulte : à bas les *lingres*, ou je vous *riffaude* (9).

— A mort les *rupins* ! à mort !...

Et les bandits, armés tous de longs couteaux-poignards, et semblables à un torrent qui vient de rompre ses digues, se ruèrent avec fureur contre le petit groupe de leurs ennemis ; *Vernier les Bas-Bleus* fut atteint le premier d'un coup de couteau au bras gauche.

— Ah ! c'est comme cela, dit le vicomte de Lussan en voyant couler le sang de *Vernier* ; c'est bien ; et déchargeant presque à brûle-pourpoint un de ses pistolets sur *Rolet le Mauvais-Gueux*, qui avait porté le coup, il fracassa le crâne du misérable, dont la cervelle alla se plaquer sur les murs du caveau.

Deux des bandits épouvantés se retirèrent en arrière, les *rupins* n'avaient plus devant eux que *Délicat*, *Coco-Desbraises*, le *Grand-Louis*, *Charles la Belle-Cravate* et deux autres.

— A toi, marquis de malheur ! s'écria *Délicat* en s'élançant sur *Salvador* avec toute l'agilité d'un chat-tigre ; à toi ! et il lui porta en pleine poitrine un furieux coup de son couteau-poignard ; malheureusement pour lui, la lame glissa sur une côte, et ne fit à *Salvador* qu'une blessure légère.

Cette brusque attaque avait surpris *Salvador*, mais ne l'avait pas épouvanté ; il saisit *Délicat* d'une main, et le tenant éloigné de lui, afin de l'empêcher de renouveler sa tentative, il lui envoya deux balles dans le ventre. *Délicat* fit un tour sur lui-même, et tomba la face contre terre.

— Dis le secret aux autres, cria-t-il, d'une voix étranglée par la douleur, à *Coco-Desbraises*, qui luttait contre *Vernier les Bas-Bleus*, tandis que *Roman* et le vicomte de Lussan tenaient en respect les autres bandits, dont l'ardeur commençait à se ralentir ; dis le secret aux autres, afin qu'ils soient forcés de les tuer tous ou de la danser...

Ce furent ses dernières paroles.

Les chaises, la table et tous les objets qui la couvraient avaient été renversés, brisés, rompus en mille pièces ; la fumée produite par la décharge des deux pistolets, n'ayant pas trouvé d'issue pour s'échapper, formait un nuage épais dans le caveau, éclairé seulement par la lueur pâle et douteuse d'une chandelle dont s'était emparé *Cadet-Vincent*, au moment où il s'était réfugié sur l'échelle de meunier.

Les paroles prononcées par *Délicat* avant de rendre le dernier soupir avaient été entendues de *Roman* : laissant pour un

(1) Tuons.
(2) Tuerons.
(3) La recéleuse.
(4) Fouilleron-.
(5) Beaucoup à prendre.
(6) Maison.
(7) Couteaux.
(8) Misérables.
(9) Brûle.

moment au vicomte de Lussan et à *Salvador* le soin de tenir tête à ce qui restait d'assaillants, il saisit une forte barre de fer oubliée par hasard dans le caveau, et qui se trouvait à sa portée, et se glissant dans l'ombre derrière *Coco-Desbruises*, il lui en porta sur la nuque un si furieux coup qu'il tomba sur le sol sans prononcer une parole.

— Et de trois, dit-il en brandissant au-dessus de sa tête la formidable barre de fer dont il venait de faire usage, tandis que ses amis tenaient à distance, à l'aide de leurs armes à feu, les quatre assaillants, qui n'étaient pas encore hors de combat, qui en veut? Demandez, faites-vous servir!

— Allons, jetez vos couteaux et rendez-vous à discrétion, dit le vicomte de Lussan, si vous ne voulez pas que j'en descende encore un.

— Rendez-vous donc! crièrent ceux qui étaient sur l'échelle, vous voyez bien que vous n'êtes plus en force.

Le grand Louis et *Charles la Belle Cravate*, voyant qu'ils n'étaient que mollement soutenus par les uns, et que les autres gardaient la plus parfaite neutralité, ne demandaient pas mieux que de faire ce qu'on leur conseillait; mais ils craignaient que les *rupins* ne leur fissent un mauvais parti; ceux-ci, qui n'avaient plus aucun intérêt à prolonger la lutte, puisque ceux qui connaissaient leur secret n'étaient plus, leur ayant offert de nouveau quartier, ils s'empressèrent d'accepter.

Verdier les *Bas-Bleus* était celui qui avait le plus souffert, c'était contre lui que s'étaient particulièrement acharnés ceux qui avaient perdu la vie, la blessure que lui avait faite au bras *Rolet le Mauvais-Gueux* le faisait horriblement souffrir, et *Coco-Desbruises* l'avait assez rudement mené dans la lutte qu'il avait soutenue contre lui; la blessure de *Salvador* n'était qu'une égratignure.

Comme il est assez ordinaire aux hommes de passer d'une extrémité à l'autre, une fois que la paix fut faite entre *Salvador*, ses amis et ceux qui avaient pris part au complot ourdi par *Délicat* et *Coco-Desbruises*, les bandits furent les premiers à accuser de tout ce qui s'était passé ceux qui n'étaient plus là pour se défendre, et à promettre une soumission sans bornes et une obéissance aveugle à *Salvador*, ainsi qu'à ses compagnons.

— C'est très-bien, leur dit *Salvador* après avoir écouté avec beaucoup de patience leurs protestations de regrets et de dévouement, mais ce n'est pas de tout cela qu'il s'agit maintenant, voilà la *plombe* (1) de la *décarrade* (2), et nous ne pouvons pas laisser là ces trois *falourdes engourdies* (3), il faut nous en débarrasser.

— Si encore, avait dit *caner* (4), ils nous avaient donné l'adresse du médecin à qui qu'ils les *suliseient* (5), leurs *falourdes engourdies*, nous aurions pu *bloquire* (6) celles-là, dit *Charles la Belle-Cravate* en heurtant du pied les cadavres étendus sur le sol.

— Mais vous ne l'avez pas cette adresse, répondit *Roman*, ainsi, il faut renoncer à cette spéculation, et ne songer qu'à nous débarrasser de ces *charognes*; mais comment faire?

— C'est, en effet, assez embarrassant, dit le vicomte de Lussan.

— Laissez-moi faire, dit le *Grand-Louis*, ancien garçon boucher aux formes athlétiques, après avoir retroussé au-dessus du coude les manches de sa chemise; laissez-moi faire, j'ai mon idée, il faut d'abord *défrimousser* (7) ces gaillards-là, de manière à ce qu'ils ne soient pas *reconnobrés* (8), je m'en charge.

Et sans attendre une réponse, il se mit à tailler, à l'aide de son couteau-poignard, le visage des défunts et toutes les parties de leur corps où il existait des tatouages. Il y avait

(1) L'heure.
(2) Du départ.
(3) Cadavres.
(4) Mourir.
(5) Vendaient.
(6) Vendre.
(7) Défigurer.
(8) Reconnus.

quelque chose de si horrible, de si anti-social dans cette monstrueuse profanation accomplie avec autant de sang-froid et d'insouciance que s'il ne s'était agi que de l'action la plus naturelle du monde, que *Salvador*, *Roman*, le vicomte de Lussan et les autres bandits, tout aguerris qu'ils étaient, ne purent s'empêcher de frémir et de détourner leurs regards de cette scène dégoûtante; cependant, la main de *Salvador*, ce que faisait le *Grand-Louis* était nécessaire à leur sûreté.

— C'est fait, dit le *Grand-Louis* lorsqu'il eut achevé la tâche qu'il s'était imposée, et je défie bien le plus *martou* (1) des *rousses* (2) de donner un *centre* (3) à n'importe lequel de ces particuliers-là; maintenant, il faut défoncer les barriques de *picton* (4), et fourrer dedans nos trois *fanandels* (5), que nous *balancerons* (6) à la *lance* (7), après que nous aurons fait des *bruilles* (8) aux tonneaux, pour qu'ils ne surnagent pas.

— Et ni vu, ni connu, dit *Charles la Belle-Cravate*.

— Va là-haut voir si tout est tranquille, et amène le bachot, dit *Salvador* à *Cornet Tape-dur*.

— Tout est tranquille, cria celui-ci par le trou, quelques minutes après sa sortie du caveau, il pleut à verse, la *sargue* (9) est noire, les *largues* ne sont pas *rappliquées* à la *taule*, la *fourgate roupille* dans son *rade* (10), c'est le moment, il n'y a pas un *niert* (11) dans la *trime* (12); v'là une *tourtouse* (13).

Les barriques dans lesquelles on avait, non sans peine, fait entrer les trois cadavres, furent hissées au moyen de la corde dans la petite cour par *Cornet Tape-dur* et *Cadet-Vincent*, qui était monté afin de lui donner un coup de main, et transportées dans le bateau de *Salvador*, par la petite rue des Teinturiers.

Salvador tenait déjà les rames à la main, lorsque tout à coup des rumeurs confuses, dominées par les cris d'une femme, parties du pont Notre-Dame, et suivies bientôt d'un long cri de douleur et de ces exclamations : *Au meurtre! arrêtez l'assassin!* vinrent frapper ses oreilles.

— *Balance* (14) vite les tonneaux, et *rapplique* (15), lui cria *Roman*, qui était resté sur la berge, *l'abadis* (16) se dirige de ce côté.

Salvador se hâta d'obéir à son ami. Il venait de se débarrasser du dernier des trois tonneaux, lorsqu'un homme, celui probablement qui était poursuivi par la clameur publique, s'élança du pont d'Arcole dans le fleuve, et se mit à nager vigoureusement dans le sillage tracé par le bateau qu'il eut bientôt dépassé. Cet homme aborda vis-à-vis la rue des Teinturiers, dans laquelle il s'engagea résolument, et où il fut suivi par *Salvador* qui venait de débarquer, et par *Roman* qui avait attendu sur la berge le retour de son ami. Cet homme ayant probablement remarqué que la nuit était si sombre et l'atmosphère si chargée de brouillards, que ceux qui le poursuivaient devaient nécessairement avoir perdu ses traces, s'arrêta pour reprendre haleine; mais, ayant entendu des cris confus presque au-dessus de sa tête, il se mit à courir, et se trouva, après avoir fait quelques pas, au milieu des habitués de la maison *Sans-Rufus* qui avaient tous quitté le caveau, et qui, après avoir remis à sa place l'auge qui en cachait l'entrée à tous les yeux, allaient se retirer.

Il crut naturellement qu'ils faisaient partie de ceux qui le

(1) Malin.
(2) Mouchards.
(3) Nom.
(4) Vin.
(5) Camarades.
(6) Jetterons.
(7) Eau.
(8) Trous.
(9) Nuit.
(10) Les femmes ne sont pas revenues à la maison, la receleuse dort dans son comptoir.
(11) Homme.
(12) Rue.
(13) Corde.
(14) Jette.
(15) Reviens.
(16) Foule.

poursuivaient, et qu'ils ne s'étaient mis en embuscade dans cette ruelle obscure que pour le saisir au passage. Déterminé à vendre chèrement sa vie, il brandit un couteau au-dessus de sa tête, et s'élança sur ceux qui étaient devant lui.

— Laissez-moi passer ou je vous tue ! leur cria-t-il.

A son accent provençal très-prononcé, *Salvador* et *Roman* venaient de reconnaître un compatriote ; comme ils se trouvaient derrière lui, ils le saisirent par les deux épaules et le firent brusquement entrer dans la petite cour, dont, sur un signe, le vicomte de Lussan avait ouvert la porte.

La foule, venant des deux quais parallèles de la Cité et de l'Hôtel-de-Ville, allait se répandre dans la rue de la Tannerie ; les bandits ne se souciant pas de s'y trouver mêlés, après ce qui venait de se passer, se hâtèrent de rentrer dans leur repaire.

Il était temps, la rue de la Tannerie venait d'être envahie par la foule, et du lieu où ils se trouvaient, les bandits et l'homme que *Salvador* et *Roman* venaient de sauver pouvaient entendre ses clameurs.

Cet homme, lorsqu'il s'était senti saisi à l'improviste et introduit presque de force dans la petite cour, était resté pendant quelques minutes les yeux hagards, la poitrine haletante, privé pour ainsi dire de l'usage de ses facultés.

— Qui êtes-vous ? que me voulez-vous ? Au nom du ciel, laissez-moi sortir, s'écria-t-il lorsqu'il eut repris ses sens.

— Taisez-vous donc ! braillard, lui dit *Charles la Belle-Cravate* en lui mettant la main sur la bouche. N'entendez-vous pas qu'on vous cherche ?

En effet, on entendait encore les clameurs confuses de la foule qui venait de passer devant la maison de la *mère Sans-Refus*, pour aller dans doute sur la place de l'Hôtel-de-Ville.

Lorsque tout fut redevenu calme aux environs, les bandits entrèrent dans la salle qui faisait suite à la boutique, et l'un d'eux alla réveiller la tavernière qui, grâce aux nombreuses rasades qu'elle avait absorbées depuis qu'elle avait quitté le caveau, n'avait cessé de dormir du plus profond sommeil.

— Eh bien ! mes enfants, tout s'est-il bien passé, dit-elle en apportant une chandelle et une bouteille d'eau-de-vie.

— Parfaitement, la mère ; parfaitement, lui répondit *Salvador*. Vous dormiez bien, à ce qu'il paraît ?

— Oh ! oui, je dormais bien. Ah ! mon Dieu ! s'écria-t-elle en se tâtant avec vivacité, mais retrouvant à ses côtés son clavier garni de ses clefs ; son visage redevint serein, alors seulement elle remarqua le nouveau venu.

— Qu'est-ce que c'est que celui-là ? dit-elle à *Charles la Belle-Cravate*.

— Un *escarpe* (1), répondit-il, que les *rupins* viennent de sauver.

— Le pauvre jeune homme ! reprit la *mère Sans-Refus* en s'approchant avec intérêt de l'inconnu, auquel elle offrit un verre d'eau-de-vie ; mais c'est qu'il est fort bien, ce garçon.

L'inconnu tremblait de tous ses membres, une effrayante pâleur couvrait son visage ; il chancela quelques instants comme un homme ivre, puis il tomba de toute sa hauteur.

— Bon ! voilà qu'il se trouve mal, à présent, dit la *mère Sans-Refus*.

— Il faut le transporter dans la chambre d'une femme, dit *Roman* ; qui veut me donner un coup de main ?

Cadet-Vincent prit les pieds de l'inconnu que *Roman* tenait déjà par la tête, et, précédés de la *mère Sans-Refus*, qui tenait une chandelle à la main, les deux bandits le portèrent dans une des chambres du premier étage, et le couchèrent dans un assez bon lit.

L'inconnu était en proie à une fièvre dévorante.

— Il n'est pas encore habitué à la chose, dit *Roman* au vicomte de Lussan, qui se trouvait auprès de lui.

— Il s'y fera, répondit celui-ci ; il n'y a en tout que le premier pas qui coûte.

Une femme qui rentrait à ce moment se chargea de passer la nuit auprès de l'inconnu, afin de lui donner tout ce dont il pourrait avoir besoin.

(1) Assassin.

A quel sentiment avaient obéi *Salvador* et *Roman*, lorsqu'ils avaient sauvé cet homme ?

A ce désir de faire pièce à la justice, dont sont animés tous ceux qui ont eu maille à partir avec elle, ou qui savent que dans un avenir plus ou moins éloigné, ils devront lui rendre compte de leurs actions. Pour ces gens-là, et nos lecteurs savent que tous ceux qui s'intéressaient à l'inconnu étaient de ce nombre, entraver les opérations de la justice, rendre impossibles ses investigations, en un mot lui nuire par tous les moyens en leur pouvoir, c'est un plaisir, une sorte de vengeance anticipée qu'ils ne se refusent pas toutes les fois qu'ils trouvent l'occasion de la satisfaire.

XIX

Un nouveau crime.

Nos lecteurs sans doute ont déjà deviné que l'inconnu à l'accent provençal auquel les bandits rassemblés chez la tavernière de la rue de la Tannerie venaient de prodiguer tant de soins, n'était autre que Beppo. Nous leur dirons les événements qui accompagnèrent l'enlèvement de Silvia, et ceux qui le suivirent jusqu'au moment où l'ex-pêcheur catalan, après avoir commis un effroyable crime, se jeta du pont d'Arcole dans la Seine, pour échapper à ceux qui le poursuivaient.

On n'a sans doute pas oublié que Silvia, en quelque sorte terrifiée par l'aspect imprévu de cet homme qu'elle croyait ne plus jamais rencontrer, s'était laissé conduire sans opposer de résistance vers une voiture de place. Elle avait cru d'abord que Beppo n'avait d'autres intentions que de mettre à profit une occasion favorable qu'il ne devait qu'au hasard, de renouveler les instances qu'il lui avait déjà faites, et elle avait mieux aimé se plier à cette exigence, que de provoquer en résistant un scandale devant lequel elle savait bien que la nature à demi sauvage de Beppo ne reculerait pas.

Elle s'était jetée, plutôt qu'elle ne s'était assise, dans un des coins de la voiture, et elle attendait encore, non sans éprouver une certaine impatience, que Beppo lui adressât la parole lorsque la voiture s'arrêta. Elle leva la tête et promena ses regards autour d'elle afin de connaître en quel lieu elle avait été transportée. L'aspect sombre et désolé du quartier où était situé la maison habitée par Beppo l'épouvanta.

— Où suis-je ? s'écria-t-elle, où me conduisez-vous ?

Beppo avait payé le cocher qui, se conformant aux instructions qu'il avait reçues, était parti de toute la vitesse des deux haridelles attelées à son carrosse.

— Veuillez me suivre, madame la marquise, dit Beppo à Silvia dont il avait saisi le bras aussitôt qu'ils étaient descendus de voiture.

La légère teinte d'ironie dont il accompagna ces paroles, ironie qui n'échappa pas à l'attention de Silvia, augmenta tellement l'anxiété à laquelle elle était en proie depuis qu'elle avait remarqué l'aspect assez peu rassurant de la maison dans laquelle on voulait l'introduire, qu'elle s'évanouit, et que Beppo fut forcé de la prendre entre ses bras pour la transporter chez lui. Sa mère, qui attendait chaque jour la maîtresse de son fils, était en mesure de la recevoir. Beppo la déposa sur un lit assez bon, quoique garni de draps grossiers, et la laissa seule avec sa mère durant un laps de temps assez considérable. Tous les soins qui lui furent prodigués demeurèrent longtemps sans résultat. Son évanouissement s'était compliqué d'un étouffement provoqué par une violente colère longtemps comprimée, mais à laquelle elle donna cours lorsqu'enfin elle eut recouvré l'usage de ses facultés.

— Où suis-je ? qui êtes-vous ? et qui m'a placée là ? s'é-
cria-t-elle.

A toutes ces questions qui se succédaient avec la rapidité
de l'éclair, la mère de Beppo, assez embarrassée du reste du
rôle qu'elle était forcée de jouer, ne pouvait ou ne voulait
faire qu'une réponse : Je ne sais pas.

Silvia, tout à fait remise, lui dit alors impérativement qu'elle
voulait voir Beppo, qu'il n'avait sans doute pas la prétention
de la retenir prisonnière dans la chambre où elle se trouvait,
et que s'il ne se hâtait pas de lui rendre la liberté, elle saurait bien se faire rendre justice et le faire repentir de sa conduite à son égard. Enfin elle voulut se lever du lit dans lequel
on l'avait couchée pendant son évanouissement ; mais elle
fut forcée de renoncer à ce dessein, ses vêtements avaient été
enlevés.

Se croyant abandonnée pour l'instant à la garde de la vieille
femme qui était auprès d'elle, elle éleva la voix à plusieurs
reprises, dans l'espérance que ses cris amèneraient quelqu'un
à son secours ; mais cet espoir ayant été déçu, elle se leva,
malgré les efforts de la mère de Beppo qui ne cessait de l'engager à se calmer et à prendre patience au moins jusqu'à
l'arrivée de son fils, qui, bien certainement, ne refuserait pas
de lui rendre la liberté, et la bonne femme, lorsqu'elle faisait
cette promesse, était de bonne foi, car elle ne pouvait croire
que son fils serait assez fou pour vouloir garder chez lui, malgré elle, une femme qui, bien loin de l'aimer, paraissait (au
moins à en juger par ses discours) éprouver pour lui la haine
la plus violente.

Mais Silvia, à qui l'exaspération à laquelle elle était en proie
avait fait oublier toute retenue, se jeta à bas du lit et ouvrit la
petite porte du palier, déterminée à demander aide et protection à la première personne qu'elle rencontrerait sur l'escalier. Malheureusement pour elle, Beppo, qui n'avait quitté
la chambre que par discrétion, était sur le palier : elle fut donc
forcée de rentrer, ce qu'elle fit sans prononcer une parole.

Elle venait d'user dans cette dernière lutte tout ce que les
émotions de la journée lui avaient laissé d'énergie, et sa volonté, toute impérieuse qu'elle était, fut forcée de se plier devant une volonté plus forte qu'elle.

Beppo, après avoir fait à sa mère un signe pour l'inviter à
s'éloigner, s'approcha du lit de Silvia.

— Écoutez, madame la marquise, lui dit-il à voix basse,
voici la résolution que j'ai prise, résolution que ne changeront
ni vos menaces, ni vos pleurs, ni même, si vous m'y forcez, la
nécessité de commettre un nouveau crime ; vous m'avez fait
verser le sang de votre amant à la condition que vous seriez
à moi tout entière ; aveuglé par le fol amour que j'avais pour
vous, que j'ai toujours peut-être, maîtrisé par vos séductions,
j'ai frappé, je me suis rigoureusement acquitté de mon infâme
mandat. Maintenant, cependant, je ne veux pas vous forcer à
remplir toutes vos promesses. Je sais, et vous savez aussi bien
que moi, qu'il est de certaines choses qui n'ont de prix que
lorsque la personne de qui on désire les obtenir les accorde de
bonne grâce ; vous n'avez donc à redouter aucune violence ;
mais puisque vous ne voulez pas, que vous ne pouvez pas
m'accorder l'amour sur lequel j'avais le droit de compter, je
vous garderai ici, afin que celui que vous aimez maintenant
ne possède pas un bien qui m'appartient.

Silvia essaya de faire prendre le change à Beppo.

— Il est inutile de chercher à me tromper, madame, lui répondit celui-ci ; pourquoi changer de langage ? Oh ! c'est que
vous êtes en mon pouvoir. Non, non, vous ne m'avez jamais
aimé, vous ne m'aimez pas, vous ne m'aimerez jamais. Que
votre bouche ne prononce pas des paroles contre lesquelles
votre cœur se révolte. Votre indifférence, votre haine, je l'ai
lue dans toutes vos actions, je les lis à cette heure dans tous
les mouvements de votre corps qui, malgré vous, se replie sur
lui-même lorsque je m'approche de vous, comme si j'étais un
reptile ou un animal immonde. Elle éclate dans vos yeux,
malgré le sourire que vous avez essayé de m'adresser. Et
moi-même, est-ce que je vous aime encore ?... Qu'avez-vous
fait de ma vie ? un remords éternel. Et ma mère ! elle souffre
de me voir souffrir, et c'est à vous qu'elle doit son malheur.
Eh bien ! je ne veux pas que votre bonheur insulte à mes souf-

frances. Je ne veux pas vous laisser dire que j'ai été entre vos
mains un instrument que l'on brise sans crainte lorsqu'on n'en
a plus besoin. Je veux me venger ! C'est pour cela que je vous
ai enlevée à celui que vous aimez. C'est pour cela que je vous
forcerai à vivre à côté d'un homme que vous détestez !

— Mais, malheureux ! s'écria Silvia, qui voulut alors essayer
d'inspirer de la terreur à Beppo, de quel droit me garderez-
vous ici ?

— Du droit du plus fort.

— Mais je puis crier ; on viendra à mon secours... Tremblez
alors !

— Vos cris seront inutiles. Jetez un regard à travers les fenêtres, et vous verrez à l'isolement de cette maison si toutes
mes précautions sont bien prises. Résignez-vous, c'est le parti
le plus sage. Je suis résolu à vous garder envers et contre
tous, et je ne me séparerai de vous qu'après vous avoir plongé
un poignard dans le cœur.

Puis, s'adressant à sa mère qui était demeurée étrangère à
cette conversation et s'était retirée dans l'embrasure d'une
fenêtre :

— Ma mère, lui dit Beppo, approchez-vous et écoutez-moi.
Vous voyez bien cette dame, fit-il en lui montrant Silvia, ce
n'est que à l'aide de la ruse et de la violence que je l'ai amenée
ici, où je prétends la garder contre sa volonté.

— Vous avez fait cela, oh ! mon fils, répondit la vieille Catalane, mais cette dame, m'avez-vous dit, vous aimait. Je n'a-
vais consenti à la recevoir que parce que vous m'avez donné
l'assurance que le mariage consacrerait l'amour que vous avez
pour elle, je le vois maintenant, vous m'avez trompée.

— Oui, ma mère, je vous ai trompée, mais ce qui est fait
est fait.....

— Aussi, je ne veux pas vous faire de reproches inutiles ;
mais puisque cette dame ne vous aime pas, laissez-la partir et
tâchez de l'oublier ; elle voudra bien sans doute ne pas se souvenir de vos torts et de vos violences.

Silvia, à qui l'opposition de la mère de Beppo avait donné
de l'espoir, et qui comprenait bien que celui-ci ne pourrait la
garder si sa mère ne consentait pas à lui prêter son concours,
ne put s'empêcher de lui lancer un regard de triomphe et de
froide ironie.

— Ma mère ! ma mère ! s'écria l'ex-pêcheur, qui bondit sous
ce regard comme s'il avait été frappé d'une étincelle électrique, je vous le jure par Notre-Dame de Bon-Secours, et vous
savez si jamais j'ai manqué à un pareil serment, si elle sort
d'ici, je la tuerai. Et maintenant faites ce que vous voudrez et
qu'il arrive ce qu'il plaira à Dieu.

La mère de Beppo était devenue affreusement pâle en en-
tendant les dernières paroles de son fils, elle se jeta en san-
glotant la face sur le lit de Silvia ; Beppo était sorti de la chambre, et Silvia, dont l'oreille était aux aguets, avait distinctement entendu qu'il avait descendu l'escalier ; elle voulut profiter
de la profonde stupeur dans laquelle paraissait plongée la
mère de Beppo pour essayer de se lever.

— Oh ! restez, de grace, madame, s'écria la Catalane, restez,
je vous en supplie, restez pour vous et pour mon malheureux
fils ; c'est que, voyez-vous, ce qu'il a dit il le ferait, aussi vrai
que Dieu est au ciel ; Beppo n'a jamais manqué à un serment
fait à notre sainte patronne Notre-Dame de Bon-Secours.

Silvia savait que la Catalane ne lui en imposait pas, elle devait donc croire que le désespoir de cette femme, qui devait
connaître le caractère de son fils, n'était pas une comédie
jouée uniquement pour l'engager à prendre patience ; elle
laissa retomber sa tête sur l'oreiller ; elle venait d'acquérir la
certitude que celle qui, quelques minutes auparavant, voulait
absolument qu'on lui rendît la liberté, était devenue tout à
coup, pour épargner un crime à son fils, une geôlière incorruptible : l'altière marquise de Roselly venait d'être vaincue
une seconde fois.

Plusieurs jours se passèrent ainsi.

Silvia comprit enfin, que, pour sortir des mains de son ra-
visseur, il fallait qu'elle dissimulât, aussi s'arrêta-t-elle à ce
dernier parti, et un mois ne s'était pas écoulé qu'elle parut
sinon résignée, du moins beaucoup moins affligée qu'elle ne
l'était peu de temps auparavant

LES VRAIS MYSTÈRES DE PARIS
Par VIDOCQ

L'inconnu tremblait de tous ses membres. (Page 39.)

Six mois se passèrent. Silvia, qui poursuivait avec cette ténacité qui n'appartient qu'à ceux qui ont accepté comme un fait accompli une position, dont cependant ils espèrent sortir, paraissait à peu près satisfaite de son sort, il lui arrivait même quelquefois de rire et de fredonner quelques petits airs. Grâce à la connaissance parfaite de l'idiome provençal qu'elle avait acquise pendant son séjour à Marseille, elle avait tout à fait gagné la confiance de la mère de Beppo, et cette bonne femme, qui comprenait difficilement qu'il fût possible de voir longtemps son fils sans l'aimer, n'était pas éloignée de croire qu'elle aurait pu laisser la cage ouverte sans que l'oiseau tentât de s'envoler.

Mais cette résignation était feinte. Ruse ou violence, elle était décidée à tout employer pour sortir de l'étroite prison dans laquelle on la tenait enfermée. Les absences de Beppo lui offriraient bien un jour le moyen de s'évader.

Elle attendait une occasion favorable.

Beppo, qui dans l'origine ne sortait qu'à de rares intervalles, et pour très-peu d'instants, s'absentait assez souvent, et quelquefois il lui arrivait de rester plusieurs heures dehors ; mais cependant il n'oubliait jamais de recommander à sa mère de ne pas se relâcher de sa surveillance, et c'était fort sage, car s'il n'avait pas pris cette précaution, la bonne femme qui ne savait ce que c'était que la dissimulation, voyant la sérénité briller sur le visage de Silvia, lui aurait ouvert toutes les portes, pourvu que celle-ci eût fait la promesse de revenir.

Beppo dit un jour qu'il allait sortir pour un temps beau-coup plus long que celui qu'il passait ordinairement dehors, il fallait qu'il allât rendre des travaux qu'il venait d'achever, et qu'il fît emplette de matières premières qui devaient lui servir à fabriquer de nouveaux filets ; tout cela devait le retenir dehors au moins cinq ou six heures, de sorte que comme il était près de deux heures lorsqu'il sortit, il ne vait être de retour que de sept à huit heures du soir.

Silvia, de sa chambre où elle s'était retirée au moment de son départ, sous le prétexte de prendre quelques instants de repos, l'ayant entendu dire à sa mère ce que nous venons de rapporter, en lui recommandant bien de ne pas cesser un instant d'avoir les yeux sur elle, se dit qu'elle attendrait peut-être longtemps avant qu'il se présentât une occasion aussi favorable et qu'elle devait chercher à la mettre à profit. Cette résolution une fois prise, elle descendit vers la Catalane, bien déterminée à tout risquer pour recouvrer sa liberté.

Elle n'avait pas de plan arrêté, cependant elle fit d'abord mille caresses à la vieille femme, afin de détourner son attention, et saisit adroitement une cravate et le bonnet de laine rouge de Beppo, qu'elle cacha sous sa blouse. (Nous avons oublié de dire que Beppo, afin sans doute de mettre davantage sa captive dans l'impossibilité de fuir, lui avait enlevé ses vêtements, qu'il avait remplacés par un costume complet d'enfant de Paris, c'est-à-dire un large pantalon de velours côtelé, un gilet de même étoffe et une blouse de toile bleue sur le tout.)

Silvia avait remarqué que la Catalane mettait ordinairement dans la poche de son tablier la clé qui ouvrait la porte sur le palier d'escalier, elle attendait donc avec une certaine impatience que la vieille se mît à travailler, car elle espérait pouvoir, pendant que celle-ci serait occupée à la confection de ses filets, lui enlever cette clé et être assez leste pour ouvrir la porte, la fermer sur elle et se sauver avant que la vieille pût s'opposer à cette action ; mais voyant qu'elle restait inactive, elle manifesta elle-même l'envie de se mettre au travail.

— Mais nous n'avons absolument rien à faire, lui répondit la Catalane, tous les filets ont été terminés hier au soir et il n'y a pas ici ce qu'il faut pour en confectionner de nouveaux ; et comme Silvia paraissait assez vivement contrariée de ce qu'elle était forcée de rester inoccupée, la Catalane se frappa tout à coup le front, en s'écriant :

— Savez-vous tailler les robes ?

Bien que l'on ne fût encore qu'au mois de mars, le temps était superbe, un joyeux soleil dorait le faîte des maisons d'alentour, et pour profiter de cette belle journée, les habitants du pavillon en avaient ouvert toutes les fenêtres ; un éclair illumina tout à coup l'esprit de Silvia, elle venait de concevoir un plan d'évasion dont la réussite lui paraissait à peu près certaine.

— Sans doute, répondit-elle, je sais parfaitement tailler les robes, et si vous en avez une à faire, donnez-la moi, je serais charmée de m'occuper, je ne puis rester un instant oisive, sans me sentir les nerfs agacés.

La Catalane prit dans une armoire un coupon d'étoffe de soie, rapporté de la Provence, et fabriqué, selon toute apparence, bien avant la première révolution ; elle le remit à Silvia.

Celle-ci ne manqua pas de trouver charmante cette étoffe qui n'était autre chose qu'un pékin chiné du plus mauvais goût, et pour témoigner toute la joie qu'elle éprouvait de ce qu'on voulait bien lui confier la confection d'un aussi précieux vêtement, elle se mit à chanter une romance en déployant toutes les ressources de sa voix. La Catalane était charmée de la voir d'aussi bonne humeur.

— Ah ! lui dit-elle en soupirant, que j'aurais de plaisir à vous nommer ma fille.

C'était la première fois qu'elle se permettait une allusion à la position de son fils et de la captive.

Silvia la regarda en souriant.

— Vrai, lui répondit-elle, eh bien ! nous parlerons de cela plus tard ; en attendant, aidez-moi à transporter cette table près de la fenêtre.

La Catalane s'empressa de faire ce qu'elle désirait, et Silvia, après avoir pris avec beaucoup d'aisance la mesure de la robe qu'elle allait tailler, déploya l'étoffe. La table n'était pas, il s'en fallait, d'une superficie égale à celle du coupon, aussi fut-elle forcée d'en laisser pendre dehors au moins la bonne moitié. Tout en appliquant sur l'étoffe les patrons qu'elle avait préalablement taillés, elle parlait de choses et d'autres à la Catalane, et laissa tomber par la fenêtre un assez grand morceau de la magnifique étoffe flambée.

— Ma robe, ma pauvre robe, s'écria la vieille femme.

— Elle n'est pas perdue, lui dit Silvia, qui vivement déplacé la table, et s'était de suite mise à la fenêtre, le coupon s'est arrêté sur le toit qui est parfaitement sec, et de la fenêtre de l'étage au-dessous il vous sera très-facile de l'amener à vous à l'aide d'une perche. Descendez vite, je vais veiller afin qu'on ne vous l'enlève pas.

La mère de Beppo s'empressa de faire ce que lui disait Silvia ; elle sortit de l'appartement armée d'un manche à balai, elle n'oublia pas cependant de fermer la porte à deux tours.

Dès qu'elle fut dehors, Silvia quitta la fenêtre et courut vers une armoire dans laquelle elle prit un verre qu'elle remplit de vinaigre, puis elle se plaça contre la porte, et lorsque la Catalane l'ouvrit pour rentrer, elle lui lança avec violence au visage le liquide contenu dans le verre qu'elle tenait à la main.

La surprise et la douleur arrachèrent à la pauvre femme de nombreux cris de terreur.

— Je suis aveugle, je suis morte, dit-elle.

Et elle tomba plutôt qu'elle ne s'assit sur la première marche de l'étage inférieur, en se frottant les yeux ; Silvia, sans s'inquiéter davantage de ce qui pourrait lui arriver, profita de ce moment pour s'esquiver ; et elle descendit les cent dix marches qui conduisaient à la rue avec la légèreté d'un faon.

Une fois hors de sa prison, Silvia se trouva fort embarrassée ; son premier soin avait été de se réfugier sous une allée afin d'entourer son cou de la longue cravate et de se coiffer de l'épais bonnet de laine dont elle s'était munie ; cela fait, elle erra pendant très-longtemps dans le sombre dédale que forment les rues étroites et tortueuses du quartier Saint-Marcel, et plusieurs fois, à sa grande terreur, elle se retrouva devant la maison qu'elle venait de quitter ; elle ne connaissait pas le quartier dans lequel elle se trouvait, et elle n'osait ni prendre une voiture, ni demander son chemin, dans la crainte que ceux auxquels elle s'adresserait ne devinassent son sexe. La nuit vint bientôt, elle était sombre, et quelques gouttes d'eau annonçaient déjà la pluie qui, quelques instants plus tard, devait tomber avec violence. Après avoir fait une foule de marches et de contre-marches, qui à son grand désespoir la ramenaient toujours au même point, elle se trouva proche la barrière Saint-Jacques ; elle était alors déterminée à prendre une voiture et à se faire conduire chez elle, au risque de ce qui pourrait en arriver, mais suivant leur louable habitude, les cochers avaient quitté la station aux premiers signes de pluie qu'ils avaient remarqués.

Silvia se détermina à aborder un homme et une femme d'un aspect assez respectable, abrités sous un vaste parapluie vert, qui à ce moment entraient dans Paris, afin de leur demander en quel lieu se trouvait et le chemin qu'elle devait suivre pour se rendre chez elle, à la barrière de l'Étoile.

— Vous êtes, lui répondit l'homme, à la barrière Saint-Jacques, et vous n'êtes pas arrivé au terme de votre course, il y a loin d'ici la barrière de l'Étoile, deux bonnes lieues au moins ; mais, pour ne pas vous égarer, il faut suivre cette rue en droite ligne, jusqu'au deuxième pont que vous traverserez, ensuite vous tournerez à gauche sur le quai, jusqu'aux Champs-Élysées, d'où vous verrez la barrière de l'Étoile, terme de votre longue course : vous entendez, toujours tout droit sans vous détourner ; allez, mon Jésus, et que Dieu vous accompagne !

Le bonhomme parlait encore que Silvia s'était déjà mise en route.

Comme elle marchait en sens divers depuis plus de trois heures, elle était trempée par la pluie et ses jambes commençaient à plier sous elle ; cependant elle reprit courage. Tout en suivant la rue Saint-Jacques, elle se demandait de quelle manière elle pourrait sortir de la fâcheuse position dans laquelle elle se trouvait. Devait-elle aller chez elle ? Il était probable qu'elle n'y trouverait personne ; devait-elle aller chez Salvador ? mais pendant sa longue absence quelques accidents imprévus pouvaient avoir dérangé l'existence du marquis : il fallait cependant qu'elle se déterminât à aller chez lui, au risque de ce qui pourrait arriver.

Elle était en proie à de sombres et tristes réflexions, lorsqu'en arrivant au coin du quai aux Fleurs, elle se sentit saisir le bras par une main vigoureuse.

Elle se retourna vivement, et reconnut Beppo ; le visage du pêcheur était aussi blanc qu'un linceul : elle jeta un cri.

— Suivez-moi, lui dit Beppo d'une voix saccadée, en lui posant sa main sur la bouche : suivez-moi.

— J'aime mieux mourir ! répondit Silvia : une secousse vigoureuse la débarrassa de l'étreinte énergique du pêcheur, et elle essaya de prendre la fuite.

En trois bonds, Beppo se retrouva près d'elle :

— Épargnez-moi un second crime, lui dit-il.

Au lieu de lui répondre, Silvia poussa des cris perçants ; plusieurs personnes qui avaient remarqué les gestes violents de ces deux individus, se rapprochèrent vivement, et Silvia implorait leur appui, lorsque Beppo, furieux de ce qu'elle allait infailliblement lui échapper, tira de sa poche un long couteau-poignard, et le lui plongea dans le sein.

Elle tomba sur le trottoir avant d'avoir pu prononcer une parole.

Beppo, effrayé de l'action qu'il venait de commettre, restait sans mouvement devant le cadavre de sa victime.

Ceux qui avaient été les spectateurs de ce crime, effrayés sans doute par le couteau qu'il tenait à la main, n'osaient s'approcher.

Cet état d'indécision ne dura cependant que quelques minutes. Beppo, rappelé à lui par les clameurs de la foule, perça le cercle dont il était entouré, et prit la fuite dans la direction du pont d'Arcole; arrivé sur ce pont, il se trouva sur le point d'être pris; la foule des gens qui le poursuivaient s'était divisée en deux bandes, dont l'une suivant le quai de Gèvres, et l'autre celui de la Cité, allaient se rejoindre sur le pont d'Arcole, de sorte que s'il échappait à l'une, il devait nécessairement être pris par l'autre; ce fut pour éviter ce péril éminent, qu'il se précipita dans la rivière, où, grâce à l'obscurité, on le perdit de vue.

Nous avons vu comment il fut recueilli chez la *mère Sans-Refus*, au moment où les bandits, après la scène à la suite de laquelle *Délicat*, *Rolet le Mauvais-Gueux* et *Coco-Desbraises* avaient perdu la vie, allaient se séparer, c'est là que nous le retrouverons en proie à une fièvre dévorante, et soigné par une des odalisques du lieu que sa haute taille, sa physionomie avantageuse, sa magnifique chevelure noire, et plus que tout cela peut-être, la position dans laquelle il s'était trouvé, et le crime qu'il venait de commettre, intéressaient en sa faveur.

Ainsi que nous l'avons déjà dit, le pêcheur catalan avait été porté, pendant qu'il était évanoui, dans une des chambres du premier étage de la maison de la rue de la Tannerie.

C'était une grande pièce carrée, éclairée sur la rue par deux fenêtres à guillotine, fermées par un cadenas et garnies de grands rideaux de calicot rouge. Ainsi que celles de la boutique, les vitres de ces fenêtres avaient été barbouillées de blanc d'Espagne, de sorte qu'elles ne laissaient pénétrer dans la chambre qu'un jour pâle et douteux.

Un lit d'acajou, fabriqué sous le Directoire, était placé dans une alcôve pratiquée au fond de la chambre, entre les fenêtres. C'était dans ce lit que gisait Beppo qui n'avait pas encore prononcé une parole. Il était enveloppé dans des draps de gros calicot, et couvert d'un de ces couvre-pieds formé de mille pièces d'étoffes de diverses couleurs cousues ensemble, et de ses habits que l'on avait eu le soin de faire sécher.

La femme à laquelle avait été confiée la mission de soigner Beppo, malgré les traces visibles de son passage que la débauche avait laissées sur sa physionomie, était une très-belle créature. Elle était grande et bien faite; sa chevelure, qui, à en juger par l'ampleur de son chignon, devait être longue et épaisse, était du plus beau noir; ses grands yeux, de même couleur, étaient bordés de cils longs et soyeux; ses traits étaient d'une régularité parfaite, ses doigts longs et effilés, ses pieds petits et bien faits; mais à côté de tous ces attraits qui pouvaient former un ensemble presque irréprochable, une imperfection acquise : ainsi les habitudes de son corps étaient brusques et saccadées; elles n'avaient pas cette gracieuse désinvolture, apanage envié de nos élégantes Parisiennes; cette femme négligeait sa chevelure dont les boucles inégales encadraient des joues légèrement marbrées; ses yeux étaient entourés de cercles violacés qui leur donnaient une expression presque sinistre, et ses ongles étaient couronnés de cercles noirs.

Depuis déjà assez longtemps, elle regardait Beppo qui tremblait de tous ses membres, malgré la couverture épaisse dont il était couvert, et dont les yeux étaient fixés sur elle sans qu'il parût la remarquer.

Elle ramena les couvertures sur la poitrine du malade.

— Il a froid, dit-elle. Quel dommage qu'un aussi beau garçon ne veille pas mieux que tous les scélérats qui fréquentent cette maison. Ah! bah! ne pensons plus à cela.

Elle tira de la poche de sa robe une petite fiole d'eau-de-vie dont elle but quelques gorgées, puis elle rassembla les tisons épars dans la cheminée et essaya de les faire flamber.

— Au diable, dit-elle encore en jetant au milieu de la chambre le mauvais soufflet dont elle venait de se servir.

Beppo fit un mouvement, elle s'approcha vivement de son lit et lui souleva la tête.

— A boire, dit le malade d'une voix faible.

— Enfin, dit la fille.

Elle présenta à Beppo un verre d'eau dans lequel elle avait mis fondre un morceau de sucre et que celui-ci but avec avidité, puis il laissa tomber sa tête sur l'oreiller et s'endormit profondément.

A ce moment on frappa à la porte que la fille alla ouvrir et la *mère Sans-Refus* entra dans la chambre.

— Eh bien! ma fille, dit-elle, comment qui va c't *escarpe*.

— Il vient de me demander à boire, et, après avoir satisfait sa soif, il s'est profondément endormi.

— Faut espérer que le sommeil lui fera du bien et qu'il pourra sortir à la *sorgue*.

— Comment vous voulez le mettre dehors, faible comme il l'est s'écria la fille; mais le malheureux n'aura pas fait trois pas qu'il tombera dans la rue.

— Tiens, tiens, crois-tu par hasard que je vais le garder une éternité dans ma maison; avec ça que ça ferait bon effet si par hasard la *rousse* venait faire une visite.

— Eh bien! c'est bon, dit la fille, avec un accent marqué de mauvaise humeur, laissez-le dormir et puisque maintenant il parle et qu'il a l'air de comprendre ce qu'on lui dit, lorsqu'il s'éveillera je lui dirai qu'il faut qu'il s'en aille et à la nuit je le mènerai dans une auberge où on lui donnera une chambre et où on aura soin de lui jusqu'à ce qu'il soit rétabli.

— Comme tu voudras, ma fille, répondit la *Sans-Refus*, comme tu voudras; je sais que tu as bon cœur, et je suis bien tranquille sur le compte de ce pauvre garçon puisque tu t'en charges.

— Bien sûr que j'ai bon cœur, un meilleur cœur que le tien, vieille sorcière, dit la fille lorsque la *mère Sans-Refus* eut quitté sa chambre.

Restée seule avec Beppo, elle alluma une chandelle; car, bien qu'il fût à peine quatre heures, la chambre était déjà obscure; puis elle s'assit à la tête du lit, et attendit patiemment que le malade venait s'éveillât.

Elle n'attendit pas longtemps, le sommeil de Beppo était trop agité pour pouvoir durer longtemps.

Il promena des yeux étonnés sur tous les objets dont il était entouré, et remarquant la femme inconnue assise près de son lit.

— Où suis-je? lui dit-il, et que m'est-il donc arrivé?

— L'avez-vous déjà oublié? lui dit la fille; ne vous rappelez-vous plus qu'hier vous avez assassiné une femme, que vous vous êtes jeté à la rivière pour échapper à ceux qui vous poursuivaient, et que des hommes vous ont fait entrer dans cette maison au moment où vous alliez être pris?

— En effet, je me souviens, dit Beppo après être resté quelques minutes le visage caché dans ses deux mains. — Je me souviens, continua-t-il d'une voix sombre, j'ai commis un second crime; mais que s'est-il donc passé depuis hier?

— Voilà ce qui est arrivé, voilà du moins ce que m'a dit madame, car je n'étais pas ici au moment où vous y êtes entré; vous étiez en bas dans l'arrière-boutique depuis moins de cinq minutes, et vous n'aviez pas encore prononcé une parole, lorsque vous vous êtes évanoui; on vous a porté dans cette chambre, et lorsque je suis rentrée, on m'a priée d'avoir soin de vous; c'est ce que j'ai fait, et de bon cœur, allez.

Beppo regardait d'un air profondément étonné cette fille, qui lui parlait de ce qui était arrivé la veille, comme de la chose la plus naturelle.

— Mais puisque vous n'ignorez pas le crime que j'ai commis, lui dit-il, comment se fait-il donc que je ne vous inspire pas de l'horreur?

— Est-ce que vous ne savez ni ce que je suis, ni dans quel lieu vous êtes? répondit-elle.

— Non.

— Je m'en doutais; ce n'est point, n'est-ce pas, pour la voler que vous avez tenté d'assassiner cette femme?

— Pour la voler! s'écria Beppo qui, tout faible qu'il était, s'était dressé sur son séant pour répondre à cette question. Pour la voler! oh! vous ne le croyez pas?

— Non, je ne le crois pas; et maintenant je devine que cette femme est une maîtresse qui vous a trahi, et que c'est par jalousie que vous avez voulu la tuer.

— C'est à peu près cela.

— J'en étais sûre, répondit la fille; vous l'aimez donc bien, cette femme? ajouta-t-elle après quelques instants de silence.

— Je ne sais, je ne sais, dit Beppo. Je suis fou...

Et sa tête retomba sur l'oreiller; il allait peut-être retomber dans l'état de prostration dont il ne faisait que de sortir, si la fille ne se fût empressée de lui mettre sous le nez un petit flacon d'essence.

— Il ne faut pas vous laisser abattre, dit-elle, lorsqu'il eut repris ses sens; ce qui est fait est fait, et d'ailleurs elle n'est pas morte, votre maîtresse; la blessure que vous lui avez faite, quoique dangereuse, n'est pas mortelle, à ce qu'on assure; et comme les médecins de l'Hôtel-Dieu, où elle a été transportée, sont habiles, il est probable qu'elle en reviendra.

— Ah! tant mieux, répondit Beppo.

« Mais où suis-je donc, et quels sont les personnes généreuses qui m'ont sauvé et qui vous ont placée près de moi?

— Vraiment! ne le savez-vous pas?

— Je crois avoir eu déjà l'honneur de vous dire que non.

— Quels sont ceux qui, lorsqu'un voleur ou un assassin est poursuivi par la clameur publique, le sauvent au lieu de s'opposer à son passage?

— Ainsi ceux qui m'ont sauvé sont.....

— Des voleurs et des assassins, dit la fille en baissant tellement la voix, que c'est à peine si Beppo put saisir le sens de ses paroles; et c'est dans une maison qu'ils fréquentent habituellement, que vous êtes en ce moment.

— Mais vous, s'écria Beppo, vous si bonne, vous qui m'avez soigné avec une si touchante sollicitude!

— Quelles femmes trouve-t-on avec les voleurs et les assassins? de ces misérables créatures qui n'ont plus rien de leur sexe que le nom.

— Sauvé par des voleurs et des assassins qui m'ont pris pour un des leurs! murmura Beppo. L'expiation commence.

— Et soigné par une prostituée qui croyait qu'elle rendait service à un des hommes avec lesquels elle vit habituellement, dit la fille en regardant fixement Beppo. Pourquoi ne dites-vous pas votre pensée tout entière?

Il y avait des larmes dans la voix de la fille, lorsqu'elle prononça ces mots. Beppo, sans savoir positivement pourquoi, se sentit profondément ému; il prit la main de sa garde et il la serra affectueusement dans les siennes.

— Je suis persuadé, lui dit-il, que vous n'êtes pas ici à votre place.

— Merci de cette bonne pensée, lui répondit-elle; mais puisque vous savez maintenant en quel lieu et avec quels gens vous êtes, vous devez comprendre que vous ne sauriez trop tôt partir. Avez-vous assez de forces pour vous lever et aller prendre sur le quai, dont vous êtes à deux pas, une voiture qui vous conduira chez un de vos amis, si vous craignez de rentrer chez vous?

— Je suis faible, répondit Beppo; mais le courage remplacera les forces qui me manquent.

La fille s'étant retirée à l'extrémité de la chambre, Beppo se leva et s'habilla avec plus de facilités qu'il n'était permis de le supposer après la crise terrible qu'il venait de traverser. Il retrouva dans une des poches son caban le sac qui contenait une somme assez ronde qu'il avait reçue la veille; il le prit et le posa sur la cheminée.

— Ceux qui m'ont sauvé, dit-il, n'ont pas voulu me faire payer le service qu'ils m'ont rendu.

— Oh! lui répondit la fille, puisqu'ils vous ont sauvé, c'est qu'ils ont cru que vous étiez du même bois qu'eux; et entre loups on ne se mange pas

Beppo avait achevé de s'habiller, et comme la nuit était tout à fait venue, il allait sortir.

— Comment vous nommez-vous? dit-il à la fille.

— Georgette? répondit-elle.

— Eh bien! Georgette, continua-t-il, vous savez qu'au jour du jugement, Dieu pèsera dans une même balance nos bonnes et nos mauvaises actions, et que, suivant que la somme du bien l'emportera sur celle du mal, nous serons récompensés ou punis; j'ai déjà commis beaucoup de fautes, de crimes même, ne voulez-vous pas me permettre de faire une action qui puisse m'être comptée en déduction de mes iniquités?

— Si je puis vous être utile à quelque chose, disposez de moi, répondit Georgette, je ferai tout ce que vous voudrez.

— Puisqu'il en est ainsi, acceptez cette petite somme. Si vous ne restez ici, comme je le crois, que parce que vous ne pouvez faire autrement, elle pourra vous aider à en sortir; et j'emporterai en vous quittant la consolation d'avoir fait une bonne action.

La fille ne voulut pas accepter l'argent que lui offrait Beppo.

— Je n'ai rien fait pour vous que je n'eusse fait pour un autre, lui dit-elle. Si le don que vous voulez me faire aujourd'hui m'eût été offert un peu plus tôt, je l'aurais accepté avec reconnaissance. Mais, maintenant, il est trop tard: l'étoffe a pris son pli; et il faut, voyez-vous, que je reste où je me trouve. Partez donc, et ne vous occupez plus de moi. Je ne suis pas aussi malheureuse que vous le supposez.

Beppo fit quelques pas pour sortir de la chambre, et comme il ne paraissait pas très-solide sur ses jambes:

— Voulez-vous, lui dit la fille, que je vous accompagne jusqu'à la plus prochaine station de voitures?

— C'est inutile, répondit le pêcheur, le grand air me fera du bien; je n'ai pas, d'ailleurs, beaucoup de chemin à faire.

— Partez donc, et que Dieu vous conduise!

Beppo sortit de la chambre et descendit l'escalier, dans lequel il ne rencontra personne. Georgette, qui le précédait, lui ouvrit la porte de l'allée.

— Adieu, lui dit-elle.

Et elle remonta dans sa chambre.

Elle prit dans sa poche la petite fiole d'eau-de-vie à laquelle elle avait déjà donné de nombreuses accolades, et acheva de la vider.

— Je suis bien aise, dit-elle, qu'il soit parti; je crois que je commençais à aimer cet homme-là.

Laissons rouler Beppo vers la rue Contrescarpe-Saint-Marcel, et retournons chez la comtesse Lucie de Neuville, où nous allons retrouver le docteur Mathéo.

XX

Eugénie de Mirbel.

Un bon feu flambe dans la cheminée du boudoir ou plutôt du cabinet de Lucie de Neuville, et égaye cette pièce décorée et meublée avec une rare élégance.

La comtesse et Laure sont diversement occupées: Lucie brode un superbe devant d'autel, destiné à la chapelle du château de Villerbanne; Laure peint sur un écran une touffe de fleurs rares et le vase de porcelaine du Japon qui le contient.

Depuis environ une heure qu'elles travaillaient ensemble, la comtesse et Laure, contre leur habitude, n'avaient échangé que des monosyllabes; depuis l'aventure de la rue de la Tannerie, Lucie était triste, et Laure, qui avait plusieurs fois en vain essayé de lui faire comprendre qu'elle se débattait contre une chimère, et que ses craintes étaient absolument sans fondement, avait pris le parti de ne plus lui parler de cet événement dont le souvenir paraissait lui être désagréable.

Laure s'était levée pour juger de l'effet de ce qu'elle venait de peindre, et elle fut si satisfaite de son ouvrage, qu'elle frappa ses mains l'une contre l'autre et s'écria avec une naïveté qui n'appartenait qu'à son heureux caractère :

— Oh! que c'est joli, et comme j'ai bien rendu ce beau rhododendron et les brillantes couleurs de ce magnifique Vulcain; mais regarde donc, Lucie, ajouta-t-elle en mettant sous les yeux de son amie l'écran qu'elle venait de peindre, c'est presque aussi bien qu'une aquarelle de madame Jacotot.

Lucie leva la tête pour admirer le chef-d'œuvre de son amie; celle-ci remarqua l'expression de profonde tristesse empreinte sur le visage de la comtesse.

— Vraiment, Lucie, s'écria-t-elle, je ne te comprends pas, je suis certaine que tu penses encore à ce qui nous est arrivé l'autre soir.

— Que veux-tu, ma chère Laure, un pressentiment que je ne puis vaincre, me dit que la rencontre que j'ai faite dans cette maison me sera fatale, et ce n'est pas en vain, vois-tu, que Dieu a permis que nous ayons de ces pressentiments.

— Je le crois comme toi, c'est afin, sans doute, que nous puissions nous tenir sur nos gardes, qu'il nous envoie ces mouvements intérieurs qui nous avertissent de l'approche d'un danger quelconque; mais s'il en est ainsi, que dois-tu craindre, le péril que l'on prévoit est beaucoup moins redoutable que celui que l'on ignore, car il est au moins possible d'en atténuer les effets, sinon de l'éviter tout à fait.

— Tu es vraiment beaucoup plus raisonnable que ta pauvre amie, ma chère Laure, et cependant tu es beaucoup plus jeune qu'elle; mais il faut m'excuser, vois-tu, je suis tellement contrariée de ce que ce maudit docteur ne soit pas encore venu m'apprendre comment se porte la pauvre Eugénie, que je me déplais à moi-même.

— Mais tu as oublié, sans doute, que tu as prié le docteur de faire pour toi une démarche qui, peut-être, a demandé un certain temps, et puis les nécessités de sa place peuvent l'avoir retenu. Ne te rappelles-tu plus que c'est dans son service que l'on a placé cette femme habillée en homme que l'on a tenté d'assassiner sur le pont Notre-Dame?

Lucie et Laure en étaient là de leur conversation, lorsque Paolo vint annoncer à sa maîtresse que le docteur Mathéo demandait à être introduit près d'elle.

— Faites entrer, dit Lucie.

Le docteur était plus pâle et paraissait encore plus triste qu'il ne l'était ordinairement.

— Enfin, docteur, vous voilà donc! dit Lucie, lorsque Mathéo se fut assis sur le siège que, sur un signe de sa maîtresse, Paolo s'était empressé de lui présenter; nous vous attendions avec la plus vive impatience.

— A ce point, ajouta Laure, que lorsqu'on vous a annoncé nous parlions de vous, et que je disais à Lucie que si vous nous aviez négligées si longtemps, il ne fallait pas accuser votre indifférence, mais bien vos nombreuses occupations.

— Je vous remercie beaucoup, mademoiselle, de ce que vous avez bien voulu me défendre; j'ai été, en effet, tellement occupé que m'a été impossible jusqu'au moment de prendre un instant pour vous rendre visite.

— Vous ne pouviez donc quitter cette pauvre jeune femme si lâchement assassinée?

— Il est vrai, mademoiselle, la blessure qu'on lui a faite est grave, très-grave, et je n'ai voulu laisser à personne le soin de lever le premier appareil.

— Dites-moi, docteur, cette femme est-elle aussi belle que le disent les journaux qui ont rendu compte de ce qui lui est arrivé?

— Oui, mademoiselle. Cette femme est vraiment douée d'une merveilleuse beauté; il y a entre sa physionomie et celle de madame la comtesse de Neuville quelques points de ressemblance.

— Vous me flattez, docteur, dit Lucie en souriant.

— Du tout, madame la comtesse, répondit Mathéo; cette femme, qui est admirablement belle, vous ressemble un peu : il n'y a rien là qui puisse vous paraître extraordinaire.

— Et l'on ne sait encore, continua Laure, ni le nom de celui qui l'a frappée, ni pourquoi elle était vêtue d'un costume d'homme?

— Hélas! non, mademoiselle; il y a vraiment dans cet événement quelque chose de mystérieux. Les journaux vous ont appris comment l'assassin était parvenu à se sauver en se précipitant dans la rivière. On ne sait ni s'il a péri, ni s'il est parvenu à gagner le bord; le temps était si obscur et l'atmosphère si chargée de brouillards, au moment de la perpétration du crime, qu'il a échappé à tous les yeux; et, par un hasard fâcheux, le saisissement ou toute autre cause a enlevé à la victime, qui est encore trop faible pour écrire, l'usage de la parole. Mais je vous parle de choses qui doivent peu vous intéresser, et j'oublie de rendre compte à madame la comtesse de la mission qu'elle a bien voulu me confier.

Le docteur prit dans son portefeuille le cachet armorié du billet écrit par *Salvador* à la comtesse de Neuville que, cette fois, il remit à cette dernière.

— Je suis allé, lui dit-il, chez la personne qui vous a adressé la lettre à laquelle était adapté ce cachet.

— Eh bien! docteur, répondit la comtesse, cet homme, n'est-ce pas, est un galant homme, et ses traits, qui annoncent une belle âme, ne sont pas un miroir trompeur? Mais répondez-moi donc, ajouta-t-elle après une pause de quelques minutes, impatientée qu'elle était de ce que Mathéo gardait le silence.

Le docteur laissa tomber sur Lucie de Neuville un regard empreint de la plus profonde tristesse; puis un profond soupir s'échappa de sa poitrine.

— Mais qu'avez-vous donc, docteur? dit Laure, à laquelle n'avait pas échappé l'expression du regard qu'il avait jeté sur la comtesse; on dirait vraiment que vous avez une fâcheuse nouvelle à nous apprendre?

— Voyons, monsieur le docteur, ajouta Lucie, qu'est-ce que ce marquis de Pourrières? Je vous avoue que je suis curieuse de savoir comment un si noble personnage se trouvait dans un lieu semblable à celui dans lequel je l'ai rencontré.

La comtesse, sans peut-être se rendre compte à elle-même du sentiment auquel elle obéissait, affectait l'air de la plus profonde indifférence pour faire une question dont elle attendait la réponse avec la plus vive impatience; Mathéo ne fut pas la dupe de cette petite ruse féminine.

— La maison de Pourrières, répondit Mathéo, est, ainsi que je vous l'ai déjà dit, une des plus anciennes et des plus considérées de la Provence; celui qui vous a écrit est, à ce qu'on assure, le dernier rejeton de cette ancienne maison; du reste, sa position dans le monde paraît assurée; il est, vous le savez, auditeur au conseil d'État et chevalier de la Légion d'honneur.

Ce que disait le docteur causait à la comtesse et à son amie un plaisir évident, et dont l'expression se laissait lire sur leurs charmants visages.

Lucie était satisfaite de ce que l'homme auquel elle s'intéressait sans trop savoir pourquoi était, par sa naissance et par sa position, du même monde que celui auquel elle appartenait; elle ne désirait peut-être pas le revoir, mais elle se disait *in petto* que si, par hasard, elle le rencontrait dans un des cercles qu'elle fréquentait, et qu'il vînt lui parler, elle pourrait lui répondre sans craindre de se compromettre; elle était bien aise, en un mot, de ce que le marquis de Pourrières était de ces gens que l'on pouvait connaître.

Laure, de son côté, était charmée d'acquérir la certitude que l'homme dont son amie avait fait la rencontre appartenait à la bonne compagnie, par la raison toute simple qu'elle était persuadée qu'une fois que Lucie serait bien certaine qu'elle n'avait rien à craindre, et que pouvait-elle craindre de M. le marquis de Pourrières? les vagues terreurs qu'elle n'avait cessé de manifester et les inégalités d'humeur qui en étaient la suite, disparaîtraient pour ne plus revenir.

— J'espère, dit-elle à son amie, que tu n'éprouveras plus, maintenant que tu es certaine que cet homme, dont ton imagination avait fait une espèce de croquemitaine, est presque un grand seigneur, de ces folles terreurs qui te rendaient si malheureuse

— J'étais folle, en effet, répondit la comtesse en souriant à son amie, j'étais véritablement folle. J'y étais bien, moi, dans cet ignoble cabaret, il n'est donc pas extraordinaire qu'il s'y soit trouvé aussi.

Mathéo écoutait les deux femmes et ne disait rien.

— Bon ! s'écria Laure, voilà maintenant que tu passes d'une extrémité à l'autre ; tu étais, il est vrai, dans ce cabaret, mais c'est un accident qui t'y avait amenée ; tu ne t'étais pas déguisée pour y venir, tandis que ce marquis, qui, à ce qu'il paraît, y était très à son aise, était, nous as-tu dit, vêtu d'un costume que l'on n'a pas l'habitude de porter dans les salons.

— C'est vrai, mon Dieu ! répondit la comtesse, c'est vrai. Mais dites-moi donc quelque chose, docteur ; avez-vous vu cet homme ? que vous a-t-il dit ?

— J'ai vu, en effet, M. le marquis de Pourrières, et s'il faut croire ce qu'il m'a dit, sa présence où vous l'avez rencontré et son déguisement seraient parfaitement justifiés. Mais rien n'atteste la vérité de ses paroles.

— Mais enfin, que vous a-t-il dit ?

— Oh ! mon Dieu ! madame, les choses que l'on trouve toujours dans son imagination lorsque l'on veut justifier une action équivoque, en supposant que ce soit une action de cette nature que l'on ait l'intention de justifier.

— Ainsi, docteur, vous croyez que ce marquis est un homme dont il faut se méfier ?

— Il est toujours bon, madame la comtesse, de n'accorder sa confiance qu'aux gens que l'on connaît parfaitement. Mais je vous fais là une recommandation inutile, vous avez trop de sagesse pour ne pas savoir ce que vous avez à faire.

— Savez-vous, dit Laure, que vous n'êtes ni l'un ni l'autre amusants. Eh ! que nous fait, après tout, ma chère Lucie, ce qu'est ou ce que n'est pas le marquis de Pourrières ? Nous savons que ce n'est ni un voleur ni un assassin, cela doit nous suffire, n'est-il pas vrai, docteur ?

— Je suis de votre avis, mademoiselle.

Cette réponse du docteur Mathéo mit fin à la conversation dont, jusqu'à ce moment, le marquis de Pourrières avait été le sujet ; et la comtesse, qui avait reçu la veille, une lettre d'Eugénie de Mirbel qui le remerciait de ce qu'elle avait fait pour elle et la priait de venir la voir, demanda au docteur des nouvelles de cette jeune femme. Celui-ci lui apprit que cette jeune femme, grâce aux soins qu'il avait été à même de lui faire donner, était sinon rétablie, du moins tout à fait hors de danger, et que le plus vif de ses désirs était celui de voir l'amie à laquelle elle devait le bien-être dont elle jouissait en ce moment. La comtesse ne souffrait plus de la blessure qu'elle s'était faite quelques jours auparavant, et le ciel annonçait une belle journée... Lucie proposa à Laure de venir avec elle chez Eugénie de Mirbel.

Laure s'empressa d'accepter la proposition, elle se faisait une fête de revoir celle qui, pendant le peu de temps qu'elles avaient passé ensemble dans le pensionnat, où toutes les deux elles avaient été élevées, avait été une de ses plus chères amies. Lucie sonna et ordonna à Paolo de faire atteler.

Le docteur prit congé, des dames afin de leur laisser le temps de procéder à leur toilette, et sortit après avoir promis à la comtesse de Neuville de lui rendre visite le lendemain.

Moins d'une demi-heure après s'être quittées, Lucie et Laure se retrouvèrent dans le salon habillées et prêtes à partir.

Mathéo avait loué pour Eugénie de Mirbel, dans une assez jolie maison bourgeoise de la rue Riboutté, un petit appartement qu'il avait fait garnir de meubles très-simples, mais s'il n'avait pas cru devoir entourer la pauvre femme des mille recherches luxueuses de la vie élégante, il a voulu, se conformant du reste aux intentions de la comtesse de Neuville, qu'il ne lui manquât rien de tout ce qui pouvait servir à lui faire oublier les cruelles épreuves qu'elle venait de supporter ; aussi Eugénie de Mirbel, couchée au sortir du galetas dans lequel nous l'avons vue, dans un bon lit garni de draps fins et blancs et de moelleuses couvertures, et placée dans un appartement égayé par un bon feu, avait éprouvé une sensation de bien-être inexprimable, et cette sensation avait plus

contribué peut-être que les médicaments ordonnés par le docteur à lui faire recouvrer la vigueur et la santé.

Lorsque Lucie et Laure arrivèrent chez elle, elle était assise dans un bon fauteuil à la Voltaire qu'elle avait fait approcher du feu, et la bonne vieille femme, dont elle n'avait pas voulu se séparer, la grondait de ce qu'elle avait absolument voulu se lever.

Ce n'était plus la femme qu'elle avait vue dans le galetas de la rue de la Tannerie que Lucie avait devant les yeux ; Eugénie était toujours, il est vrai, extrêmement pâle, mais ses beaux cheveux noirs étaient repris leur translucidité, et les cercles noirs qui les entouraient précédemment commençaient à disparaître.

— Tu veux imiter Dieu, dit Eugénie de Mirbel à la comtesse de Neuville, tu fais le bien et on ne te voit pas.

Elle voulut se lever pour embrasser son amie, Lucie la força de rester assise, et après l'avoir embrassée plusieurs fois et l'avoir préparée à la visite qu'elle allait recevoir, elle fit avancer Laure, qui, jusqu'à ce moment, était restée dans la pièce d'entrée.

Eugénie reconnut de suite Laure que cependant elle n'avait pas vue depuis sa sortie du pensionnat.

— Je suis bien heureuse, dit-elle, de retrouver à la fois mes deux plus chères amies.

— Nous sommes plus heureuses que toi, ma chère Eugénie, répondit la comtesse, puisque c'est à nous que le ciel a bien voulu fournir l'occasion de faire un peu de bien à une personne que nous chérissons toutes deux et de toute notre âme.

— Mes chères amies ! dit Eugénie qui pressait avec force contre sa poitrine Lucie et Laure qui s'étaient précipitées entre ses bras ; et durant quelques minutes, ces trois charmantes femmes confondirent leurs embrassements.

Les cris d'un enfant les arrachèrent à cette douce étreinte. Eugénie courut au berceau de sa fille, qui était placé à la tête de son lit ; elle prit l'enfant entre ses bras et l'apporta en rougissant à Lucie de Neuville.

— Elle te doit la vie, dit-elle, ne veux-tu pas l'embrasser ?

Lucie prit l'enfant qu'elle couvrit de baisers, tandis que Laure, qui avait levé les barbes du bonnet de dentelle qui couvrait sa petite tête, ne pouvait se lasser de la regarder. De naïves exclamations traduisaient à chaque instant sa vive admiration.

— Que tu es heureuse d'avoir une aussi jolie petite fille, dit-elle enfin.

— Asseyons-nous et causons, dit la comtesse, qui voulait éviter à Eugénie la nécessité de répondre à la naïve remarque de Laure, il y a si longtemps que nous ne nous sommes vues que nous devons avoir beaucoup de choses à nous dire.

Lucie remit à la vieille femme, pour qu'elle la replaçât dans son berceau, la petite fille qui s'était endormie entre ses bras, et les trois amies prirent place devant le bon feu qui flambait dans la cheminée.

Lucie désirait connaître, afin d'y remédier si cela était possible, les événements qui avaient précipité son amie dans l'abîme d'où elle venait de la tirer, mais elle ne voulait pas lui demander des confidences que celle-ci, par reconnaissance peut-être, se croirait obligée de lui faire ; elle crut que le meilleur moyen de provoquer la sienne était de lui accorder la sienne. Elle raconta donc à Eugénie les événements bien simples de sa vie depuis sa sortie du pensionnat, la mort de son père, suivie bientôt de son mariage avec le colonel comte de Neuville, bien qu'il fût beaucoup plus âgé qu'elle, et le départ récent de celui-ci pour l'Algérie.

Eugénie avait pris les mains de ses deux amies, qu'elle serrait affectueusement entre les siennes.

— Il faut, dit-elle, que je vous raconte ce qui m'est arrivé depuis que je ne vous ai vues ; c'est une bien triste histoire que la mienne, et dont tu connais déjà le dénoûment, continua-t-elle en s'adressant à Lucie.

Celle-ci presse tendrement Eugénie, qui, après quelques instants de silence, continua en ces termes :

« Je n'avais pas encore douze ans lorsque je perdis mon père, qui avait été l'ami le plus intime du tien, ma chère

Lucie, et ma mère qui le suivit de près dans la tombe. Mes parents, par suite de fausses spéculations commerciales et de la faillite des personnes auxquelles ils avaient confié des sommes considérables, avaient perdu leur fortune lorsqu'ils moururent, de sorte que la mort vint à point pour leur épargner les tourments, compagnons inséparables de la pauvreté. Je ne sais ce que je serais devenue si une sœur aînée de ma mère, qui avait toujours habité la province, n'était pas accourue à Paris à la nouvelle de l'affreux malheur qui venait de me frapper et ne s'était pas chargée de moi.

« J'apportais avec moi dans la maison de cette estimable femme le malheur qui, à dater de cette époque, ne devait pas cesser de me poursuivre.

« Ma tante, voulant me faire donner une éducation digne de ma naissance, me plaça, deux ans environ après m'avoir recueillie, dans le pensionnat où nous avons été élevées.

« Vous vous rappelez sans doute, continua Eugénie, une de nos sous-maitresses, une assez belle personne, dont nous admirions toutes les beaux yeux bleus et les magnifiques cheveux noirs, tout en nous moquant quelquefois de son air rêveur et mélancolique?

— Madame Delaunay, dit Laure.

— Précisément. Cette femme, qui avait, dit-on, éprouvé de grands malheurs, et qui avait perdu son mari peu de temps après son mariage, avait été admise dans notre pensionnat sur la recommandation d'une dame anglaise près de laquelle elle était restée assez longtemps, afin de commencer l'éducation d'une jeune fille que l'on venait d'envoyer dans l'Inde pour y rejoindre son père. Je l'us, vous le savez, pendant un certain laps de temps, la première à me moquer des airs langoureux de madame Delaunay, qui n'ouvrait jamais la bouche que pour pousser de profonds soupirs, et qui nous disait sans cesse que sa naissance lui avait permis d'espérer un sort plus heureux que ne l'était le sien à ce moment; mais, à la fin, l'inaltérable douceur de madame Delaunay, qui n'opposait à toutes nos innocentes railleries de folles jeunes filles que le silence et cette inconcevable inertie devant laquelle s'émoussent les pointes les plus acérées me désarmèrent, et je devins, toute jeune que j'étais, sa plus intime amie.

« Ma tante possédait, au moment où elle me prit chez elle, une fortune qui, sans être considérable, lui permettait de vivre assez honorablement; désirant me voir occuper un jour dans le monde une position brillante, position que je ne pouvais acquérir que par un riche mariage, ma bonne tante voulut augmenter sa fortune afin d'être à même de me donner une grosse dot lorsque j'aurais atteint l'âge de me marier.

« Il lui arriva ce qui devait nécessairement arriver à une femme sans expérience aucune des affaires, lancée tout à coup sur le terrain brûlant des spéculations. Les gens auxquels elle avait accordé sa confiance la trompèrent sans éprouver le moindre scrupule : les uns lui firent acheter fort cher des actions industrielles qui n'étaient seulement pas cotées à la Bourse; les autres lui firent prêter de l'argent à de grands personnages qui ne sont pairs de France ou députés qu'afin de ne pas payer leurs dettes, si bien qu'un jour la pauvre femme, qui croyait avoir au moins doublé sa fortune, qui bâtissait pour moi les plus magnifiques châteaux en Espagne, et qui dormait tranquille sur un monceau d'actions de tous les formats et de toutes les couleurs, se réveilla ruinée ou à peu près : il lui restait environ deux mille francs de revenus.

« Ses moyens ne lui permettant plus de payer le prix assez élevé de ma pension, elle fut forcée de me faire quitter le pensionnat avant que mon éducation fût achevée.

« Je ne me séparai pas sans peine de madame Delaunay, à laquelle j'avais accordé la confiance que je vous avais refusée, et ce ne fut qu'après lui avoir fait la promesse de venir souvent me voir, que je pus m'arracher de ses bras pour suivre ma tante qui m'attendait dans l'appartement de notre maîtresse.

« Ma tante avait accepté sans se plaindre le coup affreux qui venait de la frapper, et de suite elle s'était résignée à la vie plus que modeste qui devait être la nôtre à l'avenir. Ce

ne fut donc pas dans l'appartement assez somptueux qu'elle avait habité jusqu'à ce moment qu'elle me conduisit, mais bien dans une retraite perdue dans un des plus populeux quartiers de la capitale (lorsque l'on veut se cacher, c'est au milieu de la foule qu'il faut aller vivre), retraite excessivement simple et tout à fait conforme à l'état précaire de notre fortune, mais dans laquelle cependant rien de ce qui pouvait contribuer à me faire trouver moins monotone la vie que nous allions mener n'avait été oublié. Ainsi je retrouvai dans notre modeste ermitage, et rangés avec soin dans une petite pièce absolument semblable à celle qu'ailleurs j'avais pompeusement décorée du titre de boudoir, tous les objets que j'aimais : mes livres, mon chevalet, ma palette et mes pinceaux, mes albums, ma musique et un magnifique piano d'Érard aussi bon qu'il m'était beau, et sur le sort duquel je n'avais pas cessé de trembler.

« Il y avait près de six mois que j'avais quitté le pensionnat, et je n'avais pas encore entendu parler de madame Delaunay, qui, ainsi que je l'ai appris plus tard, en avait été renvoyée peu de temps après ma sortie, sans doute parce que notre digne maîtresse avait fini par s'apercevoir qu'elle n'était pas douée d'un caractère à la hauteur de la mission qui lui avait été confiée.

« Un matin elle se présenta chez nous.

« Une visite, quelle qu'elle fût, était pour ma tante que le malheur n'avait pas rendue misanthrope, et pour moi qu'elle venait distraire quelques instants, un heureux événement, événement bien rare dans notre vie, car depuis que nous étions pauvres, personne ne venait plus nous voir; nous accueillîmes donc madame Delaunay avec le plus vif empressement, elle s'excusa de ce qu'elle n'était pas venue plus tôt me voir, me disant qu'aussitôt sa sortie du pensionnat qu'elle n'avait quitté, disait-elle, que parce que sa santé ne lui permettait plus de supporter les fatigues de la profession d'institutrice, fatigues bien légères, cependant, elle était tombée malade et avait été forcée de garder le lit pendant un laps de temps fort long.

« Madame Delaunay revint plusieurs fois chez nous, et bientôt elle fut notre plus fidèle commensale; ma tante recevait ses visites avec le plus vif plaisir. Madame Delaunay, malgré les travers de son caractère, avait l'esprit cultivé et causait assez agréablement, et puis, ainsi que je vous l'ai déjà dit, ma tante étant valétudinaire ne pouvait sortir que très-rarement, de sorte que j'étais aussi forcée de rester confinée à la maison à l'âge où l'on a tant besoin de prendre un peu d'exercice et de respirer au grand air. Madame Delaunay, par la position qu'elle avait occupée et ses relations antérieures avec moi, devait lui inspirer assez de confiance pour qu'elle lui permit de me sortir quelquefois avec elle, c'est ce qu'elle fit avec le plus vif empressement.

« Un jour, madame Delaunay arriva chez nous très-richement parée, elle était coiffée d'un chapeau très-frais de la bonne faiseuse, enveloppée dans un assez beau cachemire; sa robe avait été taillée dans une étoffe de soie moirée magnifique. Nous lui fîmes nos compliments au sujet de cette brillante toilette qui nous paraissait assez insolite, car nous savions que les moyens pécuniaires de cette femme étaient très-bornés. Je ne sais si elle devina quelles étaient nos pensées, car son premier soin fut de nous faire connaître la source d'où lui venaient toutes ces richesses. Elle nous dit qu'un de ses frères, qui avait acquis aux Indes-Orientales une fortune très-considérable, venait d'arriver à Paris, et qu'il voulait qu'elle partageât avec lui tout ce qu'il possédait, puis elle fit l'éloge du noble caractère de ce frère, et à l'appui de ce qu'elle avançait, elle nous montra plusieurs billets de banque.

« Rien ne nous autorisait à douter de ce qu'elle avançait; ma tante voulut bien me permettre de sortir avec elle; elle voulait, disait-elle, faire plusieurs acquisitions, et ce serait pour moi une distraction que de parcourir les divers magasins qu'elle allait visiter.

Il n'était pas encore deux heures lorsque nous eûmes achevé de faire toutes nos emplettes, et bien que le froid fût assez vif, le temps était magnifique et animé par un beau soleil d'hiver. Madame Delaunay me dit que si je voulais l'accompagner, nous irions faire un tour aux Tuileries.

« Nous étions arrivées à l'extrémité de l'allée qui longe la terrasse des Feuillants, et nous allions retourner sur nos pas, lorsque nous fûmes abordées par un monsieur déjà âgé et décoré de plusieurs ordres.

« — Ma foi, ma chère Clélie, dit-il en s'adressant à madame Delaunay après m'avoir adressé un salut parfaitement conforme aux lois de la bonne compagnie, je ne croyais pas avoir le plaisir de te rencontrer ici et en aussi charmante compagnie. Il m'adressa un nouveau salut auquel je ne répondis que par une légère inclination de tête.

« C'est mon frère, me dit madame Delaunay. N'est-ce pas qu'il est bien?

« Je ne remarquai pas la singularité de cette question; seulement je n'étais pas de l'avis de mon amie.

« L'homme qui venait de nous aborder avait évidemment passé son dixième lustre; et cependant il était aussi rigoureusement busqué, ganté, et éperonné que le plus farouche des lions de la loge infernale. Un camélia blanc, d'une dimension fabuleuse, ornait une des boutonnières de son habit et il maniait avec une vivacité toute juvénile un superbe jonc surmonté d'une grosse pomme d'or ciselée avec soin.

« Supposez une figurine du journal des modes, à laquelle vous donnerez un vieux visage que n'ont pu rajeunir ni les talents de l'épileuse, ni l'usage immodéré de tous les liniments et de tous les cosmétiques imaginables, et vous aurez devant les yeux le portrait exact du frère de madame Delaunay.

« Après une promenade assez longue, durant laquelle il ne cessa de louer et ma beauté et mon esprit, bien que ma mine renfrognée et le mutisme presque complet que j'observais eussent dû lui donner une bien pauvre idée et de l'une et de l'autre, il nous proposa de nous mener dîner chez un traiteur; du reste, cette proposition nous fut faite dans les termes les plus convenables.

« Par politesse, et bien certaine d'avance que madame Delaunay n'accepterait pas cette proposition, je laissai à cette dernière le soin de nous excuser.

« — Je ne vois pas pourquoi, me dit-elle, nous n'accepterions pas la gracieuse invitation de mon frère; nous nous presserons un peu, de sorte que ta tante n'aura pas le temps d'être inquiète.

« J'étais prise à un piège que je m'étais tendu moi-même; cependant j'hésitais; mais mon amie joignit ses instances à celles de son frère: je fus, en un mot, pour ainsi dire forcée d'accepter; du reste les choses se passèrent très-convenablement; et à la fin du repas il me paraissait un peu moins ridicule que lorsque nous nous étions mis à table.

FIN DE LA TROISIÈME SÉRIE.

Sceaux. — Imp. et stér. M. et P.-E. Charaire.

LES VRAIS MYSTÈRES DE PARIS

PAR VIDOCQ

TROISIEME SÉRIE

AX

Eugénie de Mirbel (suite).

« Nous étions alors en carnaval. Des jeunes gens, placés à une table voisine de celle que nous occupions, parlaient entre eux du dernier bal masqué auquel ils avaient assisté.

« Tu n'es jamais allée au bal masqué ? me dit madame Delaunay.

« — Jamais, lui répondis-je ; et il est probable que ce ne sera pas de sitôt que je pourrai y aller. J'en suis bien fâchée.

continuai-je, sans attacher à mes paroles plus d'importance qu'elles n'en méritaient, j'en suis vraiment bien fâchée : j'ai souvent entendu dire que rien au monde n'était plus amusant qu'un bal masqué.

« — C'est bien vrai, me répondit madame Delaunay. J'y suis allée quelquefois, accompagnée de mon mari, et j'y ai pris beaucoup de plaisir.

« Et elle se mit à me faire du bal masqué une peinture bien capable de tourner une tête de jeune fille ; elle me fit de la salle de l'Opéra, un jour de bal, une description qui la faisait ressembler à un palais des *Mille et une Nuits*.

« Le frère de madame Delaunay crut devoir ajouter quelques traits au tableau déjà si brillant que venait de faire sa sœur.

« Madame Delaunay et son frère avaient toujours soin de placer dans un des coins du tableau qu'ils mettaient devant mes yeux, plusieurs dominos, personnages mystérieux qui pouvaient tout voir et tout entendre sans être remarqués. Ils voulaient sans doute, en me montrant la possibilité de ma présence au bal de l'Opéra, me donner l'envie d'y aller; si telle était en effet leur intention, leur réussite fut complète.

« — C'est jeudi prochain qu'aura lieu le dernier bal, dit madame Delaunay, et il sera, dit-on, plus brillant que tous ceux qui l'ont précédé. Je voudrais bien pouvoir y aller...

« — Et moi aussi, dis-je à mon tour.

« Je dois le dire, lorsque j'exprimais aussi formellement ce désir, je ne pensais pas que l'accomplissement en fût possible.

« Le frère de mon amie se chargea de me prouver que je m'étais trompée.

« — Mais, dit-il, puisque vous désirez toutes deux assister à ce bal, rien ne vous empêche, ce me semble, de vous procurer ce plaisir, et je serais très-volontiers le cavalier de ma bonne sœur et celui de sa charmante amie.

« — Au fait? dit madame Delaunay, qui m'adressa un regard dont je compris parfaitement l'intention.

« — Ma tante ne voudra jamais me permettre de passer une nuit au bal, répondis-je.

« Et malgré tous les efforts que je fis pour le retenir, un profond soupir s'échappa de ma poitrine.

« — C'est vrai, dit mon amie, ta tante ne voudra pas te permettre d'aller à ce bal où nous nous serions tant amusées.

« Le lendemain, madame Delaunay vint déjeuner avec nous, le temps était trop mauvais pour que nous puissions songer à sortir, de sorte qu'il fut convenu qu'elle passerait avec nous la journée tout entière; vers une heure, ma tante, qui se sentait légèrement indisposée, se retira et me laissa seule avec mon amie.

« — Eh bien! me dit-elle, as-tu pensé au bal masqué de jeudi? Quant à moi, j'en ai rêvé toute la nuit.

« — Moi de même, lui répondis-je.

« — Si tu le voulais, ajouta-t-elle, nous pourrions aller à ce bal.

« — Je le voudrais, mais je ne le puis pas, ma tante ne voudra pas me le permettre.

« — Eh bien! viens-y sans la permission de ta tante.

« — Mais comment!

« J'en prends Dieu à témoin, lorsque je faisais cette question je n'avais pas l'intention qu'elle paraissait indiquer, j'obéissais seulement à un défaut dont nous sommes toutes plus ou moins affligées, à la curiosité; je voulais seulement savoir quels étaient les moyens que madame Delaunay comptait employer afin de me faire aller au bal sans que ma tante en sût rien.

« Voici ce que madame Delaunay répondit à cette question que je lui avais faite : Comment?

« — La porte de la maison que vous habitez n'est fermée qu'après minuit, et ouverte le matin à la pointe du jour, et le nombre des locataires qui y résident est si considérable, que le portier ne s'occupe ni de ceux qui entrent, ni de ceux qui sortent. Je demanderai à ta tante la permission de te conduire au spectacle, permission qu'elle ne me refusera pas, j'en suis certaine; nous irons chez moi, où tu trouveras un costume ou un domino, à ton choix; mon frère nous conduira au bal, et après y avoir passé la nuit nous reviendrons chez moi; tu quitteras ton costume, et tu t'en retourneras à pied chez toi, où tu pourras être rentrée et couchée avant que ta tante ne soit levée, et elle ne se sera aperçue de rien, puisqu'elle se couche invariablement à dix heures ou plus tard, et qu'ainsi que tu me l'as dit plusieurs fois toi-même, elle dort d'un si profond sommeil que rien ne la réveille avant son heure habituelle.

« Les choses pouvaient, en effet, se passer ainsi, et, je l'avoue à ma honte, lorsqu'une fois je fus bien persuadée qu'il était possible que j'allasse au bal sans que ma tante en sût rien, je promis à mon amie tout ce qu'elle exigea de moi.

« Je ne vous rapporterai pas les mille raisonnements que je me fis durant les quelques jours qui précédèrent ce jeudi que je ne voyais pas venir sans éprouver un certain effroi, pour justifier la faute que j'allais commettre. J'étais sur une pente fatale, je le sentais, et je ne pouvais me retenir; j'obéissais à je ne sais quelle influence qui me poussait à faire une action que je blâmais tout en me préparant à la commettre.

« J'étais à moitié folle lorsque j'arrivai chez madame Delaunay, qui occupait, rue Notre-Dame-de-Lorette, un assez joli petit appartement; aussi, au lieu de me cacher sous un domino, ainsi que j'en avais l'intention, j'endossai, sans trop savoir ce que je faisais, un élégant costume de paysanne mi-bantaise. Mon amie avait choisi je ne sais plus quel costume d'homme, cela me parut une inconvenance grave; je le lui dis; elle me répondit en riant, qu'en temps de carnaval tout était permis, qu'un costume d'homme était beaucoup moins gênant qu'un costume de femme, et que, du reste, elle n'avait adopté celui que je lui voyais qu'afin de pouvoir me faire danser.

« — Comment, lui dis-je, est-ce que vous comptez danser?

« — Mais bien certainement, me répondit elle, crois-tu par hasard que je vais au bal pour me croiser les jambes?

« J'étais profondément étonnée; en quittant les habits de son sexe, madame Delaunay avait totalement changé de ton et de manières, et elle essayait un pas qui devait, à ce qu'elle m'assurait, la faire proclamer la reine du bal, lorsque la sonnette, violemment agitée, annonça une visite.

« Quand notre conscience n'est pas nette, le moindre bruit qui nous surprend à l'improviste impressionne désagréablement nos nerfs. Je fis un saut sur le siège que j'occupais.

« — Qui donc sonne? m'écriai-je.

« — Eh! parbleu, ce sont nos cavaliers, répondit madame Delaunay, mon frère et un de ses amis.

« Elle alla ouvrir, et son frère entra accompagné d'un autre individu dont la figure me déplut tout d'abord; il se nommait, me dit madame Delaunay, le chevalier de Saint-Firmin. Cependant mon amie saisit son frère par le milieu du corps, et, malgré les efforts qu'il fit pour se dégager, il fallut qu'il se résignât à faire, en galopant, deux fois le tour de la chambre; son ami était aux éclats.

« Le frère de son amie s'approcha de moi, et après m'avoir adressé quelques paroles polies, il me prit la main; nous partîmes.

« Quelques minutes après, nous étions au bal de l'Opéra.

« Je ressemblais plus à une victime que l'on conduit au supplice qu'à une jeune fille dont le plus ardent désir vient d'être réalisé; je tremblais de tous mes membres, des sueurs froides me couraient par tout le corps, et mon masque me brûlait le visage. Nous n'avions pas fait trois pas dans la salle, que je fus forcée de m'arrêter.

« Le chevalier nous conduisit dans une loge du premier rang, qui avait été retenue pour nous.

« Le vertige qui obscurcissait mes yeux se dissipa peu à peu, et je pus jeter quelques regards sur les objets dont j'étais environnée; la salle offrait vraiment un coup d'œil féerique, et, pour cette fois, il se trouva que mon imagination était restée au-dessous de la réalité.

« Madame Delaunay dansait presque dans la loge, et à chaque minute elle me demandait si je me trouvais mieux.

« Un ouf prolongé s'échappa de sa poitrine, lorsqu'enfin je lui répondis affirmativement.

« — Alors, allons danser, me dit-elle.

« Je l'avoue à ma honte, je ne fis de résistance que ce qu'il en fallait pour ne point laisser croire que j'obéissais avec plaisir, et ce ne fut que lorsque je fus brisée, rompue, anéantie, plus peut-être par les émotions diverses que je venais d'éprouver que par la fatigue, que je quittai la partie. Mon costume si frais, si coquet lors de mon entrée au bal, était fripé et tout couvert de poussière; mes cheveux défrisés tombaient en mèches inégales le long de mes joues marbrées de légères traces rouges; une glace du foyer, devant laquelle je m'étais placée pour essuyer mon visage, m'avait révélé cet affreux état de ma personne, je me fis peur à moi-même.

« Il était alors un peu plus de trois heures.

« — Ma tante verra que je suis allée au bal, m'écriai-je.

« — Que tu es enfant, me dit madame Delaunay, lorsque tu te seras baigné le visage dans l'eau fraîche, et que tu auras dormi une heure, il ne restera plus rien de ces légères traces de fatigue. Quoi qu'il en soit, allons souper, je meurs de faim, et toi ?

« Je dis à mon amie que je n'avais besoin de rien, et que nous ferions bien de nous retirer à l'instant même; elle me fit observer, pour vaincre mes scrupules, que je ne pouvais rentrer chez moi, à moins d'être remarquée, avant huit heures du matin; que refuser ce serait désobliger son frère, qui était très-susceptible, et qu'elle avait le plus grand intérêt à ménager; enfin, elle me parla tant et si bien, que je me laissai conduire au café Anglais.

« Le plus délicieux souper nous fut servi dans un des cabinets de cet établissement. Je pris seulement un potage; madame Delaunay, au contraire, goûta de tous les mets qui furent placés devant nous; quant aux deux hommes, ils vidaient avec une telle rapidité des flacons de vins fins, que j'en étais effrayée sans savoir pourquoi.

« Madame Delaunay était placée à table près du chevalier, j'avais à côté de moi le frère de mon amie.

« Le vin qu'ils avaient bu avait mis ces deux hommes de belle humeur, et depuis quelques instants ils échangeaient entre eux, en me regardant, des regards d'intelligence dont l'expression commençait à m'inquiéter. Le frère de mon amie rapprochait son siège du mien, il vantait ma beauté et mes grâces; puis il prenait mes mains, qu'il serrait entre les siennes et qu'il couvrait de baisers. Je pâlissais, je rougissais, j'étais au supplice; et madame Delaunay, que j'implorais du regard, riait aux éclats lorsque je disais que j'étais une folle de me formaliser, et que tout était permis pendant une nuit de carnaval.

« — À preuve, dit le chevalier, qui déposa sur les lèvres de mon amie un vigoureux baiser.

« Je crus que madame Delaunay allait manifester d'une manière éclatante le mécontentement que, suivant moi, elle devait éprouver, et qu'enfin nous allions pouvoir nous retirer : cette espérance ne se réalisa pas; elle invita, au contraire, son frère à suivre l'exemple que venait de lui donner le chevalier.

« Je ne puis trouver de termes assez énergiques pour vous peindre l'indignation que je ressentis, lorsque le visage ridé et plâtré de cette vieille caricature s'approcha du mien; je devinai tout à coup que cet homme n'était pas le frère de celle qui se disait mon amie, et quelles étaient les intentions de ces trois ignobles personnages; ce fut un éclair qui me traversa l'esprit, une révélation que je ne voulus pas permettre leur triomphe. Je me levai si brusquement que le siège que j'occupais fut renversé, j'avais le feu au visage, et mes yeux, je le sentais, devaient lancer des éclairs.

« — Vous êtes tous des infâmes! m'écriai-je d'une voix rendue tremblante par l'émotion et la colère; et profitant avec adresse de la stupeur des personnages auxquels je venais d'adresser cette virulente apostrophe, j'ouvris brusquement la porte du cabinet, et je descendis rapidement un petit escalier qui se trouva devant moi et qui me conduisait sur le boulevard.

« Je ne savais où j'allais, mon seul désir était d'échapper à madame Delaunay et à ses complices; aussi, à peine arrivée sur la voie publique, je me mis à courir devant moi sans m'inquiéter du lieu où j'arriverais; mais je n'avais pas fait dix pas sur le boulevard, que j'entendis derrière moi la voix du chevalier qui me criait d'arrêter; je ne sais quelle folle terreur s'empara de tout mon être, je me jetai entre les bras d'un jeune homme qui se trouva par hasard devant moi, en m'écriant : — Monsieur! monsieur! je vous en prie, protégez-moi.

« Ce jeune homme jeta le cigare qu'il fumait lorsque je l'avais abordé.

« — Ne craignez rien, mademoiselle, me dit-il, ne craignez rien; quels que soient les misérables qui vous poursuivent, ils ne vous manqueront pas, je vous en donne l'assurance, tant qu'il me restera un peu de force pour vous défendre.

« À ce moment le chevalier arrivait près de nous.

« — Êtes-vous folle ? me dit-il, tandis que je me serrais contre celui qui venait de me promettre sa protection; êtes-vous folle? nous quitter si brusquement en nous disant des injures, parce que le frère de votre amie s'est permis une innocente plaisanterie.

« — Taisez-vous, répondis-je à cet homme, qui me déplaisait encore plus peut-être que le prétendu frère de madame Delaunay, et n'appelez plus mon amie cette femme qui m'a indignement trompée.

« Le chevalier se mit à rire aux éclats.

« — Je comprends, s'écria-t-il lorsque cet accès d'hilarité fut passé, je comprends parfaitement, monsieur a plus que nous le talent de vous plaire, et vous voulez rester avec lui; mais il n'en sera pas ainsi, je vous en donne ma parole d'honneur; c'est de votre plein gré que vous êtes venue avec nous, et, morbleu! vous y resterez.

« — Monsieur! monsieur! m'écriai-je en serrant avec force le bras du jeune homme, ne le croyez pas; et sans lui laisser le temps de me répondre, je lui dis en quelques mots comment j'avais été amenée à aller au bal de l'Opéra, et pourquoi j'étais venue implorer sa protection.

« — Fariboles que tout cela, s'écria le chevalier de Saint-Firmin, pures fariboles; et il avançait sa main pour me saisir.

« Je poussai des cris perçants.

« — Arrière, monsieur, dit mon protecteur d'une voix éclatante, arrière! Et comme le frêle et chétif chevalier s'était placé devant nous et paraissait disposé à nous disputer le passage, il le repoussa si rudement qu'il l'envoya rouler à dix pas devant lui.

« Celui-ci se releva tout meurtri.

« — Monsieur, vous me rendrez raison de cette offense, dit-il d'une voix piteuse.

« — Allons, allons, monsieur le chevalier factice, je vous ai reconnu malgré vos lunettes, lui dit le jeune homme de l'air le plus dédaigneux, ne vous mettez pas en colère, retournez dans votre bouge, reprenez votre costume et vos moustaches grises, vous savez bien que les gens qui se respectent ne se battent pas avec vous; mais comme, au portrait que mademoiselle vient de m'en tracer, j'ai deviné que votre compagnon, en tout ceci, n'est autre que M. le comte de ***, dont vous êtes le proxénète ordinaire, vous pouvez lui dire, de ma part, que je suis tout à son service.

« Je tremblais de tous mes membres, car je venais d'apercevoir parmi les quelques personnes rassemblées autour de nous celui dont mon protecteur parlait avec tant de mépris.

« — Répéteriez-vous devant la personne dont vous parlez ce que vous venez de dire? dit le comte de ***.

« — Sans doute, répondit le jeune homme, ce que je viens de dire, et bien d'autres choses encore : par exemple, que les vieillards, les vieillards, entendez-vous, monsieur le comte, qui se teignent les cheveux et qui se peignent le visage pour ressembler à de jeunes hommes, doivent être traités comme s'ils étaient jeunes en effet; que quels que soient la position que l'on occupe dans le monde, le titre que l'on ait reçu de ses aïeux, les décorations dont on puisse se parer, on ne mérite que le mépris des honnêtes gens, lorsque l'on ne se sert de tous ces privilèges que pour porter le trouble et le déshonneur dans les familles.

« — Monsieur! monsieur! savez-vous bien que je suis le comte de *** ? dit celui qui venait d'être si vivement apostrophé et pâlissant sous son rouge.

« — Eh! croyez-vous, par hasard, que je ne le savais pas, repartit mon protecteur; allez, allez, monsieur le comte de ***, quoique vous fassiez tout ce qu'il est possible de faire afin de passer pour un jeune homme, j'ai pitié de votre grand âge.

« — Vous me donnerez votre nom, monsieur, vous me le donnerez !

« — Eh bien! soit, voici ma carte, puisque vous l'exigez, demain matin je serai à votre disposition.

« — Mon Dieu! monsieur, dis-je à mon protecteur lorsque nous nous trouvâmes seuls sur le boulevard, voilà que vous allez être forcé de vous battre, et c'est pour moi; oh! j'en mourrai

« — Rassurez-vous, mademoiselle, je vous assure que je ne crains pas les résultats d'une rencontre avec monsieur le comte de *** ; mais occupons-nous de vous. Où désirez-vous que je vous conduise ?

« Cette question, si simple et si naturelle, me rappela toute l'horreur de ma position que j'avais un instant oubliée pour ne songer qu'aux dangers, qu'à cause de moi mon protecteur allait courir ; ainsi j'allais être forcée de rentrer chez ma tante vêtue de ce costume qui me paraissait plus lourd qu'un manteau de plomb. La pauvre femme, j'en étais bien sûre, allait me pardonner la faute que j'avais commise, mais que penseraient de moi ceux qui allaient me voir rentrer seule et si singulièrement accoutrée ; ma réputation allait être perdue, c'était le seul bien que je possédais au monde, et cependant la faute que j'avais commise était en quelque sorte excusable.

« Je dis au jeune homme tout cela ; il m'écouta avec beaucoup d'attention. Il parut comprendre la triste position dans laquelle je me trouvais, et comme je lui avais dit quel était le plan que j'avais formé avec madame Delaunay, afin de rentrer sans être aperçue, il me dit que c'était le seul raisonnable et que je ne devais pas l'abandonner.

« — Mais, lui répondis-je, mes habits sont restés chez madame Delaunay, et je ne puis, après ce qui vient de se passer, aller les y chercher.

« — Pourquoi non ; maintenant que le caractère de cette femme vous est connu, vous ne devez plus la craindre ; du reste, je vais vous accompagner chez elle, où elle doit être rentrée maintenant, et il ne vous arrivera rien, je vous en réponds, quand bien même nous y trouverions le comte de *** et son digne compagnon.

« Le parti que me proposait ce jeune homme était le seul raisonnable, je le sentais bien, cependant j'eus besoin de faire de grands efforts avant de pouvoir me déterminer à le prendre, et ce ne fut pas sans éprouver une bien vive répugnance que je me déterminai à suivre chez madame Delaunay mon généreux protecteur.

« Madame Delaunay n'avait pas encore quitté son costume lorsqu'elle vint nous ouvrir ; elle pâlit légèrement lorsqu'elle vit la personne dont j'étais accompagnée, et elle faillit laisser tomber sur le parquet le flambeau qu'elle tenait à la main ; cependant lorsque nous fûmes entrés, et que la porte fut fermée, elle essaya de se justifier.

« — Ne perdez pas de temps en paroles inutiles, lui dit mon protecteur ; je vous connais, madame Delaunay, vous le savez bien, et pour que vous ne puissiez vous réhabiliter aux yeux de mademoiselle, j'aurai soin de lui raconter ce que je sais de votre histoire.

« — A votre aise, mon cher, à votre aise, racontez-lui tout ce que vous voudrez ; mais je vous engage à passer certains faits, ou du moins à les bien gazer si vous ne voulez pas forcer les chastes oreilles de cette pudique créature à entendre de singulières choses.

« L'effronterie de cette ignoble femme me faisait mal au cœur.

« — Je voudrais déjà être loin d'ici, dis-je au jeune homme à voix basse.

« — Je comprends le dégoût que vous devez éprouver, me répondit-il, sans seulement prendre la peine de baisser la voix ; mais rassurez-vous, nous ne resterons pas longtemps ici, passez, si vous le voulez bien, dans la pièce voisine ; madame Delaunay voudra bien rester dans celle-ci, afin de me tenir compagnie.

« — Vous êtes un cornichon, mon cher, dit encore madame Delaunay ; je croyais, moi, que vous alliez lui servir de femme de chambre.

« Cet outrage que je méritais si peu, me fit, quoiqu'il me fût adressé par une personne méprisable, verser des larmes amères.

« Assez, madame, s'écria mon protecteur en s'avançant vers madame Delaunay, avec une violence qui me fit trembler pour celle-ci ; assez, Allez, mademoiselle, continua-t-il en s'adressant à moi, quittez ce costume, et que les quolibets de cette créature ne vous affligent pas, il faut bien lui laisser

la satisfaction d'exhaler la rage qui la suffoque depuis qu'elle est démasquée.

« Le jour commençait à paraître, lorsqu'enfin je fus prête, et bien qu'il y eût loin du domicile de madame Delaunay à celui de ma tante, j'avais encore devant moi plus de temps qu'il ne m'en fallait pour arriver à l'heure convenable ; nous sortimes cependant de suite, j'aimais mieux être dans la rue que dans l'appartement où j'étais, et je crois vraiment que, pour son propre compte, mon compagnon était de mon avis.

« Il s'était, en entrant chez madame Delaunay, débarrassé de son manteau, et comme il le remettait sur ses épaules au moment où nous allions sortir, je vis à la boutonnière de son habit le ruban rouge de la Légion d'honneur. Cela me fit plaisir : un pareil signe, suivant moi, ne devait appartenir qu'à un homme digne de le porter, et lorsque je faisais cette réflexion, je ne me rappelais plus que la poitrine du comte de D*** (et je savais ce qu'il fallait penser de cet individu), était couverte de décorations. J'étais donc disposée, lorsque nous nous mîmes en route, à accorder toute ma confiance à mon jeune protecteur ; aussi lorsque nous arrivâmes au lieu où il devait me quitter, il savait tout ce qui m'était arrivé depuis ma sortie du pensionnat jusqu'au jour où nous étions arrivés.

« Lui de son côté ne m'avait pas témoigné moins de confiance, il m'avait dit son nom que je trouvais charmant, Edmond de Bourgerel ; il m'avait appris qu'il était capitaine au 1er régiment des chasseurs d'Afrique, et que ce n'était que par hasard qu'il se trouvait à Paris où il était venu passer un congé de convalescence de six mois qu'il avait obtenu à la suite d'une assez grave blessure.

« Promettez-moi, lui dis-je au moment où nous allions nous séparer, promettez-moi de ne pas vous battre avec le comte de ***.

« — Je ne puis, me répondit-il, vous faire une promesse positive à ce sujet, mais je m'engage à faire tout ce qui dépendra de moi pour éviter cette malheureuse affaire, et en cela j'obéirai autant à mes propres désirs qu'à vos ordres ; je vous avoue que j'aimerais mieux charger un goum d'Arabes à la tête de mon escadron, que de me mesurer avec ce vieillard qui veut absolument passer pour un jeune homme.

« — Mais vous connaissez donc, dis-je à mon protecteur, les trois personnes avec lesquelles j'étais cette nuit.

« — Depuis longtemps, mademoiselle, mais j'aurai de nouveau, je l'espère, le bonheur de vous voir, et alors je vous dirai tout ce que je sais sur le compte de ces individus. — Adieu, mademoiselle.

« Et comme j'ouvrais la bouche pour le remercier.

« — Ne me dites rien, ajouta-t-il, j'ai éprouvé trop de plaisir à vous obliger pour que vous ayez des remerciments à m'adresser.

« Il ne passait en ce moment personne dans la rue, le jeune homme saisit ma main qu'il porta à ses lèvres, puis il me quitta.

« Je rentrai chez moi sans avoir été remarquée, et quelques minutes après j'étais couchée et profondément endormie.

« Ce fut ma bonne tante qui m'éveilla.

« Nous reçûmes le même jour de madame Delaunay une lettre qui nous apprenait que, partant en voyage avec son frère, elle serait pendant quelque temps privée du plaisir de nous voir. Je devinai de suite que c'était mon protecteur qui avait engagé ou forcé cette femme à écrire cette lettre, afin que la brusque cessation de ses visites ne parût pas extraordinaire à ma tante ; elle me fit plaisir, car elle me prouvait qu'il n'avait rien négligé de ce qui pouvait assurer ma tranquillité, et elle me donnait l'assurance qu'il s'intéressait à moi.

« Plusieurs jours, plusieurs semaines se passèrent, et il est probable que j'aurais oublié les événements que je viens de vous raconter, si l'image de mon protecteur n'avait pas été sans cesse présente à mes yeux pour me les rappeler, car il faut que je vous le dise, cet homme, que je n'avais vu qu'une fois, je l'aimais, je l'aimais de toutes les puissances de mon âme, et maintenant encore, je ne puis retenir les pleurs que m'arrache son souvenir. »

En effet, les yeux de la pauvre Eugénie étaient baignés de larmes.

Après un silence de quelques minutes, Eugénie, qui avait essuyé ses yeux, continua en ces termes :

« Vous n'avez sans doute pas oublié qu'en me quittant, M. Edmond de Bourgerel m'avait dit qu'il voulait me revoir; aussi, confiante en cette promesse, j'étais bien certaine que dans un avenir plus ou moins éloigné, je le reverrais; j'étais seulement impatiente de ce qu'il ne se pressait pas davantage, et pourtant, lorsque je le revis, l'émotion que j'éprouvai fut si grande, que mon trouble, la rougeur subite qui me monta au visage, auraient infailliblement dévoilé l'état secret de mon âme à des yeux seulement un peu plus clairvoyants que ceux de ma bonne tante.

« Les beaux jours étaient revenus ; le cep de vigne que notre propriétaire avait fait planter devant notre habitation, afin de lui donner un air champêtre, venait de se garnir de larges feuilles vertes, et j'allais pouvoir cultiver les quelques fleurs d'un petit parterre que je m'étais ménagé devant l'unique fenêtre de ma chambre de jeune fille.

« J'étais un matin occupée à émonder les branches d'un rosier du Bengale, lorsqu'une fenêtre du chalet situé vis-à-vis celui que nous habitions, et parallèle à celle devant laquelle j'étais placée, fut doucement ouverte ; je levai machinalement la tête, M. Edmond de Bourgerel était à cette fenêtre.

« La surprise, l'émotion, me firent jeter un cri perçant. M. Edmond posa un doigt sur ses lèvres, sans doute pour me recommander le silence, et se retira derrière les rideaux de son appartement. Il était temps, ma bonne tante accourut tout effarée, et me demandait ce qui avait provoqué le cri qu'elle venait d'entendre.

« — Oh! rien, lui dis-je, une énorme araignée.

« — Enfant, me répondit-elle en riant, n'avais-tu pas peur qu'elle te mangeât?

« Aussitôt que ma tante fut partie, M. de Bourgerel reparut à sa fenêtre ; il était extrêmement pâle, et il portait le bras droit en écharpe; ces signes me firent parfaitement comprendre que ce n'était sans doute pas parce qu'il avait été blessé que je ne l'avais pas vu plus tôt, et comme sans doute il lut dans mes regards que je souffrais de ses souffrances, il retira vivement son bras du foulard qui l'enveloppait, et il le remua en tous sens, afin de me prouver qu'il était parfaitement guéri, puis il se mit à son piano, et joua assez d'expression pour m'arracher des larmes, l'air délicieux de Marie Malibran : Bonheur de se revoir après dix ans d'absence.

« J'aimais M. de Bourgerel, je l'aimais comme nous autres femmes nous ne devons aimer qu'une fois, je ne devais donc pas être fâchée de ce que lui aussi m'aimait. Le lendemain matin, lorsque j'ouvris ma fenêtre pour soigner les fleurs de mon petit parterre, il était déjà à la sienne; après m'avoir fait un salut respectueux, auquel je répondis par une légère inclination de tête, il me montra une lettre, et ses signes me firent comprendre qu'il m'était destinée; je fis un signe négatif, il parut affligé, mais il n'insista pas.

« Le lendemain, il se plaça dans le fond de son appartement, et déroula devant mes yeux une longue pancarte de papier, sur laquelle il avait écrit ces mots en caractères assez gros pour être lus facilement :

« Je vous en prie, acceptez la lettre, elle renferme les renseignements que je vous ai promis sur les personnes en question. »

« Je me rappelai alors que M. de Bourgerel m'avait dit qu'il m'apprendrait ce qu'étaient en réalité et madame Delaunay et les deux individus avec lesquels j'avais été au bal de l'Opéra; je pouvais donc, sans laisser à mon protecteur le droit de mal penser de moi, accepter la lettre qu'il m'offrait, et qui, j'en étais bien sûre, devait contenir autre chose que ce qu'il m'annonçait; je lui fis un signe de tête affirmatif, il me fit alors comprendre que le soir même, je trouverais la lettre entre les branches touffues de mon rosier du Bengale, puis il se retira.

« Est-il nécessaire que je vous dise que j'attendis avec la plus vive impatience que la nuit fût venue, je ne le pense pas; le soir, ainsi que cela avait été convenu, je trouvai la lettre à l'endroit indiqué, et, vous l'avez deviné, mon premier soin, lorsque je fus seule dans ma chambre, fut de la décacheter et de la lire. »

Edmond de Bourgerel apprenait à Eugénie de Mirbel ce que le lecteur a sans doute déjà deviné ; c'est-à-dire que madame Delaunay n'était rien autre chose qu'une intrigante de la plus vile espèce, qui ne s'était fait admettre dans le pensionnat d'où elle avait été ignominieusement chassée aussitôt qu'elle eut été connue, qu'à l'aide de fausses recommandations, qu'elle était en titre de plusieurs riches libertins, et que le comte de ***, l'un d'eux, lui avait donné une somme considérable pour qu'elle lui livrât Eugénie de Mirbel, ce qu'elle avait tenté de faire sans pouvoir y réussir; que le chevalier de Saint-Firmin était le digne amant de cette femme, et qu'il la favorisait autant que cela lui était possible, sans doute parce qu'il partageait les bénéfices de son infâme commerce.

« Maintenant » (continuait Edmond de Bourgerel après le paragraphe de sa lettre dont nous venons de donner la substance à nos lecteurs) « je devrais m'arrêter et clore cette lettre en vous disant que vous pourrez, dans tous les événements de votre vie, compter sur l'affection et le dévouement que méritent vos grâces et votre heureux caractère, mais je ne le puis.

« Depuis que je vous ai vue, mademoiselle, avant et depuis la maladie que je viens de faire, et même pendant les courts instants de répit que me laissaient les plus cruelles souffrances, j'ai bien souvent interrogé mon cœur, et toujours il m'a répondu que vous aimais, et que l'amour si vif que vous m'aviez inspiré ne devait finir qu'avec ma vie. Accueillerez-vous favorablement cet aveu ? Je n'ose le croire, ce serait pour moi plus de bonheur qu'il n'est permis à un mortel d'en espérer : cependant je ne me suppose pas des vues qui ne sont pas les miennes, car je ne me suis déterminé à vous écrire cette lettre que pour solliciter de l'indulgence que vous ne me refuserez peut-être pas à celui qui rend la plus complète justice à vos éminentes qualités, la permission de me présenter chez madame votre tante, à laquelle j'ai l'intention de demander votre main.

« Je lui donnerai, mademoiselle, sur ma famille et sur ma position dans le monde, tous les détails qu'elle pourra désirer, et ces détails seront de telle nature, que j'ose croire que si votre volonté ne vient pas y faire obstacle, rien ne s'opposera à la réalisation de mon plus vif désir; mais vous comprendrez que je ne puis, sans laisser supposer à votre tante que je vous connais déjà, me présenter de suite chez elle ; il faut, du moins je le crois, avant que je risque cette démarche, dont je ne veux pas compromettre le succès, qu'elle ait eu le temps de me rencontrer et que j'aie pu conquérir ses bonnes grâces ; enfin, il faut que des relations de bon voisinage précèdent la demande que je veux lui adresser. Vous déciderez, mademoiselle, de ce que dois faire ; quels que soient, du reste, les ordres que vous jugiez convenable de me donner, ils seront, je vous en donne l'assurance, exécutés à la lettre; mais, je vous en prie, ne m'enlevez pas un espoir sans lequel je ne peux vivre, et laissez-moi, jusqu'à ce qu'il me soit permis de vous entretenir, m'enivrer de votre regards, et que quelquefois votre voix se mêle aux accords mélodieux que vous savez tirer de votre piano.

« Répondez-moi, mademoiselle; dites-moi si je dois craindre ou espérer; demain matin, à la naissance du jour, je chercherai une lettre sous les rameaux de votre rosier du Bengale; l'y trouverai-je ? »

— Ceci, je le crois, a été écrit par un honnête homme, dit Lucie après avoir achevé la lecture de la lettre d'Edmond de Bourgerel; point de phrases entortillées, point de déclamations, point de pathos sentimental...

— N'est-ce pas, répondit Eugénie; comment se fait-il donc alors... Mais n'anticipons pas sur les événements, aussi bien je n'ai plus que peu de chose à vous dire.

« La lecture de cette lettre, je dois l'avouer, me causa le plus vif plaisir.

« Voici ce que je répondis à M. Edmond de Bourgerel :

« Je regrette beaucoup, monsieur, d'être la cause des maux qui vous ont accablé; j'ai compris, bien que vous ne m'en ayez rien dit, que c'était avec le comte de *** qu'avait eu lieu la rencontre à la suite de laquelle vous avez reçu la blessure qui a amené l'attaque de tétanos, qui vous a fait tant souffrir; daignez le croire, monsieur, jamais le souvenir de ce que vous avez fait pour moi ne s'effacera de ma mémoire.

« Je crois tout ce que vous me dites; votre conduite ne m'a pas laissé le droit de douter de vos paroles; aussi, je ne crains pas de vous avouer que je vous verrai, sans en éprouver la moindre peine, vous adresser à ma tante; je crois comme vous, pour épargner une peine à cette respectable femme, que nous devons lui cacher la faute grave que j'ai commise; il faut, en effet, attendre un peu de temps avant de faire votre demande; du reste, monsieur, vous savez mieux que moi ce qu'il est convenable de faire. »

« Et je signai.

« Laissez-moi arriver de suite à l'époque où Edmond de Bourgerel, que ma tante avait d'abord reçu comme un voisin avec lequel on pouvait entretenir des relations agréables, lui fit faire par un parent éloigné, le seul qui lui restât, la demande formelle de ma main, qui lui fut accordée, les renseignements obtenus sur son compte ayant donné à ma tante la certitude qu'il possédait toutes les qualités qui peuvent assurer le bonheur d'une épouse.

« Nos bans allaient être publiés, lorsque ma tante reçut, d'un notaire de Péronne, qu'elle avait chargé d'opérer la vente d'une petite propriété qu'elle possédait aux environs de cette ville, et dont le prix devait former une partie de ma dot (ma bonne tante, malgré tout ce qu'avait pu lui dire Edmond, avait absolument voulu se dépouiller en ma faveur), une lettre qui lui disait que si elle voulait se rendre elle-même sur les lieux, il la mettrait en rapport avec une personne qui avait envie d'acheter cette propriété, dont la vente n'avait pas encore été annoncée, et qu'il serait probable qu'elle en obtiendrait, en traitant avec cette personne, quelques mille francs de plus; mais le notaire ajoutait que sa présence était absolument nécessaire, attendu que la réalisation de ce marché était subordonnée à de certaines conditions qu'elle ne comprendrait bien que s'il lui était donné de les lui expliquer de vive voix. S'il ne s'était agi que de ses intérêts, bien certainement, ne se fût pas dérangée; mais c'était de moi qu'il était question, et pour moi il n'y avait rien que ne fût prête à faire cette bonne parente; d'ailleurs, me dit-elle, lorsque craignant qu'un déplacement ne fût nuisible à sa santé, toujours faible et chancelante, je l'engageais à ne point se déranger, Péronne n'est pas si éloigné de Paris qu'on n'en puisse facilement revenir, et c'est tout au plus si je serai absente huit jours. Le voyage fut donc résolu.

« Ma tante était partie depuis deux jours; la huitième heure du soir allait sonner, lorsqu'une vieille dame, amie de ma tante, vint pour lui rendre visite; cette dame savait que je devais épouser M. de Bourgerel, que plusieurs fois elle avait rencontré chez nous; celui-ci l'ayant vu entrer de la fenêtre de son chalet, me demanda la permission de venir faire un peu de musique avec moi, n'étant pas seule, je ne crus pas devoir le refuser. Il vint donc et je me mis à mon piano; mais j'avais à peine commencé, que la vieille dame se leva précipitamment du siège qu'elle occupait et, nous montrant le ciel qui était chargé de nuages noirs et épais, nous dit : que voulant être rentrée chez elle avant que l'orage qui se préparait n'éclatât, elle allait nous quitter à l'instant même; tous nos efforts pour la retenir ayant été inutiles, nous fûmes forcés de la laisser partir, de sorte que je restai seule avec Edmond; j'aurais dû le renvoyer de suite, mais je voyais qu'il était si heureux d'être auprès de moi, moi-même j'étais si heureuse d'être auprès de lui, que je me dis que je pouvais bien, sans qu'il y eût un grand mal à cela, lui permettre de rester quelques instants encore; j'allais cependant lui dire de se retirer, lorsque tout à coup des bouffées de vent qui em-

portèrent avec elles toutes les fleurs qui garnissaient ma fenêtre, et les grondements lointains du tonnerre nous annoncèrent que l'orage que nous attendions depuis longtemps déjà allait enfin éclater.

« J'ai toujours eu une peur extrême de l'orage : vous vous rappelez sans doute mes folles terreurs d'autrefois lorsque le tonnerre grondait dans le lointain et que l'éclair sillonnait la nue? Vous devez vous souvenir que dans ces moments-là j'avais en quelque sorte la tête perdue, que je courais çà et là, qu'il n'y avait pas de coin obscur dans lequel je n'essayasse de me cacher; à l'époque dont je vous parle, l'âge m'avait rendue un peu plus raisonnable, mais cependant si mes frayeurs ne se traduisaient plus en démonstrations aussi exagérées pour être contenues, elles n'en étaient pas moins violentes; du reste vous vous en souvenez sans doute, l'orage dont je vous parle était bien capable d'inspirer à de plus résolues que moi la plus vive terreur. Et d'abord cet orage avait été annoncé par un violent ouragan qui, dans sa course rapide renversait, brisait, faisait tourbillonner tout ce qui s'opposait à son passage; mes pauvres fleurs avaient été arrachées de la caisse qui les contenait, leurs débris jonchaient la cour, et à chaque instant nous entendions le bruit que produisait la chute sur le sol des vitres et des ardoises. Le ciel était noir, noir c'est le mot, mais à chaque instant la lueur blafarde des éclairs perçait le sombre manteau qui couvrait l'atmosphère et donnait une teinte sinistre à tous les objets dont j'étais environnée, puis c'était le tonnerre tantôt sourd et lointain, tantôt éclatant comme le son d'un tam-tam et puis la pluie qui, tombant par lames, avait fait de notre cour une sorte de lac; je pâlissais à chaque éclair, et malgré les efforts que faisait pour me calmer M. de Bourgerel, qu'alors je ne songeais plus à renvoyer (je crois vraiment que je serais morte si j'avais été forcée de rester seule par un temps pareil), chaque fois que le bruit éclatant du tonnerre venait frapper mes oreilles, je sautais sur ma chaise et je me cachais le visage entre mes mains, M. de Bourgerel avait insensiblement rapproché son siège du mien, nous étions plongés dans la plus profonde obscurité, l'orage nous avait surpris à la tombée de la nuit et j'avais bien trop peur pour aller chercher dans une pièce voisine ce qu'il fallait pour éclairer celle dans laquelle nous nous trouvions, et la pluie tombait toujours, le tonnerre grondait dans les intervalles plus rapprochés et les éclairs se succédaient plus blafards et plus fréquents; mais depuis que j'étais auprès de M. de Bourgerel, j'avais un peu moins peur, je ne sais quelle voix intérieure me disait que près de lui je n'avais rien à craindre. Tout à coup la pluie tomba avec une nouvelle violence, le ciel sembla s'entr'ouvrir pour livrer passage à un éclair auquel ne pouvaient être comparés aucun de ceux qui l'avaient précédé, et le tonnerre renversa le faîte d'une cheminée qui tomba dans la cour avec un bruit épouvantable; je poussai un cri perçant, et je me jetai dans les bras de M. de Bourgerel, il passa son bras autour de ma taille et me serra avec force contre sa poitrine, son visage était près du mien, ses lèvres se posèrent sur les miennes. Je ne sais ce que j'éprouvai, mais la frayeur m'avait en quelque sorte enlevé l'usage de toutes mes facultés, le trouble, l'émotion; je crois que c'est à ce moment que je perdis l'usage de mes sens, car c'est en vain que j'interroge ma mémoire, je ne me rappelle rien; seulement lorsque, grâce aux soins de M. de Bourgerel, qui était allé chercher chez lui un flacon de vinaigre des quatre voleurs, qu'il me faisait respirer, je revins à moi, il ne pleuvait plus, les nuages noirs qui nous cachaient le ciel quelques instants auparavant avaient disparu, et la voûte azurée était parsemée de brillantes étoiles; mais, moi, moi, j'étais perdue, perdue, déshonorée.

« J'étais pâle, échevelée, mes yeux regardaient sans voir; j'entendais sans les comprendre les paroles que m'adressait M. de Bourgerel; seulement, lorsque la fièvre dévorante qui faisait claquer mes dents l'une contre l'autre me laissait quelques secondes de répit, un éclair lucide traversait mon esprit et me laissait voir la profondeur de l'abîme dans lequel je m'étais plongée. Mon amant fut obligé de me délacer et de me porter sur mon lit; je le laissai faire sans opposer la

...poindre résisté à ce ni l'aider en rien ; j'avais perdu la conscience de mon individualité ; je n'étais plus une femme ; j'étais une chose qui souffrait, et à cette chose il ne restait pas même assez de force pour se plaindre.

« Hélas ! pourquoi ne suis-je pas morte ? Étais-je donc fatalement destinée à vider jusqu'à la lie la coupe d'amertume à laquelle je venais de mouiller mes lèvres ?

« Lorsque ma tante revint, elle remarqua d'abord l'extrême pâleur de mon visage, que je mis sur le compte de la peur que m'avait causée l'effroyable orage qui s'était déchaîné sur Paris quelques jours auparavant ; ma tante, que les heureux résultats du voyage qu'elle venait de faire avaient mise en gaieté, me plaisanta un peu à propos de ce qu'elle appelait mes sottes frayeurs, puis il ne fut plus question de rien.

« M. de Bourgerel, qui avait besoin pour se marier de la permission du ministre de la guerre, venait enfin de l'obtenir, ainsi qu'une prolongation de son congé de convalescence qu'il avait sollicité en même temps. Il accourut tout joyeux nous annoncer cette bonne nouvelle, et comme nous avions à notre disposition depuis déjà longtemps toutes les autres pièces nécessaires, dès le lendemain, nos premiers bans furent publics.

« Cependant les jours s'écoulaient, et à mesure que le but auquel tendaient tous mes vœux se rapprochait de moi, ma sécurité devenait plus grande ; l'empressement de M. de Bourgerel ne s'était pas démenti un seul instant, et si par hasard il voyait un sombre nuage passer rapide sur mon front, il savait faire naître une occasion de me parler en secret, et il trouvait dans son cœur, pour me rassurer, d'éloquentes paroles.

« Je comptais les jours à mesure qu'ils s'écoulaient, et je crois qu'il n'est pas nécessaire de vous dire qu'ils me paraissaient d'une longueur extrême ; enfin, par une belle journée du mois de juin on m'apporta une jolie corbeille de satin blanc qui contenait ces mille colifichets donnés à la jeune fille, et qui ne doivent servir qu'à la femme ; chaque objet était la traduction d'une pensée délicate, ou d'une gracieuse attention ; mon amant avait prévenu tous mes désirs, deviné tous mes goûts ; les étoffes étaient celles que j'aurais choisies, le châle était de la couleur que j'aimais. Je passai plusieurs heures, les plus délicieuses de ma vie, à examiner l'un après l'autre les objets que je ne touchais qu'avec une sorte de vénération, et cependant il n'y avait dans ma corbeille, ni cachemire de l'Inde, ni pierreries étincelantes ; la fortune modeste de M. de Bourgerel ne lui permettait pas l'acquisition de ces coûteuses superfluités ; un beau châle français, une modeste parure de perles étaient les pièces les plus précieuses de ma corbeille : mais le goût le plus pur, la plus parfaite entente de ce qui est convenable, avaient présidé au choix de toutes ces choses qui me paraissaient, du reste, cent fois préférables aux plus riches trésors de Golconde et de Visapour.

« La nuit vint, et je pus me dire en me couchant, c'est demain.

« Et cependant j'avais eu le cœur gros toute la soirée, et lorsque je fus seule dans ma chambre, quelques larmes que je ne cherchais plus à retenir, se frayèrent un passage et tombèrent lentement le long de mes joues pâles ; c'est que M. de Bourgerel n'était pas venu, ainsi qu'il en avait l'habitude, nous rendre compte le soir de ce qu'il avait fait durant la journée et que je ne pouvais m'expliquer que par un malheur dont il aurait été la victime, cette absence, la veille d'un jour semblable à celui que devait éclairer le soleil du lendemain.

« Je pris la résolution d'attendre son retour assise près de ma fenêtre.

« Une heure, deux heures se passèrent, et il ne revint pas. J'étais accablée de fatigue, et je me pris à songer que si je ne prenais pas quelques instants de repos, j'aurais pour la cérémonie du lendemain une singulière physionomie ; cette réflexion me détermina à me coucher ; mais, malgré tous mes efforts, malgré les raisonnements que je me fis à moi-même pour trouver une raison qui m'expliquât l'absence de mon amant, je ne pus parvenir à m'endormir avant la naissance du jour. Ainsi qu'il arrive souvent, après que toutes les forces se sont épuisées dans une lutte inégale, je dormis d'un sommeil de plomb et je ne me réveillai que lorsque les rayons du plus beau soleil qui se puisse imaginer vinrent caresser mon chevet ; je me jetai à bas de mon lit, et je courus à ma fenêtre. Hélas ! je devinai à l'aspect de celle de M. de Bourgerel, dont la veille j'avais remarqué jusqu'aux plus petits plis des rideaux, qu'il n'était pas rentré chez lui.

« La journée se passa sans qu'il reparût ; les personnes qui devaient être témoins de notre réunion, celles que ma tante avait invitées, aussi bien que celles qui avaient été invitées par lui, arrivèrent successivement ; personne ne put nous donner de ses nouvelles, et à toutes il fallut raconter ce qui nous arrivait. Quelle journée, suivie de jours plus affreux encore !

« Nos efforts, pour découvrir ce qu'était devenu M. de Bourgerel, demeurèrent sans résultats, ce fut en vain que nous nous adressâmes aux diverses personnes qui le connaissaient, au ministère de la guerre, au parent qui avait fait pour lui la demande de ma main à ma tante, personne n'en savait plus que nous sur son compte ; sa disparition, pour tout le monde comme pour nous, était un problème insoluble, une énigme sans mot.

« Je tombai malade, et pendant un mois je fus entre la vie et la mort ; ma bonne tante me soigna avec le dévouement qu'elle m'avait toujours témoigné, et grâce à ses soins, et peut-être aussi grâce à la bonté de ma constitution et à mon extrême jeunesse, je recouvrai la santé ; mais ce ne fut que pour acquérir la certitude d'un malheur plus effroyable encore que tous ceux qui m'avaient accablée : je m'aperçus à des signes non équivoques que j'allais devenir mère.

« Tant que je pus cacher mon état aux yeux peu clairvoyants de ma tante, je fus assez tranquille ; je puisais du courage dans l'excès même de mon malheur.

« Mais hélas ! il ne revenait pas !

« Enfin le moment arriva où il n'allait plus m'être possible de cacher mon état. La gêne, que déjà j'étais obligée de m'imposer, me mettait à la torture, et plus d'une fois j'avais cru remarquer que les yeux de ma tante se fixaient sur moi avec une curieuse attention : j'étais folle, je n'entendais pas les questions qui m'étaient adressées, ou si je les entendais, j'y répondais tout de travers. Ma tante, que mon état inquiétait horriblement, parlait de faire venir l'habile médecin qui m'avait donné des soins durant la maladie que j'avais eue peu de temps auparavant. C'était là ce que je voulais éviter à tout prix ; ce médecin allait infailliblement s'apercevoir de mon état, et alors que deviendrais-je ? Comment supporter les regards irrités de ma tante ? Je vous le dis, j'étais devenue folle. Au lieu de me jeter aux pieds de ma tante et de lui avouer ma faute, au lieu de pleurer sur son sein, où bien certainement j'aurais trouvé un refuge, je pris la résolution de fuir, et cette résolution je l'exécutai peu de jours après l'avoir formée.

« Je pris quelques bijoux, quelques hardes, et un matin, tandis que ma tante reposait encore, je sortis de cette maison où j'avais été à la fois si heureuse et si malheureuse. Je ne savais où porter mes pas, mais je marchais, je marchais ; je n'avais qu'un but, qu'un désir, celui de cacher ma honte à tous les yeux.

« Je ne sais quel chemin je pris pour arriver au coin de la rue Saint-Lazare et de celle de la Chaussée-d'Antin, où, épuisée par la rapidité de ma course, je fus forcée de m'arrêter pour reprendre haleine.

« J'étais appuyée contre une borne depuis quelques minutes, lorsque je vis venir à moi ton mari, ma chère Lucie, qui, sans doute, venait de sortir de chez lui ; il m'aperçut, je le crois, je sortis dans laquelle je me trouvais : je n'avais pas, pressée par le temps, pris avant de sortir mes précautions ordinaires ; le petit paquet que je portais sous mon bras, ma pâleur extrême, mon trouble, ma fuite précipitée au moment où il s'approchait de moi, probablement pour m'interroger, toutes ces circonstances réunies l'instruisirent complètement, car un peu plus tard, lorsque je me présentai chez toi pour implorer tes secours, il me fut impossible de t'aborder. »

— Continue, ma chère Eugénie, dit à ce moment Lucie de Neuville. On t'a calomniée auprès de lui, ma pauvre amie.

— Je n'ai plus que peu de chose à te dire, continua Eugénie de Mirbel; « j'allai me loger dans un modeste hôtel garni où j'attendis, en cherchant du travail sans pouvoir en trouver, l'époque de ma délivrance qui n'était pas très-éloignée. Je donnai enfin le jour à l'innocente créature qui repose dans ce berceau, mais je ne pouvais encore me lever du lit de douleur sur lequel j'étais déjà restée clouée assez longtemps, lorsque je m'aperçus que mes faibles ressources étaient épuisées et qu'il ne me restait rien, rien au monde, et la maîtresse de l'hôtel garni me disait chaque jour, que si je ne pouvais la payer, elle serait forcée de me renvoyer; ce fut alors qu'une brave femme, que j'avais prise sur l'indication de mon hôtelière pour me soigner durant ma maladie, touchée de mon extrême misère, prenant en pitié ma jeunesse, mon profond désespoir, me fit, bien qu'elle fût presque aussi pauvre que moi, transporter chez elle; et son dévouement depuis lors ne s'est pas démenti un seul instant. J'étais malade, elle me soigna, il me fallait des médicaments, elle vendit, pour me les procurer, le peu d'objets ayant quelque valeur qu'elle possédait.

« Mais enfin, il arriva un moment où les ressources de cette femme estimable furent épuisées comme l'avaient été les miennes, ce fut alors que je me déterminai à t'écrire, et ce fut elle qui se chargea de porter la lettre qui t'a engagée à venir à mon secours; tu sais le reste, et je crois qu'il est inutile que je te renouvelle les témoignages d'une reconnaissance dont tu dois être assurée.

— Allons, ma chère Eugénie, rassure-toi, tout ceci finira bientôt, s'il plaît à Dieu; j'ai déjà écrit à M. de Neuville, et je suis certaine d'avance qu'il te rendra justice lorsqu'il saura, qu'après tout, tu es la plus malheureuse que coupable.

— Dieu le veuille, car si je devais être un sujet de trouble entre toi et ton mari, s'il allait te blâmer de ce que tu as fait pour moi, j'en mourrais de désespoir !

— Ne crains rien, quelque chose me dit que tes malheurs sont passés, mais pour qu'ils ne reviennent pas, il nous reste encore beaucoup de choses à faire. Eugénie, il faut revoir ta tante.

— Oh ! jamais ! jamais ! à moins que ce ne soit M. de Bourgerel qui me conduise à ses pieds.

— M. de Bourgerel, s'il n'est pas mort, reviendra, car rien dans sa conduite envers toi n'indique qu'il ait eu l'intention de t'abandonner; mais as-tu bien songé, ma chère Eugénie, aux cruels tourments, à la mortelle inquiétude qu'a dû éprouver l'estimable femme qui t'aime tant, depuis près d'une année qu'elle ne sait ce que tu es devenue.

— Elle me croit morte, sans doute, et j'aime mieux qu'elle ait cette idée que de me savoir déshonorée.

Ce ne fut qu'après de longues instances que Lucie et Laure, qui avaient joint leurs prières à celles de son amie, parvinrent à déterminer Eugénie à revoir sa tante; la pauvre femme ne pouvait se résoudre à paraître devant elle après la faute qu'elle avait commise; mais enfin, vaincue par les touchantes exhortations de ses deux amies, elle les laissa libres de faire, pour assurer sa tranquillité (nous ne disons pas son bonheur, elle n'espérait plus de jours heureux depuis qu'elle avait perdu l'espoir de revoir M. de Bourgerel), tout ce qu'elles croiraient raisonnable; et ce ne fut qu'après l'avoir tendrement embrassée et lui avoir de nouveau donné l'assurance d'un meilleur avenir, que Lucie et Laure, qui voulaient aller dîner chez la marquise de Villerbanne, se déterminèrent à la quitter.

La vieille marquise de Villerbanne gronda beaucoup sa nièce de ce qu'elle était restée si longtemps sans lui rendre visite, Lucie s'excusa du mieux qu'il lui fut possible, et la marquise, lorsqu'elle lui eut fait la promesse d'assister avec son amie à sa prochaine soirée, recouvra toute sa bonne humeur.

— Nous aurons, lui dit-elle, quelques nouveaux visages,

notamment un gentilhomme dont j'ai beaucoup connu le père pendant l'émigration, et que l'on dit être un charmant cavalier; nous verrons si celui-là ira aussi augmenter le nombre de ceux qui te font la cour.

Lucie, poussée par un indéfinissable sentiment de curiosité, allait demander à sa tante le nom de ce cavalier dont elle lui faisait un si pompeux éloge; mais un domestique étant venu annoncer à la compagnie réunie dans le salon que le dîner était servi, elle fut forcée de donner sa main à un de ses admirateurs, et de remettre la question qu'elle voulait faire à un moment plus opportun.

Après le dîner, les visites se succédèrent avec une telle rapidité que Lucie ne put trouver un moment pour entretenir en particulier la marquise de Villerbanne, de sorte que sa curiosité n'ayant pas été satisfaite, et quelle peine plus cruelle peut éprouver une fille d'Ève ? elle était d'assez mauvaise humeur lorsqu'elle rentra chez elle.

Sa femme de chambre lui remit une lettre qu'un commissionnaire inconnu avait apportée, et qu'il n'avait laissé qu'après avoir bien recommandé de ne la remettre qu'à elle-même. Lucie brisa le cachet de cette lettre, qui était du docteur Mathéo et qui contenait ce qui suit :

         Madame la comtesse.

« Les événements de ma vie sont tels (et cependant, croyez-le bien, je suis en réalité plus malheureux que coupable) que, par suite de la rencontre que j'ai faite de l'homme qui porte le nom de marquis de Pourrières, je suis forcé de quitter la France pour n'y plus revenir. Ma fortune, que, dans la prévision d'un événement qui se réalise aujourd'hui, j'avais toujours tenue disponible, est médiocre, mais elle suffit à mes vœux, et je vais, dans une retraite connue de Dieu seul, oublier les hommes, le mal qu'ils m'ont fait, et tâcher de me faire oublier moi-même. Lorsque vous recevrez cette lettre, je serai déjà loin de vous, et l'immensité des mers aura mis entre la France et moi une barrière difficile à franchir. Mais j'ai voulu, comme vous êtes la seule personne au monde à laquelle je m'intéresse, vous donner un avis que je vous prie à deux genoux de bien vouloir prendre en considération.

« Je ne sais si je me trompe (fasse le ciel qu'il en soit ainsi !) mais j'ai cru m'apercevoir que le marquis de Pourrières, que cependant vous n'avez vu qu'une fois, vous inspirait cet intérêt, précurseur ordinaire d'un sentiment plus tendre; excusez-moi, madame, si je m'exprime avec aussi peu de ménagements, mais je n'ai pas le temps de chercher mes phrases, et je crois que la circonstance est assez grave pour me justifier. Vous rencontrerez probablement M. le marquis de Pourrières dans le monde, cela est infaillible, car si l'occasion ne se présentait pas d'elle-même, cet homme, bien qu'il m'ait donné l'assurance du contraire, cet homme, dis-je, saurait la faire naître. Eh bien ! madame la comtesse, si je ne me trompe pas, et je ne crois pas me tromper, au nom de ce que vous avez de plus cher au monde, pour votre tranquillité et pour votre bonheur à venir, évitez ses regards, évitez de lui parler; fuyez, fuyez les lieux où vous pourriez le rencontrer, étouffez à sa naissance un sentiment qui, si vous n'y prenez garde, fera le malheur de votre vie entière; fuyez le marquis de Pourrières, cet homme que je connais bien (car les malheurs de ma vie m'ont donné le triste privilège de pouvoir juger les hommes); cet homme est aussi dangereux que vous ne pouvez le penser.

« Il faudrait, pour vous déduire les raisons qui m'engagent à vous parler ainsi, que je vous racontasse toute l'histoire de ma vie, et pour cela le temps me manque, la chaise de poste qui doit me conduire hors du royaume de France m'attend dans la cour de ma maison. Lorsque je serai arrivé au but du long voyage que je vais entreprendre, ce récit, que je ne puis vous faire aujourd'hui, je vous l'enverrai, et si maintenant cette lettre vous paraît inconséquente, lorsque vous connaîtrez la vie du malheureux doc-

Après une promenade assez longue, il nous proposa de nous mener dîner chez un traiteur. (Page 18.)

« leur Mathéo, et le rôle qu'y joue celui qui, à tort ou à
« raison, se fait appeler le marquis de Pourrières, vous trou-
« verez, j'en suis d'avance convaincu, qu'en vous l'écrivant
« je n'ai fait que m'acquitter d'un devoir qui m'était imposé
« par l'intérêt si vif que je vous porte.

« Adieu, madame la comtesse; je vous laisse prévenue et
« défendue par vos vertus, qui ne vous feront pas faute, si,
« malgré les vœux bien sincères que ne cessera de faire pour
« votre bonheur celui qui sait le mieux vous rendre justice à vos
« éminentes qualités, vous vous trouviez en péril.

« J'espère être arrivé dans moins de trois mois au but de
« mon voyage, et mon premier soin sera de vous adresser
« une lettre, qui vous expliquera celle-ci, et que vous trou-
« verez à Paris, poste restante, aux initiales C. D. N. »

Lucie, après avoir lu cette lettre, sonna avec violence sa
femme de chambre, qui se présenta tout effarée dans la
chambre à coucher de sa maîtresse. La pauvre fille, qui
n'était pas habituée à d'aussi brusques appels, croyait qu'il
était arrivé malheur à la comtesse, ou que le feu était à
l'hôtel.

— Dites à mademoiselle de Beaumont de venir me parler,
lui dit Lucie d'une voix brève et saccadée.

— Mademoiselle est couchée et dort sans doute depuis
longtemps, répondit la femme de chambre; cependant, si
madame la comtesse le veut absolument, j'irai l'éveiller.

— Non, c'est inutile.

Et comme la femme de chambre attendait qu'il plût à sa
maîtresse de lui donner des ordres,

— Vous pouvez vous retirer, lui dit brusquement Lucie; je
n'ai besoin de rien.

— Madame, bien sûr, vient de recevoir une bien mauvaise
nouvelle, se dit la femme de chambre en se retirant.

Lucie ne se coucha qu'après avoir relu plusieurs fois la lettre du docteur Mathéo; son sommeil fut agité et plein de
songes bizarres, au milieu desquels lui apparaissait toujours
la physionomie du marquis de Pourrières, tantôt riante et
gracieuse, tantôt sombre et terrible.

Les premières lueurs du jour doraient à peine l'horizon,
lorsque, lasse d'attendre en vain le sommeil réparateur qui
s'obstinait à la fuir, elle se jeta à bas de sa couche, se vêtit à
la hâte d'un peignoir de mousseline blanche, et monta chez
son amie, qui dormait encore profondément.

Lucie s'était arrêtée à quelques pas du lit de son amie,
qu'elle ne pouvait se résoudre à éveiller.

— Pourquoi, se disait-elle, mon sommeil n'est-il plus aussi
calme que celui de cette innocente enfant? Pourquoi l'image
de cet homme, que je n'ai vu qu'une fois, est-elle venue cette
nuit se placer sans cesse devant mes yeux? Est-ce que, par
hasard, le docteur Mathéo aurait raison? et serait-il vrai que
l'intérêt de curiosité que cet homme m'a tout d'abord inspiré
est l'indice précurseur d'un sentiment plus tendre? Oh! non,
cela est impossible. Je suis l'épouse d'un homme que j'aime
autant que je le respecte; je ne veux, je ne dois penser à qui
que ce soit au monde...

Après être restée quelques minutes ensevelie dans de profondes et tristes réflexions, la comtesse partit, voulant chasser

les sombres pensées qui traversaient son esprit; elle s'avança sur la pointe des pieds jusque vers le lit de Laure, et déposa un baiser sur le front blanc et pur de la jeune fille; celle-ci, réveillée par cette douce caresse, se frotta d'abord les yeux, et lorsqu'elle eut reconnu son amie, elle lui passa ses deux bras autour du cou, et l'attirant vers elle, elle lui rendit avec usure la douce caresse qu'elle venait d'en recevoir.

— Comment! déjà levée, dit Laure après avoir regardé à une pendule de marbre blanc placée sur la cheminée, entre deux coupes d'agate destinées à recevoir ses bijoux.

— C'est que j'ai beaucoup de choses à te raconter, ma chère Laure, répondit Lucie.

— Je parie que tu veux encore me parler de cet ennuyeux marquis de Pourrières. Lucie, Lucie, je suis disposée à croire que ce n'est pas seulement la curiosité qui vous fait vous intéresser à cet homme.

— Tu es folle! s'écria la comtesse, qui sentit le rouge lui monter au visage lorsqu'elle entendit son amie lui dire à peu près ce que venait de lui écrire le docteur Mathéo; cependant elle répéta : tu es folle.

— Pas si folle, reprit Laure, et la preuve, c'est que tu rougis de te voir devinée.

Laure était bien loin d'attacher à ses paroles l'importance qu'elle paraissait vouloir y mettre; elle ne voulait que rien un instant aux dépens de son amie : aussi fut-elle singulièrement étonnée lorsqu'elle la vit se jeter entre ses bras en pleurant à chaudes larmes, et qu'elle l'entendit lui dire d'une voix entrecoupée par les sanglots :

— Mon Dieu, mon Dieu! serait-ce vrai?

— Lucie, qu'as-tu donc, grand Dieu! s'écria Laure véritablement alarmée; mais je t'assure que je ne voulais pas t'affliger; calme-toi, je t'en supplie.

Et la jeune fille cherchait par ses caresses à rendre à son amie le calme qu'elle paraissait avoir perdu.

— Voyons, dis-moi ce que tu as le cœur; ce n'est pas pour rien que tu es venue d'aussi bonne heure dans ma chambre; parle, ma chère Lucie, je t'écoute.

La comtesse avait peu à peu recouvré du sang-froid.

— C'est parce que j'étais furieuse de te voir des idées semblables à celles qui sont exprimées dans cette lettre, que je me suis tant affligée, dit-elle en donnant à Laure la lettre du docteur Mathéo; mais mon chagrin s'en est allé aussi vite qu'il était venu, continua-t-elle en essayant de sourire.

— Ceci est beaucoup plus grave que je ne le pensais, répondit Laure après avoir attentivement lu la lettre écrite par Mathéo, et je vois que tu aurais raison de considérer la rencontre de ce marquis de Pourrières comme un événement malheureux. A mon tour, Lucie, je vais croire aux pressentiments; fuis le marquis de Pourrières, évite les lieux dans lesquels tu pourrais le rencontrer.

— Mais le puis-je; cet homme est très-répandu dans le monde, et je ne nécessairement le rencontrer tôt ou tard dans un des salons où nous sommes admises.

— Tu as oublié, sans doute, que depuis le départ de ton mari pour l'Algérie, tu ne vas que chez la marquise de Villebanne, et qu'il n'est pas probable que ce soit chez elle que tu le rencontres.

— Tu te trompes; tu te souviens sans doute que ma tante nous a dit que l'on devait lui présenter, lors de sa prochaine soirée, un cavalier dont elle avait beaucoup connu le père pendant l'émigration?

— Eh bien!

— Je suis certaine que ce cavalier, dont je n'ai pu lui demander le nom, n'est autre que le marquis de Pourrières.

— Quelle idée!

— Tu verras si je me trompe.

— Mais en admettant qu'il en soit ainsi, tu peux, il me semble, ne lui parler que si tu y es absolument forcée, et ne le recevoir qu'avec assez de froideur pour lui enlever l'envie de se rapprocher de toi; rien ne nous dit, d'ailleurs, qu'il sera bien empressé de te parler.

— Je le désire et je le pense sincèrement.

— Du reste, ma chère Lucie, je n'ai pas besoin de te dire quelle est la conduite que tu dois suivre, en admettant même,

ce que je ne puis ni ne veux faire, que le docteur Mathéo ne se soit pas trompé. Le souvenir de ce que tu dois de bonheur à l'affection si vraie de M. de Neuville, de soins pour la conservation de la pureté du nom que tu portes te défendra suffisamment.

Lucie serra avec force son amie contre sa poitrine.

— Tu es plus raisonnable que moi, lui dit-elle après l'avoir tendrement embrassée, et cependant tu es beaucoup plus jeune.

— Oh! beaucoup plus jeune, répondit Laure, cela te plaît à dire, trois ou quatre années de moins, je crois, voyez-vous quelle énorme différence! Mais laissons toutes ces folies, je ne vois dans tout ceci qu'une seule chose qui doive nous affliger, c'est le départ de ce bon docteur Mathéo, que, pour ma part, je regrette infiniment.

— Nous saurons plus tard quelles sont les raisons qui l'ont forcé à quitter si précipitamment Paris et la brillante position qu'il s'y était faite.

— Je souhaite bien sincèrement qu'elles ne soient pas de nature à lui interdire tout espoir de retour.

Après avoir causé quelques instants encore du sujet qui les occupait, Lucie et Laure se rappelèrent en même temps qu'elles devaient ce jour même rendre une visite à la tante d'Eugénie, qu'elles voulaient essayer de réconcilier avec sa nièce, elles se séparèrent afin de procéder à leur toilette, et après le déjeuner elles montèrent en voiture.

Madame de Saint-Preuil, ainsi se nommait la tante d'Eugénie, avait, depuis la brusque disparition de sa nièce, dont elle n'avait connu que plus tard le motif, vu s'augmenter les maux dont elle était affligée; aussi l'affaiblissement de ses facultés physiques était tel, que ce ne fut pas sans peine que la comtesse et Laure, qui avaient eu l'occasion de la voir avant la catastrophe qui l'avait privée d'une partie de sa fortune, parvinrent à s'en faire reconnaître.

— Je me suis souvenue, lui dit Lucie après les compliments d'usage entre gens bien nés qui se revoient après une longue absence, que mon père avait eu l'honneur d'être de vos amis, et j'ai voulu vous prier d'agréer les hommages de sa fille; croyez, madame, que depuis longtemps déjà je me serais acquittée de ce devoir, mais ce n'est qu'hier qu'une personne, que je suis surprise de ne pas voir auprès de vous, et que j'ai rencontrée par hasard, m'a indiqué votre demeure.

La comtesse prévoyait bien, et c'était pour amener cette question qu'elle s'était exprimée ainsi, que madame de Saint-Preuil lui demanderait quelle était la personne dont elle entendait parler. Ce fut, en effet, ce qui arriva.

— Et quelle est cette personne? dit madame de Saint-Preuil.

— Mais Eugénie, mon amie de pension, ne le savez-vous pas? répondit madame de Neuville, qui cherchait à deviner sur les traits de la bonne vieille femme l'effet que devait produire le nom qu'elle venait de prononcer.

Madame de Saint-Preuil fut tellement saisie qu'elle demeura quelques instants avant de pouvoir articuler une parole; mais un éclair de joie vint illuminer ses traits flétris par la douleur, et elle s'écria :

— Ma nièce, vous avez vu ma pauvre nièce? Oh! je vous en prie, madame la comtesse, conduisez-moi auprès de cette ingrate enfant, ce n'est qu'après l'avoir longtemps pressée contre mon cœur, que je la gronderai de ce qu'elle a mieux aimé fuir que de confier ses peines à sa seconde mère.

Eugénie était pardonnée, la comtesse n'avait donc plus besoin de dissimuler davantage; elle raconta alors à madame de Saint-Preuil tout ce qui était arrivé à son amie depuis qu'elle avait quitté la maison de sa tante jusqu'au moment actuel.

— Pauvre Eugénie, elle a dû bien souffrir, dit la bonne madame de Saint-Preuil après avoir attentivement écouté ce récit, et je vous remercie, madame la comtesse, de ce que vous avez bien voulu faire pour elle; mais partons de suite, de grâce, je brûle du désir de l'embrasser, je sens que la joie m'a rendu toutes mes forces, et puis j'ai de bonnes nouvelles à lui annoncer, à cette chère enfant.

La comtesse ne pouvait ni ne voulait résister à d'aussi

touchantes prières; aidée de Laure, elle soutint jusqu'à sa voiture madame de Saint-Preuil, qui n'avait même pas pris le temps de changer de toilette, et elle donna l'ordre à son cocher de les conduire chez Eugénie de Mirbel.

Durant le trajet très-court qui sépare le faubourg Saint-Denis de la rue Riboute, où demeurait Eugénie, madame de Saint-Preuil raconta en peu de mots à la comtesse de Neuville et à son amie les évènements qui avaient suivi la fuite d'Eugénie.

La destinée de celle-ci eût été tout autre si elle était restée chez sa tante seulement un jour de plus; en effet, pendant la soirée du jour qui suivit celui qu'elle avait choisi pour fuir, Edmond de Bourgerel qui (le lecteur sans doute l'a déjà deviné) n'avait jamais eu l'intention de l'abandonner, arriva chez madame de Saint-Preuil au moment où celle-ci, qui, ainsi que nous venons de le dire, ne savait à quel motif attribuer la disparition de sa nièce, était plongée dans le plus profond désespoir.

Nous n'essayerons pas de peindre la joie d'Eugénie de Mirbel, lorsque sa tante, après lui avoir accordé son pardon, lui eut donné l'assurance qu'elle pouvait encore espérer des jours heureux. Nous dirons seulement que la comtesse de Neuville et Laure de Beaumont étaient aussi heureuses que l'était leur amie, qui ne pouvait se lasser de les embrasser, et qui ne les quittait que pour retourner près de sa tante, à laquelle le contentement paraissait avoir rendu la santé, et qui avait pris ses bras serrés à sa petite nièce, à laquelle elle prodiguait les plus touchantes caresses.

Lucie et Laure devinèrent que la bonne madame de Saint-Preuil et Eugénie de Mirbel devaient avoir beaucoup de choses à se dire; elles se retirèrent, heureuses d'avoir opéré un rapprochement dont le résultat devait être le bonheur de leur amie.

XXI

Rencontre.

Le salon de madame la marquise de Villerbanne, ainsi que nous l'avons dit ailleurs, était un terrain neutre sur lequel se rencontraient souvent les représentants les plus distingués des opinions religieuses, politiques ou littéraires, qui se partagent le monde.

Lucie de Neuville aurait bien voulu se dispenser d'assister à la fête de madame de Villerbanne, car, ainsi que nous l'avons dit, elle était persuadée que la personne dont sa tante lui avait parlé, sans paraître du reste y attacher une bien grande importance, n'était autre que le marquis de Pourrières, et ce qu'elle craignait par-dessus tout, c'était de se trouver vis-à-vis de cet homme qu'elle craignait déjà avant d'avoir reçu la lettre du docteur Malhéo, et auquel cependant, par une de ces inexplicables bizarreries du cœur humain qui échappent à l'analyse, elle ne pouvait s'empêcher de s'intéresser.

Mais tous les petits moyens qu'elle employa pour se soustraire à l'obligation qui lui était imposée échouèrent successivement devant la volonté de sa tante.

Et maintenant entrons dans le salon de l'hôtel de Neuville, où nous allons trouver Lucie et Laure qui ont mis la dernière main à leur toilette.

Les deux femmes sont mises à peu près de la même manière : elles ont toutes deux une robe de crêpe blanc, un dessous de satin de même couleur; seulement, tandis que Laure n'a paré sa tête que de quelques fleurs qui, toutes fraîches qu'elles sont, le sont encore moins qu'elle, et orné son cou d'un simple collier de perles, Lucie, à laquelle sa position de

femme mariée permet un plus grand luxe, est parée des plus beaux diamants du monde.

Lucie, en entrant dans le salon, avait jeté sur tous ceux qui s'y trouvaient un rapide regard, et ce regard lui avait suffi pour reconnaître que celui qu'elle craignait tant de rencontrer n'y était pas; Laure avait répondu à un signe qu'elle lui avait adressé par un léger mouvement d'épaules qui pouvait se traduire ainsi : Tu vois bien, ma pauvre amie, que très-souvent les pressentiments sont menteurs; puis elle avait accepté l'invitation d'un jeune diplomate, qui était venu la prendre à la place qu'elle occupait entre son amie et une assez jolie petite personne qui, elle aussi, n'avait pas tardé à être invitée, de sorte que Lucie demeura, lorsque les premières mesures de l'orchestre se firent entendre, entourée seulement d'un cercle d'hommes qui oubliaient près d'elle et la danse et les tables de bouillotte.

Elle répondait avec sa grâce et sa présence d'esprit ordinaire aux nombreux compliments qui lui étaient adressés, cependant, ce n'était pas ce qu'on lui disait qu'elle écoutait, c'était la voix du valet chargé de proclamer le nom des invités à mesure qu'ils se présentaient, et qui arrivait claire et distincte à son oreille, malgré le murmure confus occasionné par les sons de l'orchestre, le bruit des pas des danseurs qui glissaient sur le parquet, et celui des conversations particulières.

— Monsieur le vicomte de Lussan, dit le valet, monsieur le marquis de Pourrières.

La comtesse se leva brusquement de son siége, afin de voir si l'homme qui venait de se faire annoncer était bien celui qu'elle connaissait; ses pressentiments ne l'avaient pas trompée : c'était lui! Le vicomte de Lussan, que plusieurs fois déjà elle avait rencontré chez sa tante, le précédait, et ils traversaient tous deux le salon afin d'arriver près de la marquise de Villerbanne.

Le vicomte présenta le marquis de Pourrières, qui fut parfaitement accueilli, et qui, après être demeuré quelques instants près de la marquise, alla se mêler aux divers groupes qui entouraient les danseurs.

Lucie était si affreusement pâle qu'un des hommes dont elle était entourée crut devoir lui demander si elle se trouvait indisposée.

— Mais non, répondit-elle en balbutiant, car elle venait de s'apercevoir que l'on avait remarqué le brusque mouvement qu'elle avait fait lorsque le marquis était entré dans le salon, et elle craignait que l'on ne devinât la cause qui l'avait provoqué.

— Madame est devenue tout à coup tellement pâle que j'ai craint un moment que la grande chaleur qu'il fait ici...

— En effet, je sais ce que j'éprouve, ajouta Lucie qui ne pouvait, malgré ses efforts, recouvrer son sang-froid, mais je ne serais pas fâchée de respirer quelques instants au grand air.

Le cavalier auquel elle parlait s'empressa de lui offrir son bras qui fut accepté, et il la conduisit dans la chambre de madame de Villerbanne, où elle voulut rester seule quelques instants.

Laure qui, nous devons le dire, aimait infiniment la danse, n'avait pas remarqué la disparition de son amie.

Salvador et le vicomte de Lussan, pour causer plus à leur aise, venaient de se retirer dans l'embrasure d'une croisée.

— Vous voyez, cher marquis, disait le vicomte de Lussan, que je me suis fidèlement acquitté de la promesse que je vous ai faite.

— Je vous remercie, cher vicomte; mais je ne vous vois pas la dame de mes pensées, est-ce qu'elle ne serait pas encore arrivée?

— La jolie comtesse de Neuville vient d'entrer dans la chambre de madame de Villerbanne, elle ne va pas sans doute tarder à revenir. Savez-vous, marquis, qu'il faut que j'aie pour vous bien vive amitié, pour vous sacrifier l'espérance de faire une aussi jolie conquête.

— Croyez bien que je n'oublierai pas... mais la jeune amie de la comtesse est, m'avez-vous dit, charmante, pourquoi ne tentez-vous pas... savez-vous que ce serait charmant si...

— Je n'ai pas le bonheur de plaire à mademoiselle de Beaumont; j'ai dansé plusieurs fois déjà avec elle, et je me suis de suite aperçu que je perdais mon temps près d'elle.

— Cela est fort extraordinaire.

— N'est-ce pas? mais le monde est plein de choses extraordinaires, et n'en est-ce pas une que de nous voir, vous et moi, dans le salon le plus honnête de Paris?

— *Pourquoi?* ne possédons-nous pas tout ce qu'il faut pour être admis ici : de l'esprit, de la fortune, de la naissance?

— Oh! de la naissance... je suis, il est vrai, le dernier rejeton d'une ancienne maison bretonne; mais votre noblesse, marquis, est-elle bien authentique?

— Comment! que voulez-vous dire?

— Tenez, il faut que je vous ouvre mon âme tout entière, promettez-moi cependant de ne point vous fâcher?

— Au point où nous en sommes, nous pouvons, je crois, tout nous dire.

— Eh bien! j'ai dans l'idée que votre histoire ressemble beaucoup à celle du faux Martinguerre...

« Eh! ne vous fâchez pas, marquis, ajouta le vicomte de Lussan, voyant que le feu montait au visage de son ami; je n'ai pas, je vous assure, l'intention de vous offenser, je voulais seulement vous faire remarquer que je me suis aperçu que de blond que vous étiez lorsque je vous vis pour la première fois, vous êtes devenu brun. »

Un grand mouvement qui se fit dans le salon empêcha *Salvador* de répondre au vicomte de Lussan. La contredanse venait d'être achevée, et tout le monde se rapprochait du piano près duquel un vieux chevalier de Saint-Louis venait de conduire une jeune et jolie femme.

Les yeux et les joues de cette femme, douée d'une taille au-dessus de la moyenne, et d'une rare élégance, avaient tant d'éclat et de fraîcheur, son teint était d'une blancheur si diaphane et si rosée, son front si pur et si gracieux, les contours de son visage si moelleux et si suaves, qu'on ne pouvait guère la voir sans laisser échapper une exclamation admirative.

— Dieu! la jolie personne, s'écria *Salvador*.

— Ne la reconnaissez-vous pas? dit le vicomte de Lussan.

— Si fait, répondit *Salvador*, c'est une artiste du plus grand mérite; mais je ne l'avais encore vue qu'à la scène, et j'avoue qu'elle gagne infiniment à être vue de près.

Le plus profond silence régnait dans le salon, lorsque la cantatrice attaqua les premières mesures du grand air de la *Reine de Chypre*. L'étendue et la pureté de sa voix étaient vraiment remarquables; aussi, lorsqu'elle eut achevé, elle fut couverte d'une triple salve d'applaudissements.

— Vraiment, dit *Salvador*, si la comtesse de Neuville ne régnait pas sur mon cœur en souveraine absolue, je crois que j'irais augmenter le nombre des admirateurs de cette charmante femme.

A ce moment, les sons de l'orchestre annoncèrent une nouvelle contredanse; Laure, qui avait été reconduite à sa place par le jeune diplomate allemand, promenait ses regards autour d'elle, et paraissait étonnée de ne pas voir Lucie dans le salon.

— Je vous laisse, cher marquis, dit à son ami le vicomte de Lussan, je vais inviter mademoiselle de Beaumont, peut-être bien qu'il me sera possible de la faire revenir de ses préventions contre moi.

— Allez, vicomte, allez, je vais faire des vœux pour vous; mais, pour ma part, je suis très-contrarié de ne pas voir madame de Neuville.

Au moment où *Salvador* achevait ces mots, Lucie, tout à fait remise, rentrait dans le salon, conduite par la marquise de Villerbanne, qui était allée la chercher dans sa chambre; ne voyant pas Laure à sa place (celle-ci dansait déjà avec le vicomte de Lussan); elle s'assit près de sa tante et du vieux chevalier de Saint-Louis, qui avait servi de cavalier à la cantatrice pour la conduire au piano.

Ce vieux chevalier de Saint-Louis était un des meilleurs et des plus anciens amis de la marquise de Villerbanne, qui avait pris l'habitude de le consulter chaque fois qu'elle avait à prendre une détermination importante.

— Ainsi, dit-elle, je puis en toute assurance inviter de nouveau ce marquis de Pourrières; c'est un galant homme, de mœurs irréprochables, aimable, spirituel, homme du monde, enfin?

— J'ai déjà eu l'honneur de vous dire, madame la marquise, qu'il était le portrait vivant de son père, que j'ai beaucoup connu pendant l'émigration.

— Puisqu'il en est ainsi, répondit la marquise, il deviendra, s'il le désire, un des habitués de mon cercle intime.

— Il a commis cependant une faute grave, et que le vieux marquis, bien certainement, ne lui aurait pas pardonné, reprit le chevalier.

Lucie était tout oreilles.

— Et quelle faute, mon Dieu? dit la marquise.

— Il s'est rallié...

— Chevalier! chevalier, ne parlons pas politique, vous êtes exclusif, et je ne le suis pas.

Lucie était satisfaite d'entendre des gens auxquels elle accordait la plus grande confiance s'exprimer sur le compte du marquis de Pourrières en des termes si favorables. A ce moment, Laure fut ramenée près d'elle par le vicomte de Lussan.

— Eh bien! ma chère Laure, dit la comtesse à son amie lorsque le vicomte, après avoir échangé quelques paroles avec elles, les eut quittées pour aller rejoindre *Salvador*, qui lui avait fait signe de venir lui parler, mes pressentiments se sont réalisés; il est ici.

— Vraiment!

— Il a été présenté à ma tante par le vicomte de Lussan.

— Et est-il venu te parler?

— Pas encore; je crois même qu'il ne s'est pas aperçu que j'étais ici.

— N'est-ce pas lui qui, maintenant, cause, en nous regardant, avec le vicomte de Lussan?

Lucie leva les yeux, et fit à Laure un signe affirmatif.

— Comment le trouves-tu? dit-elle après quelques instants de silence.

— Mais pas mal, répondit Laure; il est doué d'une physionomie distinguée, sa toilette est irréprochable, et les habitudes de son corps annoncent un homme de bonne compagnie; mais il y a dans son regard une expression de dureté et de ruse indéfinissable; en résumé, cet homme-là me déplaît encore plus que le vicomte de Lussan.

Lucie était visiblement contrariée de ce que venait de lui dire son amie, que Laure remarqua sur son visage l'expression de son mécontentement.

— Mon Dieu, Lucie, dit-elle, il ne faut pas que ce que je viens de te dire te fâche.

Lucie allait répondre, lorsqu'elle fut abordée par le marquis de Pourrières, qui la pria de lui accorder la première contredanse.

Lucie se résigna, et prit en tremblant la main du marquis.

Laure, déjà fatiguée, resta à sa place

Ce fut *Salvador* qui prit le premier la parole.

— Je bénis le ciel, madame, dit-il, de ce que mes prévisions se sont si tôt réalisées, et de ce qu'il m'est permis aujourd'hui de vous prier de vouloir bien me pardonner.

— Mais je n'ai rien à vous pardonner, monsieur, répondit la comtesse de Neuville; ce n'était pas à moi que vous vous adressiez, et vous ne pouviez supposer qu'un accident avait conduit une femme du monde dans la maison où vous trouviez.

— C'est vrai, madame, et je suis charmé de m'être trouvé au milieu de cette troupe de bandits, puisqu'il m'a été possible de vous rendre un léger service.

La comtesse leva les yeux sur *Salvador*; elle était profondément étonnée de ce qu'il osait aborder la question d'une manière aussi franche. Il parlait de sa présence dans ce mauvais lieu, au milieu d'une troupe de bandits, d'une manière si dégagée et comme d'une chose si naturelle, qu'elle ne savait plus ce qu'elle devait penser, et qu'elle se trouvait en quelque sorte forcée de lui adresser des remercîments; car, après tout, l'offense, ainsi qu'elle venait d'en convenir, ne s'adressait pas à elle; et c'était bien elle qu'il avait empêchée d'être volée, et à qui il avait renvoyé le carnet et les deux billets de banque de mille francs.

Il fallait donc qu'elle le remerciât.

— Je suis prête à reconnaître, monsieur, dit-elle, que c'est vous qui avez empêché un des bandits parmi lesquels vous vous trouviez de me voler mon collier, et je vous remercie de ce que vous avez bien voulu me renvoyer le carnet tombé par hasard entre vos mains.

— Si je ne me rappelais combien votre frayeur a été grande, je serais vraiment tenté de rire du singulier aspect que je devais avoir, couvert du costume que je portais alors.

Lucie devinait que le marquis ne lui disait ce qui précède que parce qu'il voulait lui expliquer sa présence dans le lieu où elle l'avait rencontré; elle était donc enfin arrivée au but qu'elle voulait atteindre, sa curiosité allait être satisfaite.

— Je vous dois, madame la comtesse, dit *Salvador* en donnant à ses traits et à sa voix l'expression d'une gravité qui annonçait qu'il attachait à ce qu'il allait dire une certaine importance, je vous dois l'explication d'un fait bien simple en lui-même, mais qui cependant pourrait être interprété contre moi d'une manière défavorable. Comme il est probable que j'aurai souvent l'occasion de vous rencontrer dans le monde, ajouta-t-il en souriant, je ne veux pas vous laisser supposer que je suis un des hommes que l'on rencontre habituellement dans le bouge de la rue de la Tannerie.

— Ah! monsieur!

— La personne qui est venue chez moi, dit le marquis, a dû vous apprendre quelle était ma position?

— En effet, monsieur, répondit Lucie toute tremblante et presque en balbutiant, car cette question venait de lui rappeler la lettre du docteur Mathéo, qu'elle avait tout à fait oubliée.

Ce trouble subit n'échappa pas aux yeux clairvoyants de *Salvador*.

— Le docteur aurait-il parlé? se dit-il. Non, il ne l'a pu sans se compromettre lui-même; et, s'il en était ainsi, cette femme, à l'heure qu'il est, ne danserait pas avec moi.

Salvador, alors, raconta à Lucie une histoire assez bien imaginée, et qui justifiait complètement sa présence chez la *Sans-Refus*. Nos lecteurs connaîtront cette histoire lorsque nous retrouverons chez elle la comtesse de Neuville, que nous allons quitter quelques instants pour nous occuper un peu de Servigny, que depuis déjà longtemps nous avons perdu de vue.

XXII

Servigny.

Nous dirons plus tard ce qui arriva à *Servigny*, disions-nous précédemment. Le moment est venu de tenir notre promesse.

Servigny donc, que nous avons vu spectateur impassible du combat livré par *Roman* et *Salvador* aux gendarmes du Beausset, profita du désordre occasionné par cette scène pour se soustraire au plus vite à l'action de ceux de ces gendarmes qui auraient été tentés de le poursuivre. Il se jeta au pas de course dans un champ d'oliviers qui bordait le chemin, et cela sans connaître ni même s'inquiéter de la direction qu'il suivait. Stimulé par la crainte de se voir arrêter et reconduire au bagne, et ensuite par celle non moins grande de rencontrer ses deux camarades d'évasion, d'être en quelque sorte forcé de devenir leur complice, ou du moins d'être jugé comme tel partout où il aurait été obligé de les accompagner, ces diverses considérations avaient décuplé son courage et sa vigueur.

Cependant la pluie continuait à tomber, le temps était sombre, nul bruit ne se faisait entendre qui pût l'inquiéter; tout semblait réuni pour favoriser les projets de *Servigny*. Désirant donc s'éloigner le plus possible du théâtre où un crime venait de s'accomplir, il courait avec une précipitation telle, qu'ayant heurté une pierre avec les pieds, il fit une chute si violente, qu'il fut précipité à six pas de là dans un ruisseau dont le lit était jonché de cailloux et de racines d'arbres. Le choc fut tellement rude, qu'il en perdit tout à coup connaissance, et qu'il resta assez longtemps dans cet état. Toutefois, la fraîcheur du filet d'eau qui coulait au fond du ruisseau, ne tarda pas à le faire revenir de son évanouissement. Son premier soin fut de s'assurer si ses membres étaient encore au grand complet : après s'être étiré les bras et les jambes, il eut la satisfaction de constater qu'il n'existait aucune fracture, mais il souffrait horriblement à la tête, à la poitrine et aux coudes, parties du corps qui avaient été si violemment mises en contact avec les fragments de rochers et les racines sur lesquels il était tombé. Le sang lui ruisselait de tous côtés, principalement à la tête, où il existait une déchirure large et béante; les autres blessures étaient moins graves, mais la douleur n'en était pas moins intense, notamment aux coudes, dont l'extrême sensibilité est connue. Sorti enfin de ce malheureux ruisseau, et ne sachant quel moyen employer pour arrêter le sang qui continuait à couler avec abondance, il prit le parti de déchirer sa chemise, d'en faire des compresses, et de les appliquer sur ses blessures. Ce moyen lui ayant à peu près réussi, il ne tarda pas à continuer sa route du mieux possible, quoique toujours sans direction arrêtée.

Rien de plus triste que la position de *Servigny* en ce moment; seul, blessé, sans argent, errant à l'aventure dans un pays absolument inconnu de lui, couvert de l'infâme livrée du bagne qui devait le faire reconnaître et arrêter par le premier individu qui le rencontrerait, et qui serait tenté par l'appât des cent francs de prime que l'on accorde pour la capture d'un forçat : toutes ces réflexions augmentaient ses craintes et son désespoir. Le sang qu'il avait perdu, en diminuant ses forces, avait altéré son courage : il fut obligé de se reposer sur un de ces blocs de rochers que l'on rencontre fréquemment sur le sol de ces contrées; mais le repos, en calmant ses esprits, excités jusqu'au plus haut paroxysme, par suite des divers incidents que nous venons de raconter, ne lui fit que mieux apercevoir toute l'horreur de sa position.

Il se lève avec précipitation : « A quoi bon lutter contre un « funeste destin? s'écrie-t-il; toutes mes précautions sont inu« tiles, aucune prudence humaine ne peut empêcher que je « ne sois arrêté et reconduit au bagne, je serai condamné à « trois ans d'augmentation de peine, placé dans la salle des « suspects, confondu avec l'écume des scélérats qui peuplent « ce séjour du crime. Quelle cruelle perspective! Être à ja« mais perdu sans avoir à me reprocher une action qui puisse « justifier les rigueurs dont je suis l'objet : Sort déplorable! « tout est perdu pour moi, honneur, avenir!... Ah! plutôt « mourir que d'être reconduit dans cet enfer! Il n'y a que « des lâches et des scélérats qui puissent accepter une pa« reille ignominie! — Il faut en finir, Dieu me pardon« nera!... »

Servigny se jette à genoux et prie avec une grande ferveur. Après avoir terminé sa prière, il se lève avec résolution, rassemble les lambeaux de sa chemise, en fait une corde pour mettre fin à ses souffrances, il travaille avec tant d'action et en même temps avec tant de sang-froid à ces tristes préparatifs, que ceux qui auraient pu l'examiner en ce moment n'auraient jamais pu supposer qu'il préparait l'instrument de son supplice. Enfin tout est prêt : il cherche un lieu propre à l'exécution de son fatal projet, mais aucun des arbres qui l'entourent, jeunes et faibles oliviers, ne présente la force et la hauteur convenables. Cette circonstance ne le déconcerte point : sa détermination est irrévocablement prise, il trouvera plus loin ce qu'il ne peut rencontrer ici. L'espoir de terminer promptement tous ses maux lui rend une nouvelle énergie. Après avoir cheminé près d'une heure sans rencontrer ce qu'il cherche, il aperçoit enfin un petit bois dont les arbres touffus lui font espérer leur funeste concours; mais il en était séparé par un torrent que les eaux pluviales de la nuit avaient considérablement grossi. Déterminé qu'il est à ne céder devant aucun obstacle, il tente de franchir celui-ci. En l'examinant de plus près, il s'aperçoit que le courant est plus rapide que profond ; il descend dans le lit du torrent en se cramponnant aux anfractuosités des rochers qui en tapissent les bords ; il remonte de l'autre côté en s'aidant des mêmes précautions. Enfin, le voilà près du but, il touche, selon lui, à la terre promise, ses souffrances vont finir ! l'arbre est choisi ; tout est préparé ; la corde est attachée !... Mais au moment suprême, il croit devoir adresser une dernière prière à l'Être immense et éternel de qui il attend son pardon !...

Tout à coup, une réflexion le frappe : c'est de se débarrasser de tous ses vêtements. « Si je reste couvert de la livrée du crime, se dit-il, je n'inspirerai aucune compassion à ceux qui trouveront mon cadavre, personne n'aura pitié du malheureux galérien, que l'on croira un grand coupable. Si, au contraire, je suis nu, en voyant les blessures dont je suis couvert, mon corps sera recueilli avec quelques égards ; on supposera probablement qu'après avoir été dépouillé, des brigands ont voulu, par un raffinement de cruauté, me faire subir ce genre de mort, pour faire croire à un suicide. En mourant dans cet état, j'ai du moins la consolation que ma position restera ignorée ; et qui sait ? peut-être quelqu'âme charitable me fera donner une honnête sépulture. » En disant ces mots, il se dépouille des vêtements infâmes qui lui restent, il les précipite dans le torrent qui les entraîne dans sa course rapide.

Rien ne l'empêchait donc plus d'exécuter son funeste projet ; il allait même se passer la corde au cou, lorsque le son d'une cloche peu lointaine se fit entendre. Il écoute : c'était minuit qui sonnait. Frappé de ces sons qui lui rappellent tout à la fois les souvenirs religieux, les vertus, le bonheur d'un autre âge, hélas ! si fugitifs pour lui, un autre ordre d'idées s'empare de ses esprits. Il imagine que la voix de la cloche est un avertissement d'en haut qui le rappelle aux devoirs sacrés que la religion impose à ses fidèles sectateurs. Soudain ses sens se calment ! la terrible vérité lui apparaît dans tout son jour : il voit et il déteste le crime horrible qu'il allait commettre en attentant lui-même à ses jours : « O mon Dieu ! s'écrie-t-il, ma ehaîne est lourde, mais j'aurai la force de la porter jusqu'au moment où la bonté infinie daignera en alléger le poids ! » Ayant ainsi accepté un nouveau pacte avec la vie et les souffrances, il arrache la corde et la jette dans le même torrent qui déjà avait entraîné au loin le reste de ses vêtements.

Là nouvelle résolution que Servigny venait de prendre, en lui rendant la sérénité de l'âme, ne pouvait atténuer que bien faiblement les douleurs atroces auxquelles il était en proie. Exténué de faim, de froid et de fatigue, son sang perdu en abondance, la fièvre qui l'égarait et que tant de causes avaient allumée dans ses sens, tout contribuait à éteindre dans cet homme, naguère si courageux et si fier, toutes les idées grandes et généreuses pour le livrer tout entier aux seuls et vils instincts de la conservation matérielle.

Il prend donc la résolution de se diriger vers l'église dont il sait fort peu bien éloigné. En ce moment, la pluie ayant cessé ; le ciel moins obscur lui permet de distinguer la flèche du clocher, faiblement, mais enfin assez pour donner une direction à ses pas jusqu'ici incertains et chancelants. Après quelques minutes de marche, il se trouve dans une maison que la clarté débile et passagère de la lune lui permet de distinguer. Une croix, signe toujours révéré des chrétiens malheureux, surmonte la porte, et tout indique que c'est le presbytère. Il hésite : il ne sait s'il doit frapper et implorer du secours. Son état complet de nudité, les blessures dont il est couvert, tout lui fait craindre d'épouvanter l'homme respectable dont il vient interrompre le repos, et il est presque repoussé. D'ailleurs, comment éviter les soupçons ? Et, s'il échappe à celui-ci, comment ne pas éveiller la sollicitude du maire et celle de tant d'autres autorités toujours prêtes à se ruer sur le malheur ? Comment créer une fable assez vraisemblable pour intéresser à sa position, pour lui gagner tous les cœurs ? Comment répondre à cette multitude de questions que chacun va lui adresser ? Son anxiété est au comble : il se sent défaillir !...

Cependant, par un instinct machinal, il s'empare du manteau, il se décide à frapper :

— Le sort en est jeté, que Dieu me protège ! dit-il.

Deux minutes s'étaient à peine écoulées, qu'une voix d'homme, partie de l'intérieur, se fait entendre et lui demande, en patois provençal, à travers un petit grillage pratiqué dans la porte :

— Qui frappe à cette heure avancée de la nuit, et que désire-t-on de moi ?

— Ah ! monsieur le curé, de grâce ! Je suis entièrement nu, blessé, mourant de faim, de froid et de fatigue, répond Servigny ; j'implore vos secours !

— Attendez, mon ami, lui dit le bon curé, je vois votre pitoyable état ; attendez deux minutes, je vais vous ouvrir.

Il revint bientôt avec la clé et une lanterne à la main ; il ouvre la porte et s'empresse de jeter un manteau sur les épaules de Servigny ; puis le regardant plus attentivement :

— Dieu du ciel ! s'écrie-t-il, vous êtes sans doute une des victimes des brigands qui infestent la forêt de Cuges ?

Puis, sans attendre la réponse de Servigny :

— Suivez-moi, lui dit-il, il n'y a pas un instant à perdre !

Il le conduit dans une petite salle à manger où règnent l'ordre et la propreté. Il sonne son monde, et en un clin d'œil, un homme et une femme, Sylvain et Marguerite, déjà âgés tous deux, mais d'un extérieur qui commande la confiance, s'empressent d'accourir auprès de leur maître vénéré ; il se fait apporter la boîte aux médicaments qu'il tient toujours abondamment fournie, et à ses frais, pour venir au secours des malheureux ; il demande de l'eau chaude, du linge. On approche le blessé d'un feu pétillant que les domestiques ont eu soin d'allumer. Le vénérable pasteur se met en devoir d'examiner et de panser les blessures de Servigny. Celles des coudes, quoique graves, n'étaient pas inquiétantes ; mais celle de la tête pouvait avoir des suites fort dangereuses. Elles furent toutes pansées par le respectable curé avec l'adresse d'un chirurgien habile. Ces soins préliminaires une fois remplis, il fait donner du bouillon au malade ; et, lorsque ce dernier est bien réchauffé, il donne ordre de lui passer une chemise et de le coucher. On place Servigny dans la pièce où couchait le domestique. Avant de se séparer du bon curé, il voulait lui raconter la longue série de ses infortunes et surtout la manière dont il avait été si maltraité peu d'heures auparavant ; mais le bon curé l'en empêcha, en lui recommandant d'observer le plus rigoureux silence pour ne pas aggraver la fièvre à laquelle il était en proie.

Vers les sept heures, le bon curé étant venu pour avoir des nouvelles de son malade, Sylvain, qui était éveillé, répondit qu'il dormait.

— Non, mon père, je ne dors plus, dit à son tour Servigny, je me sens même beaucoup mieux depuis que vous m'avez accueilli dans votre sainte maison, et que je suis l'objet de vos soins éclairés. Je ne saurais mieux vous en témoigner ma reconnaissance, ajouta-t-il, qu'en vous priant de vouloir bien m'entendre en confession.

Touché, autant que surpris des sentiments religieux de l'étranger, le bon curé s'empressa d'acquiescer à sa demande. Sur un signe de lui, le domestique se retira, et lorsqu'ils furent seuls, Servigny se laissa couler à bas de son lit et vint se prosterner aux pieds du vénérable ecclésiastique qui, le retenant, lui ordonna de rester au lit ; mais Servigny insista.

— Non, mon père, dit-il, c'est à vos pieds que doit rester un si grand pécheur ! daignez m'écouter.

Pendant plus d'une heure le malheureux Servigny resta ainsi prosterné devant le vénérable curé, sans que celui-ci l'interrompît une seule fois. Lorsqu'il eut enfin terminé le récit de tout ce que nous connaissons, le curé lui ordonna de se coucher et de l'écouter.

— Tout ce que vous venez de me confier, mon cher enfant, lui dit-il, excite en moi le plus vif intérêt ; et, comme j'aime à me le persuader, vous m'avez dit la vérité, je vous promets aide et protection. Si, au contraire, vous m'avez trompé, je suivrai ce que la charité me prescrit à votre égard; je vous guérirai, et aussitôt après, je vous renverrai de chez moi. Vous ne devez rien espérer de plus.

— Je ne vous ai pas trompé, j'en suis incapable, ô mon père! daignez vous en assurer; tout ce que je vous ai dit est vrai, exactement vrai.

— Cela suffit; soyez tranquille et comptez sur moi, répondit le bon curé.

Sorti de la chambre de Servigny, il appelle Sylvain et Marguerite:

— Mes enfants, leur dit-il, tout le monde doit ignorer ce qui s'est passé ici cette nuit. Il s'agit de réparer tout à la fois un grand malheur et une grande injustice, à laquelle vous vous associeriez si vous vous permettiez une indiscrétion coupable. Promettez-moi donc par notre saint patron, que vous garderez un inviolable secret.

— Je le jure par saint Marsault, dit Marguerite.

— Et moi aussi, dit Sylvain.

Servigny, entouré des soins et des consolations du bon curé, et, en son absence, de ceux de Sylvain et de Marguerite, qui le choyait à l'envi, ne tarda pas à recouvrer la santé. M. le curé, voulant s'assurer de la vérité des révélations de son protégé, écrivit partout où il pourrait recueillir des renseignements; les réponses qu'on lui fit étaient toutes en faveur de Servigny; il en était enchanté. Enfin, lorsqu'il eut reçu la lettre du procureur général d'Aix, il fit venir Servigny dans son cabinet et lui adressa ces mots:

— Vous m'avez dit la vérité: j'ai la conviction que vous n'êtes coupable que d'une grande légèreté. Je vous ai promis de vous sauver, je veux vous tenir parole. Voici un passe-port au moyen duquel vous pouvez passer aux Indes-Orientales; votre passage est payé. Veuillez accepter ces deux cents francs pour vous aider en arrivant, et fiez-vous à la Providence. Vous trouverez, dans cette malle, quelques hardes, des livres, et à peu près tout ce dont un jeune homme peut avoir besoin dans sa position.

Servigny fut si sensible à ce noble procédé qu'il ne put remercier son bienfaiteur qu'en versant un torrent de larmes.

— Oui, répéta le bon curé, j'ai trouvé le moyen de vous faire passer aux Indes-Orientales; je vous ai recommandé à un homme de bien, capitaine d'un navire qui vous transportera dans ces riches contrées. Rendez-vous utile à bord; j'ai la certitude que, par votre bonne conduite et votre éducation, il vous sera facile de vous y placer et de vous y procurer une heureuse existence.

Nous ne suivrons pas Servigny dans sa traversée: tout ce qu'il importe de savoir, c'est qu'elle fut heureuse.

Le sujet que nous traitons nous amène maintenant à une courte notice sur la ville de Bénarès, pour laquelle Servigny avait pris passage, après quoi nous continuerons notre récit sans interruption.

Bénarès, bâtie sur les bords du Gange, et que l'on peut regarder comme la métropole ecclésiastique ou la Rome de l'Inde, est extrêmement grande et peuplée; on y compte environ six cent cinquante mille habitants. Elle est depuis un temps immémorial le siége principal de la littérature brahmanique, et réputée sainte par excellence. Les maisons sont très-hautes, aucune n'a moins de deux étages, la plupart en ont trois, et d'autres, en assez grand nombre, cinq et six, en général richement décorés. Le nombre des temples est très-considérable; la plupart sont fort petits, disposés comme des niches dans les angles des rues et sous l'abri de quelque grande maison. Plusieurs sont entièrement couverts de fleurs, d'animaux, de branches de palmiers, sculptés avec une élégance et un fini admirables. Les habitants décorent les parties les plus en vue de leurs maisons de camaïeux peints des plus vives couleurs, et qui représentent des hommes, des femmes, des taureaux, des éléphants, des dieux, des déesses, avec leurs formes et leurs attributs divers. Ces taureaux de tous les âges, consacrés à Siva, apprivoisés et familiers comme le chien domestique, circulent librement dans les rues, tandis que des groupes de singes, consacrés à Hanoumàm, grim-

pent sur les toits des maisons ou des temples, ou volent impunément dans les boutiques des fruitiers et des pâtissiers. La haute renommée de sainteté dont jouit cette ville y attire, de toutes les parties de l'Inde, un grand nombre de pèlerins et de mendiants.

Nous avons dit que c'était pour Bénarès que Servigny avait pris passage. Arrivé dans un pays si nouveau pour lui, et où il n'avait aucune recommandation, il chercha d'abord à utiliser ses connaissances; mais là, comme partout, il est difficile d'inspirer confiance à ceux qui disposent de la fortune. Les habitants y sont même généralement hostiles aux étrangers, qu'ils considèrent comme autant d'êtres parasites qui viennent s'enrichir à leurs dépens, ou comme des criminels qui ont fui leur patrie sans doute pour se soustraire aux atteintes de la justice. D'un autre côté, ils ont été si souvent trompés par des aventuriers qu'ils avaient accueillis, et auxquels ils avaient procuré de bons emplois; si souvent ils avaient vu l'hospitalité violée, leurs femmes séduites, leurs filles et leurs richesses enlevées, qu'un sentiment légitime de répulsion ne leur était que trop permis.

Servigny ne possédait que le peu d'argent qu'il tenait de l'extrême charité du bon curé, et cela ne pouvait le mener bien loin: pour comble de malheur, il tomba malade, et en peu de temps il se trouva absolument sans ressources. Dans cette extrémité, il fut contraint de travailler comme un simple journalier, encore n'obtenait-il pas toujours de l'occupation, tant il était encore faible et peu accoutumé à ce genre de travail. Ce qu'il gagnait suffisait à peine pour lui procurer les aliments grossiers les plus indispensables à la vie.

Enfin, après trois ou quatre mois de séjour, d'efforts et de persévérance de toute espèce, il était parvenu à se rendre utile. Un contre-maître qui avait eu souvent occasion de l'employer, l'avait remarqué et lui avait témoigné de l'intérêt; il le chargea de tenir note des travaux qui s'exécutaient dans une fabrique de châles qui appartenaient à un riche nabab (1), au service duquel il était. Servigny s'acquitta avec exactitude et talent de la mission qui lui était confiée, et son supérieur en était satisfait; mais le mauvais destin qui le poursuivait ne permit pas qu'il restât longtemps dans une position où du moins il était à l'abri du besoin. Un ouvrier, originaire du pays et que Servigny avait remplacé dans la confiance du contre-maître, avait conçu contre lui un sentiment de jalousie tel, que, de concert avec quelques-uns de ses camarades, il résolut la perte de ce jeune homme. Pour y parvenir plus sûrement, ils firent agir en secret auprès du nabab qui, ne pouvant tout voir, ne manqua pas d'accueillir ces faux rapports. D'ailleurs, la trame avait été si adroitement ourdie, les preuves paraissaient si évidentes, si bien combinées contre l'un et contre l'autre, que tous deux furent renvoyés sans être entendus. L'intendant du nabab qui ne pouvait souffrir les étrangers, et principalement les Français, parce qu'un voyageur de cette nation lui avait récemment enlevé sa femme, qu'il idolâtrait, et en même temps la majeure partie de sa fortune, ne contribua pas peu à la décision si funeste qui replongeait Servigny dans la misère.

Par suite de ce renvoi, Servigny se trouva donc plus malheureux que jamais, car ses ennemis s'empressèrent de le publier et d'y ajouter toutes les petites perfidies dont leur conduite précédente n'était que le prélude.

Le contre-maître s'empressa de quitter le pays. Quant au malheureux Servigny, tous les cœurs et toutes les portes lui étaient fermés, tant la prévention agissait fortement contre lui. On était d'autant mieux convaincu de sa culpabilité, que le nabab chez lequel il avait été employé était généralement connu comme un homme bon, sensible, généreux, aimant à pardonner. On excusait d'autant moins l'offense, que l'offensé méritait moins de l'être. Enfin, et encore bien que Servigny fût dans la plus grande détresse, qu'il passât souvent jusqu'à deux

(1) Les nababs étaient les gouverneurs héréditaires des provinces de l'empire du Grand-Mogol, et par extension on donne ce sobriquet à l'Anglais qui fait fortune aux Indes, et qui revient en Angleterre riche des vices acquis par l'exercice d'un despotisme et une existence égoïste et sensuelle.

ou trois jours manquant de la nourriture la plus essentielle, il ne pouvait se résoudre à recourir à la charité publique; plutôt que de tomber si bas, il préféra vivre du produit fort éventuel de commissions dont on le chargeait, de ports de lettres et de paquets. Encore, combien de fois Servigny ne se prit-il pas à regretter la vie du bagne ! Là, au moins, il trouvait parmi ses compagnons quelques cœurs compatissants pour charmer son infortune, tandis qu'ici, libre, il est l'objet du mépris de tous. N'est-ce pas là le comble de l'opprobre ?

Aussi, pour se soustraire à tant d'humiliations, il ne manquait pas, toutes les fois qu'il le pouvait, d'aller s'enfoncer au sein des vastes forêts qui avoisinent la ville de Bénarès. Là, oublié de tous et s'isolant du reste de l'univers, les productions de la nature, si luxuriantes, si magnifiques dans cette terre privilégiée, en donnant un autre cours à ses idées, devenaient pour lui l'objet de profondes méditations.

Servigny s'arrachait avec peine du sein de ces vastes forêts, où, selon l'expression d'un ancien, il n'était jamais moins seul que quand il était seul. Il ne revenait à Bénarès qu'autant que la nécessité de renouveler ses provisions l'y obligeait; mais, aussitôt qu'il avait satisfait à cette loi impérieuse de toute existence, il retournait à sa chère solitude.

Il avait découvert un endroit qu'il affectionnait principalement, et où il se livrait plus que partout ailleurs à ses mélancoliques rêveries; c'était un petit rocher escarpé à pic, un de ces accidents abruptes d'un sol si fécond en heureux contrastes. Un bouquet d'arbrisseaux odorants couronnait la crête de ce rocher, et là, non-seulement il pouvait méditer sans craindre la dent des animaux féroces, mais encore il lui semblait qu'il aurait pu y braver un nouveau déluge. Toutefois, il avait eu bien de la peine à gravir cet endroit escarpé; mais à force de le contourner en tous sens, il avait découvert une petite source dont les eaux fraîches et limpides avaient donné naissance à des plantes grimpantes dont il s'était aidé lors de sa première ascension, et dont il continuait à s'aider toutes les fois qu'il voulait le renouveler.

Pour le moment, il cherchait à se créer un abri contre l'intempérie des saisons, et qui le garantît en même temps contre la dent des animaux féroces, si redoutables dans ces contrées.

Il y avait déjà quelque temps qu'il travaillait à l'exécution de son projet, lorsqu'un jour, et au moment qu'il s'y attendait le moins, son attention fut vivement excitée par le bruit de pas précipités;- c'était un homme pâle, défait, couvert de sang, qui cherchait à échapper aux poursuites d'un tigre de la plus grande espèce qui le suivait de près. Ce malheureux homme n'avait pour se défendre contre son redoutable adversaire que le canon d'un fusil dont la crosse avait disparu dans la lutte qui venait d'avoir lieu entre eux : il avait également perdu son couteau de chasse, qui ne lui restait plus que le fourreau et le ceinturon. Le tigre était blessé et écumant de rage : il allait indubitablement atteindre son ennemi et l'immoler ! Servigny, effrayé lui-même, se lève précipitamment, s'arme de sa pique, et se met sur la défensive. L'inconnu, surpris, s'arrête à cet aspect inattendu, le tigre lui-même semble hésiter; mais le temps est précieux, et, bien que le costume de Servigny inspire peu de confiance à l'étranger, il n'hésite pas à se réunir à lui pour combattre l'horrible monstre.

— Ne craignez rien, s'écrie Servigny qui voit son trouble; ne craignez rien : quoique pauvre, je suis honnête homme, et je sais quels devoirs votre position m'impose !

Pendant ce peu de temps, l'animal avait repris des forces et semblait chercher des yeux sur lequel de ses adversaires il se jetterait le premier; mais nos deux combattants s'étaient retranchés à l'entrée d'une cavité qui, en protégeant leurs derrières, rendait leur défense plus facile et en même temps plus formidable.

Tout à coup, la fureur du tigre ne connaît plus de bornes, il se précipite avec la rapidité d'un trait sur ses ennemis; il les attaque tour à tour, les pousse, les presse : mais, par une suite de son instinct féroce, c'est toujours l'inconnu qu'il poursuit avec le plus d'acharnement. Tous deux multiplient en vain leurs coups, il leur échappe en bondissant, ou par

des feintes qui les font consumer en efforts vains. Servigny ne manque pas de sang-froid; il fait d'ailleurs un usage habile des forces et de l'adresse que nous lui connaissons : l'inconnu, au contraire, ne tarde pas à être épuisé par le sang qu'il a perdu depuis le commencement de cette lutte. Il est saisi et renversé par le redoutable animal : Servigny est lui-même blessé à la cuisse en voulant dégager l'étranger. Une lutte seul à seul s'engage alors entre Servigny et le tigre redoutable. Vainement Servigny, d'un premier coup, lui fait-il une profonde blessure dans le flanc, l'animal se retire et se rue avec furie contre son adversaire : celui-ci, la lance en arrêt, l'attend de pied ferme, et par un nouveau coup adressé à la tête lui crève un œil : mais plus ses blessures se multiplient, plus sa rage s'accroît!

Cette diversion avait permis à l'inconnu de se relever; il s'était armé de la hache de Servigny, qui, par un hasard heureux, s'était trouvée à sa portée, et voulait, en rentrant dans la lutte, partager ses périls; mais ses coups se ressentaient de sa défaillance et ne portaient que faiblement. Enfin, étourdi, épuisé, l'animal tombe sur le sol, qu'il teint de son sang noir et fumant. Nos deux combattants croient sa mort certaine; mais au moment où ils se précipitent pour l'achever, d'un bond impétueux il se relève, et se jette sur l'inconnu avec une nouvelle rage. C'en était fait de lui, si le danger n'avait exalté au dernier point le courage de Servigny. Réunissant donc tous ses efforts et joignant la force à l'adresse, il plonge sa lance dans la poitrine de l'animal, et lui enfonce tout entière dans le corps.

L'animal, affaibli, conserve encore un reste de vigueur et de rage; il cherche de la gueule à arracher l'instrument de son supplice : vains efforts! Il s'en prend alors à lui-même, il se roule, il se tord, et, dans sa fureur aveugle, il se précipite sur les pierres qui tapissent l'arène, qu'il mord et qu'il rougit de sa gueule ensanglantée !...

L'heure fatale avait sonné pour lui : il fait bien entendre encore quelques rugissements furieux, que répètent avec fracas les échos de la forêt; mais ils s'affaiblissent à mesure que ses forces s'épuisent avec son sang; un râle terrible succède; il rend enfin le dernier soupir.

Nos deux combattants en croient à peine leurs yeux; ce n'est qu'après avoir retourné le monstre, dès lors immobile, qu'ils sont bien convaincus de leur victoire. Après un instant de repos et de silence pour calmer leurs sens, l'inconnu se lève, et se précipite dans les bras de Servigny, l'étreint avec la plus vive émotion, et le proclame son libérateur.

— Je vous dois la vie, dit-il; qui que vous soyez, comptez sur les effets de ma reconnaissance.

Servigny s'empresse de le remercier, et remarquant qu'il était extrêmement faible et souffrant des suites de ce combat, il lui fit avaler quelques gouttes de tafia qui lui restait de ses provisions. Ce cordial lui rendit quelque énergie et lui permit de seconder Servigny, qui oubliait ses propres blessures pour ne s'occuper que des siennes.

Ce n'est pas que Servigny n'eût aussi éprouvé les effets de la dent redoutable de leur ennemi; mais il était moins dangereusement blessé que l'étranger. Celui-ci avait reçu plusieurs morsures graves et profondes, qui le faisaient horriblement souffrir et l'empêchaient pour ainsi dire de se mouvoir. Servigny, après l'avoir en partie déshabillé, bassina avec quelques gouttes de tafia, qui redoublèrent momentanément ses souffrances, mais il ne tarda pas à en éprouver un grand soulagement. La manière heureuse et pleine de convenance avec laquelle Servigny prodiguait ses soins à l'étranger donnait à celui-ci l'envie de connaître cet homme, envoyé du ciel pour le tirer à propos du plus grand péril qu'il eût jamais couru; mais ce n'était ni le lieu, ni le moment de lui adresser des questions.

L'inconnu, soutenu par Servigny, eut beaucoup de peine à descendre de la plate-forme du rocher, dont les parties les moins inclinées présentaient de sérieuses difficultés aux hommes même les plus ingambes. Descendus enfin tous deux sans accident, ils se dirigeaient lentement vers la ville au travers de la forêt; mais les forces de l'inconnu ne tardèrent pas à le trahir; il s'évanouit! Tous les efforts de Servigny

LES VRAIS MYSTÈRES DE PARIS

Par VIDOCQ

Les deux sœurs ne tardèrent pas à rentrer, portant un petit coffret. (Page 19.)

pour le ranimer furent inutiles. Que faire dans cette occasion? Il était déjà tard, et même nuit close depuis longtemps. Fatigué et blessé lui-même, aurait-il la force de porter celui à qui il venait de sauver la vie, et à qui il fallait la sauver une seconde fois pour compléter son noble dévouement?... Son anxiété était au comble. A chaque instant il craignait de voir expirer dans ses bras son malheureux compagnon; mais pouvait-il l'abandonner dans cet état pour aller chercher des secours à la ville, qui, hélas! était encore éloignée de plus d'une lieue? Sa résolution, son courage s'accrurent avec le péril; il soulève adroitement le corps de l'étranger, le charge sur ses épaules, et, malgré les vives souffrances qu'il éprouve de ses blessures, il s'achemina vers la ville d'un pas ferme et assuré, glorieux de son précieux fardeau.

Déjà il n'en était plus qu'à quelques centaines de toises, lorsque tout à coup il se trouve entouré d'une faible escouade d'hommes armés, composée de Cipayes [1], chargée du service de nuit. On l'arrête, on le prend pour un voleur, on veut même le maltraiter; mais, sur l'observation du chef de la patrouille, on le conduit devant le magistrat préposé au service de nuit. Là, Servigny dépose son fardeau; mais à peine ces hommes l'eurent-ils examiné, que tous s'écrient : — C'est l'honorable sir Lambton, qui est parti ce matin pour aller à la chasse dans la forêt. Que lui est-il donc arrivé? Alors Servigny raconte succinctement les différentes circonstances que

[1] Cipayes, nom que l'on donne aux soldats indiens au service de l'Angleterre.

nous venons de faire connaître, et chacun de le féliciter de sa noble conduite. On s'empresse de faire venir un brancard, on y place le blessé, et on le porte avec tous les ménagements possibles à Beauchamp, maison de campagne qu'il possédait à peu de distance de là. Des médecins sont immédiatement appelés, et nos deux blessés tour à tour soignés et pansés. Sir Lambton, restant toujours évanoui, le médecin pratiqua avec succès une abondante saignée : il rouvre enfin les yeux, et des signes non équivoques témoignent qu'il a recouvré l'usage de ses sens. Toutefois, et sans pouvoir encore articuler un mot, ses regards semblent indiquer qu'il cherche quelqu'un. La parole lui est enfin rendue, et le premier usage qu'il en fait est de demander où est l'étranger, où est son sauveur? On dit qu'il est dans un appartement voisin; mais, sur un signe qu'il fait, un lit est dressé à côté du sien, Servigny y est transporté. Sir Lambton lui prend les mains, lui adresse les remerciements les plus expansifs, les plus affectueux; il veut l'avoir près de lui et ne plus s'en séparer. De douces larmes inondent son visage, enfin il semble que, pour le sauver? La reconnaissance est la mémoire du cœur!

La guérison de Servigny fit des progrès tellement rapides, qu'au bout de huit jours il pouvait se lever une heure ou deux chaque jour. Mais celle de sir Lambton fut plus lente à obtenir. Deux médecins étaient constamment à ses côtés pour examiner les progrès de la maladie, qui enfin céda aux secours de l'art, au point qu'au bout d'un mois il était tout à fait hors de danger, et Servigny parfaitement rétabli. Ce fut alors que, pressé de questions, ce dernier raconta à sir Lambton toutes ses aventures (moins toutefois sa condamnation). Lorsqu'il en fut à la circonstance de son entrée dans une fabrique de châles, et à celle de son renvoi sous le soupçon d'avoir, de concert avec le contre-maître, volé le chef de l'établissement :

— Ciel ! s'écria sir Lambton ; c'est vous, brave et généreux jeune homme, que l'on a traité ainsi, et c'est moi, cruel ! qui vous ai fait subir un pareil traitement ! Non, vous n'étiez point coupable, j'ai été indignement trompé ; un voleur est incapable d'aussi nobles sentiments !

Servigny ne pouvait revenir de sa surprise; mais quand il se fut rappelé qu'il n'avait jamais connu que le contre-maître et l'intendant de la fabrique de châles où il avait été employé, qu'il n'avait jamais ni vu, ni même entendu nommer le propriétaire de l'établissement, tout ce qui lui paraissait d'abord obscur dans l'exclamation de sir Lambton lui fut enfin expliqué. Il retrouvait en lui un bon et généreux maître, et, pour comble de bonheur, il lui avait sauvé la vie !

XXIII

La maison des voleurs.

Sur la route de Normandie, entre Neuilly et Nanterre, il existe une maison d'assez chétive apparence, portant le n° 2.

Cette maison est la première du village de Nanterre dont elle est éloignée de quelques portées de fusil.

Au-dessus de la porte d'entrée de cette maison est placé un tableau, sur lequel un émule des Charlet et des Bellanger a peint un cuirassier, un hussard et un lancier de l'armée impériale, avec ces mots *Aux Trois-Frères.*

Si, désirant visiter la maison en question, vous priez un habitant du pays de vous indiquer le cabaret des *Trois-Frères*, il est possible qu'il ne sache pas vous répondre ; mais si vous lui demandez la *Maison des Voleurs*, il vous indiquera de suite le plus court chemin pour vous y rendre.

A l'époque où se passe ce récit, les propriétaires de l'auberge du *Bien-Venu* (telle était son enseigne) jouissaient dans le pays de la meilleure réputation. On vantait à la ronde la probité et la bonhomie du père, qualités rares à cette époque chez un marchand colporteur ; la dévotion de la mère; l'ardeur laborieuse des deux filles ; l'activité du fils.

Mais un jour, la police, mise par un meurtre sur les traces de ces assassins, vint un beau matin, au grand étonnement des habitants de Neuilly et de Nanterre, saisir toute cette nichée de scélérats qui expièrent leurs crimes sur l'échafaud.

De là est venu le nom de *Maison des Voleurs* attaché à une auberge exploitée depuis par de très-honorables commerçants.

C'est dans cette maison, à l'époque où elle était encore habitée par les individus dont nous venons de parler, que nous allons introduire le lecteur.

Dans la salle basse, trois femmes, à la clarté incertaine d'une lampe de forme séculaire, étaient occupées à préparer le repas du soir. La pièce où elles étaient servait tout à la fois de cuisine et de salle à manger; tout y était propre et dans l'ordre le plus parfait : les fourneaux, sur lesquels étaient quelques casseroles dont les émanations chatouillaient agréablement l'organe olfactif, étaient tenus avec un soin qui n'avait pas peu contribué à mettre l'*hôtel du Bien-Venu* en réputation auprès des maquignons, marchands de bœufs, rouliers, saltimbanques, et autres gens du même acabit, tous grands mangeurs par nature et grands bavards par profession.

Les trois femmes en question étaient assises autour d'une petite table basse, placée dans un coin reculé de cette pièce,

dont la propreté ne le cédait en rien aux cuisines les plus belles et les mieux tenues de la Hollande. La plus âgée pouvait avoir de 40 à 42 ans; elle était grande et vigoureusement constituée, d'une figure régulière et fraîche; ses yeux étaient bleus, ornés de cils noirs longs et soyeux ; son nez légèrement retroussé, sa bouche petite, ornée de lèvres minces et roses du plus bel effet; sa taille fine et bien prise, une poitrine large dont les contours saillants reposaient agréablement le rayon visuel sans jamais alarmer la décence ; complétaient un ensemble qui était celui d'une fort agréable femme. Sa mise était celle d'une aubergiste des environs de Rouen, ou plutôt de la Basse-Normandie, quoique la coiffure semblât indiquer le pays de Caux.

Près d'elle, à sa droite, était une fille de 22 ans, d'une constitution robuste, quoique maigre ; sa figure régulière, sa bouche vermeille, qu'embellissaient trente-deux perles d'une admirable blancheur, son teint brun fortement bistré, ses yeux noirs surmontés de deux arcs épais de même couleur, ses cheveux d'ébène, tout en elle accusait une énergie qui n'est point le partage habituel de son sexe.

Enfin, la troisième, qui était à gauche, paraissait âgée de 18 ans environ : elle avait les cheveux d'un blond ardent, une figure longue et maigre, où les taches de rousseur trônaient dans tout leur éclat. Ses yeux étaient, à la vérité, grands, beaux et vifs ; mais en revanche, la bouche, qu'elle avait horriblement grande, était absolument dépourvue de dents. Ses formes anguleuses et décharnées, ses pieds larges et difformes, ses mains fortes et osseuses, tout l'ensemble de sa personne rappelait involontairement les sorcières de Macbeth, ou plutôt celle de Teniers dans son bizarre tableau de la tentation de saint Antoine.

Ce trio féminin travaillait avec beaucoup d'action et en silence, ce qui n'est guère dans les habitudes du sexe : mais le violent orage qui venait d'éclater avait suspendu tous les caquets, jeté l'effroi dans tous les esprits. Ce silence fut tout à coup interrompu par le coucou d'une pendule en bois, placée dans un coin de la pièce.

— Déjà neuf heures et demie, dit la mère, et personne encore ! Dieu ne permettra pas, sans doute, que nous fassions encore chou-blanc cette nuit. Voilà six jours que nous n'avons étrenné !

— Cela est assez étonnant, dit la brune, tous les *nierts* (1) qui sont venus *ploncer* (2) * icigo* (2) étaient dans la *raffale* (3) : c'est un vrai guignon.

— M'est avis, dit la rouge, que vous avez manqué le bon, l'autre *sorgue* (4).

— Quoi, le *birbe* (5) qui avait l'air de faire la *manche* (6) dans les *gamaffes* (7) et les *pipés* (8).

— Çy (9), il avait la *cergole* (10) autour du *bauge* (11) il n'était pas à *jeun* (12), je l'ai bien *remouché* (13) !

Pourquoi ne l'avoir pas *bonni* (14) au *dabe* (15) ?

En ce moment la lueur d'un éclair se répand dans la partie sombre de la pièce. — Ticus, l'orage n'est pas fini, dit la mère ! — Aussitôt un violent coup de tonnerre se fait entendre.

— En v'là du temps, dit la rouge : il n'est pas propre à nous amener de la pratique !

(1) Hommes.
(2) Coucher.
(3) Misère.
(4) Nuit.
(5) Vieux.
(6) Mendier.
(7) Fermes.
(8) Châteaux.
(9) Oui.
(10) Ceinture.
(11) Ventre.
(12) Vide.
(13) Vue.
(14) Dit.
(15) Père.

— Qui sait, dit l'aînée ? Te souviens-tu de l'orphelin (1), qui par économie voyageait à pied, et qui est venu souper et coucher ici ? Il était gras le poulet, hein ?

— Amen !

Un nouveau coup de tonnerre avait presque ébranlé la maison : — Sainte mère de Dieu, dit la mère en faisant le signe de la croix, ayez pitié de nous ! Notre-Dame-de-Bon-Secours, protégez-nous ! Disant cela, elle ouvrit une armoire, en tira une bouteille et une petite branche de buis béni, puis en aspergea la pièce ainsi que ses filles, en répétant à haute voix les litanies de la Sainte-Vierge.

L'orage s'étant enfin apaisé peu à peu, ces trois femmes se replacèrent auprès de la petite table, et la conversation reprit son cours.

— Si nous n'avons rien fait à la taule (2), dit la mère, il faut espérer que l'ouvrage de la chique (3) de Colombe aura été maquillé sans regout (4); le temps a dû favoriser le dabe (5), et à l'heure qu'il est l'antonne (6) est roustie (7).

— Je ne sais pourquoi, répondit la brune, je n'ai pas la même idée que vous, daronne (8) : la nuit dernière j'ai rêvé de greffiers (9), c'est signe de renaud (10).

— Est-ce que tu coupes (11) dans les rêves, toi ? dit la rousse. Quoiqu'ça peut faire des rêves ? aubergue (12) ?

— Prête loche (13), dit la mère, j'entrave cribler (14),

— Tiens, c'est vrai : c'est le clipet (15) d'un homme. J'vas y aller voir, et j'vous dirai de quoi il s'agit, dit la grande brune.

— Prends le vingt-deux (16) en cas de malheur, dit la mère.

La brune ne tarda pas à venir annoncer qu'un homme, un cheval et un cabriolet étaient tombés dans une des cuvettes de la route, et que le voyageur était pris sous la capote du cabriolet de manière à ne pouvoir sortir.

— C'est Dieu qui nous l'envoie, s'écria la mère ! Vite une lanterne, courons au secours de ce pauvre homme !

— Oui, dit la rouge, allons au secours de ce brave homme, et tâchons de le ramener coucher à l'hôtel du Bien-Venu.

Elles partirent toutes trois, et parvenues au lieu où l'accident était arrivé, elles eurent bientôt déharnaché le cheval qui se releva avec peine ; il leur fut alors facile de dégager le voyageur et de le retirer du cabriolet, il était moulu et couvert de contusions par tout le corps, principalement à la tête. Enfin, il fut amené dans la maison. On fit bien vite du feu pour sécher ses vêtements qui étaient imprégnés d'eau, de sang et de boue, et pour le réchauffer, car il était transi de froid.

— Dieu soit béni, dit la mère, vous voilà sauvé ! — Marguerite, va vite chercher les habits des dimanches de ton père, et nous ferons changer ce brave monsieur qui est trempé comme une soupe. Puisque nous avons eu le bonheur de le réchapper, il ne faut pas laisser notre bonne œuvre incomplète.

— Oui, madame, répondit le voyageur, sans vous je serais mort étouffé sous la capote de mon cabriolet. Je vous dois la vie ; mais je vous prie de croire que je saurai reconnaître votre belle conduite. Puis, comme frappé d'une réminiscence, il s'écria ; — Ah mon Dieu ! ma bonne dame, j'ai oublié de prendre dans le cabriolet un petit coffret qui était à mes pieds et qui renferme des choses précieuses.

(1) Orfèvre.
(2) Maison.
(3) Eglise.
(4) Fait sans résultats fâcheux.
(5) Père.
(6) Eglise.
(7) Dévalisée.
(8) Mère.
(9) Chats.
(10) De danger.
(11) Donne.
(12) Rien.
(13) Ecoute.
(14) J'entends crier.
(15) La voix.
(16) Le couteau.

— De l'or, peut-être ? répondit la mère.

— Non, pas de l'or, mais l'équivalent : des valeurs de banque au porteur.

Marguerite qui, en ce moment, apportait les habits de son père, fut chargée de la commission avec sa sœur. Pendant l'absence de ces deux filles, Servigny, (le malencontreux voyageur qui venait d'entrer à l'auberge du Bien-Venu n'était autre que notre héros) changea de vêtements, et les siens furent placés devant un grand feu afin de les sécher.

Les deux sœurs ne tardèrent pas à rentrer, portant le petit coffret qui, relativement à son volume, était fort pesant. Servigny parut satisfait de le revoir en sa possession ; il le plaça près de lui, prit un verre d'eau-de-vie qu'on lui offrait, et après que ses plaies furent lavées et bassinées de l'eau de Boule de Nancy, il se sentit soulagé ; alors il s'informa de son cheval et de son cabriolet : on lui répondit que Jean-Louis, le garçon d'écurie, avait tant et si bien fait qu'il avait ramené l'un et l'autre ; que le cheval était couronné aux deux genoux, que les brancards du cabriolet étaient cassés, la capote enfoncée, mais que tout cela ne serait rien et se réparerait facilement.

Servigny était vêtu des habits du maître de la maison, tandis que les siens séchaient ; et pour mieux témoigner combien il était sensible aux bons procédés que ses hôtes avaient eus pour lui, il devint communicatif bien au delà des bornes de toute prudence. Entre autres choses, Servigny leur dit qu'il arrivait de l'Inde pour acheter une grande propriété à Paris et une maison de campagne dans les environs. En ce moment, l'horloge sonna onze heures ; l'hôtesse, ayant remarqué que notre voyageur paraissait avoir oublié les événements de la soirée et repris toute sa sérénité, lui proposa de prendre un bouillon et de manger un des petits poulets à la casserole dont le fumet lui montait si agréablement au nez, lorsqu'entra Jean-Louis qui venait prendre les ordres de Servigny ; il lui demanda s'il ne conviendrait pas de faire venir immédiatement le vétérinaire pour donner des soins à son cheval, et le charron pour réparer le cabriolet.

— Faites venir l'un et l'autre, dit Servigny ; je m'en rapporte à vous ; mais rien ne presse quant à présent.

Jean-Louis, qui n'était autre que le fils de l'aubergiste du Bien-Venu, se retira ; mais il revint bientôt sous le prétexte de demander de la chandelle pour sa lanterne. Il se pencha à l'oreille de sa mère, et croyant bien n'être pas compris, il lui dit à mi-voix, mais assez haut pour être entendu de Servigny :

— Il y a eu du renaud à l'affaire de la chique, elle est maronnée, le dabe est raboulé (1).

Servigny, qui avait parfaitement compris ces termes d'argot, eut peine à réprimer un mouvement de surprise et de crainte.

— Seul et sans armes, quelle défense opposerai-je, se dit-il, aux adroits coquins dans le repaire desquels je suis tombé ? Il est donc certain que c'est ma dernière nuit !...

Toutefois, il ne laissa rien apercevoir des impressions qu'il venait d'éprouver et ne tarda pas à reprendre tout son aplomb. Il demanda donc, avec le plus grand sang-froid, à la maîtresse de l'auberge, si elle avait soupé. Sur sa réponse négative, il l'invita à lui faire l'honneur de souper avec lui, ainsi que ses demoiselles. Il agissait ainsi dans la crainte que, s'il mangeait seul, on ne lui fit prendre quelque boisson narcotique sans qu'il s'en doutât. La mère et les filles, après quelques minauderies, ne purent se dispenser d'accepter, et tous se mirent à table. Servigny en fit les honneurs avec cette grâce et ces attentions polies, qui distinguent l'homme du monde, et qui, dans ces circonstances, lui étaient plus particulièrement nécessaires pour observer les desseins de ses commensaux. Mais tout se passa pour le mieux, et il ne remarqua absolument rien qui pût troubler sa tranquillité.

Lorsque vers minuit le souper fut fini, la mère donna ordre à ses filles de préparer le lit de l'étranger et de le bassiner avec du sucre en poudre dans la bassinoire, ce qui fut ponctuellement exécuté. Pendant tous ces préparatifs, la maîtresse

(1) Il y a eu du péril, le vol est manqué, le père est revenu

de l'hôtel du *Bien-Venu* causait avec Servigny de ce ton de bonne mère de famille si propre à inspirer la confiance et l'abandon ; le mot religion était fréquemment répété ; enfin, tout dans sa conversation était de nature à inspirer la plus grande sécurité à notre voyageur, qui se disait en lui-même :

— On prétend que les yeux sont le miroir de l'âme : si cette règle est vraie, celle de l'aubergiste doit être excellente, car sa figure, tout à la fois respectable et belle, commande la confiance.

Il n'était donc pas éloigné en ce moment de lui accorder la sienne, malgré les termes d'argot qui avaient éveillé sa susceptibilité, lorsqu'il entendit distinctement faire l'*arçon* (1) et prononcer ces mots :

— *Du maigre* (2), il y a un *messière* (3) !

Alors, plus de doute, il était dans un repaire de voleurs !... Il fut un moment indécis sur le parti qui lui restait à prendre ; mais, comme c'était un homme de résolution, il se roidit contre les événements.

— S'il m'est impossible, dit-il, d'échapper au poignard de ces brigands, je leur vendrai chèrement ma vie.

Il dissimula donc adroitement ce qu'il éprouvait, comprenant bien qu'au premier soupçon c'en serait fait de lui. Enfin, il fut conduit dans sa chambre par la mère, qui lui indiqua l'endroit où il trouverait toutes les choses dont il pourrait avoir besoin. Elle lui souhaita le bon soir et une bonne nuit avec un air de bonté capable de détourner les soupçons de l'homme le plus défiant.

Cependant, à peine était-elle sortie que Servigny prête l'oreille ; il entend qu'on parle à voix basse, mais il ne peut rien distinguer. Il fait le tour de la chambre dont il remarque la propreté. Il voit une commode, un bahut, un lit à rideaux, garni de draps propres et répandant une odeur de lessive parfumée d'iris, un christ en plâtre sur la cheminée, quelques tableaux de piété, un bénitier à la tête du lit ; tout l'invite à la confiance et au repos. Toutefois, il ne peut rien comprendre à tout ce qu'il a vu et entendu. En effet, comment concilier tant de piété avec le langage du crime ; il se perd en conjectures. La chambre dans laquelle il est monté, par un escalier de meunier, n'était éclairée que par un châssis à tabatière assez élevé ; mais il pouvait l'atteindre en plaçant une chaise sur la commode, surmontée de ses tiroirs. Une fois cet échafaudage établi au-dessous de ce châssis, il lui fut facile de l'ouvrir et de se hisser sur le toit ; mais comment descendre ; il se trouvait à plus de trente pieds du sol ! Il importe de dire qu'après avoir entendu les termes d'argot qui l'avaient tant épouvanté, il avait pris dans le coin de la cheminée, et sans qu'on s'en aperçût, une forte serpette, avec laquelle il espérait se défendre s'il était attaqué, comme cela n'était que trop probable. Après avoir suffisamment exploré les lieux, il résolut de tout tenter pour se sauver d'une position semblable. Avec les draps du lit, il fabriqua une corde avec laquelle il put franchir la distance qui le séparait du sol ; et dans la crainte d'être aperçu par quelque ouverture, il éteignit sa lumière, sauf à terminer ses préparatifs au clair de la lune qui donnait par la lucarne en question. Pendant qu'il travaille à sa délivrance, voyons ce qui se passe dans la salle ou nous avons laissé les autres personnages de cette histoire.

Autour de la grande table sont assis cinq individus dont les types divers sont bons à signaler. Le premier, qui est le mari de l'hôtesse du *Bien-Venu*, a un air de supériorité remarquable sur les autres ; son maintien est grave, son costume est celui des marchands colporteurs de la basse Normandie ; il a cinquante ans. Sa taille élevée, sa corpulence, ses mains fortes et larges, indiquent un homme doué d'une grande vigueur. Il parait présider le conseil que l'on tient ; sa femme est près de lui et ses deux filles à l'autre extrémité de la table.

A gauche du père Blaise le Petit-Christ, comme l'appellent les gens du pays et les habitués de la maison, se trouve son fils, Jean-Louis, dont les yeux, la figure, les gestes et toutes

les habitudes du corps, révèlent l'âme atroce. Ce Caméléon, vu hors de son rôle habituel, a l'air d'un idiot qui n'a d'autre instinct que de satisfaire aux besoins de la brute ; mais, aux yeux de l'observateur, il sue le sang et le crime par tous les pores.

Près de lui se trouve un homme de trente-six ans, grand et fortement bâti, vêtu en marchand de salade ; son accent bas-normand indique son origine ; il a le sourire stéréotypé sur les lèvres, et l'air tout à fait bonhomme.

De l'autre côté est un homme petit et trapu, aux cheveux noirs, crépus et crasseux, sa tournure est celle d'un chaudronnier ambulant. De sa bouche, constamment remplie d'une énorme chique, découle un liquide infect qui n'a de nom dans aucune langue, et les émanations qu'il exhale rendent son voisinage redoutable. Il a un œil éraillé et la figure horriblement marquée de petite vérole ; en un mot, c'est l'être le plus repoussant que l'on puisse imaginer.

Enfin, à côté de ce monstre est un jeune homme de dix-huit à vingt ans, encore imberbe, vêtu en garçon meunier ; sa figure candide, que le crime n'a pas encore flétrie, forme un contraste frappant avec celle de son voisin.

Blaise le Petit-Christ prend la parole ; il déplore qu'une circonstance fortuite l'ait forcé d'amener coucher deux *pantres* (1) dans la maison. C'étaient deux hommes qu'il avait rencontrés sur la route de Colombe et qu'il connaissait pour des *truqueurs* (2), mais qui ne le connaissaient que comme un honnête marchand colporteur.

— Vous savez, mes bons amis, dit-il, qu'il faut *goupiner* (3) avec prudence, et procéder par ordre afin de ne pas devenir *naïade* (4). Une occasion extraordinaire se présente ; vous avez entendu ma femme et ses deux *momignardes* (5) vous *bonnir* (6) que le *négriot* (7) était *gras*, qu'il *plombait* (8) ; il faut tomber sur ce *moricaud* (9) ; et selon moi, ce n'est pas la chose du monde la plus facile. Les *deux truqueurs de cambrousse* nous entendront, si on *rabattu le sirre* (10) ; si au contraire nous achetons leur silence, c'est nous exposer à des inconvénients graves. Dans l'un et l'autre cas, que faire ?

— Les *buter* (11) tous, s'écrièrent en même temps la mère et le jeune homme imberbe, c'est le seul moyen de s'assurer de leur discrétion. Vous savez que les *parrains* (12) sont dangereux.

— *Buter* (13) est l'expédient dont nous nous servons habituellement, dit Blaise le Petit-Christ ; mais la conscience ne vous dit-elle pas que c'est un crime atroce que de tuer son prochain, lors surtout qu'il ne possède pas une obole. Ceux-ci sont de pauvres diables qui nous embarrasseront autant et plus que s'ils avaient été productifs. Je vous assure qu'il me répugne de verser le *raisiné* (14) de ces deux *truqueurs*.

La fille rouge, qui s'appelait Pacifique, prenant à son tour la parole, dit à son père :

— On voit bien que vous venez de la *priante* (15), car vous *bégotez* (16) ! A quoi bon tous ces *boniments* (17) ? J'*escarperais* dix *truqueurs* pour *affurer* le *négriot* (18) en question.

(1) Signal.
(2) De la prudence.
(3) Un homme bon à dévaliser.

(1) Hommes.
(2) Hommes exerçant toutes les professions illicites auxquelles on ne peut se fier.
(3) Travailler.
(4) Suspect ou être mis en prison.
(5) Petites filles.
(6) Dire.
(7) Coffret.
(8) Pesait beaucoup.
(9) Coffret.
(10) Les deux coureurs de campagne nous entendront si on tue l'homme en question.
(11) Tuer.
(12) Témoins.
(13) Tuer.
(14) Sang.
(15) Église.
(16) Faites le dévot, l'homme timoré.
(17) Discours.
(18) J'assassinerais dix individus pour prendre le coffret.

— Ma *frangine* (1) a raison, dit la sœur, il faut tout *refvoidir* (2) pour s'emparer de tout.

Toute la bande étant enfin d'accord pour *escarper* (3) les trois malheureux, on fit monter Marguerite, surnommée la Vierge-Noire, pour aller aux écoutes.

Au bout de quelques instants elle descendit et leur dit que les deux *truqueurs* causaient encore, mais qu'on n'entendait aucun bruit chez le voyageur.

— Un peu de patience, ajouta-t-elle, il n'est pas encore deux heures du matin.

On se mit à boire la goutte pour passer le temps, et lorsque le moment fut venu, on distribua les rôles : Le père, la Vierge-Noire et le meunier se chargèrent de l'étranger; les autres furent chargés d'expédier les deux coureurs de foire.

Enfin deux heures sonnèrent. Quand on se fut assuré par une nouvelle vérification que les deux malheureux *truqueurs* dormaient profondément, et que probablement il en était de même du voyageur, les brigands se dirigèrent sans bruit du côté où ils devaient opérer. Pacifique monta sur un arbre, qui existe encore et qui porte, aujourd'hui comme alors, le numéro 93, qui dominait la maison; pour faire le guet, et à son signal les brigands devaient frapper; mais, ayant entendu quelque bruit, il crut devoir différer un instant. Cependant les brigands étaient à leur poste; leur impatience, la soif du meurtre et de l'or, les rendaient horribles à voir! Un signe, et les portes disposées à la tête de chaque lit étaient ouvertes, les dossiers mobiles s'abaissaient et c'en était fait de la vie des trois infortunés, qui du sommeil passaient à la mort; mais Pacifique, dont l'oreille était sûre autant que les yeux, entendit de nouveau le même bruit; c'était un homme qui filait le long des murs du jardin, l'obscurité ne lui avait pas permis de distinguer avec plus de précision. Inquiète, elle descend de son observatoire et court rendre compte à ses complices de ce qu'elle a vu.

Jean-Louis allume sa lanterne et sort au plus vite pour vérifier à l'extérieur d'où vient l'alarme, lorsqu'arrivé au mur de gauche du jardin, il voit la corde fabriquée par Servigny. Il ne comprend pas d'abord ce que cela signifie, mais son père, qui le suit, devine aisément que l'homme et le coffret ont disparu. Pour mieux s'en assurer, il monte à la chambre qu'il avait occupée; il veut en ouvrir la porte, mais elle est barricadée. Il appelle ses complices, ceux-ci l'aident à forcer l'entrée et à repousser les meubles à l'aide desquels le voyageur s'était retranché; mais personne : l'oiseau était envolé!

Voilà une fuite bien inconcevable, dirent-ils. Quels motifs, ou plutôt quels soupçons a-t-il eus pour prendre un tel parti, au risque de se rompre le cou ?

Les bandits formaient mille conjectures, chacun émettait une opinion différente.

— Ah bah ! dit Blaise le Petit-Christ, c'est probablement un *friquet* (4) qui a conçu le projet de voir de ses propres yeux ce qui se passe ici : ainsi c'est partie remise. Quoi qu'il en soit, ajouta-t-il, nous n'avons pas de temps à perdre ; enlevez le *gré* (5), le *pot* (6) et les *frusquins* du *sinve*, qui s'est *escaré* (7) avec les miens, le reste me regarde.

Il fit détacher la corde, la brûla, puis ayant dit quelques mots à l'oreille de sa femme :

— Partez, vous autres, je vous donne rendez-vous au Vert-Galant, près Livry, où je vais vous suivre. En changeant de direction nous verrons venir les événements.

Là-dessus ils partirent. Les trois femmes restèrent dans leur établissement en attendant le mot de cette énigme.

(1) Ma sœur.
(2) Tuer.
(3) Assassiner.
(4) Un agent de police.
(5) Cheval.
(6) Cabriolet.
(7) Et les habits de l'homme qui s'est sauvé.

XXIV

Un malheur complet.

Malgré les instances de madame de Villerbanne, Lucie, aussitôt que Salvador l'eut reconduite à sa place, voulut absolument se retirer, elle fit donc demander sa voiture, et quelques instants après, elle était dans sa chambre à coucher.

Restée seule, Lucie chercha vainement à chasser loin d'elle les préoccupations qui obscurcissaient son esprit.

— Mon Dieu ! mon Dieu ! s'écria-t-elle avec l'accent de la plus douloureuse anxiété, pourquoi avez-vous voulu que je rencontrasse cet homme ?

Cette exclamation de la malheureuse comtesse de Neuville vient de trahir l'état de son cœur.

Il n'était que trop vrai, elle aimait Salvador, et cela ne doit pas étonner. Ainsi que nous l'avons déjà dit, cet homme possédait toutes les aimables qualités qui constituent un homme du meilleur monde. Sa physionomie était, aux yeux de Lucie, entourée d'une certaine auréole mystérieuse, qui devait vivement intéresser une femme douée d'une assez vive imagination, et dont le cœur n'avait pas encore parlé; et chacun sait que de l'intérêt à l'amour il n'y a pas loin.

Les beaux jours avaient chassé l'hiver et son sombre cortège de pluie, de neige et de glace, et M. de Neuville, que Lucie croyait voir arriver au commencement du printemps, lui avait, au contraire, écrit qu'il était probable qu'il passerait encore au moins une année en Afrique. Il ne pouvait, disait-il dans sa lettre, quitter le poste qui lui avait été confié, lorsque la guerre, que l'on avait crue à peu près terminée, venait de recommencer avec une nouvelle fureur, et au moment où, pour le récompenser des services qu'il avait rendus pendant la dernière campagne, le roi venait de le nommer maréchal de camp. Lucie était donc menacée d'un été assez triste, à moins pourtant qu'elle ne déterminât sa tante à aller passer la belle saison au château de Villerbanne.

Ce n'était que très-difficilement que la vieille marquise se déterminait à quitter Paris, dont elle préférait le séjour, même pendant l'été.

Lucie et Laure aimaient infiniment la campagne; aussi était-ce avec plaisir qu'elles s'étaient mises en route pour le château de Villerbanne, qu'elles habitaient depuis environ un mois, lorsque la marquise, qui cherchait tous les moyens d'être agréable à ses deux commensales, leur demanda un matin, après le déjeuner, si la vie de recluses qu'elles menaient ne commençait pas à les ennuyer un peu.

— Mais non, chère tante, répondit Lucie; n'avons-nous pas ici tout ce qui peut charmer notre vie : de beaux ombrages, des livres, de la musique, tout ce qu'il faut pour peindre, et des sites charmants à étudier ? Il faut bien savoir se passer de ce que l'on n'a pas ; ce château est si éloigné de Paris, qu'il n'est probable que nous n'y recevrons pas de visites !

— Allons, allons, ne vous désespérez pas, ajouta la marquise de Villerbanne en frappant un petit coup sur les joues rosées de Laure, ne vous désespérez pas, je vous ménage une surprise dont vous ne serez pas mécontente.

La marquise, malgré les instances de Lucie et de Laure, dont ce qu'elle venait de dire avait éveillé la curiosité, ne voulut pas s'expliquer plus clairement; elle quitta les deux amies en les engageant à prendre patience.

— Quelle est donc cette surprise que ma tante nous ménage? dit Lucie lorsqu'elle fut seule avec Laure.

— Mais, ne le devines-tu pas? répondit celle-ci; madame de Villerbanne, malgré l'amitié qu'elle nous porte, s'ennuie d'être seule avec nous, et cela se conçoit : elle ne veut pas, comme nous, aller, venir, courir dans les champs, dans le parc, aller à la ferme; aussi, je parie qu'elle veut donner ici quelques fêtes brillantes, afin d'y faire venir sa société de Paris.

Les sons éloignés de la cloche, qui annonçait le dîner, rappelèrent aux deux amies qu'il fallait qu'elles se hâtassent de rentrer au château, si elles ne voulaient pas laisser à la marquise de Villerbanne le temps de s'impatienter.

— Mais arrivez donc! leur dit la bonne dame lorsqu'elles entrèrent dans le salon; j'ai vraiment cru un instant que nous serions forcés de dîner sans vous.

Madame de Villerbanne n'était pas seule; un homme fort âgé, mais dont les années n'avaient pu parvenir à courber la haute taille, était assis près d'elle; il se leva pour aller au-devant des deux jeunes amies, et saisissant Lucie par la taille, il déposa sur son front un vigoureux baiser.

Ce vieillard était doué d'une de ces bonnes et franches figures militaires qui inspirent tout d'abord la confiance; de sorte que Lucie, bien qu'un peu étonnée de cette brusque attaque, ne songea pas à se fâcher.

— Comment, Lucie, dit madame de Villerbanne, tu ne reconnais pas monsieur?...

— Attendez, chère tante, attendez un instant.... Monsieur le général, comte de Morengy!

— Je savais bien, moi, qu'elle me reconnaîtrait, s'écria le vieux général.

M. de Morengy adressa à Laure quelques paroles gracieuses, et la compagnie passa dans la salle à manger, où, grâce au talent du Vatel de madame de Villerbanne, le plus délicieux dîner avait été servi.

Le général comte de Morengy était, malgré son grand âge, un joyeux et spirituel convive; aussi le dîner fut-il beaucoup plus gai qu'il ne l'était d'habitude.

— Je suis vraiment charmée, cher général, dit madame de Villerbanne, lorsqu'après le dîner la compagnie se trouva réunie pour prendre le café, de ce que le hasard nous a faits voisins de campagne.

— Vous êtes véritablement trop bonne, madame la marquise, répondit M. de Morengy, le plaisir est tout de mon côté; aussi je regrette beaucoup que des affaires importantes me forcent à entreprendre un voyage, en Savoie, qui va me tenir éloigné de vous pendant au moins une année.

La soirée était déjà avancée, lorsque le comte de Morengy quitta le château de Villerbanne, après avoir promis à la vieille marquise et à ses deux charmantes compagnes qu'il viendrait les visiter tous les jours, jusqu'à son départ pour la Savoie.

Le général et la marquise avaient échangé, en se quittant, un sourire et des regards d'intelligence que Lucie remarqua, et dont elle demanda l'explication à sa tante.

— Ah! voilà, répondit madame de Villerbanne, qui ne résistait qu'avec peine aux sollicitations et aux câlineries de Lucie, qui voulait absolument savoir ce qui avait donné lieu aux regards d'intelligence échangés entre sa tante et le comte de Morengy. On a bien raison de dire qu'il n'y a rien au monde d'aussi curieux qu'une fille d'Ève; sachez, donc, ma chère nièce, puisque vous ne voulez pas me laisser le plaisir de vous surprendre, que, grâce au général, qui a réuni à son château une nombreuse société, il va m'être possible de vous donner ici d'aussi belles fêtes que si nous étions à Paris.

— Je l'avais deviné, s'écria Laure en sautant de joie; et on dansera, n'est-ce pas, madame la marquise?

— Et on dansera, mon enfant.

Le lendemain en effet, une armée d'ouvriers, dirigés par le comte de Morengy, qui avait accepté avec empressement le poste d'ordonnateur de la fête, que voulait donner la marquise, et qui s'acquittait de ces fonctions avec une ardeur toute juvénile, envahit le château de Villerbanne. Ils eurent bientôt fait du vieux manoir une sorte de palais enchanté.

Nous n'essayerons pas de décrire la fête dont le général avait tracé le programme; nous dirons seulement que les choses avaient été admirablement faites, et que tout s'y passa convenablement.

Cependant, ni Lucie, ni Laure ne devaient prendre à cette fête, donnée uniquement pour elles, le plaisir qu'elles se promettaient.

Si nos lecteurs veulent bien nous accompagner dans la partie la plus reculée du parc du château, et suivre quelques instants la comtesse de Neuville et son amie, ils sauront quelles sont les causes qui ont amené sur leurs visages les nuages qui assombrissent leurs jolis traits.

— Eh bien! Laure, dit la comtesse, lorsque les sons de l'orchestre n'arrivèrent plus à leurs oreilles que comme un écho éloigné; que dis-tu de cela?

— Mais c'est une fatalité! répondit Laure, suis-je donc condamnée à rencontrer partout cet odieux vicomte de Lussan?

— Qui traîne toujours avec lui le marquis de Pourrières, que je ne puis voir sans me rappeler aussitôt cet affreux cabaret de la rue de la Tannerie.

— Mais s'il en est ainsi, s'écria Laure, pourquoi donc lui parles-tu, à ce marquis, avec autant d'affabilité que tu le fais?

Il y avait dans l'accent de Laure, lorsqu'elle adressa cette question à son amie, une intention qui n'échappa pas à la comtesse; pour tout au monde, Lucie n'aurait pas voulu laisser deviner l'état secret de son cœur ainsi.

— Mais enfin, dit-elle, si, ainsi que tu le supposes, je témoigne à M. de Pourrières un si vif intérêt, ce n'est pas sans motifs, et puisque tu parais disposée à douter de celui que j'avoue, quels sont ceux que tu me supposes?

— Est-ce que je sais; moi; je suis seulement certaine que tu n'as pas pour le marquis de Pourrières une haine semblable à celle que j'ai vouée au vicomte de Lussan.

— Bon Dieu! Laure, s'écria Lucie presque effrayée, tant son amie avait mis d'énergie à prononcer ces derniers mots, je ne t'ai jamais entendue parler ainsi.

A ce moment, Laure, qui marchait devant la comtesse, semblable à une colombe que la vue d'un oiseau de proie vient d'effrayer, se rapprocha d'elle et lui dit à voix basse:

— Ils viennent de ce côté, nous allons les rencontrer au détour de cette allée, si nous continuons de suivre ce sentier; retournons sur nos pas, je t'en supplie.

— Mais le pouvons-nous? nous aurions l'air de les craindre, et puis, ce serait faire à ces messieurs une impolitesse que rien ne justifie.

— Ils penseront de moi ce qu'ils voudront, répondit Laure à ces justes observations de son amie.

Et avant que celle-ci pût s'opposer à son dessein, elle se sauva en courant, et disparut bientôt sous les grands arbres du parc.

Lucie fut abordée par Salvador au moment où elle allait peut-être imiter son amie. Le marquis était seul, le vicomte de Lussan, qui avait remarqué la fuite de Laure, venait de quitter son ami, afin de lui ménager un tête-à-tête avec la comtesse de Neuville.

Lucie, chaque fois qu'elle rencontrait le marquis de Pourrières, était pendant quelques instants sous le coup d'une impression pénible, à laquelle donnait naissance le souvenir de l'événement fâcheux qui le lui avait fait connaître; mais cela n'avait pas plus de durée qu'un éclair; à peine avait-elle échangé avec lui quelques paroles, qu'elle se laissait captiver par le timbre harmonieux de sa voix et les charmes d'un esprit qu'elle était très-capable de comprendre.

Ces nuances diverses n'avaient pas échappé à Salvador, qui était doué de cette perspicacité que possèdent presque tous ceux qu'une pratique constante du crime oblige à observer tout ce qui se passe autour d'eux.

Après avoir employé tous les lieux communs qui précèdent ordinairement une déclaration d'amour adressée à une femme que sa position dans le monde, son esprit et son caractère ne permettent pas de traiter cavalièrement, il laissa s'échapper de ses lèvres l'aveu qui était suspendu, il se trouva beaucoup moins avancé qu'il n'était auparavant.

— Je veux bien croire, monsieur le marquis, lui répondit Lucie, que ce n'est que parce que vous avez oublié que vous parliez à la comtesse de Neuville, que vous m'avez adressé de tels discours, aussi j'ai l'espérance que vous ne recommencerez pas de semblables tentatives; s'il en était autrement, je serais forcée d'avertir madame de Villerbanne, et je vous avoue que ce ne serait pas sans peine que je me verrais obligée de faire une semblable démarche.

Cela dit, Lucie quitta Salvador pour aller rejoindre Laure, qu'elle trouva se promenant avec M. de Morengy.

Salvador, qui, nous le devons dire, ne s'attendait pas à une aussi rude réception, n'avait pas trouvé une parole pour répondre à la comtesse de Neuville.

Il fut arraché à cette espèce de stupeur par de bruyants éclats de rire : c'était le vicomte de Lussan, qui, caché derrière le tronc d'un vieux chêne, avait entendu la déclaration de Salvador et la réponse qui venait d'y être faite.

— Touchez là, marquis, s'écria-t-il en présentant sa main à Salvador, nous pouvons, morbleu! nous donner la main; vous n'avez pas été mieux traité par la comtesse de Neuville que je ne l'ai été par sa jeune amie; repoussés avec perte, mon féal, il faut, si nous ne voulons imiter ces preux chevaliers qui soupiraient trente ans avant de pouvoir embrasser le bout des doigts de leur belle, que nous portions ailleurs nos hommages.

— Oh! je réussirai! s'écria Salvador; je ne veux pas laisser à cette femme le droit de se moquer de moi.

Salvador chercha vainement Lucie, près de laquelle il voulait excuser sa conduite; la comtesse, prétextant une indisposition subite, s'était retirée dans son appartement, accompagnée de son amie, après avoir fait ses adieux au comte de Morengy, qui, ainsi que nous l'avons dit, devait se mettre en route pour la Savoie à la pointe du jour.

Salvador, le vicomte de Lussan, la marquise de Villerbanne et plusieurs autres personnes, accompagnèrent le général jusqu'à sa chaise de poste.

— Je vous laisse, dit-il à la marquise en lui présentant les deux amis, deux charmants cavaliers pour charmer votre solitude. Ces messieurs, si vous voulez bien les recevoir, béniront, j'en suis certain, le hasard qui me force de les quitter si brusquement, après les avoir invités à passer chez moi toute la belle saison.

La marquise, autant pour plaire à son vieil ami que pour augmenter le personnel des commensaux de son château, ayant joint ses instances à celles du général, il fut convenu que le marquis de Pourrières et le vicomte de Lussan, que le départ de M. de Morengy laissait, ainsi qu'ils le disaient en riant, sans asile, viendraient s'installer chez elle, où ils passeraient une quinzaine de jours.

Salvador comptait mettre à profit ce laps de temps, durant lequel il lui serait possible de rencontrer souvent Lucie seule; mais ses espérances ne devaient pas encore se réaliser, car sitôt que la comtesse eut connaissance de cet arrangement, elle se détermina à quitter le château de Villerbanne, pour revenir à Paris.

Il fallait un prétexte pour justifier ce départ précipité, Lucie le trouva en disant à sa tante qu'elle craignait que l'indisposition dont elle s'était plainte la veille, ne dégénérât en une maladie sérieuse, et que les soins de son médecin ordinaire lui étaient absolument nécessaires. La marquise, qui savait quelle confiance accordait Lucie au docteur Mathéo, et qui ignorait encore le départ de celui-ci, trouva son désir tout naturel et fut la première à l'engager à ne point différer son départ.

Salvador ne fut pas la dupe de cette comédie; mais il fut forcé de ronger son frein et de se résigner, ainsi que le vicomte de Lussan, à tenir compagnie à la marquise de Villerbanne. Son supplice cependant ne fut pas long; ce n'était que par politesse pour lui, que la vieille dame était restée à son château après le départ de sa nièce. Aussi, dès que ses hôtes manifestèrent le désir de revenir à Paris, elle leur dit qu'elle voulait aussi retourner dans la capitale, de sorte que peu de jours après les événements que nous venons de rapporter, elle était réinstallée dans son hôtel de la Place-Royale, qu'elle se promettait bien de ne pas quitter l'année suivante.

Sa première visite, le lendemain de son retour à Paris, était destinée à sa nièce qu'elle n'avait pas fait prévenir de son arrivée et à laquelle elle voulait causer une agréable surprise.

Elle ne s'attendait pas, hélas! aux tristes nouvelles qu'elle allait apprendre à l'hôtel de Neuville.

— Madame a donné l'ordre de ne lui annoncer personne, lui dit la femme de chambre de Lucie à laquelle elle s'adressa afin d'être introduite près de sa nièce; mais cet ordre ne peut concerner madame la marquise, que madame croyait à la campagne, et à laquelle elle a écrit ce matin afin de la prier de venir de suite la trouver, aussi je vais vous annoncer. Ah! ma pauvre maîtresse, elle a bien besoin de consolations, s'écria, fondant en larmes, la pauvre fille en sortant du salon.

— Ah! venez, ma bonne tante, venez pleurer avec moi, s'écria Lucie en se précipitant entre les bras de madame de Villerbanne.

La comtesse était affreusement pâle, ses cheveux étaient en désordre, ses yeux étaient rouges, et les larmes avaient creusé de profonds sillons le long de ses joues; elle était couverte d'habits de deuil, le plus profonde tristesse était empreinte sur le visage de Laure, qui était entrée dans le salon à la suite de son amie.

— Il est mort! dit la marquise de Villerbanne, en se laissant tomber sur un divan.

Lucie, pour toute réponse, lui présenta une lettre.

Voici ce qu'elle contenait :

« Madame,

« Ce n'est pas sans éprouver la plus profonde douleur, que je me vois forcé de vous annoncer que votre mari, monsieur le comte de Neuville, est mort glorieusement pour son pays.

« Les rapports de monsieur le lieutenant général, commandant l'armée d'occupation d'Afrique, qui seront incessamment rendus publics, vous apprendront tous les détails de ce malheureux événement.

« Vous perdez, madame, un époux qui vous est cher, la patrie et le roi perdent un fidèle et courageux serviteur. La douleur que doivent inspirer d'aussi cruels événements est si naturelle que je ne veux pas essayer de vous consoler.

« Daignez, etc.,

« Pour monsieur le maréchal
« ministre de la guerre. »

La marquise de Villerbanne avait lu cette lettre à haute voix. Lorsqu'elle l'eut achevée, elle laissa tomber son visage sur un des coussins du divan. Lucie et Laure, qui s'étaient placées près d'elle, pleuraient silencieusement. Il était facile de deviner que la plus vieille de ces trois femmes était celle qui souffrait le plus, et qu'elle n'était pas destinée à supporter le coup affreux qui venait de la frapper. En effet, le comte de Neuville était le seul parent qui restait à madame de Villerbanne, qui jamais n'avait eu le bonheur d'être mère, et il lui manquait au moment où elle comptait sur lui pour lui fermer les yeux, et avec lui descendait dans la nuit des tombeaux, un des plus illustres noms de la vieille monarchie française; cette dernière douleur devait donc combler la mesure, la marquise de Villerbanne devait donc éprouver le sort de ces vieux chênes qui se rompent enfin après avoir supporté le choc de plusieurs orages.

Lorsqu'après être restée longtemps dans la même position, elle leva enfin la tête, il y avait sur son pâle visage une si poignante expression de profond découragement et d'amère tristesse; ses cheveux blancs en désordre et ses yeux qui n'avaient pas versé une seule larme annonçaient une si morne douleur, que les deux jeunes femmes oublièrent un instant leurs propres peines pour essayer de la consoler.

La marquise les repoussa doucement.

— Je voudrais vivre, mon enfant, je voudrais vivre pour toi, pauvre ange qui vas rester seule sur cette terre de douleurs; mais cela ne me sera pas possible, ce n'est pas à mon âge que l'on peut supporter de semblables coups.

La marquise de Villerbanne, en achevant ces mots, se leva, et, après avoir embrassé Lucie et Laure, elle sortit du salon.

Le lendemain elle était morte.

Peu de temps après la mort de M. de Neuville et de madame de Villerbanne, Lucie, qui malgré les instances de

Laure n'avait pas voulu mettre le pied hors de son hôtel, et qui avait refusé de recevoir tous ceux qui s'étaient présentés chez elle afin de lui faire leurs compliments de condoléances, fut prévenue, par Laure, qu'un des aides de camp de son mari, qui venait d'arriver de l'Algérie, sollicitait la faveur de lui être présenté; c'était entre ses bras, disait-il, que M. de Neuville avait rendu le dernier soupir, et il venait, suivant l'ordre qu'il en avait reçu de son général, rendre compte à sa veuve de ses derniers instants.

Lucie retint Laure près d'elle et donna l'ordre d'introduire cet officier.

— Il fallait, madame, lui dit-il après l'avoir saluée avec toutes les marques du plus profond respect, que je sois poussé par un aussi puissant motif que celui qui m'amène près de vous, pour me donner l'audace de venir troubler une douleur aussi légitime que la vôtre.

— Parlez-moi de mon époux, dit Lucie d'une voix entrecoupée de sanglots; c'est entre vos bras qu'il a rendu son âme à Dieu. Que vous a-t-il dit, monsieur? Parlez, parlez, je vous en supplie.

— Ce sont les dernières paroles de votre époux que je vais vous répéter, madame la comtesse;

« M. de Bourgerel, me dit-il... »

— M. de Bourgerel! s'écrièrent en même temps Lucie et Laure; vous vous nommez monsieur de Bourgerel?

— Oui, mesdames, répondit l'officier qui paraissait profondément étonné; vous connaissez mon nom?

— Continuez, monsieur; je dois, avant de répondre à la question que vous venez de m'adresser, connaître les dernières paroles de M. de Neuville.

— Je vous obéis, madame la comtesse. Voici donc ce que me dit mon général, lorsque, aidé de ses autres officiers d'ordonnance, je l'eus fait porter à l'ambulance.

« — Monsieur de Bourgerel, j'aurais bien voulu écrire à ma femme, car j'ai beaucoup de choses à lui dire ; mais la mort ne m'en laissera pas le temps; écoutez-moi donc et promettez-moi qu'aussitôt votre retour à Paris, vous irez lui répéter ce que je vais vous dire. »

« Mon général savait, qu'ayant donné ma démission, je devais partir sous peu de jours; je lui fis la promesse qu'il me demandait, et il continua en ces termes:

« — Vous direz à ma chère Lucie, que je meurs plein de reconnaissance du bonheur que j'ai éprouvé depuis que je suis son époux, et que s'il est permis à ceux qui ne sont plus de s'occuper encore de ceux qui restent ici-bas, je prierai sans cesse l'arbitre souverain de nos destinées d'assurer son bonheur, et j'approuve d'avance tout ce qu'elle croira devoir faire pour être heureuse. Vous lui direz encore que c'est vous que j'ai choisi pour lui porter mes dernières paroles, parce que j'ai voulu m'associer, autant que cela m'était possible, à la bonne action qu'elle veut faire en assurant votre bonheur.

« Le général n'en put dire davantage, madame la comtesse, la mort, l'affreuse mort vint saisir sa proie, de sorte que je me trouve forcé de vous demander l'explication de ses derniers mots.

Les faits qui précèdent, pour ne point paraître extraordinaires à nos lecteurs, ont besoin d'être expliqués. C'est ce que nous allons faire le plus succinctement possible.

Lucie, aussitôt après avoir fait la rencontre d'Eugénie de Mirbel, avait écrit à son époux afin de lui apprendre ce qu'elle avait fait pour son amie ; mais elle n'avait pu d'abord lui faire connaître le nom du père de l'enfant d'Eugénie, qu'elle n'avait connu que lorsque celle-ci lui eut raconté son histoire. Ce ne fut qu'après avoir opéré le raccommodement de son amie et de sa tante, qu'elle écrivit une nouvelle lettre à son mari, dans laquelle, après lui avoir donné tous les détails qu'il était nécessaire qu'elle sût, elle le priait de faire rechercher l'officier dont elle lui disait le nom, et d'employer près de lui l'influence que devaient lui donner son grade et son caractère, afin de l'engager à réparer le mal qu'il avait fait.

Cette lettre, M. de Neuville ne l'avait reçue que la veille du combat où il devait perdre la vie. L'officier, dont sa femme lui parlait, était justement son aide de camp; mais il l'avait

chargé, deux jours auparavant, d'une mission qui devait le tenir éloigné jusqu'au lendemain matin ; de sorte que le général dut remettre pour après le combat, dont on faisait déjà les préparatifs lorsqu'il arriva, l'entretien qu'il se proposait d'avoir avec lui.

La mort l'empêcha d'accomplir ce dessein ; il ne put, ainsi que nous venons de le voir, que charger Edmond de Bourgerel d'aller trouver sa femme, laissant à celle-ci le soin d'achever l'œuvre qu'elle avait si dignement commencée.

Si maintenant nous ajoutons que les lettres écrites à Edmond de Bourgerel quelques jours plus tard par Eugénie de Mirbel et madame de Saint-Preuil, arrivaient en Afrique lorsqu'il arrivait à Paris, où sa première visite avait été pour madame de Neuville, on ne sera plus étonné de ce que les paroles du général lui avaient paru assez extraordinaires.

Ce fut donc Lucie de Neuville qui apprit à ce jeune homme tout ce qui était arrivé à celle qu'il aimait, depuis qu'elle avait quitté la maison de sa tante pour s'épargner la douleur d'avouer à cette respectable femme la faute qu'elle avait commise.

Edmond ne pouvait se lasser de remercier la bonne comtesse, il pressait ses mains et celles de Laure entre les siennes; Lucie n'avait pas voulu lui laisser ignorer la part que son amie avait prise dans la bonne action dont il la félicitait.

Lucie et Laure étaient curieuses de connaître la cause de la subite disparition du jeune officier, la veille de son mariage.

Celui-ci s'empressa de les satisfaire.

Voici ce qui était arrivé à Edmond de Bourgerel.

Nous avons entendu madame de Neuville dire à Eugénie de Mirbel qu'il existait malheureusement des gens qui vouaient une haine implacable à ceux auxquels ils n'avaient pu faire tout le mal qu'ils projetaient; la jolie comtesse disait alors une grande vérité à l'appui de laquelle elle aurait pu citer, si elle les avait connus, les événements arrivés à Edmond de Bourgerel.

Le comte de D*** était un homme de la trempe de ceux dont nous venons de parler; aussi, ce vieux débauché, furieux de ce que ce jeune homme était venu empêcher la réussite du projet dont Eugénie de Mirbel devait être la victime, et de ce qu'il en avait reçu en échange d'une égratignure, dont il ignorait les suites funestes, une blessure assez considérable, avait-il juré qu'Edmond lui payerait tôt ou tard les affronts qu'il en avait reçus.

Le comte de D***, bien qu'il fût le dernier rejeton d'une très-ancienne et très-noble famille, n'était rien autre chose que le chef ignoré d'une des mille polices occultes qui sont chargées de veiller au salut du char de l'État (style de l'ancien Constitutionnel), ce qui n'empêche pas le susdit char d'être quelquefois passablement embourbé. Hélas! oui, le dernier descendant d'une famille dont la noblesse datait du temps de Charlemagne, celui dont les aïeux avaient combattu en Palestine, puisait à pleines mains dans la caisse des fonds secrets, et malheureusement il n'était pas le seul ; nous connaissons plus d'un gentilhomme de noble souche, plus d'une aimable comtesse du faubourg Saint-Germain, qui se font payer fort cher, par la police, les services qu'ils lui rendent.

Le comte de D***, raisonnant du reste comme tous les mouchards présents, passés et à venir, se dit, lorsque la pensée de nuire à Edmond de Bourgerel lui vint à l'esprit, que si l'on cherchait bien dans la vie intime du premier homme venu, on devait y trouver au moins une action qui, si elle n'était pas coupable, pouvait, soit en étant présentée sous un certain jour, soit étant accompagnée de quelques faits vrais ou supposés, avoir les apparences de la culpabilité; ayant ainsi raisonné, le comte de D*** fit venir devant lui un de ses estafiers.

— Écoutez, Passe-Partout, lui dit le comte, après avoir expliqué à ce digne personnage ce qu'il avait à faire, je vous charge d'une mission délicate ; mais vous vous en montrerez digne, ainsi que de la magnifique récompense qui vous sera donnée ; allez, et souvenez-vous que c'est un coupable qu'il me faut

LES VRAIS MYSTÈRES DE PARIS

Par VIDOCQ

J'ai l'espérance que vous ne recommencerez pas de semblables tentatives. (Page 22.)

Passe-Partout, à partir de ce moment, s'attacha aux pas d'Edmond de Bourgerel, partout où il allait.

Quelque temps après le comte D*** reçut le rapport suivant :

« J'étais ce matin au lieu et à l'heure indiqués, afin de voir sortir de chez lui l'individu signalé (M. Edmond de Bourgerel). Nous n'attendîmes pas longtemps. Vers dix heures il sortit. Il se rendit sur le boulevard des Italiens, et pendant environ une heure il se promena devant le passage de l'Opéra en fumant un cigare. Nous conjecturâmes qu'il attendait là quelqu'un ; et effectivement nous ne nous trompions pas, car au moment où sans doute, impatienté d'attendre, il allait se retirer, il fut abordé par un individu que sa physionomie et son costume nous ont de suite fait reconnaître pour un ennemi du gouvernement.

« Après avoir causé quelques instants sur le boulevard, ils se séparèrent après s'être serré la main et prirent chacun une direction opposée. Suivant les instructions que j'avais reçues, je me mis sur les traces de l'individu dont je viens de vous signaler l'aspect anarchique.

« Il se rendit d'abord dans une maison de la rue Lepelletier où il resta quelques minutes et dont il sortit accompagné d'un individu qui avait l'air un peu moins conspirateur que lui, mais qui cependant ne doit pas être un ami du gouvernement, car il portait un œillet rouge à sa boutonnière. De la rue Lepelletier, ces deux individus allèrent rue de la Chaussée-d'Antin, et s'arrêtèrent au café qui fait le coin de la rue Neuve-des-Mathurins, où ils prirent un troisième conspirateur qui les y attendait. (Ce n'est pas sans raison que je dis conspirateur, ainsi que va vous le prouver la suite de ce rapport.)

« De la rue de la Chaussée-d'Antin à celle Fontaine-Saint-Georges il n'y a pas loin ; aussi ils ne mirent pas beaucoup de temps pour arriver devant la maison qui porte sur cette rue le numéro 20, et dans laquelle ils entrèrent tous trois. Après avoir attendu environ une heure devant cette maison dans laquelle je vis entrer plusieurs individus de mauvaise mine, n'en voyant sortir personne, et ne doutant plus que ce ne fût là qu'était le siège de la conspiration, je me dis que nous ferions bien de nous introduire, si nous le pouvions, dans la maison en question, et que peut-être nous pourrions entendre quelque chose de bon à savoir. Comme il n'y a pas de concierge dans cette maison, nous nous déterminâmes, au risque de passer pour ce que nous ne sommes pas, à y entrer, et après avoir suivi une assez longue allée qui nous conduisit dans une espèce de jardin, nous arrivâmes près d'un petit corps de bâtiment dans lequel, selon toute apparence, les conspirateurs devaient être réunis.

« Nous ne nous étions pas trompés ; ils étaient en effet dans une pièce du rez-de-chaussée de ce corps de bâtiment, et comme les fenêtres en étaient ouvertes (sans doute à cause de la grande chaleur qu'il faisait), une bonne partie de leurs paroles pouvait arriver jusqu'à nous.

« Nous nous plaçâmes le mieux que cela nous fut possible pour écouter, et voici à p u près ce que nous entendîmes ;

« — Ainsi, tu ne veux rien changer à ton plan ? dit l'un d'eux.

« — Non, répondit celui auquel on venait de s'adresser et qu'à sa voix nous reconnûmes pour être M. de Bourgerel, mon plan est sage, parfaitement conçu.

« — Mais songe donc que faire tuer le roi au milieu de ses gardes, c'est mettre le chef de la conjuration dans un péril dont on pourra trouver extraordinaire qu'il parvienne à se tirer.

« — Mais pourquoi ? dit un autre. Lorsqu'il frappera le tyran, il sera vêtu de son uniforme, de sorte qu'il y aura nécessairement un moment d'hésitation parmi les soldats qui n'oseront de suite porter la main sur un de leurs chefs, ce qui donnera le temps d'agir aux autres conjurés.

« — C'est égal ; frapper le roi au milieu de son escorte, c'est scabreux.

« — Laisse donc. La proclamation, qui est pleine de belles périodes, enlèvera le public ; et puis si je change cela, il me faudra changer bien d'autres choses encore, et ma foi ! je n'ai pas le temps ; laissons donc les choses comme elles le sont.

« — Eh bien ! va comme il est dit ; du reste, tu peux compter que nous te donnerons tous, au moment du danger, un fameux coup de main. »

Muni de ce rapport, le comte D*** obtint un mandat d'amener.

Le lendemain, le pauvre Edmond qui conspirait en effet, mais seulement contre les règles de la poétique d'Aristote, fut happé dans la rue, jeté dans un fiacre, conduit à la Préfecture de police et déposé dans une petite pièce obscure, où on le laissa plusieurs jours avant de venir l'interroger.

Le malheureux jeune homme ne savait à quoi attribuer son arrestation, il était bien loin de supposer que c'était parce qu'il avait réuni plusieurs de ses amis, afin de leur lire un drame qui, selon lui, devait damer le pion à tous ceux des grands faiseurs, qu'il se trouvait renfermé dans une *tour obscure*.

Il lui fut enfin permis de se défendre. Lorsqu'on lui fit connaître les motifs qui avaient provoqué son arrestation, ce qu'on fut forcé de faire, par l'excellente raison que, ne sachant rien, il ne pouvait rien dire ; l'immense éclat de rire qu'il ne put retenir, malgré le chagrin qu'il éprouvait de se sentir détenu depuis si longtemps pour un aussi futile motif, déconcerta quelque peu son interrogateur, et la stupéfaction fut portée à son comble lorsque Edmond lui eut fait connaître l'objet dont on s'était occupé à la réunion de la rue Fontaine-Saint-Georges.

Ce n'est pas sans peine que l'on se détermine à lâcher les fils au bout desquels on espérait pouvoir attacher un bon petit complot, susceptible de fournir la matière nécessaire à la confection d'une quantité raisonnable de rapports, actes d'accusation, réquisitoires et autres pièces d'éloquence ; aussi il fallut qu'avant d'être mis en liberté, Edmond de Bourgerel fit entendre tous ces prétendus complices.

Lorsqu'il fut bien prouvé, démontré, avéré qu'il n'était coupable que d'un drame en cinq actes et onze tableaux, on le mit poliment dehors en lui demandant pardon de la liberté grande, après toutefois lui avoir fait observer qu'au lieu de vouloir marcher sur les traces des Hugo et des Dumas, il s'était borné à étudier la théorie du service en campagne et le traité des fortifications de Vauban, le malheur dont il se plaignait ne lui serait pas arrivé.

C'était lui dire en termes polis, qu'il devait s'estimer très-heureux d'en être quitte à si bon marché. Edmond comprit parfaitement cela, et bien qu'il eût passé plus de deux mois en prison, dont un et demi au plus rigoureux secret, il se tut et fit bien.

Son premier soin, en sortant de prison, fut de chercher Eugénie, car il savait quel était le motif qui avait déterminé la malheureuse jeune fille à fuir de chez sa tante ; mais toutes les démarches qu'il put faire, toutes celles qu'on fit madame de Saint-Preuil (à laquelle il avait cru devoir confier, en assumant sur sa tête une faute que les grands parents sont

toujours disposés à pardonner, lorsqu'on offre de la réparer), ce qui s'était passé pendant le voyage de Péronne, toutes ces démarches, disons-nous, avaient été inutiles ; madame de Saint-Preuil et Edmond de Bourgerel n'attendaient plus que de la bonté de Dieu le retour de celle qu'ils chérissaient tous deux à titres différents, lorsque le jeune officier reçut du ministre de la guerre l'ordre de rejoindre son régiment.

Il ne partit qu'après avoir bien recommandé à madame de Saint-Preuil de lui écrire aussitôt que le hasard lui aurait fait retrouver Eugénie, lui promettant que son premier soin serait d'accourir à Paris, quand même il se verrait forcé de donner sa démission.

— Ah ! mesdames, dit-il en terminant, combien je vous remercie et que je me trouve heureux de ce que la mort que j'ai si souvent cherchée dans les champs de bataille n'a pas voulu de moi. Croyez-le bien, l'image d'Eugénie n'a jamais cessé d'être présente à mes yeux ! Je n'avais, au milieu des dangers incessants de la fatale campagne que nous venons de faire, qu'un seul désir, une seule pensée, la retrouver ; et ce n'est que parce que je voulais la chercher moi-même que j'ai donné ma démission et que je suis accouru à Paris aussitôt que cela m'a été possible.

La visite d'Edmond de Bourgerel devait être pour la comtesse de Neuville un événement heureux ; car elle devait, en forçant celle-ci de s'occuper de son amie, l'arracher, pour quelques instants du moins, à la sombre douleur par laquelle elle se laissait abattre. Laure comprit cela. Il fallait donc qu'elle essayât de la tirer de l'espèce de torpeur dans laquelle elle était plongée.

— Vous allez sans doute, dit la jeune fille à Edmond de Bourgerel, courir de suite chez Eugénie, car vous devez être impatient de lui faire oublier tous les maux qu'elle a soufferts.

Et comme Edmond lui répondait affirmativement :

— Mais ne craignez-vous pas, ajouta-t-elle, que la surprise et la joie ne provoquent une révolution qui pourrait lui devenir fatale ?

— Vous avez raison, mademoiselle.

— Si Lucie n'était pas, en ce moment, absorbée par la douleur, dit Laure, je lui proposerais de venir avec moi chez Eugénie, ce serait le seul moyen convenable ; mais elle ne voudra pas y consentir.

— Pourquoi non ? mon amie, dit Lucie, pourquoi non ? la douleur ne m'a pas rendue égoïste, et je crois que je ne puis mieux honorer la mémoire de ceux qui ne sont plus, qu'en cherchant à faire un peu de bien à ceux qui restent. Je vais accompagner chez notre amie M. de Bourgerel.

Elle sonna et donna l'ordre au domestique qui se présenta de faire atteler.

— Ah ! madame, lui dit Edmond, qui avait saisi sa main pour la couvrir de baisers, vous êtes un ange du ciel ! Dieu, je l'espère, vous récompensera.

Nous ne peindrons pas la surprise, la joie d'Eugénie lorsqu'on lui apprit le retour de celui qu'elle croyait perdu pour toujours.

Nos lecteurs ont deviné qu'Edmond, après avoir régularisé sa position d'officier démissionnaire, épousa Eugénie de Mirbel. La position particulière de ces deux jeunes gens leur imposait la loi de donner à leur union le moins de publicité possible ; ils se marièrent donc sans éclat, accompagnés seulement des témoins indispensables et d'un petit nombre d'amis dont ils n'avaient eu à redouter les commentaires disgracieux et les malignes épigrammes.

Edmond, avant son mariage, avait mis fin à toutes les affaires qui auraient pu le retenir à Paris ; aussi une voiture de voyage attendait à la porte de l'église madame de Saint-Preuil et les deux époux ; madame Neuville voulut absolument les voir partir.

— Soyez heureux, leur dit-elle lorsque les chevaux s'ébranlèrent, soyez heureux, et pensez quelquefois aux amies que vous laissez à Paris.

— Toujours, toujours ! répondit Eugénie de Mirbel en agitant son mouchoir ; adieu Lucie, adieu Laure, ou plutôt au revoir !

La voiture avait disparu sous le nuage de poussière qu'elle soulevait derrière elle.

— Ah! ma chère Laure, dit Lucie qui se jeta entre les bras de son amie dès qu'elles furent remontées en voiture, maintenant que tous ceux qui m'aimaient sont morts ou partis, que deviendrais-je si tu allais me quitter?

XXV

Un amour fatal.

La comtesse de Neuville trouva, en rentrant à son hôtel, une lettre qui portait le cachet armorié du marquis de Pourrières; elle la montra à Laure.

— Que peut me vouloir cet homme? dit-elle en décachetant la lettre; aurait-il par hasard l'audace de me parler d'amour dans un pareil moment?

— Je ne le pense pas, répondit Laure, le marquis de Pourrières, je ne puis lui refuser cette qualité, est homme de bonne compagnie, et je ne crois pas qu'il ose parler d'amour à une veuve qui a les cendres encore chaudes de son mari.

— Lis, dit Lucie après avoir parcouru la courte missive de Salvador, qui était conçue en ces termes :

« Madame,

« Les journaux m'ont appris l'affreux malheur qui vient de « vous frapper, croyez que je prends une bien vive part à la « juste douleur que vous devez éprouver, et daignez agréer « avec l'assurance du dévouement le plus désintéressé, celle « du profond respect avec lequel j'ai l'honneur d'être,

« Madame la comtesse, etc. »

— C'est une simple lettre de condoléance semblable à toutes celles que tu as déjà reçues et que tu n'as pas pris la peine de décacheter, dit Laure après avoir lu.

— Je lui sais gré de ne pas m'avoir écrit autre chose, répondit Lucie.

Avec la lettre du marquis de Pourrières on en avait remis plusieurs autres à la comtesse, ainsi que les listes journalières des personnes qui étaient venues se faire inscrire chez elle depuis la mort de son mari.

Tandis qu'elle lisait les lettres qui se ressemblaient toutes par le fond et par la forme à celle de Salvador, Laure parcourait les listes, un nom la frappa sur celle de la veille.

— Connais-tu cela? dit-elle.

— Paul Féral, répondit la comtesse, après quelques instants de réflexion, ce nom m'est tout à fait inconnu; c'est sans doute celui d'une personne que nous aurons rencontrée quelquefois dans le monde.

— C'est singulier, j'ai un vague souvenir d'avoir entendu déjà prononcer ce nom. Ah! j'y suis! ce nom est celui d'une vieille dame qui habitait, à Lagny, la maison voisine de la nôtre. Est-ce que ce serait son fils qui serait venu nous voir?

Le lendemain, la personne dont le nom avait frappé la veille les deux amies se présenta à l'hôtel de Neuville. Des ordres ayant été donnés en conséquence, elle fut introduite de suite près des deux dames qui attendaient sa visite dans le salon.

C'était un homme âgé d'un peu plus de trente ans, doué d'une taille avantageuse et d'une physionomie intéressante et agréable, bien qu'un peu sérieuse; sa mise, à la fois élégante et simple, annonçait un homme de bonne compagnie.

Après avoir salué les deux dames avec toutes les marques du plus profond respect, il remit une lettre à Laure.

— C'est de mon oncle, dit la jeune fille après avoir regardé la suscription, et elle s'empressa de la décacheter.

Le jeune homme, tandis qu'elle lisait, ne pouvait en détacher ses regards; c'est qu'en effet, la jolie personne qu'en ce moment il avait devant les yeux lui rappelait une gracieuse enfant dont, depuis quelque temps, il cherchait à rassembler, pour en former un tout, les traits épars dans sa mémoire.

— Ma pauvre amie, dit Laure après avoir achevé la lecture de la lettre qu'elle remit à Lucie, nous allons être bientôt forcées de nous séparer; mais ne te désole pas, ajouta-t-elle de suite, car elle avait remarqué que des larmes roulaient sous les paupières de son amie, je ne quitte pas Paris. Nous nous verrons souvent; tous les jours, même.

— Sir Lambton nous parle de vous en des termes si honorables, dit Lucie, qui à son tour avait achevé la lecture de la lettre apportée par Paul Féral (qui n'était autre, nos lecteurs l'ont déjà deviné, que Servigny), que nous ne saurions mieux lui témoigner l'affection que nous lui portons qu'en vous en accordant une part. Ainsi, nous vous prions, monsieur, de vouloir bien accepter, jusqu'à l'arrivée de sir Lambton à Paris, un logement à l'hôtel.

Paul Féral, nous conserverons jusqu'à nouvel ordre, à notre héros, ce nom qui était celui de sa mère, répondit comme il le devait à l'accueil empressé de la comtesse de Neuville, dont cependant il n'accepta pas la gracieuse proposition :

— Mais, bien que je doive refuser, afin de ne point me rendre importun, l'offre que vous avez la bonté de me faire, continua Paul Féral en s'adressant à la comtesse, je serai plus d'une fois, madame, forcé de mettre votre bonne volonté à l'épreuve; sir Lambton m'ayant expressément recommandé de ne rien faire qui ne soit du goût de sa chère nièce, j'ose espérer que vous voudrez bien quelquefois me servir de guide; car je ne dois pas vous le dissimuler, le séjour assez long que je viens de faire dans l'Inde m'a rendu quelque peu étranger aux habitudes de la fashion parisienne.

— Je ferai pour ma chère Laure, répondit la comtesse, tout ce qui pourra lui être agréable; mais vous aurez une triste compagne de vos excursions.

Pendant tout le temps que les trois personnes rassemblées dans le salon de l'hôtel de Neuville avaient mis à échanger les paroles que nous venons de rapporter, Paul Féral, chaque fois qu'il le pouvait sans inconvenance, avait attentivement examiné Laure qui, de son côté, pendant qu'il causait avec madame de Neuville, l'avait plusieurs fois regardé en dessous.

Ce manège n'avait pas échappé à Lucie.

— Votre nom, monsieur, dit Lucie à Paul Féral, ne nous est pas inconnu, et hier, lorsque nous l'avons vu sur la liste des personnes qui se sont inscrites chez moi, nous comptions recevoir aujourd'hui la visite d'une personne que mon amie connaissait déjà.

— Mon Dieu! madame, si c'est un hasard, il est bien singulier; car le nom de mademoiselle m'a rappelé celui d'une compagne de mes jeunes années, qui doit avoir maintenant l'âge et les traits gracieux de mademoiselle.

— Plus de doute! s'écria Laure après avoir entendu la réponse de Paul Féral; vous êtes de Lagny?

— Oui, mademoiselle.

— C'est bien cela; c'est dans cette ville que j'ai passé une bonne partie de mon enfance. La maison de votre mère était voisine de celle qu'habitais avec ma tante ; c'est vous qui me promeniez dans le beau jardin de votre maison ; et puis, vous me faisiez de beaux pantins qui remuaient les yeux et la langue d'une manière si comique, qu'ils me faisaient mourir de rire ; j'étais toute petite alors, mais j'ai bonne mémoire, voyez-vous.

— Vous me rappelez, mademoiselle, l'époque la plus heureuse de ma vie. Pourquoi, hélas! a-t-elle été suivie de jours si malheureux?

— Puisque mon bon oncle vous a chargé d'acheter pour lui une propriété ou sans doute nous irons souvent, il faut la choisir à Lagny ou dans les environs; je serais vraiment heureuse de revoir les lieux où s'est passée mon enfance.

Paul Féral, qui avait écouté avec le plus vif plaisir les naïves réminiscences de la jeune fille, lui répondit qu'en faisant tout ce qui pouvait lui être agréable, il ne ferait que se conformer aux ordres qu'il avait reçus de sir Lambton; qu'elle pouvait être certaine que dès le lendemain il se mettrait en campagne afin d'explorer les environs de Lagny; et que s'il trouvait de ce côté une propriété convenable, il viendrait, avant de conclure, l'inviter à la visiter; puis il ajouta que sir Lambton l'ayant aussi chargé d'acheter un hôtel à Paris, il serait bien aise de savoir quel quartier elle désirait habiter.

— Mais je veux, si cela est possible, que de mes fenêtres on puisse voir celles de ma bonne Lucie, lui répondit Laure.

— Je voudrais, mademoiselle, avoir à ma disposition la lampe d'Aladin, vos souhaits seraient exaucés aussitôt que formés; mais je possède, à défaut de cette lampe merveilleuse, deux talismans à l'aide desquels on peut surmonter bien des obstacles.

— Et quels sont donc ces deux talismans?

— Beaucoup de bonne volonté et beaucoup d'argent.

— Ah çà! mais mon oncle est donc bien riche?

— Beaucoup plus riche que vous ne pouvez vous l'imaginer; mais jamais fortune brillante ne fut placée dans de plus dignes mains. Sir Lambton fait de la sienne le plus noble usage; il a compris qu'elle n'était entre ses mains qu'un dépôt dont les malheureux devaient avoir leur part.

Il y avait tant d'émotion dans la voix de Paul Féral lorsqu'il prononça les quelques paroles qui précèdent, il était si facile de deviner que ce qu'il disait était l'expression sincère de sa pensée, que les deux femmes ne purent s'empêcher d'être profondément attendries.

— C'est bien, monsieur, c'est bien, lui dit Lucie en lui tendant la main, le Ciel récompense sir Lambton de tout le bien qu'il fait, puisqu'il lui a accordé un ami qui sait si bien apprécier les éminentes qualités qu'il possède.

Paul Féral employa les jours qui suivirent à parcourir les environs de Paris, afin de chercher une propriété telle que la désirait celle qu'il aimait déjà.

Lucie s'affligeait de ce que son amie allait être forcée de la quitter; mais la sombre tristesse à laquelle elle était en proie était encore provoquée par d'autres motifs. Le lecteur n'a pas oublié que dans la lettre qu'il lui avait écrite, le docteur Mathéo lui avait fait la promesse de lui envoyer sous peu de temps l'explication détaillée des motifs qui l'avaient engagé à lui adresser sa première épître; plusieurs mois s'étaient écoulés, et Lucie, qui avait espéré souvent à la poste, n'y avait pas trouvé cette lettre qu'elle attendait et qui devait, du moins, elle le croyait, mettre un terme à la cruelle perplexité à laquelle elle était en proie; voilà principalement pourquoi elle était triste, et cette tristesse paraîtra toute naturelle lorsque nous aurons fait connaître les motifs qui lui faisaient attendre avec autant d'impatience la lettre promise par le docteur Mathéo.

Salvador, après avoir appris la mort du général comte de Neuville et celle de la marquise de Villerbanne, s'était dit que ce serait un coup de maître et qui assurerait à la fois sa position dans le monde et sa fortune ébranlée par les rudes assauts que lui portaient journellement ses prodigalités et les pertes continuelles de Roman, que d'épouser madame de Neuville; aussi ce qui peut-être n'était d'abord qu'un caprice qui se serait passé, faute de pouvoir se satisfaire, était devenu un projet à la réussite duquel il avait pris la résolution de consacrer tout ce qu'il possédait de capacités et de persévérance, et la lettre de condoléance que nous avons mise sous les yeux de nos lecteurs était la première scène de la comédie qu'il se proposait de jouer pour arriver au but qu'il voulait atteindre.

Lucie n'avait pas répondu à cette lettre, c'était une imprudence; elle aurait dû l'accueillir comme une simple marque de l'intérêt que sa position devait nécessairement inspirer à tous ceux qui la connaissaient. Ne pas répondre au marquis de Pourrières après ce qui s'était passé entre elle et lui, c'était accorder à la lettre qu'il avait écrite une importance qu'elle n'avait pas, c'était en quelque sorte lui donner le droit de penser qu'elle le redoutait assez pour ne pas vouloir conserver avec lui la moindre relation, ce fut du moins ce que pensa Salvador, et il agit en conséquence.

D'autres lettres suivirent celle-ci, lettres beaucoup plus

longues, mais dans lesquelles cependant il ne lui parlait que d'elle et de la part qu'il prenait aux malheurs qui venaient de la frapper. Ces lettres étaient empreintes d'une si touchante sensibilité, que Lucie, prédisposée peut-être, par la pensée de l'isolement dont elle était menacée, à accueillir avec une certaine indulgence ceux qui lui témoignaient de l'attachement, lui répondit quelques mots affectueux.

Quelqu'un de moins adroit que Salvador se serait empressé, sans doute, après avoir obtenu un pareil résultat, de solliciter la faveur d'être admis à l'hôtel de Neuville : il ne se rendit pas coupable d'une pareille maladresse, il s'était dit que la comtesse était un oiseau sauvage qu'il fallait apprivoiser peu à peu avant de tenter de le saisir, et il agissait en conséquence.

Il répondit à la première lettre qu'il reçut de la comtesse, que, forcé d'aller visiter ses propriétés, il serait contraint de se priver du plaisir de correspondre avec elle pendant quelques jours : c'était presqu'un traité qu'il concluait avec elle, une sorte d'engagement qu'il lui faisait prendre à son insu, cela étonna même quelque peu la comtesse de Neuville;

L'absence de Salvador, se prolongea plusieurs semaines, et plus d'une fois, pendant ce laps de temps, Lucie, disposée par le profond isolement dans lequel elle vivait depuis la mort de son mari à favorablement accueillir tout ce qui pouvait rompre quelque peu la monotonie habituelle de son existence, désira recevoir une lettre du marquis de Pourrières; enfin il en vint une. Salvador rendait compte à la comtesse de Neuville des résultats de son voyage, il lui parlait de ses propriétés, de leur situation, des améliorations qu'il avait l'intention d'apporter à la culture de ses terres, du revenu qu'elles produisaient; puis, venant à lui, il lui disait qu'il faisait des démarches afin d'obtenir une recette générale, et qu'il espérait qu'elles seraient couronnées de succès.

Cette lettre, dont le but, ainsi que l'avait espéré Salvador, échappa à Lucie, amusa beaucoup la comtesse de Neuville et amena la réponse sur laquelle il avait compté en l'écrivant le marquis de Pourrières. Lucie lui répondit qu'il avait cru sans doute écrire à son notaire ou à son homme d'affaires, et qu'elle ne devinait pas pourquoi, si vraiment sa lettre n'était pas le résultat d'une erreur ou d'une préoccupation inexplicable, il lui envoyait un compte aussi exact de ses revenus; elle terminait en le félicitant de ce que sa fortune était aussi brillante et aussi solidement assise, et par des vœux pour la réussite de ses projets.

Voici ce que répondit Salvador à la dernière lettre de la comtesse de Neuville :

« Madame la comtesse,

« Ce n'est que parce qu'elle devait amener la réponse que
« vous venez de me faire que je me suis déterminé à vous
« écrire la lettre qui vous a si grandement étonnée, puis-
« siez-vous accueillir celle-ci avec autant d'indulgence que
« vous en avez témoigné à toutes celles qui l'ont précé-
« dée.

« Je me détermine, au risque de ce qui pourra en arriver,
« à vous écrire cette lettre que peut-être vous jetterez de
« côté sans en achever la lecture, dès que vous aurez porté
« vos yeux sur le paragraphe suivant :

« Je vous aime, madame la comtesse! Avant de vous avoir
« rencontrée, j'étais tout disposé à révoquer en doute cette
« maxime de la Bruyère : L'amour naît à la première vue;
« mais je suis forcé de reconnaître aujourd'hui que le cé-
« lèbre moraliste ne se trompait pas lorsqu'il écrivait ceci,
« car l'amour que vous m'avez inspiré et qui, je le sens
« bien, ne finira qu'avec ma vie, a pris naissance le jour
« même où nous nous rencontrâmes pour la première fois.

« Cet amour, dont j'osais vous faire l'aveu chez madame
« de Villerbanne, aveu que vous avez repoussé comme vous
« le deviez à cette époque et qui va peut-être élever aujour-
« d'hui entre vous et moi une barrière insurmontable; cet
« amour, j'ai vainement tenté de l'arracher de mon cœur.

« J'ai donc été forcé, après avoir épuisé toutes mes forces
« dans la lutte, de me résigner à souffrir silencieusement,

« si vous ne daignez laisser tomber sur moi un regard de
« commisération.

« La mort de M. le comte de Neuville que je suis, dai-
« gnez en être persuadée, le premier à déplorer, et celle de
« madame la marquise de Villerbanne vous laissent, madame
« la comtesse, isolée au milieu du monde; c'est une bien
« triste situation que celle d'un être, quels que soient d'ail-
« leurs sa fortune et sa position dans le monde, qui n'a pas
« pour parcourir le rude sentier de la vie un bras dévoué
« sur lequel il puisse s'appuyer; je puis vous parler ainsi,
« madame la comtesse, car ma position est identiquement
« semblable à la vôtre; comme à vous, l'impitoyable mort m'a
« enlevé tous ceux qui m'étaient chers; comme vous je suis
« seul au monde; j'ai des amis, sans doute, qui n'en a pas?
« Mais est-il bien prudent de compter sur l'affection de sim-
« ples amis, et n'est-il pas naturel qu'ils nous abandonnent
« lorsque les liens du sang ou l'amour les appellent loin de
« nous?

« Vous ne voudrez pas, madame la comtesse, vous ense-
« velir dans une obscure retraite, lorsque vous possédez toutes
« les aimables et brillantes qualités qui doivent faire l'orne-
« ment de votre monde.

« Vous avez deviné, madame la comtesse, que je viens
« solliciter à deux genoux l'honneur de devenir votre époux.
« Je n'ai point, certes, la prétention de remplacer celui que
« vous avez perdu; je ne puis vous offrir un nom illustré sur
« tous les champs de bataille de l'Empire... Mais tel qu'il
« est, mon nom est honorable, c'est celui d'une des plus an-
« ciennes familles du midi de la France, et je sens que l'en-
« vie de vous plaire, si vous étiez ambitieuse, me rendrait
« capable de l'entourer d'autant de lustre qu'il en avait jadis.
« Je voudrais que vous fussiez pauvre pour avoir le plaisir
« de vous enrichir; mais, puisqu'il n'en est pas ainsi, je suis
« heureux de ce que le Ciel a bien voulu m'accorder assez de
« biens pour qu'il ne soit pas possible de supposer que je
« veuille obtenir autre chose que ce que je sollicite, votre
« main, à laquelle, si vous l'accordez, vous joindrez bientôt
« le don de votre cœur, car alors vous serez à même d'ap-
« précier tout ce que le mien vous réserve d'affection véri-
« table et de tendresse dévouée.

« Ne me répondez pas de suite, madame la comtesse, pre-
« nez le temps de réfléchir; quel que soit votre arrêt, qu'il
« me soit ou non favorable, il ne changera rien aux senti-
« ments d'affection que vous a voués celui... etc., etc. »

Cette lettre dont Salvador avait pesé avec soin tous les termes, et qui avait été reçue dans un moment favorable, produisit sur l'esprit de la comtesse de Neuville une certaine impression. Après l'avoir lue avec la plus sérieuse attention,
elle se demanda si elle devait refuser sans examen l'offre
que lui faisait, en des termes si convenables, le marquis de
Pourrières.

Un homme, possesseur d'un nom honorable, d'une fortune
au moins égale à la sienne, dont tout le monde parlait avec
éloges et qui paraissait lui avoir voué une affection véritable,
se présentait à elle. Et cet homme, elle l'aimait, c'est en vain
qu'elle cherchait à se le dissimuler; elle l'aimait de toutes ses
forces, de toute son âme; devait-elle le refuser?

La conclusion des raisonnements qui précèdent n'est pas
difficile à deviner. La malheureuse comtesse de Neuville envoya au marquis de Pourrières une lettre qui, bien qu'elle ne
renfermât pas un acquiescement complet à ses vœux, pouvait
cependant lui laisser concevoir l'espérance qu'ils ne tarde-
raient pas à être réalisés.

L'acquisition de la propriété près de la petite ville de
Lagny, que Lucie et Laure étaient allées visiter, et qui avait
paru charmante à cette dernière, ainsi que celle d'un hôtel
voisin de celui occupé par la comtesse de Neuville, avaient
nécessité une infinité de démarches; de sorte que, à son
grand regret, Paul Féral n'avait pu faire que de rares apparitions chez la comtesse; mais il se consolait en pensant que
bientôt il allait vivre sous le même toit que Laure, et qu'alors
il pourrait la voir et lui parler à tous les instants du jour.

Paul Féral, qui tenait à s'acquitter consciencieusement des
diverses missions qui lui avaient été confiées par sir Lamb-

ton, avait déployé tant de zèle, il avait si utilement employé
tout son temps, que l'hôtel était meublé, les domestiques à
leur poste, les chevaux à l'écurie et les voitures sous les remises, lorsqu'il reçut de son généreux protecteur une lettre
qui l'invitait à venir au-devant de lui jusqu'à Vernon, où il
s'était arrêté chez un de ses vieux serviteurs, attendu, disait-il, qu'il ne voulait pas faire son entrée à Paris sans avoir
près de lui son plus fidèle ami.

Nous nous placerons près de sir Lambton, sur la banquette
du cabriolet qui l'amène à Paris, et après avoir écouté sa
conversation avec Paul Féral, nous la rapporterons à nos
lecteurs.

— Eh bien! mon ami, dit-il lorsque le cabriolet eut dépassé
les dernières maisons de Vernon et qu'il roula sur la belle
route de Normandie, vous avez vu ma chère petite nièce.
Est-elle vraiment aussi jolie que me l'a écrit plusieurs fois ce
pauvre comte de Neuville?

— Quels que soient les éloges que vous ait faits M. le comte
de Neuville des charmes de mademoiselle de Beaumont, répondit Paul Féral, il sera, j'en suis certain, resté au-dessous
de la vérité; il est impossible de peindre une aussi charmante créature.

— Diable! diable! reprit en riant sir Lambton, vous m'inquiétez, mon cher Féral; il faut de bien belles cages pour
garder un aussi bel oiseau. Celles que vous avez choisies sont-
elles bien convenables?

— Je me suis conformé à vos ordres; je n'ai rien fait sans
avoir préalablement consulté mademoiselle de Beaumont; et
comme elle est, ainsi que son amie, qui a bien voulu m'aider
de ses conseils, douée du goût le plus sûr et du tact le plus
délicat, je pense que vous serez content.

— Ainsi, notre hôtel à Paris?

— Est charmant et délicieusement meublé.

— Notre maison des champs?

— Est un joli petit château, situé à quelques lieues de
Paris, tout près de Lagny, jolie petite ville du département
de Seine-et-Marne, où mademoiselle de Beaumont a été élevée.

— Mais, si je ne me trompe, vous êtes aussi de Lagny?

— Il est vrai, et le hasard a voulu que je retrouvasse en
mademoiselle de Beaumont une jeune fille que j'ai connue
lorsqu'elle n'était encore qu'une enfant et moi un très-jeune
homme.

— Vraiment, et vous vous êtes reconnus de suite?

— La maison habitée à Lagny par mademoiselle de Beaumont était voisine de celle de ma mère, et son nom était resté
dans ma mémoire; ce n'est que le souvenir qui m'a aidé à
reconnaître votre nièce, car les années ont fait de la gracieuse
enfant une si admirable jeune fille...

— Que je prévois qu'il faudra bientôt que je me résolve à
m'en séparer, répondit sir Lambton en regardant attentivement Paul Féral; les épouseurs, j'en suis certain, vont se
présenter en foule à l'hôtel Lambton; et, comme je n'ai pas
l'intention de condamner ma nièce à conserver le feu sacré,
il faudra bien que j'accorde sa main à quelqu'un.

Paul Féral ne put s'empêcher à ces mots sans éprouver une
certaine émotion, il put cependant répondre de l'air le plus
naturel du monde qu'il était certain que mademoiselle de
Beaumont ferait un choix digne d'elle, et qui assurerait son
bonheur.

Sir Lambton, ainsi que le lecteur sans doute l'a déjà deviné,
mûrissait des projets auxquels il n'aurait pas facilement renoncé, et ne s'attendait pas à une réponse aussi naturelle
que celle qui venait de lui être faite; nous devons dire qu'il
avait espéré voir poindre quelques sombres nuages sur le
front de Paul Féral. Ayant été, grâce à la fermeté du pauvre
jeune homme, déçu dans ses espérances, il fut pendant quelques minutes d'assez mauvaise humeur, et ce fut assez brusquement qu'il dit à son compagnon de voyage, lorsqu'il
voulut bien renouveler la conversation:

— Vous ne seriez donc pas fâché de danser à la noce de
ma nièce?

L'intention qui avait dicté cette question eût été saisie par
une intelligence bien inférieure à celle dont était doué celui
auquel elle était adressée; elle n'échappa donc pas à Paul

Féral. Tout son sang reflua vers son cœur, lorsqu'il vit à quel brillant avenir il lui était permis de prétendre; la main d'une femme jeune, aimable, jolie et riche lui était pour ainsi dire offerte, à lui, pauvre paria, qui ne possédait rien au monde; et cette femme, il l'aimait, il venait à l'instant même d'en acquérir la certitude, les paroles de sir Lambton venaient de lui révéler l'état de son cœur; c'était trop de bonheur, ou plutôt trop de malheur; car, après avoir jeté un coup d'œil sur les événements de sa vie passée, il se dit que cette femme qu'il aimait, dont, il en était certain, il serait parvenu à se faire aimer; que cette femme, dont si généreusement son digne protecteur venait de lui permettre d'espérer la main, ne pouvait être à lui, car il ne pouvait pas même lui donner ce que possèdent les plus pauvres, un nom pur et sans tache. Devait-il, pour récompenser la généreuse confiance de sir Lambton, associer à sa destinée si incertaine, dont le plus petit événement pouvait rompre si violemment le cours, celle d'une jeune fille devant laquelle s'ouvrait le plus brillant avenir? Oh! non, l'honneur lui imposait des devoirs dont il saurait se montrer digne.

Telles étaient les pensées de notre héros, tandis que sir Lambton attendait, en se caressant le menton, qu'il voulût bien lui répondre; mais étonné, à la fin, du mutisme de son compagnon de voyage :

— Vous ne me répondez pas, Féral, lui dit-il; je vous ai demandé si vous seriez bien aise de danser aux noces de ma nièce?

— Je crois, répondit-il, que je n'aurai pas ce plaisir; j'ai beaucoup réfléchi depuis que je suis arrivé en France; je me suis dit que le repos n'était pas fait pour un homme de mon âge; aussi, j'ai pris la résolution de vous prier de me laisser retourner dans l'Inde.

— Vous n'avez guère de fixité dans les idées, mon cher Féral, répondit sir Lambton, je voulais, vous ne l'avez pas oublié, vous abandonner une de mes plantations, vous avez cependant refusé cette offre pour me suivre à Paris.

— Je ne pouvais me résoudre à vous abandonner.

— Est-ce à dire, morbleu! que ce que vous ne pouviez faire il y a quelques mois, vous le feriez aujourd'hui sans peine. Ah! les hommes! les hommes!

— Sir Lambton, s'écria Paul Féral, vous ne me croyez pas capable d'une pareille ingratitude?

— Je ne crois rien, répondit sir Lambton; mais, comme je ne puis attribuer un motif raisonnable à cette brusque envie de courir le monde qui vient de vous prendre, j'ai l'honneur de vous dire que, si vous tenez à conserver mon amitié, vous resterez près de moi, ainsi que cela a été convenu.

— Vous le savez, sir Lambton, vos moindres désirs sont des ordres pour moi.

— C'est très-bien, mon jeune ami, c'est très-bien, et, pour vous récompenser de ce que vous voulez bien faire mes volontés, je vous promets que, lorsque ma nièce sera mariée, nous irons tous trois visiter la Suisse et l'Italie, deux belles contrées bien préférables à l'Inde, où l'on ne va que pour faire fortune.

Sir Lambton, on le voit, ne voulait pas renoncer au projet qu'il avait formé.

— Mon Dieu! mon Dieu! se disait Paul Féral, inspirez-moi, et que dois-je faire pour me montrer digne des bontés de cet excellent homme?

Quelques minutes après, le cabriolet entrait dans la cour de l'hôtel de Neuville, au moment où en sortait un élégant tilbury conduit par un cavalier de bonne mine, qui portait à sa boutonnière le ruban de la Légion d'honneur.

Les yeux de Paul Féral s'étaient par hasard portés sur cet individu, au moment où il se baissait pour donner quelques ordres à son groom.

— C'est singulier, se dit notre héros, il me semble que j'ai vu cet individu quelque part!

Et un sombre nuage passa sur son front.

Le bruit avait attiré Lucie et Laure à celles des fenêtres du salon qui donnait sur la cour.

— C'est mon oncle, s'était écriée Laure, qui avait de suite reconnu Paul Féral.

Et la jeune fille s'était de suite mise à courir. Lucie avait suivi son amie, de sorte que les deux dames étaient sous le péristyle lorsque sir Lambton et Paul Féral descendirent de voiture.

Sir Lambton prit la main de la comtesse, qu'il serra affectueusement dans les siennes, puis il ouvrit ses deux bras à Laure, qui se précipita sur son sein.

— Je vous remercie bien, madame la comtesse, dit-il à Lucie d'un ton pénétré, je vous remercie bien des bons soins et de l'amitié que vous avez bien voulu accorder à l'enfant de ma pauvre sœur, qui, sans vous, eût été forcée de passer les plus belles années de sa jeunesse dans un triste pensionnat, et j'ai l'espérance que, lorsque vous le connaîtrez, vous voudrez compter Mitchell Lambton au nombre de vos amis.

— Elle ressemble à ma pauvre sœur, reprit-il après avoir tenu longtemps Laure embrassée, ce sont les mêmes traits, le même sourire; mais elle sera plus heureuse, je l'espère, ajouta-t-il en adressant à Paul Féral un regard qui pouvait se traduire ainsi : « C'est vous que je charge d'assurer son bonheur. »

Laure, qui avait suivi les regards de son oncle, rencontra ceux de Paul Féral, et rougit prodigieusement. Avait-elle donc deviné ses pensées? C'est probable; il est de ces choses que les jeunes filles devinent sans qu'on ait besoin de les leur dire.

Les dames avaient conduit sir Lambton et Paul Féral dans le salon, et la conversation s'étant prolongée assez longtemps, il était tard lorsque nos personnages songèrent à se retirer.

— Je vais vous enlever ma nièce, dit sir Lambton à la comtesse de Neuville; je veux recevoir dès demain votre visite, et il faut bien que j'aie quelqu'un pour vous faire les honneurs de mon hôtel.

— A revoir, à demain, répéta la comtesse, qui ne retenait pas sans peine les larmes qui roulaient sous ses paupières, et qui se frayèrent un libre cours lorsqu'elle se trouva seule dans sa chambre à coucher; à demain.

Plusieurs heures se passèrent avant qu'elle songeât à se coucher.

— Seule! seule! se disait-elle chaque fois qu'un bruit éloigné venait l'arracher à l'espèce de torpeur dans laquelle elle paraissait plongée, seule! Ah! l'on a bien raison de dire que ce ne sont pas seulement les richesses qui constituent le bonheur.

Tout à coup elle se leva précipitamment, elle ouvrit son secrétaire, dans lequel elle prit tout ce qu'il fallait pour écrire.

Au moment de faire une démarche, dont devait dépendre le sort de sa vie tout entière, elle hésita, mais seulement quelques minutes.

— Le sort en est jeté, dit-elle après quelques instants de réflexion, que ma destinée s'accomplisse, je n'ai jamais fait de mal à personne; Dieu, qui m'a mis cet amour dans le cœur, ne voudra pas sans doute que je sois malheureuse.

Lucie écrivit rapidement quelques mots qu'elle cacheta, puis elle se coucha, mais ce ne fut qu'à la pointe du jour qu'elle parvint à s'endormir.

La lettre qu'elle avait écrite, et qu'elle donna l'ordre à sa femme de chambre de faire de suite porter à son adresse, était destinée à Salvador, et voici ce qu'elle contenait :

« Monsieur le marquis,

« Venez de suite, j'ai besoin de vous parler, et si vous « pouvez répondre d'une manière satisfaisante aux questions « que je veux vous adresser, je ne vous défendrai plus d'es- « pérer. Je vous attends à 10 heures.

« LUCIE DE NEUVILLE.

— Enfin, se dit Salvador après avoir lu ces quelques mots; enfin, ce n'est pas sans peine qu'elle s'est décidée, mais quelles sont ces questions qu'elle veut m'adresser, et auxquelles il faut que je réponde d'une manière satisfaisante pour qu'il me soit permis d'espérer? Que le diable m'emporte si je le sais; mais qu'importe, on tâchera, belle comtesse, de vous satisfaire.

À l'heure indiquée, Salvador se faisait annoncer chez la comtesse de Neuville, et il était introduit dans le salon, où Lucie l'attendait.

— Je vais, monsieur le marquis, dit Lucie après s'être recueillie quelques instants, vous parler avec une extrême franchise ; puis-je espérer, et voulez-vous me promettre que vous voudrez bien suivre l'exemple que je vais vous donner?

Salvador fit à Lucie la promesse qu'elle lui demandait, promesse qu'il accompagna de toutes les protestations imaginables.

— Je ne veux pas, dit la comtesse, vous rappeler l'événement qui a amené notre connaissance. Je n'avais d'autres raisons, lorsque je repoussais l'aveu que vous me fites de vos sentiments, que celles qui m'étaient dictées par les devoirs qui m'étaient imposés. Ce que je viens de vous dire, monsieur le marquis, vous permet de supposer que je ne suis pas éloignée de vous accorder ce que vous voulez bien considérer comme une faveur.

— Ah ! madame la comtesse, s'écria Salvador, que de bontés dont je ne suis pas digne, et par quels témoignages d'affection et de reconnaissance pourrai-je reconnaître la grâce insigne que vous voulez bien m'accorder ?

— Je ne vous demande rien autre que ce que vous venez de me promettre.

— Alors, il me sera facile de vous satisfaire.

— Je le désire, monsieur le marquis, je le désire bien sincèrement, — vous vous rappelez sans doute que, désirant savoir quelle était la personne qui m'avait renvoyé le carnet que j'avais perdu dans la rue de la Tannerie, je l'envoyai chez vous...

Salvador, devinant de suite qu'il avait été desservi dans l'esprit de Lucie par le docteur Mathéo, ne lui laissa pas le temps d'achever la phrase qu'elle avait commencée.

— Le docteur Mathéo, dit-il, je me rappelle parfaitement cette circonstance, j'ai même été assez étonné de ce que vous aviez chargé un pareil homme d'une mission aussi délicate.

Lucie regarda Salvador, sa physionomie était calme, ne paraissait pas redouter les suites d'un entretien dont le commencement aurait dû l'inquiéter, s'il avait eu quelque chose à redouter ; elle continua :

— Quelques jours après la visite qu'il vous rendit, afin de m'obliger, le docteur Mathéo quittait la France, abandonnant une belle clientèle, la position presque brillante qu'il avait acquise, et voici la lettre qu'il m'écrivait avant de se mettre en route.

Lucie remit à Salvador la lettre du docteur Mathéo, que le lecteur connaît déjà, et elle l'invita à la lire.

Il fit ce que désirait la comtesse, et celle-ci, qui l'examinait très-attentivement, ne remarqua pas sur son visage la plus légère trace d'émotion.

— Je ne vous aurais jamais parlé de cette lettre, dit Lucie lorsque Salvador en eut achevé la lecture, si le docteur Mathéo m'avait adressé celle qu'il me promettait lorsqu'il m'écrivait celle-ci, et qui probablement aurait renfermé, s'il y a lieu, l'énonciation de quelques faits précis.

— Je ne dois pas chercher à vous le dissimuler, dit Salvador après s'être recueilli quelques instants, je connais depuis longtemps le docteur Mathéo, et je ne suis pas étonné de ce qu'il vous a adressé une lettre semblable à celle-ci ; mais il est un fait, madame la comtesse, qui n'aurait pas manqué de vous frapper, si vous aviez bien voulu prendre la peine de réfléchir quelques instants.

— Et lequel ?

— La fuite précipitée du docteur, dès que, par suite d'un événement qu'il ne pouvait prévoir, je me suis trouvé instruit de son séjour à Paris, ce fait seul ne devait-il pas vous prouver que cet homme avait des raisons pour me craindre, et qu'il pouvait être intéressé à me nuire, et de cette réflexion à la pensée qu'on ne doit pas accorder une grande confiance à des calomnies intéressées, il n'y a pas loin.

Après ce petit préambule, qui ne laissa pas de faire sur l'esprit de Lucie une certaine impression, Salvador lui raconta une histoire, dans laquelle il eut le soin de se réserver le plus beau rôle qu'il soit possible d'imaginer, et de présenter le docteur Mathéo sous les couleurs les plus odieuses ; le hasard, lui dit-il, l'avait rendu le témoin d'un crime commis par ce dernier à l'étranger, plusieurs années auparavant, et dont il avait dû provoquer la punition ; mais le docteur avait su échapper par la fuite au châtiment qui lui était réservé, et il n'avait pas entendu parler de lui, jusqu'au moment où il s'était présenté à son hôtel chargé de la mission qui lui avait été confiée par la comtesse de Neuville.

— Lorsque cet homme, qui ne me reconnut pas d'abord, m'eut appris l'objet de sa visite, je fus, ainsi que je viens de vous le dire, énormément étonné de ce qu'il paraissait posséder toute la confiance d'une femme dont tout le monde parlait dans les termes les plus favorables ; mais mon étonnement cessa, lorsque je me rappelai que ce sont les plus scélérats qui savent le mieux conserver toutes les apparences de la plus austère vertu, alors, madame, je l'avoue, je tremblai pour vous ; et, comme déjà vous m'inspiriez le plus vif intérêt, je me fis connaître à Mathéo, et je lui dis que, s'il ne cessait à l'instant même toutes relations avec vous, si même il ne quittait promptement la France, je le ferais connaître à l'autorité : ce misérable, alors, me dit qu'il avait expié par ses remords le crime qu'il avait commis, et il me supplia à genoux de ne point le perdre ; je fus assez faible pour promettre de ne rien dire, et j'aurais tenu cette promesse, si je ne m'étais trouvé aujourd'hui forcé de rompre le silence afin de me défendre.

« Le docteur Mathéo, jugeant sans doute les autres d'après lui-même, a cru que je lui manquerais de parole, et c'est à cette crainte qu'il faut attribuer sa fuite, qui ressemble assez à celle des Parthes, car c'est en fuyant qu'il a cherché à faire à son ennemi une blessure qui, grâce à Dieu, n'est pas très-dangereuse. »

Salvador avait débité tout ce qui précède d'un ton si naturel, d'une voix si calme, il avait su donner tant de vraisemblable à l'histoire qu'il avait fabriquée pour justifier ses relations antérieures avec le docteur Mathéo, et puis, d'ailleurs, nous sommes tous, hommes ou femmes, si disposés à croire les paroles qui sortent des lèvres de ceux que nous aimons, qu'après l'avoir écouté, il ne resta plus à la comtesse de Neuville, qui lui avait accordé la plus bienveillante attention, le moindre doute dans l'esprit ; elle était seulement affligée de ce qu'elle avait, pendant assez longtemps, accordé toute sa confiance à un homme qui en était aussi peu digne que le docteur Mathéo.

— Eh mon Dieu ! madame la comtesse, lui répondit Salvador, à qui elle venait de faire part de ce qu'elle pensait, je vous l'ai déjà dit, et je vous le répète, personne ne sait mieux que les plus profonds scélérats conserver toutes les apparences de la vertu ; celui dont la conscience est pure ne calcule pas ordinairement la portée de ses actions ; croyez-vous, par hasard, que si j'avais deviné toutes les suppositions fâcheuses auxquelles pouvait donner naissance le désir de satisfaire une vaine curiosité, vous m'auriez rencontré dans le bouge infâme de la rue de la Tannerie ?

— Oh ! ne me parlez pas de cela, je vous prie, dit Lucie.

— Ce jour, dont vous voulez effacer le souvenir de votre mémoire, sera cependant, madame la comtesse, le plus beau jour de ma vie, si vous voulez bien ne pas m'enlever l'espoir que vous m'avez permis de concevoir ?

— Je ne veux rien promettre, dit Lucie en accompagnant ces paroles du plus gracieux sourire ; mais si cela peut vous faire plaisir, je vous répéterai ce que j'ai eu ce matin l'honneur de vous écrire, je ne vous défends pas d'espérer.

En achevant ces mots, elle tendit à Salvador sa jolie petite main, que le bandit porta à ses lèvres.

XXVI

Un digne prêtre.

Salvador, lorsqu'il rentra à son hôtel, y trouva le vicomte de Lussan, qui venait d'engager avec Roman une discussion qui, sans être orageuse, paraissait cependant très-animée.

— Vous arrivez fort à propos, lui dit le vicomte, pour m'accorder ce que me refuse absolument notre digne ami, que je ne croyais pas capable d'un pareil procédé à mon égard.

— Mais qu'est-ce donc? répondit Salvador, qui avait cru remarquer sur le visage de Roman la trace d'un certain embarras dont il était bien aise d'avoir l'explication.

— Voici le fait, cher marquis, ajouta de Lussan. J'ai absolument besoin de cinq mille francs, et, comme ma caisse est malheureusement veuve de mon dernier écu, je suis venu tout naturellement vous prier de me prêter cette bagatelle; ne vous trouvant pas, je me suis adressé à notre ami; eh bien! le croiriez-vous, il m'a refusé!

— Mais je vous dis, morbleu! que je n'ai plus d'argent, s'écria Roman.

— Est-ce que, vraiment, dit Salvador, tu aurais déjà perdu tout ce que t'ont rapporté les dernières affaires que nous avons faites?

— Eh! qu'y a-t-il donc là de si étonnant? M. de Lussan, qui a touché presque autant que moi, se trouve aujourd'hui sans le sou; ses chevaux, ses chiens et sa danseuse lui ont enlevé une somme au moins égale à celle que j'ai perdue, grâce aux refaits de trente et un et aux zéros rouges et noirs; chacun prend son plaisir où il le trouve.

— Triste plaisir, dit Salvador, que celui qui ne laisse pas, à l'insensé qui veut absolument se le procurer, la satisfaction d'obliger un ami; mais ne vous mettez pas en peine, monsieur le vicomte, je vais vous remettre la petite somme dont vous avez besoin.

Roman, qui depuis quelques instants se promenait dans l'appartement en sifflant l'air devenu populaire : *Tu n'auras pas ma rose*, sortit de l'appartement.

Salvador prit dans sa poche une petite clef, et ouvrit le tiroir d'un meuble dans lequel il avait l'habitude de renfermer son argent.

Le tiroir était vide.

Nous n'essayerons pas de décrire la stupéfaction qui se peignit sur sa physionomie.

— Volé! dit-il, volé! moi!

Le vicomte, voyant le marquis rester immobile devant le tiroir, dont ses yeux interrogeaient machinalement la profondeur, s'approcha de lui.

— Mais qu'avez-vous donc, cher marquis? lui dit-il, car l'exclamation de Salvador n'était pas arrivée jusqu'à lui.

Personne n'est plus sensible à un vol qu'un voleur; on en a vu plus d'une fois ne pas craindre de se faire arrêter, afin de se procurer la douce satisfaction de faire punir judiciairement celui de leurs complices qui s'était rendu coupable à leur égard d'une soustraction frauduleuse. Nous prions donc nos lecteurs de ne pas être étonnés de l'indignation à laquelle va se livrer le malheureux Salvador.

— Je suis volé, répondit-il à la question du vicomte de Lussan, volé comme dans un bois. J'avais dans ce tiroir dix-sept mille francs en billets de banque et cinquante napoléons doubles; eh bien! ils ne m'ont rien laissé, les brigands!...

— Et vous pouvez ajouter que le vol a été commis par des gens qui s'y connaissaient, s'écria le vicomte de Lussan, qui avait enlevé la serrure et l'avait examinée avec l'œil exercé d'un connaisseur. Les fausses clefs dont on s'est servi ont été fabriquées de main de maître, car elles n'ont laissé sur les garnitures que des traces à peine visibles.

— Mais c'est une infamie! s'écria Salvador; je vais de suite aller déposer ma plainte chez le commissaire de police de mon quartier, et, s'il plaît à Dieu, les audacieux auteurs de ce crime seront punis comme ils le méritent.

— Est-ce que vraiment vous avez l'intention de vous plaindre?

« Mais, cher marquis, il ne vous arrive aujourd'hui que ce qui, grâce à vous, est arrivé déjà à plusieurs autres.

— Oh! c'est bien différent.

— Je ne savais pas cela; mais puisque vous êtes bien décidé à faire arrêter le coupable, je vais de suite aller prévenir Roman de se sauver.

— Comment? que voulez-vous dire? est-ce que vous supposez que Roman?...

— Sans doute, c'est lui et non pas un autre qui a fait le coup. N'avez-vous pas remarqué son air embarrassé et sa disparition subite lorsque vous avez déclaré vouloir me prêter la somme dont j'avais besoin?

— Le misérable! voyez, cher vicomte, quelles actions coupables peut nous faire commettre une passion aussi impérieuse que celle du jeu, voler un camarade!

— Un complice, c'est vraiment abominable! mais puisque le fait est accompli, il faut en prendre votre parti.

— Oh! je ne lui pardonnerai jamais cela! voler un ami!

— Un complice! est-ce que l'on a des amis lorsque l'on exerce une profession semblable à la nôtre? Mais laissons cela et parlons d'autre chose. Comment vont vos affaires avec madame de Neuville?

Cette question fit oublier à Salvador le malheur qui venait de lui arriver.

— Au fait, se dit-il, je puis bien supporter sans me plaindre une perte qui, en réalité, n'est rien pour moi, puisque je suis certain d'épouser une femme que j'aime et dont la fortune est considérable.

Mais, se rappelant ce que venait de lui dire le vicomte de Lussan, il lui répondit qu'il n'était guère plus heureux près de madame de Neuville, que lui-même ne l'avait été près de Laure de Beaumont.

— Ah! répondit le vicomte de l'air le plus indifférent, je ne vous adressais cette question que parce que je vous ai vu sortir hier de l'hôtel de cette dame.

— Il paraît, pensa Salvador, que ce diable d'homme est partout; mais que m'importe, ce n'est pas lui qui pourra empêcher la réussite de mes projets; il n'a, du reste, aucun intérêt à me nuire.

— Je vais aller demander de l'argent au père Juste, dit le vicomte, il faudra bien que ce vieil Arabe consente à m'obliger. Venez-vous avec moi, marquis?

— Je le veux bien; si vous pouvez me faire prêter quelques billets de mille francs par cet usurier, vous m'aurez rendu un véritable service. Je vais écrire à mon notaire de Pourrières de m'envoyer de l'argent; mais il faut attendre qu'il arrive, et je suis littéralement sans le sou, ce misérable Roman m'a enlevé tout ce que je possédais.

— Il vous reste de belles et bonnes propriétés; vous avez, comme on dit, des racines dans le sol. Ah! vous êtes beaucoup plus heureux que moi; je n'ai qu'une liasse de vieux parchemins, et ce que peut me rapporter une industrie qui ne trouve que rarement l'occasion de s'exercer.

Salvador et le vicomte de Lussan sortirent ensemble: comme ils traversaient la place de la Concorde, pour se rendre sur le quai, ils se trouvèrent en face de Roman, qui causait près de la grille de l'obélisque, avec un individu dont ils ne purent voir la physionomie, attendu qu'il leur tournait le dos. Le vicomte de Lussan remarqua seulement qu'il était doué d'une taille au moins égale à la sienne et d'une carrure qui annonçait une vigueur peu commune.

— Voilà un gaillard solidement bâti, dit-il à Salvador en lui faisant remarquer le compagnon de Roman, qui à ce moment quittait ce dernier qui demeurait immobile à la même place, semblable à la femme de Loth, lorsqu'elle eut été changée en statue de sel.

— Ah! double traître! s'écria Salvador qui avait quitté le bras du vicomte pour arriver plus vite près de Roman, si tu ne me rends pas mon argent, je te fais un mauvais parti.

— Allons, allons, répondit Roman sans paraître beaucoup ému de la colère de Salvador, calme-toi, mon ami, tu me retiendras ces dix-sept mille francs lorsque nous toucherons notre revenu.

Salvador fit la grimace, la nécessité de partager avec Roman le revenu des terres de Pourrières commençait à lui paraître dure; cependant il ne dit plus rien.

— Débarrasse-toi du vicomte de Lussan! continua Roman, il faut que je te parle au sujet de la rencontre que je viens de faire tout à l'heure avec l'homme avec lequel je causais tout à l'heure.

— Est-ce important?

— Très-important.

LES VRAIS MYSTÈRES DE PARIS
Par VIDOCQ

Ah! madame la comtesse, s'écria Salvador, que de bontés dont je ne suis pas digne! (Page 31.)

Salvador alla vers le vicomte de Lussan qui, par discrétion, s'était arrêté à quelques pas de distance.

— Roman, lui dit-il, vient de m'expliquer de la manière la plus satisfaisante, la disparition de mes dix-sept mille francs qu'il va du reste me remettre à l'instant même. Allez donc sans moi chez le père Jusé, vous me retrouverez au café Anglais; si vous ne faites pas d'affaire avec l'usurier, je vous prêterai ce soir la somme dont vous avez besoin.

Le vicomte continua seul son chemin, et Salvador vint retrouver Roman.

— Voyons, de quoi s'agit-il? quelle est la cause de ce prodigieux étonnement?

— Tu n'as pas reçu un l'homme avec le pied je causais tout à l'heure.

— Mais, idiot, je n'ai pu voir sa physionomie, puisqu'il me tournait le dos. J'ai seulement remarqué qu'il était assez bien bâti.

— Eh bien! cet homme est le même qui a donné une si belle fessée (1) au vieux Larbinaille, pendant que nous étions au bagne de Toulon.

— Tu me parles d'un fait dont je n'ai point conservé le moindre souvenir.

— Mais c'est que s'il a qui a rossé le vieux Larbinaille, c'est aussi qui a le compagnon de notre chaîne (2).

— Serait-il!

(1) Ce que c'est en langue... une prise, une d'use.
(2) Évadés.

 ... continued

— Lui-même: nous nous sommes trouvés nez à nez en traversant la place de la Concorde.

— Comment diable est-il parvenu à se tirer d'affaire? Si mes souvenirs sont fidèles, nous l'avons laissé sur la route, à quelques lieues seulement de Toulon, sans le sou et couvert du costume de forçat.

— C'est ce qu'il n'a pas voulu me dire.

— Il a parbleu bien fait. Lui aurais-tu raconté, s'il t'en avait demandé le récit, les événements qui ont fait de nous ce que nous sommes aujourd'hui?

— Non, sans doute; mais je ne l'aurais pas reçu avec autant de rudesse qu'il m'en a témoigné.

— Somme toute, devons-nous craindre les résultats de cette rencontre?

— Je n'en sais vraiment rien, voici du reste, comment les choses se sont passées : — Comme je viens de te le dire, nous nous sommes trouvés nez à nez en traversant cette place, et je crois que nous avons été aussi prompts l'un que l'autre à nous reconnaître; j'ai cependant été le premier à lui souhaiter le bonjour, en l'appelant par son nom.

— Tu as eu tort, il était beaucoup plus simple, puisqu'il ne te parlait pas, de continuer ton chemin.

— Sans doute, mais je me suis rappelé que ce fagot (1) c'était qu'un homme de lettres (2), et comme ces mots (3) ne

(1) Forçat.
(2) Fantaisie.
(3) Hommes.

brillent pas par l'aloutt (1), j'ai voulu me procurer un instant
de rigolade (2) ; j'ai cru qu'en se voyant recounndre (3), il
allait avoir le tuque (4) : eh bien ! pas du tout, je vais te re-
péter mot à mot le petit discours qu'il m'a adressé : — Bonjour, monsieur Duchemin, m'a-t-il dit, je suis charmé de ce
que vous n'êtes pas retourné là-bas, et j'aime à croire,
qu'ainsi que moi, vous êtes devenu un honnête homme. Si
vous étiez malheureux, je m'empresserais de vous offrir quelques secours ; mais l'élégance de votre costume, les bijoux
qui vous conviennent, et, plus que tout cela, l'air de parfait contentement dont est empreinte votre physionomie, me disent que vous n'avez besoin de rien ; je voudrais qu'il me
fût possible de vous voir souvent ; vous êtes, je ne l'ai pas
oublié, un homme de très-bonne compagnie, et vous avez
infiniment d'esprit, mais vous devez comprendre que votre
présence me rappellerait des souvenirs que je veux absolument effacer de ma mémoire. Ainsi donc, quels que soient
les lieux dans lesquels nous nous rencontrions, à l'avenir,
nous ne devons pas nous connaître. Votre nom ne sortira
jamais de ma bouche, tâchez également de ne jamais prononcer le mien. Si je m'adressais à un homme moins raisonnable que vous, je lui dirais que je suis déterminé à tout
risquer pour conserver la position que je me suis faite, et
que j'ai, Dieu merci, bec et ongles pour me défendre ; mais
il est inutile, avec vous, de se servir d'un pareil langage.
Adieu donc, monsieur Duchemin, je vous souhaite toutes
sortes de prospérités.

« En achevant ce petit discours, auquel, je dois l'avouer, je
ne m'attendais pas, il m'a quitté sans attendre ma réponse et
sans seulement prendre la peine de me saluer.

— Ce Servigny me paraît un homme résolu que nous ferons bien de ménager, si par hasard nous le rencontrons
dans le monde ; il ne t'a rien demandé que de raisonnable.

— Ainsi, tu crois que nous n'avons rien à craindre ?

— Je le crois.

— C'est qu'il me parlait d'un ton si calme, il paraissait si
sûr de lui, que j'ai cru un instant qu'il était de la boutique (5).

— Mon pauvre Roman, je vois avec plus de peine que tu
ne peux te l'imaginer, que tes facultés baissent considérablement. Depuis quelque temps tu vois partout des agents de
police, tu rêves des gendarmes, arrestations, condamnations et exécutions ; et lorsque tu es en proie à ces hallucina-
tions, ta physionomie, autrefois si joyeuse et si placide,
pourrait seule indiquer, à l'observateur le moins exercé, que
tu as sur la conscience d'un gros péché ; il faut prendre
garde à cela, mon ami.

— Mais tu rêves, je crois ?

— Non, je ne rêve pas, malheureusement.

— Ainsi, tu crois que j'ai des remords, moi, Roman ?

— Je ne dis pas cela, mais voici ce qui arrive : lors que tu
as perdu, et tu perds malheureusement plus souvent que tu
ne gagnes, tu fais monter dans ton appartement une bouteille de rhum, que tu bois quelquefois tout entière afin de
t'étourdir ; ce n'est jamais impunément que l'on se livre à de
semblables excès, et tu subis aujourd'hui les conséquences
de ta conduite.

— C'est vrai, mille diables, c'est vrai ; que faire ?

— Il faudrait ne plus jouer et t'abstenir de boire ; mais
cela ne te sera plus possible, maintenant l'étoile a pris son pli.

— Écoute, Salvador, décidément je veux me corriger ; si
je n'avais pas d'argent, je ne jouerais pas ; et je ne bois,
ainsi que tu viens de me le dire, qu'afin de m'étourdir. Eh
bien ! ne me donne plus rien lorsque tu toucheras nos revenus.

— Mais, malheureux, si je ne te donne pas d'argent, tu
m'en voleras ! Ah ! quelle plaie, quelle plaie, qu'un homme
comme toi ! Roman, il faut absolument que nous nous séparions.

(1) Courage.
(2) Gaîté.
(3) Reconnu.
(4) Peur.
(5) Police.

— Jamais ! nous avons vécu ensemble, c'est ensemble que
nous avons commis les crimes qui nous ont été si [...] gnons
sommes ; nous mourrons ensemble, à moins [...]
l'un de nous deux ne soit, avant l'autre, emporté par une
bonne maladie.

— Que le diable l'en envoye une, qui me débarrasse de toi !
pensa Salvador, qui répondit assez brusquement à son ami,
qu'il faudrait cependant bien qu'ils se séparassent, s'il ne
voulait pas changer de conduite.

Roman et Salvador, tout en causant, étaient arrivés [...] le
boulevard. Ce dernier avait voulu, dans le cas où le vicomte
de Lassan n'aurait pas obtenu de l'usurier juste ce qu'il était
allé lui demander, être en mesure de lui remettre la somme
qu'il lui avait promise, entré chez un marchand de jouets
d'enfants, qui avant joué au commerce des poupées et langue
d'Allemagne les professions beaucoup plus lucratives d'es-
compteur et d'usurier.

Salvador oubliait sans peine ce qu'il [...]
industriel, qui savait très bien que le marquis de Pen [...]
était un des plus riches propriétaires du département de [...]
et que ce n'était que parce qu'il ne voulait pas prendre la
peine de chercher ailleurs ce dont il avait besoin, qu'il s'a-
dressait à lui.

Lorsque Salvador sortit de chez le marchand de jouets,
vainement il chercha Roman sur le boulevard ; celui-ci qui
avait retrouvé dans la poche de son gilet quelques pièces
d'or qu'il croyait avoir perdues la veille, avait suivi dans un
tripot le comte Palestro de Saint-Amphie Roman, qu'il venait
de retrouver par hasard.

— Puisse-t-il ne jamais revenir ! se disait Salvador, en
traversant le boulevard pour se rendre au café Anglais ; il faut
absolument que je trouve moyen de me débarrasser de cet
homme qui me ruinera si je n'y prends garde.

« Il le fera infailliblement. »

Nous laisserons, si les lecteurs veulent bien nous le permettre, Salvador et le vicomte de Lassan boire au café Anglais des filets de perdrix rouges sautés aux truffes, arrosés
d'excellent vin de Chambertin, et nous irons retrouver Paul
Féral ou plutôt Servigny qui se promène dans la plus sombre
allée du Jardin des Tuileries.

La rencontre qu'il vient de faire l'a sans doute vivement
impressionné, car sa physionomie est triste, il se promène à
grands pas, il laisse s'échapper de sa poitrine de sourds et [...]
convulsifs et quelquefois il s'arrête et jette des re [...]
dement.

— Que faire, grand Dieu ! se dit-il, et comment sortir de
l'impasse dans laquelle je me suis engagé ? Dois-je laisser ignorer
à mon généreux protecteur les excentricités de ma vie passée et associer à mon bonheur la femme qui ses attraits, lorsque
appelant à la plus heureuse destinée, fille ! non, la voix in-
que je viens de faire est un avertissement du ciel, qui m'a
voulu me prévenir que le plus léger souffle pourrait faire
m'édifice bâti sur le sable. Puis il recommence sa prom [...]
à pas précipités, puis il s'arrête pour réfléchir de nouveau ;
tout à coup il se redresse, le front, et les nuages qui le couvraient se dissipent.

— Ah ! c'est ici qui m'inspire, dit-il presque à haute
voix, je vais aller trouver l'homme généreux qui m'a tendu
la main lorsque je m'étais plongé dans un abîme d'où j'espérais plus sortir, le digne pasteur qui m'a pris si bas ! [...]
maximes si douces m'ont divinement et il me dira ce que je dois faire ;
quels que soient les conseils qu'il me donne, je les suivrai ;
quels que soient les sacrifices qu'il m'impose, je les accom-
plirai, j'en prends Dieu à témoin !

Cette résolution une fois prise, Servigny, beaucoup plus
calme qu'il ne l'était quelques instants auparavant, sortit du
jardin des Tuileries, il descendit rapidement l'avenue qu'il se
ou il [...] droit vers la rue de la poudrière, où
[...] dans une maison d'humble apparence où se tro [...]

Servigny reconnut [...]
[...]

— Et vous croyez de la faire prêtre. Vous aimez cette jeune fille ?

— Oh ! oui, répondit Servigny, je l'aime, et cet amour d'aujourd'hui ne peut être comparé, ne ressemble pas à la passion qu'avait su m'inspirer cette comédienne du théâtre de Marseille dont je vous ai parlé, passion dont les suites ont été si fatales. J'ai vous à mademoiselle de Beaumont une affection aussi pure qu'elle est désintéressée, je sens qu'il me sera facile de la rendre heureuse si elle devient ma femme ; mais cependant, si vous me dites que je ne dois pas associer ma vie à la vie si pure de cette charmante enfant, je serai assez fort pour renoncer à l'avenir heureux qui m'est offert et que j'ai mérité, je ne crains pas de vous dire cela, mon digne ami, car vous connaissez toute ma vie, vous savez ce qu'il m'a fallu d'efforts pour conquérir la position que je possède aujourd'hui.

— Écoutez, mon ami, dit l'abbé, vous êtes bien déterminé, c'est-ce pas, à ne point vous arrêter dans la route que vous avez entreprise ?

Servigny fit un signe affirmatif, et l'abbé continua en ces termes :

— Eh bien ! mon ami, il faudra lui faire connaître tous les événements de votre vie, que vous lui avez cachés jusqu'à ce jour ; au reste, je vous engage pas à la passion confidente de ces premiers instants, et il n'est pas impossible qu'il en soit ainsi, car, si le châtiment que les hommes vous ont infligé, j'ai vous à faire, vous avez reconquise votre dignité de qu'on n'a considéré ce de jeunesse ; vous pourrez alors accepter sans crainte la main de la femme que vous aimez, après, toutefois, que vous lui aurez fait la même confidence que vous aurez faite à son oncle.

— A elle ! mon ami, il faudra je lui dise que j'ai traîné la chaîne et porté l'ignoble livrée du bagne ?

— Il le faudra ! Croyez-moi, si vous devez devenir l'époux de cette jeune fille, le hasard, qui probablement ne se présentera pas, mais qui cependant est possible, le soin de lui apprendre un fait qui lui paraîtra beaucoup moins fâcheux lorsqu'il apprendra que vous-même le lui aurez appris.

— Oh ! jamais, jamais je ne pourrai me résoudre à donner à Laure le droit de me mépriser ; j'aime mieux fuir sans rien dire, lui laisser ignorer, ainsi qu'à sir Lambton, ce que je serai devenu.

— Vous ne devez pas vous conduire ainsi, et vous ne le ferez pas ; car vous vous rappelez que sir Lambton vous est attaché, et que votre fuite, en l'affligeant, pourrait lui permettre de croire que vous êtes un indigent.

— Je ferai ce que vous me dites de faire, dit Servigny après quelques instants de réflexion.

— J'en suis sûr, Servigny, mon bon abbé, vous me possédiez toutes les vertus d'un galant homme, mais puisque maintenant vous êtes bien décidé, je veux vous rendre tout à entier que vous ne le supposez, car aux qui vous est imposé, il est de ces aveux, je le sais, qui sont pénibles à faire, et ceux que vous devez à sir Lambton sont de cette nature ; je crois que l'indulgence de cet excellent homme vous les rendra moins fâcheux que possible ; je veux pas cependant que vous ayez le tourment de l'aveu à la fois nécessaire et il manifestera lorsqu'il apprendra à dire ce que, pas à ce jour, il a ignoré. Voici donc quelle sera votre conduite : demain matin sir Lambton, qui ne pourra pas évidemment y faillir, ne manquera pas de vous demander une réponse que j'espère que l'offre qu'il a fait donnée à vos vœux, mais que vous ne pouvez l'accepter sa qu'il ne m'ait vu et vous le prierez de venir de suite chez moi ; si, comme je le présume, ce que je lui apprendrai ne fait pas changer sa résolution, je lui demanderai la permission de voir mademoiselle de Beaumont, qui, j'en suis convaincu, vous conservera son estime, et, après m'avoir entendu, elle vous offrira son amour. Croyez-vous, mon ami, que nous puissions mieux faire ? et voulez-vous me charger du soin d'être votre interprète ?

Servigny prit la main de l'abbé Renzet et la serra avec force entre les siennes.

La conversation entre l'abbé et Servigny se serait sans doute prolongée beaucoup plus longtemps, si le vieux Sylvain, après

avoir discrètement frappé à la porte du salon, n'était pas entré afin de prévenir son maître que M. le vicomte de Lussan désirait lui parler.

— Que diable peut venir faire ici, se dit le vicomte, cet homme que j'ai vu causer ce matin avec le digne intendant de mon noble ami, le marquis de Pourrières.

XXVII

Le pardon.

L'abbé Renzet, ainsi qu'il l'avait promis la veille à Servigny, attendait la visite du gentilhomme anglais, qui fut introduit de suite près de lui.

— Je sais, monsieur, quel est le motif qui vous amène près de moi : vous désirez connaître les raisons qui ont fait, en quelque sorte, refuser par M. Paul Féral, une offre qui l'eût comblé de joie, s'il lui eût été permis de l'accepter. Ces motifs, monsieur, sont de telle nature, que ce jeune homme, plutôt que de vous les faire connaître, voulait vous fuir ; et cependant je dois me hâter d'ajouter, pour ne pas vous laisser plus longtemps sous le coup d'une impression fâcheuse, que dans mon âme et conscience, je suis fier de pouvoir donner ce titre à M. Paul Féral, est en réalité plus malheureux que coupable.

— Continuez, monsieur l'abbé, continuez, je vous en prie, s'écria sir Lambton. Je suis plus heureux que vous ne pouvez vous l'imaginer, de vous entendre parler ainsi. Je ne suis pas, ainsi que vous, revêtu d'un caractère qui m'oblige à l'indulgence ; mais je crois que votre cœur et le mien sont dignes de se comprendre !

Et sir Lambton, avec une franchise toute britannique, saisit la main de l'abbé Renzet qu'il serra avec force dans la sienne.

— La personne dont nous nous entretenons, continua l'abbé, ne se nomme pas Féral, son véritable nom est celui de Servigny ; mais elle pouvait, sans nuire à personne, prendre celui sous lequel vous l'avez connu jusqu'à ce jour, car ce nom de Féral est celui de sa mère qui est morte depuis longtemps.

« Le nom de Servigny, sir Lambton, a été flétri devant les hommes ; mais je ne crains pas de le dire, il a, depuis longtemps, reconquis devant Dieu sa pureté primitive. »

L'abbé Renzet, après s'être recueilli quelques instants, raconta à sir Lambton tous les événements de la vie de Servigny, que nos lecteurs connaissent déjà.

Lorsqu'il eut achevé, sir Lambton, qui l'avait écouté avec la plus sérieuse attention et sans l'interrompre une seule fois, lui serra de nouveau la main, et lui dit d'une voix émue :

— Si les faits sont tels que vous venez de me les raconter, et je n'en doute pas puisque vous en êtes le garant, Servigny est véritablement plus malheureux que coupable. Il a cependant un tort grave à mes yeux, celui de ne pas m'avoir accordé une confiance dont j'étais digne ; mais je le lui pardonne bien volontiers et ce que vous venez de m'apprendre ne change rien à mes projets.

— C'est bien ! monsieur, répondit l'abbé au bon gentilhomme, je n'en attendais pas moins de votre noble caractère ; mais je dois, autant pour remplir complètement la mission dont je suis chargé que pour m'acquitter des devoirs que mon caractère m'impose, vous faire quelques observations que vous voudrez bien, je l'espère, accueillir avec indulgence.

— Parlez, monsieur l'abbé, parlez, je suis prêt à vous écouter.

— Vous ne devez pas vous dissimuler, sir Lambton, la position de Servigny : il n'est, après tout, qu'un évadé du bagne de Toulon, que l'événement le plus insignifiant en apparence peut trahir, dont la destinée peut être brisée au premier moment. Irez-vous associer l'existence de votre nièce à une existence aussi précaire ? Et si telle est, en effet, votre intention, ne croyez-vous pas qu'il est de votre devoir de lui apprendre les événements de la vie passée de celui que vous lui destinez pour époux ?...

Sir Lambton, après avoir réfléchi quelques instants, répondit ainsi :

— Je crois, comme vous, que ma nièce doit savoir tout ce qui regarde celui qui doit être son époux; c'est vous, monsieur l'abbé, que je charge de l'instruire. Dites-lui que je verrais avec plaisir cette union avec Servigny, parce que je suis convaincu que ce jeune homme est très-capable de la rendre heureuse; mais que cependant je la laisse entièrement libre de ses volontés.

— Je verrai, aujourd'hui même, mademoiselle de Beaumont, dit l'abbé Reuzet; et maintenant, monsieur, que vous savez à peu près tout ce qui concerne mon ami, je ne crains pas de vous le dire, je souhaite bien vivement que votre nièce ne s'oppose pas à l'union que vous projetez; union qui, je l'espère, sera aussi heureuse que possible.

— Oui, monsieur l'abbé, cette union sera heureuse; c'est parce que j'en suis persuadé, que je désire qu'elle s'accomplisse.

Sir Lambton se leva, et après avoir recommandé à l'abbé Reuzet de voir sa nièce le jour même, ainsi du reste que cela avait été convenu, il prit congé du digne prêtre qu'il considérait comme un ami.

L'abbé, fidèle à la promesse qu'il avait faite à sir Lambton, se présenta, dans l'après-midi de ce même jour, à l'hôtel du riche gentilhomme anglais, et fit demander mademoiselle Laure de Beaumont, qu'il voulait, disait-il, entretenir en particulier. La jeune fille était seule avec son oncle lorsqu'on lui annonça cette visite.

— Je ne connais pas cet ecclésiastique, lui dit-elle, et je ne sais si je dois ?...

— Je crois que tu peux recevoir ce digne prêtre, lui répondit sir Lambton; je vais, du reste, vous laisser le champ libre, j'ai quelques lettres à écrire. Si, après l'entretien que tu vas avoir avec M. l'abbé Reuzet, tu veux me parler, tu me trouveras dans mon cabinet.

Sir Lambton quitta le salon et quelques minutes après l'abbé y entra.

Nous ne rapporterons pas l'entretien de Laure et de l'abbé, qui fut à peu près semblable à celui qui avait eu lieu quelques heures auparavant avec le digne serviteur de Dieu dont nos lecteurs doivent apprécier le noble caractère.

L'abbé raconta à la jeune fille tout ce qu'il avait raconté à sir Lambton, il lui cacha cependant le motif qui avait fait commettre à Servigny la faute si sévèrement punie, il crut qu'il était au moins inutile d'apprendre à cette jeune fille que le cœur de celui qui serait peut-être son époux avait jadis battu pour une autre femme; personne, nous le croyons, ne songera à blâmer le bon abbé de cette petite restriction qu'il ne se permettait, du reste, que dans une excellente intention, et parce qu'il savait, quelque peu expert qu'il fût en ces matières, que les femmes, lorsqu'elles aiment, sont jalouses, même du tout petit coin de celui auquel elles ont donné leur cœur.

— Monsieur l'abbé, dit Laure lorsque le prêtre eut achevé la confidence qu'il était venu lui faire, je dois rapporter à mon oncle tout ce que vous venez de me dire.

Et sans attendre une réponse, elle sortit du salon pour aller retrouver sir Lambton, qui, ainsi qu'il le lui avait promis, l'attendait dans son cabinet.

Tandis que Laure était dans le cabinet de son oncle, Servigny, absent, depuis le matin, était entré dans le salon; en y trouvant son ami, il avait de suite deviné qu'en ce moment on s'occupait de sa destinée. L'air soucieux du bon abbé, quelque peu étonné de la brusque disparition de Laure, ne présageait rien de bon.

— Eh bien ? dit-il à son ami.

— Ils savent tout, répondit l'abbé Reuzet; sir Lambton a

accueilli, aussi bien qu'il était possible de l'espérer, la confidence que je lui ai faite.....

— Et Laure, s'écria Servigny, vous ne me parlez pas de Laure ?.....

— Mon ami, rassemblez tout votre courage; je crois, sans cependant en être sûr, que vous allez en avoir besoin

Une affreuse pâleur couvrit tout à coup le visage de Servigny, cependant il répondit d'une voix calme :

— Cela devait être, elle devait me repousser. Oh ! je souhaite que celui qui sera son époux la rende aussi heureuse que j'aurais pu le faire.

L'entrée dans le salon de sir Lambton et de sa nièce l'empêcha d'en dire davantage; le gentilhomme alla vers lui et lui prit la main.

— Je sais tout, lui dit-il..... Servigny, embrassez votre femme, ma nièce veut bien vous accorder sa main.

Servigny croyait rêver; il fallut, pour qu'il se déterminât à embrasser les joues fraîches et rosées de celle qu'il aimait, que sir Lambton le poussât vers elle.

Il voulut ensuite se jeter aux genoux de son généreux protecteur et de la jeune fille, qu'à partir de ce moment il pouvait considérer comme sa fiancée; mais sir Lambton ne lui en laissa pas le temps.

— Sur mon cœur ! sur mon cœur, lui dit-il.

Et comme Servigny ouvrait la bouche pour lui témoigner sa reconnaissance :

— Le passé est un songe que nous devons tous oublier, continua-t-il, et le parti le plus sage que nous puissions prendre pour qu'il en soit ainsi, c'est de ne jamais en parler, entendez-vous, monsieur Paul Féral ?

Sir Lambton, ainsi du reste que l'on a pu s'en apercevoir, aimait assez que ses projets fussent exécutés aussitôt que conçus; aussi, dès le lendemain du jour où se passèrent les événements que nous venons de rapporter, il fallut que Servigny s'occupât de toutes les pièces sans lesquelles il ne pouvait se marier, ce qui ne lui fut pas très-difficile, malgré l'extrême réserve qu'en raison de sa position il était forcé de s'imposer.

Des renseignements pris préalablement à Lagny par un homme adroit, et sur la fidélité duquel il était permis de compter, lui ayant appris que le bruit de sa condamnation, qui du reste n'avait pas eu de retentissement, malgré les circonstances assez singulières qui l'avaient accompagnée, n'était pas venu jusqu'à sa ville natale, il prit son courage à deux mains et se transporta à Lagny, et après qu'il se fut fait reconnaître, il obtint sans difficulté toutes les pièces qui lui étaient nécessaires, c'est-à-dire son acte de naissance, ceux de ses père et mère, etc., etc.

Dès que Servigny se fut procuré ces diverses pièces, sir Lambton, Servigny et Laure allèrent à..., où ils devaient rester jusqu'à la conclusion du mariage.

Sir Lambton avait voulu que le mariage se fît à la campagne, afin d'éviter les commentaires de la société parisienne, promptement, secrètement, sans prévenir personne, et ce n'avait été qu'à force d'instances que Laure avait obtenu la permission de prévenir son amie, qui lui répondit qu'elle faisait les vœux les plus ardents pour son bonheur, et qu'elle espérait, de son côté, lui apprendre sous peu de temps une nouvelle qui l'étonnerait beaucoup.

Laure se doutait bien de ce que serait la nouvelle que son amie comptait lui apprendre plus tard; elle avait plusieurs fois rencontré chez elle le marquis de Pourrières, et déjà l'on disait dans le monde que la comtesse de Neuville attendait avec une certaine impatience la fin de l'année consacrée, pressée qu'elle était de serrer de nouveau les liens de l'hyménée; cela, du reste, n'étonnait personne, on trouvait tout naturel que Lucie, mariée fort jeune à un homme beaucoup plus âgé qu'elle, et auquel elle n'avait pu par conséquent accorder qu'une affection en quelque sorte filiale, épousât, puisque le sort avait voulu qu'elle redevînt libre, un homme qu'elle pourrait aimer d'amour, et qui, du reste, paraissait à tout le monde tout à fait digne de la posséder.

Laure était la seule qui ne partageait pas l'avis de tout le monde; elle n'avait pu vaincre l'antipathie que lui inspirait le marquis de Pourrières ; c'était en vain qu'elle se disait que cet homme, très-joli cavalier du reste, possédait en réalité toutes les qualités qui pouvaient assurer le bonheur de la femme qui le choisissait pour époux; elle ne voyait pas sans éprouver un vif sentiment de peine son amie déterminée à lui accorder sa main, elle était gênée, contrainte, lorsqu'elle se trouvait près de lui ; aussi n'allait-elle chez Lucie que beaucoup moins souvent qu'elle ne l'aurait fait si elle n'avait pas eu la crainte de l'y rencontrer.

XXVIII

Singulière union.

Trois mois environ après le mariage de Servigny et de Laure, une cérémonie semblable rassemblait dans l'église de Notre-Dame-de-Lorette une nombreuse compagnie.

Les personnes invitées à la cérémonie arrivaient à la suite les unes des autres, de sorte que lorsque les époux et leurs amis arrivèrent à leur tour, l'église était déjà remplie. Le vieux chevalier de Saint-Louis, que nous avons vu déjà chez madame de Villerbanne, donnait la main à Lucie.

La physionomie de Salvador était resplendissante d'orgueil; il adressa au vicomte de Lussan, en passant devant lui, un léger signe de tête protecteur, qui pouvait se traduire ainsi : Vous voyez, mon cher ami, que je sais surmonter tous les obstacles, et que ce que je veux, je l'obtiens.

— Ouais ! se dit le vicomte, est-ce que par hasard mon excellent ami oublierait déjà que c'est presqu'à moi qu'il doit ce qu'il obtient aujourd'hui ! Il faudra voir, morbleu ! il faudra voir...

Lucie n'était pas triste ; et cependant une certaine appréhension pouvait se lire sur sa jolie figure. Mais, lorsqu'elle jetait ses regards sur son mari, elle croyait lire tant d'amour dans ses yeux, que les légers nuages qui couvraient son front se dissipaient aussitôt.

Après la cérémonie, les amis de Lucie et du marquis de Pourrières, parmi lesquels on pouvait remarquer une foule de personnages distingués, vinrent adresser leurs félicitations aux jeunes époux et les prier d'agréer les vœux qu'ils faisaient pour leur bonheur, vœux stériles, hélas ! et qui ne devaient pas être exaucés !

Salvador se conformant à la mode anglaise, adoptée maintenant par presque tous les gens de bonne compagnie, avait manifesté à sa femme le désir d'aller, aussitôt après son mariage, passer la belle saison dans ses terres. Lucie n'avait pas cru devoir s'opposer à ce désir qu'elle avait trouvé tout naturel ; de sorte qu'il avait été convenu qu'aussitôt après la cérémonie religieuse, on partirait pour le château de Pourrières, où on passerait la lune de miel.

La cérémonie religieuse était terminée et les nouveaux époux allaient bientôt sortir de la sacristie, lorsqu'une femme d'une beauté remarquable, mais affreusement pâle et plus que pauvrement vêtue, entra dans l'église, se plaça au premier rang, en ayant soin de se tenir parmi les personnes qui attendaient, rangées en haie, le long des deux côtés de la nef, la sortie des nouveaux mariés qu'elles voulaient voir monter en voiture. Lorsque Salvador, qui donnait la main à Lucie, passa triomphalement près d'elle, elle poussa un léger cri qui lui fit tourner la tête de son côté, de sorte que ses regards, qui brillaient d'un feu sombre, rencontrèrent les siens.

Les traits du marquis, lorsqu'il eut vu cette femme, se couvrirent d'une mortelle pâleur, et vraiment il y avait bien de quoi ; elle lui apparaissait comme le spectre de Banco au Festin de Macbeth ; et son trouble fut si évident que Lucie le remarqua et lui demanda ce qu'il avait ? Il attribua son trouble et sa pâleur à une indisposition subite causée par l'émo-

tion et la chaleur, et que le grand air suffirait pour dissiper ; et il se hâta de regagner sa voiture, répondant à peine aux compliments et aux félicitations des nombreux amis qui se pressaient autour de lui ; seulement, lorsque le vicomte de Lussan s'approcha à son tour, il lui dit quelques mots à voix basse.

Le vicomte de Lussan parut très-étonné, il salua la comtesse et rentra dans l'église.

Il avait à peine fait quelques pas lorsqu'il fut abordé par de Préval.

— Devinez qui je viens de rencontrer ici ? lui dit son ami.

— Eh ! le sais-je ! répondit le vicomte.

— Eh bien ! je viens de me trouver face à face avec la belle Céleste Comtois, Silvia, marquise de Roselly, comme vous voudrez l'appeler. Oh ! je l'ai bien reconnue, malgré l'extrême pâleur qui couvre son visage et qui semble annoncer qu'elle vient de supporter une longue maladie, et les pauvres vêtements dont elle est couverte.

— Où est-elle ? dit le vicomte, il faut que je lui parle, il le faut absolument.

— Ma foi, mon cher ami, je ne puis vous satisfaire, je me suis sauvé aussitôt que je l'ai vue. Je me suis imaginé qu'elle n'était ici que pour jouer un mauvais tour à quelqu'un, et comme ce quelqu'un pourrait être moi aussi bien qu'un autre, ma foi ! ... Je puis cependant vous assurer qu'elle est encore dans l'église.

Le vicomte de Lussan, outré de la poltronnerie de son ami de Préval, le quitta sans lui répondre, et se mit à explorer l'église en tous sens. L'église Notre-Dame-de-Lorette n'est pas bien grande, et l'œil peut sans peine en embrasser toutes les parties ; il n'eut donc pas beaucoup de peine à trouver celle qu'il cherchait.

— Comme je ne me souciais pas de m'exposer à rencontrer quelqu'un dans ce misérable équipage, lui dit Silvia, je suis restée dans ce coin où je savais bien que vous finiriez par me découvrir.

— Mais par quel fâcheux hasard, madame la marquise, vous trouvez-vous en si pitoyable état, et qu'êtes-vous donc devenue depuis plus d'une année ?

— Oh ! c'est toute une histoire qu'il serait beaucoup trop long de vous raconter ici ; il vous a sans doute prié de vous occuper un peu de moi.

— Sans nul doute ; ah ! que n'êtes-vous venue quelques jours plus tôt...

— Je suis venue aussitôt que je l'ai pu ; ainsi le marquis de Pourrières est marié ?

— Il vous croyait morte, madame la marquise.

— Et il était impatient de se consoler ; c'est très-bien, c'est très-bien en vérité, la femme qu'il vient d'épouser est véritablement fort jolie ?

— Eh ! madame, si vous aviez été là, il est probable qu'il aurait refusé Vénus en personne.

— Le croyez-vous ?

— J'en suis persuadé ; mais vous connaissez le vieux proverbe : les absents ont tort.

— Le proverbe dit vrai, mais les absents reviennent quelquefois et alors ils ont raison.

— Je ne vous comprends pas, mais je suis à vos ordres, venez-vous ?

— Nous attendrons, si vous voulez bien le permettre, quelques instants, je vois encore dans l'église beaucoup de personnes que je connais.

Le ton sec et tranchant de Silvia avait légèrement indisposé le vicomte de Lussan; cependant il lui obéit et resta près d'elle, bravant les regards des curieux, qui ne pouvaient concevoir qu'un aussi élégant personnage se tînt ainsi en public avec une femme si misérablement vêtue ; il subissait sans s'en douter l'influence que cette singulière femme exerçait sur tous ceux qui la connaissaient, cependant il ne lui parlait pas.

— Vous ne me dites rien, monsieur le vicomte, dit Silvia après quelques instants d'un silence qui paraissait l'ennuyer infiniment.

— Je n'ai rien à vous dire, madame, répondit le vicomte, si ce n'est que maintenant l'église est presque déserte et que nous ferions bien de profiter de ce moment pour nous retirer.

— Partons donc, monsieur le vicomte, je suis prête à vous suivre.

Silvia passa son bras sous celui du vicomte, qui rougit jusqu'aux yeux, mais qui n'osa le refuser. Puis il la fit monter dans son cabriolet, se plaça à côté d'elle et fouetta vigoureusement son cheval, impatient d'échapper aux regards des quelques curieux retardataires rassemblés à l'entrée de l'église.

XXIX

Un coup d'œil en arrière.

— Où me conduisez-vous ? dit Silvia lorsque le cheval eut fait quelques pas.

— Oh ! parbleu, chez moi, répondit le vicomte de Lussan, où vous resterez jusqu'à ce que je vous aie trouvé un logement convenable.

Silvia ne répondit pas de suite, ce ne fut qu'après avoir réfléchi quelques instants, qu'elle dit au vicomte qu'elle préférait être menée dans un hôtel garni.

— Mais vous ne pouvez vous présenter nulle part faite comme vous l'êtes en ce moment, s'écria de Lussan.

— Je le sais bien, dit Silvia, mais il y a moyen de s'arranger ; vous allez d'abord me conduire dans un hôtel garni modeste, où vous arrêterez et payerez pour moi une petite chambre, un cabinet même, cela sera plus conforme à l'état présent de ma toilette ; vous irez ensuite m'acheter tout ce qui m'est nécessaire et lorsque je serai convenablement vêtue, vous me conduirez soit à l'hôtel de Londres, soit à celui des Princes, où je resterai jusqu'à ce que ma maison soit remontée.

Le vicomte de Lussan se conforma aux désirs de Silvia ; et comme à Paris il est facile de se procurer tout ce qu'on désire lorsque l'on ne ménage pas l'argent, quelques jours après, la marquise de Roselly, complètement équipée, était installée dans un des plus luxueux appartements de l'hôtel des Princes et recevait les hommages des princes russes, des lords anglais et des barons allemands, locataires ordinaires de cet hôtel.

Le lendemain matin, le vicomte de Lussan vint rendre visite à la marquise de Roselly. Silvia pria l'ami de Salvador de déjeuner avec elle, mais elle eut l'air de ne pas comprendre les questions détournées du vicomte de Lussan qui, nous devons le dire, aurait été bien aise de savoir ce qui lui était arrivé depuis sa disparition et qui cependant fut forcé de se retirer aussi ignorant qu'il l'était lorsqu'il était venu.

Quelques lignes nous suffiront pour apprendre à nos lecteurs ce qui était arrivé à Silvia du moment où elle fut frappée par Beppo sur le Pont-au-Change, jusqu'à celui où nous sommes arrivés.

La blessure qui lui avait été faite était excessivement grave, et après l'avoir examinée, les médecins, entre les mains desquels elle fut d'abord remise, déclarèrent qu'elle était mortelle et que rien ne pouvait la sauver ; mais le docteur Mathéo, chef du service dans lequel elle avait été placée, et qui l'examina à son tour le lendemain matin, ne fut pas de cet avis, et ne craignit pas d'assurer qu'il était encore possible de la guérir ; il prescrivit en conséquence tout ce que, suivant lui, il y avait à faire, et comme tous ceux qui étaient placés sous ses ordres respectaient autant sa science que son caractère, ses prescriptions furent si ponctuellement exécutées, qu'au bout de quelques jours l'état de la malade s'était

sensiblement amélioré et qu'enfin il fut notoire pour tout le monde qu'elle ne perdrait pas la vie.

Mais si Silvia ne devait pas perdre la vie, elle était menacée de conserver jusqu'à la fin de ses jours une infirmité qui devait la lui rendre bien cruelle. La frayeur qu'elle avait éprouvée au moment où elle avait rencontré Beppo, les souffrances qu'elle venait de supporter, la cruelle incertitude dans laquelle elle se trouvait plongée, toutes ces causes réunies avaient si fortement agi sur son système nerveux, tellement ébranlé son organisme, qu'elle avait perdu l'usage de la parole.

De semblables phénomènes, quelqu'extraordinaires qu'ils puissent paraître, sont beaucoup moins rares qu'on ne le pense généralement dans des cas pareils, et malheureusement la science est encore forcée de se borner à les constater, impuissante qu'elle est à y apporter quelque remède ; on a seulement remarqué que des causes ayant quelqu'analogie avec celles qui les avaient fait naître pouvaient les faire disparaître.

Silvia avait donc perdu l'usage de la parole, et les médecins qu'elle ne pouvait interroger que par signes, et que sa merveilleuse beauté intéressait vivement, ne pouvaient que l'engager à se résigner.

Elle avait été pendant près de trois mois entre la vie et la mort, dans un état complet de prostration, en un mot tout à fait hors d'état de répondre aux nombreuses questions qu'on lui avait adressées. Voyant qu'il était impossible de lui arracher des renseignements de nature à mettre sur les traces de son assassin, qui, jusqu'à ce moment, avait su échapper à toutes les recherches ; la police, forcée d'obéir à la médecine, avait consenti d'abord à la laisser en repos ; mais lorsqu'elle fut convalescente, elle revint s'installer à son chevet et recommença ses interrogations.

La médecine avait prévenu la police que celle qu'elle voulait interroger était muette ; mais cela ne découragea pas la noble dame, qui demanda à Silvia si elle savait écrire.

Celle-ci, qui s'était tracé une règle de conduite dont elle ne voulait pas se départir, répondit par signes qu'elle ne comprenait pas.

— Vous ne comprenez pas le français ? lui dit l'espèce de magistrat chargé de l'interroger, de quel pays êtes-vous ?

Silvia regarda celui qui lui parlait ainsi, puis elle lui tourna le dos.

Elle regretta beaucoup en ce moment de ne pouvoir dire à ce brave homme qu'elle le priait de faire venir un interprète, attendu qu'elle était muette et qu'elle ne comprenait que l'italien, ce que probablement il aurait fait sans y entendre malice.

L'irrévérence de Silvia le choqua, bien qu'il ne sût à quoi l'attribuer. Cependant après s'être gratté le front pendant quelques minutes, il se dit que c'était peut-être parce qu'elle ne comprenait point le français qu'elle ne lui répondait pas, et comme il était le plus fort polyglotte de la rue de Jérusalem, il lui adressa la parole en allemand.

Silvia ne fit pas le plus léger mouvement.

En anglais.

En espagnol.

En patois flamand.

Même silence.

Le pauvre homme était au bout de son rouleau, il se rappela heureusement quelques mots italiens, qu'il se hâta de prononcer.

Silvia se retourna et lui fit entendre par signes qu'elle comprenait parfaitement.

— Elle parle italien ! s'écria le brave homme enthousiasmé, elle parle italien ! J'étais bien sûr que nous finirions par nous comprendre, continua-t-il en s'adressant à ceux qui entouraient le lit de la malade.

— Vous voulez dire, lui fit observer un de ses estafiers, qu'elle comprend l'italien ? Vous n'avez sans doute pas oublié qu'elle est muette ?

— C'est vrai, elle est muette, je l'avais oublié. Mais c'est égal, il y a encore moyen de s'entendre. Savez-vous écrire ? dit-il à Silvia.

La malade lui fit un signe négatif.

— Elle ne sait pas écrire; c'est désagréable. Connaissez-vous l'homme qui vous a frappé?

Nouveau signe négatif.

— Ah!...

— Si signora Italiana?

Signe affirmatif.

— Di Roma?

Signe négatif.

— Di Firenze?

Signe négatif.

— Di Livorno?

Signe affirmatif.

— Savez-vous lire?

Signe négatif.

— Elle ne sait ni lire ni écrire, et elle est muette! s'écrie le magistrat d'un air à la fois désespéré et découragé; nous ne pourrons jamais savoir ni son nom, ni ce qu'elle était venue faire en France, ni pourquoi elle était vêtue d'un costume d'homme... C'est à en perdre la tête!

Les motifs qui faisaient agir Silvia ne sont pas difficiles à deviner.

Elle aurait bien voulu pouvoir se venger de Beppo; mais pouvait-elle, sans se compromettre elle-même, dénoncer l'expêcheur?

Lorsque Silvia fut tout à fait rétablie, l'autorité, qui n'avait pas encore perdu l'espoir d'en obtenir quelques curieuses révélations, la fit enlever de l'hospice où elle avait été consignée et transporter dans une prison. Comme elle avait compris que le meilleur moyen d'intéresser à elle ceux de qui dépendait son sort, était de se soumettre sans murmurer à toutes leurs volontés, elle se borna, lorsqu'on lui annonça cette nouvelle, à croiser ses mains sur sa poitrine et à lever les yeux vers le ciel, en signe de résignation.

Pendant près de cinq mois, qu'elle passa en prison avant d'être rendue à la liberté, elle ne se démentit pas un seul instant; elle travaillait avec ardeur et sa douceur était inaltérable. Enfin, elle manœuvra si bien, qu'elle intéressa l'aumônier de la prison, qui fit d'actives démarches afin de lui faire rendre la liberté.

Ces démarches allaient être couronnées de succès et Silvia attendait chaque jour l'ordre de sa mise en liberté, lorsqu'il lui arriva un événement heureux pour elle, bien qu'il prolongeât sa captivité de quelques jours et qu'il mît ses jours en danger.

Silvia s'était endormie heureuse de savoir que bientôt elle serait mise en liberté, lorsque, vers le milieu de la nuit, elle fut réveillée par les cris de ses compagnes de captivité, et les exclamations des employés de la prison qui couraient à travers les cours et les corridors de la prison; une fumée épaisse remplissait sa cellule, et à travers les barreaux de sa fenêtre, elle put voir les flammes dévorer la partie du bâtiment où était enfermé le bois.

Encore quelques minutes, et ces flammes allaient l'atteindre, et personne ne venait à son secours; les gardiens, occupés à contenir les prisonnières qu'ils avaient été forcés de faire sortir de leurs dortoirs et qui poussaient des cris effroyables, bien qu'elles fussent à l'abri de tout danger, paraissaient l'avoir tout à fait oubliée. Sa frayeur fut si vive, qu'une révolution subite s'opéra dans tout son être et qu'elle put pousser des cris perçants, suivis bientôt de cette exclamation : Au secours! au secours!...

Elle avait recouvré la parole!

Les cris de Silvia ne furent pas, heureusement pour elle, entendus des employés de la prison, qui se trouvaient dans la cour; mais ils attirèrent l'attention d'un pompier, qui, debout, la hache à la main, sur une solive embrasée, travaillait avec ardeur à isoler l'incendie; ce brave militaire, sans penser aux nombreux dangers qu'il allait affronter, s'élance sur le toit du bâtiment dont faisait partie la cellule habitée par Silvia; les flammes, la fumée, rien ne l'arrête, il arrive près de la cellule; Silvia, presque étouffée par la fumée, était tombée évanouie sur sa modeste couchette. Le brave pompier, qui voit derrière lui l'incendie faire de rapides progrès, n'hésite pas :

il frappe à coups redoublés sur les barreaux qui garnissent la fenêtre de la cellule; il en descelle un, puis deux; enfin, il parvient à entrer dans la cellule de la malheureuse prisonnière, qu'il prend entre ses bras, et malgré les flammes et la fumée qui ont redoublé d'intensité pendant les quelques minutes qui viennent de s'écouler, il reprend le chemin qu'il vient de parcourir, et à l'aide d'une échelle que lui tendent ses camarades, il arrive enfin dans la cour, où il dépose la femme qu'il vient de sauver au moment où le toit du bâtiment incendié s'affaisse et tombe.

Tout cela avait demandé pour se passer, moins de temps qu'il ne nous en a fallu pour le raconter. Le pompier avait déposé Silvia dans un coin isolé de la cour, et pressé de retourner où son devoir l'appelait, il l'avait quittée sans plus s'occuper d'elle, de sorte qu'elle était seule lorsqu'elle reprit l'usage de ses sens.

Nous laissons à nos lecteurs le soin d'apprécier combien fut grande la joie qu'elle éprouva lorsqu'elle fut tout à fait revenue à elle! Elle venait d'échapper à un effroyable danger, à la mort la plus cruelle, et elle avait recouvré l'usage de la parole!

Mais qu'allait-elle faire de cette précieuse faculté? devait-elle s'en servir ou la cacher avec soin? Après avoir réfléchi quelques instants, elle prit ce dernier parti, et c'était en effet le plus sage; on avait perdu l'espoir d'en obtenir quelque chose, puisque l'on était presque décidé à lui rendre la liberté, et quelque confiance qu'eût dans la finesse de son esprit, elle n'était pas bien certaine de répondre d'une manière satisfaisante aux nouvelles questions qu'on ne manquerait pas de lui adresser, si l'on venait à apprendre qu'elle n'était plus muette.

Il lui fallait bien du courage pour jouer le rôle qu'elle venait de s'imposer; ce courage, elle l'eut : continuellement sur ses gardes, elle ne laissa pas soupçonner un seul instant qu'elle pouvait à l'heure qu'il était répondre, si elle le voulait, aux questions que quelquefois on lui adressait.

Sa persévérance fut enfin récompensée, les portes de la prison furent ouvertes devant Silvia. L'aumônier lui avait remis une petite somme qu'il avait recueillie pour elle parmi plusieurs personnes charitables, et qui était destinée à subvenir aux frais du long voyage qu'elle avait soi-disant entreprendre, car elle avait fait comprendre que son intention était de retourner à Livourne, et le directeur de la prison, voulant contribuer à la bonne action de l'aumônier, lui avait fait présent du pauvre costume qu'elle portait lorsque nous l'avons vue apparaître dans l'église Notre-Dame-de-Lorette.

Elle aurait pu, si elle l'avait voulu, se procurer un costume un peu moins pauvre, car la somme que lui avait remise le digne prêtre, sans être considérable, était suffisante; mais elle avait préféré garder celui-ci, qui la rendait presque méconnaissable.

Elle alla directement de la prison à l'avenue Châteaubriand, où, comme nous le savons, était situé le petit hôtel qu'elle habitait lorsqu'elle avait été enlevée par Beppo; elle voulait savoir, en prenant des renseignements chez les voisins, ce qu'étaient devenus sa maison, ses gens.

Les personnes auxquelles elle s'adressa, sous le prétexte d'obtenir l'adresse de la marquise de Roselly, lui apprirent ce que nos lecteurs savent déjà, qu'après l'avoir attendu plusieurs jours, ses gens avaient été prévenir la police de cette bizarre disparition, on l'avait activement cherchée, mais que toutes les recherches ayant été inutiles, les scellés avaient été mis sur tout ce qu'elle possédait, et qu'après un certain temps, ses meubles, chevaux, équipages avaient été vendus par les soins de l'administration, et que le produit de la vente avait été déposé à la caisse des consignations pour lui être remis, dans le cas peu probable où elle viendrait le réclamer; du reste, on croyait généralement qu'elle avait été assassinée, et on ne savait ce qu'étaient devenus ses gens, qui s'étaient dispersés peu de temps après sa disparition.

— Je n'ai rien à craindre de ce côté, se dit Silvia après avoir quitté la bavarde épicière qui venait de lui donner ces renseignements qu'elle avait, du reste, accompagnés de commentaires assez peu bienveillants pour la marquise de Roselly, qu'elle détestait, par la raison toute simple que ce n'était pas chez elle que se fournissait cette dame; je n'ai absolument rien à craindre. Allons maintenant chez le marquis de Pourrières.

La demeure de Salvador n'était pas éloignée de l'hôtel naguère habité par Silvia; aussi, malgré sa faiblesse, il ne lui fallut que peu de temps pour s'y rendre, il était alors environ onze heures du matin.

La porte cochère de l'hôtel était ouverte à deux battants et la cour était remplie de brillants équipages. Silvia, tenant son mouchoir devant sa figure, dans la crainte d'être reconnue par quelques-uns des gens du marquis, s'approcha de la cour; elle remarqua alors devant le péristyle une voiture toute neuve, attelée de deux superbes chevaux blancs. Les armes qui ornaient les panneaux de cette voiture lui apprirent qu'elle appartenait au marquis de Pourrières; le cocher, le chasseur et les laquais avaient revêtu des livrées toutes neuves: ils avaient des gants blancs et d'énormes bouquets à leurs boutonnières.

— C'est singulier, se dit Silvia; est-ce que par hasard il se marie?

Elle demeura quelques instants ensevelie dans de profondes et tristes réflexions, qui toutes se terminaient ainsi : comment faire et quels moyens employer pour empêcher ce mariage?

Elle fut arrachée à ses réflexions par des cris de gare! vingt fois répétés, et elle fut obligée de se ranger précipitamment contre la muraille, pour éviter d'être renversée par la voiture du marquis de Pourrières qui passa rapide devant elle, suivie de toutes celles qui, deux minutes auparavant, emplissaient la cour de l'hôtel.

Silvia, après avoir essuyé son front sur lequel roulaient de grosses gouttes de sueur, s'approcha du suisse de l'hôtel, nouveau serviteur qu'elle ne connaissait pas, occupé en ce moment à fermer la porte cochère.

— Votre maître va donc se marier? lui dit-elle de sa plus douce voix, car elle craignait que cet important personnage, fier de sa livrée toute neuve et resplendissante d'or, ne voulût pas condescendre à causer quelques instants avec une femme jolie, à la vérité, mais plus que pauvrement vêtue.

— Oh! le mariage est déjà fait, dit le suisse d'une voix presque douce. Monsieur le maire, pour faire honneur aux nouveaux époux, a bien voulu se déranger pour eux...

Un nuage passa devant les yeux de Silvia.

— A quoi bon se désoler, se dit-elle après un instant de silence, c'est un fait accompli; mais je me vengerai.

— Dites donc, dit, avec un accent provençal très-prononcé, le suisse, qui avait remarqué le trouble subit de Silvia, on dirait, vraiment, que vous êtes fâchée de ce que vous venez d'apprendre?

— Moi! répondit Silvia qui avait recouvré tout son sang-froid, je suis, au contraire, charmée de ce que M. le marquis de Pourrières, qui, à ce que l'on dit, est un très-charitable gentilhomme, épouse aujourd'hui une aussi aimable et aussi jolie femme que... Tiens, j'ai oublié le nom de son épouse.

— Madame la comtesse de Neuville, la veuve du fameux général, rien que ça, dit le suisse en se frottant les mains d'un air de profonde satisfaction.

— Et savez-vous où doit se faire la cérémonie religieuse?

— A Notre-Dame de Lorette. Oh! ce sera superbe, et si je n'étais pas forcé de garder l'hôtel, où il n'y a personne, j'irais voir cela.

Silvia ayant obtenu du suisse tout ce qu'elle désirait en obtenir, le quitta après lui avoir promis de revenir.

A quelques pas de l'hôtel de Pourrières, Silvia monta dans un cabriolet de place qui la mena à l'église Notre-Dame de Lorette.

— Je tâcherai, se dit-elle plus d'une fois durant le trajet, de faire une lune rousse de leur lune de miel; et, s'il plaît au diable je réussirai.

XXX

Silvia se réveille.

Le soleil vient de se lever, la rosée brille encore en perles étincelantes sur les feuilles des arbres séculaires du parc de Pourrières. Roman se promène en sifflotant le long de la barrière naturelle que forme, au parc du château de Pourrières, le ravin dans lequel le malheureux Ambroise a trouvé la mort.

Roman n'a plus cette physionomie pleine et colorée que nous lui connaissons. Les lignes jadis pures de son visage sont tourmentées; ses joues pendantes sont pâles; de nombreuses rides sillonnent son front; ce ne sont pas les remords qui ont causé de tels ravages, mais bien le jeu et l'ivrognerie, car ses yeux ont conservé leur expression ordinaire d'insouciance, et ses lèvres, qui se relèvent un peu à chaque commissure, n'ont pas perdu leur expression sardonique.

Roman se promenait depuis quelques minutes seulement, lorsqu'il vit Salvador s'avancer vers lui.

Leur conversation nous apprendra quel motif les réunissait de si grand matin dans cette partie reculée du parc.

Roman fit quelques pas au-devant de son ami, il lui présenta sa main, que Salvador refusa de serrer dans les siennes.

— A ton aise, dit-il, à ton aise.

Et il recommença sa promenade.

Les yeux bleus de Salvador lançaient des éclairs, sa démarche était brusque et saccadée; il était facile de voir qu'il était en proie à une violente colère, colère longtemps contenue et qui allait enfin éclater.

— Voyons, lui dit Roman, est-ce seulement pour me faire assister au lever de l'aurore, spectacle cheri de tous les hommes vertueux, s'il faut en croire la chanson de défunt M. Bouilly, que tu m'as prié de me trouver ce matin dans cette partie isolée du parc?

— Le moment est mal choisi pour plaisanter, répondit Salvador; ainsi, fais-moi grâce, je t'en prie, de tes sottes citations, que je ne suis pas d'humeur à écouter.

— Ah! diable! eh bien! puisqu'il en est ainsi, parlons sérieusement! Que me veux-tu?

— Je veux que tu me donnes l'explication de la scène scandaleuse qui s'est passée ici pendant mon absence.

— Et que veux-tu que je te dise? j'avais bu, il faut le croire, quelques verres de junançon de trop; je mais dans le salon, avec une des femmes de ta noble épouse, qui, à ce moment, est entrée et m'a donné l'ordre de sortir, d'un ton auquel je n'ai pas été habitué depuis que je suis au service du marquis de Pourrières (Roman, pour prononcer ces derniers mots, donna à sa voix une inflexion sardonique qui n'échappa pas à Salvador). Je me suis emporté, et j'ai envoyé madame la marquise se promener, peut-être un peu moins poliment que je ne l'aurais dû, voilà tout.

— Voilà tout! voilà tout! en vérité je t'admire. Et sais-tu quels sont les résultats de ta conduite? Ma femme exige, et je vais être forcé de lui obéir, que je te renvoye à l'instant même.

— Tu diras à ta femme que ce qu'elle exige est impossible; elle criera peut-être un peu, mais lorsqu'elle sera bien convaincue que ses cris sont inutiles, elle prendra son parti et n'y pensera plus à rien.

Salvador ne répondit pas à ce petit discours que son ami avait prononcé du ton le plus leste et le plus dégagé qu'il soit possible d'imaginer; il continua à se promener à grands pas. Roman, que son obésité empêchait de le suivre, s'était

LES VRAIS MYSTÈRES DE PARIS

Par VIDOCQ

Par quel fâcheux hasard, madame la marquise, vous trouvez-vous en si pitoyable état? (age 37.)

assis sur un tronc d'arbre et attendait patiemment qu'il voulût bien revenir près de lui.

— Il le faut, se disait Salvador en continuant sa promenade à pas précipités; il le faut absolument; car, maintenant, il ne changera pas; mais quels moyens employer

Il revint près de Roman :

— Écoute, lui dit-il, tu dois comprendre qu'après ce qui s'est passé, il faut absolument que tu quittes le château?

— Mais je ne demande pas mieux, répondit Roman; donne-moi un peu d'argent, et je pars aujourd'hui même pour Paris, où tu me retrouveras, je le promets, tout à fait corrigé.

— Je le désire; mais je n'y compte pas, reprit Salvador, qui prit dans son portefeuille trois billets de mille francs qu'il remit à son ami. Ne les joue pas, ajouta-t-il; car je te donne ma parole que je ne t'en donnerai pas d'autres d'ici trois mois au moins; tu as maintenant dissipé plus que la moitié de ce qui te revenait; ainsi, tu n'as plus rien à exiger.

— C'est bon, c'est bon, sermonneur; je sais que tu es un excellent garçon, incapable de laisser dans l'embarras ton plus cher ami, si par hasard il s'y trouvait. Je vais de suite te débarrasser de ma présence qui, je le vois, t'importune en ce moment. Tu es encore sous l'influence de la lune de miel, mais cela se passera, mon très-cher, cela se passera.

Roman, après avoir serré la main de Salvador, se dirigea vers l'avenue du parc qui conduisait au château, en sifflant l'air de la marche des Tartares, que, selon toute apparence, il affectionnait beaucoup.

Nos lecteurs, nous en sommes à peu près certain, ont déjà

deviné quelles étaient les idées qui germaient dans la tête de Salvador, que Roman vient de laisser seul près le ravin du parc, et qui n'a pas interrompu l'exercice assez fatigant auquel il se livre depuis déjà longtemps.

Ils ont deviné que cet homme a conquis, grâce à ses crimes et au hasard qui a toujours favorisé toutes ses entreprises, un nom honorable parmi les plus honorables, une position élevée, une fortune considérable, que cet homme, qui vient d'épouser une femme que les plus riches et les plus nobles lui envient, veut conserver tout cela; et que, comme il a vu que s'il laissait vivre auprès de lui un homme dont le jeu et l'ivrognerie avaient presque annihilé les facultés, cela ne lui était pas possible, il a pris la résolution de se débarrasser de son complice.

Mais comment se débarrasserait-il de cet homme, que tant de liens mystérieux attachaient à lui? Voudrait-il consentir à s'expatrier, et, en supposant même qu'il le voulût, son absence assurerait-elle sa tranquillité? Ne pouvait-il pas, de loin comme de près, lui imposer des lois auxquelles il serait forcé de se soumettre?

De près, Roman était moins à craindre pour Salvador que de loin; car il y avait entre eux une effroyable solidarité; de la sûreté de l'un dépendait celle de l'autre; mais l'éloignement rompait cette solidarité, seule garantie des scélérats entre eux.

Il ne fallait donc pas que Roman s'éloignât; et cependant Salvador, bien convaincu que les vices de son ami, ou plutôt de son complice, ne feraient qu'augmenter avec l'âge, était bien déterminé à ne point en supporter plus longtemps les conséquences.

Salvador s'était déjà dit tout ce qui précède, lorsque sa femme lui raconta l'odieuse scène qui avait provoqué l'entrevue dans le parc à laquelle nous venons d'assister.

Alors, mais seulement alors, Salvador osa envisager la conclusion nécessaire des pensées dont nous venons d'analyser la substance.

Il se dit, en termes positifs, que la mort de Roman pouvait seule assurer son bonheur et sa tranquillité, et la mort de Roman fut à l'instant résolue.

Il n'était resté dans la partie solitaire du parc, où l'avait laissé celui dont il venait de jurer la mort, que pour chercher à son aise les moyens de lui arracher la vie sans courir le risque de se compromettre.

Ainsi, cet homme, qui depuis plus de vingt ans était son compagnon de tous les instants, cet homme, auquel il venait de serrer la main, cet homme, en un mot, qui lui avait donné et auquel, à son tour, il avait donné de nombreuses preuves de dévouement, il l'allait tuer sans éprouver plus de pitié que l'on n'en a pour l'animal immonde que l'on est forcé d'écraser du pied. Il ne faut pas, cher lecteur, que cela vous étonne; Salvador se disposait à agir comme aurait agi, ou tout au moins comme aurait désiré agir, tout autre individu placé dans les mêmes conditions; comme aurait agi Roman lui-même, s'il se fût trouvé à sa place; tant il est vrai que les sentiments affectueux n'ont de valeur et de durée qu'autant qu'ils sont basés sur l'estime réciproque de ceux qui les éprouvent.

Salvador n'avait pas de plan arrêté, lorsqu'il avait engagé son complice à retourner à Paris; il ne voulait qu'éloigner du château la victime qu'il était bien déterminé à sacrifier à sa tranquillité; il pensait, avec raison, qu'il trouverait là, plus facilement que partout ailleurs, l'occasion de commettre avec sécurité, et de couvrir d'un voile épais, le nouveau crime qu'il méditait.

Le jour même où Roman arrivait à Paris, Salvador recevait au château de Pourrières la lettre suivante :

« Monsieur le marquis de Pourrières,

« Si jamais je vous trompe, m'avez-vous dit un jour à la suite d'une assez violente querelle, durant laquelle j'avais manifesté le désir de vous quitter, désir auquel vous avez cru devoir vous opposer, si jamais je vous trompe, vous aurez acquis le droit de vous venger! Je ne sais encore si vous m'avez trompé, mais je sais fort bien que vous venez d'épouser madame la comtesse Lucie de Neuville, que vous aimez beaucoup, à ce qu'on assure : que vous ayez épousé cette femme pour donner à votre position dans le monde un nouveau relief; pour que sa dot vînt augmenter votre fortune, je le conçois facilement, et je ne songe pas à m'en plaindre; mais que vous l'aimiez lorsque je suis là, lorsque je n'ai pas cessé de vous aimer, lorsque c'est, en quelque sorte, à cause de vous que j'ai supporté pendant plus d'une année des souffrances sous le poids desquelles une femme moins forte que je ne le suis aurait cent fois succombé, voilà ce que je ne souffrirais pas, voilà ce que je regarderais comme une tromperie; c'est de cela, croyez-moi bien, que je me vengerai; je sais fort bien que votre perte entraînerait la mienne, mais je crois que vous avez assez de perspicacité, et que, par conséquent, vous connaissez trop bien mon caractère, pour ne pas croire que cette considération pourrait me faire hésiter seulement une minute.

« Je veux donc (entendez-vous bien, *je veux*) que vous me disiez quelles sont les raisons qui vous ont déterminé à épouser la comtesse de Neuville; je veux que vous me donniez l'assurance que je n'ai pas perdu la place que je dois occuper éternellement dans votre cœur; je veux que vos actions me prouvent la sincérité de vos paroles.

« Je sais que je vous dois le récit de ce qui m'est arrivé depuis que nous avons été séparés; ce récit, je vous le ferai lorsque vous aurez répondu à cette lettre, et il vous prouvera, je l'espère, que j'ai le droit de vous parler comme je le fais maintenant.

« Répondez-moi de suite à l'*Hôtel des Princes*, où je suis logée maintenant, grâce à votre ami, le vicomte de Lussan, dont je suis très-contente; de suite, entendez-vous, car je suis très-peu patiente, vous le savez, et quelquefois l'impatience fait commettre une foule d'imprudences dont on se repent lorsqu'il n'est plus temps de les réparer.

« Toute à vous,

« SILVIA. »

Salvador s'attendait à recevoir de Silvia une lettre à peu près semblable à celle que nous venons de mettre sous les yeux de nos lecteurs; celle-ci ne l'étonna donc pas, mais comme il savait sa maîtresse très-capable de mettre à exécution les menaces qu'elle ne craignait pas de lui faire, il crut qu'il devait lui écrire de suite, et de manière à la contenter.

Voici donc ce qu'il lui répondit :

« Votre lettre m'a beaucoup étonné; comment, c'est vous qui me faites des menaces, c'est vous qui osez me demander compte de mes actions! cependant, comme j'aime à croire que je crois que vous me promettez me prouvera que vous avez le droit de me parler comme vous le faites, je veux bien vous répondre.

« Roman, qui est en ce moment à Paris, vous dira quelles sont les raisons qui m'ont déterminé à prendre pour femme la comtesse de Neuville, que je n'ai épousée, vous croyant morte ou du moins infidèle (et pouvais-je croire autre chose ?), que pour donner un nouveau relief à ma position dans le monde et pour augmenter ma fortune de sa dot; je ne veux pas dire que, si vous n'étiez pas revenue, je ne me serais pas laissé séduire par les aimables qualités qu'elle possède, vous ne me croiriez pas, et vous auriez raison; mais il est une femme qui me paraîtra toujours préférable à toutes les créatures de son sexe; et cette femme-là, c'est vous! vous le savez bien!

« Mais je veux (entendez-vous bien, je *veux*), qu'elle me dise quels sont les événements qui l'ont retenue loin de moi pendant plus d'une année, et il faut, pour que je lui reconnaisse les droits qu'elle s'arroge, peut-être un peu trop prématurément; que les explications qu'elle doit me donner soient assez claires et assez catégoriques pour ne laisser aucun doute dans l'esprit.

« Je crois, Silvia, que vous avez assez de perspicacité pour bien connaître mon caractère, et que, par conséquent, vous ne devez pas croire que les menaces que vous me faites puissent m'épouvanter; je suis, vous le savez, l'homme du monde qui accepte avec le plus de résignation les faits accomplis; je ne vous recommanderai donc ni la patience, ni la prudence, vous êtes parfaitement libre d'agir de la manière qui vous paraîtra la plus convenable.

« Tout à vous,

« A. DE POURRIÈRES. »

Salvador n'envoya cette lettre à Silvia qu'après en avoir adressé une autre à Roman, dans laquelle il lui traçait la conduite qu'il devait tenir vis-à-vis de sa maîtresse; il savait que son complice, aussi intéressé que lui à ne point mécontenter la marquise de Roselly, qu'il craignait malgré le ton assuré qu'il affectait dans sa lettre, le servirait fidèlement malgré les germes de mécontentement qui existaient entre eux.

XXX.

Correspondance.

Silvia au marquis de Pourrières.

Paris.

« J'ai vu Lebrun. Nos lecteurs savent que Silvia appelait ainsi Roman; le vicomte de Lussan, l'ayant entendu nommer au festin donné chez Lemardelay par Alexis de Pourrières, était le seul des amis de Salvador qui connût son véritable nom. Et je suis à peu près satisfaite de ce qu'il m'a dit. Vous avez, m'a-t-il dit, été très-affligé de ma perte, et ce n'est qu'après m'avoir longtemps cherché et fait chercher, que vous vous êtes déterminé à épouser la comtesse de Neuville.

« Je vous le répète, ce n'est point de votre mariage, qui, je le crois sans peine, pouvait seul réparer les brèches faites à votre fortune par l'inconduite de votre intendant, que je songerai à me plaindre, s'il ne me fait pas perdre votre affection.

« Est-ce que vous ne pouvez pas vous débarrasser du bon M. Lebrun, est-il absolument nécessaire que vous gardiez près de vous cet homme, qui, si je dois croire ce que m'en a dit le vicomte de Lussan, perd tous les jours au jeu des sommes considérables, qu'il ne peut prendre que dans votre caisse?

« Je sais bien qu'il connaît une foule de choses et que c'est probablement pour cela que vous lui laissez faire à peu près tout ce qu'il veut, mais il me semble qu'il existe des remèdes pour guérir tous les maux, et que dans la position où vous vous trouvez, l'emploi même des plus énergiques ne doit pas vous épouvanter.

« Si par hasard vous aviez l'intention de vous guérir, vous pourriez compter sur moi, je serais heureuse de trouver l'occasion de vous donner une nouvelle preuve de dévouement.

« Le vicomte de Lussan m'a dit que vous étiez parti avec le dessein de passer toute la belle saison au château de Pourrières; comme sans doute vous avez annoncé ce dessein à votre femme, et qu'un changement subit de détermination pourrait lui paraître extraordinaire et lui faire croire que ses charmes ont perdu le pouvoir de vous retenir près d'elle, ne changez rien à vos projets; j'attendrai pour vous servir que vous soyez de retour à Paris; vous voyez que je suis de composition facile. Aussi j'ai l'espérance que vous me tiendrez compte plus tard de mon extrême mansuétude.

« Je dois, maintenant que la paix est à peu près faite entre nous, vous raconter tout ce qui vient de m'arriver, vous allez lire une bien singulière histoire, et que peut-être vous ne voudriez pas croire si elle n'était pour ainsi dire de notoriété publique (1). »

Silvia raconte ici à Salvador des événements que nos lecteurs connaissent déjà, c'est-à-dire tout ce qui lui est arrivé depuis son enlèvement par Beppo, au moment où elle sortait de chez elle pour aller chez la devineresse de la rue des Vignes à Chaillot, jusqu'au moment où elle lui apparut dans l'église Notre-Dame-de-Lorette..

« Si maintenant, continue-t-elle après avoir achevé ce récit, vous demandez ce que c'est que Beppo, qui m'a si audacieusement enlevée en plein jour, à deux pas de mon domicile, je vous répondrai que cet homme est celui que j'avais chargé de punir l'outrecuidance de M. de Préval, mon premier amant; ceci demande peut-être une explication que je vous donnerai lorsque nous serons réunis.

« Le récit que je viens de vous faire vous a prouvé, je l'espère, que je n'avais absolument rien à me reprocher, et que j'avais le droit de vous parler comme je l'ai fait dans ma première lettre.

« Adieu, mon ami, écrivez-moi souvent, vos lettres me consoleront de votre absence.

« Toute à vous,

« SILVIA »

. S. « Vous avez déjà deviné que ma bourse est dans le plus piteux état qu'il soit possible d'imaginer, ayez donc la bonté de m'envoyer de suite quelques billets de mille francs; je resterai à l'hôtel des Princes jusqu'à ce que vous soyez à Paris, nous ne songerons à remonter ma maison que lorsque vous serez de retour.

(1) Nos lecteurs n'ont pas oublié que les journaux du temps rendirent compte de l'attentat dont Silvia faillit être la victime, et des événements qui suivirent.

Le marquis de Pourrières à la marquise de Roselly.

Du château de Pourrières.

« Je viens de recevoir votre lettre, ma chère Silvia, et l'empressement que je mets à vous répondre vous donnera la mesure du plaisir qu'elle m'a fait éprouver.

« Je suis aussi satisfait qu'il est possible de l'être des explications que vous avez bien voulu me donner, et je reconnais sans peine que vous n'avez absolument rien à vous reprocher, et que vous aviez le droit de me parler comme vous l'avez fait.

« Je resterai, puisque vous voulez bien me le permettre, jusqu'à la fin de l'été au château de Pourrières.

« Nous parlerons, lorsque je serai de retour à Paris, du bon M. Lebrun; ce que vous me dites de cet excellent serviteur me prouve que nous nous entendons parfaitement sans avoir besoin de nous adresser de longs discours, et que les souffrances que vous venez d'éprouver ne vous ont pas fait perdre une seule de vos brillantes qualités.

« Je vous envoie dix mille francs, en un mandat sur M. Mathieu Durand, banquier à Paris, ne ménagez pas l'argent; je puis, Dieu merci, sans me gêner, subvenir largement à tous vos besoins, et si je puis me guérir de la maladie dont je suis attaqué, je pense qu'il en sera toujours de même.

« Votre maison sera remontée lors de mon retour à Paris, et avec plus de luxe qu'elle ne l'était; vous savez sans doute qu'une somme assez considérable, produite par la vente de tous les objets vous appartenant, qui garnissaient votre hôtel de l'avenue Châteaubriand, est déposée à la caisse des consignations, il est peut-être possible de recouvrer cette somme, nous y aviserons.

« N'y aurait-il pas moyen de se débarrasser de ce Beppo, qui me paraît un homme fort dangereux?

« Adieu, ma chère Silvia, comptez toujours sur l'affection et l'entier dévouement de votre fidèle amant.

« A. DE POURRIÈRES. »

— Ainsi, se dit Salvador après avoir cacheté cette lettre, il faudra, lorsque je me serai débarrassé de Roman, que je satisfasse tous les caprices de cette femme, dont maintenant je n'ai que faire. Il n'en sera pas ainsi, madame la marquise de Roselly; je me servirai de vous, puisque vous savez votre concours; et, ma foi, après... Mais de combien de victimes se composera la sanglante hécatombe que je dois sacrifier à ma sûreté?

Salvador demeura quelques instants la tête cachée entre ses mains; puis il sonna, et ordonna au domestique qui se présenta d'aller mettre à la poste la lettre qu'il venait d'écrire.

Roman à Salvador.

Paris

« Mon cher ami,

« Le malheur ne se lasse pas de me poursuivre; j'ai perdu les trois billets de mille francs que tu m'as remis lorsque je suis parti de Pourrières, et quelques autres que j'ai empruntés à ce bon vicomte de Lussan, qui vient de faire, j'en suis certain, une excellente affaire, car il a renouvelé son mobilier, changé ses chevaux et ses équipages.

« Je suis donc absolument sans le sou; tu comprends que je ne puis rester dans une pareille pénurie, et je suis convaincu que tu vas de suite m'envoyer une bonne petite somme.

« Ton ami,

« ROMAN

Salvador à Roman.

Du château de Pourrières.

« Tu t'es grossièrement trompé, mon cher ami, je ne t'enverrai pas la bonne petite somme que tu me demandes et cela, par la raison toute simple que je suis absolument dans la même position que toi, c'est-à-dire sans argent, et que, pour t'en envoyer, il faudrait que j'en empruntasse, ce que je ne puis faire dans ce moment.

« Il faut que la passion du jeu et l'ivrognerie t'aient rendu stupide, puisque m'écrivant pour me demander de l'argent, que tu iras porter sur le tapis vert de quelque tripot clandestin aussitôt que tu l'auras reçu, tu ne saisis pas cette occasion de me parler d'une foule de choses qui m'intéressent infiniment. Tu le sais bien; tu as vu la marquise de Roselly, que fait-elle? que dit-elle? As-tu vu les hommes de là-bas? as-tu quelque chose en vue? Il faut absolument que tu trouves un moyen quelconque de remplir notre coffre-fort, puisque tu sais si bien le mettre à sec; je viens, je crois, de faire une assez belle affaire, signale-toi à ton tour; j'ai maintenant le droit de te retourner les reproches que tu me faisais, lorsque le chagrin que me causait la disparition de Silvia m'avait rendu tout à fait incapable de travailler. Cependant, sois prudent, très-prudent, excessivement prudent, ne fais rien surtout avant de m'avoir consulté, ne va pas oublier que, grâce aux deux funestes passions qui te dominent, tu n'as plus maintenant ce coup d'œil exercé et cette rare intrépidité qui faisaient autrefois de toi un homme précieux.

« Maintenant, parlons raisonnablement, comme je ne veux pas te laisser absolument dépourvu d'argent, je t'envoie cinq cents francs; à la fin de chaque mois, je t'enverrai ou je te remettrai une pareille somme; six mille francs par an, c'est, je crois, un revenu fort honnête, surtout pour un homme qui a fait la sottise de perdre au jeu plus de quatre cent mille francs en quelques années, et je pense que, si tu veux bien te rappeler que tu as perdu au delà de ce qui te revenait dans la succession d'Alexis, et de ce que nous avons rapporté les diverses affaires que nous avons faites, tu seras assez raisonnable pour ne pas exiger davantage.

« Adieu, mon cher Roman, sois raisonnable, c'est ce que je te souhaite.

« Ton ami,

« SALVADOR. »

Tous les mots qui composaient cette lettre avaient été tracés, entre les lignes d'une lettre insignifiante, avec de l'encre sympathique, et ne devaient apparaître qu'après avoir été approchés du feu; Salvador et Roman, dans la crainte que leurs lettres ne s'égarassent à la poste, ou qu'elles ne fussent perdues, ne négligeaient jamais cette précaution, assez commune du reste chez les gens de leur trempe.

Roman à Salvador.

Paris.

« Monsieur le marquis,

Je viens de perdre les cinq cents francs que vous aviez bien voulu m'envoyer, et j'ai été si confus, si désespéré d'avoir commis cette nouvelle faute, que je suis de suite rentré chez moi, afin de cacher à tous les yeux mon triste visage, et que, pour me consoler, j'ai avalé sans coup férir une bouteille entière de votre excellent rhum.

« La divine liqueur de la Jamaïque a opéré dans mon esprit une telle révolution, que je ne me trouve plus maintenant aussi coupable que je me le paraissais tout à l'heure; que dis-je, je me trouve même tellement innocent, que je suis presque étonné que tu ne m'aies pas envoyé, au lieu de morale, dont je ne me soucie guère, la robe blanche, symbole d'innocence, que revêtaient les jeunes lévites avant de procéder aux sacrifices.

« Ah çà! mon cher ami, je crois vraiment que tu te moques de moi; j'ai, dis-tu, perdu tout ce qui me revenait dans l'héritage d'Alexis de Pourrières, et ma part dans les diverses affaires que nous avons faites; tu as peut-être raison, je n'ai point pris la peine de calculer, mais tu es, je le crois, possesseur d'une fortune assez considérable, et de cette fortune la moitié m'appartient: tu n'avais peut-être pas pensé à cela?

« Aie donc l'extrême bonté de m'envoyer de l'argent chaque fois que je t'en demanderai, si tu veux que je ne cesse pas d'être

« Ton meilleur ami,

« ROMAN. »

Salvador à Roman.

Du château de Pourrières.

« La fortune à laquelle tu fais allusion est celle de ma femme, et non la mienne; je ne puis ni ne veux en faire le sacrifice, pour te mettre à même de satisfaire ta folle passion.

« Je t'enverrai cinq cents francs, et pas plus.

« SALVADOR. »

Roman à Salvador.

Paris.

« A ton aise, garde ton argent, puisque tu ne veux pas en sacrifier une petite partie pour obliger ton ami; je n'en ai, d'ailleurs, pas besoin, j'ai trouvé le moyen de m'en procurer sans me compromettre, tant pis pour celui aux dépens de qui l'affaire sera faite.

« Tout à toi,

« ROMAN. »

La marquise de Roselly au marquis de Pourrières

Paris.

« Mon cher Alexis, savez-vous bien que le bon M. Lebrun joue en ce moment un jeu d'enfer, et qu'il perd chaque soir des sommes énormes; le vicomte de Lussan me disait, il n'y a qu'un instant, qu'hier il avait perdu au moins cinquante mille francs.

« Si le bon M. Lebrun avait fait seul une affaire qui lui eût procuré des sommes aussi considérables que celles dont il dispose maintenant, nous le saurions, car les journaux, qui sont depuis quelque temps d'une monotonie désespérante, nous en auraient parlé; l'argent qu'il joue et perd ne peut donc être qu'à vous, peut-être le lui avez-vous confié pour un emploi quelconque, peut-être vous l'a-t-il dérobé; du reste, maintenant que vous êtes averti, vous vous conduirez comme vous le jugerez convenable.

« Je désire bien vous revoir, mon cher Alexis, hâtez donc votre retour à Paris.

« SILVIA. »

Le marquis de Pourrières à la marquise de Roselly.

Du château de Pourrières.

« Je vous remercie bien, ma chère Silvia, de l'avis que vous avez bien voulu me donner; quoiqu'il me soit parfaitement inutile, l'argent que M. Lebrun joue et perd en ce moment ne m'appartient pas, il se l'est procuré, je ne sais comment mais ce n'est pas dans ma caisse qu'il l'a pris.

« Amusez-vous bien, et croyez que si vous avez hâte de me revoir, je ne suis pas moins impatient de pouvoir vous serrer dans mes bras, mais les devoirs conjugaux...

« Je quitterai Pourrières à la fin du mois prochain, peut-être avant.

Juste, banquier à Paris, à M. le marquis de Pourrières.

Paris.

« Monsieur le marquis

« Je ne prendrais pas la liberté de vous écrire, si je ne connaissais l'amitié que vous portez à votre intendant, M. Lebrun; car je sais fort bien que je n'ai pas le droit de vous réclamer la moindre chose; mais des personnes estimables, qui connaissent l'extrême bonté de votre cœur, et notamment M. le vicomte de Lussan, m'ayant donné l'assurance que vous feriez tout ce qu'il est possible de faire pour tirer M. Lebrun de la position fâcheuse dans laquelle il se trouve par sa faute, je me suis déterminé à vous adresser cette lettre.

« J'ai donc, monsieur le marquis, l'honneur de vous prévenir que, si d'ici à dix jours (je vous laisse, vous le voyez, tout le temps de vous rendre à Paris), je n'ai pas reçu votre visite, je me verrai forcé de déposer, au parquet de monsieur le procureur du roi, une plainte en faux contre M. Lebrun, à laquelle plainte seront jointes quatre lettres de change montant ensemble à la somme de cent mille francs, que je n'ai escomptées que parce qu'elles portaient une signature faussement attribuée par M. Lebrun à M. le marquis de Pourrières.

« J'ai l'espérance que vous voudrez bien épargner à votre intendant les funestes résultats d'une plainte en faux, et prendre en considération la position d'un malheureux capitaliste, qui ne se trouve aujourd'hui victime que parce qu'il a cru pouvoir accorder toute sa confiance à un homme que vous honoriez de la vôtre.

« J'ai l'honneur d'être, avec le plus profond respect,
« Monsieur le marquis,
« Votre très-humble et très-obéissant serviteur.

« JUSTE. »

— Le sort en est jeté, s'écria Salvador après avoir froissé entre ses mains la lettre de Juste, il faut que tout cela finisse, et de suite; ce misérable Roman a déjà trop vécu.

Salvador, après avoir donné l'ordre d'atteler les chevaux à la voiture qui devait le conduire jusqu'à Aix, où il comptait prendre la poste, alla trouver sa femme, afin de lui annoncer son départ.

Lucie était un peu triste. Elle se leva cependant de la chaise longue sur laquelle elle était assise, afin d'aller au-devant de son mari.

Salvador l'embrassa sur le front.

— Je viens, lui dit-il, de recevoir une lettre qui m'apprend que je suis en danger de perdre une somme assez considérable; ma présence sur les lieux où mes intérêts sont compromis pourra peut-être conjurer le malheur qui me menace; je viens donc vous prier de vouloir bien me permettre de vous laisser seule quelques jours.

— Partez, lui répondit Lucie, je vais prier Dieu de favoriser votre entreprise.

— Je suis, puisque telle est votre intention, certain de réussir, reprit Salvador. Les prières d'un ange tel que vous ne peuvent manquer d'être exaucées.

Quelques instants après, les vigoureux chevaux de l'administration des postes emportaient Salvador sur la route de Paris.

XXXII

Le crime puni par le crime.

Nous devons à nos lecteurs le récit des événements qui précédèrent l'envoi par Juste, à Salvador, de la dernière lettre que nous venons de mettre sous leurs yeux.

Roman, bien convaincu, après avoir lu la lettre de Salvador, que son ami ne lui enverrait pas d'argent de suite, chercha les moyens de s'en procurer; le misérable, semblable du reste à tous ceux qui se laissent dominer par la funeste passion du

jeu, était malade tout le jour, lorsqu'il n'avait pas l'espoir de passer sa soirée devant un tapis vert qu'il pourrait couvrir d'or.

Après avoir longtemps et inutilement cherché, il entendit un jour, pendant qu'il se promenait sur le boulevard des Italiens, prononcer près de lui le nom de Juste, par deux jeunes gens qui se plaignaient d'avoir été volés par cet usurier.

— Il y a bien de l'or chez ce vieil Arabe, se dit Roman, bien des billets de banque, bien des bijoux, est-il donc impossible de lui enlever tout, ou du moins une bonne partie de ses richesses?

Et il continua son chemin en réfléchissant; tout à coup il s'arrêta et se frappa le front, après avoir jeté dans l'air une joyeuse exclamation.

— Je suis, parbleu! bien sot, s'écria-t-il, de n'avoir pas plus tôt pensé à cela; ah! mon Salvador, vous ne voulez pas me donner de bonne volonté quelques misérables billets de mille francs! Eh bien! cher ami, vous m'en donnerez de force une grande quantité, et ceux-là, je le crois, vous coûteront cher; c'est cela, il y a vingt à parier contre un que je réussirai; du reste, qui ne risque rien n'a rien, et puisque je veux avoir quelque chose, il faut que je risque beaucoup.

Roman, après s'être dit ce que nous venons de rapporter, monta dans un cabriolet de régie, et se fit conduire rue Saint-Dominique d'Enfer.

Rien n'était changé, ni à l'extérieur, ni à l'intérieur de la demeure du vieil usurier. Le Terre-Neuve était toujours dans la cour de l'habitation, aussi vigoureux, aussi hargneux que par le passé, paraissant n'attendre qu'un signe de son maître pour se jeter sur ceux que l'usurier voudrait faire dévorer.

Juste introduisit Roman dans la pièce qui lui servait de cabinet, et après l'avoir invité à s'asseoir et s'être retranché dans son fort, il se mit, sans plus de façons, à achever son déjeuner, composé, comme de coutume, d'une jatte de lait et d'un morceau de pain bis.

— Vous ne me reconnaissez pas? dit Roman, qui ne savait trop de quelle manière il devait commencer la conversation.

— Je vous demande bien pardon, monsieur, lui répondit Juste sans seulement prendre la peine de lever ses petits yeux vert de mer, je vous ai parfaitement reconnu, vous êtes un ami de M. de Pourrières.

— Vous êtes, monsieur Juste, doué, à ce qu'il paraît, d'une excellente mémoire.

— On le dit; mais, pardon, vous êtes sans doute venu chez moi afin de me proposer une affaire?

— Vous l'avez dit, je suis venu chez vous afin de vous proposer une affaire, une excellente affaire, monsieur Juste.

— Vrai, eh bien! s'il en est ainsi, nous pourrons facilement nous entendre, je saisis avec empressement toutes les occasions de gagner quelques sous qui se présentent à moi; parlez, monsieur, je suis prêt à vous accorder toute l'attention dont je suis capable.

— Vous connaissez, alors, M. le marquis de Pourrières?

— M. le marquis de Pourrières, dit-il après avoir ouvert le registre couvert de parchemin à la lettre P; je le connais beaucoup de réputation, il a fait quelques affaires avec un de mes confrères, qui tient, sur le boulevard, un magasin de jouets d'enfants, du reste, ce confrère est très-content de lui; M. le marquis de Pourrières est très-riche par lui-même, et sa fortune est augmentée depuis son mariage; on peut, sans se compromettre, lui escompter de deux à trois cent mille francs.

— Ainsi, vous donneriez deux cent mille francs contre des lettres de change du marquis de Pourrières?

— Si monsieur le marquis m'offrait un intérêt raisonnable et une première hypothèque sur ses propriétés, nous pourrions nous entendre; mais, est-ce une affaire ordinaire que vous voulez me proposer?

— Non, répondit Roman, c'est, au contraire, une affaire très-extraordinaire.

— Expliquez-vous, mon cher monsieur, je ne déteste pas les affaires extraordinaires.

— Vous êtes discret ?

— Question inutile, vous ne seriez pas venu, si d'avance vous n'aviez pas été persuadé de mon extrême discrétion.

— Voici ce dont il s'agit, entre un recéleur comme vous et un voleur comme moi, on peut s'entendre : Je suis l'intendant, l'ami, ou plutôt le complice de M. le marquis de Pourrières; je sais tant de choses, que je suis persuadé que mon maître, mon ami, mon complice, comme vous voudrez l'appeler, donnerait, sans hésiter, toute sa fortune pour éviter de me voir comparaître devant une Cour d'assises; car il sait qu'il n'y a personne au monde qui soit plus bavard qu'un accusé. Eh bien ! si vous voulez me compter seulement soixante-dix mille francs, je vous signerai, au nom du marquis de Pourrières, cent mille francs de lettres de change; cela vous va-t-il ?

Juste réfléchit quelques instants.

— Je ne puis, dit-il, vous donner aujourd'hui une réponse positive, revenez me voir demain, nous causerons, je crois que l'affaire pourra s'arranger.

Roman quitta Juste beaucoup plus joyeux qu'il ne l'était lorsqu'il était entré dans la tanière de l'usurier; outre le plaisir qu'il éprouvait en pensant que, le lendemain, il pourrait satisfaire sa passion favorite, il était charmé de faire pièce à Salvador.

Le lendemain matin, l'usurier Juste endossa l'habit que nous lui connaissons, se coiffa de son classique tricorne, et après avoir lâché son Terre-Neuve dans la cour de son habitation, dont il ferma soigneusement la porte, il se rendit chez le vicomte de Lussan.

— Quel bon vent vous amène, lui dit le noble gentilhomme breton, venez-vous me demander à déjeuner ?

— Nous déjeunerons, puisque vous voulez bien m'inviter, répondit Juste, puis ensuite vous me donnerez quelques conseils, que je vous payerai cinq mille francs s'ils me conviennent.

Le vicomte de Lussan sonna, et donna l'ordre à son valet de chambre d'apporter, dans sa chambre à coucher, tout ce qu'il fallait pour déjeuner confortablement.

— Je vous écoute, monsieur Juste, dit-il à l'usurier lorsqu'ils furent tous deux placés devant un guéridon de bois d'acajou, sur lequel se trouvaient une poularde du Mans, un pâté de Chartres, quelques fruits magnifiques et plusieurs bouteilles d'excellent vin.

Juste raconta au vicomte de Lussan ce qui lui était arrivé la veille, et lui demanda s'il devait accepter la proposition de Lebrun.

— Si vous ne m'aviez pas promis cinq mille francs, je vous dirais de ne point faire cette affaire, dont, en définitive, mon ami de Pourrières sera la seule victime; mais comme vous vous êtes montré généreux, je veux être vrai : vous pouvez sans crainte, si la solvabilité du marquis de Pourrières vous paraît suffisante, escompter les lettres de change que vous propose Lebrun.

Le vicomte, afin de prouver à l'usurier qu'il pouvait en toute sûreté suivre le conseil qu'il venait de lui donner, et sans doute aussi afin de gagner les cinq mille francs promis, lui raconta tout ce qu'il savait de Salvador et de Roman.

— C'est charmant, s'écria le bon M. Juste, c'est charmant; comment, ce sont ces messieurs qui ont envoyé dans l'autre monde mon confrère Josué ? La mort de ce juif m'a été trop avantageuse pour que je ne m'empresse pas d'obliger un de ceux auxquels je la dois. Adieu, monsieur le vicomte, vous aurez tout ce qu'il savait de Salvador et de Roman.

Juste, après avoir pris congé du vicomte de Lussan, retourna de suite chez lui; il venait seulement de rentrer lorsque Roman sonnait à sa porte.

Pour l'introduire dans son cabinet, l'usurier, auquel les confidences du vicomte avaient appris ce dont il était capable, prit encore plus de précautions que la veille.

— Je veux bien, lui dit-il, faire ce que vous me demandez; mais, comme l'opération que vous m'avez proposée est purement aléatoire, je vous donnerai seulement cinquante mille francs. Cela vous convient-il ?

— Cinquante mille francs, répondit Roman, c'est peu.

— Mes chances de perte sont aussi nombreuses, si ce n'est plus, que mes chances de gain.

— J'accepte les cinquante mille francs, monsieur Juste.

— Veuillez, en ce cas, me souscrire les lettres de change.

Roman eut bientôt fait ce que désirait Juste ; l'usurier prit les lettres de change et sortit du cabinet; après une absence de quelque minutes, il rentra, et remit à Roman les cinquante billets de banque que celui-ci attendait avec la plus vive impatience.

— N'oubliez pas, dit l'usurier à son client, lorsque ce dernier fut sur le point de mettre le pied dans la rue, que ces lettres de change seront déposées au parquet de M. le procureur du roi, si elles ne sont pas payées à leur échéance ; vous avez deux mois devant vous.

— Je tâcherai de bien employer ces deux mois, répondit Roman ; ce sont peut-être les deux seuls qui me restent.

Le soir même, Roman, jaloux, ainsi qu'il l'avait dit, de bien employer son temps, était installé devant une table de jeu, et le sort, sans doute pour que sa chute prochaine lui parût plus cruelle, lui faisait gagner une somme assez considérable.

Les lettres qui forment la matière du chapitre précédent, nous ont appris que la fortune cessa bientôt de le favoriser. Après des alternatives de perte et de gain, il survint une dégringolade irrésistible qui fut couronnée, vers l'époque de l'échéance des lettres de change, par la perte de trente mille francs annoncée à Salvador par Silvia.

Roman, après cette perte, rentra à l'hôtel de Pourrières. Il était presque fou. Ses yeux, dont le blanc était sillonné de petits filets sanguinolents, sortaient à moitié de leur orbite ; l'expression de ses traits, empreints d'une pâleur cadavéreuse, était telle que le suisse, qui avait pris une lampe pour venir lui ouvrir, recula épouvanté, et lui demanda s'il se trouvait indisposé et s'il avait besoin de quelque chose.

— Je n'ai besoin de rien, imbécile, lui répondit Roman, qui se retira dans sa chambre, où, suivant sa coutume, il se fit apporter une bouteille de rhum qu'il but tout entière avant de se mettre au lit.

Le lendemain il était si faible qu'il fut forcé de rester couché.

Salvador, avant d'arriver à Paris, s'était arrêté à Melun, à l'hôtel de la Galère, où il avait laissé sa chaise de poste, et il avait pris, pour se rendre à Paris, la voiture publique qui part à quatre heures de cette ville. Ce n'était que dans deux jours que l'usurier Juste devait réaliser la menace qu'il lui avait faite, et ces deux jours, Salvador voulait bien les employer.

— Que dois-je faire ? se dit-il lorsqu'il fut seul dans les rues de la capitale. Roman une fois mort, et il mourra, s'écria-t-il, en grinçant des dents et en caressant la pointe acérée d'un tirepoint renfermé dans la poche de son habit, je ne puis être forcé de payer les lettres de change remises à Juste par ce misérable ; mais qui me dit que pour déterminer cet infâme usurier à lui donner de l'argent, Roman, abruti par l'usage immodéré des liqueurs fortes, aveuglé par son infernale passion, ne lui a pas fait quelques confidences dont il pourrait se servir; qui me dit que je ne serai pas inquiété au sujet de la mort de Roman si je refuse de payer cet usurier qui remuera ciel et terre afin de trouver les moyens de me compromettre ? Quel dédale et comment en sortir ?

Je payerai, il le faut, se dit encore Salvador, après quelques minutes de réflexions, heureux, bien heureux d'en être quitte à aussi bon marché.

Lorsque la nuit fut tout à fait venue, Salvador jeta sur ses épaules le large manteau que, jusqu'à ce moment, il avait porté sous son bras ; il rabaissa sur ses yeux les larges bords du chapeau dont il était coiffé, et se dirigea vers la rue de Courcelles.

L'atmosphère était lourde et le ciel sombre; Salvador alla se poster à quelques pas de sa demeure. Caché sous une porte cochère, il pouvait voir, sans en être vu, tous ceux qui entraient à l'hôtel ou qui en sortaient.

Il était depuis environ une heure au poste qu'il avait choisi, lorsque Roman sortit; le malheureux marchait en chancelant.

Il était ivre. Il passa près de Salvador sans le remarquer. Celui-ci lui laissa faire quelques pas, puis il se mit sur ses traces. Roman, dont le grand air paraissait avoir augmenté l'ivresse, chancelait de plus en plus et se heurtait à tous les passants ; cependant il marchait assez rapidement, il arriva enfin dans la rue Richelieu, et entra dans une assez belle maison, voisine du boulevard.

Roman, nos lecteurs l'ont sans doute déjà deviné, avait pris tout ce qui lui restait, et, malgré son extrême faiblesse, il allait, dans le tripot clandestin où il passait toutes ses soirées, tenter une dernière fois la fortune.

Salvador ne l'avait pas perdu de vue ; enveloppé dans son manteau, et les yeux cachés par son chapeau à larges bords, il se promenait sur le trottoir qui fait face à la maison dans laquelle était entré Roman ; les boutiquiers riverains de ce trottoir et les gracieuses phalènes qui s'y promènent chaque soir le remarquèrent d'abord ; mais lorsque les uns et les autres se furent dits que cet homme mystérieux attendait sans doute la venue de sa belle, ils n'y firent plus attention.

Il était plus d'une heure du matin, lorsque Roman sortit de la maison devant laquelle son complice l'attendait toujours. La lueur projetée par le bec de gaz placé au-dessus de la porte cochère permit à Salvador de remarquer que son visage était extrêmement coloré.

Il fit quelques pas sur le boulevard, alors presque désert...

— Faut-il une voiture, là, mon bourgeois ? lui dit un cocher de cabriolet, près duquel il s'était arrêté par hasard.

Salvador tressaillit.

— Il est sauvé s'il prend une voiture ! se dit-il.

Roman hésita quelques instants, puis il se remit en route sans répondre au cocher.

— Enfin ! se dit Salvador, Dieu soit loué !

Il agrafa son manteau qu'il jeta derrière ses épaules, afin de laisser à ses bras la faculté d'agir en liberté, et il prit le tirepoint dans la poche de son habit.

La lame en était forte et la pointe acérée.

Salvador traversa le boulevard ; il ne voulait frapper son complice que lorsqu'il serait engagé dans une des rues assez désertes qui avoisinent l'hôtel de Pourrières.

La marche de Roman était brusque et saccadée ; il s'arrêtait souvent, et de sourdes exclamations, d'éclatants blasphèmes s'échappaient de sa poitrine. A la hauteur de la rue Caumartin, il brisa sa canne contre une des bornes du boulevard.

Salvador suivit tous ces mouvements avec attention.

La rue de Courcelles, où est situé l'hôtel de Pourrières, n'était pas, à l'époque où se passèrent les faits que nous avons voulu raconter, éclairée par le gaz, et les réverbères s'étaient éteints depuis longtemps ; lorsque Roman s'y engagea, elle était donc parfaitement sombre.

Salvador ne laissa à son complice que le temps d'y faire quelques pas. Semblable à la panthère qui se jette prompte comme l'éclair, au milieu d'un troupeau de buffles, choisit une proie dans le flanc de laquelle elle enfonce ses ongles de fer et qu'elle ne quitte que lorsqu'elle est étendue privée de vie sur le sable, il se précipita sur Roman qu'il saisit par le cou afin de ne pas lui laisser la faculté d'appeler à son secours.

L'abus des liqueurs fortes avait tellement affaibli le misérable, qu'il ne lui restait plus rien de son ancienne vigueur ; il fit cependant, pour se défendre, quelques efforts ; mais Salvador le contint facilement, et il lui plongea, à trois reprises, son tirepoint dans le cœur.

Lorsque Salvador cessa de le tenir, il tomba lourdement sur le pavé.

Il était mort.

— Et d'un, dit Salvador après l'avoir dépouillé de ses bijoux et de son portefeuille, on croira que ce sont des voleurs qui se sont rendus coupables de ce meurtre. Qui pourrait dire, dit-il d'une voix sourde, que c'est le marquis de Pourrières qui a tué cet homme ?

— Moi ! dit une voix de femme au-dessus de l'assassin.

Salvador leva la tête, et à la fenêtre d'un appartement situé à l'entresol d'une petite maison, devant laquelle était tombé son complice, il vit se dessiner dans l'ombre les formes d'une femme.

— Chut ! lui dit-elle à voix basse, je vais descendre vous ouvrir.

Salvador avait reconnu la voix de Silvia.

Quelques minutes après, elle ouvrait mystérieusement la porte de sa maison, dans laquelle elle introduisait Salvador.

La fille de la Sans-Refus était vêtue seulement d'un élégant peignoir de mousseline blanche garni de dentelles ; ses pieds, petits et mignons, étaient emprisonnés dans des mules de satin rose, dignes de chausser Cendrillon ; ses longues boucles de cheveux noirs encadraient son visage encore un peu pâle.

Silvia et Salvador venaient d'entrer dans la chambre, d'où l'ex-cantatrice avait vu ce qui venait de se passer dans la rue.

— Par quel hasard vous trouvez-vous ici ? lui dit Salvador ; je vous croyais à l'hôtel des Princes ?

Silvia, avant de répondre à son amant, ferma les volets de la croisée, puis elle sonna.

A cet appel, une grande et forte jeune fille se présenta à l'entrée de la chambre.

— Marie, lui dit Silvia, M. le marquis de Pourrières va passer ici le reste de la nuit. Vous allez donc, ma fille, vous enfermer dans votre chambre, dont vous ne sortirez que demain matin, lorsque je vous appellerai, lorsque je vous appellerai, entendez-vous, Marie ?

— Oui, madame, répondit la servante ; je ne sortirai de ma chambre que lorsque vous m'appellerez, j'ai bien compris.

— C'est bien, mon enfant.

La servante se retira.

— Il faut tout prévoir, dit Silvia en souriant lorsqu'elle fut seule avec Salvador ; si par hasard il vous prenait fantaisie de me traiter de la même manière que ce pauvre M. Lebrun, cette fille resterait après moi !...

— Ah ! quelle pensée, s'écria Salvador en se mordant les lèvres.

— Osez dire, lui répondit Silvia en le regardant en face, que l'idée de vous débarrasser de moi ne s'est jamais présentée à votre esprit ?... Du reste, je ne vous en veux pas, continua-t-elle après quelques instants de silence ; la même pensée me serait peut-être venue, si j'avais été à votre place ; vous ne pouvez pas lire dans mon cœur, vous ne pouvez pas deviner tout ce qu'il renferme, pour vous, de dévouement et de sentiments affectueux.

Il y avait dans la voix de Silvia, lorsqu'elle prononça ces mots, un tel accent de tendresse, que Salvador, qui venait de tuer celui dont depuis près de vingt ans il avait pris l'habitude de nommer son ami, fut presque ému.

— Si je vous gêne, ajouta Silvia, si l'un de nous deux est de trop sur la terre, ne craignez pas de manifester votre volonté ; dites un mot, un seul mot, j'ai assez de courage pour mourir, pourvu que ce ne soit pas de votre main.

— Mais je ne veux pas que tu meures ! s'écria Salvador ; tu es la seule femme au monde que je puisse aimer.

— N'est-ce pas ? répondit Silvia en se précipitant entre les bras de son amant, qui la serra avec force contre sa poitrine.

L'artificieuse créature venait de reconquérir l'empire, que pendant si longtemps elle avait exercé sur Salvador.

Le bruit des pas mesurés d'une patrouille rappela aux deux assassins (Silvia, témoin impassible du meurtre que venait de commettre son amant, ne doit-elle pas être considérée comme sa complice ?) ce qui venait de se passer. Ils s'approchèrent tous deux de la fenêtre. Les soldats qui composaient la patrouille s'étaient arrêtés près du cadavre ; les paroles qu'ils prononçaient arrivaient claires et distinctes aux oreilles de Salvador et de sa maîtresse.

— Il est mort, dit un des soldats.

— Bien mort, répondit un autre.

— Tout ce qu'il y a de plus mort, ajouta un troisième.

— Le résultat prouve que vous avez frappé d'une main bien assurée, dit Silvia !

Salvador serra, en souriant, la main de sa maîtresse.

— Écoutons, lui dit-il

— Que faut-il faire ? dit un des soldats.

— Conscrit ! répondit d'une voix brève le caporal, il faut aller chercher le commissaire de police.

— On va venir lever le cadavre, dit Salvador.

— A leur aise, répondit Silvia.

Les deux assassins quittèrent la place qu'ils occupaient près de la fenêtre, et vinrent s'asseoir l'un près de l'autre sur un divan.

— Vous êtes, dit Salvador, une bien rusée créature ; et je suis maintenant persuadé qu'il est beaucoup plus avantageux de vous avoir avec soi, que contre soi.

— Je suis heureuse de ce que vous voulez bien penser ainsi, répondit Silvia ; c'est me donner la certitude que nous ne nous séparerons jamais.

Du bruit dans la rue éveilla de nouveau l'attention de Salvador et de Silvia ; ils voulaient voir ce qui allait se passer. après avoir éteint la lumière qui les éclairait, ils s'approchèrent de la fenêtre.

Le commissaire de police venait d'arriver.

Il se pencha sur le cadavre de Roman, qu'il examina à la lueur d'un falot, porté par un des soldats de la patrouille.

— Cet homme, qui paraît appartenir aux classes distin-guées de la société, a été dépouillé de son argent et de ses bijoux, dit-il ; les assassins n'ont pas laissé sur lui un seul papier qui puisse servir à le faire connaître, il faut le porter à la Morgue.

Les soldats formèrent avec leurs fusils une sorte de bran-card, sur lequel ils placèrent le cadavre du misérable Roman, et suivirent le commissaire de police.

Bientôt le bruit cadencé de leurs pas se perdit dans le loin-tain.

— Bon voyage. monsieur Lebrau, dit Silvia ; j'espère bien ne jamais vous revoir. pas même dans l'autre monde, ajouta-t-elle ; car j'aime à croire que notre mort est le dernier acte d'un drame qui n'a pas d'épilogue.

— Possible. répondit Salvador, très-possible, chère amie ; mais le contraire aussi est possible. et s'il en est ainsi, nous aurons, vous et moi, lorsque nous paraîtrons devant lui. un fameux compte à rendre au *nœu des nœus* (1)... mais je tombe de sommeil.

Il se laissa tomber sur le divan...

(F. Dieu.)

FIN DE LA TROISIÈME PARTIE

Sceaux. — Typ. et ster. M. et P.-E. Charaire.

LES VRAIS MYSTÈRES DE PARIS

PAR VIDOCQ

QUATRIÈME SÉRIE

XXXII

Complications

Le lendemain, vers les dix heures du matin, la servante de Sivia sortit de sa chambre à la voix de sa maîtresse, et alla chercher une voiture de place, dans laquelle Salvador, d'arrasse de son simple maintien, monte, accompagné de Sivia qu'il reconduisit à l'hôtel des Princes. Il se fit ensuite mener à l'embarcadère du chemin de fer d'Orléans, qui le conduisit à Corbeil, d'où il lui fut facile de gagner Melun à l'aide des correspondances

Il reprit dans cette dernière ville la chaise de poste laissée à l'hôtel de la Galère, et revint de suite à Paris.

Ses domestiques savaient déjà que l'on avait relevé pendant la nuit, dans la rue de Courcelles, le cadavre d'un homme assassiné, mais aucun d'eux ne se doutait que ce cadavre était celui de l'intendant de leur maître.

— Lebrun est-il ici ? demanda Salvador à celui qui l'avait accompagné dans sa chambre à coucher.

Pris ainsi à l'improviste, le domestique hésita quelques instants.

— Voulez-vous me répondre ? ajouta Salvador.

— Lebrun est sorti avant-hier au soir à dix heures, et il n'est pas encore rentré à l'hôtel, répondit le domestique.

— C'est bien, vous pouvez vous retirer ; donnez au cocher l'ordre de faire mettre les chevaux au landau.

Resté seul, Salvador changea de costume, et lorsqu'il supposa que l'ordre qu'il venait de donner avait été exécuté, il descendit, et se fit conduire rue Saint-Dominique d'Enfer.

Il se rendait chez Juste.

L'usurier accabla le marquis de Pourrières d'une foule de politesses.

— J'étais bien sûr, s'écria-t-il, que monsieur le marquis ne voudrait pas me voir victime de la confiance que j'ai témoignée à son intendant.

Salvador coupa court à ces démonstrations exagérées, dont il n'était pas la dupe.

— Je suis venu ici, dit-il à l'usurier, pour tâcher de m'entendre avec vous, relativement au payement de ces malheureuses lettres de change, et non pour écouter vos doléances, parlons donc d'affaires si vous le voulez bien.

— Que votre volonté soit faite, monsieur le marquis!

— Vous avez escompté à Lebrun cent mille francs de fausses lettres de change, combien faut-il vous compter pour rentrer en possession de ces titres?

— Mais pas plus de cent mille francs.

— Vous plaisantez sans doute?

— Je ne plaisante jamais lorsqu'il s'agit d'argent; je n'ai d'ailleurs retenu, à M. Lebrun, qu'un très-léger intérêt; je ne puis donc, quelle que soit mon envie de vous obliger, faire le plus léger sacrifice.

— Vous risquez alors de perdre tout; je laisserai Lebrun subir les conséquences de sa faute.

— Vous en êtes le maître, monsieur le marquis, vous en êtes le maître.

— Voyons, monsieur Juste, montrez-vous digne du nom que vous portez; soixante mille francs?

— Impossible!

— Soixante-dix?

— Impossible!

— Quatre-vingts?

— Impossible!... Je vous diminuerai dix mille francs seulement, mais je ne consens à cette concession, qu'à la condition que vous me ferez la promesse de ne vous adresser qu'à moi, lorsque vous désirerez vendre quelques objets de grande valeur.

Salvador avait affaire à un homme aussi tenace qu'il l'était lui-même, et il était en quelque sorte sous sa dépendance, il fut donc forcé de subir sa loi.

— Je me résigne, dit-il à Juste, mais comme vous devez savoir que, quelque considérable que soit la fortune que l'on possède, on n'a pas toujours quatre-vingt-dix mille francs à sa disposition, j'espère que vous voudrez bien me donner le temps de rassembler cette somme?

— Tout le temps que vous voudrez, monsieur le marquis, tout le temps que vous voudrez, quinze jours, un mois, même; seulement, vous me souscrirez pareille somme de lettres de change et vous me consentirez une hypothèque sur vos biens.

— Je ferai tout ce que vous voudrez, monsieur Juste.

— Je suis charmé, monsieur le marquis, de ce que vous voulez bien vous montrer raisonnable; je vous remettrai demain, chez votre notaire, les lettres de change souscrites par votre intendant.

— Soit, à demain dix heures.

Juste reconduisit le marquis jusqu'à la porte de son habitation.

Lorsque Salvador fut dans la rue et qu'il eut fermé sur lui sa porte, Juste ouvrit le guichet grillé qui y était pratiqué, il colla derrière sa face ridée et parcheminée.

— Monsieur de Pourrières, monsieur le marquis? s'écria-t-il.

Salvador, qui allait monter en voiture, se retourna.

— N'oubliez pas, je vous prie, lui dit le vieil usurier, de présenter mes hommages à madame la marquise de Roselly.

Salvador voulait demander à l'usurier l'explication de ces dernières paroles, mais Juste, sans plus de façons, lui ferma le guichet sur le nez.

— Je ne m'étais pas trompé, se dit Salvador, ce misérable usurier n'a donné de l'argent à Roman que parce que celui-

ci lui a fait quelques confidences, ces deux misérables se sont entendus pour me dépouiller.

Au détour de la rue Saint-Dominique d'Enfer, le tilbury du vicomte de Lussan croisa le landau de Salvador; le noble gentilhomme, qui avait dicté à Juste la lettre que celui-ci avait adressée au marquis de Pourrières, étant bien persuadé que son ami ne voudrait laisser à personne le droit d'outrager la mémoire du malheureux intendant, allait toucher les cinq mille francs qui lui avaient été promis.

— Voulez-vous, dit-il à Salvador, m'attendre quelques minutes; je vais emprunter de l'argent au vieil arabe qui demeure dans cette rue; comme j'ai de bons gages à lui laisser entre les mains, il ne remettra de suite ce qu'il me faut, nous renverrons nos équipages et nous irons faire un tour dans le jardin du Luxembourg avant de déjeuner; j'ai à vous apprendre une nouvelle qui vous étonnera beaucoup.

— Allez, répondit Salvador, vous me retrouverez dans l'allée de l'Ouest.

Salvador renvoya sa voiture et alla attendre le vicomte de Lussan au lieu indiqué; celui-ci, ainsi qu'il l'avait promis, ne fut absent que quelques minutes.

— Vous voilà donc de retour à Paris, dit-il à son ami, j'en suis vraiment charmé, votre absence commençait à me faire faute; vous n'allez pas, je l'espère, retourner à Pourrières?

— Je resterai à Paris, puisque j'y suis, je vais aujourd'hui même écrire à ma femme de venir m'y retrouver.

— Ce cher marquis, je suis, croyez-le bien, très-heureux de votre bonheur.

Salvador, après avoir répondu comme il le devait à ces témoignages d'amitié, rappela au vicomte de Lussan qu'il venait de lui faire la promesse de lui apprendre une nouvelle qui devait, avait-il dit, beaucoup l'étonner.

— Ce pauvre Roman, dit le vicomte d'un ton affligé que démentait l'expression sardonique de son visage, quelle triste fin!

— Qu'est-il donc arrivé à Roman? répondit Salvador; je ne suis arrivé que ce matin et je ne l'ai pas encore vu, il n'avait pas passé la nuit à l'hôtel.

— Ne savez-vous pas qu'un homme a été assassiné cette nuit dans la rue de Courcelle?

— Si fait; mais qu'y a-t-il de commun, je vous prie, entre cet homme assassiné et Roman, est-ce que par hasard Roman...

— Oh! non, heureusement; Roman est, au contraire, l'homme assassiné.

— Vous plaisantez?

— Du tout. Ayant lu ce matin dans un de mes journaux le récit de cet événement et le signalement de la victime, et ces détails ayant piqué ma curiosité, je suis allé de suite à la Morgue et j'ai parfaitement reconnu le cadavre du pauvre Roman.

— Je vais alors faire ma déclaration à la police, et donner des ordres afin que le corps de mon pauvre ami soit réclamé et que les honneurs funèbres lui soient rendus.

— C'est bien, mon ami, c'est bien.

— Allons déjeuner, dit Salvador; la promenade que nous venons de faire m'a donné de l'appétit, et je crois que nous ne rendrons pas la vie à Roman en nous condamnant à mourir d'inanition.

— Parfaitement raisonné, cher marquis, parfaitement raisonné.

— Voulez-vous, dit au dessert le vicomte de Lussan, que je vous parle avec franchise?

— Vous m'obligerez, lui répondit Salvador.

— Eh bien, je crois que vous connaissiez avant moi la mort de notre ami.

— Que voulez-vous dire?

— Vous m'avez parfaitement compris; si du reste ce que je pense est vrai, je vous approuve, il y a déjà longtemps que vous auriez dû vous débarrasser d'un homme dont les détestables habitudes vous auraient tôt ou tard compromis et qui se servait de votre fortune comme si elle eût été à lui.

— Ce cher vicomte, il a toujours le petit mot pour rire, dit Salvador en quittant la table.

Les deux amis se séparèrent en sortant et Salvador rentra de suite chez lui.

Il s'enferma dans son cabinet et s'assit devant son bureau, sur lequel il plaça plusieurs liasses de papiers qu'il examina successivement avec beaucoup d'attention ; ce travail l'occupa plusieurs heures.

— Il ne me restera, lorsque j'aurai payé l'usurier Juste, dit-il après l'avoir achevé, que dix mille francs de rente et le bien de ma femme qui peut rapporter vingt-cinq mille francs environ ; trente-cinq mille francs par année, c'est bien peu...

« Je ne puis décidément, continua-t-il après quelques instants de réflexion, me contenter d'un aussi mince revenu ; le train du vicomte de Lussan, qui ne possède même pas la vieille tour ruinée qui servait d'habitation à ses nobles aïeux, est presque aussi considérable que le mien... Je ne puis donc encore cesser de *travailler* ; j'ai des charges, des charges lourdes et nombreuses ; ma maison à soutenir, celle de Silvia à monter de nouveau ; je ne puis, sans compromettre l'honneur du nom que je porte, retrancher la moindre chose de mon train... »

Le monologue de Salvador vient d'apprendre à nos lecteurs que cet homme, bien loin de renoncer à sa criminelle industrie, méditait au contraire de nouveaux crimes ; il devait, du reste, en être ainsi, l'impunité dont il avait toujours joui l'avait enhardi à ce point qu'il ne pouvait croire qu'il arriverait un jour où la société lui demanderait un compte sévère de tous les crimes qu'il avait commis.

Il se replaça devant son bureau, qu'il avait quitté pour se promener dans son cabinet et écrivit à Lucie la lettre suivante :

« Paris.

« Ma chère Lucie,

« J'ai terminé aussi heureusement que cela était possible la malheureuse affaire qui m'a obligé de quitter Pourrières bien avant l'époque que nous avions fixée d'un commun accord, mais ce jour-là tout, d'autres affaires me sont survenues à l'improviste, de sorte qu'il m'est maintenant impossible d'aller vous retrouver ; je ne puis cependant supporter plus longtemps votre absence, et comme je vous sais aussi bonne que vous êtes belle, j'ai l'espérance que vous voudrez bien, aussitôt que vous aurez reçu cette lettre (qui, je l'espère, vous trouvera fort ennuyée), vous mettre en route pour Paris, où je vous attends avec la plus vive impatience.

« Je vous prie d'observer, ma chère Lucie, que ce n'est pas un ordre, mais une prière que je vous adresse ; si la campagne avait de tels charmes à vos yeux, que vous ne puissiez vous résoudre à la quitter encore, je vous laisse entièrement libre de ne faire que votre volonté.

« Mille baisers, et croyez à l'amour éternel de votre heureux époux.

« A. DE POURRIÈRES. »

« Guermantes, près Lagny.

« Nous avons achevé, ma chère Lucie, nos pérégrinations à travers l'Italie et la Suisse, et je suis, à l'heure qu'il est, installée avec mon bon oncle dans le joli petit château que nous possédons à Guermantes, près Lagny.

« Je m'empresse de t'annoncer cette bonne nouvelle.

« Mon mari est toujours en Angleterre, il vient de nous écrire que ses affaires ont nécessité sa présence dans ce pays l'y retiendront encore au moins un mois, ne viendras-tu pas consoler un peu une pauvre veuve ?

« Nous serions flattés, je n'ai pas besoin de te le dire, de recevoir avec toi M. le marquis de Pourrières.

« A bientôt, ma bonne Lucie, à bientôt, n'est-ce pas ? Ne prends pas seulement le temps de me répondre, accours, j'ai hâte de serrer sur mon cœur ma plus ancienne et ma meilleure amie.

« LAURE FÉRAL. »

Cette dernière lettre fut remise à Lucie en même temps que celle qui précède. La jolie marquise de Pourrières, bien certaine que son mari ne lui refuserait pas la permission d'aller passer le restant de la belle saison près de son amie, qu'elle était impatiente de revoir, se détermina sans éprouver de bien vifs regrets à quitter le vieux château de Pourrières.

Salvador consacra les premiers jours qui suivirent l'arrivée de Lucie à Paris à visiter celles des personnes qui avaient assisté à la célébration de son mariage, qui n'avaient pas quitté la capitale ; puis ensuite il mena sa femme au bois, aux concerts qui venaient de commencer, partout enfin, où son extrême beauté, la grâce parfaite de ses manières, devaient être remarquées. Peut-être n'aimait-il pas Lucie, mais les nombreux hommages qu'on lui adressait flattaient son amour-propre, il était glorieux de pouvoir se dire : Cette femme si belle, si gracieuse, si pure, cette femme que vous accablez d'hommages, dont vous mendiez tous un sourire, un regard, elle est à moi, à moi que vous livreriez à vos bourreaux si vous connaissiez les événements de ma vie ; elle m'aime, cette femme, tandis que moi je ne suis attiré vers elle que parce qu'elle est belle.

Salvador, tout entier au plaisir que lui procurait la satisfaction de son orgueil, avait presque oublié Silvia lorsqu'il reçut la lettre suivante :

« Paris.

« Cher marquis,

« Je ne veux pas vous ordonner de rendre votre femme malheureuse, je ne veux même pas vous prier de l'aimer un peu moins que vous ne le faites, ce serait peut-être vous demander l'impossible, madame de Pourrières, que j'ai eu l'honneur de rencontrer plusieurs fois au bois, est très-belle, plus belle que moi, et je conçois qu'il serait difficile de ne pas rendre à ses attraits la justice qui leur est due ; mais si je veux bien, quant à présent, borner mes désirs à n'occuper dans votre cœur que la seconde place, vous seriez, cher marquis, le plus injuste des hommes, si vous ne veniez pas quelquefois me prouver que vous ne m'avez pas tout à fait oubliée.

« Si vous saviez, cher Alexis, combien je m'ennuie, combien je suis malheureuse, lorsque plusieurs jours se sont passés sans qu'il m'ait été permis de vous voir, vous auriez pitié de la pauvre Silvia, et vous ne la négligeriez pas autant que vous le faites. Avez-vous oublié qu'il y a dans un coin de ce Paris que vous parcourez tous les jours, accompagné de votre heureuse épouse, une pauvre femme qui vous aime, à laquelle votre abandon cause d'horribles souffrances, et qui mourra bientôt si vous ne venez la consoler un peu ?

« Je ne puis le croire.

« Venez, mon cher Alexis, venez ; ne me laissez pas plus longtemps en proie au sombre désespoir qui m'agite, et qui peut-être me déterminerait à prendre un parti extrême ?

« J'ai l'espérance, cher Alexis, que je recevrai votre visite, soit aujourd'hui, soit demain au plus tard, c'est pour cela que je signe.

« Votre dévouée et fidèle amie,

« SILVIA. »

Silvia se moque de moi, se dit Salvador, après avoir lu cette lettre, dont le style ressemblait plus à celui d'une simple et naïve jeune fille, qu'à celui ordinairement employé par la marquise de Roselly, elle se moque de moi, c'est sûr ; mais les derniers paragraphes de sa lettre renferment une menace qu'elle serait peut-être assez folle pour réaliser ; allons donc chez elle, puisque je ne puis faire autrement. Ah ! que ne suis-je débarrassé de cette femme.

Silvia, placée devant son piano, chantait, en s'accompagnant, un air de bravoure emprunté au nouvel opéra italien, lorsque Salvador entra chez elle ; elle jetait au vent les gammes les plus fabuleuses, les fioritures les plus merveilleuses, sans paraître plus s'en soucier que des couacs criards que laisse échapper la clarinette d'un aveugle.

Elle avait recouvré les brillantes couleurs de son visage, et la toilette qu'elle avait choisie donnait à ses attraits un tel relief, que Winkelmann lui-même aurait été embarrassé, s'il avait été forcé de dire laquelle de Lucie ou de Silvia était la plus belle.

— Il y a encore une fortune dans ce larynx, dit-elle en posant son doigt sur son cou admirablement modelé et plus blanc que l'albâtre. .

— Pourquoi alors ne vous remettez-vous pas au théâtre ? répondit Salvador.

— Le voulez-vous, s'écria Silvia en lançant à son amant un regard de vipère, le voulez-vous ? Je crois, en effet, que c'est le parti le plus sage que je puisse prendre : je trouverai facilement, si je remonte sur les planches, des gens qui m'aimeront plus que vous ne m'aimez, et qui ne me laisseront pas dans un hôtel garni, si leur fortune leur permet de me donner une autre habitation.

— Vous êtes folle, Silvia, s'écria Salvador, vous êtes folle, ma parole d'honneur !

— Non, je ne suis pas folle, répondit Silvia, je suis seulement bien aise de vous dire que je ne veux pas être plus longtemps votre dupe.

— Mais qu'avez-vous et quel sujet a fait naître cette colère ? Vous ai-je refusé quelque chose, parlez, qu'exigez-vous ? Vous savez bien que, s'il m'est possible de vous satisfaire, je ne vous refuserai pas.

— Eh ! je me soucie bien, moi, de tout ce que vous pouvez me donner ; croyez-vous, par hasard, que si je voulais, je n'aurais pas demain tout ce qui me manque à cette heure.

— Eh ! bon Dieu ! j'en suis persuadé ; je n'ai jamais douté de vos capacités ; mais vous ne me dites pas quel est le sujet qui a fait naître cette sainte colère, et qui a provoqué la lettre ridicule que je viens de recevoir ?

— Vous me le demandez ! s'écria Silvia en proie à une exaltation qui croissait d'instants en instants ; vous me le demandez ! Mais vous avez donc eu un instant que je consentirais à me laisser négliger pour une autre femme ! Non, non, monsieur le marquis de Pourrières, il n'en sera pas ainsi, j'en atteste le ciel. Je vous le dis, à la fin, de mener la vie d'une recluse, je ne suis pas sortie d'une prison pour entrer dans une autre, et cet appartement, dont je ne sors presque jamais, est-il autre chose ?

— Mais, répondit Salvador, que dirait le monde pour lequel les relations qui jadis ont existé entre nous ne sont pas un mystère ? Que dirait ma femme ?

— Je me soucie fort peu et du monde et de votre femme : le monde a beaucoup d'égards pour tous ceux qui éblouissent ses regards ; quant à votre femme, vous pouvez l'envoyer d'où elle vient.

— Soyez raisonnable, Silvia, ne me demandez pas ce que je ne puis vous accorder.

— Mais, en vérité, je ne conçois pas que vous puissiez me refuser la faveur que je vous demande, nous prierons M. le vicomte de Lussan de nous accompagner, sa présence sauvera les apparences. Du reste, vous trouverez ou non ma volonté déraisonnable, absurde même, il faudra bien que vous vous y soumettiez.

— Mais, avez-vous oublié, s'écria Salvador, emporté par une colère que depuis quelques instants il ne contenait qu'à grand'peine, avez-vous oublié que je puis vous briser comme un verre ?

— Eh bien ! tuez-moi, si telle est votre volonté, j'aime mieux être morte que de penser que vous m'oubliez près d'une autre femme ; mais, je vous en avertis, votre mort suivra de près la mienne. Je vois de loin, monsieur le marquis, et pour qu'il en soit ainsi, j'ai pris la précaution de déposer chez un notaire un testament qui, s'il était ouvert, pourrait bien vous compromettre.

— Vous avez fait cela ?

— Eh pourquoi non ? qu'est-ce que cela peut vous faire, si vraiment vous m'aimez autant que je vous aime ?

— Votre amour, infernale créature, est celui d'une bête fauve.

— N'est-ce pas celui qui vous convient, et voudriez-vous, par hasard, que nous allassions tous deux, une houlette à la main, nous adorer bien tranquillement à l'ombrage ?

L'idée de se voir, ainsi que sa maîtresse, accourir comme les bergers de M. de Florian et disant des phœbus sous les vieux arbres d'une verte prairie, parut si comique à Salvador, qu'il ne put s'empêcher de rire aux éclats.

Silvia l'imita.

— Voyons, dit-elle, lorsque cet accès d'hilarité fut passé, soyez raisonnable ; vous pouvez bien, après toutes les preuves de dévouement que je vous ai données, me donner à votre tour celle que j'exige de vous.

— Je ferai tout ce que vous voudrez, répondit Salvador, il arrivera ce qu'il plaira au diable.

Salvador et Silvia ne se séparèrent qu'après s'être juré que rien de ce qui pouvait arriver ne leur ferait oublier ce qu'ils se devaient, et en apparence et en réalité enchantés l'un de l'autre.

Tandis que Salvador était chez sa maîtresse, Lucie avait reçu une lettre de son amie. Laure lui disait qu'elle avait appris son retour à Paris, et qu'elle était extrêmement fâchée de ce qu'elle n'était pas encore venue la voir.

Lucie avait été touchée des justes reproches de son amie, et c'était la permission d'aller passer quelques jours auprès d'elle, qu'elle voulait solliciter de son mari.

— Je trouve très-naturel le désir que vous éprouvez, répondit Salvador à Lucie, et je suis un chevalier trop courtois pour m'opposer à ce que vous le satisfassiez. Allez donc, ma chère Lucie, voir votre amie, restez près d'elle aussi longtemps que vous le voudrez, je serai heureux si vous vous trouvez heureuse, et si l'amitié ne vous fait pas oublier l'amour que j'ai pour vous ; je regrette beaucoup que des affaires m'empêchent de vous accompagner, mais vous m'excuserez auprès de sir Lambton, et vous lui direz que je prendrai sur mes occupations le temps d'aller souvent vous visiter tous.

— Puisque vous voulez bien me permettre d'aller voir mon amie, je partirai demain si vous le jugez convenable.

— Vos volontés sont les miennes, ma chère Lucie.

Salvador, nos lecteurs l'ont déjà deviné, était charmé de ce que sa femme, au moment où il cherchait les moyens de se débarrasser d'elle pendant quelques jours qu'il voulait consacrer tout entiers à Silvia, lui avait demandé la permission de s'absenter ; Lucie, de son côté, était charmée de la grâce avec laquelle son mari lui avait accordé ce qu'elle désirait, et elle s'occupait avec gaîté de rassembler mille petits objets épars dans le salon, qu'elle voulait emporter avec elle à la campagne, lorsque le vicomte de Lussan se fit annoncer.

— Je vous laisse avec monsieur le vicomte, dit-elle à son mari après avoir adressé au gentilhomme breton une gracieuse révérence ; vous savez que j'ai aujourd'hui beaucoup de choses à faire.

— Ne vous gênez pas, ma chère amie, lui répondit Salvador après l'avoir embrassée sur le front, monsieur le vicomte voudra bien vous excuser.

Lucie sortit du salon et laissa seuls Salvador et le vicomte de Lussan.

Ce dernier ferma lui-même toutes les portes du salon, puis il prit un fauteuil et vint se placer près de Salvador qui s'était assis sur un divan.

— Avez-vous besoin d'argent, cher marquis ?

— On a toujours besoin d'argent, cher vicomte, et je ne crains pas de vous avouer qu'en ce moment je suis horriblement gêné.

— Voulez-vous faire avec moi une affaire qui pourra, si elle réussit, nous rapporter à chacun près de cent mille francs ?

— De semblables affaires ne se refusent pas, de quoi s'agit-il ?

— D'enlever d'un château, habité seulement par un vieillard, une jeune fille et quelques domestiques, une quantité raisonnable de lingots d'or, que Juste nous achètera deux cent mille francs.

— Les risques ?

— Peu nombreux.

— Qu'importe, après tout ! qui ne risque rien n'a rien.

— J'aime à vous entendre parler ainsi, et je suis tellement persuadé de la vérité de ce que vous venez de dire, que cette fois, comme je veux recevoir ma part entière du gâteau, je ne me bornerai pas au rôle d'indicateur, je prendrai une part active à l'expédition.

— C'est très-bien ; mais quels sont nos moyens d'exécution ? qui doit nous donner les indications nécessaires ? par qui serons-nous aidés ?

— Si vous acceptez, je vous apprendrai en route tout ce qu'il est nécessaire que vous sachiez ; je dois, du reste, vous dire que, persuadé que vous consentiriez à être des nôtres, j'ai déjà tout disposé.

— Très-bien ! comptez sur moi ; quand nous mettons-nous en campagne ?

— A l'instant même ; allez embrasser votre femme, et partons.

— Comment ? à l'instant ?

— C'est absolument nécessaire, il faut qu'aujourd'hui même nous soyons à huit lieues de Paris.

— C'est bien.

Salvador alla retrouver sa femme dans sa chambre à coucher ; Lucie, aidée d'une de ses femmes qu'elle voulait emmener, plaçait avec soin dans des cartons et de grandes caisses divers objets de toilette qu'elle voulait emporter avec elle.

— Je suis charmé, lui dit Salvador, que vous partiez demain pour la campagne, car j'aurais été forcé de vous laisser seule ; le vicomte de Lussan vient de m'apprendre une nouvelle qui m'oblige de m'absenter pendant quelques jours.

— Ce n'est pas au moins une mauvaise nouvelle qui nécessite ce prompt départ ?

— Elle n'est pas du moins assez mauvaise pour vous empêcher de vous divertir si vous en trouvez l'occasion ; j'ai des capitaux engagés dans diverses entreprises, plusieurs de ces entreprises sont bonnes, quelques-unes sont mauvaises, et je m'occupe en ce moment de faire rentrer ceux de ces capitaux qui sont mal engagés, voilà tout.

Ce n'était que parce qu'il voulait faire pressentir à sa femme des pertes possibles que Salvador donnait, au voyage qu'il allait entreprendre, le motif qu'il venait d'énoncer ; mais, comme ce qu'il venait de dire n'était que le premier jalon planté sur la route qu'il voulait parcourir avant d'arriver au but qu'il voulait atteindre, il ne quitta Lucie qu'après l'avoir tranquillisée.

Il retrouva dans le salon le vicomte de Lussan et sortit avec lu

XXXIII

Catastrophe.

A quelques portées de fusil de Lagny, sur le chemin vicinal qui conduit de cette ville à Guermantes, il existe une auberge isolée, fréquentée seulement par les rouliers et par les voyageurs dont la bourse n'est pas assez bien garnie pour qu'ils se permettent d'aller demander l'hospitalité au propriétaire de l'Ours, hôtel de Lagny.

Nous trouverons, dans la salle principale de cette auberge, grande pièce qui sert à la fois de cuisine, de salon de réunion et de salle à manger, un personnage que nos lecteurs connaissent déjà, Vernier les Bas-Bleus.

Il est presque nuit, et malgré l'extrême chaleur de la saison, des sarments et des parements de fagots brûlent dans la vaste cheminée sous le manteau de laquelle Vernier les Bas-Bleus a pris place.

Le bandit est vêtu d'un costume complet de roulier : sa blouse neuve de toile bleue est enjolivée d'un triple rang de broderies de diverses couleurs ; ses jambes sont couvertes de longues guêtres de peau, et son chapeau de feutre ciré est orné d'une profusion de rubans roses, verts, jaunes, de toutes les couleurs.

Une grosse servante, douée d'une physionomie ronde et colorée, et d'appas formidables, récure dans un coin les assiettes d'étain et les cuivres, ornements brillants d'un vaste dressoir placé vis-à-vis la cheminée ; cette servante et Vernier les Bas-Bleus sont seuls dans la salle, les autres habitants de l'auberge se sont assis sur les deux bancs de pierre placés devant la porte, afin de respirer l'air frais de la soirée.

Lorsque la grosse servante cesse un instant, afin de reprendre haleine, de frotter vigoureusement les plats et les casseroles qu'elle s'est chargée de faire reluire, elle jette des regards d'intérêt sur Vernier les Bas-Bleus, qui alors se rapproche du feu et laisse des sourds gémissements s'échapper de sa poitrine.

Nous n'avons pas encore dit à nos lecteurs que Vernier les Bas-Bleus est un très-bel homme, qu'il est doué d'une physionomie pleine et colorée, ornée d'une magnifique paire de favoris noirs, bien capable de tourner la tête d'une servante d'auberge.

Un gémissement plus fort et mieux accentué que tous ceux qui l'avaient précédé fit brusquement lever la tête à la grosse fille ; elle Lissa tomber à terre le chiffon imprégné de sablon et le plat d'étain qu'en ce moment elle tenait entre ses mains.

— Ça va donc pas mieux ? dit-elle à Vernier les Bas-Bleus.

— Ça va plus mal, au contraire, ma bonne demoiselle, répondit le bandit.

— Voulez-vous queuque chose ? reprit la servante, intérieurement flattée de s'entendre appeler mademoiselle.

— Je vous remercie bien, ça se calme.

— Pourquoi qu'vous avez voulu vous lever ? Lorsqu'on est malade il faut rester au lit.

— J'avais froid, et j'ai pensé qu'un brin de feu me ferait un peu de bien.

— Faut convenir que vous n'avez guère de chance tout d'même, être comme ça forcé de vous arrêter en route au retour de vot' premier voyage ; les rubans que vous avez mis à vot' chapeau ne vous ont pas porté bonheur.

— Ah ! bath, le malheur n'est pas grand ; puisque j'ai pu mener mes marchandises à bon port et que j'suis à vide à c'te heure. Et puis! vous me croirez si vous voulez, continua Vernier les Bas-Bleus en regardant tendrement la grosse servante, vrai, je ne suis pas fâché d'être comme ça subitemen tombé malade dans vot' auberge, puisque ça m'a procuré le plaisir de faire vot' connaissance.

— Vous êtes bien honnête tout d'même, monsieur..... Comment donc qu'on vous appelle ?

— Jérôme Carré ; pour vous servir si j'en étais capable, ma belle demoiselle.

— Allons, v'là que vous faites le galant à c'te heure ; ça va donc mieux ?

— Beaucoup mieux, le feu m'a fait du bien, et j'crois que je pourrai me mettre en route cette nuit ou demain dans la journée.

— Ça ne serait peut-être pas prudent.

— Ah ! bath, au petit bonheur, je n'ai pas envie de rester garçon, et pour me marier il faut que je m'amasse des gros sous. J'ai t'y tort ?

— Je ne dis pas cela, monsieur Jérôme, mais faut avant tout conserver vot' santé.

— Vous êtes une bonne fille, mademoiselle Madeleine, et si vous vouliez...

— Nous parlerons de cela plus tard, enjôleur, dit la grosse servante, pourpre de satisfaction.

L'arrivée, devant la porte de l'auberge, d'un cabriolet, d'où descendirent deux élégants personnages, autour desquels s'empressaient tous les habitants de l'auberge, mit fin à la conversation de Vernier les Bas-Bleus et de la servante.

Les deux nouveaux venus échangèrent un rapide regard avec Vernier les Bas-Bleus, qui reprit sous le manteau de la cheminée la place qu'il venait de quitter pour se rapprocher de la servante.

Nos lecteurs ont deviné, et ils ne se sont pas trompés, que les nouveaux personnages qui viennent d'entrer dans l'auberge où nous avons rencontré Vernier les Bas-Bleus, ne sont autres que Salvador et le vicomte de Lussan, et que ce n'est pas le hasard qui vient de faire rencontrer ces trois bandits.

— Faites boire notre cheval et donnez-lui de l'avoine, dit Salvador.

L'aubergiste et son garçon d'écurie sortirent pour exécuter cet ordre.

— J'ai une soif de tous les diables, dit le vicomte à la maîtresse de l'auberge. Voulez-vous, madame, avoir l'extrême complaisance de nous servir une bouteille de votre meilleur vin ?

La femme de l'aubergiste alluma une chandelle et descendit à la cave.

Il ne restait plus dans la salle que la grosse servante qui s'était remise à sa besogne et qui ne pouvait se lasser de regarder les nouveaux venus.

La pauvre fille n'avait jamais vu chez ses maîtres d'aussi beaux messieurs.

— Mademoiselle Madeleine, dit Vernier les Bas-Bleus d'une voix piteuse, voulez-vous avoir la complaisance d'aller prendre dans la poche de ma veste, qui est restée sur mon lit, un petit paquet que vous m'apporterez ?

La grosse fille, charmée de pouvoir faire quelque chose pour M. Jérôme Carré, quitta précipitamment sa besogne et grimpa aussi lestement que le lui permettait la rotondité plus que raisonnable de sa personne, les quelques marches d'une échelle de meunier qui conduisait à l'étage supérieur.

— C'est bien, dit le vicomte de Lussan à Vernier les Bas-Bleus lorsqu'ils se trouvèrent seuls tous trois dans la salle, vous êtes à votre poste.

— Et je puis y rester sans donner naissance au plus léger soupçon jusqu'à la nuit prochaine si cela est nécessaire, tâchez cependant que l'affaire se fasse cette nuit.

— Il n'y faut pas penser, ce sera pour demain.

— A votre aise, j'en serai quitte pour me chauffer un jour de plus ; je ne crains rien, mes papiers sont en règle, le brigadier de gendarmerie qui les a examinés doit m'apporter ce soir la recette d'un remède propre à guérir la fièvre que je me suis donnée, et je fais la cour à la servante, qui me cachera sous ses jupons, s'il devait m'arriver quelque chose de désagréable.

— Très-bien, ainsi c'est convenu, vous serez à l'endroit indiqué avec votre chariot, dans la nuit de demain à après-demain, à deux heures précises du matin.

— C'est convenu, je serai exact.

— Et de notre côté nous serons exacts à vous payer ce qui vous a été promis ; dix mille francs si nous réussissons, mille francs que voilà en cas de non-succès.

— Merci, vous pouvez compter sur moi.

— A demain, deux heures du matin ?

— A demain, deux heures du matin.

L'aubergiste, sa femme, son garçon et Madeleine, rentrèrent à la fois dans la salle.

— Voilà du vin, messieurs, dit la femme de l'aubergiste, et du bon, je m'en vante.

— Nous n'en doutons pas, madame, répondit le vicomte de Lussan, mais nous en serons beaucoup plus sûrs après l'avoir goûté.

Et, sans faire plus de façons, il se plaça avec Salvador à l'un des coins de la grande table, meuble principal de la salle dans laquelle ils se trouvaient.

La servante n'avait pas trouvé dans la poche de Vernier les Bas-Bleus le petit paquet qu'il l'avait envoyé y chercher

— C'est que je l'aurai égaré, répondit le bandit, pour mettre fin à ses doléances.

Lorsque le cheval attelé au cabriolet qui avait amené Salvador et de Lussan fut suffisamment repu, les deux amis prirent congé ; après qu'ils eurent échangé avec Vernier les Bas-Bleus un imperceptible coup d'œil, Salvador tira de sa poche deux pièces de cinq francs qu'il jeta sur la table.

— Le reste, s'il y en a, sera pour cette bonne grosse mère, dit-il en frappant légèrement le visage rouge et joufflu de Madeleine.

— Voilà des bourgeois bien généreux, dit Vernier les Bas-Bleus lorsque Salvador et le vicomte de Lussan furent partis.

— C'est si riche, répondit l'aubergiste.

Le vicomte de Lussan et Salvador, emportés par un vigoureux cheval, franchirent en peu de temps l'espace qui sépare

de Lagny l'auberge, où nous avons laissé Vernier les Bas-Bleus ; arrivés dans cette ville, ils descendirent à l'Hôtel de l'Ours.

Partis précipitamment de Paris, et ne s'étant arrêtés en route que pour dire quelques mots à Vernier les Bas-Bleus, ils étaient en proie à une faim dévorante ; aussi leur premier soin fut-il de se faire servir un excellent repas.

— M'expliquerez-vous, cher vicomte, dit Salvador lorsque les premiers plats furent expédiés, quelle est l'affaire que nous allons faire, et de quelle manière nous allons procéder ?

— Je ne puis, mon ami, vous dire autre chose que ce que vous savez déjà, répondit le vicomte ; mais voici quelqu'un qui pourra vous satisfaire complètement, ajouta-t-il en désignant un nouveau personnage qui entrait à ce moment dans la salle où ils s'étaient fait servir.

Ce nouveau personnage était un petit vieillard vêtu d'un habit noisette, d'une culotte de ratine noire, d'un gilet de piqué blanc ; il avait des bas de coton bleu, de forts souliers à larges boucles d'argent, et était coiffé d'un tricorne.

— Monsieur Juste ! s'écria Salvador.

— Lui-même, répondit le vicomte de Lussan ; c'est à ce brave et digne M. Juste, que nous devons la bonne fortune qui nous arrive aujourd'hui.

L'usurier, en entrant dans la salle, avait salué les deux amis comme s'il ne les connaissait pas, et s'était placé près d'eux afin de se faire servir à dîner, ou plutôt à souper.

Nos lecteurs savent qu'il n'y a dans la salle à manger de la plupart des hôtelleries de province qu'une seule grande table qui sert à tout le monde ; ils savent aussi que nulle part on ne peut causer plus à l'aise que dans la salle à manger d'un hôtel de petite ville, lorsque les heures du départ et de l'arrivée des voitures publiques sont passées.

— Vous arrivez à propos, monsieur Juste, dit le vicomte de Lussan ; voilà plus d'une heure que M. le marquis de Pourrières me tourmente afin que je lui apprenne des choses que, jusqu'à présent, vous êtes le seul à savoir.

— Je vais avoir l'honneur de satisfaire la légitime curiosité de M. le marquis, monsieur de Lussan.

« Voici les faits, il est bon que vous n'en ignoriez aucun, afin d'agir en conséquence.

« Personne plus que moi n'aime à obliger ses amis. M. le vicomte de Lussan, à qui j'ai pu rendre quelques légers services, est là pour me démentir si ce que j'avance n'est pas vrai. J'aurais pu réclamer, au besoin, le témoignage du malheureux M. Lebrun, si le fer d'un assassin n'avait pas prématurément mis fin à ses jours.

— Passons, monsieur Juste, passons, je sais que vous êtes un très-galant homme, et mon ami de Pourrières veut bien me croire sur parole, n'est-il pas vrai, marquis ?

Salvador fit un signe affirmatif.

— Je vous disais donc, continua Juste, que personne plus que moi n'aimait à obliger ses amis ; cela étant, vous devinez que je saisis avec empressement toutes les occasions qui se présentent de leur être agréable.

« Il y a de cela quelques jours, un riche gentilhomme anglais, qui habite la France depuis peu de temps, se présenta chez moi et me dit qu'il venait de recevoir, de son correspondant d'Amsterdam, une lettre qui lui apprenait que la plus grande partie du contenu en or et d'argent, qui allait m'être fait par ledit correspondant, qui est aussi le mien, lui était destinée ; il venait me prier de lui envoyer ces lingots, aussitôt qu'ils me seraient parvenus, à sa maison de campagne, située ici près ; je lui promis de faire ce qu'il désirait, et comme la valeur des objets que je devais lui remettre était fort considérable, je lui dis que je désirais, pour mettre ma responsabilité à couvert, les lui porter moi-même au lieu indiqué, afin d'en recevoir une décharge ; je pensais déjà à vous, monsieur le vicomte.

« L'Anglais, un très-digne gentilhomme, ma foi ! approuva fort ma prudence et me dit qu'il me recevrait avec plaisir à sa maison de campagne.

« Les lingots me sont arrivés il y a deux jours, et, de suite, j'ai fait charger sur une voiture ceux qui ne m'appartiennent pas, et après avoir fait prevenir M. le vicomte de Lussan de ce qu'il avait à faire, je me suis empressé de les apporter moi-même à leur légitime propriétaire.

« Il s'agit maintenant de s'approprier adroitement ces lingots, que je m'engage à vous payer deux cent mille francs.

— Mais vous ne nous dites pas, s'écria Salvador, quels moyens nous devons employer pour cela?

— Patience! un peu de patience, je vous prie, tout vient à point à qui sait attendre; vous avez deviné que je ne voulais porter moi-même les lingots, qu'afin de savoir dans quel endroit ils seraient placés et d'étudier les lieux; il me reste à vous faire part de mes observations.

« Les lingots ont été déposés dans un petit cabinet contigu à une chambre à coucher qui fait partie d'un pavillon en aile; cette pièce, ainsi, du reste, que tout le pavillon, est, quant à présent, inhabitée; les lingots, renfermés dans plusieurs petites caisses, sont placés près d'une commode et ont été recouverts d'un vieux tapis; on peut facilement s'introduire, à l'aide d'escalade, dans la chambre du pavillon, dont les fenêtres sont ouvertes sur la grande route; si la porte du cabinet est fermée, ce qui est probable, il vous sera facile de l'ouvrir à l'aide des merveilleux instruments dont, sans doute, vous avez eu soin de vous munir.

« Il n'y a pas de chien de garde dans la maison. Les gens chez lesquels vous allez *travailler* (1) ne devraient pas habiter la campagne privés d'un aussi fidèle serviteur. L'homme que vous venez de voir, et auquel M. le vicomte de Lussan a procuré un équipage complet de roulier, transportera la *camelotte* (2) au pavillon de Choisy-le-Roi, chez M. de Pourrières; c'est là où j'en prendrai livraison; le reste me regarde.

— La réussite de cette affaire ne me paraît pas impossible, dit Salvador après avoir attentivement écouté Juste, mais il faut en prévoir les suites; et d'abord est-il bien certain que Vernier, lorsqu'il aura à sa disposition les susdits lingots, ne cherchera pas à nous frustrer de tout ou partie de ce qui nous appartiendra?

— Vernier, ne sachant pas quelle est l'importance du vol, puisque les lingots sont en caisse, sera content de la somme assez ronde que nous voulons bien lui allouer; nous pouvons donc, jusqu'à un certain point, compter sur lui; rien, au surplus, ne nous empêchera de le suivre de loin jusqu'à ce qu'il soit arrivé à Choisy.

— Voici, pour le reste, comment nous devons procéder, ajouta le vicomte de Lussan : nous passerons la journée de demain à visiter les environs de cette ville, sous le prétexte de chercher une propriété à vendre; notre présence ici sera donc justifiée sans que nous soyons forcés de décliner nos noms; nous quitterons cette auberge dix heures ce soir, et nous attendrons, en nous promenant, que le moment d'agir soit venu; nous remettrons à M. Juste nous trouverons à l'heure indiquée, près de la maison en question, notre cabriolet, qu'il conduira à petits pas sur la route de Paris; une fois l'affaire faite, il nous sera facile de le rattraper, et s'il plaît à Dieu, nous rentrerons dans notre bonne ville, à la naissance du jour, un peu plus riches que nous ne le sommes maintenant.

« Remarquez, je vous prie, cher marquis, qu'à moins d'être pris en flagrant délit, et ce cas échéant (je pense que vous savez comme moi ce que vous avez à faire), nous ne risquons absolument rien; les gendarmes, lorsqu'ils rencontrent des gens comme nous, des gentilshommes riches et bien posés dans le monde, un capitaliste qui possède assez d'or pour remplir le tonneau des Danaïdes, se contentent de les saluer.

— Allons, c'est bien, dit Salvador, si le plan est aussi bien exécuté qu'il a été bien conçu, la réussite est infaillible.

— Et maintenant, répondit le vicomte de Lussan, ne parlons plus de l'affaire qui nous amène ici.

Juste, Salvador et le vicomte de Lussan, après la conversation que nous venons de rapporter, achevèrent fort tranquillement de souper, et se retirèrent chacun dans l'appartement qui leur avait été préparé.

(1) Voler.
(2) Le fruit du vol.

Le vicomte et Salvador avaient demandé une chambre à deux lits.

— Savez-vous, cher vicomte, dit Salvador lorsqu'il se trouva seul avec son ami, que ce M. Juste est vraiment un homme précieux.

— Très-précieux, marquis, c'est pour cela que je serais désolé s'il lui arrivait malheur.

— Il est bien riche?

— Très-riche, excessivement riche même, mais je suis persuadé qu'il se laisserait hacher en morceaux ou scier entre deux planches, plutôt que de dire en quel lieu de sa maison il a caché les immenses richesses qu'il possède, et qu'une fois qu'on se serait débarrassé de lui et de son terre-neuve, sur lequel, soit dit en passant, il paraît beaucoup trop compter, il faudrait démolir sa maison de fond en comble afin de découvrir la caisse qui renferme ses trésors.

— Bonsoir, vicomte; je suis si fatigué que je vais, je crois, dormir du sommeil du juste.

— Bonsoir, marquis; ne rêvez pas de ce pauvre Roman.

— Ah! bath, fit Salvador qui essaya, mais en vain, de comprimer un énorme bâillement.

Salvador et le vicomte passèrent, ainsi qu'ils en étaient convenus, la journée du lendemain à parcourir les environs de la petite ville de Lagny-sur-Marne, sous le prétexte de chercher une propriété à leur convenance.

L'hôte de *l'Ours*, ébloui par la recherche de leur costume et leurs manières aristocratiques, avait absolument voulu leur servir de guide; le vicomte de Lussan n'avait pas cru devoir refuser des offres de services si gracieusement faites. Grâce à l'obligeance de son hôte, Salvador et le vicomte avaient été introduits chez plusieurs propriétaires des environs de Lagny, et ils avaient pu, grâce à la faconde inépuisable de leur cicerone, recueillir une foule de renseignements qui se promirent de se servir à l'occasion; on a deviné que, lorsque le soir arriva, ils n'avaient pas trouvé ce qu'ils paraissaient chercher; ils avaient cependant visité une grande quantité de propriétés, mais les unes étaient trop considérables, les autres ne l'étaient pas assez.

Ils rentrèrent à *l'Hôtel de l'Ours* à la nuit tombante, et, après avoir fait honneur à un excellent repas qu'ils voulurent absolument faire partager à leur hôte, ils firent atteler le cheval à leur cabriolet et partirent.

Deux heures sonnaient à l'horloge communale du petit village de Guermantes lorsqu'ils arrivèrent près de la maison qu'ils devaient dévaliser. La nuit était calme et silencieuse, seulement, à de rares intervalles, on entendait retentir les aboiements du chien de garde de quelque ferme éloignée; Vernier les Bas-Bleus, vêtu du costume qu'il portait la veille, et conduisant un chariot attelé de deux bons chevaux normands qu'il avait fait arrêter à quelques pas de la maison, attendait, assis depuis quelques minutes sur le revers d'un fossé, la venue de ses complices. Salvador et le vicomte de Lussan passèrent devant lui après lui avoir adressé un signe d'intelligence, et suivirent la grande route jusqu'à ce qu'ils rencontrassent Juste, puis, cheminant paisiblement, ils remirent leur cabriolet, après avoir tiré du coffre ce qui leur était nécessaire : deux blouses bleues dont ils se vêtirent immédiatement, des armes, des fausses clés, une échelle de cordes très-artistement travaillée, puis ils retournèrent sur leurs pas, après avoir recommandé à l'usurier de n'aller qu'assez doucement pour qu'ils pussent facilement le rattraper.

La maison dans laquelle ils devaient trouver les richesses qu'ils convoitaient était aussi calme et aussi silencieuse que la campagne au milieu de laquelle elle était située; il n'apparaissait aucune lumière à l'intérieur, le moment était favorable pour agir.

— Ah çà! ne perdons pas de temps, dit le vicomte de Lussan, ne nous laissons pas surprendre par le jour.

— Ce serait très-maladroit, répondit Salvador.

— Quel est celui de nous deux qui va le premier tenter l'aventure?

— Eh! parbleu! ce sera moi; je suis plus habitué que vous à ces sortes d'expéditions.

— Allez donc, et que Dieu vous protège!

Salvador jeta avec beaucoup d'adresse l'échelle de cordes sur le balcon de la fenêtre par laquelle il devait s'introduire dans la maison, et lorsqu'il se fut assuré qu'elle était solidement accrochée, il commença, avec toute l'agilité d'un écureuil, sa périlleuse ascension.

Le vicomte de Lussan était au pied de la muraille, prêt à s'élancer dans l'air aussitôt que Salvador serait entré dans la maison.

Vernier les Bas-Bleus avait quitté la place qu'il occupait, et se promenait sur la route en fumant sa pipe.

Salvador, après avoir franchi l'espace qui le séparait de la fenêtre, se dressa sur l'appui, et à l'aide d'un diamant enchâssé dans une bague chevalière qu'il portait au doigt, il enleva sans bruit la plus grande partie d'un carreau, il passa ensuite son bras par l'ouverture qu'il avait faite, et ouvrit facilement la fenêtre.

Il s'élança dans l'appartement.

Comme il le croyait inhabité, il marcha sans crainte vers la porte qui, si les indications données par l'usurier Juste étaient exactes, conduisait au cabinet dans lequel les lingots devaient être déposés.

Le craquement de ses bottes sur le parquet et le pétillement de l'allumette chimique avec laquelle il alluma une bougie, dont il avait eu soin de se munir, réveillèrent deux femmes couchées dans deux lits parallèles placés dans une alcôve qui faisait face à la fenêtre par laquelle il s'était introduit.

Ces deux femmes, effrayées de voir dans leur chambre un homme dont l'extérieur n'était rien moins que rassurant (nos lecteurs n'ont pas oublié que Salvador avait mis une blouse par-dessus ses habits), poussèrent des cris perçants, et, cédant à un mouvement machinal, elles se jetèrent toutes deux dans la ruelle de leurs lits.

— Taisez-vous, morbleu! s'écria Salvador, taisez-vous, ou vous êtes mortes!

Et comme les deux femmes, en proie à une agitation fiévreuse qui ne leur laissait pas le libre usage de leurs facultés, ne cessaient de crier, il prit dans la poche de son habit le tire-point dont il s'était servi contre Roman, et s'élança vers elles pour les frapper.

— Dieu, mon mari!

— Ma femme!

— Le marquis de Pourrières!

Ces trois exclamations partirent en même temps; les deux femmes sur lesquelles Salvador venait de se précipiter un fer homicide n'étaient autres, en effet, que la pauvre Lucie et son amie Laure.

— Monsieur, monsieur, s'écria Lucie, ne nous tuez pas, nous ne dirons rien, je vous le promets.

La pauvre femme était plus pâle qu'un cadavre, et elle ne pouvait détacher ses yeux de son mari, dont le singulier accoutrement n'annonçait que trop clairement les criminels desseins.

Laure s'était retranchée derrière son lit et tremblait de tous ses membres; elle ne disait rien.

La scène qui précède s'était passée en moins de temps qu'il ne nous en a fallu pour la raconter.

Salvador s'élança vers la fenêtre, le vicomte de Lussan avait entendu les cris poussés par les deux femmes: présumant qu'ils pouvaient être entendus des autres habitants de la maison et les attirer sur le lieu de la scène, et ne voulant pas laisser son ami supporter seul les chances d'une lutte inégale, il gravissait les degrés de l'échelle de cordes, il s'aidait d'une main, de l'autre il tenait ses deux magnifiques kukurmillers.

— Circulez-vous, dit Salvador à ses deux complices, *l'affaire est marronnée* (1). Je vous rejoins dans quelques minutes.

Sans demander de plus longues explications, le vicomte descendit les degrés de l'échelle de cordes. Vernier les Bas-Bleus se plaça à la tête de ses chevaux, qui se mirent en

(1) Sauvez-vous, l'affaire est manquée.

route dès qu'ils eurent entendu les claquements répétés de son fouet.

Salvador revint près des deux femmes qui étaient restées à la même place, pétrifiées d'étonnement, et qui n'avaient pas eu encore la force d'échanger une seule parole.

— Je ne veux pas, madame, dit-il en s'adressant à Lucie, chercher à vous dissimuler le motif qui m'avait amené dans cette maison, où, du reste, je ne croyais pas vous rencontrer; ce serait inutile: le déguisement dont je suis couvert, la manière inusitée dont je me suis introduit dans cet appartement, vous ont déjà appris quel était mon dessein; je suis en même temps fâché et satisfait de ce qui vient d'arriver; je suis fâché de vous avoir causé une frayeur qui, je le crains bien, sera funeste à votre santé, et d'avoir perdu à la fois votre estime et votre amitié, auxquelles, je dois le reconnaître, je n'ai plus aucun droit; je suis satisfait de ce que votre présence m'a arrêté sur le bord d'un abîme dans lequel de funestes conseils allaient me précipiter. Lorsque vous connaîtrez les raisons de ma conduite, je vous paraîtrai sans doute beaucoup moins coupable que je ne vous le parais en ce moment; j'ai donc l'espérance que vous voudrez bien, ainsi que votre amie, ne parler à personne de ce qui vient de se passer.

« J'aurai, du reste, demain, l'honneur de me présenter chez sir Lambton. »

Salvador ne laissa pas aux deux femmes, stupéfaites d'étonnement, le temps de lui répondre; dès qu'il eut achevé le petit discours que nous venons de rapporter, il sortit par la fenêtre comme il était entré.

Il rejoignit l'usurier Juste et le vicomte de Lussan, qui conduisaient doucement le cabriolet sur la route de Paris.

Vernier les Bas-Bleus, conduisant son chariot, avait suivi une autre direction.

Nous laisserons, pour un instant, ces trois bandits, pour retourner près de Lucie et de Laure.

Salvador n'avait jeté qu'un coup d'œil superficiel sur la lettre que sa femme lui avait donnée à lire, lorsqu'elle lui avait demandé la permission d'aller passer quelques jours près de son amie, et le vicomte de Lussan étant venu, ainsi qu'on l'a vu, le prendre à l'improviste pour l'emmener avec lui, il n'avait pas songé à demander à sa femme où était située la campagne de sir Lambton; on a vu que l'usurier et le vicomte, soit à dessein, soit par hasard, avaient évité de prononcer le nom de la personne qu'il s'agissait de dévaliser, de sorte que rien n'avait pu donner l'éveil à Salvador; son apparition dans la chambre occupée par sa femme et Laure ne doit donc pas paraître étonnante.

Restées seules, Lucie et Laure demeurèrent assez longtemps sans se parler.

Lucie, la tête cachée entre ses mains, ses beaux cheveux noirs épars sur ses épaules nues, pleurait à se briser la poitrine.

Laure, assise sur une chaise longue, à quelques pas d'elle, la regardait en silence, et des larmes coulaient le long de ses joues pâlies par la terreur. La clarté mystérieuse de la lune éclairait seule cette triste scène.

Laure se leva péniblement de son siège et s'approcha de son amie abîmée dans la douleur, et qui paraissait n'avoir conservé que pour souffrir le peu de forces qui lui restait; elle l'embrassa sur le front.

— Pauvre, pauvre amie! dit-elle.

Lucie leva sur Laure ses yeux baignés de larmes.

— Je ne te fais donc pas horreur? dit-elle à son amie.

— Et pourquoi, grand Dieu! m'inspirerais-tu de l'horreur? s'écria Laure qui prit Lucie entre ses bras et la serra avec force contre sa poitrine; dois-je te punir d'une faute qui n'est pas la tienne, et l'amitié qui nous lie est-elle si peu solide qu'elle doive être brisée au premier choc?

— Oh! non, répondit Lucie; je ne veux pas que tu cesses de m'aimer, ton amitié est maintenant le seul bien qui me reste.

— Et elle ne te fera pas faute, je te le promets.

Les protestations de Laure calmèrent quelque peu Lucie; la pauvre femme se trouvait un peu moins malheureuse de

Sedan \. — Typ. et stér. M. et P. E. Charné.

Elle ouvrait mystérieusement la porte de la maison dans laquelle elle introduisait Salvador.

savoir qu'elle pouvait compter sur l'amitié dévouée et désintéressée de la compagne de ses jeunes années.

— Il faut, dit Laure, que tout le monde ignore ce qui s'est passé ici cette nuit, et pour éviter que la pâleur de nos visages ne donne sujet à mon oncle de nous adresser des questions auxquelles nous ne saurions que répondre, il faut que nous nous résolvions à prendre quelques instants de repos. Voyons, Lucie, couche-toi, je vais m'occuper de faire disparaître les traces du passage de M. de Pourrières.

Laure acheva de briser la vitre par laquelle Salvador s'était introduit dans la chambre, et tira à elle l'échelle de corde qui était restée accrochée au balcon, elle porta ensuite sur le lit la pauvre Lucie, qui, du reste, se laissait faire comme un enfant.

Ainsi que cela arrive souvent à ceux qui viennent d'éprouver un violent chagrin, un sommeil de plomb vint bientôt clore les paupières des deux amies, qui ne s'éveillèrent que lorsque la matinée était déjà avancée.

— Si tu avais prévu ce qui t'attendait ici, dit sir Lambton à sa nièce, après avoir affectueusement salué Lucie, tu ne te serais pas levée aussi tard.

Laure mit sur le compte d'une légère indisposition la paresse inaccoutumée, à propos de laquelle son oncle lui faisait la guerre.

Le bon sir Lambton remarqua alors l'extrême pâleur et les traits fatigués des deux jeunes amies.

— Mais vous êtes toutes les deux malades, s'écria-t-il; je vais tout de suite envoyer chercher le médecin.

— C'est inutile, mon bon oncle, répondit Laure, je vous assure que c'est inutile; dites-nous plutôt quelle est la personne qui va déjeuner avec nous?

Les quelques paroles qui précèdent étaient échangées dans la salle à manger, et Laure faisait observer à son oncle qu'il y avait quatre couverts sur la table qui venait d'être dressée pour le déjeuner.

— Tu n'as pas deviné? lui dit sir Lambton.

— Mon mari! s'écria Laure, et un éclair de joie vint tout à coup illuminer sa charmante physionomie.

— Lui-même, dit Servigny, qui, pour obéir à sir Lambton qui avait voulu ménager à sa nièce une surprise agréable. s'était, jusqu'à ce moment, tenu caché dans un petit cabinet attenant à la salle à manger.

Peu de jours après l'arrivée de Servigny, Lucie reçut une lettre de son mari, qui l'avertissait que le lendemain il se présenterait chez sir Lambton.

« J'ai cru devoir, disait-il, vous annoncer cette visite (que je ne ferais pas si ma négligence ne devait pas sembler extraordinaire à sir Lambton), afin de vous laisser le temps de prévenir votre amie, et pour ma présence, qui, je le sens, doit, après ce qui s'est passé, vous impressionner désagréablement, ne vous surprit pas à l'improviste. »

Le premier soin de Lucie, après avoir reçu cette lettre, fut de prévenir son amie, et de lui demander ce qu'elle devait faire en semblable occurrence.

— Il ne faut pas, lui répondit Laure, te montrer trop rigoureuse, la lettre qu'il vient de t'écrire prouve qu'il comprend toute l'énormité de son crime, puisqu'il ne cherche pas à s'excuser, et celui qui est humble est bien près de se repentir, s'il ne se repent déjà.

— Je ferai ce que tu me conseilles, ma chère Laure, je lui parlerai, et j'espère que Dieu voudra bien m'accorder le don de la persuasion.

Le lendemain, en effet, Salvador, ainsi qu'il l'avait annoncé à sa femme, se présenta chez sir Lambton.

Serviguy, qu'une affaire de peu d'importance avait appelé a Lagny, était absent en ce moment.

Sir Lambton fit à Salvador l'accueil le plus empressé, et voulut lui arracher la promesse de passer au moins deux ou trois jours à sa campagne.

Salvador jeta sur Laure et sur sa femme un regard suppliant.

Les deux jeunes femmes le prirent en pitié.

— Restez, monsieur le marquis, lui dit Laure après avoir serré entre les siennes les deux mains de son amie; restez, ne efusez pas à mon oncle une faveur à laquelle il paraît tant tenir.

— Je sais trop, madame, ce que je vous dois pour ne pas vous obéir, répondit Salvador après s'être respectueusement incliné.

— Que vous êtes heureuses! s'écria joyeusement sir Lambton en s'adressant aux deux amies, que vous êtes heureuses l'être femmes et jolies, on ne sait rien vous refuser!

Sir Lambton, jaloux de bien recevoir le mari de la plus chère amie de sa nièce, et désireux de donner au marquis de Pourrières un splendide échantillon de l'hospitalité britannique, laissa seuls un instant Salvador et les deux femmes, afin d'aller donner des ordres en conséquence.

Salvador voulut mettre à profit cet instant de liberté.

— Ah! mesdames, dit-il en donnant à sa voix une expression pénétrée; ah! mesdames, combien votre bonté est grande! et comment pourrai-je vous faire oublier?...

Laure ne lui laissa pas le temps d'achever la phrase qu'il venait de commencer.

— Ne parlons pas de ce qui s'est passé, lui dit-elle avec dignité; ce n'est pas M. le marquis de Pourrières qui a levé sur nos têtes le fer qui, nous avons eu affaire à un misérable fou, qui, nous aimons à le croire, a recouvré la raison.

— Monsieur le marquis de Pourrières, dit sir Lambton en rentrant dans le salon, où il avait laissé Salvador et les deux femmes, suivi de Serviguy, qui venait d'arriver au château, ai l'honneur de vous présenter mon neveu.

Salvador s'empressa de quitter le siège sur lequel il était assis, et s'inclina devant Serviguy, qui lui rendit son salut.

Lorsqu'ils se trouvèrent face à face, les deux hommes reculèrent simultanément en arrière, comme s'ils avaient tous deux marché sur une vipère.

Ils s'étaient reconnus.

Les brusques mouvements de Serviguy et de Salvador n'avaient échappé ni aux deux femmes, ni à sir Lambton; les deux femmes ne dirent rien, mais sir Lambton, qui n'avait pas pour se taire les mêmes raisons qu'elles, leur demanda s'ils se connaissaient.

Un instant leur avait suffi pour se remettre.

Salvador répondit le premier avec beaucoup de sang-froid :

— Je vois aujourd'hui pour la première fois M. Paul Féral; mais, je l'avoue, votre neveu ressemble tellement à un gentilhomme italien avec lequel je m'étais lié lors d'un séjour que je fis à Venise, il y a quelques années, que je n'ai pu retenir un premier mouvement de surprise, bien naturel du reste, car le gentilhomme en question est mort depuis longtemps.

Cette explication, que Serviguy ne crut pas devoir démentir de suite, parut toute naturelle à sir Lambton, qui n'avait, du reste, attaché aucune importance à la question qu'il venait de faire.

Il n'en était pas de même des deux femmes.

— Ils se connaissent, ma pauvre amie, dit Lucie à Laure

en lui serrant la main avec force; ils se connaissent. Ah! je suis encore plus malheureuse que je ne le croyais!

Laure, afin de lui donner le courage de supporter sa triste position, avait dit à son amie quels étaient les antécédents de son mari, et Lucie venait de deviner en quel lieu son époux et celui de son amie avaient pu se connaître.

Serviguy, inquiet plus qu'on ne saurait se l'imaginer d'avoir rencontré chez l'oncle de sa femme un homme dont il avait été à même d'apprécier les mœurs et le caractère, était impatient d'avoir avec lui une conversation qui fût de nature à lui apprendre ce qu'il en devait craindre; il pria donc sa femme, à laquelle il ne cachait rien de ce qui l'intéressait, de faire tout ce qui lui serait possible, afin qu'il restât seul avec le marquis de Pourrières.

— Je vous ferai connaître ce soir, lui dit-il, les raisons qui m'engagent à vous prier de me rendre ce service.

— Je les devine, lui répondit Laure après lui avoir serré la main, et je vais vous obéir.

Salvador et Serviguy étaient à peu près aussi embarrassés l'un que l'autre.

— Je crois, monsieur, dit Salvador à Serviguy, qu'il est inutile que nous dissimulions plus longtemps, nous nous sommes reconnus...

— Il est vrai, monsieur, répondit Serviguy, et je vous avoue que je ne m'attendais pas à vous rencontrer ici.

— Mon étonnement n'a pas été moins grand que le vôtre; est-ce bien vous? Vous que nous dûmes abandonner en si piteux état, après le combat que nous fûmes forcés de livrer aux gendarmes de la brigade du Beausset, que je retrouve aujourd'hui l'époux d'une femme charmante, et non moins riche, à ce qu'on m'assure, qu'elle n'est belle.

— Permettez-moi de vous faire observer, à mon tour, que je n'ai pas moins que vous le droit d'être grandement étonné de vous rencontrer ici porteur d'un nom qui, sans doute, n'est pas le vôtre, et possesseur de richesses dont la source n'est probablement pas légitime.

— Ces doutes m'offensent, dit Salvador d'un ton piqué, et je crois qu'ils seraient un peu mieux placés dans une autre bouche que la vôtre; je puis, monsieur Serviguy, vous prouver, par des titres authentiques, que mon nom et mes richesses sont l'héritage de mes aïeux; monsieur Féral, peut-être, aurait infiniment de peine à établir la généalogie des Féral.

— Le ton peu convenable que vous prenez pour répondre à des observations qui devraient vous paraître toutes naturelles pourrait m'engager, prenez-y garde, à prendre un parti violent, qui, je dois en convenir, nous précipiterait tous deux dans un abîme sans fond; mais, soyez-en convaincu, je ne reculerais pas devant ce que je regarderais comme l'accomplissement d'un devoir.

— La menace est presque toujours l'arme des lâches, dit Salvador.

— Monsieur! s'écria Serviguy.

— Laissez-moi achever, continua Salvador; vous pouvez, il est vrai, me faire beaucoup de mal; mais, ainsi que je viens de vous le dire, la menace est l'arme des lâches, et je crois assez vous connaître pour être certain que vous ne voudrez pas vous en servir. Vous succomberiez infailliblement, si une lutte s'engageait entre nous, car il me serait facile d'établir un alibi incontestable du jour de ma naissance à celui-ci, tandis que, sur un mot de moi à mon respectable sir Lambton, vous seriez, malgré les liens qui vous attachent à ce digne gentilhomme, chassé ignominieusement d'ici.

— Vous êtes dans l'erreur : sir Lambton et ma femme savent, grâce à Dieu, qui je suis; je bénis le ciel de n'avoir pas voulu tromper mon généreux bienfaiteur; on sait que Paul Féral n'est autre que le malheureux Serviguy, on sait quelles sont les circonstances qui m'ont précipité dans l'abîme, d'où je suis parvenu à sortir à force de courage et de persévérance.

Ce que Serviguy venait de dire à Salvador causa, on doit bien le penser, un profond étonnement à ce dernier, il se trouvait, pour ainsi dire, à la discrétion du mari de Laure. Il pouvait, il est vrai, espérer que Laure, cédant aux prières qui sans doute lui seraient faites par son amie, ne mettrait pas son époux dans la confidence de ce qui s'était passé il y avait quelques jours. Il crut donc devoir, pour conjurer autant que possible le danger qui le menaçait, changer à la fois de ton et de langage.

— Votre langage, dit-il à Servigny après s'être promené quelques instants de long en large dans l'appartement, est celui d'un homme d'honneur, d'un homme qui déplore les erreurs, quelles qu'elles soient, de sa jeunesse, qui veut, par tous les moyens possibles, faire oublier à la société, et oublier lui-même, qu'il a jadis porté la *casaque du forçat;* j'approuve infiniment votre conduite, et je veux bien croire que vous avez les intentions les plus pures, les sentiments les plus nobles; mais, s'il en est ainsi, si vraiment vous vous êtes purifié à l'école du malheur, serez-vous assez injuste pour croire que vous êtes le seul qui ait été capable de revenir au bien, après une vie d'erreurs et de désordres?

— Que Dieu me pardonne, si jamais une semblable pensée a été la mienne! mais un pressentiment que je ne puis vaincre, la tristesse de madame de Pourrières, qui semble annoncer qu'elle n'est pas aussi heureuse qu'elle devrait l'être, tout cela me fait croire que Salvador et Duchemin, que j'ai rencontrés à Paris il y a quelque temps, sont incorrigibles, ou à peu près.

— Duchemin est mort, répondit Salvador; quant à Salvador, comme il ne veut pas laisser dans votre esprit la moindre impression fâcheuse, il désire vous raconter tous les événements de sa vie passée, et il espère que le récit qu'il va vous faire vous donnera de lui une opinion moins défavorable. Êtes-vous disposé à l'écouter?

Servigny, curieux de savoir quelles étaient les raisons qui allaient être alléguées par Salvador pour justifier les fautes, ou plutôt les crimes de sa vie passée, fit un signe affirmatif.

Salvador prit un air de componction, et, après s'être recueilli quelques instants, il raconta à Servigny une histoire à peu près semblable à celle qu'il avait fabriquée pour le docteur Mathéo, histoire assez vraisemblable, si nos lecteurs s'en souviennent, que Servigny, plus que tout autre individu, devait facilement croire, et qui se termina par ces paroles:

— Vous voyez, monsieur Servigny, par mon exemple, par le vôtre même, qu'après avoir commis de grandes fautes, il est encore permis de rentrer dans la bonne voie.

La bonne et franche nature de Servigny le rendait incapable de croire qu'il fût possible à une créature humaine de feindre, avec autant d'habileté et de hardiesse que le faisait Salvador, des sentiments qui ne seraient pas les siens; aussi, après avoir attentivement écouté le marquis de Pourrières, il lui tendit la main et lui dit:

— Je vous crois, monsieur de Pourrières (ce nom est désormais le seul que vous entendrez sortir de ma bouche); j'ai besoin de vous croire; le bonheur de ma femme est aussi nécessaire au mien que l'air que je respire, et je sais qu'elle serait malheureuse si son amie l'était.

L'heure de se retirer était arrivée.

Lucie, bien certaine que son mari viendrait lui rendre visite avant de se retirer dans l'appartement qui lui avait été préparé, ne s'était pas couchée, elle lisait en l'attendant.

— Je vous attendais, monsieur, lui dit-elle lorsqu'il entra dans sa chambre, veuillez prendre un siège.

Salvador obéit sans répondre.

— Êtes-vous, monsieur, disposé à m'écouter et à me prêter toute votre attention? continua Lucie après quelques instants de silence.

— J'étais venu, madame, répondit Salvador, non pas pour me justifier, je sais que cela est impossible, mais afin de vous faire connaître les événements qui m'ont conduit près de l'abîme, dans lequel je serais infailliblement tombé si votre présence ne m'avait pas retenu sur ses bords au moment où j'allais me rendre coupable d'un premier crime; mais, puisque vous avez quelque chose à me dire, j'attendrai pour m'expliquer que vous ayez achevé.

— Écoutez-moi, monsieur, reprit Lucie d'un ton à la fois tendre et solennel, je puis, en vous menaçant de divulguer ce

qui s'est passé, vous forcer de consentir à une séparation, vous êtes bien persuadé de cela, n'est-ce pas?

— Sans nul doute, madame, répondit Salvador; la volonté que les paroles de Lucie laissait apercevoir l'inquiétait visiblement.

— Rassurez-vous, monsieur, ajouta Lucie, telle n'est pas mon intention : ma destinée, devant Dieu et devant les hommes, a été liée à la vôtre, et je ne crois pas qu'il soit bien de rompre des nœuds consacrés par notre sainte religion; je resterai donc votre épouse, quoi qu'il arrive, et si je suis destinée à subir de nouvelles épreuves, si votre conduite à venir ne me fait pas oublier votre conduite passée, eh bien ! il me sera tenu compte dans le ciel des peines que j'aurai supportées ici-bas.

— Ah ! madame, s'écria Salvador, chassez loin de votre esprit ces tristes pensées. J'ai pu, cédant à de perfides conseils, oublier un instant que je suis le marquis de Pourrières et que j'ai l'honneur d'être votre mari; mais, croyez-le bien, mon cœur n'est pas dégradé au point de n'être plus capable d'apprécier votre noble caractère.

— S'il en est ainsi, monsieur, il nous est permis d'espérer encore quelques jours heureux; je suis oublieuse du mal, monsieur, jamais une parole de moi ne vous rappellera ce qui s'est passé dans cette chambre, il y a quelques jours; mais au nom du ciel, au nom de vous que de plus cher ici-bas, si jamais, ce qu'à Dieu ne plaise, vous vous trouviez tenté de nouveau par ceux qui vous ont tenté une première fois, rappelez-vous que vous faisiez lever un fer homicide sur une femme qui vous aime, sur une femme qui va vous rendre père..

Ces derniers mots furent prononcés d'une voix si déchirante, que, malgré la triple enveloppe dont son cœur était entouré, Salvador se sentit presque ému.

— Voilà ce que je voulais vous dire, monsieur, continua Lucie ; vous allez être père, vous n'avez plus seulement à ménager votre propre honneur ; vous êtes, à partir de ce moment, le dépositaire de celui de l'enfant que le ciel vous envoie et auquel vous devez transmettre un nom pur et sans tâche ; vous le l'oublierez pas, n'est-ce pas ?

— Non, madame, non, je ne l'oublierai pas

Il est permis de croire que Salvador était sincère lorsqu'il faisait cette promesse que, peut-être, il aurait tenue, si, plus tard, une fatale influence ne la lui avait fait oublier ; il reste toujours dans le cœur de l'homme, quel que soit le degré de corruption qu'il ait atteint, quelques cordes qui résonnent lorsque l'on invoque auprès de lui l'un de ces nobles sentiments qui semblent avoir été mis dans tous les cœurs pour rappeler à l'esprit sa céleste origine.

Salvador se leva du siège qu'il occupait, et, durant quelques minutes, il se promena dans la chambre ; il avait besoin de rassembler ses idées quelque peu troublées par la révélation que Lucie venait de lui faire.

— Il me reste, madame, dit-il enfin, un devoir à remplir, je vais m'en acquitter. J'ai reçu de la nature quelques bonnes qualités, je ne crains pas de le dire ; mais la civilisation a développé en moi le germe d'un vice qui resta longtemps caché, et ce vice ternit l'éclat de toutes les bonnes qualités dont je puis être doué. En un mot, madame, je suis joueur ; c'est en rougissant que je vous fais cet aveu. Il n'est pas de passion dont l'influence soit plus funeste que celle du jeu. Le joueur, dans les relations ordinaires de la vie, est quelquefois excellent époux, bon père, ami dévoué; mais dès qu'il est placé devant un tapis vert, sitôt qu'il a pris des cartes dans sa main, il oublie femme, enfant, ami, pour ne songer qu'aux bizarres combinaisons du hasard ; si vous venez lui dire que sa mère se meurt, que sa famille est en proie à la plus affreuse misère, que son meilleur ami vient d'être tué, il ne vous écoutera pas ; mais parlez-lui d'une martingale capable de faire sauter la banque, de la manière la plus avantageuse de grouper les chiffres, de celle de neutraliser les chances fatales des zéros rouges et noirs et des refaits de trente et un, il sera tout oreilles. Ce n'est pas tout, lorsque les moyens de satisfaire sa malheureuse passion viendront à lui manquer, il risquera tout pour se les procurer, sa vie, celle de ses prochés, son honneur même. C'est ce qui m'est arrivé. Des spéculations malheureuses venaient de m'enlever une partie de ma fortune, mais ce qui me restait était plus que suffisant pour me permettre d'occuper dans le monde la place à laquelle me donne droit le nom que j'ai reçu de mes aïeux, lorsque le hasard me conduisit dans un de ces infâmes tripots constamment ouverts, malgré la guerre acharnée que leur fait la police.

« L'or et les billets de banque ruisselaient sous mes yeux ; une voix, celle de mon mauvais ange sans doute, me dit à l'oreille que je pouvais, en risquant une faible somme, récupérer en peu de temps ce que je venais de perdre. J'écoutai cette voix infernale, je jouai ! L'exécrable démon, qui préside à nos destinées, ne voulant pas qu'une déception vînt d'abord éclairer sa victime, et l'arrêter sur le bord de l'abîme, permit que je gagnasse. J'étais perdu, perdu sans ressources ; à des séances heureuses succèdent des séances négatives remplies par des alternatives de pertes et de gains ; puis, ce furent des séances malheureuses, durant lesquelles je m'arrachais les cheveux et me meurtrissais la poitrine, sans seulement m'apercevoir de ce que je faisais. En un mot, je passai en peu de temps par toutes les phases de la joie, de l'espérance et du désespoir. »

Salvador s'arrêta quelques instants pour reprendre haleine ; cet homme était un si parfait comédien, que l'expression de son visage était venue compléter la hideuse peinture qu'il venait de dérouler sous les yeux effrayés de sa malheureuse femme. Ses yeux étaient hagards, ses joues pâles, ses cheveux, plus noirs que l'ébène, se hérissaient sur sa tête.

Lucie sanglotait silencieusement.

Salvador, après s'être frappé le front plusieurs fois, continua en ces termes :

— Un jour, lorsque je voulus prendre de l'or pour aller encore une fois tenter la fortune, ma caisse se trouva vide ; ce fut alors qu'un homme, dont j'avais fait la connaissance dans une des maisons dont je viens de vous parler, vint à moi et me proposa de m'aider à accomplir un projet qu'il méditait ; je n'ai pas besoin de vous dire quel était ce projet. Cet homme était doué d'une éloquence fatale, je me laissai séduire ; vous savez le reste.

« Et maintenant, me croirez-vous, si je vous dis que la crainte d'être forcé de diminuer quelque peu le luxe dont je m'étais plu à vous entourer, contribua peut-être autant que la fatale passion à laquelle j'étais en proie, à me faire envisager sans effroi le crime dont maintenant je déplore les conséquences ? Me croirez-vous, si je vous dis que c'est parce que je vous aime avec frénésie, parce que je ne pouvais me résoudre à vous faire la confidence de ma triste position, que je suis devenu coupable ?

« Après la scène qui a eu lieu dans cette chambre, je rejoignis mon complice qui me força à quitter les environs de cette maison, dans laquelle il voulait entrer, afin d'accomplir seul son projet. Rentré chez moi, l'énergie factice qui m'avait soutenu jusque-là m'abandonna tout à coup ; durant plusieurs jours je demeurai dans un état complet de prostration, état dont je ne sortis que pour envisager avec horreur la triste position dans laquelle je m'étais mis par ma faute.

— « Mais quand bien même mes cheveux devraient blanchir sur ma tête, quand bien même mes mains devraient se dessécher, ce qui m'est arrivé ne se renouvellera plus.

— Je vous ai écouté avec la plus sérieuse attention, dit Lucie lorsque Salvador s'arrêta, et je ne crains pas de vous le dire, vos paroles étaient empreintes d'une telle expression de vérité, que j'y ajoute une foi entière ; je crois que vous n'avez cédé qu'à l'entraînement d'une passion irrésistible et à de perfides conseils ; je crois, puisque vous me l'avez dit, que c'est en partie pour moi que vous vous êtes rendu coupable ; je crois surtout que vous tiendrez le serment que vous venez de me faire, mais pour qu'il en soit ainsi, il faut, voyez-vous, prendre des mesures énergiques, et quelles qu'elles soient, j'ai l'espérance que vous ne reculerez pas devant la nécessité de les employer.

— Parlez, madame, répondit Salvador, parlez, je suis prêt à vous obéir ; que faut-il que je fasse ?

— Vous êtes, si j'ai bien saisi vos paroles, complètement ruiné.

— Non, madame, je ne suis pas, grâce à Dieu, réduit à la misère, seulement une partie de mes revenus est engagée, presque toutes mes propriétés sont grevées d'hypothèques, mais je puis encore prendre des arrangements avec mes créanciers, et, par quelques années d'économie, réparer le désordre de ma fortune.

— Eh bien ! c'est ce qu'il faut faire. Je suis certaine de la discrétion de mon amie, je n'ai pas besoin d'ajouter que jamais, pour ma part, je ne vous adresserai un reproche ; vous pouvez donc, à partir de ce moment, jeter sur le passé un voile épais, qui jamais ne sera levé, car c'est de bon cœur et sans arrière-pensée que je vous pardonne.

Salvador prit une des mains de Lucie qu'il serra affectueusement entre les siennes en levant ses yeux vers le ciel :

— Cher ange, dit-il d'une voix profondément pénétrée.

Lucie, touchée du profond repentir manifesté par son mari, répondit peut-être sans s'en apercevoir à la douce pression de sa main.

— Il y a, dit l'Évangile, continua Lucie, plus de joie dans le ciel pour un coupable qui vient à récipiscence, que pour dix justes qui n'ont jamais péché, c'est sans doute pour cela que Dieu ouvre une si large voie au repentir ; vous allez donc renoncer à toutes les habitudes de votre vie passée, cela, peut-être, vous sera plus facile que vous ne le croyez.

« Vous vous rappellerez qu'avec un nom honorable, vous devez transmettre intacte, à votre enfant, la fortune que vous ont laissée vos pères ; et vous ferez, pour qu'il en soit ainsi, tout ce que la prudence et l'expérience vous suggéreront ; quelles que soient les résolutions que vous preniez, comme elles seront honorables, je n'en doute pas, vous pouvez compter sur un concours actif et désintéressé de ma part, et pour que vous ne puissiez pas douter un seul instant de la sincérité de mes paroles, je mets dès à présent à votre disposition, afin que vous puissiez dégager vos revenus, dégrever vos propriétés et payer vos créanciers, tout ce que je possède, c'est, je crois, la chose la plus pressée à faire ; car il ne faut pas laisser aux intérêts usuraires la possibilité de nous enlever les économies que nous pourrons faire sur nos revenus en vivant retirés et sans faste à la campagne ; je présume, qu'ainsi que moi, vous serez bien aise d'aller passer quelques années soit au château de Pourrières, soit ailleurs, je vous laisse parfaitement libre de choisir à votre gré le lieu qui doit nous servir de retraite.

— Tout ce que vous venez de me prescrire, madame, sera exécuté à la lettre, et dès demain, si vous le voulez bien, nous retournerons à Pourrières que je regretterais d'avoir quitté pour venir à Paris, si ce n'était dans cette ville que j'ai eu le bonheur de rencontrer la plus indulgente et la meilleure de toutes les femmes.

— Nous partirons demain si vous l'exigez, monsieur ; j'aurais cependant bien voulu passer quelques jours encore près de mon amie...

— Mais madame, ce n'était qu'afin de vous donner la preuve que je suis prêt à faire toutes vos volontés, que je voulais partir de suite ; restez ici plusieurs jours encore puisque tel est votre désir.

Salvador, après avoir encore échangé avec sa femme quelques paroles, la quitta afin de lui laisser la faculté de se livrer au repos.

Nous avons dit déjà que Servigny n'avait pas de secrets pour sa femme ; aussi son premier soin, lorsqu'ils se trouvèrent seuls, fut-il de lui apprendre qu'il ne l'avait priée d'emmener sir Lambton et la marquise de Pourrières, que parce qu'il désirait rester seul quelques instants avec le marquis de Pourrières, qu'il avait connu au bagne de Toulon sous le nom de Salvador.

Servigny instruisit ensuite sa femme de tout ce qui s'était passé entre lui et Salvador, pendant le temps qu'ils étaient restés ensemble.

— J'aurais peut-être ajouté foi à l'histoire qu'il m'a racontée pour justifier sa nouvelle position, sans une circonstance qui n'est venue frapper mon esprit que depuis quelques instants ; je me rappelle parfaitement que le *payot* Salvador, qui habitait en même temps que moi le bagne, avec lequel je me suis évadé, avait les cheveux du plus beau blond qui se puisse imaginer, et ses cheveux sont aujourd'hui aussi noirs que l'ébène ; cette différence cache assurément un mystère d'iniquité, que peut-être, au risque de ce qui pourra m'arriver, je dois chercher à pénétrer.

Laure, il est facile de le penser, éprouva un profond étonnement et un bien vif chagrin, lorsque son mari lui eut fait cette révélation ; les antécédents de Salvador lui expliquaient tout à coup, en les colorant d'une teinte sinistre, une foule de faits qui jusqu'à ce moment lui avaient paru à peu près insignifiants : la présence du marquis de Pourrières dans le bouge de la rue de la Tannerie, la lettre du docteur Mathéo, et en dernier lieu la tentative de vol commise quelques jours auparavant chez sir Lambton, juste au moment où des lingots venaient d'y être apportés. Cette tentative ne lui parut plus un fait isolé qui, sans être excusable, pouvait être pardonné, en raison du profond repentir manifesté par celui qui s'en était rendu coupable ; elle lui apparut comme le dernier crime d'un homme, qui probablement en avait commis un nombre incalculable.

L'aimable et douce Lucie, cette amie qu'elle chérissait comme une sœur et révérait comme une mère, était-elle donc devenue la proie d'un affreux scélérat ? Laure ne pouvait croire que le Ciel eût permis un aussi monstrueux assemblage, mais c'est en vain que son cœur repoussait une semblable idée, sa raison lui disait qu'elle devait adopter la triste anomalie que repoussait son cœur. Que devait-elle donc faire ? avertir son amie ; mais Lucie douée ou plutôt affligée d'organes d'une extrême délicatesse, et déjà à demi brisée, serait-elle assez forte pour supporter un coup aussi affreux ? et quand bien même il ne serait pas ainsi, Laure connaissait assez le caractère de son amie pour être persuadée d'avance qu'en lui faisant connaître les antécédents de son mari, elle briserait son cœur, sans cependant pouvoir la déterminer à adopter le seul parti que, dans sa position, il était convenable de prendre.

— Je crois, lui répondit Servigny, que, si tel est, en effet, le caractère de votre amie, nous devons, quant à présent, lui laisser ignorer ce que le hasard vient de nous apprendre.

« Le marquis de Pourrières, ou plutôt Salvador, car je ne puis croire que cet homme soit le rejeton de la noble famille dont il porte le nom, est, sans contredit, un homme très-dangereux, probablement couvert de crimes ; mais si mon sort est, pour ainsi dire, entre ses mains, le sien aussi m'appartient ; et comme, grâce à Dieu, je suis de force à me défendre, et qu'il le sait, je n'ai rien à redouter de lui.

« Voici donc, si je ne me trompe, le parti le plus sage que nous puissions prendre.

« Nous ferons tout ce qui nous sera possible pour empêcher votre amie de retourner près de son mari ; il ne faut pas que cette âme, si pure se flétrisse au contact d'un homme comme Salvador, et je crois qu'il ne nous sera pas difficile de la déterminer à rester près de nous ; nous veillerons à la fois sur sa personne et sur sa fortune, qu'elle ne voudra pas, je pense, laisser dilapider par son mari, car elle désirera sans doute la conserver intacte à son enfant.

« Le marquis de Pourrières est bien certainement le chef, ou du moins l'un des chefs de la bande de malfaiteurs qui, depuis quelque temps, infestent et désolent la capitale et ses environs ; il recevra tôt ou tard la juste punition de ses crimes ; il faut que la malheureuse Lucie ne soit pas entraînée par le naufrage qui doit engloutir à la fois sa personne et sa fortune ; voilà le but que nous devons nous proposer et que nous atteindrons si Dieu veut bien nous aider. »

Laure serra son mari entre ses bras lorsqu'il eut achevé ; la jeune femme était heureuse de voir l'époux qu'elle chérissait embrasser si chaleureusement les intérêts de son amie.

XXXIV

Comment un cocher anglais se servit de son fouet.

Lucie, dans son malheur, se trouvait encore heureuse de ce que le crime que son mari avait tenté de commettre n'était que la suite d'une gêne occasionnée par une passion insurmontable ; elle était heureuse de ce que le marquis de Pourrières n'était pas un voleur, et si nous ajoutons qu'elle croyait aux protestations de repentir qu'il venait de lui faire, on ne sera plus étonné de sa conduite envers lui.

Salvador, après avoir salué sa femme avec toutes les marques du plus profond respect, lui dit qu'il était bien déterminé à suivre à la lettre tous les conseils qu'elle lui avait donnés ; il venait donc la prier de vouloir bien l'autoriser à disposer d'une somme de trois cent mille francs, déposée chez son notaire et qui lui appartenait en propre. Cette somme, lui dit-il, était à peu près suffisante pour dégrever ses propriétés, dégager une partie de ses revenus, et payer ses créanciers les plus nécessiteux qu'il voulait absolument satisfaire avant de se retirer dans ses terres ; car il tenait à ne point laisser derrière lui la réputation d'un débiteur qui s'est soustrait, par la fuite, aux justes exigences de ceux auxquels il doit.

Cette susceptibilité plut à Lucie, dont le noble caractère comprenait toutes les délicatesses.

— Vous ne voulez pas me tromper, n'est-ce pas ? dit-elle, en jetant sur son mari un regard que celui-ci soutint avec un visage impassible.

— Ah ! madame, s'écria Salvador, pouvez-vous bien me croire capable d'une pareille infamie ! Mais je n'ai pas le droit de me plaindre, ajouta-t-il après quelques instants de silence.

Il donna à sa voix, en prononçant ces mots, une intonation si profondément émue, que Lucie fut convaincue.

Elle ne répondit rien, mais elle s'approcha d'une petite table sur laquelle se trouvait déposé tout ce qu'il fallait pour écrire, et traça rapidement ce billet qu'elle remit à Salvador.

« Maître Chardon,

« Veuillez, je vous prie, remettre à mon mari, M. le marquis de Pourrières, tous les fonds que vous tenez à ma disposition.

« La présente vous servira de décharge, etc. »

— M. Chardon qui vous connaît, lui dit-elle, vous remettra sans difficultés tous mes fonds ; vous en ferez un bon usage, j'en suis convaincue, si vous voulez bien vous rappeler que c'est de la fortune de votre enfant qu'il s'agit.

— Ah ! madame, s'écria Salvador, si je ne me montrais pas digne de la confiance que vous voulez bien me témoigner, je serais le plus misérable de tous les hommes.

Il prit la main de Lucie qu'il baisa à plusieurs reprises.

La voiture qui l'avait amené chez sir Lambton l'emmena à Paris.

Sa première visite fut pour Silvia. Il trouva la brillante marquise de Roselly entourée d'un cercle nombreux d'adorateurs, parmi lesquels se faisait remarquer, par l'étrangeté de son costume et la profusion de bijoux dont il était couvert, un homme encore jeune ; que son teint, aussi blanc que celui d'une femme, ses grands yeux bleus, fendus en amandes, et ses longs cheveux d'un blond quelque peu hasardé, faisaient tout de suite reconnaître pour un enfant des contrées hyperboréennes.

Salvador devina de suite cet étranger, qui se montrait le plus empressé de tous ceux qui en ce moment entouraient sa maîtresse, et il ne put réprimer quelques légers signes de mauvaise humeur, auxquels Silvia ne daigna pas d'abord accorder la moindre attention ; cependant, après avoir savouré avec une volupté toute féminine la petite vengeance que le hasard s'était chargé de lui fournir, Silvia congédia successivement tous ses adorateurs et demeura seul avec son amant

— Enfin ! s'écria Salvador, ils ont bien fait de partir, j'aurais éclaté s'ils étaient restés plus longtemps.

Salvador, à tous ses défauts, joignait celui d'être jaloux de l'artificieuse créature dont il subissait l'influence.

Salvador et Silvia consacrèrent cette première journée à chercher un hôtel propre à servir d'habitation à la marquise de Roselly; celles qui suivirent furent consacrées à pourvoir la demeure choisie de tout ce qui pouvait la rendre agréable; cela coûta beaucoup d'argent, mais n'empêcha pas, cependant, Salvador de consacrer la presque totalité des trois cent mille francs qu'il avait pris chez le notaire de sa femme à payer ses dettes et les diverses sommes qu'il avait empruntées sur les biens de la maison de Pourrières. Nos lecteurs ont deviné que les fruits de nouvelles rapines, commises de complicité avec le vicomte [de Lussan, firent les frais de l'hôtel de Silvia, de ses ameublements, de ses chevaux et de ses équipages.

Voici, au moment où nous sommes arrivés, quel était l'état de la fortune dont pouvait disposer Salvador.

Les biens de la maison de Pourrières, ainsi que nous avons eu déjà l'occasion de le dire, rapportaient bon an, mal an, un peu plus de trente mille francs; les fonds appartenant à Lucie, ayant servi à éteindre toutes les dettes, Salvador pouvait disposer de ce revenu ; il lui restait seulement à payer quatre-vingt-dix mille francs, somme égale au montant des lettres de change souscrites au profit de l'usurier Juste ; sa position financière, malgré les pertes énormes faites au jeu par Roman, et les dépenses considérables qu'il avait faites, était donc encore assez belle pour lui permettre de mener une vie agréable sans demander des ressources au crime ; il n'en était pas de même de celle de Lucie, les trois cent mille francs dont elle avait, avec tant d'abandon, confié l'emploi à son mari, formaient la moitié au moins de sa fortune, les grands biens du comte de Neuville et de la marquise de Villerbanne, qui étaient morts tous deux *ab intestat*, étant retournés à des collatéraux éloignés.

Salvador, depuis son mariage et le dernier séjour qu'il avait fait à Pourrières, n'avait pas remis les pieds chez la mère Sans-Refus; débarrassé de Roman, il avait voulu cesser avec les scélérats de bas étage qui fréquentaient cet infâme bouge, des relations qui tôt ou tard l'auraient compromis, mais il n'avait pas pour cela (nous venons de le dire) abandonné une profession qu'il exerçait avec une si merveilleuse adresse, qu'il en était arrivé à se croire de bonne foi invulnérable ; il s'était entendu avec le vicomte de Lussan, auquel il n'avait pas eu de peine à faire comprendre que deux hommes adroits, résolus et reçus avec empressement dans la meilleure compagnie, pouvaient faire autant, si ce n'est plus, à eux seuls, que toute une bande de malfaiteurs.

Le succès avait justifié les prévisions de Salvador. Les deux associés avaient successivement volé un pair de France, qui venait de prêter son soixante-dix-neuvième serment; un député qui venait de prononcer un magnifique discours en faveur de la concession des lignes de chemin de fer aux compagnies; un riche banquier qui devait partir le lendemain pour l'Angleterre ; une danseuse de l'Opéra, qui avait reçu, la veille, la première visite d'un prince russe; ces affaires, il n'est pas nécessaire de le dire, avaient produit des résultats aussi magnifiques qu'il était permis de les espérer ; le pair était un très-habile diplomate, le député était éloquent, le banquier était habile, et la danseuse, jolie.

Dès que Salvador eut entre les mains les divers titres qui établissaient qu'il avait satisfait ses créanciers, il alla chez sir Lambton afin de montrer à sa femme, qui lui avait déjà écrit plusieurs fois, qu'il avait fait un bon usage des fonds qu'elle lui avait confiés.

Sir Lambton le reçut avec son affabilité ordinaire. Lucie à laquelle il dit tout d'abord qu'elle serait contente de lui, et qu'il lui apportait les preuves qu'il était corrigé, puisqu'ayant eu une somme considérable à sa disposition, il n'avait pas mis les pieds dans une maison de jeu, lui serra la main en signe de contentement; mais Servigny et Laure lui montrèrent un visage si glacial, qu'il devina tout de suite que les deux époux avaient échangé des confidences dont le résultat ne lui avait pas été avantageux.

Salvador, après s'être entretenu assez longtemps avec sa femme, repartit aussitôt; il ne voulut pas même dîner chez sir Lambton, qui, ayant remarqué que sa présence n'était agréable ni à sa nièce ni à Servigny, ne fit pas de grandes instances pour le retenir.

Nous laisserons Lucie achever de passer paisiblement la belle saison à la campagne de sir Lambton, et nous suivrons Salvador à Paris, où de grands événements doivent s'accomplir.

Ainsi que cela arrive presque toujours à la veille de toutes les grandes catastrophes, la fortune semblait se plaire à favoriser toutes les entreprises de Salvador et du vicomte de Lussan ; aussi, ces deux personnages roulaient-ils sur l'or et les billets de banque.

Le vicomte de Lussan, ne sachant que faire de ses capitaux, avait renouvelé l'ameublement et les équipages de la danseuse Coralie, à laquelle il avait pardonné sa fugue avec le général rencontré par Silvia, chez l'usurier Juste.

Salvador, malgré les dépenses énormes de sa maison et de celle de Silvia, avait acquitté les lettres de change, souscrites pour couvrir la dernière faute de Roman, et payé le restant de ce qu'il devait à divers créanciers.

Salvador consacrait à Silvia tout le temps qu'il ne passait pas avec le vicomte de Lussan ; il ne voulait pas laisser au prince russe, qui était devenu éperdument amoureux de l'ex-cantatrice, la faculté d'approcher d'elle.

Salvador et Silvia, accompagnés souvent du vicomte de Lussan, allaient presque chaque jour, traînés dans un magnifique équipage qui appartenait à la marquise de Roselly, parcourir les allées du bois de Boulogne, qui sont habituellement fréquentées par la fashion parisienne.

Salvador était glorieux de mener partout, avec lui, l'orgueilleuse beauté qui excitait l'admiration générale, et Silvia, de son côté, n'était pas fâchée d'étaler à tous les yeux le luxe dont elle était entourée.

Elle dit cependant un jour, à son amant, que les poudreuses allées du bois de Boulogne commençaient à lui paraître monotones et qu'elle ne serait pas fâchée de varier quelque peu ses promenades quotidiennes.

— Mais rien n'est plus facile, lui dit Salvador; notre bonne ville, grâce à Dieu, est entourée de promenades beaucoup plus agréables que le bois de Boulogne, que la mode, je ne sais pourquoi, a pris sous sa protection; si vous le voulez bien, nous nous ferons conduire, aujourd'hui, au bois de Vincennes.

— Va pour le bois de Vincennes, répondit Silvia ; si cette promenade ne me convient pas, nous verrons les autres ensuite.

Silvia, Salvador et le vicomte de Lussan, montèrent en calèche et se firent conduire. Le ciel était magnifique et de nombreux promeneurs sillonnaient en tous sens les sombres allées du bois.

— Mais c'est charmant ! disait à chaque instant Silvia à ses deux compagnons, c'est charmant, en vérité; il y a ici au moins des arbres et de l'ombre; nous y reviendrons.

Au détour d'une allée assez obscure, dans laquelle il s'était engagé pour obéir à sa maîtresse, le cocher de Silvia fut obligé de s'arrêter afin de ne point écraser un homme qui marchait lentement devant la voiture, et qui paraissait enseveli dans de profondes réflexions.

Les cris répétés du cocher arrachèrent enfin cet homme à ses réflexions; il se rangea précipitamment sur un des côtés de l'allée, et ses yeux se portèrent par hasard sur les personnes qui étaient dans la calèche, à laquelle il venait de livrer passage.

— Silvia ! s'écria-t-il assez haut pour être entendu de la marquise de Roselly et de ses deux compagnons ; Silvia !

— Qu'est-ce, dit Salvador, et que vous veut cet homme? Le connaissez-vous?

— Brûlez le pavé, dit Silvia à son cocher, avant de répondre à Salvador, brûlez le pavé.

La marquise de Roselly venait de reconnaître Beppo.

Le cocher, jaloux d'obéir à sa maitresse, avait vigoureusement fouetté ses chevaux, et la calèche roulait rapide comme l'éclair le long d'une des grandes allées du bois.

Salvador et le vicomte de Lussan ne savaient à quoi attribuer la terreur évidente et la singulière conduite de leur compagne; elle les instruisit en peu de mots.

Salvador tourna la tête et vit courir derrière la calèche l'homme que Silvia paraissait si fort redouter; il était éloigné de vingt pas environ. Sa conduite indiquait suffisamment quelle était son intention; il voulait suivre la voiture, afin de connaitre le nom et le domicile de ceux qu'il venait de rencontrer.

Le vicomte de Lussan avait imité le mouvement de Salvador.

— Mais je connais cet homme-là, dit-il à voix basse à son compagnon.

— Je le crois parbleu bien! répondit Salvador; cet homme est celui que nous avons fait entrer chez la Sans-Refus, lorsqu'il venait d'assassiner la marquise.

— Diable! diable! mais il ne faut pas que cet individu, qui me parait un gaillard résolu, sache qui nous sommes.

La calèche roulait toujours avec la même rapidité, mais l'homme qui courait derrière paraissait la suivre sans trop de difficulté; il en était toujours à la même distance.

— Le drôle a des jarrets d'acier, dit le vicomte de Lussan.

— Mais ne me débarrasserez-vous pas de cet homme? s'écria Silvia en proie à la plus violente exaspération. Ah! si j'avais autant de force que je me sens de courage!

— Nous ferions très-volontiers ce que vous paraissez si vivement désirer, belle marquise, répondit le vicomte, mais le lieu n'est guère propice, et votre cocher est un témoin incommode.

— Il y a un moyen, s'écria Salvador. — Tu es adroit, continua-t-il en s'adressant au cocher de Silvia, robuste gaillard, que son teint coloré et sa chevelure du plus beau rouge carotte qu'il fût possible de voir faisaient de suite reconnaître pour un naturel des iles Britanniques.

— Très-adroit, monsieur le marquis, répondit le cocher.

— Tu sais te servir de ton fouet?

— Aussi bien que vous de votre épée.

— Eh bien! il y a vingt-cinq napoléons pour toi, si tu t'en sers de manière à ôter l'envie, à ce malôtru, de suivre plus longtemps notre voiture; tu sais ce que tu as à faire?

— Parfaitement, monsieur le marquis; vous allez être content de moi.

— Que diable va-t-il faire! dit le vicomte de Lussan à Salvador.

— Oh! de la bonne besogne, j'en suis convaincu, répondit celui-ci; un fouet, entre les mains d'un cocher anglais, est une arme formidable.

Le cocher ralentit insensiblement le pas de ses chevaux, de sorte que Beppo se trouva bientôt à sa portée. L'ex-pêcheur ne dit rien à ceux qui étaient dans la calèche; mais il continua de courir près de la voiture, réglant sa course sur le pas des chevaux et lançant à Silvia, chaque fois que ses yeux rencontraient les siens, des regards empreints d'une sombre jalousie.

Le cocher saisit un moment favorable et lui lança un coup de fouet qui, tombant en pleine figure, traça sur son visage un sillon bleuâtre et sanguinolent.

Beppo, transporté de fureur, voulut se jeter à la tête des chevaux et les saisir par le mors, afin de les forcer de s'arrêter; mais le cocher ne lui laissa pas le temps d'accomplir son dessein; il redoubla ses coups, dont le dernier enleva un œil au malheureux pêcheur.

Vaincu par la douleur, Beppo tomba en hurlant sur le gazon.

— Faut-il lui passer sur le corps? dit le cocher.

— Non, répondit Salvador, c'est inutile.

Les cris de Beppo avaient rassemblé autour de lui quelques promeneurs, et Salvador était impatient d'échapper à l'attention qui, du blessé, devait infailliblement se porter sur la cause de la blessure.

Aiguillonnés par de nombreux coups de fouet, les chevaux emportèrent la calèche qui disparut derrière un nuage de poussière au moment où ceux qui, d'abord, s'étaient occupés de Beppo se disposaient à la poursuite.

Beppo, qui souffrait horriblement, fut porté dans un cabaret voisin du lieu ou il avait été blessé; puis, lorsqu'un médecin de Vincennes eut posé sur les nombreuses blessures qui sillonnaient son visage, un premier appareil, il se trouva assez fort pour se faire conduire au logement de la rue Contrescarpe Saint-Marcel, qu'il habitait toujours avec sa mère.

— Je me vengerai, dit-il, lorsque la voiture qui l'avait pris au cabaret dans lequel il avait été pansé passa près du lieu où il avait été blessé, pour le reconduire à son domicile; je me vengerai, et ma vengeance sera terrible; j'en fais ici le serment solennel!

XXXV

Chez la mère Sans-Refus.

Soigné par un médecin habile, Beppo recouvra bientôt la santé, et moins de quinze jours après l'événement que nous venons de rapporter, ses blessures étaient complétement cicatrisées et il se trouva en état de sortir. Il avait seulement à regretter la perte d'un de ses yeux, que la mèche du fouet du cocher anglais de Silvia avait enlevé de son orbite.

Beppo, un matin, prit les vêtements qu'il avait achetés chez Bonnard et qu'il n'avait encore mis que pour se rendre chez Silvia, et après s'en être couvert, il pria sa mère d'aller lui chercher une voiture.

— Où vas-tu? lui dit la Catalane profondément étonnée de cette toilette inusitée; encore chez cette marquise, peut-être?

— Non, ma mère, non, répondit-il; je vais faire une démarche après laquelle, je l'espère, nous pourrons nous mettre en route pour notre Provence.

— Tu ne me parles pas bien clairement, cruel enfant; mais je te crois; ce n'est pas ta mère, ta mère qui t'aime tant, que tu voudrais tromper?

— Pauvre femme, dit Beppo en jetant un triste regard sur sa mère, qui quittait l'appartement afin de faire ce qu'il désirait.

— Dent pour dent, œil pour œil, disait-il en se regardant dans la glace qui ornait la cheminée, lorsque sa mère vint lui dire que la voiture qu'il avait demandée l'attendait dans la rue.

Il embrassa la bonne femme et sortit.

Il donna l'ordre à son cocher de le conduire à la Préfecture de police.

Beppo quitta la voiture qui l'avait amené à l'entrée d'une des rues étroites et obscures qui avoisinent la Préfecture de police; après avoir parcouru en tous sens une foule de ruelles sans noms, il se trouva sur le quai de l'Horloge. Une des portes du lieu dans lequel il se rendait était devant lui... Il entra dans une cour fermée par de hautes murailles; à gauche, un bâtiment d'un sinistre aspect, aux croisées garnies de barreaux de fer, qui indiquent une prison dans laquelle le soleil n'a jamais pénétré; il suivit cette cour, et arriva dans une autre où se trouvaient réunis plusieurs individus, parmi lesquels s'en trouvaient quelques-uns porteurs de figures qu'on ne voit que sur les épaules des mouchards, des geôliers ou les infirmiers, il demanda à l'un de ces hommes à qui il devait s'adresser pour faire une révélation; on lui indiqua du doigt l'entrée d'un bureau situé sous une voûte assez sombre.

Comme il se dirigeait vers ce bureau, il entendit plusieurs voix répéter : *c'est un coqueur*. Il entra et demanda à parler au chef; après quelques pourparlers, il fut introduit dans une grande pièce mal éclairée, meublée seulement de quelques bancs recouverts d'une basane crasseuse, sur lesquels étaient assis plusieurs individus d'assez mauvaise mine ; d'une petite table surmontée d'un pupitre, devant laquelle était placé un homme déjà âgé. Les murs de cette pièce étaient garnis de rayons sur lesquels reposaient une grande quantité de cartons pleins de cartes, sur chacune desquelles était écrit le nom d'un individu ayant eu maille à partir avec la justice.

Beppo était dans l'antichambre de cette mystérieuse puissance nommée la police, déesse aux cent yeux, aux cent bras, qui doit tout voir, tout entendre, tout prévoir, tout réprimer, qui doit à toutes les heures du jour et de la nuit, pénétrer dans les plus impures sentines, dans les cloaques les plus immondes; qui doit écouter tout ce qu'on vient lui dire, et ne doit croire que ce qui est vrai; qui rend service à tout le monde et dont tout le monde se plaint, et à laquelle pourtant on ne saurait accorder trop de louanges lorsqu'elle s'acquitte consciencieusement de la moitié seulement de la tâche immense qui lui est confiée.

Beppo, après quelques minutes d'attente, fut introduit dans le cabinet de l'homme chargé, à l'époque où se passèrent les événements que nous racontons à nos lecteurs, de la direction de cette branche importante de l'édilité parisienne.

Il ne connaissait pas tous les secrets de Silvia; mais il en savait assez pour qu'on acceptât ses services et qu'on l'encourageât.

Il quitta la préfecture, suivi de loin par un mouchard déguisé; il alla changer de vêtements et se dirigea chez la mère Sans-Refus.

Un homme, en redingote bleue et en chapeau à larges bords, marchait toujours derrière lui.

Beppo ne trouva pas sans peine la maison dans laquelle il voulait entrer, ce ne fut qu'après avoir parcouru en tous sens les rues Jean-Pain-Mollet, de la Vannerie et plusieurs autres, qu'il arriva rue de la Tannerie et s'arrêta devant la maison occupée par la mère Sans-Refus.

Il ne faisait pas encore nuit ; une des odalisques de cet ignoble harem adressa un signe provocateur à Beppo qui entra.

Au moment où Beppo entrait, la mère Sans-Refus dormait dans le vieux fauteuil placé derrière son comptoir ; ses pensionnaires, diversement groupées, buvaient, fumaient ou jouaient aux cartes; l'une d'elles était seule à une table; sa tête, renversée en arrière, était appuyée contre la muraille, sa bouche était entr'ouverte.

C'était celle que Beppo cherchait : il se plaça près de la table, et dit à une femme, qui avait quitté ses compagnes lorsqu'il était entré et qui depuis lors marchait presque sur ses talons, de lui servir deux verres d'eau-de-vie.

— Deux *glacis d'lance d'aff* (1) à monsieur : voilà, répondit la fille, intérieurement très-vexée de ce que ce n'était pas à elle que cet étranger, plus proprement vêtu que ceux qui fréquentaient habituellement l'établissement de la mère Sans-Refus, avait jeté le mouchoir.

Elle apporta cependant les deux verres d'eau-de-vie demandés, et retourna ensuite près de ses compagnes.

— Georgette ? dit Beppo en secouant légèrement la fille près de laquelle il s'était placé et qu'il croyait endormie, Georgette ?

Elle ne répondit que par un sourd grognement assez semblable à celui de l'animal immonde dont l'Alcoran interdit la chair à ses sectateurs, et le mouvement qu'elle fit ayant dérangé son peigne, ses longs cheveux noirs se déroulèrent sur ses épaules et sur son visage.

La malheureuse femme était ivre-morte.

— Elle est *casquette* (2), mon poulet, dit une des odalisques en riant aux éclats.

— J'attendrai qu'elle ne le soit plus, répondit Beppo.

(1) Deux verres d'eau-de-vie.
(2) Ivre.

Il s'approcha de la mère Sans-Refus, que les éclats de rire de sa pensionnaire venaient d'éveiller, et lui mit deux pièces de cinq francs dans la main après lui avoir dit quelques mots à l'oreille.

Le son de l'argent tira la vieille mégère de l'espèce de torpeur dans laquelle elle paraissait plongée; elle se leva précipitamment de son fauteuil, après avoir adressé à Beppo une grimace que celui-ci fut libre de prendre pour un sourire et donna l'ordre à ses pensionnaires de conduire Georgette dans sa chambre.

— Vous n'allez pas la rejoindre? dit-elle lorsque l'ordre qu'elle venait de donner fut exécuté.

— Je resterai ici quelques instants, si vous voulez bien le permettre, répondit l'ex-pêcheur.

— Comment donc, mais c'est beaucoup d'honneur pour moi et pour ces dames.

— Vous ne me reconnaissez pas ? dit Beppo à la mère Sans-Refus après un silence de quelques instants.

— Quand nous nous serons vus encore une fois, ça fera deux, répondit la tavernière.

— Ça fera trois, si vous voulez bien le permettre.

— Impossible, mon bichon, je n'oublie jamais les *balles* (1) que j'ai déjà *remouchées* (2) une fois.

— Il paraît que ce morceau de taffetas noir et les blessures qui sillonnent mon visage me rendent méconnaissable ; tant mieux, ma foi, je puis alors passer sans crainte devant les gendarmes et les mouchards.

— Ah çà ! mais, qui êtes-vous donc?

— Comment, vous ne vous rappelez pas un pauvre diable que de braves gens firent entrer ici, il y a un peu plus d'une année, au moment où il allait être pris par ceux qui le poursuivaient, qui tomba malade, auquel Georgette prodigua des soins si empressés ?...

— Et qui venait d'*escarper une largue camouflée en chêne* (3) sur le pont au Change?

Beppo, qui n'était pas initié aux mystères du jargon dont se servait habituellement la mère Sans-Refus, fut obligé de lui faire observer qu'il ne savait ce qu'elle voulait dire.

— Ah ! vous ne *dévidez pas le jars* (4) ; tant pis, vous ne pourrez pas alors causer agréablement avec les amis. Je vous disais donc que le jeune homme qui fut soigné par Georgette à l'époque dont vous parlez venait de tuer, sur le pont au Change, une femme déguisée en homme.

— C'était moi.

— Dites donc ? il paraît que vous avez fait des progrès depuis un an et demi; Georgette n'a cessé de me soutenir qu'au moment de l'escarpe (5) vous étiez un honnête homme.

Beppo regarda en riant la hideuse Sans-Refus.

— J'étais bête, lui dit-il à voix basse.

— *Pantre* (6) ; c'est *pantre* qu'il faut dire.

— *Pantre* si vous voulez.

— Et maintenant?

— Oh ! maintenant, je suis bien changé ; j'ai quitté Paris après la chose en question, et j'ai rencontré en province des braves gens auxquels j'ai été très-utile et qui m'ont fait gagner beaucoup d'argent (Beppo, en achevant ces mots, frappa sur ses poches dont le son métallique charma les oreilles de la mère Sans-Refus) ; mais j'ai été forcé de les quitter, ces pauvres gens, continua Beppo en donnant à sa voix une expression lamentable, ils ont eu des malheurs !.

— Je comprends, *enflaqués* (7).

— Vous dites ?

— Arrêtés.

Beppo fit un signe affirmatif.

— Mais comment se fait-il donc, que vous n'*entravies pas bigorne*... que vous ne compreniez pas l'argot

(1) Figures.
(2) Vues.
(3) De tuer une femme déguisée en homme.
(4) Vous ne parlez pas l'argot.
(5) Assassinat.
(6) Niais, honnête homme.
(7) Arrêtés.

LES VRAIS MYSTÈRES DE PARIS
Par VIDOCQ

Le médecin ayant déclaré que sa blessure le mettait hors d'état d'être transporté. (Page 20.)

— Que voulez-vous, je n'ai vécu jusqu'à présent qu'avec de braves gens de campagne, mais j'ai bonne envie d'apprendre.

— Je n'en doute pas, mon garçon, je n'en doute pas; mais, dites-moi, qu'êtes-vous donc venu faire à Paris?

— Lorsque mes compagnons ont été... comment avez-vous dit ça?

— Enfoncés.

— Enfoncés, je me suis dit que, puisque mon visage était devenu méconnaissable, par suite d'un événement et que je vous raconterai plus tard, je pouvais sans crainte revenir à Paris, où il me serait peut-être facile de faire quelques connaissances utiles; et, comme j'avais déjà très-souvent pensé à votre maison...

— C'est très-bien, mon garçon, c'est très-bien, il ne faut jamais oublier les gens qui vous ont bien servi; vous trouverez ici, soyez-en sûr, tout ce que vous pouvez désirer.

Beppo, pour achever de gagner les bonnes grâces de la mère Sans-Refus, lui offrit, ainsi qu'à ses pensionnaires, une tournée de petits verres d'eau-de-vie, qui fut acceptée avec le plus vif enthousiasme.

Pendant la longue conversation que nous venons de rapporter, plusieurs individus que nous connaissons déjà, Charles la Belle-Cravate, le bras-de-Louis, Cornet Tape-Dur et plusieurs autres, étaient entrés dans la bouge de la mère Sans-Refus, et après avoir échangé quelques paroles à voix basse avec la tavernière, et jeté sur Beppo des regards soupçonneux, ils s'étaient retirés dans la pièce du fond.

— Voulez-vous que je vous présente aux amis? dit la Sans-Refus, vous en serez quitte pour leur payer quelques doubles chopottes de lance d'aff (1).

— Vous me ferez plaisir, et je paierai tout ce qu'il faudra, répondit Beppo, qui commençait à deviner le langage ordinaire du lieu dans lequel il se trouvait.

(1) Quelques litres d'eau-de-vie.

La mère Sans-Refus prit la main de Beppo, et le fit entrer dans l'arrière-salle que nous connaissons.

— Quéque c'est encore que celui-là, dit le Grand-Louis, qu'appelle un *navaron* (1)?

— As-tu fini, mauvais *ferlampier* (2), répondit la Sans-Refus, c'est moi, n'est-ce pas, moi, Marie-Madeleine-Colette Comtois, qui suis capable d'introduire des *navarons* parmi vous?

— Il faut bien *rigoler* (3) un peu, reprit le Grand-Louis.

— Il vaudrait mieux *travailler* (4) un peu plus et *rigoler* un peu moins; mais c'est égal, vous pouvez, c'te *plombe* (5), *pitrancher* (6) tant qu'vous voudrez, c'garçon, qui vous doit à tous une litre *camoufle* (7), va *caspier* (8) de quatre *doubles chopottes de lance d'aff* (9).

Après cet exorde, qui disposa les bandits à favorablement accueillir celui qu'elle leur présentait, la Sans-Refus rappela aux habitués de son repaire l'événement qui avait conduit chez elle Beppo pour la première fois, et leur raconta en peu de mots l'histoire fabriquée par l'ex-pêcheur pour capter sa confiance.

Lorsque les bandits surent que l'homme qui était devant eux s'était rendu coupable d'un assassinat, et qu'il ne venait se fixer à Paris que parce que la bande avec laquelle il avait exploité la province venait d'être dispersée, ils s'empressèrent tous autour de lui; chacun d'eux voulut lui serrer la main, et les quatre litres d'eau-de-vie annoncées ayant été apportés par la Sans-Refus et par Cornet Tape-Dur, qui avait conservé chez la tavernière ses fonctions de maître Jacques,

(1) Traître.
(2) Misérable.
(3) Rire.
(4) Voler.
(5) Heure.
(6) Boire.
(7) Chandelle.
(8) Payer.
(9) Litres d'eau-de-vie.

l'enthousiasme atteignit bientôt son apogée, et Beppo fut tout d'une voix proclamé membre de l'association, qui se réunissait chez Marie-Madeleine-Colette Comtois, dite Sans-Refus.

La nuit était déjà avancée lorsqu'il quitta ses nouveaux amis pour aller rejoindre Georgette, les fumées alcooliques qui, quelques heures auparavant, obscurcissaient le cerveau de la malheureuse fille venaient de se dissiper, de sorte qu'elle se fit toute gracieuse pour recevoir Beppo. L'ex-pêcheur plaça sur la cheminée le chandelier qu'il avait apporté; il tira de son caban son cigare qu'il alluma, puis il s'assit dans un mauvais fauteuil, placé à la tête du lit dans lequel était couchée Georgette. Cette conduite, quelque peu extravagante, étonna considérablement la jeune fille, mais elle n'osa rien dire.

Beppo, pour se faire reconnaître, fut obligé de rappeler à Georgette toutes les circonstances qui avaient accompagné la première entrevue qu'il avait eue avec elle.

— Ainsi, dit Georgette (lorsqu'elle fut bien convaincue que l'homme qu'elle avait devant les yeux était le même que celui qu'elle avait soigné dix-huit mois auparavant), vous êtes aujourd'hui forcé de venir chercher un refuge dans cette maison? Cela ne m'étonne pas, une fois que l'on a mis un pied dans le sentier du crime, il faut le suivre jusqu'au bout.

— Le croyez-vous? répondit Beppo.

— Hélas! ajouta Georgette, je suis moi-même une preuve évidente de la vérité de ce que j'avance.

— Vous vous trompez peut-être; je crois, au contraire, qu'il n'est jamais trop tard pour revenir au bien, et c'est autant pour vous fournir les moyens de sortir de l'affreuse position dans laquelle vous êtes placée, que pour accomplir un dessein, que je vous ferai connaître si vous voulez me promettre de ne point me trahir, que je suis revenu ici.

Beppo disait vrai, au moment d'entrer chez la Sans-Refus, il s'était rappelé la femme qui lui avait prodigué des soins si désintéressés, et il avait de suite pris la résolution de l'arracher, si cela était possible, au sort funeste qui paraissait devoir être le sien.

Georgette, on le sait, portait à Beppo un très-vif intérêt, elle lui fit donc sans difficultés toutes les promesses qu'il exigea, elle lui offrit même de le servir.

Beppo, pour mettre sa bonne volonté à l'épreuve, la chargea d'épier tout ce qui se passerait dans la maison de la mère Sans-Refus pendant son absence, et de lui en rendre compte; il voulait, disait-il, savoir ce que pensaient de lui ses nouveaux camarades.

— Il est inutile de chercher à me tromper, lui répondit Georgette, j'ai deviné quel est votre projet, vous voulez livrer à la police tous ceux qui fréquentent cette maison?

Beppo regretta alors de s'être exprimé avec assez peu de prudence pour laisser deviner à cette fille la nature de son projet, mais Georgette ne le laissa pas longtemps dans l'inquiétude.

— Si tel est, en effet, votre projet, continua-t-elle les yeux étincelants de colère, oh! je vous servirai de tout mon pouvoir. Je serai heureuse de rendre à tous ces hommes, que j'ai été forcée de subir, un peu du mal qu'ils m'ont fait.

Il y avait dans la voix de Georgette, lorsqu'elle prononça ces mots, un tel accent de vérité, que Beppo fut convaincu qu'il pouvait dès ce moment compter sur un auxiliaire dévoué.

Il est temps de dire à nos lecteurs comment il se faisait que Beppo venait chercher chez la mère Sans-Refus les moyens de se venger des deux hommes qui étaient dans la calèche de la marquise de Roselly, lors de l'événement à la suite duquel il avait été si affreusement défiguré.

On n'a peut-être pas oublié que Salvador accompagnait Silvia lorsque Beppo, qui s'était établi chez le restaurateur Graziano, afin d'attendre sa voiture au passage, était parvenu à découvrir sa première demeure. Lors de la rencontre au bois de Vincennes, il reconnut de suite cet homme, dont la physionomie, du reste, était assez remarquable pour rester gravée dans une mémoire moins fidèle que la sienne.

Transporté chez lui à la suite de l'événement dont nous avons rapporté les détails, il demeura, ainsi que nous l'avons dit, plus de quinze jours cloué sur son lit et en proie à des souffrances si vives qu'il ne pouvait seulement un instant se livrer au sommeil. Tant que durèrent ces cruelles insomnies, l'image de l'un des deux hommes qui accompagnaient la marquise de Roselly, lors de la rencontre au bois de Vincennes, fut sans cesse devant ses regards: son imagination le lui représentait, non pas tel qu'il l'avait vu dans la calèche de l'excantatrice, pimpant, frisé, musqué, éperonné et décoré, mais vêtu d'un costume et parlant un langage qui indiquaient des habitudes telles que celles des hommes de bonne compagnie; Beppo chassait vainement cette image, qui se reproduisait sans cesse avec les mêmes contours et les mêmes couleurs; sa mémoire, enfin, fit un suprême effort, alors un éclair vint illuminer son esprit, et il se rappela que les deux compagnons de Silvia n'étaient autres que les deux hommes qui l'avaient fait entrer dans un bouge au moment où il allait être saisi par la foule qui le poursuivait, et dont il avait pu remarquer la physionomie avant de se trouver mal.

De là à conclure que ces deux hommes, qu'il venait de rencontrer dans un brillant équipage, étaient les chefs de la bande de malfaiteurs qui, ainsi que le lui avait appris Georgette, se réunissaient chez la Sans-Refus, il n'y avait pas beaucoup de chemin à faire.

Voici quel était le projet de Beppo lorsqu'il était allé faire des offres de service à la police !

Il avait deviné que, pour acquérir la confiance des bandits, il n'aurait qu'à leur rappeler et le crime qu'il avait commis et le service qu'ils lui avaient rendu; et comme il supposait que plusieurs de ces bandits, si ce n'était pas tous, savaient quels étaient leurs chefs, il espérait que bientôt l'un d'eux lui ferait connaître. La perte des deux hommes auxquels Beppo, excité à la fois par la jalousie et la soif de la vengeance, avait voué une haine égale (il ne savait pas lequel des deux était l'amant de Silvia, et il leur attribuait une même part dans sa dernière mésaventure) serait le résultat des révélations que ne manqueraient pas de faire ceux des bandits qui seraient préalablement arrêtés.

Tel était le plan conçu par l'ex-pêcheur, communiqué par lui au chef de la police et approuvé par celui-ci. Ce plan ne devait réussir qu'en partie : le hasard seul, bien plus grand maître que toutes les prévisions humaines, devait fournir à Beppo le moyen de parvenir au but qu'il voulait atteindre.

Quoi qu'il en soit, il conduisit sa barque avec tant de prudence et tant d'adresse que, peu de jours après son introduction parmi les commensaux ordinaires de la mère Sans-Refus, il était devenu l'oracle de tous les scélérats au milieu desquels il vivait. Ces misérables lui avaient fait part de tous les crimes qu'ils méditaient, et plus d'une fois ils lui avaient fait la proposition de l'intéresser à celles de leurs périlleuses expéditions qui devaient être les plus fructueuses. Mais Beppo avait su refuser, sans cependant éveiller leurs soupçons; il leur avait dit qu'il ne se mettrait à *travailler* (1) (il partait alors l'argot aussi bien que le plus madré de la bande) que lorsqu'il ne lui resterait plus d'argent; qu'il voulait, avant de risquer sa peau, jouir un peu des agréments de la vie parisienne; les bandits avaient trouvé cette envie d'autant plus naturelle que, depuis quelque temps, ils n'étaient pas heureux dans leurs dernières entreprises. Plusieurs d'entre eux avaient été arrêtés en flagrant délit, et au moment où ils se croyaient tout à fait hors de danger.

On a deviné que c'est aux avis que Beppo (puissamment secondé par Georgette, qui le servait avec un zèle qui ne se démentait pas) faisait parvenir à la police qu'ils devaient leur arrestation.

— Tu as bien raison de ne pas vouloir *mettre la main à la pâte* (2), dit un jour le Grand-Louis à l'ex-pêcheur, nous sommes malheureux en ce moment.

— En effet, je suis tout prêt à croire que le métier commence à ne plus rien valoir.

— Ne m'en parle pas, les plus belles affaires nous glissent entre les *arguemines* (3). Et ce n'est pas tout, nos meilleurs

(1) Voler.
(2) Voler.
(3) Mains.

farandels (1) sont presque toujours *paumés marrons* (2). Il y a, j'en suis sûr, un *macaron* (3) parmi nous.

— Il faut le *buter* (4).

— Si on le connaissait, ça serait déjà fait, s'écria le Grand-Louis en grinçant des dents; mais le brigand ne viendra pas nous dire : c'est moi qui vous fais tous *enflaquer* (5).

— Qui sait ! il arrive quelquefois de si drôles de choses !

— Laisse donc, les *railles* (6), les *friquets* (7), les *cuisi-niers* (8), les *macarons* (9), c'est tous des *taffeurs* (10).

« Les affaires allaient bien mieux lorsque le Grand-Richard, Rupin et le Provençal venaient ici; c'étaient des hommes, ceux-là! Mais on se plaignait d'eux, parce qu'ils se réservaient la plus grosse part dans toutes les affaires qu'ils nous faisaient faire; c'était juste cependant; mais on n'est jamais content, ce n'est que lorsqu'on a perdu ce qu'on avait entre les mains qu'on le regrette.

Ce n'était pas la première fois que Beppo entendait prononcer les noms du Grand-Richard, de Rupin et du Provençal, et quelque chose lui disait que deux de ces noms appartenaient aux hommes qu'il voulait se venger. Il n'avait pas voulu, cependant, dans la crainte d'inspirer des soupçons à ses compagnons, leur parler de ces trois hommes, et Georgette, à laquelle, du reste qu'à ses autres pensionnaires, la mère Sans-Refus ne laissait rien voir de ce qui pouvait la compromettre, n'avait rien pu lui apprendre. Aussi le Grand-Louis lui fournissait-il en ce moment une occasion qu'il était bien résolu à ne point laisser échapper.

— Mais puisque ces hommes vous étaient si utiles, répondit-il au Grand-Louis, pourquoi n'allez-vous pas les prier de revenir parmi vous? Vous en seriez quittes pour convenir de vos torts, si vous en avez.

— C'est bien plus facile à dire qu'à faire, personne de nous ne sait où trouver les *rupins*?

— Bath !

— C'est comme je t'le dis; oh ! ce sont des *marlous* (11) finis, ils nous regardaient pour ainsi dire comme leurs *larbins* (12); mais c'est égal, ils nous faisaient gagner de la *pièce* (13).

Ce que le Grand-Louis venait de lui dire prouvait à Beppo, jusqu'à l'évidence, que les deux individus qu'il voulait perdre avaient cessé d'être en relations avec les habitués du bouge de la mère Sans-Refus, et que, par conséquent, il lui serait très-difficile d'atteindre le but qu'il se proposait; car il ne suffisait pas de dire, à ceux qu'il servait, que ces hommes étaient les complices de ceux dont il avait procuré l'arrestation, il fallait encore le prouver; cependant il ne désespéra pas de réussir.

— Écoute, lui dit le Grand-Louis après un silence de quelques minutes, tu es un brave garçon, n'est-ce pas?

— Je ne t'ai pas donné, je crois, le droit de penser le contraire.

— Eh bien ! si tu veux, nous ferons, toi, Charles la Belle-Cravate et moi, une affaire magnifique, et qui nous rapportera gros, sans qu'il soit nécessaire de courir le moindre danger.

— Qu'est-ce que c'est?

— Voilà ! La *daronne* (14) est une *fourgate rupine* (15); il y

a *icigo* (1) de quoi faire un *chopin* (2) magnifique; eh bien ! je me suis dit que ce serait pain bénit que de lui *pesciller son anber* (3).

— Sans doute; mais comment faire? La Sans-Refus doit être continuellement sur ses gardes.

— J'ai pensé à tout.

Le Grand-Louis s'approcha de l'auge placée à l'extrémité de la petite cour, et, aidé de Beppo, il la déplaça, après avoir expliqué à son compagnon à quoi servait le caveau dont il venait de lui révéler l'existence; il lui dit que lui et Charles la Belle-Cravate, munis de tous les instruments nécessaires, s'y cacheraient le surlendemain, dès que la nuit serait venue (le Grand-Louis retardait de deux jours l'exécution du projet qu'il avait conçu, parce qu'il savait qu'on devait apporter le surlendemain, à la mère Sans-Refus, une grande quantité d'argenterie et de bijoux volés, dont il voulait s'emparer avec le reste), et que, lorsque les autres habitants de la maison se seraient retirés, lui, Beppo, qui pouvait rester dans la maison sans éveiller les soupçons de la mère Sans-Refus, puisqu'il avait pris l'habitude de passer presque toutes les nuits près de Georgette, viendrait les aider à en sortir, après avoir enfermé les femmes dans leurs chambres. Maîtres alors, tous trois, de la maison, il leur serait facile de faire main-basse sur l'or et les bijoux de la mère Sans-Refus, qui, se voyant prise au trébuchet, ne songerait pas à s'opposer la moindre résistance, et s'estimerait fort heureuse si on voulait bien lui laisser seulement la vie.

Beppo ne pouvait refuser de prendre part à une expédition dont le succès était pour ainsi dire certain; il accepta donc la proposition que venait de lui faire le Grand-Louis.

Après avoir quitté ce bandit, qui sortit de la maison afin d'aller prévenir Charles la Belle-Cravate, Beppo monta dans la chambre de Georgette. Il donna l'ordre à cette fille, à laquelle il s'intéressait beaucoup, et dont il voulait récompenser le dévouement, de s'habiller et d'aller l'attendre chez lui, lui promettant d'aller la rejoindre sous deux ou trois jours.

Cette fille était habituée déjà à faire, sans se permettre une seule observation, tout ce qu'exigeait Beppo : elle obéit.

Dès que Georgette fut partie, Beppo sortit de la maison Sans-Refus, et prit, sur le quai de Gèvres, un cabriolet qui le conduisit au domicile du chef de la police.

— C'est très-bien ! lui dit celui-ci, je suis content de vous. Les mesures que vous indiquez seront prises, et si elles réussissent, comme je n'en doute pas, nous prendrons d'un seul coup de filet tout ce qui reste de la bande; mais les chefs ! les chefs ! ce Grand-Richard, ce Rupin, ce Provençal qui roulent, dites-vous, équipage à Paris, ce sont ceux-là qu'il faudrait tenir.

— Je les découvrirai, soyez-en convaincu, répondit Beppo; je les découvrirai, ou j'y perdrai mon nom.

— Je l'espère; mais je crois que ce sera difficile, si vous n'êtes pas servi par le hasard. Oh! ce sont de rusés compères; ceux que nous tenons déjà ne demandent pas mieux que de faire des révélations; mais ils ne savent que ce que déjà vous nous avez appris.

— Prenons d'abord tous les soldats, nous nous occuperons ensuite des chefs; je vous promets que, dès que je me serai mis à leurs trousses, il ne se passera pas beaucoup de temps avant qu'ils ne tombent dans nos filets.

Beppo pouvait, sans craindre de trop s'avancer, faire une semblable promesse, car il était persuadé qu'une fois qu'il se serait procuré la nouvelle adresse de la marquise de Roselly, ce qui ne devait pas être très-difficile, il lui serait aisé de découvrir celle des deux individus dont il avait juré la perte.

Durant la nuit du lendemain, lorsque la première heure sonna à l'horloge de l'Hôtel-de-Ville, la rue de la Tannerie, depuis longtemps déjà obscure et silencieuse, fut tout à coup envahie par de nombreuses escouades d'agents de police, de sergents de ville et de gardes municipaux; des sentinelles, auxquelles on avait recommandé la plus grande vigilance,

(1) Camarades.
(2) Pris sur le fait.
(3) Traître.
(4) Tuer.
(5) Arrêter.
(6) Mouchards.
(7) Agents de police.
(8) Dénonciateurs.
(9) Traîtres.
(10) Lâches.
(11) Malins.
(12) Domestiques.
(13) De l'argent.
(14) La mère.
(15) Riche recéleuse.

(1) Ici.
(2) Vol.
(3) Prendre son argent.

furent placées à toutes les issues, sans en excepter une seule, de la maison Sans-Refus. Ces précautions prises, un homme, que l'écharpe tricolore qui ceignait ses reins faisait reconnaître pour un commissaire de police, s'approcha de la porte, et après avoir frappé assez fort pour réveiller tous les habitants de la rue, il articula ces mots, que tous ceux qui n'ont pas la conscience très-nette n'entendent jamais prononcer sans éprouver un certain effroi

— Au nom de la loi, ouvrez!

La maison Sans-Refus demeura sombre et silencieuse; ce ne fut qu'après une seconde sommation, accompagnée cette fois de la menace de faire enfoncer la porte, que l'on entendit crier les verrous.

La porte fut ouverte : la mère Sans-Refus, en toilette de nuit et tenant à la main un sale chandelier de fonte, surmonté d'un brûle-tout de fer-blanc, parut sur le seuil.

— Est-il Dieu possible ! s'écria la vieille, réveiller ainsi de braves gens au milieu de leur premier sommeil, vous devriez pourtant bien savoir, depuis le temps que vous faites ici des visites de nuit, que la maison de Colette Comtois n'est pas un lieu suspect.

— Assurez-vous de cette femme, dit le commissaire de police à un des agents de police, et, sans daigner répondre à la tavernière, il traversa la boutique, et entra dans l'arrière-salle suivi de tout son monde.

Deux gardes municipaux seulement restèrent dans la rue.

— Eh bien! la *daronne* (1), dit à la tavernière l'agent chargé de veiller sur elle, vous ne vous attendiez pas à celle-là, n'est-ce pas ? *Enflaquée* (2), c'est dur.

Au son de cette voix, qui ne lui était pas inconnue, la Sans-Refus prit vivement le chandelier qu'elle venait de poser sur son comptoir, et approcha la lumière du visage de l'agent de police.

— Comment, c'est toi, Fanfan la Grenouille, tu es donc de la *boutique* (3), à c'te heure?

— Que voulez-vous, il faut bien faire quelque chose pour gagner ma pauvre vie, j'suis seulement fâché que ça soit vous la première personne que je sois forcé de *ligotter* (4).

— Écoute, Fanfan, avant d'avoir gagné dix mille *balles* (5), il faudra que t'en mette plus d'un, à l'ombre, des *pègres* (6).

— C'est vrai!

— Eh bien ! laisse-moi me *cavaler* (7), et je te les *coque* (8) en *chouettes tailbins d'altèque* (9).

— Pas possible!

— Voilà les *tailbins* (10).

La Sans-Refus tira de son sein un petit paquet de billets de banque, qu'elle mit entre les mains de l'agent de police.

— Eh bien? dit-elle.

La tentation était trop forte, Fanfan la Grenouille mit les billets de banque dans sa poche, après les avoir comptés et bien examinés.

— C'est convenu, répondit-il.

La Sans-Refus jeta sur ses épaules une vieille pelisse restée par hasard sur son fauteuil. Fanfan la Grenouille ouvrit doucement la porte de la boutique, devant laquelle se promenaient les deux gardes municipaux restés dans la rue, et il n'eut besoin, pour obtenir la permission de sortir avec la Sans-Refus, que de leur montrer la carte triangulaire ornée d'un œil entouré de rayons, marque distinctive de ses fonctions.

Fanfan la Grenouille et la Sans-Refus coururent assez longtemps ensemble, mais lorsqu'ils se crurent assez éloignés de la rue de la Tannerie pour n'avoir plus rien à craindre, ils

(1) Mère.
(2) Arrêtée.
(3) De la police.
(4) Lier.
(5) Francs.
(6) Voleurs
(7) Me sauver.
(8) Donne.
(9) Beaux billets de banque.
(10) Billets.

s'arrêtèrent pour reprendre haleine, et se séparèrent, après s'être mutuellement souhaité toutes sortes de prospérités.

Pendant que tout ceci se passait, le commissaire de police, suivi de tout son monde, était entré dans l'arrière-salle, dans laquelle, ainsi, du reste, qu'il s'y attendait, il n'avait trouvé personne; il l'avait traversée, puis il était arrivé dans la petite cour, et il avait donné l'ordre à deux de ses hommes de déplacer l'auge.

— Sortez! cria-t-il lorsque l'ouverture du caveau fut visible à tous les yeux, sortez, si vous ne voulez pas être enfumés comme des jambons.

Les bandits, qui s'étaient réfugiés dans cette retraite, jusqu'alors impénétrable, dès qu'ils avaient entendu les premiers coups frappés à la porte, étaient pris au piège, toute résistance devenait inutile, il fallut bien qu'ils se résignassent.

Aussi honteux que des renards pris par une escouade de poules, ils gravirent l'un après l'autre l'échelle de meunier. A mesure qu'ils arrivaient dans la petite cour, ils étaient liés et remis à un fort détachement de gardes municipaux qui stationnaient dans la petite rue des Teinturiers.

— Robert, Cadet-Vincent, le Grand-Louis, Cornet Tape-Dur, Charles la Belle-Cravate, dit le commissaire de police lorsque l'agent qu'il avait envoyé visiter le caveau lui eut dit qu'il ne renfermait plus personne, la capture n'est pas mauvaise; quel est celui-là ? ajouta-t-il en désignant Beppo à un de ses agents.

— Celui-là, s'écria le Grand-Louis, que l'on n'avait pas encore lié, celui-là c'est un *macaron* (1), j'en suis sûr.

Et, prompt comme l'éclair, il s'élança sur l'ex-pêcheur, et lui porta entre les deux épaules un furieux coup de son couteau-poignard.

Beppo tomba sur le sol; le sang sortait à gros bouillons de la profonde blessure que le Grand-Louis venait de lui faire.

— Bravo ! Grand-Louis, bravo ! s'écrièrent tous les bandits; mort aux *macarons* !

Quelques gourmades, accompagnées de quelques légers coups de crosse, imposèrent silence à ces misérables.

Le commissaire de police fit transporter Beppo dans une des chambres de la maison, et envoya un des agents chercher un médecin.

Ce ne fut qu'après cet événement que l'on s'aperçut de la disparition de la mère Sans-Refus et de Fanfan la Grenouille. Malgré l'absence de la recéleuse, une perquisition minutieuse fut faite dans toutes les parties de la maison, et elle fit découvrir une grande quantité d'objets volés, qui furent saisis pour servir plus tard de pièces à conviction.

Les pensionnaires de la mère Sans-Refus, dont la police voulait examiner à son aise la conduite, furent dirigés vers l'hôtellerie que l'administration tient constamment ouverte pour toutes celles qui leur ressemblent, rue du Faubourg-Saint-Denis, 117; il ne resta dans la maison de la rue de la Tannerie que Beppo et deux agents, chargés à la fois de le soigner et de veiller sur lui.

Le médecin mandé par le commissaire de police avait déclaré que sa blessure, sans être dangereuse, le mettait pour le moment hors d'état d'être transpor

XXXVI

Un coin du voile soulevé.

Un jour Salvador ayant une affaire à traiter dans le quartier de la Monnaie, s'y rendit avec sa voiture.

Il causa longtemps chez la personne avec laquelle il avait affaire, puis il revint à sa calèche.

(1) Traître.

Son cocher, cet Anglais qui avait frappé Beppo, et qu'il avait pris à son service, s'était absenté.

Il attendit.

Il le vit sortir, en courant, d'un cabaret situé sur la place du Palais-de-Justice, en face l'escalier qui conduit à la salle des Pas-Perdus.

— Que signifie ceci? dit-il au cocher, qui paraissait avoir bu le contenu de plus d'une bouteille; vous me mettez dans la nécessité de vous attendre.

— Ne me grondez pas, monsieur le marquis, répondit le cocher d'un ton qui annonçait qu'il était sûr de lui-même; je viens de vous rendre, sans que cela paraisse, un fameux service.

— Oh! ça c'est vrai, ajouta le chasseur, jaloux de venir en aide à son camarade qu'il avait, sans doute, et à plusieurs reprises, remplacé au cabaret.

— C'est bien, messieurs les drôles, dit Salvador, que ce petit événement intriguait passablement, vous me donnerez l'explication de votre conduite lorsque nous serons à l'hôtel.

Nous dirons ce qui s'était passé pendant le temps que Salvador était absent.

Le cocher était descendu de son siége, et il se promenait avec son camarade le chasseur près de la voiture confiée à sa garde, lorsqu'il fut abordé par un homme proprement vêtu, dont l'œil droit était caché sous un bandeau de taffetas noir; cet homme le saisit par le bras, et la pression fut tellement forte, que le cocher, bien qu'il fût vigoureux, ne se formalisa pas de cette manière assez cavalière d'aborder les gens; il avait deviné qu'il avait rencontré un gaillard très-capable de lui tenir tête.

— Vous ne me reconnaissez pas? dit cet homme à l'automédon du marquis de Pourrières.

— Je ne vous connais pas, répondit le cocher.

Il mentait, il avait parfaitement reconnu l'homme qui venait de l'aborder: c'était celui auquel, quelques mois auparavant, il avait, pour gagner une prime de vingt-cinq louis, enlevé un œil à l'aide de son fouet.

— C'est possible, dit Beppo; vous allez cependant me suivre chez le commissaire de police.

La blessure de Beppo, que nous avons laissé sous la garde de deux agents de police dans la maison de la mère Sans-Refus, après l'évasion de cette femme et l'arrestation des bandits qui fréquentaient habituellement son bouge, s'étant trouvée beaucoup moins dangereuse qu'on ne l'avait cru d'abord, ce fut en sortant de chez lui qu'il fit la rencontre du cocher de Salvador qu'il voulut conduire chez un commissaire de police.

— Allons, dit Beppo, laissez à votre camarade le soin de garder votre voiture, et suivez-moi de bonne volonté; vous devez être convaincu que je suis assez fort pour vous traîner si vous ne m'obéissez pas.

Ce misérable commença à trembler de tous ses membres à l'audition de cette menace; il devinait qu'une fois qu'il serait entre les mains de la justice, son maître l'abandonnerait si le crime qu'il avait commis venait à être prouvé, et il était forcé de reconnaître qu'il méritait une punition rigoureuse.

— Voyons, répondit-il, car il voulait absolument se tirer de la fâcheuse position dans laquelle il se trouvait placé, voyons, il y a peut-être moyen de s'arranger; vous me paraissez un brave jeune homme, vous ne devez pas vouloir la mort du pécheur; entrons chez le marchand de vins, nous causerons, et si nous ne nous arrangeons pas, eh bien! je vous suivrai où vous voudrez.

— Au fait, se dit Beppo, ce n'est pas à ce pauvre diable, qui n'a fait après tout qu'obéir aux ordres de son maître, que j'en veux.

Il entra donc dans le cabaret dont nous avons vu sortir le cocher.

— Qu'avez-vous à me dire? demanda-t-il au cocher, lorsqu'ils furent tous deux installés dans un cabinet particulier, ayant entre eux une bouteille de vin cacheté que ce dernier avait fait demander.

Le cocher de Salvador était un rusé compère qui avait deviné de suite que ce n'était pas seulement pour empêcher un homme de courir après sa voiture que son maître lui avait donné l'ordre de s'en débarrasser à quelque prix que ce fût, et au risque de ce qui pourrait en arriver.

— Écoutez, dit-il à Beppo, je veux bien, puisque nous sommes seuls, vous avouer que c'est moi qui vous ai fait, quoique sans intention, la blessure qui vous a privé d'un de vos yeux.

— Que vous avouiez ou que vous niiez, peu m'importe! J'ai eu le soin de prendre l'adresse des personnes que le hasard a rendues témoins de l'accident, et ces personnes, j'en suis certain, vous reconnaîtront.

— C'est possible; mais ce n'est pas, quant à présent, de cela qu'il s'agit; vous devez bien penser que ce n'est pas de mon propre mouvement que je vous ai si bien arrangé. Si j'avais été le maître, je vous aurais laissé courir derrière ma voiture tant que vous auriez voulu, sans seulement y prendre garde; mais il n'en était pas ainsi, je ne vous ai frappé que pour obéir aux ordres de mon maître; vous devez, s'il y en a, connaître les raisons qui ont engagé mon maître à agir ainsi qu'il l'a fait, et en tout état de cause je crois qu'il vous serait plus avantageux de vous adresser à lui qu'à moi; voyez-le, exigez de lui une somme proportionnée au dommage qu'il vous a causé; il ne vous la refusera pas, car je suis certain qu'il ne serait pas flatté de voir cette affaire aller devant les tribunaux, auxquels, pour me disculper, je serais bien forcé de dire la vérité tout entière.

— Croyez-vous, en effet, votre maître capable de me donner une bonne somme? Est-il riche?

— S'il est riche! on roule chez lui sur l'or et sur l'argent.

— Écoutez, répondit Beppo, je vous laisserai la liberté si vous me promettez de répondre avec sincérité aux questions que je vais vous adresser.

Le cocher, on l'a déjà deviné, fit toutes les promesses qu'exigea Beppo.

— Quel est le nom de votre maître? demanda ce dernier.

— De Pourrières, répondit le cocher, et pour prouver à celui qui l'interrogeait qu'il ne mentait pas, il exhiba son livret.

— Où demeure-t-il?

— Rue de Courcelles, faubourg Saint-Honoré.

— Quelles étaient les personnes qui étaient avec lui, dans la voiture, le jour de l'accident?

— Madame la marquise de Roselly et monsieur le vicomte de Lussan.

— Où demeure la marquise de Roselly?

— Allée des Veuves, Champs-Élysées.

— Et le vicomte de Lussan?

— Rue de Varennes.

Beppo venait d'apprendre à peu près tout ce qu'il désirait savoir.

— Je ne vous retiens plus, dit-il au cocher; mais rappelez-vous que si ce que je désire ne m'est pas accordé, je saurai vous retrouver.

— Je n'en doute pas, répondit le cocher; mais je ne crains rien, monsieur le marquis est excessivement riche et très-généreux.

Beppo aurait dû recommander au cocher, qui probablement lui aurait obéi, de ne parler à son maître ni de la rencontre qu'il venait de faire, ni de ce qui s'était passé entre eux; mais il ne prit point cette précaution (on ne s'avise jamais de tout); cette négligence, jointe à quelques autres circonstances dont une est déjà connue de nos lecteurs, devait retarder la réussite de ses projets.

XXXVII

Fuite.

La calèche de Salvador roulait rapide le long de la grande avenue des Champs-Élysées, et, pour seulement la suivre de loin, le cocher d'un cabriolet de régie était forcé de fouetter vigoureusement le cheval, assez bon, cependant, attelé à son véhicule, ce que du reste il faisait sans peine, desireux qu'il était de gagner la récompense promise par celui qu'il conduisait.

Il est presque inutile de dire que ce cabriolet de régie avait été loué par Beppo qui avait voulu acquérir la certitude que les renseignements qu'il venait de se procurer étaient exacts.

Salvador, étendu sur les coussins moelleux de sa calèche, fumait un cigare dont la fumée se perdait dans l'air en flocons bleuâtres.

— Mon édifice tremble sur sa base, se disait-il, il serait peut-être sage de mettre entre moi et ceux qui veulent absolument s'occuper de mes affaires, un espace difficile à franchir.

La calèche s'arrêta devant une élégante maison de l'allée des Veuves; Beppo, bien certain alors que le cocher du marquis de Pourrières ne l'avait pas trompé, donna l'ordre au sien de le conduire à la Préfecture de police.

Toute la maison habitée par Silvia était sens dessus dessous; le concierge avait abandonné son logement, les autres domestiques couraient çà et là comme des gens privés de sens.

— Ah ! monsieur, dit une camériste à Salvador lorsqu'elle le vit entrer dans l'antichambre, quel affreux malheur! madame la marquise...

— Qu'est-il donc arrivé à madame la marquise? s'écria Salvador.

— Entrez, monsieur le marquis, répondit la camériste, madame sera bien aise de vous voir; elle a déjà envoyé deux fois chez vous.

La camériste précéda Salvador qui entra dans la chambre de Silvia.

La marquise de Roselly était étendue sur une chaise longue, ses vêtements étaient en désordre, ses cheveux, ses sourcils et ses cils avaient été brûlés ; le feu avait tracé sur son visage, sur son cou, sur ses bras des sillons profonds et sanglants. Lorsque Salvador entra, un chirurgien était occupé à poser des bandelettes sur ses nombreuses plaies.

— J'ai du courage, monsieur, lui disait Silvia d'une voix rauque et saccadée ; j'ai du courage, vous dis-je ! répondez-moi donc avec sincérité : je resterai, n'est-il pas vrai, horriblement défigurée?

— Je n'ai que l'espoir de vous empêcher de perdre la vue, répondit le chirurgien, les traces du cruel événement dont vous avez été la victime doivent rester gravées sur votre visage.

— Malédiction ! s'écria Silvia qui se leva de sa chaise malgré les efforts du chirurgien, et s'approcha d'une glace. Malédiction ! plus de cheveux, plus de sourcils, le visage couvert d'abominables cicatrices ; ah ! je suis horrible.

— Qu'est-il donc arrivé? dit Salvador au chirurgien.

— Un de ces événements malheureusement trop communs, répondit celui-ci ; madame la marquise, qui venait de cacheter une lettre, avait laissé près d'elle une bougie dont elle venait de se servir, les fenêtres étaient ouvertes, le vent fait voltiger près de la flamme une des pattes du bonnet de tulle dont elle était coiffée, elle s'enflamme, le feu se propage, madame la marquise perd la tête, vous devinez le reste. Elle aurait probablement perdu la vie, si ses gens, attirés par ses cris, n'étaient pas venus à son secours.

Silvia, qui dans son trouble n'avait pas remarqué Salvador, s'était rejetée dans sa chaise longue ; elle demeura quelques instants immobile, et ne sortit de cette espèce de torpeur, que pour demander si le marquis de Pourrières était enfin arrivé.

— Je suis ici, madame la marquise, dit Salvador.

— Que ne le disiez-vous? s'écria Silvia d'une voix altérée et qui annonçait qu'une violente colère grondait dans son sein.

— Retirez-vous tous, laissez-moi seule avec monsieur, dit-elle après quelques instants de silence.

— Eh bien ! dit Silvia lorsqu'elle se trouva seule avec Salvador.

— C'est un bien grand malheur que celui qui vient de vous arriver, mais soyez-en sûre, il ne changera rien aux sentiments que vous m'avez inspirés.

— Je ne vous crois pas, vous ne voudrez pas me traîner partout avec vous une femme horriblement défigurée, vous ne m'aimiez que parce que j'étais belle.

— La douleur vous rend injuste, ma chère Silvia, mais je crois que le moment est mal choisi pour nous quereller ; des affaires pressantes m'appellent chez moi, je reviendrai près de vous lorsque vous serez un peu plus calme.

— Vous voudriez déjà être bien loin de moi, n'est-ce pas ? Allez, monsieur le marquis, allez, je ne veux pas vous retenir plus longtemps ; lorsque j'aurai besoin de vous voir, je saurai bien vous faire venir.

— Écoutez-moi, Silvia, je suis las, à la fin, de ne vous voir ouvrir la bouche que pour entendre des menaces...

— Que je réaliserai, soyez-en sûr, si vous me donnez le droit de me plaindre de vous, je n'ai plus rien à perdre maintenant.

— Je vous le répète, le moment est mal choisi pour nous quereller ; je vous laisse donc, demain, dans quelques jours, vous souffrirez un peu moins, je l'espère, et il est probable que vous serez plus raisonnable ; si vous désirez me voir, vous pouvez me faire demander.

Salvador n'attendit pas la réponse de Silvia pour sortir de chez elle.

— Voilà, se dit-il lorsqu'il fut installé dans sa calèche, un concours de fâcheuses circonstances, et ce drôle qui vient, à ce qu'il prétend, de me rendre un important service. Qu'est-ce encore que cela ?

La calèche était arrivée à la hauteur de l'Arc-de-Triomphe de l'Étoile; Salvador donna à son cocher l'ordre de s'arrêter.

— descendez de votre siège, lui dit-il, et venez me donner l'explication de ce que vous m'avez dit, surtout soyez bref.

Le cocher s'empressa d'obéir, il s'approcha d'une portière et raconta de tout ce qui s'était passé entre lui et Beppo.

— C'est bien, répondit Salvador après l'avoir écouté avec beaucoup d'attention, vous avez bien fait de promettre à ce drôle qu'on lui payerait son œil plus même qu'il ne valait. Je n'aurais pas cru, se dit-il lorsque le cocher fut remonté sur son siège, que cet homme se serait contenté d'un peu d'argent, il faut croire qu'il ne nous a pas reconnus.

Après quelques tours dans la grande allée des Champs-Élysées, Salvador rentra chez lui.

— Madame la marquise vient d'arriver de la campagne, lui dit son valet de chambre qui était venu l'aider à descendre de voiture, et elle prie monsieur de vouloir bien prendre la peine de passer chez elle.

— Ma chère épouse arrive bien mal à propos, se dit Salvador ; et, préoccupé de tout ce qui venait de lui arriver, il mit dans sa poche, sans la lire, une lettre que son valet de chambre venait de lui remettre.

Il passa de suite dans l'appartement de Lucie.

— Je n'espérais pas, lui dit-il, le bonheur qui m'arrive aujourd'hui. Vous avez donc bien voulu, madame, vous rappeler que votre époux devait éprouver le désir de vous revoir.

Le reproche indirect que ces paroles paraissaient renfermer étonna singulièrement la pauvre Lucie.

— Je ne vous comprends pas, répondit-elle : je suis, il est vrai, restée assez longtemps près de mon amie, mais ça n'a été que parce que je voulais vous laisser la liberté de terminer les affaires qui vous retiennent encore à Paris ; si j'avais prévu que vous éprouviez le désir de m'avoir près de vous, depuis longtemps je serais revenue.

— Pardonnez-moi, madame, je suis tellement contrarié que je suis peut-être injuste.

— Oh ! oui, bien injuste ; demeurer près d'un mois sans m'écrire ; j'étais inquiète ; je pouvais croire qu'il vous était arrivé quelque chose ; mais vous venez de me dire que vous étiez vivement contrarié; qu'est-ce encore ?

— Oh ! rien, ou du moins peu de chose ; quelques affaires que je ne puis arranger aussi vite que je le voudrais, de sorte que nous ne pourrons partir pour Pourrières que dans quelque temps.

— Il faut bien souffrir ce que l'on ne peut empêcher ; du reste, le retard dont vous vous plaignez n'en est pas un dans ce moment ; je ne pourrais, en l'état où je suis, supporter les fatigues d'un long voyage, car celui que je viens de faire m'a pour ainsi dire brisée.

— C'est vrai, mon Dieu, vous êtes pâle, vos traits sont fatigués, et moi qui vous retiens; reposez-vous, ma chère Lucie, demain, je l'espère, vous serez beaucoup mieux, et alors je vous dirai quel a été l'emploi de mon temps pendant votre longue absence.

— Je suis fatiguée, il est vrai, mais je ne suis pas malade; je suis, je vous l'assure, très en état de vous écouter.

— Non, non; j'ai à vous parler de chiffres, de mille choses arides, qui en ce moment vous rompraient la tête; demain... Je vais vous envoyer vos femmes.

Salvador, bien aise de remettre au lendemain une explication à laquelle il n'était pas préparé, s'empressa de sortir de l'appartement de sa femme.

— Il est bon, se disait Lucie, qui le voyant marcher sur la pointe de ses pieds afin de ne pas faire de bruit, était singulièrement touchée de cette extrême prévenance, il est bon!

Pauvre créature abusée!

Lorsqu'il fut dans son appartement, Salvador se rappela la lettre qui lui avait été remise par son valet de chambre lorsqu'il était descendu de voiture; il la prit dans sa poche, alors seulement il remarqua la forme insolite de son enveloppe, la grossièreté du papier sur lequel elle était écrite et la mauvaise orthographe de sa suscription.

— Je ne reçois pas souvent de pareilles missives, dit-il après l'avoir décachetée; est-ce une bonne ou une mauvaise nouvelle que celle-ci va m'apprendre?

Voici ce que contenait cette lettre:

« Mon cher Rupin,

« Le dabe (1) Juste, à qui je coque (2) cette babillarde (3), me fait la promesse qu'il te la fera tenir.

« Tu m'as tant fait affurer d'auber (4), et tu t'es toujours si chouettement (5) conduit envers mézigue (6) que je ne veux pas négliger l'occasion de te rendre un important service.

« Tu as sans doute appris que par une chouette sorgue (7) la rousse (8) est aboulée (9) à la taule (10), et que comme un macaron (11) avait mangé le morceau sur nouzailles (12) et bonni (13) le truc (14) de la planque (15), tous les fanandels (16) avaient été servis (17). Grâce à l'obligeance d'un vieux fagot (18) qui s'était fait raille (19) pour morfiller (20) et auquel j'ai collé dix mille balles (21) dans l'arguemine (22), j'ai pu me cavaler (23), et, à c'te plombe (24), je suis si bien planquée (25), que je ne

(1) Père.
(2) Donne.
(3) Lettre.
(4) Gagner de l'argent.
(5) Bien.
(6) Moi.
(7) Belle nuit.
(8) Police.
(9) Venue.
(10) Maison.
(11) Traître.
(12) Nous avait dénoncés.
(13) Fait connaître.
(14) Secret.
(15) Cachette.
(16) Camarades.
(17) Arrêtés.
(18) Forçat.
(19) Mouchard.
(20) Manger.
(21) Donné dix mille francs.
(22) Main.
(23) Sauver.
(24) A cette heure.
(25) Cachée

crains ni cognes (1), ni griviers (2), ni railles (3), ni quard-d'œil (4), ni gerbiers (5).

« Je voudrais bien que tous les chouettes zigues (6) qui m'ont fait affurer du pèze (7) puissent en dire autant; malheureusement il n'en est pas ainsi, et j'ai bien le taffetas (8) d'entendre dire bientôt que tous ceux qui rigolent (9) encore à Pantin (10) viennent d'être fourrés dans l'tas de pierres (11), car il est probable que ceux qui viennent d'être servis (12) vont se mettre à table (13) et manger sur l'orgue de leurs fanandels (14). Les pègres (15) à c'te heure n'ont plus de probité.

« C'est pourtant toi, mon pauvre Rupin, qui es la cause de tout ça.

« Voici comment:

« Tu n'as pas oublié c't'escarpe (16) qui, après avoir voulu buter (17) une largue (18) sur le pont au Change, se jeta à la lance (19) pour échapper à la poursuite de l'abadis (20), et que tu fis enquiller (21) chez mézigue (22) au moment où il allait être paumé (23); eh bien! mon garçon, c'est à ce gueux-là que nous devons tous nos malheurs. Il y a quelque temps qu'il vint me trouver, il me coûta un tas de boniments (24); il me dit qu'il venait de travailler (25) en cambrouze (26) avec des ouvriers (27) qui venaient de tomber malades (28), qu'il était parvenu à se cavaler (29) et qu'il voulait goupiner (30) à Pantin (31); il fit si bien que je lui accordai toute ma confiance, je le présentai aux amis, enfin je le traitai comme s'il avait été mon môme (32).

« Eh bien! sainte daronne du mec des mecs (33), c'était un raille (34).

« C'est un fanandel (35) de Fanfan la Grenouille, Poil-aux-Lèvres, un vieux pègre (36) qui est de la boutique (37), qui m'a appris tout cela; il a même appris que l'on disait à la cigogne (38) que Beppo (c'est le nom du mazaron (39) avait juré qu'il ne se résiderait que lorsqu'il serait parvenu à mettre

(1) Gendarmes.
(2) Soldats.
(3) Mouchards.
(4) Commissaire de police.
(5) Juges.
(6) Bons enfants.
(7) Gagner de l'argent.
(8) Peur.
(9) S'amusent.
(10) Paris.
(11) Prison.
(12) Arrêtés.
(13) Faire des révélations.
(14) Dénoncer leurs camarades.
(15) Voleurs.
(16) Assassin.
(17) Tuer.
(18) Femme.
(19) Eau.
(20) Foule.
(21) Entrer.
(22) Moi.
(23) Pris.
(24) Contes.
(25) Voler.
(26) Campagne.
(27) Voleurs.
(28) D'être arrêtés.
(29) Sauver.
(30) Voler.
(31) Paris.
(32) Enfant.
(33) Mère de Dieu.
(34) Mouchard.
(35) Camarade.
(36) Voleur.
(37) Police.
(38) Préfecture de police.
(39) Traître.

entre les mains des *gerbiers* (1) le Grand-Richard, le Provençal et toi.

« Tu feras, mon garçon, de l'avis que je viens de te donner l'usage que tu voudras ; si tu es aussi bien caché que je le suis, tu peux rester à *Pantin* (2), mais s'il n'en est pas ainsi. je te conseille de filer au plus vite, car il paraît que ce Beppo, tout *rousse* (3) qu'il est, est un solide luron, et que c'est plutôt parce qu'il t'en veut, que pour gagner de l'argent, qu'il s'est mis à faire *servir* (4) les amis.

« Adieu, mon cher Rupin, tu n'entendras probablement plus parler de moi, car je vis toute seule comme un vieux loup, et pour mieux cacher mon jeu, je me suis faite dévote, je vais même à confesse. C'est drôle, n'est-ce pas ? Eh bien, tu ne me croiras pas, et pourtant c'est vrai, mon confesseur est un si brave homme, il parle si bien de toutes les *toquades* (5) de la religion, que j'ai quelquefois l'envie de prendre au sérieux tout ce qu'il me dit, et de lui faire une vraie confession, afin d'obtenir une bonne absolution. Du reste, j'ai *reu graeie* (6), je n'ai pas envie de finir mes jours au *collège* (7), ce qui pourrait bien m'arriver, si je me laissais prendre.

« Ah ! si j'avais tant seulement auprès de moi ma pauvre petite Nichon.

« Adieu encore une fois, mon cher Rupin ! rappelle-toi quelquefois,

« MARIE-MADELEINE-COLETTE COMTOIS, dite

« SANS-REFUS. »

— Vieille folle ! se dit Salvador, après avoir achevé la lecture de cette lettre qu'il déchira en mille petits morceaux qui furent jetés au vent ; vieille folle ! si je savais où te trouver, je te porterais l'adresse de ta fille, car je serais à l'heure qu'il est bien aise d'être débarrassé d'elle.

La lettre qu'il venait de recevoir fit faire à Salvador des réflexions sérieuses et dont nos lecteurs ont déjà sans doute prévu le résultat.

— Si le marquis de Pourrières ne quitte pas aujourd'hui son hôtel, se disait-il, il est probable que demain matin il sera arrêté, puis on le confrontera avec tous ceux qui sont déjà en prison, et de ces confrontations, et de mille autres circonstances qu'il est impossible de prévoir, il est à peu près certain qu'il résultera la preuve que le susdit marquis est tout simplement un *pègre de la haute* (8). Je ne puis décidément tenir tête aux dangers qui me menacent, il ne me reste qu'un seul parti à prendre, celui de fuir pendant qu'il en est temps encore, et de laisser s'arranger, comme ils l'entendront, les gens qui vont rester derrière moi...

« Mais Silvia, elle est bien laide maintenant... puis-je me charger d'une femme dont le visage, couvert d'horribles plaies, attirerait sur moi tous les regards ? Oh non ! Je vais l'avertir de se tenir sur ses gardes, c'est tout ce que je puis faire pour elle. »

Salvador écrivit ces quelques mots qu'il fit de suite porter à la marquise de Roselly

Ma chère Silvia

« Un grand danger me menace, je suis forcé de fuir, tâchez d'en faire autant ; nous nous retrouverons probablement plus tard. Adieu.

« A. DE P. »

— Oh ! destin, voilà de tes coups, quitter un si bel hôtel, de si bonnes terres, de si magnifiques chevaux, c'est dur, mais qu'y faire ?... La France, après tout, n'est pas le seul pays

(1) Juges
(2) Paris.
(3) Mouchard.
(4) Arrêter.
(5) Bêtises.
(6) Je suis devenue honnête.
(7) En prison.
(8) Voleur du grand genre.

dans lequel il soit possible de vivre et de se procurer tout ce que je vais perdre, lorsque, comme moi, on possède tout ce qu'il faut pour réussir dans le monde, les dehors d'un homme distingué, de l'audace et une conscience peu scrupuleuse.

Salvador était un de ces hommes qui, dès qu'ils ont pris une détermination, l'exécutent, qualité précieuse et qui n'est malheureusement possédée que par un très-petit nombre d'individus. Il sonna ; son valet de chambre répondit de suite à cet appel.

— Vous allez de suite, dit-il, conduire Cerbère à mon pavillon de Choisy-le-Roi, ne le fatiguez pas surtout, je veux que demain, à la naissance du jour, il soit en état de se mettre en route.

Salvador, après avoir successivement donné à tous ceux de ses domestiques, dont la présence pouvait le gêner, des ordres qui devaient les tenir éloignés de l'hôtel pendant plus de temps qu'il ne lui en fallait pour l'exécution de ses projets, prit dans sa garde-robe un porte-manteau de voyage qui avait appartenu à Roman, dans lequel il put faire entrer toute l'argenterie de la maison et tous ses bijoux ; ce soin pris, il passa chez sa femme.

Lucie, que le petit voyage qu'elle venait de faire avait extrêmement fatiguée, s'était mise au lit dès que Salvador était sorti de son appartement. Elle dormait profondément. Les derniers rayons du soleil, amortis par les rideaux de soie pourpre qui garnissaient les fenêtres de sa chambre à coucher, tombaient d'aplomb sur son joli visage, qu'il fallait chercher au milieu d'un flot de dentelles, ravissant tableau auquel Salvador ne daigna seulement pas accorder un regard, pressé qu'il était d'accomplir le dessein qui l'avait amené chez Lucie.

Il traversa la chambre à coucher, en marchant sur la pointe de ses pieds, et entra dans la petite pièce décorée et meublée comme celle qui existait naguère à l'hôtel de Neuville, et qui servait à Lucie de boudoir et de cabinet de travail.

Il s'arrêta devant un petit meuble dans lequel sa malheureuse femme avait l'habitude de renfermer ce qu'elle possédait de plus précieux ; il était fermé, mais ce léger obstacle n'arrêta pas Salvador, qui avait eu le soin de se munir d'un petit trousseau de fausses clés.

Le petit meuble fut ouvert, il renfermait tous les bijoux de Lucie, une parure de rubis et d'opales, présent de madame de Villebanne, une autre de perles, offerte par M. de Neuville, peu de temps avant son départ pour l'Algérie, un collier d'assez beaux diamants qui avait appartenu à sa mère, quelques belles émeraudes, un saphir monté en broche, deux beaux camées antiques formant bracelet, une petite montre, chef-d'œuvre inappréciable de Bréguet, entourée de pierres précieuses de diverses couleurs.

Tous ces bijoux étaient renfermés dans plusieurs petites boîtes de maroquin, Salvador les mit pêle-mêle dans les diverses poches de son habit, puis il remit avec soin chaque boîte à sa place, et referma le meuble.

Lucie venait de s'éveiller lorsqu'il sortit de la pièce dans laquelle il venait de commettre ce vol, le plus infâme peut-être de tous ceux qu'il avait commis jusqu'à ce jour.

— Comment? dit-elle à son mari, vous étiez dans ma chambre.

— Je voulais vous demander si vous vous trouviez un peu mieux ; mais lorsque je suis entré, vous dormiez d'un si bon cœur que je n'ai pas eu le courage de vous éveiller ; je suis alors entré dans votre boudoir, où je suis resté à lire jusqu'à présent

Lucie était bien loin de prévoir que son mari, au moment où il lui prodiguait les témoignages de la plus vive tendresse, se disposait à l'abandonner et qu'il venait de commettre un crime dont elle était la victime ; elle crut donc devoir le remercier de sa sollicitude, et comme il était déjà tard et qu'elle voulait se lever pour dîner, elle le pria de la laisser seule un instant.

— Je suis désolé de ne pouvoir vous tenir compagnie, lui répondit Salvador ; mais, ne sachant pas que j'aurais aujour-

Madame la marquise prie monsieur de vouloir bien passer chez elle. (Page 22.)

d'hui le bonheur de vous posséder, j'ai pris un engagement auquel je ne puis manquer.

— A ce soir, en ce cas, dit Lucie en présentant sa main à son mari.

Salvador prit la main de la femme qu'il venait de dépouiller et la serra affectueusement entre les siennes.

— A ce soir, dit-il Lucie, à ce soir.

Laure, on le voit, se conformant à la détermination qu'elle avait prise, de concert avec son mari, n'avait pas appris à son amie ce qu'elle savait sur le compte de Salvador.

Celui-ci, dès qu'il fut sorti de l'appartement de sa femme, envoya un domestique chercher une voiture de place, dans laquelle il fit porter son porte-manteau. Il quitta cette voiture, rue Saint-Dominique-d'Enfer, à la porte de l'usurier Juste, auquel il vendit tout ce qu'il avait apporté avec lui.

Le vieil arabe, sachant que son client était forcé de s'expatrier, se montra un peu plus raisonnable qu'il ne l'était ordinairement; il voulut bien se contenter d'un bénéfice probable de vingt-cinq pour cent. Il rendit donc à Salvador une somme de trente mille francs en billets de banque; cette somme, avec ce qu'il possédait déjà d'argent comptant, formait un total d'environ cinquante mille francs.

Il faisait tout à fait nuit lorsque Salvador sortit de la maison de l'usurier; un cabriolet de place, qu'il prit près la grille du Luxembourg, le conduisit à l'embarcadère du chemin de fer de Paris à Orléans.

Quelques minutes après, il arrivait à Choisy-le-Roi, et s'enfermait dans le pavillon des Gardes; il envoya à l'auberge le domestique qui avait amené le cheval, en lui donnant ordre de l'y attendre jusqu'au lendemain midi; il voulait qu'il ne retournât à Paris que lorsque lui-même aurait depuis longtemps déjà quitté Choisy-le-Roi.

Salvador, dans sa prévision d'un malheur possible, faisait déposer entre ses mains, par ses domestiques, les divers papiers dont ils étaient porteurs; il passa une partie de la nuit à préparer pour son usage tous ceux qui lui étaient nécessaires; il leva un passeport, un acte de naissance, un certificat de libération, il remplit ensuite ces actes d'indications applicables à sa personne; nous devons ajouter que ces diverses opérations furent faites avec un tel soin et une si merveilleuse adresse, que les pièces falsifiées auraient supporté victorieusement l'examen de l'œil le plus exercé.

A la naissance du jour, il renferma dans son porte-manteau ce qu'il trouva au pavillon de linge et d'habits; il sella son cheval et glissa dans ses fontes une paire d'excellents pistolets; il avait coupé sa barbe, ses moustaches et ses favoris, et s'était couvert d'habillements beaucoup plus simples que ceux qu'il portait la veille.

Il se mit en route.

— Le marquis de Pourrières n'existe plus, se dit-il lorsqu'il eut laissé derrière lui le pavillon qu'il venait de quitter, le diable protégera sans doute Louis Rousseau, commis voyageur de la maison Biot et compagnie de Marseille; il doit bien cela à un de ses futurs hôtes.

XXXVIII

Péripétie.

Il fait nuit, le ciel est sombre, un brouillard épais enveloppe l'atmosphère; une pluie fine et pénétrante tombe depuis plusieurs heures; le vent, déjà froid, se fraye un passage à travers les rameaux presque dépouillés des grands arbres du bois de Bougevaux.

Dans un fourré de ce bois, voisin de la grande route, sont rassemblés quatre individus de mauvaise mine, ils sont assis ou couchés sur un amas de feuilles sèches, et parfaitement à l'abri de la pluie; car les branches des arbres qui composent le fourré, entrelacées les unes dans les autres, forment au-dessus de leurs têtes, une sorte de toit qu'ils ont rendu impénétrable, en étalant dessus plusieurs de ces limousines dont se servent les rouliers et les marchands colporteurs.

Nous engagerons ceux de nos lecteurs qui désireraient connaître la physionomie et le costume de ces quatre individus, à relire les précédents chapitres de cet ouvrage. Ces individus sont, en effet, les habitants mâles de la *maison des voleurs*; leur conversation que, par suite de cet heureux privilége que possèdent tous les romanciers (nous ne voulons pas faire une exception, même en faveur de M. Émile Marco de Saint-Hilaire, qui raconte si bien à ses lecteurs ce que Napoléon disait lorsqu'il était tout seul), nous pouvons écouter, sans courir le moindre risque, nous apprendra une foule de choses qu'il est nécessaire que nous sachions.

— Il commence à faire *vert* (1), dit Jean-Louis, le fils de Blaise le Petit-Christ, dit Sans-Pitié.

— C'est vrai, tout de même, répondit le jeune homme imberbe, qui portait un costume de garçon meunier lorsque nous le rencontrâmes pour la première fois, dans la *maison des voleurs*; si vous le voulez, nous allons nous la *donner* (2). Nous serions mieux, je crois, devant un *chouette rifle* (3), dans ce *sabri* (4) où il fait plus noir que dans la *taule du raboin* (5).

— Va comme il est, ajouta en se levant le grand Bas-Normand.

— Voilà comme vous êtes tous, tas de propres à rien, s'écria l'affreux chaudronnier ambulant, vous n'avez point tant seulement la patience d'attendre un brin, il vous faut de la besogne toute mâchée, n'est-ce pas?

— Si encore on avait l'espoir de faire queuque chose, répondit le meunier, en attendrait sans *renauder* (6).

— Nous ne rencontrerons pas seulement un *ferlampier* (7) sur la *trime* (8), reprit le Bas-Normand, il fait un temps à ne pas mettre un *cogne* (9) dehors.

Jean-Louis, dont l'observation intempestive avait provoqué toutes ces observations, s'était étendu sur le tas de feuilles sèches qui lui servait de siége et avait pris le parti de s'endormir.

— Faites comme Jean-Louis, dit le chaudronnier, *pioncez* (10) si vous vous ennuyez; mais puisque le *mec* (11) nous a donné l'ordre de l'attendre ici, nous devons lui obéir.

— Eh ben! on lui obéira, v'là tout, nous verrons ce que ça nous rapportera, répondit le Bas-Normand.

— Peut-être plus que vous ne pensez, mes enfants, dit en entrant dans le fourré qui servait de retraite aux quatre bandits, un homme dont les vêtements ruisselants d'eau et le visage coloré annonçaient qu'il venait de faire une longue course. C'était Blaise le Petit-Christ, dit Sans-Pitié.

— Il va passer tout à l'heure par ici, continua-t-il, un *pilier de paquelin* (12), qui *trimarde à gage* (13) qu'il ne faut pas manquer. J'étais avec lui à la dînée au *topis* (14) de la Grange-la-Prévôté, lorsque les *cognes* (15) sont venus lui demander ses *escraches* (16), et j'ai remarqué que son *playant* (17) était plein de *talbins d'altégue* (18). J'ai pris les devants pendant qu'il faisait ferrer son *gré* (19), il ne peut tarder.

— Eh ben! s'écria d'un air triomphant le chaudronnier,

(1) Froid.
(2) Partir.
(3) Bon feu.
(4) Bois.
(5) La maison du diable.
(6) Se plaindre.
(7) Misérable.
(8) Route.
(9) Gendarme.
(10) Dormez.
(11) Maître.
(12) Commis voyageur.
(13) Voyage à cheval.
(14) À l'auberge.
(15) Gendarmes.
(16) Papiers de sûreté.
(17) Portefeuille
(18) Billets de banque.
(19) Cheval.

si le *chopin* (1) est *chouette* (2), à qui le devrez-vous?

— A toi, parbleu! répondit Jean-Louis qui mettait de nouvelles capsules à des pistolets qu'il venait de sortir de sa poche.

— Pour peu que le *pilier de pacquelin* ne nous fasse pas faux bond, ajouta le meunier.

— Il n'y a pas de danger, reprit Blaise le Petit-Christ, il veut absolument arriver ce soir à Me'un, et pour se rendre dans cette ville il n'y a pas d'autre chemin que celui-ci.

— Bravo! *mec* (3), bravo! s'écria le Bas-Normand, faisons-lui son affaire et *ranquillons à la taule, je cane la pégrenne* (4) et j'ai hâte de me trouver devant un *chouette rifle* (5).

— Hélas! mes pauvres enfants, répondit Blaise le Petit-Christ d'un air profondément affligé, lorsque nous aurons *maquillé* (6) cette affaire et partagé le *chopin* (7), il faudra que nous nous séparions peut-être pour un bon bout de temps; le *candé* (8) de Nanterre et un *quart-d'œil* (9), suivis d'un *trèpe* (10) de *cuisiniers* (11), sont *aboulés* (12) ce *matois* (13) à la *taule* (14); ma pauvre *largue* (15) Pacifique et la Vierge-Noire ont été *servies* (16) et conduites dans le *castue de versigot* (17), l'on a établi une *souricière* (18) au *topis* (19) du *Bien-Venu*; avez-vous envie d'aller vous fourrer dedans?

— Non parbleu! dirent à la fois les quatre bandits.

— En v'là un de malheur, ajouta Jean-Louis, si la *aaronne* (20) et les *frangines* (21) allaient se *mettre à table* (22).

— Il n'y a pas de danger, ma *largue* m'a trop *à la bonne* (23), et mes *gozelines* (24) ont été trop bien élevées, pour qu'une pareille infamie soit à redouter; du reste nous ne sommes pas encore si *malades* (25) que nous ne puissions en revenir; on n'aura rien trouvé à la *taule* (26) qui soit de nature à nous compromettre, et pour peu que des *parrains* (27) ne viennent pas leur *coquer* un *redoublement de fièvre* (28), ma *largue* (29) et mes *gozelines* se tireront de ce mauvais pas.

— En ce cas elles sont de la *fête* (30), dit Jean-Louis, il n'y

(1) Vol.
(2) Bon.
(3) Maître.
(4) Rentrons à la maison, je meurs de faim.
(5) Un bon feu.
(6) Fait.
(7) Vol.
(8) Le maire.
(9) Commissaire de police.
(10) D'une foule.
(11) Agents de police.
(12) Venus.
(13) Matin.
(14) Maison.
(15) Femme.
(16) Arrêtées.
(17) La prison de Versailles.
(18) Lorsqu'elle suppose qu'une maison sert de retraite à des malfaiteurs, ou qu'elle appartient à un recéleur, la police y établit plusieurs agents qui sont chargés d'arrêter tous ceux des individus qui s'y présentent dont les allures suspectes peuvent justifier cette mesure; c'est ce qu'on appelle *établir une souricière*. Cette ruse, que tous les voleurs connaissent, réussit cependant presque toujours: il ne vient que rarement à celui qui va visiter un ami ou vendre à un recéleur l'objet, quel qu'il soit, qu'il vient de voler, la pensée de prendre préalablement quelques renseignements dans les environs, les malfaiteurs sont, grâce à Dieu, les gens les plus imprévoyants qu'il soit possible d'imaginer.
(19) À l'auberge.
(20) Mère.
(21) Sœurs.
(22) Faire des révélations.
(23) M'aime trop.
(24) Filles.
(25) Compromis.
(26) Maison.
(27) Témoins.
(28) Donner de nouvelles forces à l'accusation qui pèse sur elles.
(29) Femme.
(30) Hors de péril. Ainsi que nous l'avons déjà dit, les divers

aura pas de *parrains* (1), puisque nous avons pris la louable habitude de *refroidir* (2) tous ceux que nous *grinchissons* (3).

— Il ne faut jurer de rien ; je crois que nous avons été *donnés* (4) par le *chêne* (5) qui s'est *esgaré* (6) de chez *nouzailles* (7) avec[mes *frusquins* (8) et qui nous a laissé le *pot* (9) et le *gage* (10), dont nous avons eu tant de peine à nous débarrasser.

Blaise le Petit-Christ ne se trompait pas, c'était, en effet, à Servigny qu'était due l'arrestation de la femme et des deux filles de ce scélérat. Peu de temps après l'entretien qu'il avait eu avec l'abbé Reunet, il avait adressé à la police une relation détaillée de tout ce qui lui était arrivé dans l'auberge du *Bien-Venu* ; qu'il terminait en disant, que bien qu'il ne la signât pas, on ne devait pas moins la prendre en considération, attendu qu'il n'omettait cette formalité que parce qu'il était sur le point de faire un voyage qu'il ne pouvait remettre, que du reste une perquisition dans cette auberge amènerait probablement la découverte du cheval et du cabriolet qu'il avait été forcé d'y abandonner (il en donnait une description exacte et minutieuse), ce qui prouverait qu'il n'alléguait que des faits vrais. Cette dénonciation provoqua une première descente de la police à l'auberge du *Bien-Venu*, mais comme, ainsi qu'on l'a vu, le premier soin de Blaise le Petit-Christ, lorsqu'il s'était aperçu que celui qu'il prenait pour un agent de police était parvenu à se sauver, avait été celui de faire disparaître le cheval et le cabriolet, on n'avait pas trouvé dans cette auberge, signalée comme un repaire de malfaiteurs, un seul objet qui fût de nature à compromettre ses habitants qui jouissaient, d'ailleurs, d'une si bonne réputation que l'on n'avait pas osé les arrêter, n'ayant après tout contre eux qu'une dénonciation anonyme qui pouvait être attribuée à la haine cachée d'un ennemi.

Un fait cependant enlevait à cette conjecture la plus grande partie de ses probabilités ; les habitants de l'auberge du *Bien-Venu* pouvaient, il est vrai, avoir un ou plusieurs ennemis (qui n'en a pas ?) mais ces ennemis devaient, comme eux, appartenir aux classes populaires et la dénonciation qui les concernait était écrite avec tant de soin et en de si bons termes, elle était accompagnée de considérations d'un ordre si élevé, qu'elle était évidemment l'œuvre d'une personne ayant reçu une brillante éducation ; de là à conclure que cette personne appartenait à la meilleure compagnie, il n'y avait pas loin, c'est ce que l'on fit ; et pour ménager à la fois tous les intérêts, il fut décidé que l'auberge du *Bien-Venu* serait surveillée avec le plus grand soin, et que l'on n'agirait que si quelques faits nouveaux survenaient.

Cette détermination était sage, malheureusement un accident qui ne pouvait être prévu empêcha d'abord les bons résultats qu'elle devait produire.

On ne trouve, en France, que très-peu d'honnêtes gens qui se résolvent à servir la police (c'est pourtant, suivant nous, une belle mission lorsqu'elle est consciencieusement exécutée, que celle qui consiste à mettre dans l'impossibilité de nuire à leurs concitoyens les hommes qui bravent ouvertement les lois primordiales qui régissent toutes les sociétés civilisées) ; elle est donc forcée d'accorder sa confiance à des gens pour la plupart très-peu scrupuleux (il est bien entendu que nous ne parlons ici que des individus qui occupent les derniers degrés de l'échelle) ; ces gens-là servent tant qu'ils y trouvent leur compte ; mais, comme grâce aux sots préjugés auxquels

mots qui composent le jargon argotique empruntent souvent un sens aux mots de la langue usuelle qui les précèdent ou qui les suivent.

(1) Témoins.
(2) Tuer.
(3) Volons.
(4) Dénoncés.
(5) Homme.
(6) Sauvé.
(7) Nous.
(8) Habits.
(9) Cabriolet.
(10) Cheval.

nous obéissons tous sans nous en douter, leur métier ne leur rapporte ni considération, ni grand profit, ils ne lui sont pas attachés, et lorsque l'occasion de faire ce qu'ils nomment une bonne affaire se présente, ils ne la laissent pas s'échapper ; aussi des transactions semblables à celle survenue entre Fanfan la Grenouille et la mère Sans-Refus sont beaucoup moins rares qu'on ne le suppose ; on a donc presque toujours tort lorsque l'on accuse la police d'impéritie ou de négligence ; il serait beaucoup plus juste peut-être de dire qu'elle a été trompée par les agents auxquels elle avait accordé sa confiance.

Blaise le Petit-Christ traversait le village de Nanterre pour se rendre chez lui, lorsqu'il fut abordé par un individu, porteur d'une de ces physionomies caractéristiques qui indiquent de suite à l'œil de l'observateur la profession de celui auquel elles appartiennent.

— Vous ne me remettez pas ? dit cet individu au Petit-Christ.

— Si fait, parbleu ! répondit Blaise qui venait de reconnaître un des hommes avec lesquels il avait travaillé lorsqu'il ne s'occupait encore que de contrebande, qu'es-tu donc venu chercher par ici ?

— Vous.

— Moi ?

— Vous-même. Écoutez, père Blaise, *collez* (1) moi cinquante *balles* (2), et je vous *coque* (3) une *médecine flambante* (4).

— *Coque la médecine*, et si elle est si *chouette* (5), eh bien ! on verra.

— Pas d'ça, Lisette, *casquez* (6) d'abord. Je vous connais, vous êtes *marlou* (7), mais je suis *passé singe* (8).

Le Petit-Christ tira de dessous sa blouse un sac de peau attaché à son cou par une forte lanière, dans lequel il prit dix pièces de cinq francs, qu'il remit à l'homme qui venait de l'aborder.

— Je suis de la *cuisine* (9), lui dit cet homme après avoir empoché les cinquante francs ; et sans doute pour donner plus de poids à ses paroles, il tira de sa poche une carte coupée triangulairement et sur laquelle était imprimé un œil entouré de rayons.

— Est-ce cela que tu voulais m'apprendre ? je le savais.

— C'est possible ; mais ce que vous ne savez pas, c'est que je ne suis ici seul ; nous sommes plusieurs de mes camarades, qu'afin de voir tout ce qui se passera aujourd'hui et les jours suivants dans une certaine auberge, à l'enseigne du *Bien-Venu*, dans laquelle, ce qu'on dit là-bas, vous *maquillez* (10) un tas d'*trucs* (11) assez drôles.

— Il y a de si méchantes gens, mon pauvre vieux.

— Que vous soyez ou non calomnié, je m'en bats l'œil ; vous êtes averti, je suis payé, le reste vous regarde. Adieu, père Blaise.

— Adieu, mon garçon.

Le Petit-Christ fit son profit de l'avis qu'il venait de recevoir ; aussi, pendant un laps de temps assez long, l'auberge du *Bien-Venu* fut, de toutes celles du pays, la plus sûre et la mieux tenue. On a deviné que Blaise, moyennant quelques écus, achetait chaque jour à son ancien camarade la communication des rapports qui le concernaient, et que, lorsque la surveillance cessa, il fut de suite averti.

Il recommença alors ses abominables pratiques.

Servigny, bien certain que, grâce à la relation adressée par lui à la police, les assassins avaient été mis dans l'impossibilité de nuire, ne s'occupa plus de cette affaire. Ce ne fut que

(1) Donnez.
(2) Francs.
(3) Donne.
(4) Un bon conseil, un avis salutaire.
(5) Bonne.
(6) Payez.
(7) Malin.
(8) Très-malin.
(9) De la police.
(10) Faites.
(11) D'affaires équivoques

peu de jours avant les événements que nous venons de rapporter, que passant par hasard en calèche devant la *maison
des voleurs*, il reconnut, assises devant la porte principale, la
mère et ses deux filles, Pacifique et la Vierge-Noire.

— Ou ma lettre n'a pas été reçue, ou on n'en a pas fait de
cas parce qu'elle était anonyme, et peut-être que ces scélérats,
encouragés par l'impunité, sacrifient tous les jours à leur cupidité de nouvelles victimes; il faut absolument qu'un pareil
état de choses cela, et cela à l'instant même.

Il alla trouver l'abbé Reuzet, afin de lui demander conseil.

— Je ne serai tranquille, lui dit-il, que lorsque ces scélérats
auront été mis dans l'impossibilité de sacrifier de nouvelles
victimes; il me semble que je suis le complice de tous les crimes qu'ils commettent; cela est si vrai que, si vous ne pouvez
m'indiquer un autre moyen, je suis bien déterminé, quoi qu'il
puisse m'arriver, à me présenter moi-même à la police qui alors
sera bien forcée d'agir.

Le prêtre, qui avait attentivement écouté Servigny, lui serra
la main, et se leva du siège sur lequel il était assis.

— J'ai trouvé un moyen, dit-il, un excellent moyen, je suis
même étonné de ne pas y avoir pensé plus tôt.

Il ne voulut pas en dire davantage à Servigny, qu'il quitta
de suite, pour se rendre à la préfecture de police.

L'abbé Reuzet était un de ces dignes prêtres comme il en
existe encore un nombre beaucoup plus considérable qu'on
ne le croit généralement, dont la réputation est basée sur une
vie si pure, sur une si grande quantité de nobles actions, que
les plus incrédules les croient, lorsqu'ils veulent bien se donner la peine d'affirmer un fait quel qu'il soit.

Dame police n'est pas très-crédule de sa nature, et vraiment
cela est fort heureux pour elle, on lui raconte bénévolement
tant et de si singulières histoires; cependant puisque l'abbé
Reuzet lui eut donné l'assurance que la dénonciation qu'elle
avait dû recevoir peu de temps auparavant, dénonciation dont
l'auteur, en partie évadé, ne pouvait se faire connaître, ne contenait que des faits vrais, elle ouvrit les yeux et les oreilles, et
il fut résolu que l'auberge du *Bien-Venu* serait de nouveau
mise à l'index.

Il s'agissait d'être enfin fixé sur la valeur morale des habitants mâles et femelles de l'auberge du *Bien-Venu*, de savoir
d'où ils venaient, ce qu'ils faisaient, de remarquer tout ce qui
se passait chez eux et de veiller s'il y avait lieu sur la vie des
voyageurs qu'ils hébergeraient. Cette mission assez difficile
fut confiée à un homme adroit et résolu, aux yeux duquel on
fit luire l'espoir d'obtenir une très-belle récompense, c'était
le meilleur moyen de l'engager à ne rien négliger de ce qui
pouvait assurer la réussite de son entreprise.

Cet homme qui avait blanchi sous le harnais, ressemblait
assez à ce brave rat, dont parle quelque part le bon La Fontaine : nous ne savons s'il avait perdu quelque chose à la bataille, mais nous pouvons assurer qu'il avait en réserve plus
d'un tour dans son bissac. Il choisit quelques auxiliaires vertueux, puis il se procura un costume demi-bourgeois, demi-
paysan, et à la tombée de la nuit, il entra à l'auberge du *Bien-
Venu*, et après avoir déposé sur une table le bâton de cornouiller
orné d'une lanière de cuir dont il était armé et une sacoche
qui rendit un son métallique, qui fit tressaillir tous les nerfs
auditifs de la femme et des deux filles de Blaise le Petit-Christ,
il demanda si on pouvait disposer en sa faveur, d'un bon souper et surtout d'un bon lit; madame Blaise, toujours affable
et prévenante, lui répondit, ainsi du reste qu'il s'y attendait,
que tout ce que renfermait la maison était à ses ordres.

— Vous me rendez un important service, ma chère dame,
répondit l'agent de police, je craignais d'être forcé d'aller jusqu'à Nanterre, ce qui m'aurait infiniment contrarié, car j'ai fait
aujourd'hui une assez longue route, et je vous avoue que je
suis très-fatigué.

— Il y a de plus belles auberges que la nôtre dans le pays,
répondit madame Blaise, mais il n'y en a pas de plus propres
et où les voyageurs soient mieux en sûreté et mieux traités.

— Je n'en doute pas, madame, aussi, je vous prierai de vouloir bien me serrer cette sacoche qui renferme deux mille
francs que j'ai apportés avec moi pour payer une partie du

prix d'une petite propriété dont je viens de faire l'acquisition
ici près.

Madame Blaise prit la sacoche et la renferma dans le bas
d'une armoire dont elle offrit la clé au voyageur.

— Gardez cette clé, madame, répondit-il, elle est aussi bien
entre vos mains que dans les miennes.

Après ce petit incident, le voyageur ayant manifesté l'intention de se retirer quelques instants dans la chambre qui
lui était destinée, madame Blaise, qui s'occupait des préparatifs du souper, donna l'ordre à l'une de ses filles de l'y conduire; celle-ci, après l'avoir installé et lui avoir dit que l'on
viendrait le prévenir lorsque le souper serait prêt, descendit
l'échelle de meunier qui, de la salle commune de l'auberge
du *Bien-Venu*, conduisait aux chambres destinées aux voyageurs, et vint rejoindre sa mère et sa sœur.

— Je crois, leur dit-elle, que nous tenons le bon, le *flacul* (1)
est plein de *bille* (2) : deux mille *balles*, ça ne se trouve pas
tous les *luisants* (3) sous les *arpions* (4) d'un *gaye* (5), n'est-ce
pas?

— Malheureusement, répondit la mère, mais il faudra les
rendre, ces deux mille *balles*.

— Les rendre? ajouta Pacifique ; eh! pourquoi ça, s'il vous
plaît?

— Tu as donc oublié que le *dabe* (6) qui est allé *balader* (7)
sur la *trime* (8) avec les *fanandels* (9), ne *venquillera* (10) pas
cette *sorgue* (11), et qu'en *décarant* (12) il nous a recommandé
la plus grande prudence, et puis d'ailleurs ce *niert* (13) parait
avoir de *l'atout* (14), et c'est tout au plus si à nous trois nous
pourrions lui faire son affaire.

— Laissez donc, dit la Vierge-Noire, nous le ferons *pioter* (15)
à la *refaite de sorgue* (16), et lorsqu'il *pioncera chenument* (17),
nous en ferons ce que nous voudrons.

— C'est possible, répondit la mère, mais il a *falourde engour-
dte* (18)?

— Eh bien, nous la garderons à la *taule* (19) jusqu'à l'arrivée du *dabe* (20). Hein? il serait un peu content, ce pauvre
birbe (21), si à son retour nous pouvions lui *coller les deux mille
balles dans l'arguemine* (22).

— Certes, ajouta Pacifique, d'autant plus que nous avons
perdu pas mal de temps, et que depuis que nous nous sommes
remis à *escarper les mézières* (23), il ne nous en est pas tombé
sous *la poigne* (24) un aussi *chouette* (25) que celui-ci.

— Voyons, *daronne* (26), laissez-vous tenter, dit la Vierge-
Noire d'une voix câline; l'occasion est bonne et puis, voyez-

----

(1) La sacoche.
(2) Argent.
(3) Jours.
(4) Pieds.
(5) Cheval.
(6) Père.
(7) Se promener.
(8) Route.
(9) Camarades.
(10) Rentrera.
(11) Nuit.
(12) Partant.
(13) Nuit.
(14) Du courage.
(15) Boire.
(16) Souper.
(17) Dormira bien.
(18) Le cadavre.
(19) A la maison.
(20) Père.
(21) Vieux.
(22) Lui mettre les deux mille francs dans la main.
(23) Assassiner : mézière est un terme de mépris appliqué par
les voleurs et les assassins à tous ceux qui n'exercent pas leur profession.
(24) Sous la main, à notre disposition.
(25) Bon.
(26) Mère.

vous, il ne faut pas jeter à ses *pacurons* (1) le bien que le *mec* des *mecs* (2) nous envoie.

— Il faut bien faire ce que vous voulez, mes *momignardes* (3), répondit madame Blaise; allons, c'est dit, on *rebâtira* (4) le *sirwe* (5), il faut espérer que la *daronne* du *grand Aure* (6) nous protègera : mais la *refaite* (7) est prête, il faut mettre la *carante* (8) et aller dire au *pantre* (9) de descendre.

Tandis que la conversation que nous venons de rapporter avait eu lieu dans la salle à manger, entre madame Blaise et ses filles, l'agent de police, renfermé dans sa chambre, n'avait pas perdu son temps; il avait d'abord examiné avec soin les deux issues par lesquelles des assassins pouvaient s'introduire dans la pièce qu'il occupait, la porte et les deux fenêtres ; la porte, garnie de deux forts verrous, pouvait être fermée en dedans ; les fenêtres, assez élevées au-dessus du sol, étaient toutes les deux garnies de forts barreaux.

— Jusqu'à présent, je ne vois ici rien de bien suspect, s'était-il dit après cet examen préalable, le voyageur enfermé dans cette chambre peut se croire avec raison parfaitement en sûreté ; ils n'entrent pas cependant par la serrure, ce n'est que dans l'évangile que l'on voit des chameaux passer par le trou d'une aiguille ?

Cette judicieuse réflexion engagea l'agent à poursuivre le cours de ses recherches, il prit un pistolet dans une de ses poches de son pantalon, et il se servit de la crosse pour sonder les murailles.

Il eut bientôt découvert le secret du dossier mobile du lit, alors tout lui fut expliqué.

— Eh ! eh ! se dit-il, mais ceci me paraît fort ingénieux, et surtout très-philanthropique ; le voyageur, à l'aide de ce procédé, doit passer, sans trop souffrir, du sommeil à la mort, l'industrie fait vraiment tous les jours de nouveaux progrès.

L'agent avait à peine achevé son examen et replacé chaque chose à sa place, que la Vierge-Noire vint le prévenir que le souper était prêt.

— Je vais alors y faire honneur, répondit-il, si surtout vous voulez bien me faire le plaisir de le partager avec moi.

L'agent trouva dans la salle à manger une table couverte d'une nappe bien blanche, sur laquelle on avait déjà déposé un plat, dont le fumet annonçait un ragoût délicieux.

— C'est très-charitable, se dit encore l'agent, ces braves gens ne veulent pas que l'on commence le grand voyage avant d'être parfaitement lesté. Mais ne nous laissons pas amollir par les délices de Capoue, et surtout prions cette digne femme et ses deux filles de m'aider à expédier ce souper, dont je ne prendrai ma part, que si elles veulent bien le partager avec moi ; il faut être prudent.

L'invitation de l'agent fut acceptée avec empressement, de sorte qu'il but et mangea sans éprouver la crainte qu'un soporifique se trouvât mêlé aux mets qu'il allait savourer.

Pendant le souper, les aimables hôtesses de *Trotignon* (ainsi se nommait l'agent de police) lui versaient du vin à plein verre, il vit de suite quel était le but qu'elles voulaient atteindre, mais comme il se savait capable de boire le contenu d'un tonneau, sans en être plus ému, il n'eut pas besoin de se tenir sur ses gardes, seulement, après avoir fait honneur à quelques petits verres d'excellente eau-de-vie, il crut devoir simuler une sorte de demi-ivresse ; enfin, il joua si bien son rôle, que les trois femmes, lorsqu'il quitta la table, regardaient l'affaire comme aux trois quarts faite.

Après le souper, il alluma une pipe qu'il alla fumer sur le pas de la porte, des gens qu'il connaissait bien se promenaient de long en large sur la route, il leur dit quelques signes auxquels ils répondirent d'une manière satisfaisante ; bien certain

(1) Pieds.
(2) Dieu.
(3) Mes filles, mes enfants.
(4) Assassinera.
(5) Niais.
(6) La sainte Vierge, la mère de Dieu.
(7) Le souper.
(8) La table.
(9) Le niais, l'imbécile.

alors qu'il serait secouru au moment du danger, l'agent rentra à l'auberge du *Bien-Venu*, et manifesta le désir d'aller se coucher, désir qu'on s'empressa de le mettre à même de satisfaire.

Dès qu'il fut dans sa chambre, il fit, avec ses draps et une des couvertures, un mannequin qu'il mit dans le lit à la place qu'il devait occuper, puis il ôta sa redingote et son gilet qu'il posa avec soin sur une chaise, de manière à ce qu'ils fussent vus des assassins s'il leur prenait la fantaisie de regarder par le trou de la serrure, et conservant seulement son pantalon et sa chaussure, et chaque main armée d'un pistolet, il se plaça dans la ruelle du lit, et attendit les yeux fixés sur le panneau mobile destiné à retomber sur lui.

Madame Blaise, Pacifique et la Vierge-Noire, lorsqu'elles supposèrent que le voyageur était profondément endormi, vinrent se placer derrière le dossier mobile du lit dans lequel elles croyaient qu'il était couché depuis longtemps ; des ronflements aussi retentissants que les sons d'une contrebasse leur apprirent bientôt que leurs prévisions ne les avaient pas trompées.

— Il *pionce* (1), dit la Vierge-Noire, il est temps.

Pacifique lâcha le ressort retenant le dossier mobile qui s'abaissa rapidement sur le lit.

— Il est à nous ! s'écria la Vierge-Noire.

— Pas encore ! *escarpes* (2), s'écria l'agent, qui, ne pouvant supposer que le voyageur était assailli seulement par les trois femmes, déchargea un de ses pistolets sur le groupe, que l'obscurité ne lui permettait que d'entrevoir.

La balle atteignit Pacifique, et lui brisa le bras droit, la malheureuse tomba dans le corridor en poussant des cris épouvantables.

Au même instant des clameurs se firent entendre du dehors, la porte extérieure céda sous les efforts redoublés de plusieurs hommes qui envahirent la maison.

— Ce sont des *friquets* (3) ! s'écria madame Blaise, lorsque le lieu de la scène fut éclairé par une torche qu'un des agents venait d'allumer, nous sommes *servies* (4).

— Vous l'avez dit, mes mignonnes, répondit l'agent ; mais où sont donc les mâles ? continua-t-il, étonné de ne trouver que les trois femmes devant lui.

— Vous ne les tenez pas encore, mauvais *railles* (5), répondit Pacifique, qu'un des agents avait relevée et placée sur une chaise.

Les trois femmes furent liées avec soin, et les agents commencèrent dans toute la maison une perquisition qui n'amena aucun résultat, par la raison toute simple que Blaise le Petit-Christ et ses quatre compagnons étaient en ce moment en campagne.

A la naissance du jour, le commissaire de police de Nanterre, qui avait été prévenu la veille, arriva à l'auberge du *Bien-Venu*, et fit conduire madame Blaise et ses deux filles dans les prisons de Versailles.

La nouvelle de cette arrestation se répandit avec la rapidité de l'éclair, Blaise le Petit-Christ l'apprit à son tour, pendant qu'il se trouvait à l'auberge dans laquelle il avait rencontré le voyageur qu'il se disposait à attaquer, au moment où nous avons interrompu notre récit, pour raconter à nos lecteurs les faits qui précèdent ; mais, comme il ne connaissait pas les circonstances qui avaient accompagné la capture de sa femme et de ses deux filles, il pouvait croire que ses résultats ne seraient pas aussi fâcheux pour elles qu'ils devaient l'être.

Retournons maintenant près de lui et de ses compagnons.

Les assassins, malgré la pluie qui n'a pas cessé de tomber, ont quitté le fourré dans lequel ils étaient à l'abri, et se sont mis en embuscade sur la lisière de la route qui est bordée de grands arbres, derrière lesquels ils se tiennent cachés. La nuit est noire et le vent souffle avec violence

(1) Il dort.
(2) Assassins.
(3) Agents de police.
(4) Arrêtées.
(5) Mouchards.

— Quel temps, quel fichu temps ! dit à voix basse le Chaudronnier, *le pilier de pacquelin* (1) ne viendra pas.

— Il viendra, j'en suis sûr, répondit Blaise le Petit-Christ, puisque je vous dis que lorsque j'ai quitté le *tapis* (2) il allait achever sa *refaite de sorgue* (3), et qu'il venait de donner l'ordre de seller son *gaye* (4), mais silence, j'entends, je crois, quelque chose.

En effet, après avoir prêté l'oreille quelques minutes, les assassins entendirent distinctement, dans le lointain, le bruit des pas d'un cheval.

— C'est lui ! dit Blaise le Petit-Christ, c'est lui, du *maigre* (5).

Quelques instants après, un voyageur passait devant les bandits ; il était enveloppé dans un large manteau à manches, qui couvrait la croupe de son cheval ; mais il l'avait disposé de telle manière que tous ses mouvements étaient libres.

Blaise le Petit-Christ, qui n'avait pas oublié qu'il devait donner l'exemple à ses hommes, s'élança le premier à la tête du cheval ; il fut immédiatement suivi de tous les autres.

— Ta bourse ou ta peau, dit-il au voyageur.

— Mes amis, répondit celui-ci, si mes compagnons n'étaient pas restés en arrière, je vous aurais probablement fait la même demande ; ainsi rien à faire avec moi, je suis un *garçon*.

— *Garçon* ou non, exécute-toi de bonne grâce ; tu as de l'or ; il nous le faut.

— *Rengraciez* alors (6), mauvais *escarpes de grand trime* (7) ; ma *filoche* (8) vous passera devant le *naze* (9).

— Ah ! tu *dévides le jars* (10) pour nous faire croire que tu es un *pègre* (11), ça aurait peut-être pris autrefois, reprit Blaise ; mais aujourd'hui, je vous connais, je les plus *rupins* (12), depuis qu'on a imprimé des dictionnaires d'argot, *entravent bigorne* (13) comme *nouzailles* (14). Allons, allons, la *filoche* (15) et le *ployant* (16).

Le voyageur avait pu prendre un pistolet dans ses fontes ; il le dirigea sur Blaise le Petit-Christ, qui tenait toujours son cheval par le mors ; mais un mouvement de l'animal en changea la direction et la balle alla frapper le Chaudronnier qui tomba sur le sol.

Ah ! c'est comme cela ! s'écria Blaise le Petit-Christ, à mort, alors, Jean-Louis, dit-il à voix basse à son fils qui se trouvait près de lui ; *fauche les guibes du gaye* (17).

Le voyageur, qui avait déjà essuyé plusieurs coups de feu dont il n'avait pas été atteint, s'était armé d'un second pistolet ; mais le cheval, tenu par le mors, ne cessait pas de caracoler, de sorte qu'il n'était pas maître de diriger ses coups ; cependant, comme il voulait absolument se débarrasser de son plus dangereux ennemi, il se pencha sur le cou de sa monture et déchargea son pistolet. Blaise le Petit-Christ fit un brusque mouvement de côté, mais la balle l'ayant atteint au bras, il fut forcé de lâcher prise ; au même instant le cheval tomba et entraîna son maître dans sa chute.

Jean-Louis, pour obéir aux ordres de son père, s'était glissé derrière le noble animal et saisissant un moment favorable, il lui avait, à l'aide d'un couteau serpette, coupé deux des jarrets.

Le voyageur, désarmé et presque étouffé sous le poids de son cheval, ne pouvait faire un seul mouvement. Le Meunier

s'approcha et lui déchargea ses deux pistolets dans la poitrine, tandis que Blaise, qui n'était que très-légèrement blessé, prenait dans ses poches son portefeuille et tout l'argent qu'elles contenaient.

— Il y a *gras* (1), mes enfants, dit-il, il y a *gras* ; allons, en *trime* (2), nous *faderons* (3) au plus prochain *tapis* (4).

— Et le Chaudronnier, est-ce que nous allons le laisser là ? fit observer le Bas-Normand.

Blaise le Petit-Christ s'approcha du Chaudronnier étendu sur la route à côté du voyageur.

— Il est mort, dit-il en le poussant du pied.

— Mais non, répondit le Meunier, qui à son tour s'était approché du misérable et avait posé une de ses mains sur sa poitrine, son *palpitant* fait encore *tic-tac* (5).

— Il doit être mort, ajouta Blaise.

Et il déchargea un. de ses pistolets, dont il n'avait pas trouvé l'occasion de faire usage, dans la tête du malheureux Chaudronnier.

— Ah ! *dabe* (6) ! s'écria Jean-Louis, tandis que les deux autres assassins se regardaient d'un air consterné, ne sachant trop ce qu'ils devaient penser de ce qui venait de se passer.

— *Loffes* (7), leur dit Blaise le Petit-Christ, s'il n'était pas mort, il n'en valait guère mieux ; pouvions-nous nous charger de lui et fallait-il le laisser sur la *trime* (8) ? Ne savez-vous donc pas qu'il n'y a personne de plus bavard qu'un *chêne affranchi* (9) qui voit la *cartine* (10) en face.

— C'est vrai tout d'même, dit le Bas-Normand, j'approuve le *mec* (11).

— Je le crois bien, répondit Blaise le Petit-Christ, je le crois parbleu bien ; et puis notre *fade* (12) à chacun se trouve augmenté d'un cinquième.

— Tiens, tiens, tiens, ajouta le Meunier, je n'avais pas pensé à cela.

— Allons, *mômes* (13), assez *jaspiné* (14) ; en *trime* (15).

Les quatres assassins se couvrirent des limousines qu'ils avaient laissées dans le fourré, et s'enfoncèrent dans la partie la plus épaisse du bois, laissant sur la route le cadavre du voyageur et celui de leur compagnon.

Quelques heures après, des gendarmes qui faisaient patrouille passèrent sur la route où les faits que nous venons de raconter s'étaient accomplis, le jour commençait à poindre ; ils remarquèrent les deux cadavres, descendirent de cheval et s'en approchèrent.

Le Chaudronnier était mort, mais le voyageur respirait encore.

L'aspect des lieux, les costumes si différents des deux hommes étendus devant eux, les nombreuses traces de pas imprimées sur le sol, la nature de la blessure du cheval, apprirent aux gendarmes ce qui venait de se passer ; ils devinèrent sans peine que l'homme qui respirait encore était un malheureux voyageur qui avait été attaqué par des malfaiteurs, et qui avait succombé après s'être vigoureusement défendu et avoir mis hors de combat un de ses adversaires ; ils le relevèrent avec soin et le portèrent jusqu'à la première maison qu'ils trouvèrent sur la route ; arrivés là, ils se firent donner une charrette, et le voyageur, étendu sur quelques bottes de foin et couvert de plusieurs manteaux, fut transporté à leur résidence. Le cadavre du Chaudronnier avait été placé en

(1) Commis voyageur.
(2) L'auberge.
(3) Son souper.
(4) Cheval.
(5) Silence.
(6) Cessez.
(7) Assassins de grand chemin.
(8) Bourse.
(9) Nez.
(10) Tu parles l'argot.
(11) Voleur.
(12) Riches.
(13) Parlent l'argot.
(14) Nous.
(15) Bourse.
(16) Portefeuille.
(17) Coupe les jarrets du cheval.

(1) Il y a beaucoup.
(2) En route.
(3) Nous partagerons.
(4) Auberge.
(5) Son cœur bat encore.
(6) Père.
(7) Imbéciles.
(8) Route.
(9) Homme du métier.
(10) La mort.
(11) Maître.
(12) Part.
(13) Enfants.
(14) Parlé.
(15) En route.

travers sur le derrière de la voiture, afin qu'il ne trappât pas les yeux du voyageur, si par hasard ce dernier reprenait ses sens avant d'être arrivé à destination.

L'entrée de ce lugubre cortège à Melun mit cette petite ville en révolution; tous les habitants devant lesquels il fut obligé de passer pour se rendre à la caserne de la gendarmerie interrogeaient les gendarmes, qui furent obligés de répéter au moins cent fois le même récit; la cour de la caserne était envahie par la foule des curieux lorsque la charrette y entra, et ce ne fut qu'à grand'peine que les gendarmes (qui en province sont beaucoup plus polis et infiniment moins sévères que leurs confrères du département de la Seine, nous ne parlons pas de messieurs les gendarmes des municipaux). parvinrent enfin à ménager un espace libre autour de la charrette; le substitut du procureur du Roi et le commissaire de police, avertis par la clameur publique, étaient déjà à la caserne, accompagnés d'un médecin. Ce dernier donna l'ordre de transporter le blessé dans une des chambres de la caserne où il avait préparé tout ce qu'il fallait pour panser ses blessures.

— Sainte mère de Dieu! s'écria un vieillard à cheveux blancs, lorsque les gendarmes qui portaient le voyageur passèrent devant lui, sainte mère de Dieu, c'est-t'y bien possible!

— Qu'y a-t-il donc, père Coquardon? dit une jeune fille; est-ce que vous connaissez ce malheureux voyageur?

— Certainement que je le connais. Ah! quel affreux malheur; un si brave homme!

— Mais, qui est-ce donc?

— Un riche seigneur de Paris, qui vient souvent, pendant l'été, passer quelques jours dans notre pays.

— Vous savez son nom, dit le commissaire de police, qui avait entendu une bonne partie des exclamations arrachées par la surprise au bon père Coquardon.

— Oui, mon procureur, répondit le brave homme, c'est M. le marquis de Pourrières.

Le commissaire de police invita le père Coquardon à entrer dans la pièce où l'on avait transporté le blessé; le bonhomme ne se fit pas répéter cet ordre, charmé qu'il était d'apprendre de première main à la suite de quel événement M. le marquis de Pourrières se trouvait dans un aussi déplorable état.

Dès que l'on eut appris que le blessé était un homme riche et de qualité, le substitut donna des ordres en conséquence; aussi Salvador fut-il transporté dans la plus belle chambre de la caserne, celle du maréchal-des-logis, et couché dans un lit que l'on eut soin de garnir des matelas les plus mollets et des draps les plus fins qu'il fut possible de se procurer.

Les blessures de Salvador étaient beaucoup moins dangereuses que leur aspect ne le permettait de le supposer; par un heureux hasard, les balles, au lieu de traverser la poitrine, avaient glissé le long des côtes, de sorte que les chairs seulement se trouvaient attaquées; son long évanouissement, provoqué seulement par l'énorme quantité de sang qu'il avait perdu, devait donc cesser dès que les soins nécessaires lui seraient prodigués, et c'est qui arriva.

Lorsqu'il reprit ses sens et qu'il se vit entouré de plusieurs personnes, parmi lesquelles il y en avait quelques-unes vêtues de l'uniforme de la gendarmerie royale, il éprouva, il n'est pas difficile de le concevoir, une sensation fort pénible; mais il se remit bientôt, et après avoir demandé à boire, il attendit patiemment, pour y répondre, les questions que l'on n'allait pas manquer de lui adresser.

Le médecin s'était empressé de satisfaire le besoin qu'il avait exprimé, et le commissaire de police, reconnaissable à son écharpe tricolore, lui avait soulevé la tête afin de l'aider; ces soins rassurèrent un peu Salvador.

— Allons, se dit-il, tout n'est point désespéré, je me tirerai, je crois, de ce mauvais pas.

Le substitut lui ayant demandé s'il se sentait assez de force pour répondre à quelques questions, il fit un signe affirmatif; on lui apprit alors comment il avait été ramassé sur la grande route et apporté dans le lieu où il se trouvait, et on lui demanda le récit de ce qui s'était préalablement passé.

Salvador n'avait pas de raisons pour raconter les faits autrement qu'ils s'étaient passés, il fit donc un récit exact et circonstancié de ce qui venait de lui arriver. Lorsqu'il eut achevé, ce qu'il fit sans difficulté.

— Louis Rousseau; s'écria le substitut stupéfait d'étonnement.

— Oui, monsieur, répondit Salvador, il n'y a rien là, je crois, de fort extraordinaire. Louis Rousseau, commis voyageur de la maison Biot et compagnie, de Marseille.

— C'est singulier, dit le substitut, approchez, brave homme, continua-t-il en s'adressant au père Coquardon qui était resté à l'entrée de la pièce avec les autres spectateurs de cette scène, approchez.

Le père Coquardon s'empressa d'obéir à cette invitation

— Vous connaissez monsieur? lui dit le substitut.

— Si je le connais, mon procureur, répondit Coquardon, un brave seigneur du bon Dieu, aussi riche que le roi (ici, le père Coquardon, fidèle à son habitude de profond respect pour la royauté, ôta le bonnet de laine qui couvrait ses cheveux blancs), mais qui fait le meilleur usage de ses richesses; certainement que je le connais, et je suis bien marri, soyez en sûr, de le voir dans cet état.

— Je ne connais pas cet homme, dit Salvador qui, effectivement, n'avait jamais remarqué le père Coquardon.

— C'est bien possible, monsieur le marquis, vous autres grands seigneurs, vous n'avez pas le temps de faire attention à des petites gens comme nous autres; mais ça n'empêche pas que j'soye prêt à dire à ces messieurs que vous êtes ben le plus humain et le plus charitable de tous les gros de Choisy le-Roi.

— Dites-nous le nom de monsieur, s'écria le substitut que les circonlocutions du père Coquardon commençaient à ennuyer, cela vaudra beaucoup mieux.

— Eh! pardine, j'vous l'on déjà dit, c'est monsieur le marquis de Pourrières, répondit le bonhomme.

— C'est singulier, répéta le substitut.

— Très-singulier, en effet, ajouta le commissaire de police.

— Il y a là-dessous un mystère qu'il serait peut-être bon de pénétrer, dit à voix basse le médecin.

— Je me suis fourré dans une impasse, se dit Salvador qui avait entendu les quelques paroles échangées entre les deux fonctionnaires publics et le docteur, comment en sortir?... Que le diable emporte ce vieux bélître!...

Il se retourna dans son lit, et lorsque le substitut revint près de lui pour l'interroger encore, il lui dit qu'il ne se sentait pas assez de forces pour lui répondre, et il le priait de vouloir bien donner des ordres afin qu'il restât seul quelques heures. — Demain, ajouta-t-il, je vous expliquerai ce qui vous paraît extraordinaire.

Il voulait se procurer le temps de réfléchir.

Le substitut ne crut pas devoir refuser de satisfaire le désir exprimé par le blessé, que rien, du reste, n'accusait encore positivement, et puis M. le marquis de Pourrières était un de ces hommes qu'il ne fallait pas s'exposer à mécontenter, à moins que ce ne fût à bon escient.

Il se retira donc suivi de tous ceux qui étaient entrés avec lui dans l'appartement.

XXXIX

Arrestation.

Nous avons laissé Beppo se faisant conduire à la préfecture de police; nous le retrouvons dans le cabinet de son patron, auquel il raconte les événements qui viennent de se passer.

— Ainsi, lui dit le chef de la police après l'avoir écouté, vous êtes bien certain que le marquis de Pourrières et le vicomte de Lussan ne sont autres que ceux auxquels les révélateurs donnent les noms de *Rupin*, du *grand Richard* ou du *Provençal?*

— Aussi certain qu'il est possible de l'être.

— Songez que vous prenez la responsabilité d'un fait grave; le marquis de Pourrières et le vicomte de Lussan sont des personnages considérables que l'on ne peut arrêter sans être bien certain de ne point se tromper.

— Je comprends parfaitement cela; mais il y a, je crois, un moyen de vous faire partager ma conviction.

— Et ce moyen, quel est-il?

— Très-simple, en vérité. Que l'un des révélateurs, accompagné d'un nombre d'agents suffisant pour que son évasion ne soit pas à craindre, attende aux environs de la demeure, soit du marquis de Pourrières, soit du vicomte de Lussan, la sortie ou l'entrée de l'un de ces deux personnages. Si, ainsi que j'en suis certain, je ne me trompe pas, ils seront l'un et l'autre infailliblement reconnus.

— Je crois, en effet, que cette mesure préalable est absolument nécessaire, et je vais donner des ordres pour que demain matin le grand Louis soit tenu à votre disposition.

— Comment, le grand Louis est un des révélateurs?

— Eh! bon Dieu, oui; cet homme qui criait si fort contre ceux que les gens de sa sorte nomment *macarons* (1), s'est un des *premiers mis à table* (2) ; c'est toujours comme cela. Mais vous ne voudrez peut-être pas vous trouver avec lui?

— J'ai pardonné de bon cœur à ce misérable le coup de couteau qu'il m'a donné : ainsi je me trouverai avec lui si cela est nécessaire.

Le lendemain matin, à la naissance du jour, Beppo et le grand Louis, accompagnés d'un certain nombre d'agents commandés par le chef de la police, qui avait trouvé l'affaire assez importante pour n'en confier à personne la direction, étaient à la porte de la maison habitée par le vicomte de Lussan. Leur faction dura plusieurs heures. Le noble personnage qu'ils attendaient n'avait pas l'habitude de se lever matin. Ce ne fut que lorsque sonna une heure que le vicomte de Lussan sortit de sa demeure. Comme toujours, sa toilette était irréprochable; et le large camélia blanc qui ornait la boutonnière de son habit témoignait de ses opinions politiques.

— C'est le grand Richard! s'écria le grand Louis : excusez, quel genre! faut qu'il nous ait fait un peu l'*esgard* (3) pour être si *flambant* (4).

Le chef de la police se tourna vers Beppo.

— C'est le vicomte de Lussan, lui dit à voix basse l'expêcheur.

Le chef de la police descendit de la voiture dans laquelle il était avec Beppo et le grand Louis, il laissa ce dernier sous la garde de deux robustes agents; et, suivi du premier, il s'avança vers le vicomte de Lussan, qui marchait en chantonnant sur le trottoir de la rue de Varennes. Les agents suivaient à distance, prêts à prêter main-forte à leur chef, s'il en était besoin.

Celui-ci aborda le vicomte de Lussan avec beaucoup de politesse; il tenait son chapeau à la main; sa contenance était humble.

— J'ai l'honneur, dit-il, de parler à monsieur le vicomte de Lussan?

— Oui, mon ami, reprit le vicomte quelque peu étonné. Que puis-je pour votre service?

— Me suivre à la préfecture de police, monsieur le vicomte. Monsieur le procureur du roi vient de décerner contre vous un mandat d'amener que je suis chargé d'exécuter. J'aime à croire, ajouta-t-il, que vous ne me forcerez pas à employer la violence; vous allez vous exécuter de bonne grâce.

— Comment donc! répondit le vicomte; je suis, en vérité, trop heureux de pouvoir faire quelque chose qui vous soit agréable. Menez-moi, puisque M. le procureur du roi le désire, à la préfecture de police.

Le chef de la police fit un signe, et ses agents, qui s'étaient insensiblement approchés, s'avancèrent vers le vicomte.

(1) Traîtres.
(2) A été un des premiers à faire des révélations.
(3) De tort, qu'il nous ait trompés.
(4) Bien mis

— N'approchez pas, manants! s'écria-t-il, en faisant un saut en arrière; le premier de vous qui fait un pas vers moi, je le brûle.

Et il présentait aux agents stupéfaits les canons de ses kukenreitters, qu'il avait tirés de sa poche.

Les agents n'osaient s'approcher du vicomte, qui paraissait très-déterminé à réaliser la menace qu'il venait de faire, et qui probablement serait parvenu à s'échapper, si Beppo ne s'était pas élancé sur lui.

— Vous l'avez voulu, mon cher ami, dit tranquillement de Lussan.

Et il dirigea sur Beppo, qui lui tenait le bras gauche et qui appelait vainement les agents à son aide, le canon du pistolet qu'il tenait à la main droite.

Le malheureux tomba sur le pavé, la cervelle horriblement fracassée.

Cette affreuse scène avait rassemblé une foule immense dans la rue de Varennes. Les agents, semblables à une meute qui tient acculé dans sa bauge un redoutable sanglier, entouraient tous le vicomte de Lussan; mais la triste fin de Beppo les avait tellement effrayés, qu'ils n'osaient faire un pas en avant.

Le vicomte de Lussan les tint quelques instants en respect; et après avoir jeté un coup d'œil sur le cercle infranchissable qui s'était insensiblement formé autour de lui :

— Je pourrais en tuer encore un, dit-il; mais cela ne me servirait à rien. Allons, mes chers amis, continua-t-il, après avoir jeté à terre le second des pistolets dont il s'était armé, faites votre métier; je n'ai pas voulu qu'il fût dit qu'un gentilhomme breton s'était rendu sans combattre, voilà tout.

Les agents se jetèrent tous à la fois sur le vicomte, qui, en moins de temps qu'il ne nous en faut pour le dire, fut garrotté et jeté dans une voiture de place qui le conduisit à la préfecture de police.

Ce qui venait de se passer avait donné la certitude au chef de police que le marquis de Pourrières était bien certainement un individu de la même trempe que celui qui venait d'être arrêté : il crut donc devoir se diriger de suite vers l'hôtel de la rue de Courcelles. La clameur publique pouvait en peu d'instants porter à la connaissance du marquis la nouvelle de l'arrestation de son complice; et si cela arrivait, il ne manquerait pas de se mettre à l'abri; il n'y avait donc pas de temps à perdre.

Le chef de la police fit prévenir un commissaire de police; et, accompagné de ce magistrat, il se rendit à l'hôtel de Pourrières.

— Madame la marquise! madame la marquise! s'écria une des caméristes de Lucie, en entrant dans la chambre à coucher de la malheureuse femme, l'hôtel vient d'être envahi par une foule d'agents et de gardes conduits par un commissaire de police; ils viennent, à ce qu'ils disent, pour arrêter monsieur le marquis.

— Que me dites-vous là? s'écria Lucie; des agents de police, un commissaire! qu'est-ce que cela veut dire, grand Dieu!

Et sans attendre la réponse de sa femme de chambre, elle se jeta à bas de son lit. Elle avait eu à peine le temps de passer un peignoir et de couvrir ses épaules d'un grand châle que sa caméristé venait de lui donner, lorsque le commissaire de police, suivi de plusieurs hommes dont les physionomies communes et quelque peu rébarbatives lui causèrent une frayeur mortelle, entra dans sa chambre.

Ce magistrat ainsi que le chef de la police était de ces hommes qui savent allier la juste sévérité que commandent souvent des fonctions pénibles aux égards dus à la faiblesse et au malheur. Le commissaire de police savait que Lucie, lorsqu'elle avait épousé le marquis de Pourrières, était la veuve d'un général estimé, et, du reste, la réputation de cette aimable femme était si bien établie dans le monde que la pensée de la rendre solidaire des crimes imputés à son mari ne serait même pas venue à un sauvage; ce ne fut donc qu'après avoir employé tous les ménagements possibles qu'il apprit à la pauvre Lucie quelle était la mission dont il était chargé.

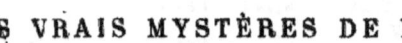

— Vos gens, madame, viennent de m'apprendre que M. le marquis de Pourrières était en ce moment absent de Paris; je regrette beaucoup qu'il en soit ainsi, car je suis certain qu'il se serait facilement justifié; mais malgré son absence je suis forcé de faire ici une perquisition rigoureuse, à laquelle vous allez être contrainte d'assister.

— Faites votre devoir, monsieur, répondit Lucie; je n'ai ni le droit, ni la volonté de m'y opposer. Oh! mon Dieu! mon Dieu! continua-t-elle en cachant son visage entre ses mains, étais-je donc destinée à supporter un si effroyable malheur!

— Calmez-vous, madame, ajouta le commissaire de police, que les larmes et l'extrême pâleur de la pauvre Lucie touchaient infiniment; si M. le marquis de Pourrières est coupable, ce qu'à Dieu ne plaise, la veuve du général comte de Neuville trouvera dans le monde assez d'amis qui lui feront oublier un époux indigne d'elle.

Le commissaire de police, doué d'une délicatesse que Lucie sut apprécier malgré l'extrême douleur à laquelle elle était en proie, ne visita son appartement que très-superficiellement; il saisit cependant quelques papiers, puis, après avoir prié la pauvre femme d'agréer l'expression de ses regrets, il la quitta en recommandant à ses femmes de chambre de veiller sur elle avec le plus grand soin.

Tous les papiers du marquis de Pourrières, lettres, quittances, comptes furent saisis pour être examinés ultérieurement. Cette opération faite, le commissaire de police allait se retirer, lorsqu'un des agents amena dans le salon où il se trouvait un individu qui venait d'entrer à l'hôtel, et qui demandait à parler à madame la marquise de Pourrières.

Cet individu était couvert d'un costume de voyage, et ses bottes poudreuses annonçaient qu'il descendait de cheval. Les agents, présumant qu'il pourrait peut-être donner des nouvelles du marquis de Pourrières, avaient absolument voulu l'amener devant leur chef.

— Mais je vous dis, répétait cet individu, que je ne connais pas M. le marquis de Pourrières, que je ne l'ai jamais vu, que je ne le connais pas et que je ne veux parler qu'à madame la marquise.

— Voyons, mon ami, dit le commissaire de police, répondez à mes questions. Comment vous nommez-vous?

— Paolo.

— Vous êtes au service de M. de Pourrières?

— J'ai longtemps servi M. le général comte de Neuville, et j'ai quitté le service de sa veuve pour entrer à celui de M. le général comte de Morengy qui vient d'arriver à Paris, et qui m'a chargé de remettre une lettre à madame la marquise de Pourrières.

Le commissaire de police, pour interroger Paolo, s'était assis devant un petit guéridon que les agents avaient approché du mur; au-dessus de ce guéridon était un portrait en pied de Salvador.

Paolo, tout en répondant aux questions du commissaire de police, ne pouvait détacher ses yeux de ce portrait. Le magistrat s'aperçut de cette circonstance.

— Vous connaissez la personne dont voici le portrait? dit-il à Paolo.

— Je le crois, monsieur le commissaire, répondit le vieux serviteur de la pauvre Lucie; ce portrait, si je ne me trompe, est celui de M. le vicomte de Létang.

— C'est singulier, dit le commissaire au chef de la police. Celui-ci fit un signe qui indiquait qu'en effet cette circonstance lui paraissait extraordinaire.

— Parlez-nous un peu du vicomte de Létang, continua le commissaire de police, et soyez vrai surtout; vous ne devez rien cacher à la justice.

— Je ne demande pas mieux que de vous dire tout ce que je sais de relatif à ce personnage, s'écria Paolo, en montrant le poing au portrait, si surtout cela peut contribuer à le faire pendre.

Paolo raconta alors que, tandis qu'il était au service de M. Carmagnola, riche banquier de Turin, une tentative de vol avait été commise dans la maison de son maître, et qu'en voulant s'opposer à la fuite d'un des voleurs qui n'était autre que le vicomte de Létang, jeune seigneur français, il avait reçu une blessure qui avait mis ses jours en danger.

Le commissaire prit bonne note de ce que venait de lui apprendre Paolo, et comme rien ne le retenait plus à l'hôtel, il partit laissant à ce fidèle serviteur la faculté d'aller présenter ses hommages à son ancienne maîtresse.

Les domestiques de l'hôtel avaient entendu l'histoire racontée par Paolo au commissaire de police, et comme ils savaient fort bien que le portrait qui l'avait provoquée était celui de leur maître, l'un d'eux s'était empressé d'aller la raconter à l'une des femmes qui étaient restées près de Lucie; celle-ci n'avait pas manqué de la répéter à sa maîtresse, de sorte que la malheureuse femme savait déjà que son mari était probablement un voleur et un assassin lorsque Paolo fut admis devant elle.

Paolo, ainsi qu'il l'avait dit au commissaire de police, était chargé de remettre à Lucie, une lettre du général comte de Morengy qui, ayant appris en rentrant en France, le mariage de la veuve du général de Neuville avec le marquis de Pourrières, avait voulu, dès le premier jour de son arrivée à Paris, lui adresser ses félicitations.

— Dites à votre maître, dit à Paolo, après avoir pris connaissance de la lettre du comte de Morengy, que je suis sensible à l'intérêt qu'il me témoigne, et que j'aurai l'honneur de lui répondre, et comme elle faisait un signe pour congédier l'honnête serviteur:

— Madame la marquise, dit-il, n'a pas oublié, sans doute, qu'elle m'a fait la promesse de me reprendre à son service?

— Mon pauvre Paolo, répondit Lucie, je n'ai plus besoin, hélas! de serviteurs, je suis pauvre maintenant.

— Cela ne fait rien, madame, c'est justement lorsque l'on est en proie au malheur, que l'on a besoin de serviteurs dévoués, et j'ose dire que madame la marquise n'en trouvera pas qui le soient plus que moi.

— C'est bien, bon Paolo, c'est bien, je suis heureuse d'acquérir aujourd'hui la certitude d'un dévouement que cependant je ne puis accepter, retournez près de votre nouveau maître, mon cher Paolo; je ne puis emmener personne dans la profonde retraite où je vais m'ensevelir; mais soyez certain que si la règle que je viens de m'imposer pouvait souffrir une seule exception ce serait en votre faveur qu'elle serait faite.

Paolo se retira après avoir obtenu, de son ancienne maîtresse, la faveur de lui baiser la main.

Lorsqu'elle fut seule Lucie entra dans la pièce qui lui servait de cabinet de travail, elle se plaça devant le petit meuble dans lequel elle avait l'habitude de serrer ses bijoux, et écrivit trois lettres dont elle nous racontait elle-même le contenu.

L'une était adressée au comte de Morengy, l'autre à Laure Féral, la dernière à madame de Bourgerel.

Lucie, après avoir écrit ces trois lettres, ouvrit le petit meuble devant lequel elle s'était placée, qui renfermait tout ce qui était nécessaire pour le cacheter, elle voulait se servir d'un cachet en malachite, garni d'or, qui portait seulement les initiales de sa famille, car le nom de Pourrières lui inspirait une horreur insurmontable; la boîte dans laquelle elle croyait trouver ce cachet, et qui devait contenir en outre plusieurs autres bijoux, était vide; elle en ouvrit précipitamment plusieurs autres, vides de même! Elle devina de suite que c'était son mari qui, pressé de se dérober au danger qui le menaçait, et voulant sans doute augmenter ses ressources, lui avait enlevé tous ses bijoux.

Le rouge lui monta au visage.

— C'est infâme! s'écria-t-elle, et il me serrait la main au moment où il venait de commettre une aussi lâche action. Ah! que Dieu soit loué, continua-t-elle après quelques instants de réflexion, maintenant je méprise cet homme, je ne l'aimerai pas longtemps.

Elle ouvrit la lettre destinée à Laure, et y ajouta le post-scriptum suivant:

« Je suis, ma chère Laure, un peu plus pauvre que je ne le croyais tout à l'heure : je viens de m'apercevoir que mon mari, avant de fuir, m'a volé tous mes bijoux. Je ne regrette sans doute, mes pauvres bijoux, et surtout un collier que je tenais de ma mère; mais ces regrets, si vifs qu'ils soient, ne m'empêchent pas de bénir le ciel qui vient de me donner la certitude que mon mari est un homme encore plus méprisable que la plupart des gens qui lui ressemblent, et qu'il jouait une infâme comédie, lorsqu'il cherchait à me faire croire qu'il m'aimait. Tu le sais, nous sommes toujours disposées à excuser les fautes, les crimes même de ceux qui nous aiment, tandis que ceux que nous méprisons nous inspirent de la pitié. »

Après avoir cacheté les trois lettres, Lucie prépara plusieurs caisses qu'elle envoya dans la voiture de Senlis, ces caisses contenaient tout ce qu'elle désirait emporter avec elle à la campagne, ses habits, son linge, sa musique, ses livres et ses pinceaux; elle n'oublia pas un magnifique piano d'Erard, présent de M. de Neuville, qu'elle confia à un habile emballeur qui se chargea de le lui faire parvenir, cela fait, elle congédia les domestiques qu'elle paya généreusement. (Pour remplir cette obligation, elle avait été forcée d'envoyer chercher de l'argent chez son notaire, maître Chardon, car Salvador n'avait pas laissé dans l'hôtel une seule pièce de cinq francs.) Elle garda seulement la plus jeune de ses femmes, qui paraissait l'aimer infiniment, et qui consentit avec joie à suivre sa bonne maîtresse dans la retraite isolée qu'elle venait de choisir pour résidence.

Le lendemain matin, Lucie, suivie de la femme de chambre qu'elle avait gardée, sortit de l'hôtel de Pourrières dans lequel elle ne voulait plus rentrer, pour se rendre chez maître Chardon, auquel elle laissa une procuration, avec la mission de défendre ses intérêts, mission dont cet estimable officier ministériel se chargea avec plaisir, et qu'il était tout-à-fait digne de remplir; après cette démarche, elle monta dans le coupé de la voiture de Senlis, et le même jour, à la tombée de la nuit, elle arrivait à Saint-Léonard, village où était sitcée la propriété habitée par Eugénie, madame de Saint-Preuil et Edmond de Bourgerel.

Eugénie et son mari avaient préparé, pour la recevoir, le logement le plus agréable de leur maison; dans ce logement, meublé avec la plus touchante simplicité, Eugénie avait disposé avec la plus touchante sollicitude tous les objets que Lucie aimait, de belles et rares fleurs dans de magnifiques vases du Japon, de jolies aquarelles, quelques chinoiseries. Accompagnée d'Edmond, elle conduisit son amie dans cette charmante retraite.

— Mes bons amis, dit Lucie, qui prit à la fois les mains d'Eugénie et celles d'Edmond, qu'elle serra contre les siennes, mes bons amis, je suis vraiment touchée des preuves d'amitié que vous voulez bien me témoigner, mais ce n'est pas assez, il faut que vous ajoutiez encore un nouveau service à tous ceux que vous venez de me rendre.

« Voici donc ce que je réclame plus de la bonté de votre cœur que de votre obligeance. Laure, sa famille, et mon notaire maître Chardon, sont les seules personnes au monde, qui connaissent quel est le lieu que j'ai choisi pour retraite, c'est à eux que seront remises toutes les lettres qui me seront adressées, M. Chardon a bien voulu se charger de me les envoyer ici. Eh bien! ces lettres, je veux que vous les lisiez avant de me les remettre, et que vous reteniez toutes celles dans lesquelles il serait question des derniers événements de ma vie, à moins qu'il ne soit absolument nécessaire de faire le contraire; si des événements nouveaux surgissent, M. de Bourgerel voudra bien, je l'espère, m'aider de ses conseils. »

Eugénie et Edmond de Bourgerel firent à Lucie la promesse qu'elle exigeait.

La soirée était déjà avancée, lorsque Lucie se retira dans son appartement; point n'est besoin de dire que son sommeil fut agité et tourmenté par des rêves pénibles qui retraçaient à son imagination tous les tristes événements qui venaient de s'accomplir. Elle est la femme du marquis de Pourrières; elle a aimé cet homme, un voleur, un assassin de profession!

— Un voleur, un assassin de profession, s'écria Lucie en se réveillant, est-il bien possible?

Quelque temps après son installation chez madame de Bourgerel, Edmond, qui se conformait rigoureusement au désir qu'elle avait exprimé, lui remit décachetée une nouvelle lettre de Laure qui déjà lui avait écrit plusieurs fois.

Cette lettre était conçue en ces termes :

aure Féral à Lucie.

Guermantes, près Lagny.

« Ma chère Lucie,

« Je viens de recevoir une lettre d'Eugénie. Ce qu'elle m'apprend, m'a comblé de joie, car je craignais, je te l'avoue, que tu ne te laissasses abattre par la douleur; mais soit donc Dieu, qui t'a donné la force de supporter avec courage de bien cruelles blessures; mon ami et surtout sir Lambton (qui t'aime autant que si tu étais sa fille, et auquel il n'a pas été possible de cacher les cruels événements qui viennent de se passer) partagent ma joie, et ils espèrent, ainsi que moi, que la divine Providence ne t'a si cruellement éprouvée, que parce qu'elle te réserve un avenir exempt d'orages.

« Je devine quels sont les motifs qui t'ont déterminée à accorder à Eugénie une préférence dont j'ai bien envie de me montrer jalouse; ces motifs, ma chère Lucie, je ne les approuve pas, mais je les respecte.

« Il existe des gens qui, lorsqu'ils souffrent, voudraient voir tous ceux qui les entourent souffrir encore plus qu'eux, ils prétendent que le spectacle des peines d'autrui les aide

à supporter leurs chagrins. Je ne sais si je me trompe, mais il me semble que ces gens-là sont très-malheureusement organisés, car pour ma part, je crois que si j'étais plongée dans l'affliction, le meilleur moyen que l'on pourrait employer pour me consoler, serait de m'apprendre qu'il vient d'arriver quelque chose d'heureux à l'une des personnes que j'aime. C'est parce que je crois que tu es comme moi, que je vais t'apprendre une nouvelle qui, j'en suis certaine, va te causer infiniment de plaisir.

« Le plus intime ami de mon mari est un vénérable ecclésiastique attaché à la paroisse Saint-Roch.

« L'abbé Reuzet avait deviné, malgré les efforts que je faisais pour cacher à ceux que j'aime les peines que j'éprouvais, que j'étais malheureuse, et, en effet, il ne se trompait pas. Je ne vivais point lorsque mon mari n'était pas près de moi; lorsqu'il était à la maison, chaque fois que l'on frappait à notre porte, je me disais que peut-être le retentissement du marteau m'annonçait la visite des gens chargés de l'arrêter. L'abbé Reuzet ne me dit rien, il ne voulait pas me laisser concevoir une espérance qui peut-être ne se réaliserait pas, mais il alla voir toutes les personnes qui estiment son caractere et ses talents (et le nombre de ces personnes est considérable, et parmi elles, il s'en trouve plusieurs qui sont placées très-haut dans la hiérarchie sociale). Il arracha à leur indifférence la promesse d'appuyer chaleureusement une demande qu'il voulait adresser au roi; cet homme, qui ne ferait peut-être pas une démarche pour obtenir le chapeau de cardinal, traîna sa soutane dans les antichambres de tous les ministères; enfin, il réussit, et hier il accourut tout joyeux nous apprendre que le roi venait d'accorder à mon mari grâce pleine et entière.

« A l'heure qu'il est, ma chère Lucie, mon mari est libre: je ne souffre plus lorsque je le vois sortir; s'il est absent quelques heures de plus que je ne le croyais, j'attends son retour avec patience; si par hasard un étranger le regarde, je ne suis plus alarmée, je le vois passer sans trembler devant les gendarmes de notre résidence. Je suis enfin aussi heureuse qu'il est possible de l'être, lorsque l'on sait que sa meilleure amie souffre des peines cruelles.

« Adieu, ma chère Lucie, n'oublie pas ta fidèle amie, n'oublie pas surtout qu'elle te ménage une surprise agréable.

« LAURE FÉRAL. »

— Singulières destinées! dit Lucie après avoir achevé la lecture de cette lettre, mon mari et celui de mon amie partent ensemble du même lieu et en suivant chacun des chemins différents, ils arrivent au même but; mais celui qui a toujours suivi les voies droites garde ce qu'il a conquis, tandis que l'autre.... quelle chute affreuse... Ah! je tremble d'y penser, Dieu est juste!...

La grossesse de Lucie était déjà assez avancée, lorsqu'elle quitta Paris, pour venir près d'Eugénie; aussi, peu de temps après son arrivée à Saint-Léonard, et tandis que des événements que nous rapporterons dans les chapitres suivants se passaient à Paris, elle fut prise par les premières douleurs de l'enfantement.

L'amitié que portaient Eugénie et son mari à leur malheureuse amie ne se démentit pas dans cette pénible circonstance, ils lui prodiguèrent, à l'envi l'un de l'autre, les soins les plus empressés. La couche de Lucie fut laborieuse : le meilleur médecin de Senlis, que l'on avait fait venir près d'elle, craignit plus d'une fois qu'elle ne perdît la vie, mais elle fut enfin délivrée.

Lorsqu'elle reprit ses sens, elle chercha près d'elle l'innocente créature qui venait de naître sous de bien tristes auspices; étonnée de ne point l'y trouver, elle jeta les yeux sur le berceau, que par prévision on avait placé près de son lit, il était vide.

— Mon enfant, dit-elle d'une voix faible, donnez-moi mon enfant! Ne me sera-t-il pas permis de l'embrasser?

Eugénie, qui était assise à la tête de son lit, se pencha vers elle et l'embrassa sur le front.

— Du courage, mon amie, dit-elle, du courage!

— Mon Dieu, s'écria Lucie, qu'est-il donc arrivé?

— Ton enfant.

— Eh bien?

— Du courage, ma pauvre amie, tu vas en avoir besoin, hélas!

— Il est mort?

— Il est vrai!

Lucie ne répondit rien, elle laissa retomber sa tête sur

l'oreiller, et des larmes amères coulèrent le long de ses joues décolorées.

— Je suis bien malheureuse, dit-elle après quelques instants de silence ; et comme Eugénie cherchait à la consoler : Ah ! ma pauvre amie, continua-t-elle d'une voix brisée, tu ne peux comprendre tout ce qu'il y a de douleurs dans le cœur d'une mère qui est forcée de regarder comme un événement heureux la mort de son premier-né

XL

Instruction.

Salvador était depuis deux jours à Melun. Il maudissait le hasard qui avait amené près de lui le paysan qui l'avait reconnu, et comme malgré tous les efforts de sa fertile imagination, il n'était pas encore parvenu à fabriquer une histoire de nature à justifier la position dans laquelle il se trouvait placé ; lorsque le substitut revint près de lui, il refusa de répondre a ses questions, alléguant qu'il était encore beaucoup trop faible pour supporter les fatigues d'un interrogatoire.

Le substitut enveloppé dans une robe de chambre à ramages, les pieds dans des babouches brodées qu'il devait à l'amitié de la femme du sous-préfet, cherchait en savourant une tasse de chocolat le motif qui avait pu déterminer un aussi noble personnage que monsieur le marquis de Pourrières à prendre un nom roturier et la qualité de commis-voyageur, lorsque la servante lui apporta son journal ; le premier article qui lui tomba sous les yeux était intitulé : *Une bande de voleurs, arrestation d'un noble personnage soupçonné d'en être le chef, circonstances extraordinaires.*

Nous rapporterons en partie cet article, qui, lorsqu'il parut, produisit une sensation telle, qu'elle fit, pour un moment, diversion aux graves préoccupations politiques de l'époque ; voici en quels termes il était rédigé :

« Depuis longtemps, des vols, des assassinats même, commis avec une audace et une adresse pour ainsi dire inconcevables, venaient à chaque instant épouvanter la population parisienne ; de plus, les circonstances qui souvent accompagnaient la perpétration de ces crimes, la qualité des personnes qui en étaient les victimes, faisaient conjecturer que ceux qui les commettaient étaient nombreux et qu'ils avaient conservé des relations dans la meilleure compagnie.

« La police cependant ne restait pas oisive ; elle visitait souvent les lieux suspects de la capitale ; ses plus adroits agents étaient constamment en campagne, mais elle n'obtenait que des résultats insignifiants, ceux qu'elle désirait tant rencontrer, Protées insaisissables, savaient se soustraire à toutes les recherches ; chaque fois que la police croyait tenir un fil de nature à la guider, ce fil se rompait avant qu'il eût été possible de s'en servir.

« On avait presque perdu l'espoir de mettre la main sur ces audacieux malfaiteurs, lorsque dernièrement un individu se présenta devant le chef de police de sûreté, et lui offrit ses services, promettant, s'il les acceptait, de mettre bientôt entre les mains de la justice les chefs et les bandits qui composaient la bande dont les déprédations désolaient la capitale ; les offres de cet homme, qui s'exprimait convenablement, qui paraissait à la fois intelligent, résolu, et ce qui est plus extraordinaire, qui fit de suite, et sans hésitation, connaître son nom et son domicile, furent acceptées avec le plus vif empressement.

« Peu de temps après, et grâce aux indications fournies par cet homme, on arrêtait dans une cachette pratiquée dans la partie la plus reculée d'une maison suspecte de la rue de la Tannerie, plusieurs individus connus pour des voleurs et des assassins de profession que l'on cherchait depuis longtemps sans pouvoir les découvrir. Quelques-uns d'entre eux voulurent bien faire des révélations, desquelles on pouvait conclure ceci, que pendant fort longtemps les individus arrêtés rue de la Tannerie avaient été dirigés par trois hommes qu'ils ne connaissaient que sous les noms de Rupin, du grand Richard et du Provençal ; qu'ils n'étaient, pas plus rien, que les valets de ces trois individus mystérieux qui leur donnaient en argent une partie de la valeur des objets volés ; vendus ensuite à un riche receleur, que les révélateurs ne pouvaient faire connaître, attendu qu'il n'était connu que de la nommée Marie-Madeleine-Colette-Comtois, dite Sans-refus, maîtresse de la maison dans laquelle ils avaient été arrêtés.

« Cette femme s'était échappée, grâce à la coupable complaisance d'un des agents qui accompagnaient le commissaire de police chargé de l'opération qui avait amené l'arrestation de tous ces malfaiteurs ; la police perdait donc encore une fois le fil conducteur qui pouvait la mettre sur la trace des hommes dangereux qu'elle voulait absolument découvrir.

« L'individu auquel on devait la capture que l'on venait de faire, ayant été blessé assez grièvement par un des bandits furieux sans doute d'avoir été pris pour dupe ; lorsqu'il eut recouvré la santé, il vint annoncer au chef de la police de sûreté qu'il avait enfin découvert quels étaient les individus qui se faisaient appeler Rupin, le grand Richard et le Provençal.

(Le journaliste racontait ici les diverses circonstances qui avaient accompagné l'arrestation du vicomte de Lussan, la mort de Beppo, la visite faite à l'hôtel de Pourrières, la circonstance relative au portrait, puis il continuait ainsi :)

« Ainsi, la déclaration de ce domestique, dont la bonne foi ne pouvait être mise en doute, venait d'apprendre que le marquis de Pourrières avait, à une époque où il se faisait nommer le vicomte de Létang, commis à Turin une tentative de vol suivie d'une tentative d'assassinat sur la personne du nommé Paolo, domestique du banquier Carmagnola, et rapprochée de nouvelles lumières que le hasard fit arriver à la justice, elle permettait de supposer que le nommé Rupin (ne sachant quel nom donner à cet individu, nous lui conserverons celui sous lequel il est connu de ses complices) n'avait pas plus le droit aujourd'hui de porter le nom du marquis de Pourrières, qu'il ne l'avait eu jadis de se parer de celui de vicomte de Létang.

« Les papiers saisis chez le marquis de Pourrières, ou plutôt chez l'homme qui porte ce nom, ont été examinés avec le plus grand soin ; cet examen a révélé des faits graves, que nous ferions connaître à nos lecteurs si nous n'avions pas la crainte de nuire à l'action de la justice.

« Le vicomte de Lussan (on ne peut du moins contester sa noblesse à cet homme qui est en réalité le dernier rejeton d'une des plus illustres familles de la Bretagne) est fort tranquille ; il paraît ne point redouter les résultats de la position dans laquelle il se trouve placé ; il traite ses gardiens avec une morgue tout à fait aristocratique, et se plaint à chaque instant de ce qu'on n'a pas pour lui les égards qui sont dus à un homme de sa qualité.

« Le substitut, après avoir lu cet article, écrivit à Paris, afin de prévenir la justice de cette ville que le hasard ayant mis entre ses mains l'homme qui se faisait appeler le marquis de Pourrières, il tenait cet homme à sa disposition.

Il reçut immédiatement l'ordre de faire transporter de suite à Paris, sous bonne escorte, son prisonnier, si toutefois il était en état de supporter les fatigues du voyage.

Les blessures de Salvador étaient, ainsi que nous l'avons déjà dit, beaucoup moins dangereuses qu'on ne l'avait cru d'abord ; aussi les médecins déclarèrent-ils qu'il était transportable, si l'on voulait bien prendre certaines précautions.

— Je suis perdu ! se dit Salvador lorsqu'un huissier, après lui avoir remis la copie d'un mandat d'amener décerné par un des juges d'instruction de la Seine, lui signifia que le lendemain matin il serait conduit à Paris ; je suis perdu, ou à peu près ! Ah ! bah ! continua-t-il après quelques instants de réflexion, on ne peut, après tout, me reprocher que quelques peccadilles qui sont encore bien loin d'être prouvées ; allons, allons, si le vicomte de Lussan, si Silvia, qui doivent être arrêtés, se montrent aussi discrets que le serai, je pourrai peut-être m'en tirer, ainsi qu'eux, de ce mauvais pas.

Des ordres avaient été donnés au directeur de la Conciergerie pour que Salvador fût mis au secret le plus rigoureux ; il fut en conséquence déposé, dès son arrivée à Paris, dans une des cellules du bâtiment des femmes.

Il passa près de deux mois dans cette cellule avant d'être complètement guéri. Il n'avait reçu, pendant ce long espace de temps, d'autres visites que celles des gardiens qui lui apportaient sa pitance quotidienne, et du médecin qui pansait ses blessures. Aussi, lorsque l'on vint le chercher pour le conduire devant le magistrat instructeur, il éprouva un vif sentiment de plaisir.

Nous avons négligé de dire que les bandits commandés par Blaise le Petit-Christ s'étaient contentés de lui enlever son portefeuille et sa bourse, qui contenait une somme assez forte en or, et qu'ils lui avaient laissé son porte-manteau, qui renfermait, outre une quantité raisonnable de linge et d'habits, environ cinq cents francs en argent, destinés à subvenir aux premiers frais de la route. Comme on n'avait pas cru devoir saisir ce porte-manteau, tout ce qu'il contenait avait été déposé au greffe, il n'avait donc manqué de rien depuis qu'il était en prison. Aussi il fit, pour se rendre devant le magistrat instructeur, une toilette soignée, et il suivit gaiement le gendarme chargé de le conduire.

L'instruction avait été confiée à un de ces hommes froids qui ne laissent jamais paraître sur leur visage la trace des émotions qu'ils éprouvent, qui saisissent au premier coup d'œil tous les détails d'une affaire, qui ne laissent rien échapper, dont la mémoire est prodigieuse, et qui savent tirer un parti avantageux de la circonstance en apparence la plus indifférente; il était, en un mot, doué de toutes les qualités qu'il fallait posséder pour être en état de tenir tête à un homme aussi rusé que Salvador.

Nous rapporterons assez longuement les phases diverses de cette instruction.

— Votre nom? demanda le juge lorsque Salvador se fut assis sur le siège qui lui était destiné.

— Alexis, marquis de Pourrières, né au château de Pourrières, département du Var, arrondissement de Brignoles.

— Vous êtes, à ce que vous assurez, le marquis Alexis de Pourrières. Je dois vous prévenir que vous serez forcé de prouver que ces noms et ce titre, que l'on a l'intention de vous contester, vous appartiennent réellement; si vous n'êtes pas ce que vous paraissez être, un aveu sincère disposerait peut-être la justice à vous traiter avec une indulgence dont, en ce cas, vous auriez probablement extrêmement besoin.

— Je ne sais, monsieur, dans quel but vous me faites cette observation; mais je suis, grâce à Dieu, en état de prouver, lorsque cela sera nécessaire, que je suis bien le fils unique de M. le marquis Hector de Pourrières, capitaine à l'armée des princes...

— C'est bien. Je vous devais l'avertissement que je viens de vous donner. Répondez maintenant aux questions que je vais vous adresser.

« Vous avez été arrêté, dans le bois de Bougeaux, par des bandits qui vous ont dépouillé de tout ce que vous possédiez, et laissé pour mort sur la route?

— Il est vrai.

— Vous avez été relevé par une patrouille de gendarmerie et porté à Melun?

— C'est encore vrai.

— Lorsque, grâce aux soins qui vous ont été donnés, vous avez eu recouvré l'usage de vos facultés, vous avez été interrogé par monsieur le substitut du procureur du roi de cette ville, vous avez rapporté à ce magistrat les diverses circonstances de l'attentat dont vous avez été la victime, circonstances, je dois le dire, dont les faits ultérieurs sont venus démontrer la rigoureuse exactitude; cependant, lorsqu'il a fallu signer votre déclaration, vous avez pris le nom de Louis Rousseau, commis-voyageur de la maison Biot et Cⁱᵉ, de Marseille. Pourquoi cela?

— Je ne voulais pas, dans la crainte de causer de trop vives inquiétudes à ma femme et à mes amis, qu'ils apprissent par d'autres que par moi l'événement dont je venais d'être victime; j'avais l'intention d'apprendre plus tard à monsieur le substitut du procureur du roi quel était mon véritable nom.

— N'était-ce pas plutôt, parce qu'ayant été averti que des poursuites allaient être dirigées contre vous, vous vouliez cacher le nom sous lequel vous êtes connu, que vous preniez celui de Louis Rousseau?

— Il vous est loisible, monsieur, de me supposer une intention à la convenance de l'accusation.

— Mais, si telle n'était pas votre intention, pourquoi étiez-vous porteur d'un passe-port au nom de Louis Rousseau?

— Je ne me suis pas servi d'un passe-port au nom de Louis Rousseau! dit Salvador, qui savait fort bien que ceux qui l'avaient dépouillé avaient enlevé son portefeuille et tout ce qu'il contenait.

— Le voici, répondit le juge d'instruction, et il montrait à Salvador le passe-port qu'il avait préparé, à Choisy-le-Roi, pendant la nuit qui précéda son départ. Le reconnaissez-vous?

Salvador refusa de répondre.

— Vous auriez tort de nier l'évidence, reprit le juge. Ce passe-port a été saisi sur un homme récemment arrêté à Compiègne, au moment où il tentait de s'introduire dans une église, dont il voulait voler les vases sacrés. Cet homme a avoué qu'il faisait partie de la bande du nommé Blaise, dite le Petit-Christ, par laquelle vous avez été attaqué, et que c'était à un voyageur dont il a donné le signalement, signalement qui s'applique parfaitement à votre personne, qu'il avait volé ce passe-port. Qu'avez-vous à répondre?

— Rien, quant à présent.

— C'est bien. Vous savez sans doute quels sont les crimes dont on vous accuse?

— On peut, monsieur, m'accuser d'être l'auteur d'une infinité de crimes; mais comme je ne me rappelle pas en avoir commis un seul, je me vois forcé de confesser mon ignorance.

— Je vais vous l'apprendre : Depuis longtemps une bande de malfaiteurs désolait la capitale; tous les jours un nouveau crime venait épouvanter la population parisienne. Eh bien! l'on prétend que les chefs de cette bande n'étaient autres que vous, le vicomte de Lussan, et un troisième individu, connu seulement sous le nom de Provençal.

— Ah! on prétend cela! Eh bien! monsieur, c'est qu'il faudra prouver, et je crois que ce sera très-difficile. Moins peut-être que vous ne le pensez. Connaissez-vous le vicomte de Lussan?

— Beaucoup; M. de Lussan est un de mes meilleurs amis.

— Connaissez-vous la nommée Marie-Madeleine-Colette Comtois, dite Sans-Refus.

— Je n'ai jamais entendu parler de cette femme.

— Vous n'êtes jamais allé dans une maison suspecte de la rue de la Tannerie, n° 31?

— Jamais.

— C'était chez cette femme que se réunissait la bande dont on vous accuse d'être ou d'avoir été un des chefs?

— Je ne connais pas plus les hommes qui composaient cette bande, que je ne connais le lieu où ils se réunissaient.

— Connaissez-vous l'individu connu sous le nom du Provençal?

— Je ne sais de qui vous voulez parler.

— Cet individu ne serait-il pas le même que le nommé Lebrun, votre intendant?

— Je ne le pense pas; je ne puis cependant nier absolument un fait que j'ignore; mon intendant était à peu près maître de tout son temps; je ne sais à quoi il l'employait lorsqu'il n'était pas à l'hôtel, et, après tout, en admettant comme possible qu'il se soit lié avec une bande de malfaiteurs, suis-je responsable de ses actes?

— Aviez-vous sujet de vous plaindre du nommé Lebrun?

— Non, monsieur, Lebrun était un excellent serviteur.

— Il sera cependant établi que cet homme, qui était, à ce que vous assurez, un excellent serviteur, était joueur, qu'il passait toutes ses soirées dans un tripot clandestin de la rue Richelieu.

— Vous m'apprenez un fait que j'ai ignoré jusqu'à ce jour.

— Peut-être!

Le juge prit, dans une volumineuse collection de pièces placée devant lui, une lettre que Salvador reconnut de suite pour une de celles que Silvia lui avait adressées pendant le temps qu'il habitait le château de Pourrières avec sa femme. Il avait l'habitude de brûler toutes celles des lettres qu'il recevait qui étaient de nature à le compromettre, mais il avait fait une exception en faveur de celle que le juge tenait entre ses mains, dans le cas où il aurait eu à se plaindre de Silvia, lui servir à la perdre.

— Vous connaissez, dit le juge, la marquise de Roselly?

— Tout Paris sait que, depuis longtemps, je suis lié avec cette dame.

— Voici une lettre écrite par la marquise et qui vous est adressée, lettre que vous avez reçue, puisque c'est chez vous qu'elle a été trouvée, et qui prouve surabondamment que vous saviez fort bien que le nommé Lebrun jouait et perdait souvent des sommes considérables.

— Eh! mon Dieu, monsieur, je n'avais pas cru qu'il était bien nécessaire de vous apprendre que ce malheureux était, en effet, un joueur effréné.

— Cet homme a été assassiné dans la nuit du 10 au 11 septembre dernier, ainsi que le constatent le procès-verbal du commissaire de police qui a relevé le cadavre, et votre propre déclaration, faite le surlendemain devant le même commissaire de police.

— D'accord.

— On prétend que c'est vous qui, pour vous débarrasser de cet homme, qui, ainsi que je viens de vous le dire, jouait et perdait des sommes considérables qu'il ne pouvait prendre que dans votre caisse, l'avez assassiné.

— Je ferai à cette nouvelle accusation la réponse que j'ai

LES VRAIS MYSTÈRES DE PARIS.

37

faite à celle que vous formuliez tout à l'heure, il faudra prouver.

— C'est ce que nous allons tenter de faire; reconnaissez-vous ces objets?

Le juge montrait à Salvador un petit carnet en écaille orné d'incrustations en or qui avait appartenu à Roman, et une tabatière de platine; Salvador reconnut parfaitement ces deux objets, mais ne sachant quel parti on en pouvait tirer contre lui, il ne crut pas devoir en convenir.

— Je ne les ai jamais vus, répondit-il.

— Ces objets appartenaient à votre intendant.

— C'est possible.

— Ils ont été saisis chez vous.

— Qu'est-ce que cela prouve?

Le juge ouvrit le carnet, et il en tira une de ces cartes partagées en colonnes horizontales surmontées de lettres rouges et noires, et sur lesquelles les joueurs marquent, à l'aide d'une épingle, les phases diverses du jeu; cette carte, sur laquelle était indiquée une série de vingt et une noire suivie d'intermittences, ainsi du reste que plusieurs autres renfermées dans le carnet, portait écrite, de la main de Roman, la date du jour où elle avait servi, 10 septembre.

— Ce carnet, continua le juge, était, ainsi que cette tabatière, entre les mains de la victime peu d'heures avant sa mort, des témoins l'ont déclaré, et cette date, écrite de la main de Lebrun, vient donner une force singulière à leurs déclarations; qu'avez-vous à répondre?

— Rien.

— Mais vous oubliez, sans doute, que c'est chez vous, dans votre appartement, que ces objets ont été saisis, et qu'ils ne peuvent y avoir été apportés que par l'assassin?

— C'est possible; mais je ne suis arrivé à Paris que dans la journée qui suivit la nuit durant laquelle l'assassinat fut commis; cela sera attesté au besoin, par tous mes domestiques.

— A mon tour, je vous dirai: c'est possible, mais des renseignements ont été pris, et voici ce qu'ils ont appris: Vous êtes parti de Pourrières pour vous rendre à Paris, mais au lieu de vous y rendre directement, vous vous êtes arrêté à Melun, où vous êtes descendu à l'hôtel de la Galère; vous avez quitté cette ville le 10 septembre, après un séjour de quelques heures, et le lendemain, 11, vous y êtes revenu, afin de prendre votre chaise de poste, vous aviez laissée à l'hôtel; c'est effectivement dans la journée du 11 que vous êtes arrivé chez vous; mais il reste une nuit, celle du 10 au 11, pendant laquelle on ne sait ce que vous êtes devenu, et c'est pendant cette nuit que le nommé Lebrun a été assassiné, ces diverses circonstances sont graves.

— Très-graves, en effet, mais pas assez cependant pour qu'il soit permis de me croire l'auteur d'un crime que je n'avais aucun intérêt à commettre.

— Mais vous aviez, au contraire, un immense intérêt à le commettre, ce crime, si, comme on le prétend, votre intendant vous volait pour se procurer les moyens de satisfaire sa fatale passion.

— En vérité, monsieur, vous tirez de faits, en réalité insignifiants, des conséquences bien rigoureuses; ne pouvais-je, si j'avais eu à me plaindre de mon intendant, le renvoyer, le livrer même à la justice?

— Mais si, comme on le prétend, ce Lebrun n'était autre que l'individu connu sous le nom du Provençal, vous ne pouviez, puisqu'il était votre complice, ni le renvoyer, ni le livrer à la justice.

— Mais il n'est pas plus prouvé, je crois, que ce malheureux était celui que vous désignez sous le nom du Provençal, qu'il ne sera prouvé que je ne suis pas le marquis Alexis de Pourrières.

Le juge tira le cordon de sonnette placé près de lui, et dit quelques mots à l'oreille du garçon de bureau, qui se présenta à cet appel; cet homme sortit, et quelques minutes après, il apporta dans le cabinet du juge une petite caisse en bois blanc qu'il déposa sur une table; des gendarmes faisaient, en même temps, entrer deux individus bien connus de Salvador.

C'étaient le Grand-Louis et Charles la Belle-Cravate.

— Connaissez-vous ces deux hommes? dit le juge à Salvador lorsque les deux bandits furent placés.

— Je les vois aujourd'hui pour la première fois, répondit-il.

— Ah! Rupin, s'écria le Grand-Louis, tu renies les amis, ce n'est pas bien.

— Puisque j'te dis, ajouta Charles la Belle-Cravate, qu'il fera le fier jusqu'à la guillotine.

— Ainsi, dit le juge en s'adressant au Grand-Louis, auquel il désigna Salvador, vous connaissez monsieur?

— Parfaitement, monsieur, c'est Rupin.

Charles la Belle-Cravate, interrogé à son tour, fit une réponse semblable.

— Vous ne le connaissez que sous le nom de Rupin?

— Seulement sous ce nom, monsieur le juge, répondit le Grand-Louis, mais je sais que Rupin est un gros personnage, un malin, qu'il est riche; ah! s'il n'avait pas, aidé de ses deux amis, le Grand-Richard et le Provençal, envoyé dans l'autre monde Délicat, Coco-Desbraises et Rolet le Mauvais-Gueux, c'est ceux-là qui vous en auraient appris de belles; ils avaient découvert le pot aux roses de ces messieurs, mais ça leur a coûté la vie, à ces pauvres diables.

— Nous parlerons plus tard de cette affaire, dit le juge, qui donna l'ordre à son greffier d'ouvrir la caisse de bois blanc que le garçon de bureau venait d'apporter.

Le greffier obéit, il ouvrit la caisse et en tira un masque en cire, qu'il remit au juge.

Le juge enleva les papiers de soie dont il était enveloppé, et le montra à Salvador.

— Roman! s'écria celui-ci en jetant sa tête en arrière; le masque était si ressemblant qu'il avait cru d'abord que c'était la tête de son complice que l'on venait de placer devant lui, et la frayeur qu'il avait éprouvée lui avait arraché une exclamation, dont il comprit toute l'imprudence lorsqu'il entendit le juge dire à son greffier:

— Écrivez, qu'ayant montré à l'accusé le masque en cire de l'homme assassiné rue de Courcelles, dans la nuit du 10 au 11 septembre dernier, il a éprouvé un violent mouvement de surprise, et qu'il s'est écrié: Roman! ce qui permet de supposer que ce nom est celui de l'individu connu jusqu'à présent sous celui de Lebrun.

Le masque fut ensuite montré au Grand-Louis et à Charles la Belle-Cravate.

— C'est le portrait du Provençal! s'écrièrent-ils tous deux, il est bien ressemblant.

Après cet incident, le juge recommença à interroger Salvador.

— Vous le voyez, lui dit-il, ces deux individus, qui ne sont autre chose, ils en conviennent, que des voleurs de profession, vous reconnaissent parfaitement.

— Mais, moi, je ne les connais pas, et comme la profession qu'ils exercent n'est pas, je le suppose, un titre à la confiance, je crois qu'entre leur affirmation et ma négation, il ne doit pas être permis d'hésiter.

— Si vraiment vous n'êtes pas celui qu'ils nomment Rupin, si vraiment vous n'êtes jamais allé dans la maison Sans-Refus, à quel motif attribuez-vous la reconnaissance formelle de ces deux hommes?

— Eh! que sais-je, à l'envie de se rendre importants, peut-être, si vous voulez me permettre d'adresser quelques questions à l'un ou à l'autre de ces deux misérables, je crois qu'il me sera possible de vous prouver qu'ils ne sont que des imposteurs?

Ayant obtenu du juge la permission qu'il demandait, Salvador s'adressa au Grand-Louis.

— Vous me connaissez? dit-il à ce bandit.

— Pardine, répondit le Grand-Louis, je suis payé pour ça, je sens encore sur mes épaules les coups de canne que vous m'avez donnés.

— J'étais, avec le Grand-Richard, le Provençal, l'un des chefs de la bande qui se réunissait chez cette femme, à laquelle vous avez donné le nom de la Sans-Refus?

— Mais certainement, même que, si vous n'aviez pas cessé de venir chez nous, nous ne serions peut-être pas dans l'embarras ousque nous sommes.

— Ainsi, c'était un de vos chefs, j'allais à une époque, plus ou moins éloignée, vous visiter dans votre tanière, je volais avec vous?

— Pardi, c'est prouvé, n'est-ce pas, la Belle-Cravate?

— C'est prouvé, répondit Charles, il faudra qu'il paye, le Rupin, et plus cher qu'au marché encore.

— Puisqu'il en est ainsi, ajouta Salvador, parmi la multitude de vols dont vous êtes accusés, il en est au moins un auquel vous pourrez prouver que j'ai coopéré? Lorsque vous aurez fait cette preuve, je confesserai que je suis votre complice; mais jusque-là, continua-t-il en s'adressant au juge, il me sera permis de m'étonner que le témoignage de semblables misérables puisse atteindre un homme comme moi.

A cette sortie, sur l'effet de laquelle Salvador comptait beaucoup, le juge répondit que l'on ne pouvait encore formuler contre lui une accusation de vol, qu'il n'y avait contre lui que des présomptions à ce sujet, mais que, comme il était prouvé jusqu'à l'évidence, qu'il était allé plusieurs fois déguisé chez la Sans-Refus, il était permis de supposer qu'il avait pris une part active aux déprédations commises par les bandits qui l'accusaient, soit en les aidant de sa personne ou de ses conseils, soit en leur faisant acheter les objets volés par la mère Sans-Refus.

— Mais, monsieur, s'écria Salvador vivement contrarié de ce que sa sortie n'avait pas produit l'effet qu'il en attendait, lorsque j'affirme que je ne suis jamais allé dans cette maison, et que je n'ai contre moi que le témoignage de misérables semblables à ceux-ci, je dois être cru.

— Malheureusement pour vous, des preuves écrites, que vous ne songerez pas à contester, puisque c'est de vous qu'elles émanent, viennent se joindre au témoignage de ces misérables.

— Je ne vous comprends pas, monsieur, répondit Salvador.

Le juge prit dans la liasse de papiers une lettre qu'il remit à Salvador, qui pâlit en la reconnaissant.

Cette lettre était celle qu'il avait écrite à Lucie en lui renvoyant le carnet qu'elle avait perdu chez la mère Sans-Refus.

— Madame de Pourrières a été interrogée, dit le juge, et malgré le désir bien naturel qu'elle avait de ne pas vous compromettre, elle a été forcée de faire connaître à la justice les événements qui ont précédé votre mariage avec elle; c'est dans la maison de la Sans-Refus, où elle se trouvait par suite d'un événement dont elle nous a rapporté tous les détails, qu'elle vous rencontra pour la première fois; nous direz-vous, comme à cette malheureuse femme, que vous n'étiez allé dans cette maison que pour étudier les mœurs excentriques de la capitale?

— Monsieur, répondit Salvador, l'interrogatoire que vous me faites subir dure depuis déjà fort longtemps; je suis, et vous-même vous devez être très-fatigué; l'état de faiblesse dans lequel je me trouve par suite de mes blessures me force de vous prier de remettre la suite de cet interrogatoire à demain ou au jour qui vous paraîtra le plus convenable.

Le juge le crut plus fatigué qu'il ne le croyais, en effet, paraissait très-fatigué; il donna, en conséquence, aux gendarmes qui l'avaient amené, l'ordre de le reconduire en prison, après l'avoir averti de se tenir prêt pour le surlendemain, et lui avoir dit que son premier interrogatoire roulerait sur ce triple assassinat qu'on l'accusait d'avoir commis de complicité avec le vicomte de Lussan et le Provençal, sur la personne des nommés Délicat, Desbraises, dit Coco, et Rolet, dit le Mauvais-Gueux.

— Je suis beaucoup plus malade que je ne le croyais, se dit Salvador lorsqu'il se trouva seul dans la cellule qu'il occupait à la Conciergerie, et il se jeta sur son lit où il demeura assez longtemps la tête cachée entre ses mains; en effet, il n'avait encore subi qu'une seule épreuve, et il ne pouvait se dissimuler que la justice tenait entre ses mains le fil qui devait la conduire à la découverte de tous les crimes qu'il avait commis; il était déjà à peu près prouvé qu'il était l'auteur de l'assassinat dont Roman avait été la victime, et sa présence chez la mère Sans-Refus qu'il ne pouvait songer à nier plus longtemps et qu'il ne pourrait expliquer, devait permettre d'ajouter une foi entière aux déclarations des bandits qui prétendaient qu'il avait coopéré aux méfaits dont ils s'étaient rendus coupables.

— Ma tête vacille sur mes épaules, continua-t-il lorsqu'il se releva, tombera-t-elle? Ma foi, je n'en sais rien; il s'agit, quant à présent, de la défendre avec adresse et courage. Ce n'est que lorsque je serai dans la fatale charrette, qu'il me sera permis de me désoler.

Salvador en était là de son monologue lorsque le gardien, qui lui apportait habituellement la maigre pitance allouée par la munificence administrative à chaque prisonnier, entra dans sa cellule.

— Je suis si content de mon premier interrogatoire, lui dit-il, que je veux le célébrer par une petite fête; ayez donc la bonté de m'apporter quelques mets délicats, une bouteille de bon vin et du café, si cela est possible; vous demanderez de l'argent au greffe.

Le gardien, auquel la bonne mine et le costume élégant que Salvador conservait dans sa prison imposaient, se hâta d'exécuter l'ordre qu'il venait de recevoir; Salvador, charmé de varier un peu l'uniformité de son ordinaire, mangea avec appétit une aile de chapon et quelques côtelettes à la Soubise; il but une bouteille de vieux mâcon et une demi-tasse d'excellent café, et la nuit étant venue, il se coucha et dormit paisiblement jusqu'au lendemain matin.

Le surlendemain, il fut de nouveau conduit dans le cabinet du juge d'instruction; le Grand-Louis et Charles la Belle-Cravate étaient déjà dans le cabinet du magistrat instructeur.

» — Vos relations avec les individus qui fréquentaient la maison de la nommée Marie-Madeleine-Colette-Comtois, dite Sans-Refus, dit le juge après la lecture de la formule d'ouverture du procès-verbal d'interrogatoire, sont maintenant un fait établi; non-seulement par le témoignage de madame de Pourrières, auquel nous accordons la plus grande confiance, mais encore par des preuves écrites que vous ne pouvez révoquer en doute, puisque c'est de vous qu'elles émanent.

Salvador fit une réponse affirmative dont le juge fit prendre note.

— Ainsi, vous convenez que, plusieurs fois, vous vous êtes rendu déguisé dans cette maison, et que vous avez pris part aux vols nombreux commis par ces hommes.

— Distinguons, monsieur. Je conviens, en effet, que je suis allé plusieurs fois déguisé dans la maison de la Sans-Refus, mais je nie positivement avoir jamais pris part aux méfaits dont sont accusés ces individus; des motifs que je ne puis, quant à présent, faire connaître à la justice, mais qui n'ont rien que d'honorable, exigeaient impérieusement ma présence dans cette maison; mais, je le répète, je n'ai pris part à aucun vol, je n'ai commis aucune mauvaise action, et je ne crains pas de le dire, il sera impossible de prouver le contraire de ce que j'avance.

— On aura, pour la déclaration que vous venez de faire, tels égards que de droit. Je dois cependant vous faire observer, que, pour qu'il fût permis d'y ajouter foi, il faudrait que vous vous déterminassiez à faire connaître les motifs qui, à ce que vous prétendez, exigeaient votre présence dans la maison de la Sans-Refus.

— Ce que vous me demandez est impossible.

Le juge, après cet incident, interrogea Salvador sur les faits qui avaient précédé, accompagné et suivi la mort de Délicat, de Coco-Desbraises et de Rolet le Mauvais-Gueux; nos lecteurs se rappellent que les cadavres de ces trois misérables, après avoir été défigurés par le Grand-Louis, qui exerçait la profession de boucher avant d'avoir adopté celle de voleur, avaient été mis dans des futailles vides, lesquelles avaient été jetées dans la Seine; ils n'ont pas oublié non plus que Coco-Desbraises et Délicat, n'ayant rien trouvé à voler dans le pavillon de Choisy-le-Roi, où ils s'étaient introduits, voulut absolument s'emparer d'une redingote et d'un pantalon oubliés dans une remise; ces vêtements appartenaient à un domestique de Salvador qui, lorsqu'il ne les retrouva plus à la place où il se rappelait les avoir laissés, alla faire au maire de Choisy-le-Roi la déclaration du vol commis à son préjudice; ce vol était d'une importance trop minime pour que l'on s'occupât de rechercher les auteurs; on se borna donc à prendre note de la déclaration.

Quelque temps après, les tonneaux qui contenaient les trois cadavres furent retirés de l'eau; la vue des cadavres, couverts de nombreuses blessures et horriblement mutilés, excita une horreur générale, et la police fit tout ce qu'elle put d'abord pour savoir quelles étaient les victimes, et ensuite pour découvrir les assassins.

Les vêtements des victimes furent examinés avec le plus grand soin; il fut reconnu que ceux dont étaient couverts deux des cadavres étaient de ces objets de confection qui se vendent chez tous les fripiers et qui ont le même cachet, de sorte qu'il est à peu près impossible de deviner le lieu d'où ils sortent; on remarqua seulement le pantalon et la redingote que portaient le troisième; ces vêtements, encore en assez bon état, étaient assez bien faits; et les boutons du pantalon portaient l'adresse du tailleur qui l'avait fourni; on fit venir cet homme, auquel on présenta ce vêtement qu'il reconnut de suite, et il indiqua la personne à laquelle il l'avait vendu; cette personne était le domestique de Salvador, qui avait, peu de temps auparavant, fait à la mairie de Choisy-le-Roi, la déclaration du vol commis à son préjudice; comme la redingote et le pantalon étaient beaucoup trop grands pour Délicat, il était probable qu'il ne les avait pas achetés; de là à conclure que cet homme en venait de trouver le cadavre était l'auteur du vol commis à Choisy-le-Roi, il n'y avait pas loin; c'est ce que l'on fit. Cette affaire, à part cette découverte qui n'apprenait rien de ce qu'il eût été nécessaire de savoir, resta pour la police une énigme dont les révélations du Grand-Louis et de Charles la Belle-Cravate lui donnèrent plus tard le mot.

— Ce que je viens de vous apprendre, dit le juge à Salvador

après lui avoir fait connaître les faits que nous venons de rapporter, explique l'intérêt que vous aviez à vous défaire de ces trois hommes ; vous ne pouviez laisser vivre des individus qui avaient découvert quelle était la position que vous occupiez dans le monde, qui voulaient vous mettre à contribution, et qui, s'il fallait croire les déclarations des révélateurs, manifestaient hautement l'intention de vous faire connaître à la justice si vous refusiez de satisfaire à leurs exigences.

Salvador, aux interpellations si précises du juge, ne pouvait opposer que des dénégations qui, il ne le sentait que trop bien, ne pouvaient pas détruire des présomptions aussi fortes que celles qui s'élevaient contre lui ; il était effrayé de la multitude de circonstances imprévues dont la Providence paraissait n'avoir permis la réunion que pour le perdre.

— Vous avez déclaré dans votre précédent interrogatoire, continua le juge, après avoir accordé à Salvador, qui les avait demandés, quelques instants pour se remettre, que vous connaissiez très-particulièrement la marquise de Roselly, vous avez même ajouté que tout Paris savait que vous étiez lié avec cette dame.

— Où veut-il en venir ? se dit Salvador ; est-ce que par hasard Silvia, négligeant l'avis de lui ai fait remettre, se serait laissé arrêter, et, s'il en est ainsi, est-elle assez niaise pour s'être déterminée à faire des révélations ; ou bien estce le vicomte de Lussan ?... Allons donc ! ni Silvia, ni Lussan ne sont capables de cela.

— Répondez à la question que je viens de vous adresser, dit le juge ; connaissez-vous la marquise de Roselly ?

— Oui, monsieur.

— A quelle époque et en quel lieu avez-vous fait la connaissance de cette dame ?

— Je connais depuis plus de trois ans madame la marquise de Roselly ; c'est à Lyon que je la vis pour la première fois.

— Très-bien ; madame de Roselly, lorsqu'elle était première chanteuse au grand théâtre de Marseille, recevait très-souvent chez elle un usurier juif nommé Josué ?

— Je l'ignore.

— C'est possible ; mais vous connaissiez ce juif ?

— En effet, je me trouvai, peu de temps après ma sortie de la maison paternelle, mis en rapport avec le juif Josué de Marseille ; cet homme me prêta, à diverses fois, des sommes qui formèrent avec les intérêts un total très-considérable ; lorsque je rentrai en France, après la mort de mon père, je le payai et tout fut dit ; ce ne fut même pas moi qui régla et soldai mes comptes avec le juif Josué, je chargeai de ce soin mon intendant.

— Monsieur Lebrun ?

— Lui-même, et je dois ajouter que je fus très-satisfait de la manière dont il s'acquitta de cette mission. Puisque mes papiers ont été saisis, vous devez avoir entre les mains les quittances de Josué ?

— Les voici ; avez-vous vu le juif Josué depuis votre retour en France ?

— Non, monsieur.

— Vous ne l'avez jamais rencontré chez la marquise de Roselly.

— Jamais.

— Saviez-vous, avant que je ne vous l'apprisse, que cette dame recevait souvent Josué chez elle ?

— Je l'ignorais.

— Vous en êtes bien sûr ?

— Très-sûr, en vérité.

— Vous êtes cependant accusé d'avoir, de complicité avec la nommée Catherine Foutaine, dite Silvia, veuve du marquis de Roselly, ex-première chanteuse au grand théâtre de Marseille, commis un assassinat suivi de vol sur la personne du nommé Josué ; qu'avez-vous à répondre ?

Les premières questions avaient préparé Salvador à l'accusation que l'on venait de formuler contre lui, il put donc répondre, avec assez de tranquillité, au juge qui répétait sa dernière question :

— Qu'avez-vous à répondre ?

— Que je ne suis pas plus coupable de ce crime que de tous ceux dont on m'accuse.

Nous devons à nos lecteurs le récit des faits qui mirent la justice sur les traces des assassins du malheureux Josué. Pour qu'ils les comprennent facilement, il est nécessaire que nous leur rappelions les principales circonstances qui accompagnèrent la perpétration de ce crime, qu'ils n'ont peutêtre pas présentes à la mémoire.

Lorsque Josué, sorti à moitié ivre de chez Silvia, qui l'avait fait souper avec elle, eut dépassé de quelques mètres le pont de la Concorde, Roman s'élança sur lui et lui jeta autour

du cou, pour l'étrangler, un foulard roulé en corde. Salvador pendant ce temps, arrachait le scapulaire suspendu au cou de la victime, qui contenait les billets de banque dont ils voulaient s'emparer. La victime morte et dépouillée, ils jetèrent son cadavre dans la Seine, puis ils firent à la hâte un paquet des blouses, des larges pantalons de toile qu'ils portaient par-dessus leurs vêtements, et le jetèrent de même à la rivière, après avoir pris le soin d'y introduire quelques pierres, afin de le faire aller au fond ; mais leur précipitation avait été telle, que le paquet se défit avant d'avoir touché l'eau, et que les effets qu'il contenait suivirent le cours du fleuve. Une des blouses, celle que portait Salvador, s'arrêta en même temps que le cadavre du malheureux Josué, contre un des îlots du Roi, et le hasard voulut qu'elle s'entortillât tellement après le cadavre, que les mariniers qui le relevèrent crurent qu'elle avait appartenu à la victime. Les questions adressées à Salvador feront connaître à nos lecteurs les faits qui devaient résulter de cet événement en apparence insignifiant.

— La mort du juif Josué, dit le juge, après avoir patiemment écouté les protestations d'innocence de Salvador, fut d'abord attribuée à un suicide ; mais l'examen de son cadavre fit découvrir autour de son cou des marques évidentes de strangulation. On dut alors faire des recherches pour découvrir les assassins : ces recherches ne produisirent rien ; le cadavre fut rendu à la famille, qui le fit inhumer, et la justice des hommes, impuissante pour le moment, dut remettre à celle de Dieu le soin de l'éclairer : elle ne lui fit pas défaut.

— Je vous avoue, monsieur, que je suis curieux de savoir quels sont les moyens employés par la justice de Dieu pour me faire paraître coupable d'un crime que je n'ai pas commis ?

— Vous allez les connaître.

Le juge fit un signe à son greffier, qui dit quelques mots à voix basse au garçon de bureau, qui apporta au bout de quelques instants un porte-manteau dans le cabinet.

— Vous connaissez ce porte-manteau ? dit le juge.

— Sans doute, c'est le mien, répondit Salvador.

— Tout ce qu'il renferme vous appartient ?

— Voyons, se dit Salvador, qu'ai-je mis dans ce portemanteau ? Puis-je, sans inconvénient, reconnaître tout ce qu'il renferme ?

Le garçon de bureau avait étalé sur une table tous les objets que renfermait le porte-manteau, des habits, du linge, un nécessaire de toilette.

— Je puis, sans crainte, reconnaître tout cela, se dit-il encore.

Et comme le juge répétait la question qu'il venait de lui adresser, il répondit :

— Oui, monsieur, je reconnais ces objets ; je pourrais, si vous l'exigez, en prouver la légitime possession.

— Même celle de ces mouchoirs ?

Le juge montrait à Salvador plusieurs mouchoirs de toile blanche de fabrique anglaise, marqués des lettres A. P., surmontés d'une couronne de marquis, portant chacun un numéro, et entourés de filets rouges et bleus.

— Cela ne me sera pas plus difficile que pour le reste, répondit en riant Salvador. Je les ai achetés chez Chapron, à la Sublime-Porte, peu de temps après mon premier séjour à Pourrières ; mais je ne pense pas que l'on m'accuse de les avoir volés : cela serait vraiment trop comique.

— Combien en avez-vous acheté ?

— Douze.

— Il en manque deux.

— En voici un.

Salvador tira machinalement son mouchoir de sa poche ; le garçon de bureau le prit et le remit au juge.

— Il manque encore le numéro 7 : dit celui-ci, qu'en avez-vous fait ?

— Eh ! le sais-je ? s'écria Salvador, impatienté de ne pas pouvoir, malgré tous les efforts de son imagination, deviner le but que voulait atteindre le magistrat instructeur ; je l'ai perdu probablement.

— En quel lieu ? Répondez à cette question ; elle est peutêtre beaucoup plus importante que vous ne le pensez.

— Je ne le puis, monsieur. S'il manque un de ces mouchoirs, c'est que je l'ai perdu ou qu'on me l'a volé : je ne puis vous en dire plus.

Le juge tira d'un des tiroirs de son bureau un mouchoir absolument semblable aux autres, mais souillé de boue.

— Voilà, je crois, dit-il, celui qui manque à votre collection : vous le voyez, la marque est la même, et il porte le numéro 7 ; eh bien ! savez-vous où il a été trouvé ? Dans la poche de côté de la blouse entortillée après le cadavre du malheureux Josué, ce qui permet de croire que cette blouse appartenait à son assassin.

— Eh ! bon Dieu ! monsieur, cela prouve tout au plus que celui qui a trouvé ou qui m'a volé ce mouchoir, est peut-être l'auteur du crime dont on m'accuse aujourd'hui ; et si l'on n'a point d'autres preuves contre moi...

— Malheureusement pour vous il en existe d'autres. Les journaux ont rendu compte de votre arrestation, et ont fait connaître à leurs lecteurs les divers crimes dont vous étiez accusé : un de ces journaux est allé trouver à Metz, où elle s'est retirée, la sœur du juif Josué, au moment même où elle cherchait un renseignement sur un livre qui servait à son frère, pour prendre note des courses qu'il avait à faire ; et sur ce livre, qu'elle nous a envoyé après l'avoir fait légaliser par les autorités de la ville qu'elle habite, on lit cette mention : « 13 mai, chez madame de Roselly, où je dois rencontrer le marquis de Pourrières, et porter avec moi les deux cent mille francs que je dois lui prêter. » C'est le 14 mai que l'on a retrouvé dans la Seine le cadavre du juif. Depuis que l'on a ce registre, on a fait des recherches : on a retrouvé deux des anciens domestiques de la marquise de Roselly ; et il résulte de leurs déclarations que, le 13 mai, le juif Josué s'est en effet rendu chez cette dame, qu'il y a soupé, et qu'il n'en est sorti qu'à onze heures et demie du soir. C'est donc en sortant de chez elle qu'il a été assassiné ? Qu'avez-vous à répondre ?

— Il est possible, monsieur, que le malheureux Josué ait été assassiné en sortant de chez la marquise de Roselly, si en effet il se rendait chez cette dame, qui demeurait, à l'époque à laquelle se rapporte ce malheur, dans un des quartiers les plus déserts de la capitale; mais accuser d'un aussi horrible crime cette femme, dont tout le monde vante la douceur et l'amabilité, m'accuser d'être son complice, et étayer une semblable accusation seulement sur des présomptions, c'est, permettez-moi de le dire, bâtir sur le sable un bien vaste édifice.

— Vous pouvez ne pas accorder aux présomptions qui se réunissent contre vous une grande valeur ; quoi qu'il en soit, vous aurez à rendre compte de l'emploi de votre temps, pendant la nuit du 13 au 14 mai.

Le juge donna l'ordre aux gendarmes de reconduire Salvador en prison. Dans un des couloirs souterrains, qui du Palais-de-Justice conduisent à la Conciergerie, Salvador et ses compagnons furent rencontrés par le chef de la police, qui accompagnait un prisonnier que deux gendarmes conduisaient devant un juge d'instruction.

Le chef de la police, doué de ce qu'il paraît d'un excellent coup d'œil, reconnut de suite Salvador. Nos lecteurs se rappellent que lors de la disparition de Silvia, qui venait d'être enlevée par Beppo, il avait rendu une visite à ce fonctionnaire.

— Eh bien ! monsieur le marquis de Pourrières, dit le chef de la police à Salvador ; vous le voyez, nous avons découvert les assassins du juif Josué, mais je dois le dire, je ne me doutais pas, lorsque vous êtes venu à mon bureau, que j'avais un de ceux que je faisais chercher si inutilement.

— Alexis de Pourrières, accusé d'un assassinat, s'écria le prisonnier qu'accompagnait le chef de la police ; allons donc, ce n'est pas possible.

Cette exclamation donna l'éveil au chef de la police, qui ordonna aux gendarmes de laisser le prisonnier s'approcher de Salvador.

— C'est si possible, que cela dit, le chef de la police au prisonnier. Présentez vos hommages à M. le marquis de Pourrières, puisque vous le connaissez.

Le prisonnier s'approcha de Salvador, qu'il regarda attentivement.

— Je ne me trompe pas, s'écria-t-il ; c'est Aymard, c'est le vicomte de Létang, c'est Salvador.

— Bravo ! Ronquetti, s'écria le chef de la police transporté de joie ; bravo ! digne *duc de Modène* ; vous venez de faire une découverte dont il vous sera tenu compte en bon lieu. Puis il continua son chemin, suivi du prisonnier.

Salvador rentra accablé dans sa cellule.

La rencontre qu'il venait de faire devait singulièrement abréger la tâche de ceux qui tenaient à prouver qu'il n'était pas le marquis Alexis de Pourrières. Comme il avait été prévenu que l'on avait l'intention de lui contester cette qualité, il avait réservé toutes les ressources de son imagination pour le moment du combat ; et comme il était parfaitement instruit de toutes les particularités de la vie de celui dont il

avait pris le nom après lui avoir arraché la vie, comme à toutes les questions qui lui seraient adressées il pouvait opposer cette réponse : mais qui suis-je donc si je ne suis pas le marquis de Pourrières ? Comme il imitait à s'y méprendre l'écriture d'Alexis, il ne désespérait pas de sortir victorieux de la lutte qui s'engagerait à ce sujet ; mais la rencontre de Ronquetti, disposé ainsi qu'il venait d'en donner la preuve à faire des révélations, de Ronquetti qui avait particulièrement connu Alexis de Pourrières, dont il avait été pendant longtemps le compagnon, qui connaissait Silvia, qui avait connu Roman, de ces événements imprévus auxquels on ne sait rien opposer, et qui, semblables à des coups de foudre, renversent l'édifice le plus solidement établi.

Salvador ne tarda pas à éprouver les effets de la rencontre qu'il avait faite ; d'abord il ne fut plus aussi souvent demandé à l'instruction ; il conjectura que s'il en était ainsi, c'est que son juge avait besoin d'un peu de temps pour réunir les éléments nouveaux que lui fournissaient les révélations de Ronquetti ; il ne se trompait pas, ainsi qu'il le vit bientôt.

Lorsqu'on le fit demander de nouveau dans le cabinet du juge d'instruction, il y trouva une nombreuse réunion. Outre Ronquetti, il s'y trouvait deux hommes déjà âgés et misérablement vêtus, une vieille femme à la physionomie basanée, vêtue du costume adopté par les paysannes des contrées méridionales de la France, deux domestiques en livrée que Salvador reconnut pour ceux qui étaient au service de Silvia à l'époque où le juif Josué fut assassiné, le chef de la police et un de ses agents, Paolo et plusieurs autres individus que la suite fera suffisamment connaître.

L'entrée, dans le cabinet, de Salvador et des deux gendarmes chargés de veiller sur lui, fut saluée par des rumeurs qui cessèrent sur un signe du juge.

Le juge fit un signe aux deux hommes qui accompagnaient la vieille femme basanée et vêtue du costume des paysannes du midi.

Ces trois personnes sortirent du groupe dans lequel elles étaient confondues, et sur l'ordre du juge elles se placèrent devant Salvador.

— Connaissez-vous monsieur ? dit le juge, en désignant Salvador au plus âgé des deux hommes, qui fit à cette question une réponse négative : la même question fut adressée à l'autre homme et à la vieille femme basanée, et une réponse semblable fut faite.

— Il est évident, se dit Salvador, que si je suis le marquis Alexis de Pourrières, je dois connaître ces trois individus, mais qui sont-ils ? Ne disons ni oui ni non, c'est le meilleur moyen de ne pas me compromettre.

— La physionomie de ces braves gens ne m'est pas tout à fait inconnue, répondit-il à la demande du juge, je crois bien que je ne les vois pas aujourd'hui pour la première fois, mais je ne me rappelle ni leur nom ni en quel lieu je me suis déjà rencontré avec eux.

— Si vous êtes, en effet, le marquis Alexis de Pourrières, vous ne devez pas, vous ne pouvez pas avoir oublié ces gens que vous auriez alors beaucoup connus, voyons, rappelez vos souvenirs.

— Mes souvenirs me font faute, monsieur, je ne puis donner un nom ni à ces deux hommes ni à cette femme, cependant, je vous le répète, je crois les reconnaître.

De nouvelles interpellations furent adressées aux trois personnes que Salvador prétendait reconnaître, bien qu'il ne sût quels noms il devait leur donner, elles affirmèrent de nouveau qu'elles ne le connaissaient pas.

— Ainsi, leur dit le juge d'instruction, vous affirmez que l'homme qui est devant vous n'est pas le marquis Alexis de Pourrières ?

— Oui, monsieur le juge, répondit le plus âgé des deux hommes qui ne fut pas démenti par ses deux compagnons.

— Signez votre déclaration.

L'homme âgé, son compagnon et la vieille femme basanée, signèrent, et avertis par le juge qu'ils pouvaient se retirer, ils sortirent du cabinet.

— Il est assez étrange, dit le juge à Salvador lorsqu'ils furent sortis, que votre mémoire ne vous rappelle pas les noms du père et de la tante de la mère du jeune Fortuné.

— Louiset, s'écria Salvador.

— Vous l'avez dit, ce sont Louiset et sa sœur qui viennent de sortir d'ici, et le juge montra à Salvador, au bas des procès-verbaux, la signature de ces deux individus.

— Vous m'avez mis sur la voie, et maintenant, je reconnais parfaitement Louiset, le maître d'armes qui m'a donné mes premières leçons d'escrime, ainsi que sa sœur.

Seceux. — Typ. et stér. M. et P.-L. Chassure.

— S'il en est ainsi, vous devez vous rappeler de même l'homme qui était avec eux?

Salvador ne put faire à cette question une réponse satisfaisante. Il était, en effet, assez difficile qu'il reconnût un individu qu'il n'avait jamais vu, dont jamais il n'avait entendu parler. L'homme dont lui parlait le magistrat instructeur n'était autre que le prévôt de salle du maître d'armes Louiset, qui avait beaucoup connu Alexis de Pourrières, à l'époque où ce malheureux jeune homme, pour faire à son aise la cour à Juzetta, fréquentait assidûment la salle du père de cette fille.

— Il est assez singulier, continua le juge, que les parents de la mère d'un enfant que vous avez reconnu, avec lesquels vous avez vécu longtemps, ne puissent ou ne veulent pas vous reconnaître! A quel motif attribuez-vous leur mauvaise volonté?

— Je ne sais, peut-être à la haine que leur a inspirée ma conduite envers leur fille, que j'ai abandonnée après l'avoir séduite.

— Mais, je dois vous faire observer que vous vous attribuez envers Jazetta Louiset des torts que vous n'avez pas eus; nous savons que c'est elle qui vous a quitté à Genève, pour suivre, aux Indes Orientales, un officier anglais; nous ferons prendre note de votre réponse et de notre observation. Ainsi, vous persistez à soutenir que vous êtes le marquis Alexis de Pourrières?

— Certainement, je ne puis renoncer à un nom et à un titre qui m'appartiennent.

— Ce sont précisément ce nom et ce titre que l'on vous conteste, et je vous avertis que vous êtes accusé d'avoir, pour vous en emparer, assassiné leur légitime possesseur, que l'on croit être à même de vous prouver que vous êtes réellement l'auteur de ce crime.

Une pâleur livide couvrit le visage de Salvador, lorsqu'il entendit formuler contre lui cette nouvelle accusation d'une manière si positive; malgré les charges accablantes qui, depuis l'instruction de son affaire, se réunissaient chaque jour, il avait conservé un faible espoir non pas, nous devons le dire, de voir l'impunité couronner ses crimes, mais au moins d'échapper à la mort; mais s'il était prouvé qu'il était l'auteur de la mort d'Alexis de Pourrières, si les horribles circonstances qui avaient accompagné ce crime venaient à être connues, il faudrait qu'il renonçât à cet espoir, et c'était cette pensée qui avait amené sur son visage les pâles couleurs d'un linceul.

— Vous pâlissez? lui dit le juge.

Cette observation lui rendit une bonne partie de son sang-froid, on pouvait bien lui prouver qu'il n'était pas le marquis Alexis de Pourrières, on pouvait même prouver qu'il n'était autre que le forçat Salvador; mais l'assassinat d'Alexis de Pourrières, cela était impossible, trop de précautions avaient été prises pour commettre ce crime.

— Oui, monsieur, répondit-il à l'observation du juge, oui, monsieur, je pâlis; mais c'est d'indignation.

— Faites avancer le prisonnier Ronquetti, surnommé le duc de Modène, dit le juge à un gendarme qui s'empressa d'obéir; connaissez-vous cet homme? continua-t-il en s'adressant à Salvador.

— Parfaitement, cet homme, je l'avoue à ma honte, a été mon compagnon de voyage pendant plusieurs années, mon ami le plus intime; nous avons parcouru ensemble l'Angleterre, la Suisse, l'Italie, la Hollande et plusieurs autres contrées.

— Eh bien! dit le juge à Ronquetti, qu'avez-vous à répondre à ces allégations?

— Qu'elles sont vraies et qu'elles ne le sont pas, répondit le faux duc de Modène; cette réponse peut d'abord paraître extraordinaire, et cependant elle est toute naturelle : les allégations de l'accusé seraient vraies si elles sortaient de la bouche du marquis Alexis de Pourrières, dont, en effet, j'ai été l'ami et le compagnon de voyage pendant fort longtemps; mais, sorties de la sienne, elles sont fausses en tout point, et ne prouvent qu'une seule chose : que Salvador, Aymard, le vicomte de Létang, comme on voudra l'appeler, est très-bien instruit de tout ce qui regarde le pauvre Alexis.

Pour varier un peu la forme de notre récit, nous mettrons sous les yeux de nos lecteurs une lettre écrite par Ronquetti au juge d'instruction, le lendemain du jour où il rencontra Salvador dans un des couloirs obscurs qui du Palais-de-Justice conduisent à la Conciergerie; après avoir lu cette lettre, nos lecteurs devineront sans peine quelles furent les questions adressées à Salvador et les réponses faites à ces questions.

« Monsieur,

« J'ai été très-lié avec le marquis Alexis de Pourrières dont je fis la connaissance, il y a plusieurs années, aux eaux de Baden-Baden; j'ai été son ami le plus intime, son compagnon de voyage; nous avons parcouru ensemble les principales contrées de l'Europe, de sorte, que quand bien même je ne connaîtrais pas celui qui s'est emparé de son nom et de sa fortune, je pourrais affirmer sans crainte que cet homme est un imposteur.

« J'ai commis beaucoup de fautes depuis que je cours le monde en aventurier; mais celle de toutes ces fautes que je me reproche le plus d'amertume, et justement celle dont la justice des hommes ne m'a jamais demandé compte.

« Le marquis de Pourrières venait de recevoir d'un juif, avec lequel il était en relations, une assez forte somme; comme j'avais eu, la veille du jour où il la reçut, une altercation assez vive avec lui, je la lui volai, et je le quittai, le laissant à Bruxelles à peu près sans le sou. Je vins à Paris; mais comme j'avais déjà à cette époque des raisons pour éviter les regards de la police, je crus devoir me faire un visage qu'elle ne connaîtrait pas. Las de la vie aventureuse que je menais depuis plusieurs années (j'ai été tour à tour soldat, comédien, homme de lettres, escroc, etc.), et voulant utiliser la somme assez ronde que je possédais, je fondai, dans un des plus beaux quartiers de Paris, un café que je fis décorer avec tout le luxe que l'on exige dans ces sortes d'établissements, et ayant pourvu mon comptoir d'une jeune et jolie femme, j'attendis la fortune.

« La fortune ne vint pas, mais en revanche, mon établissement devint, en peu de temps, le rendez-vous de tout ce que la capitale renferme de gress, de faiseurs et de chevaliers d'industrie, mais j'étais si bien déguisé, que pas un de ceux que j'avais précédemment connus, et ils étaient en grand nombre, ne me reconnut. Je vis un jour entrer dans mon établissement celui que j'avais si indignement trompé, ce fut même à moi qu'il demanda ce qu'il voulait qu'on lui servît. Allons, allons, me dis-je, lorsque les palpitations de cœur auxquelles sa présence avait donné naissance furent passées, allons, je suis tout à fait méconnaissable, puisque celui-ci ne me reconnaît pas. Cette conviction me donna une telle confiance, que je fus assez audacieux pour faire la conversation avec Alexis de Pourrières; il faut croire que ce malheureux jeune homme me trouva de son goût, puisqu'il revint plusieurs fois chez moi, et qu'il fit la connaissance de la plupart des personnes qui fréquentaient mon établissement.

« Un jour... » (Ronquetti racontait ici comment Salvador et Roman, — qu'il connaissait pour s'être rencontré avec eux aux époques où Salvador faisait, sous le nom d'Aymard, ses premières armes à Valenciennes, où il volait une jeune veuve devenue amoureuse de lui; à Turin, où, sous celui du vicomte de Létang, il avait tenté de voler le banquier Carmagnola; à Draguignan, où il voulait le receveur general du Var; — avaient fait la connaissance du marquis Alexis de Pourrières, il rappelait les circonstances de la partie engagée entre ce dernier et lui, Ronquetti, et le banquet donné chez Lemardelay, auquel il avait assisté, ainsi que la plupart des habitués de son établissement, puis il continuait en ces termes.)

« Comme Alexis de Pourrières, ou plutôt le comte de Courtivon, nous avait annoncé son prochain départ, et que le banquet qu'il nous avait offert n'était qu'un dîner d'adieu, nous crûmes, ne le voyant plus reparaître, qu'il avait réalisé son projet et qu'il voulait dans ses propriétés, ainsi que plusieurs fois il en avait manifesté l'intention. Mais, maintenant que je retrouve un homme, dont j'ai été à même plusieurs fois d'apprécier le caractère, en possession du nom et de sa fortune, je suis persuadé qu'Alexis de Pourrières a été la victime de la confiance qu'il aura témoignée à cet homme et à son digne compagnon, je suis persuadé, en un mot, qu'il aura été assassiné par ces deux individus.

« Alexis de Pourrières était un peu moins grand, un peu moins fort que Salvador; ses yeux étaient noirs, ceux de Salvador sont bleus, il est extraordinaire que cette différence n'ait été encore remarquée par personne. Alexis était brun, ses cheveux étaient du plus beau noir qui se puisse imaginer; ceux de Salvador, également très-beaux, sont naturellement blonds; s'ils sont noirs aujourd'hui, c'est qu'ils ont été teints; la chimie doit indiquer les moyens de constater ce fait.

« Alexis de Pourrières, lorsqu'il fit la connaissance de Salvador et de Roman, avait pris un logement meublé, qui lui était loué par une vieille dame dont le logement était situé au-dessus du sien; il doit être facile de retrouver cette dame, dont je regrette de ne pouvoir indiquer le nom.

« Si Salvador soutenait qu'il n'est point l'homme que je vous signale, qu'il n'est point lui; s'il peut m'être permis de m'exprimer ainsi, il serait facile de le confondre en lui rappelant qu'il est né à Toulouse, où ses parents étaient établis marchands de nouveautés et de mercerie; son séjour à Valenciennes, à Turin, à Draguignan; puis, enfin, au bagne de Toulon, où on lui avait confié les fonctions de payot, et d'où il s'est évadé, en compagnie de Roman, qui avait été condamné sous le nom de Duchemin.

« Le chef de la police m'a appris que Salvador était accusé d'avoir commis un assassinat, suivi de vol, sur la personne du juif Josué, et que la nommée Catherine Fontaine, marquise de Roselly, ex-première chanteuse du grand théâtre de Marseille, était considérée comme sa complice.

« J'ai beaucoup connu Catherine Fontaine, ou plutôt la marquise de Roselly, puisqu'il est vrai qu'un gentilhomme vénitien fut assez fou pour l'épouser, et je peux ajouter que cette femme, malgré les charmes de sa personne et de son esprit, est capable de commettre tous les crimes.

« Catherine Fontaine était douée d'une voix admirable, d'une beauté sans égale et d'une mémoire prodigieuse; elle avait reçu une excellente éducation; il n'en faut pas tant pour réussir dans la carrière dramatique. Je lui fis la proposition de la faire entrer au grand théâtre de Marseille, dont je connaissais très-particulièrement le directeur; elle accepta cette proposition avec le plus vif empressement.

« Je me voyais déjà l'heureux époux d'une cantatrice renommée, profession fort agréable et fort recherchée de nos jeunes lions, dont la beauté parée qu'elle n'oblige le mari qui l'accepte et qui peut, grâce aux magnifiques revenus hypothéques que le larynx de Madame, mener bonne et joyeuse vie, qu'à savoir fermer à propos les yeux, mais mes espérances furent déçues; Catherine Fontaine, lorsqu'elle se vit le pied dans l'étrier, oublia les nombreux services que je venais de lui rendre (j'ai négligé de vous dire que, lorsque je la rencontrai, elle était à peu près dans la misère), et me chassa avec aussi peu de façons que si j'avais été un mauvais domestique.

« Ne croyez cependant pas, monsieur, que c'est parce que j'ai le droit de lui reprocher sa conduite à mon égard, que je vous disais tout à l'heure que je la croyais capable de tous les crimes. Je n'obéis pas en ce moment à des motifs personnels, je n'ai d'autre but que celui d'éclairer la justice.

« Je ne puis, monsieur, vous en dire davantage; je désire bien sincèrement que les renseignements que je viens de vous fournir puissent aider à la manifestation de la vérité, et qu'ils engagent ceux de qui dépend mon sort, à me témoigner une indulgence dont je saurai, je vous en donne l'assurance, me rendre digne par ma conduite à venir.

« J'ai l'honneur d'être, avec le plus profond respect,

RONQUETTI, dit *le duc de Modène.* »

« En ce moment détenu à Sainte-Pélagie, où il subit une condamnation à deux années de prison, pour banqueroute simple. »

Cette lettre, ainsi que nous l'avons déjà dit, abrégea singulièrement la tâche confiée au magistrat instructeur que nous avons mis en scène; une fois que l'on sut quel était l'homme qui avait pris le nom et la qualité de marquis de Pourrières, il devint facile de lui prouver qu'il n'était qu'un imposteur. Des commissions rogatoires furent envoyées à Toulouse, à Valenciennes, à Turin, à Draguignan, au commissariat du bagne de Toulon, et tous les renseignements qui en furent la suite vinrent successivement justifier les allégations du duc de Modène.

Une fois qu'il fut bien établi que l'homme que l'on tenait en prison n'était autre que le forçat évadé, le séquestre fut mis sur les biens de la maison de Pourrières; l'on s'occupa de rechercher les moyens dont s'étaient servis Salvador et son complice Roman, pour se débarrasser de l'infortuné, que le premier de ces deux scélérats voulait remplacer.

Ainsi que l'avait dit Ronquetti, les jalons qu'il indiquait en firent découvrir d'autres qui amenèrent enfin la découverte de la vérité.

On chercha d'abord la femme qui avait loué au comte de Courtivon l'appartement meublé de la rue Joubert; cette femme, que l'on découvrit sans peine, se rappela de suite un locataire qui avait disparu de chez elle, en lui laissant tous ses effets, bien qu'il ne lui dût rien; elle n'avait pas fait à la police la déclaration de la disparition de ce locataire, parce que n'étant pas, à l'époque où il habitait chez elle, autorisée à loger en garni, elle avait craint d'être mise à l'amende. Elle répondit aux justes reproches qui lui furent adressés, qu'elle était une honnête femme, qu'elle n'avait jamais eu la pensée de s'approprier les effets laissés chez elle par le comte de Courtivon, effets qu'elle avait conservés avec le plus grand soin et en état de mesure de représenter; on lui donna l'ordre, qu'elle s'empressa d'exécuter, d'apporter ces effets, qui furent soumis à une visite rigoureuse. Dans la poche d'un gilet de piqué blanc, souillé de plusieurs taches de vin, ce qui fit présumer que ce gilet pouvait bien être celui qu'Alexis de Pourrières portait le jour où il eut lieu, chez Lemardelay, le fameux banquet dont, grâce à Ronquetti, on connaissait tous les détails, on trouva une carte de visite au nom du comte de Courtivon, sur le dos de laquelle il avait écrit ces mots : rue Notre-Dame-des-Victoires, hôtel des *Pays-Bas*, Casimir de Feuillade, chambre numéro 20; cette carte et les divers effets qui avaient appartenu au comte de Courtivon, furent saisis pour servir, si cela devenait nécessaire, de pièces à conviction.

En sortant de la rue Joubert on se rendit rue Notre-Dame-des-Victoires, à l'hôtel des *Pays-Bas*; de l'inspection du livre de police de cet hôtel, tenu par hasard avec beaucoup d'ordre, il résulta la preuve qu'à une époque qui coïncidait avec celle du comte de Courtivon, deux individus, qui se faisaient appeler MM. de Feuillade, y avaient logé un peu plus de quinze jours et qu'ils occupaient ensemble la chambre numéro 20.

Le maître de l'hôtel des *Pays-Bas*, doué à ce qu'il paraît d'une excellente mémoire, traça ces deux individus, qu'il avait remarqués parce qu'ils étaient ses compatriotes, un portrait qui ne pouvait s'appliquer qu'à Salvador et à Roman. On montra à cet homme le masque en cire de Roman, il le reconnut sans hésiter un seul instant.

— La physionomie sur laquelle on a moulé ce masque, dit-il, appartenait au plus âgé des deux MM. de Feuillade.

Voulant rendre l'épreuve plus décisive, on le manda au Palais-de-Justice un jour où Salvador était mené à l'instruction avec plusieurs autres détenus; il le reconnut parmi les individus dont il était entouré, il fit seulement observer qu'il ne comprenait pas comment de blond qu'il était il était devenu aussi brun.

Ce maître d'hôtel garni était devenu pour l'accusation un témoin précieux; on le pria de rassembler ses souvenirs et de rendre compte à la justice de tous les faits concernant ces deux individus qui avaient logé chez lui, qui pourraient lui revenir à la mémoire : d'abord il ne se rappela rien, la conduite de ses deux locataires avait été, pendant le peu de temps qu'ils étaient restés chez lui, à peu près semblable à celle de tout le monde, ils sortaient le matin et rentraient le soir; cependant, après avoir longtemps cherché, il se souvint qu'un matin le plus âgé avait donné l'ordre, à un des garçons de l'hôtel, d'aller lui chercher un cabriolet de place et que ce cabriolet, le garçon l'ayant pris à l'hôtel, l'avait conduit chez un marchand de couleurs voisin.

Ce marchand de couleurs, interrogé à son tour, déclara qu'il se rappelait parfaitement qu'un individu, à peu près semblable d'aspect à celui qu'on lui dépeignait, était venu chez lui vers l'époque indiquée, et qu'il lui avait acheté plusieurs litres d'essence de térébenthine, contenus dans une de ces grosses cruches de grès auxquelles on a appliqué le nom de *dame Jeanne*; il avait fait transporter cette cruche et ce qu'elle contenait dans son cabriolet, puis, il était parti; le marchand de couleurs n'en savait pas davantage.

Quel besoin un homme qui paraissait n'habiter Paris que momentanément pouvait-il avoir d'une quantité aussi considérable d'essence de térébenthine que celle qui avait été achetée par Roman? Cette acquisition cachait peut-être un mystère qu'il était de l'intérêt de la justice de pénétrer? Un voulut être fixé sur ce point et le chef de la police fut chargé de trouver le cocher du cabriolet qui avait pris Roman à l'hôtel des *Pays-Bas*, pour le mener chez le marchand de couleurs; le cocher fut retrouvé, il répondit aux questions qui lui furent adressées, qu'il avait conduit l'homme qui avait acheté, chez un marchand de couleurs de la rue Notre-Dame-des-Victoires, une grosse cruche pleine d'un liquide dont il ne pouvait dire le nom, jusqu'à la grille du parc du Raincy; qu'arrivé là, cet homme avait pris sa cruche et l'avait quitté après l'avoir généreusement payé.

Cette dernière déclaration fut pour le chef de la police de sûreté, auquel elle fut communiquée, — un véritable trait de lumière; il se rappela qu'à une époque qui coïncidait avec celle de la disparition du comte de Courtivon, qui n'était autre, il n'était plus permis d'en douter, que le marquis Alexis de Pourrières (les lettres adressées à Alexis sous ce nom que l'on avait saisies chez Salvador, qui les conservait précieusement, par la raison toute simple qu'elles devaient servir à constater son identité, si par hasard elle était contestée, ne laissaient, du reste, aucun doute à cet égard); on avait découvert dans la partie la plus isolée du parc du Raincy, sous un amas de branchages et de feuilles sèches, les restes informes d'un cadavre dont les ossements étaient entièrement calcinés.

Il se représenter les rapports auxquels avait donné lieu cette singulière découverte, les hommes de l'art qui avaient été chargés de constater l'état dans lequel se trouvait le cadavre, après avoir déclaré qu'il était tout à fait méconnaissable, prétendaient que le feu avait été alimenté : soit par des essences, soit par d'autres matières inflammables, et, en effet, l'état des lieux justifiait leurs allégations, le feuillage des arbres environnants à demi brûlé prouvait que le feu avait été très-considérable.

Cette découverte avait provoqué de la part de la police des recherches nombreuses qui demeurèrent sans résultats; on ne put jamais savoir si un crime avait été commis, ou si l'on ne devait déplorer qu'un suicide accompagné de circonstances extraordinaires; cependant, dans la prévision que le hasard pourrait peut-être plus tard fournir de nouveaux indices, on avait, après avoir fait donner la sépulture aux tristes restes du cadavre, recueilli avec soin tous les objets qui avaient résisté à l'action du feu; parmi ces objets que l'on avait conservés avec soin, se trouvait une petite clé destinée, selon toute apparence, à ouvrir un meuble de forme moderne; la forme de cette clé était assez remarquable, pour qu'elle fût facilement reconnue, elle était à trèfle, l'entrée et la tige étaient en acier, l'anneau, ciselé avec assez de soin, était en cuivre.

On retourna chez la vieille dame de la rue Joubert, qui avait logé le comte de Courtivon pendant son séjour à Paris, on lui demanda si les meubles qui garnissaient l'appartement qu'il avait occupé étaient toujours les mêmes; elle répondit affirmativement. La clé trouvée parmi les débris humains du parc du Raincy fut essayée et il se trouva qu'elle ouvrait une commode, pour laquelle la vieille dame se rappela qu'elle avait été forcée d'en faire fabriquer une, peu de temps après la disparition de son locataire.

Il n'était plus douteux que Salvador et Roman, liés avec l'infortuné Alexis de Pourrières, l'avaient, sous un prétexte quelconque, entraîné dans le parc du Raincy, où ils l'avaient assassiné, et qu'ensuite ils s'étaient, à l'aide de ses clés que sans doute ils lui avaient prises, puisqu'on ne les avait pas retrouvées, introduits dans son domicile pour s'emparer de ses papiers, ce qu'ils avaient pu faire sans être remarqués, grâce à la disposition des lieux; nos lecteurs n'ont pas oublié que la maison dans laquelle habitait Alexis de Pourrières était composée de deux corps de logis : l'un sur la rue, l'autre sur un jardin qui les séparait; que l'appartement du marquis était situé au troisième étage du premier, et la loge du concierge à l'entresol du second.

Avant d'être reconduit dans sa cellule, Salvador fut confronté avec le maître de l'hôtel des Pays-Bas, qui le reconnut parfaitement pour être le même individu qui avait logé chez lui à une époque indiquée par son livre de compte, sous le nom de Casimir de Feuillade, il fit seulement remarquer de nouveau que ses cheveux, de blonds qu'ils étaient, étaient devenus noirs.

— En effet, fit observer le chef de la police, tous les témoins s'accordent à dire que le forçat Salvador avait les cheveux blonds et, comme, suivant nous, il est maintenant établi que l'homme qui persiste à se faire passer pour le marquis Alexis de Pourrières, n'est autre que cet individu, nous croyons que la couleur de ses cheveux pourrait bien n'être due qu'aux prodiges récents de la chimie; ne serait-il pas possible de s'en assurer?

— Très-possible, répondit le juge, nous avons fait venir devant nous, pour que cela fût fait, un très-habile chimiste. Approchez, monsieur Arnault, examinez les cheveux de l'accusé, et dites-nous si c'est à l'art ou à la nature qu'ils doivent leur couleur?

Le chimiste s'approcha de Salvador :

— Je n'ai pas besoin, dit-il, d'examiner les cheveux de l'accusé pour m'apercevoir qu'ils ont été teints; vous pouvez voir comme moi qu'ils sont blonds à leur naissance, parce que sans doute l'accusé, depuis qu'il est détenu, n'a pu pratiquer

une opération qui demande à être renouvelée ou fur et à mesure de la croissance des cheveux.

— Vous le voyez, dit le juge à Salvador; l'accusation possède à l'heure qu'il est plus d'éléments qu'il ne lui en faut pour vous confondre, vous ne devez donc pas avoir conservé l'espoir d'échapper à la justice des hommes; mais ne croyez-vous pas qu'un aveu sincère de tous les crimes que vous avez commis, aveu qui rendrait plus facile l'accomplissement de la tâche imposée aux magistrats, serait le meilleur moyen de fléchir celle de Dieu?

— J'apprécie, monsieur, l'excellente intention qui vous engage à m'adresser un semblable discours, et je vous remercie beaucoup de ce que vous voulez bien m'engager à penser à mon salut, dont, je vous l'avoue, je n'ai pas en ce moment l'envie de m'occuper, car je ne me crois pas en aussi grand danger que vous le pensez; je suis innocent, monsieur, et j'ai l'espérance que mes juges, malgré les nombreuses présomptions qui s'élèvent contre moi, me rendront la justice qui m'est due ; du reste, je dois vous prévenir que, ne trouvant pas près de vous l'impartialité qui doit, en toute occasion, caractériser un magistrat instructeur, j'ai pris la résolution de ne plus répondre aux questions qu'il vous plaira de m'adresser.

Le juge ne crut pas devoir prendre la peine de répondre à la protestation de Salvador; dont cependant il fit prendre note. Cet homme souillé d'une multitude de crimes, commis tous dans le but d'assouvir une cupidité insatiable, et accompagnés de circonstances qui décelaient la cruauté la plus froide, lui inspirait à la fois trop de dégoût et trop de mépris, pour qu'il attachât une importance quelconque à l'accusation qu'il venait de formuler contre lui.

Il donna l'ordre de le reconduire dans sa cellule, charmé de ne plus avoir à s'en occuper que pour rédiger le rapport qui devait être soumis à la chambre des mises en accusation.

Peu de temps après Salvador et le vicomte de Lussan comparaissaient devant la Cour d'assises de la Seine.

L'acte d'accusation rappelait tous les crimes commis par ces misérables; d'abord ceux commis de complicité par Salvador et Roman :

La tentative de vol commise à Turin chez le banquier Carmagnola, à une époque où Salvador se faisait appeler le vicomte de Létang, suivie d'une tentative de meurtre sur la personne de Paolo.

L'assassinat du brigadier de gendarmerie du Beausset, à la suite de l'évasion du bagne de Toulon.

L'affiliation à la bande des frères Bisson de Trets, dont les déprédations avaient désolé les départements du Var et du Rhône à une époque correspondante à celle pendant laquelle ils en avaient fait partie.

L'assassinat du marquis Alexis de Pourrières pour s'emparer de son nom et de sa fortune, ce à quoi ils avaient réussi.

Celui du juif Juste, assassinat suivi du vol d'une somme de deux cent mille francs; Catherine Fontaine, veuve du marquis de Roselly, était accusée d'être complice de ce crime, dont elle devait avoir favorisé l'exécution en attirant et retenant chez elle la victime jusqu'au moment propice pour le commettre.

Celui des nommés Délicat, Rolet le Mauvais-Gueux et Desbraises dit Coco. Le vicomte de Lussan, Grand-Louis, Charles la Belle-Cravate et Vernier les Bas-Bleus étaient accusés d'avoir pris part à ce dernier crime.

De Lussan était accusé, ainsi que Salvador, d'avoir fait partie d'une association de malfaiteurs et d'avoir pris part, soit en aidant ses complices de sa personne; soit en leur donnant des conseils, soit en leur faisant acheter les objets volés par la fille Marie-Madeleine Comtois dite Sans-Refus, à une infinité de vols.

Le noble vicomte avait encore à répondre du meurtre commis avec préméditation sur la personne du nommé Beppo.

La mort épargnait à ce dernier la honte d'être forcé de s'asseoir sur les bancs de la Cour d'assises, à côté de ceux qu'il avait fait prendre, car les révélations des bandits arrêtés chez les Sans-Refus avaient appris qu'il s'était rendu coupable d'une tentative de meurtre sur Préval, à Hyères, et sur la marquise de Roselly, et avaient donné à la police le mot d'une énigme qui l'avait intrigué longtemps.

Enfin, l'acte d'accusation reprochait à Salvador et à Silvia l'assassinat commis sur la personne de Roman, et au premier seulement, d'avoir fabriqué un faux passe-port et d'en avoir fait usage.

Salvador, le vicomte de Lussan, le Grand-Louis, Charles la Belle-Cravate et les autres bandits, arrêtés rue de la Tannerie, comparaissaient seuls devant leurs juges; on avait en vain cherché la marquise de Roselly, la Sans-Refus et Vernier les Bas-Bleus.

Les débats furent longs et animés, l'attente des jolies dames qui vont demander des émotions aux sombres drames qui se jouent devant la Cour d'assises ne fut pas trompée, elles trouvèrent seulement que celui dans lequel Salvador et le vicomte de Lussan jouaient les principaux rôles manquait d'imprévu ; en effet, l'instruction avait été faite avec tant de soin, elle avait recueilli un si grand nombre d'éléments propres à aider l'accusation, que dès le premier jour, le résultat fut prévu. Aussi, lorsque les jurés apportèrent, en sortant de la salle de leurs délibérations, une réponse affirmative à toutes les questions qui leur avaient été posées, cela n'étonna personne.

Salvador, le vicomte de Lussan et la marquise de Roselly (cette dernière par contumace) furent condamnés à la peine de mort.

La Sans-Refus et Vernier les Bas-Bleus absents, le Grand-Louis et Charles la Belle-Cravate furent condamnés aux travaux forcés à perpétuité.

Les autres bandits furent punis plus ou moins sévèrement. Cornet Tape-dur, Robert et Cadet-Vincent furent les moins maltraités.

XLI

Évasion.

Lorsque le président, après avoir lu les articles du code pénal applicables à Salvador et au vicomte de Lussan, eut prononcé la peine de mort contre ces deux scélérats, le dernier arrangea son jabot et ses manchettes avec autant de grâce et d'aisance que s'il s'était trouvé dans la loge de sa danseuse ; il passa sa main droite entre les longues boucles de sa magnifique chevelure, et après avoir salué le tribunal, les jurés et l'auditoire, il suivit le gendarme chargé de veiller sur lui. Salvador était peut-être un peu moins rassuré que son complice, il fit cependant bonne contenance.

— Eh bien ! mon très-cher, dit le vicomte de Lussan à Salvador en descendant les escaliers qui, de la Cour d'assises, conduisent à la Conciergerie, que dites-vous de cela ?

« Belle conclusion et digne de l'exorde ! »

n'est-il pas vrai ?

— Que voulez-vous, vicomte, nous avons perdu la partie ; la Grève est le champ de bataille sur lequel doivent se terminer les exploits des gens qui nous ressemblent, nous subissons la loi commune, nous aurions par conséquent mauvaise grâce à nous plaindre.

Salvador et de Lussan ne restèrent que quelques minutes à la Conciergerie, une carriole ou plutôt un panier à salade (pour conserver à ces ignobles véhicules le nom sous lequel ils sont généralement connus) les attendait pour les conduire à Bicêtre.

Le directeur de cette prison les reçut avec cette politesse que l'on a l'habitude de témoigner à tous les condamnés à mort, et de suite il donna des ordres pour qu'ils fussent placés au corridor numéro 1, derrière, du bâtiment neuf.

— De grâce, monsieur, dit de Lussan lorsque le directeur eut donné cet ordre, soyez assez bon, si cela est possible, pour nous faire placer sur le devant, afin que nous puissions nous distraire, et surtout dans un vieux bâtiment, car dans un neuf nous serions forcés d'essuyer les plâtres, ce qui est très-malsain, à ce qu'on assure.

— Soyez sans inquiétude, monsieur le vicomte, répondit le directeur qui trouvait assez singulière la crainte manifestée par un homme qui avait déjà un pied dans la tombe, le bâtiment neuf n'est pas achevé d'hier, il existe depuis plus de soixante-dix ans.

— S'il en est ainsi, reprit de Lussan, donnez, je vous prie, l'ordre de nous conduire dans nos appartements, je suis un peu fatigué...

— Ils sont prêts vos appartements, dit un guichetier qui venait d'arriver ; mais avant qu'on vous y conduise, il faut que vous vous (1) *désenfrusquinéz* pour le *raplot* (2) ; allons mon homme, dépêchez-vous.

(1) Déshabilliez.
(2) La visite.

— Je ne vous comprends pas, parlez, si vous voulez que l'on vous réponde, un langage intelligible.

Le greffier mit fin à ce colloque, qui serait probablement devenu très-orageux, en expliquant au noble Breton ce que l'on exigeait de lui.

— Tous ceux qui se trouvent dans votre position, lui dit-il, doivent, en entrant ici, être rigoureusement fouillés ; il faut ensuite qu'ils quittent leurs habits pour prendre ceux de la maison et qu'ils endossent la camisole.

— Il ne s'agit que de s'entendre, répondit le vicomte, je veux bien me soumettre à une règle générale ; mais comme je n'ai pas été condamné à supporter les insolences et les familiarités d'un pareil manant, continua-t-il en désignant le guichetier, j'ai l'honneur de vous prévenir que je ne les tolérerai pas si elles se renouvellent.

Lorsque leur toilette de prisonniers fut achevée, on fit descendre au vicomte de Lussan et à Salvador, qui n'avait pu écouter sans rire les singulières boutades de son complice, environ trente marches en pierres de taille, et après avoir parcouru plusieurs passages voûtés, éclairés seulement par la lueur pâle et tremblotante de quelques lampes fumeuses, ils se trouvèrent dans le corridor des cellules nommées *cachots blancs*, sans doute parce qu'elles sont un peu moins obscures et un peu plus commodes que les cachots dits de sûreté, qui ne servent plus depuis déjà longtemps.

Ils furent placés séparément, mais assez près l'un de l'autre pour pouvoir converser facilement ; ils se craignaient pas de mettre dans la confidence de leurs discours les vétérans de faction devant les petites fenêtres qui laissaient arriver un peu de jour dans leurs cellules, attendu qu'ils connaissaient tous deux la langue du Tasse et de l'Arioste et que c'était celle dont ils se servaient après s'être assuré, par une question adroitement posée, qu'elle était étrangère à leur gardien.

Le lendemain, le vicomte de Lussan fit demander l'aumônier, qu'il avait vu plusieurs fois à la Conciergerie et dont il avait beaucoup goûté la conversation.

Le digne aumônier s'empressa de se rendre à l'invitation du vicomte, qui, n'ayant pas l'intention de se pourvoir en cassation, croyait devoir se hâter de se mettre en état de grâce ; l'aumônier lui apprit alors que le procureur général avait interjeté appel, et qu'ainsi il devait s'attendre à vivre encore au moins quarante jours ; il ajouta que ce délai pouvait avoir un résultat satisfaisant, que, dans des cas semblables, le roi examinait les pièces de la procédure et que souvent il accordait une commutation de peine.

— Une commutation de peine ! s'écria le vicomte de Lussan, une commutation de peine ! et en vertu de quel droit un roi peut-il changer la nature d'une peine. M'envoyer dans un bagne, moi le vicomte de Lussan, mé confondre avec des misérables voleurs qui appartiennent pour la plupart à la lie du peuple ; si une pareille faveur m'était accordée, je la refuserais, soyez-en convaincu ; je suis condamné, respect à la chose jugée, qu'on m'exécute.

De Lussan et Salvador étaient depuis huit jours à Bicêtre, lorsqu'un matin ce dernier éveilla son complice pour lui dire qu'il venait de faire un rêve qui lui annonçait une liberté prochaine et assurée.

Le vicomte ne put s'empêcher de rire aux dépens de la superstition de celui qu'il n'appelait plus que monsieur le ci-devant, depuis qu'un jugement solennel l'avait dépouillé de son titre et de sa fortune.

— Il ne s'agit pas de rire, monsieur le vicomte, répondit Salvador, il faut croire ; les rêves, je n'en puis douter, sont des révélations de ce qui doit nous arriver ; je vous assure que si seulement vous voulez prendre l'engagement de répondre par ces mots : *Je ferai tout ce que vous voudrez*, nous serons libres bientôt.

— *Je ferai tout ce que vous voudrez*, cher ci-devant, ce sera un moyen comme un autre de passer le temps.

— Je puis alors compter sur vous ?

— J'ai déjà eu l'honneur de vous dire que *je ferai tout ce que vous voudrez*.

— Très-bien, alors.

Le même jour, Salvador ayant fait prier le directeur de venir le voir, il lui demanda ce qu'il fallait pour écrire ; dès qu'il eut en sa possession ce qu'il désirait, il écrivit une longue lettre adressée au procureur général, qu'il ne voulut pas laisser lire à son complice.

— Votre rôle est purement passif, lui dit-il, vous devez, suivant nos conventions, vous borner à exécuter mes ordres.

— C'est vrai, cher ci-devant, c'est vrai, *je ferai tout ce que vous voudrez*.

Plusieurs jours après l'envoi de la lettre adressée au procureur général, Salvador fut demandé au greffe; lorsqu'il revint près de son complice, il lui apprit qu'il venait de procurer à la police l'arrestation d'une douzaine au moins d'individus couverts de crimes, et qu'il était probable que, le jour même, ils seraient transférés tous deux à la Force, attendu qu'il avait eu l'adresse de se faire impliquer avec lui dans de nouvelles affaires capitales.

— Monsieur de Pourrières n'a pas pensé un seul instant, dit le vicomte de Lussan avec beaucoup de majesté, que je me ferais délateur pour obtenir ma liberté.

— Eh! je n'ai rien pensé du tout, s'écria Salvador, à la fin impatienté des susceptibilités de son complice, il s'agissait de nous faire transférer à la Force, et j'ai employé le seul moyen qu'il y eût pour cela; mais laissez-moi agir et ne vous inquiétez de rien, vous n'aurez dans tout deux à la Force, attendu qu'il avait eu l'adresse de se faire impliquer avec lui qu'à dire : Amen.

— Très-bien alors, et, s'il en est besoin, comptez sur un bras solide et sur un courage qui ne faiblira pas au moment du danger.

L'attente de Salvador ne fut pas trompée; à la tombée de la nuit la carriole vint chercher les deux complices; un officier de paix préposé aux transfèrements occupait le siège de devant de son véhicule, derrière lequel, selon l'usage, galopaient deux gendarmes.

Les compagnons de voyage de Salvador et du vicomte de Lussan, gens de sac et de corde, prêts à tout risquer pour reconquérir leur liberté, adoptèrent avec enthousiasme le projet qui leur fut soumis en peu de mots, et ils s'empressèrent de débarrasser les deux complices des entraves qui les empêchaient d'agir.

Salvador avait donné au garçon de service qui faisait son lit et celui du vicomte de Lussan (vieux forçat qui avait conservé les bonnes traditions), quelques pièces d'or que depuis qu'il savait sa condamnation certaine il tenait en réserve pour s'en servir en cas de besoin. En échange de ces derniers débris de sa prospérité passée, ce garçon de service lui avait remis une pince de fer d'environ dix-huit pouces de long et une forte vrille, à l'aide desquelles il put enlever une des planches qui formaient le fond du panier à salade.

Salvador et de Lussan, en leur qualité d'inventeurs du plan d'évasion, avaient obtenu de leurs compagnons de voyage le privilège de passer les premiers par l'ouverture qui serait faite (1); dès que la planche fut enlevée, ils se disposèrent à en user, mais l'ouverture était si étroite que, pour être certains de ne pas s'y trouver engagés, ils furent forcés de se mettre presque nus, c'est-à-dire de ne garder sur eux que leurs chemises et leurs pantalons; ils se laissèrent enfin choir sur la route, et se mirent à courir vers la Seine, qu'ils traversèrent à la nage, à la hauteur du château de Bercy, tandis que les gendarmes, qui escortaient le panier à salade et qui ne savaient où donner de la tête, donnèrent après ceux des autres prisonniers qui avaient suivi l'exemple qu'ils venaient de donner.

Ils suivirent le cours de la Seine pour joindre la barrière de Bercy. Comme il faisait tout à fait nuit lorsqu'ils entrèrent dans Paris, la singularité de leur costume ne fut pas remarquée.

— Eh bien, vicomte? dit Salvador à son compagnon lorsque la barrière fut franchie.

— Eh bien, marquis?

— Nous voilà libres, mais qu'allons-nous devenir?

— Il ne nous reste qu'une ressource, dit de Lussan à Salvador; nous faut faire une tentative près de Coralie.

— Nous aurions tort, je crois, de beaucoup compter sur cette femme qui ne vous a pas seulement donné signe de vie pendant tout le temps que nous sommes restés en prison.

— Que sait-on? peut-être qu'en nous voyant nus et sans pain, elle voudra bien nous donner quelques pièces d'or.

— Je crois plutôt qu'elle nous fera chasser par ses gens si elle ne nous fait pas arrêter.

— Il n'y a pas de danger. Coralie, quoique jeune, aimable, jolie et riche, est d'une avarice extrême; elle n'a à son service qu'une seule femme de chambre dont nous viendrions facilement à bout si elle avait de mauvaises intentions.

— Allons donc tenter l'aventure, il faudra bien qu'elle s'exécute...

— J'allais vous le dire.

Il y avait de la rue Saint-Dominique-d'Enfer à celle Tronchet, où demeurait la danseuse Coralie; cependant de Lussan et Salvador, aiguillonnés par la faim, le froid et le désespoir, se mirent courageusement en route.

(1) Il est d'usage, lorsqu'il se fait une évasion par un trou, d'y laisser passer les premiers les condamnés aux plus fortes peines, et ainsi de suite.

Onze heures venaient de sonner, la nuit était sombre : les deux aventuriers, qui cherchaient à éviter la rencontre des patrouilles, marchaient silencieusement dans l'ombre. Arrivés dans une petite rue voisine du pont Saint-Michel, des clameurs, proférées par une multitude de voix, vinrent tout à coup frapper leurs oreilles.

— Arrêtez! arrêtez! au voleur! à l'assassin!.....

Et la rue fut envahie par plusieurs hommes qui poursuivaient un individu qui, grâce à des jarrets d'acier, gagnait à chaque instant un espace de terrain considérable.

Pour éviter la rencontre des poursuivants, parmi lesquels pouvaient fort bien se trouver quelques suppôts de dame police, Salvador et de Lussan se jetèrent brusquement dans la rue Poupée. Ils n'avaient pas fait vingt pas dans cette rue, qu'un homme tomba pour ainsi dire entre leurs bras.

— Laissez-moi passer, leur dit-il, je suis un malheureux déserteur.

Salvador et de Lussan reconnurent de suite Vernier les Bas-Bleus. Les divers ricochets qu'il venait de faire avaient fait perdre ses traces à ceux qui le poursuivaient, et il croyait avoir fait naufrage au port lorsqu'à son tour il reconnut les deux aventuriers.

— Rupin, le grand Richard! s'écria-t-il; il parait alors que ce ne sera pas pour samedi?

— Nous l'espérons bien, dit de Lussan, si surtout tu veux nous procurer de quoi souper et un asile pour cette nuit.

— Je puis vous conduire chez moi, répondit Vernier les Bas-Bleus, le local n'est pas beau, mais tel qu'il est je vous l'offre et de bon cœur. Vous m'avez fait gagner de l'argent lorsque vous étiez rupins, il est bien juste que je fasse aujourd'hui quelque chose pour vous.

Lorsqu'on a faim, froid, lorsqu'on n'a pas un lieu pour se reposer, on saisit, sans hésiter, la première branche qui se présente. Aussi Salvador et de Lussan s'empressèrent-ils d'accepter l'offre de Vernier les Bas-Bleus; ils n'avaient d'ailleurs rien à craindre de cet homme dont la position n'était guère meilleure que la leur, puisque, condamné par contumace aux travaux forcés à perpétuité, il ne pouvait faire une démarche pour les livrer sans compromettre sa propre liberté.

Vernier les Bas-Bleus occupait, dans une maison délabrée et sans portier de la rue du Four-Saint-Hilaire, un galetas situé au septième étage, meublé lui sur lequel se carraient les deux plus minces matelas et quelques vieilles couvertures, d'une table boiteuse, d'un bas de buffet, de deux chaises dépaillées, et éclairé seulement par un châssis à tabatière.

— Voilà le gîte, dit-il à ses hôtes en les introduisant dans cet affreux grenier; il n'est pas beau, mais il est sûr.

— C'est tout ce qu'il nous faut pour aujourd'hui, répondit de Lussan; demain il fera jour, et, s'il plaît à Dieu, nous trouverons bien les moyens de nous en procurer un meilleur.

— Ah ! çà, vous qui n'avez probablement dans le bauge (1) que la mouise (2) de Tunebée (3), vous devez canner la pégrenne (4).

— Nous mangerions très-volontiers un morceau, répondit Salvador. N'est-il pas vrai, vicomte?

De Lussan, qui s'était jeté sur le lit, fit un signe affirmatif.

— Je vais alors, dit Vernier les Bas-Bleus, chercher deux doubles cholettes de picton (5), du larton savonné (6) et un jambonneau, ça vous va-t-il?

— Allez, mon cher, achetez ce que vous voudrez, nous saurons, si Dieu nous prête vie, reconnaître plus tard ce que vous faites aujourd'hui pour nous; mais si vous voulez que votre hospitalité me soit agréable, ne me parlez plus argot. À quoi donc se servir d'un langage bas et ignoble que tout le monde comprend maintenant?

— On vous obéira; j'ai trop envie d'être de mèche (7)...

— Encore!...

— De moitié; je me laisse emporter par la force de l'habitude. Je disais donc que j'ai trop envie d'être de moitié dans les affaires que déjà sans doute vous avez en vue, pour faire quelque chose qui vous soit désagréable.

Le pain, le jambonneau et le vin, offerts par Vernier les Bas-Bleus, furent expédiés en quelques minutes.

(1) Ventre.
(2) Soupe.
(3) Bicêtre.
(4) Mourir de faim.
(5) Deux litres de vin.
(6) Pain blanc.
(7) De moitié.

— Ceci ne vaut ni les salmis de filets de perdreaux aux truffes, ni le vin de Chambertin, dit de Lussan; mais ça se laisse manger et paraît fort bon lorsqu'on a faim.

Salvador, de Lussan et Vernier les Bas-Bleus ne possédaient pas à eux trois la valeur de trois pièces de cinq francs, et, cependant, il fallait aux deux premiers des vêtements quels qu'ils fussent, et les moyens de se déguiser, s'ils ne voulaient pas se résoudre à rester confinés dans le galetas de leur hôte.

— Je vais écrire à Coralie, dit le vicomte, notre ami Vernier portera ma lettre.

— Faites, cher vicomte. Ah! si je savais où se trouve en ce moment ma femme, nous n'aurions pas besoin de nous adresser à cette danseuse.

— Mais, vous ne le savez pas; ainsi il est inutile d'en parler.

Le vicomte de Lussan écrivit à Coralie une lettre bien pathétique, bien touchante, que Vernier, ainsi que cela venait d'être convenu, se chargea de porter.

Il arriva chez Coralie avant dix heures du matin, madame n'était pas encore levée; il fut donc forcé de remettre la missive dont il était porteur à la femme de chambre, qui voulut bien, prenant en considération ses instantes prières, le remettre à l'instant même à sa maîtresse.

Elle revint près de Vernier qui l'attendait dans l'antichambre, au bout de quelques minutes, à son air pincé, à l'expression quelque peu hautaine de ses yeux, le bandit devina qu'elle ne lui apportait pas une bonne nouvelle.

Il ne se trompait pas.

— Madame, lui dit-elle, ne connaît pas la personne qui lui demande l'aumône; elle vous prie de lui rendre cette lettre qu'elle ne veut pas conserver.

Vernier fut obligé de se retirer. Lorsqu'il sortit de chez Coralie, la rue Tronchet était pleine d'une foule de colporteurs de canards, qui criaient à tue-tête : la *relation exacte et détaillée de l'évasion miraculeuse, après leur condamnation à mort, de deux particuliers très-connus dans Paris, grande récompense à ceux qui les feront arrêter*; Vernier les Bas-Bleus acheta, moyennant cinq centimes, ce monstrueux canard, qu'il fit voir à ses hôtes lorsqu'il rentra chez lui.

— Il paraît que l'on tient énormément à faire une *tronche* (1) de votre *sorbonne* (2), dit Vernier les Bas-Bleus, lorsque Salvador et de Lussan eurent achevé la lecture du canard; puisqu'on offre une grande récompense à celui qui vous fera *faucher le colas* (3), c'est flatteur pour vous.

— Oui, mais c'est un peu inquiétant, répondit de Lussan, en regardant fixement Vernier les Bas-Bleus; l'espoir d'obtenir cette grande récompense peut engager à nous trahir des gens auxquels nous aurions accordé toute notre confiance.

— Il n'est que trop vrai, ajouta Salvador.

— Eh! les Rupins,... ce n'est pas pour moi que vous dites ça, n'est-ce pas? J'suis un *grinche* (4), un *escarpe* (5), tout ce que vous voudrez; je *juterais* (6) le Père éternel pour *affurer une tune* (7); mais je suis un honnête homme, trahir des amis, jamais!

Salvador et de Lussan, intérieurement charmés de voir Vernier rejeter si loin de lui, et avec une indignation si énergiquement exprimée, la pensée d'une action semblable à celle qu'ils avaient paru le croire capable de commettre, s'empressèrent de le calmer.

— Nous nous fions à toi, répondit le vicomte de Lussan à Vernier les Bas-Bleus, et nous sommes persuadés que notre confiance est bien placée; mais nous allons visiter ta garde-robe, dans laquelle nous trouverons peut-être de quoi nous vêtir.

Vernier les Bas-Bleus était plus riche qu'il ne le croyait lui-même; le vicomte de Lussan trouva dans un bas de buffet deux pantalons en assez bon état, une blouse neuve et une redingote encore propre. Il donna à Salvador la redingote et le meilleur des deux pantalons.

— C'est parce que j'ai l'intention de vous faire jouer ce soir un rôle important, dans une comédie nouvelle, que je vous permets de vous faire aussi beau que vous le serez, lorsque vous aurez endossé ces habits, dit-il à son complice.

— Je devine quel est votre projet, vous voulez reprendre en gros à Coralie ce que vous lui avez donné en détail.

(1) Tête coupée.
(2) Tête.
(3) Couper le cou.
(4) Voleur.
(5) Assassin.
(6) Tuerais.
(7) Gagner cinq francs.

— Vous l'avez dit.

— Ça se trouve bien, j'ai justement pris l'empreinte de la serrure, dit Vernier, et il montra aux deux amis une carte sur laquelle l'entrée de la serrure de Coralie était parfaitement imprimée (1).

— C'est très-bien vu, mais de quelle manière nous y prendrons-nous pour réussir?

— Laissez-moi faire, tout ira bien, et ce soir, je vous en réponds, nous aurons de l'or, beaucoup d'or, et notre ami Vernier qui nous donnera un coup de main en aura une bonne part.

— Sont-ils adroits ces *rupins*, s'écria Vernier les Bas-Bleus, qui croyait déjà tenir les pièces d'or dont le vicomte de Lussan promettait une si ample moisson.

Lorsque le soir fut venu, ils s'armèrent chacun d'un couteau poignard (ils étaient tous les trois bien déterminés à ne point, en cas de malheur, se laisser prendre vivants), et se mirent en route pour la rue Tronchet.

Salvador et Vernier les Bas-Bleus entrèrent chez un marchand de vin, de Lussan alla se mettre en observation vis-à-vis la porte cochère de la maison habitée par Coralie.

Il était à son poste depuis environ une demi-heure, lorsqu'il vit sortir la danseuse, il la suivit de loin et la vit entrer à l'Opéra. Bien certain alors qu'elle ne rentrerait pas chez elle de la soirée, il revint trouver ses camarades.

— Elle est sortie, leur dit-il; il ne s'agit plus maintenant que d'éloigner la servante. A vous, Vernier, songez que si vous ne réussissez pas, nous serons forcés d'employer les grands moyens, et j'en serais vraiment fâché, cette servante est une fort bonne et fort jolie fille.

Vernier, suivant les instructions qu'il avait préalablement reçues, prit sa course, et donna l'ordre à un cocher de fiacre qu'il prit sur la place la plus voisine de l'Opéra, de se rendre au domicile de Coralie, et de remettre au concierge de la maison un billet que celui-ci ferait tenir à la personne à laquelle il était destiné.

Il n'était pas à craindre que la femme de chambre s'aperçût que le billet n'avait pas été écrit par sa maîtresse. Coralie, dont l'éducation avait été quelque peu négligée, se servait habituellement de secrétaires.

Le cocher, généreusement payé d'avance, s'acquitta de la mission qui venait de lui être confiée; il remit le billet au concierge et attendit.

Le concierge, suivant la louable habitude de ses confrères, n'avait pas manqué de lire le billet, qui, du reste, n'était pas cacheté.

— Vite, vite, mademoiselle Hélène, dit-il à la femme de chambre de Coralie, mademoiselle Desrivières vient de se fouler le pied en entrant en scène, elle vous demande avec son châle orange; il y a en bas un fiacre pour vous emmener et v'là un billet qu'elle a donné au cocher pour vous le remettre.

— Je vous remercie bien, monsieur Fouché, répondit la femme de chambre après avoir lu le billet qui ne renfermait autre chose que ce que le portier venait de lui apprendre; je vais de suite aller trouver ma maîtresse. Et comme le concierge était monté par l'escalier de service, elle descendit un étage afin de l'éclairer.

Quelques minutes après, la servante, portant sous son bras le châle orange de sa maîtresse, montait dans le fiacre qui l'attendait à la porte.

— Aller d'ici à l'Opéra, expliquer sa venue à sa maîtresse, puis revenir, dit de Lussan, nous avons au moins trois quarts d'heure devant nous; c'est plus qu'il ne faut. A vous, marquis. Il y a de la lumière chez le docteur Delamarre, qui demeure au-dessous de Coralie, dites au concierge que vous allez chez lui. N'oubliez pas de jeter un coup d'œil sur les deux coupes d'agate placées sur la cheminée de la chambre à coucher, Coralie y laisse souvent des bijoux précieux. L'argent est dans une armoire à glace placée dans la chambre à coucher, qu'il vous sera facile d'ouvrir : vous avez ce qu'il faut pour cela?

— J'ai réuni mes *halènes* (2) à Rupin, dit Vernier les Bas-Bleus.

Salvador entra dans la maison; il resta plus longtemps que ses complices ne s'y attendaient.

(1) Les voleurs ne se servent plus de cire pour prendre l'empreinte d'une serrure, mais d'une carte préalablement mouillée, qui remplit parfaitement leur but et qui peut plus facilement disparaître en cas de malheur.
(2) Mes outils.

— Il lui est peut-être arrivé quelque chose, disait Vernier les Bas-Bleus à de Lussan.

— Cela n'est pas probable, répondit celui-ci; s'il en était ainsi, nous aurions entendu du bruit.

L'arrivée de Salvador vint à point pour mettre fin à l'anxiété de ses complices.

— Eh bien ! lui dit de Lussan.

— L'affaire n'est pas mauvaise, répondit-il, mais hâtons-nous de fuir. Je crois que j'ai été remarqué par le concierge.

Les trois complices franchirent rapidement l'espace qui sépare la rue Tronchet de celle du Four-Saint-Hilaire. Lorsqu'ils furent arrivés dans le galetas de Vernier les Bas-Bleus, Salvador déposa sur la table tout ce qu'il avait volé chez Coralie.

— Quatre mille *balles* (1) en or, trois mille balles de bijoux à vendre au *fourgat* (2), s'écria Vernier les Bas-Bleus, nous allons joliment faire *pallas* (3).

— As-tu un receleur à ta disposition? lui demanda de Lussan.

— Je crois bien, Louis l'Aventurier, qui demeure à la Sorbonne; il m'achètera tout ce que je voudrai.

— Garde alors les bijoux pour ta part, et laisse-nous l'argent, cela te va-t-il?

— Très-bien ! vous êtes plus généreux que je ne le pensais.

— Soupons alors et couchons-nous; nous nous séparerons demain matin.

Les trois bandits firent honneur à un excellent poulet et à quelques autres comestibles qu'ils avaient achetés rue Dauphine; il m'achètera tout ce que apprís le galetas de Vernier, puis après ils s'endormirent.

Le lendemain matin, ainsi que cela avait été convenu la veille, ils se séparèrent.

XLII

La dame au voile vert.

Pour l'intelligence de ce qui va suivre, nous devons prier nos lecteurs de faire avec nous quelques pas en arrière.

Le vicomte de Lussan était au rang des nouveaux catholiques les plus prononcés, ce n'était pas seulement parce que *la dévotion trouve pour faire de mauvaises actions des raisons qu'un simple honnête homme ne saurait trouver*, qu'il avait pris ce parti; il savait que l'on est généralement disposé à accorder une grande confiance à ceux qui, tout en vivant dans le monde, s'acquittent avec exactitude de leurs devoirs religieux, et la dévotion était un masque dont il savait à propos se servir, et qui lui avait facilité l'accès des salons de plusieurs nobles douairières qui ne surent, que lorsqu'un jugement solennel l'eut appris à tout le monde, que le vicomte de Lussan, malgré l'ancienneté de son blason, n'était rien autre chose qu'un insigne bandit, qu'il ne faut pas toujours se fier aux apparences.

Quoi qu'il en soit, le vicomte avait pour confesseur un vénérable prêtre, attaché à l'église de Saint-Roch, et il avait tellement eu l'art de s'insinuer dans sa confiance, que très-souvent ce digne ecclésiastique l'invitait à dîner.

Lorsqu'il fut arrêté, rue de Varennes, à quelques pas de son domicile, le vicomte était sorti de chez lui pour se rendre chez ce prêtre chez qui, depuis quelque temps, il visitait très-souvent.

Le récit des faits qui suivent apprendra à nos lecteurs quel était le but de ces visites.

Un jour, tandis que le vicomte et le prêtre étaient à table, en tête à tête, on annonça à monsieur l'abbé la visite d'une vieille femme presque aveugle, dont la figure était cachée par un ample voile vert. Elle venait remettre, à ce dernier, une petite somme d'argent pour faire dire des messes et un anniversaire pour les trépassés. L'abbé voulait se lever pour aller recevoir la pieuse bonne femme dans une autre pièce; mais de Lussan lui dit de ne pas se gêner pour lui et, même, le pria de la faire entrer. Le domestique l'ayant introduite, elle remit au vicaire une somme de quatre-vingts francs. De Lussan, en observateur curieux et avide de tirer parti de tout, remarqua que cette femme était fort âgée, couverte de vêtements sordides et dégoûtants; elle portait un de ces chapeaux ballons d'une forme tout à fait mirobolante, de couleur jadis

(1) Francs.
(2) Receleur.
(3) Afficher du luxe.

noire, mais aujourd'hui fauve et rougeâtre, qui, accompagné d'un immense garde-vue en taffetas vert, produisait cet ensemble drôlatique qui caractérise les tireuses de cartes de bas étage. Enfin, toute la mise de la vieille dévote annonçait la plus grande misère; et, pour comble, elle avait bien de la peine à se conduire, tant sa vue paraissait faible et obtuse.

Lorsqu'elle fut sortie, le vicomte fit part au bon vicaire de toutes ses remarques, et lui témoigna l'étonnement de voir donner quatre-vingts francs par une femme dont le costume accusait un si complet dénûment.

— Vous êtes dans l'erreur, monsieur le vicomte, répondit le vicaire; elle est riche, et quand je parle ainsi, c'est que je le sais. Je puis même d'autant mieux vous l'assurer que j'ai vu, ce qui s'appelle de mes propres yeux, vu, tout ce qui compose sa fortune, dans les circonstances que je vais vous citer :

« Il y a de cela quinze jours au plus, elle vint me prier de vouloir bien passer chez elle pour me faire une confidence importante, confidence que, disait-elle, elle ne pouvait me faire ailleurs que dans son appartement.

« Arrivé à sa demeure, l'aspect ridicule du concierge, ses questions insolites, et ensuite celles non moins extraordinaires de son épouse, firent naître en moi de singulières idées. Quoi qu'il en soit, après avoir subi un interrogatoire en règle, je fus conduit par le cerbère femelle chez la dame au voile vert. Après avoir frappé d'une certaine manière, un guichet s'ouvrit, je déclinai mon nom :

« — Ah! c'est vous, monsieur le vicaire, me dit la vieille, entrez, je vous prie.

« Alors elle ouvrit deux serrures fermées à plusieurs tours; puis, lorsque je fus entré, elle les referma avec un soin et une précaution qui piquèrent vivement ma curiosité, sans toutefois que j'en éprouvasse la moindre crainte. Je fus alors introduit dans un rez-de-chaussée, composé de plusieurs pièces en désordre, et aussi malpropres que la maîtresse de la maison. La dame, après s'être excusée sur son grand âge et ses infirmités, de me recevoir si peu convenablement, prit la parole en ces termes :

« — Monsieur le vicaire, vous êtes un homme en qui j'ai la plus grande confiance, et je vais immédiatement vous en donner la preuve : Je suis vieille et assez riche; je possède en or, argent, billets de banque et bijoux, environ deux cent mille francs; j'ai, en outre, une rente de cinq mille francs au porteur, inscrite sur le grand-livre. Je n'ai sur la terre qu'une seule personne qui me touche par les liens du sang, c'est ma fille; mais depuis longtemps je n'ai entendu parler d'elle, j'ignore absolument sa destinée. Elle accusait, je n'ai ni parents, et il faut bien le dire, ni amis. Dieu peut d'un instant à l'autre me rappeler à lui, et toutes mes richesses seraient à peu près perdues si je venais à mourir sans indiquer l'endroit où elles sont renfermées. Je ne puis mieux m'adresser qu'à vous, monsieur le vicaire, pour révéler un secret de cette nature. Je vais donc vous indiquer où tous ces objets sont cachés, et je vous autorise, après ma mort, à en disposer du mieux que vous l'entendrez, sauf la réserve que je vous ferai connaître tout à l'heure. Voici un écrit cacheté qui renferme à cet égard mes volontés formelles; veuillez vous en constituer le dépositaire pour ne l'ouvrir qu'après ma mort.

« Surpris de ce langage, et n'ayant jamais voulu m'immiscer dans les affaires mondaines, que je connais fort peu, je voulus en vain décliner un si rare témoignage de confiance; la vieille dame ne voulut accepter aucune excuse; elle pria, pressa avec tant d'instances, qu'enfin j'acceptai. Alors elle m'engagea à passer dans sa chambre à coucher, et, après avoir tiré son lit hors de l'alcôve, elle leva une tapisserie et me fit voir une petite porte artistement pratiquée dans le mur. Elle l'ouvrit, et retira de cette cachette une jolie boîte en ébène, garnie en argent ciselé, portant des armoiries et une couronne ducale. Cette boîte contenait de l'or en grande quantité, des billets de banque, des diamants, et des inscriptions de rentes au porteur. Bref, je me convainquis qu'elle renfermait au moins trois cent mille francs en valeurs réelles.

« — Voilà tout ce que je possède, dit la vieille. Si la personne nommée dans mon testament existe encore, poursuivit-elle, et que sa conduite elle soit digne de mes bienfaits, vous partagerez ma succession avec elle. Dans le cas contraire, tout cet or vous pour un institut de bonnes œuvres. Telle est, ô digne et respectable ministre du Seigneur, ma dernière volonté; que celle de Dieu soit faite en toutes choses!

« Je dois croire sincère la dévotion de cette femme, ses bonnes œuvres en sont un témoignage suffisant; eh bien! quoiqu'elle écoute avec beaucoup de recueillement les exhortations religieuses que j'ai cru devoir lui adresser, bien qu'elle assiste à tous les offices, elle n'a pas encore voulu se confesser.

« — Je ne suis pas encore prête, m'a-t-elle dit lorsque je l'ai engagée à s'approcher du tribunal de la pénitence; plus tard, monsieur l'abbé, je n'ose pas encore vous révéler les fautes nombreuses, les crimes mêmes de ma vie passée, mais je me repens, soyez-en sûr.

« Je n'ai pas cru devoir insister, les choses en sont là. »

Pendant ce récit, le vicomte était tout yeux et tout oreilles, il avait peine à contenir la joie intérieure qu'il éprouvait, et déjà même il combinait les moyens de s'emparer du trésor de la vieille. A la vérité, l'abbé n'avait pas indiqué l'adresse de la dame au voile vert, mais, dans tout le reste, il s'était montré d'une indiscrétion que le nom seul du vicomte et la piété sincère qu'il lui supposait peuvent seuls faire excuser. Quoi qu'il en soit, avec des hommes de la trempe de de Lussan, l'absence d'un renseignement de cette nature n'était pas un grand obstacle; il savait que le service commandé par la vieille devait avoir lieu le lendemain, et qu'elle devait y assister; cela lui suffisait. En effet, il se rendit à Saint-Roch, et même il était tellement pressé d'y arriver, qu'il se trouva à l'église une heure trop tôt. Enfin, la vieille qu'il attendait avec tant d'impatience arriva. Elle n'avait pas ce jour-là son inséparable voile vert, mais un voile noir fort épais, qui donnait à sa figure et à tout le reste de sa personne une teinte des plus lugubres : elle s'agenouilla et pria longtemps avec une ferveur telle que le service était fini depuis plus d'une heure qu'absorbée dans sa prière, elle ne songeait pas à quitter l'église. Le vicomte qui avait l'intention de la suivre à sa sortie, afin de découvrir sa demeure, enrageait de toute son âme d'être forcé de l'imiter et de simuler une dévotion qui était loin de son cœur; car Dieu sait les sinistres projets qu'il méditait en ce moment. Enfin, après avoir été faire de nombreuses révérences et génuflexions devant toutes les chapelles, la vieille dame prit de l'eau bénite et sortit. Tout cela fut encore fort long à cause de la difficulté qu'elle éprouvait à se conduire, et qui la faisait presque trébucher à chaque pas dans les chaises; mais enfin une fois sortie, et suivant les murs avec précaution, elle ne tarda pas à rentrer chez elle, rue Thérèse, numéro 25.

De Lussan, adroit et intelligent, comme nous le connaissons, s'assura que c'était bien là qu'elle demeurait; puis il se retira, et remit à un autre jour les investigations dont il pouvait avoir besoin pour mettre ses projets à exécution. Il ne dormit pas de toute la nuit, tant l'impatience, le désir, de s'emparer du trésor de la vieille femme au voile vert avaient exalté ses esprits. A peine fit-il jour le lendemain, qu'il se mit en course pour prendre des renseignements dans le quartier de la vieille dame; il apprit qu'elle y était connue sous le nom de la dame au voile vert, ou de l'aveugle. Du reste, on ne savait rien de précis sur son compte, chacun faisait une histoire à sa manière; les uns disaient qu'elle tirait les cartes, les autres, que c'était quelque vieille pécheresse qui, par esprit de pénitence, se livrait aux brocards de la multitude. Enfin, d'autres ajoutaient que s'il voulait connaître plus particulièrement cette femme, qui était une énigme pour tout le monde, il fallait qu'il s'adressât au père Fleurus et à son épouse, concierges du numéro 25, qui paraissaient les seuls qui fussent dans la confidence mystérieuse.

De Lussan était allé droit à la maison numéro 25; il en examine avec soin, mais rapidement l'extérieur, car plus il approche du but, et plus il apporte de circonspection dans ses démarches. Il entre d'abord dans la cour, revient sur ses pas, et entre dans la loge du concierge, située sous la porte à gauche, et où par hasard il ne se trouvait personne en ce moment. Il est bon de dire que la porte de la loge est surmontée de cette inscription en lettres de six pouces de haut : « Adressez-vous à monsieur le concierge S. V. P. » et qu'à côté on lit, sur une ardoise attachée près de la croisée, cette autre inscription tracée en plus petits caractères :

SÉCURITÉ.   DISCRÉTION.

« Le citoyen Fleurus et madame son épouse font les ménages dans la maison seulement. »

— Diable, dit de Lussan, voici des républicains qui ne se prodiguent pas! Enfin, maître pour un instant de la loge, il la parcourt rapidement des yeux, et fait ses petites remarques. Il la trouve d'une propreté irréprochable et passable-ment meublée : une pendule à colonnes en bois de citronnier, avec vases assortis garnis de fleurs; quelques gravures, dont une représentant la bataille de Fontenoy, et pour pendant, celle de Fleurus qui avait eu l'honneur de donner son nom à l'intrépide gardien de la maison. Une paire de fleurets en croix, des gants de buffle et un plastron, le tout formant trophée, témoignent de son culte pour les jeux de Mars et de Bellone. Au-dessous de ces instruments de mort, est un petit cadre en bois noir, renfermant le congé de réforme du nommé Jean-Chrysostome Gringilliard, natif de Gaudiempré en Artois, maître en fait d'armes. En ce moment le vicomte est interrompu dans sa lecture par l'arrivée d'un homme d'environ soixante-huit ans, d'une taille de cinq pieds huit pouces environ, maigre, mais d'une constitution athlétique, coiffé d'un bonnet de police orné d'une grenade, qu'il porte crânement sur l'oreille droite, cravaté militairement; au total, propre et ce qu'on appelle tiré à quatre épingles; mais le vieux brave, à la suite d'une blessure, avait eu la main gauche amputée. En voyant le vicomte, il saisit son bonnet de police, le lève, étend le bras, et d'un geste gracieusement calqué sur ceux du télégraphe, il salue en trois temps avec gravité.

— Pardon et excuse, mon coronel, dit-il au vicomte; quoi que vous désirez? Ce disant, il replaça son bonnet de police avec ces mouvements automatiques qui caractérisent le vieux grognard.

— C'est moi, mon brave, dit le vicomte, qui vous demande pardon d'être entré chez vous en votre absence. Je suis d'autant plus charmé de vous rencontrer que je désire causer avec vous.

— J'en suis t'enchanté, répond l'intrépide janitor; vous n'avez sans doute pas l'honneur de me connaître, mais c'est z'égal : un ancien cuirassier, c'est solide z'au poste. Parlez, mon coronel!

— Il s'agit, citoyen Fleurus...

— Tiens! vous savez donc mon nom? interrompt le citoyen. D'où donc qu'vous venez pour savoir que j'suis le citoyen Fleurus?

— Vous le saurez plus tard, dit le vicomte. Il s'agit, pour l'instant, citoyen Fleurus, de me rendre un service : c'est de me donner quelques renseignements sur la dame qui demeure chez vous et qui porte presque toujours un voile vert.

— Ah! vous voulez dire madame l'atolyme, madame l'incomtu, comme on l'appelle dans la maison : je suis ta vos ordres; mais si vous voulez m'permettre d'appeler Philippine Craperel, ou pour mieux dire, mon épouse, madame Fleurus, c'est z'elle qui peut z'avoir celui de vous satisfaire; elle a t'une langue dorée, et parle comme les aristocrates de Coblance, enfin c'est une frilosophe!

— Ne dérangez pas madame, je vous en prie, dit le vicomte.

Mais, sans s'arrêter à cette prière, notre homme donne un coup de sifflet, et deux minutes après, entre dans la loge une femme de belle taille, droite et raide comme un échalas, âgée de soixante à soixante-cinq ans environ. Sa mise, qui paraît dater de la fin du règne de Louis XV, est d'une propreté peu commune : sa tête est encaissée dans une coiffure en dentelle à carcasse plissée, elle porte un caraco à manches courtes et dos froncé, le jupon de dessus est retroussé avec grâce dans les fentes des poches, et laisse voir celui de dessous, qui est en belle calemande à grandes raies; elle est chaussée de mules en maroquin vert à hauts talons, et sa jambe, que rehausse l'éclat d'un bas fin et d'une irréprochable blancheur, laisse apercevoir des contours qui ne sont pas sans charme. Enfin, l'ensemble de son costume et son maintien auraient senti ce genre, d'élégance que nos pères admiraient chez les soubrettes de bonne maison, il y a trois quarts de siècle. Du reste, madame Fleurus avait dû être belle, car ses traits, quoiqu'un peu flétris par l'âge, étaient encore fort bien.

En voyant le vicomte dans la loge, elle lui fit une profonde et gracieuse révérence; puis, après l'avoir prié de l'excuser de ce qu'elle l'avait fait attendre, elle lui offrit une chaise, en réclamant son indulgence pour son mari, qui avait eu l'impolitesse de le laisser debout.

— Je suis confus de vos bontés, madame, dit le vicomte, et je vous...

— Dis donc, madame, interrompit maître Gringilliard, ce mossieur a t'un service à te demander, une confiance à te faire.

— M. Fleurus, dit aigrement madame son épouse, il me semble que vous n'auriez pas dû vous permettre d'interrompre monsieur. Ensuit, est-ce qu'il ne vous serait pas possible

de vous défaire de cette manière de parler, de ces *liaisons dangereuses* qui sont l'écueil de votre langue à chaque instant? On voit bien, mon ami, que vous avez servi dans les cuirassiers!...

— Un peu, mon neveu, j'm'en flatte, répliqua vivement le père Fleurus, en se redressant et se posant devant sa femme. J'ai servi avec honneur et gloire, j'ai été blessé en servant la république une *invisible et intarissable*, à preuve qu'n'v'là les marques, ajouta-t-il en montrant son moignon.

— C'est vrai, dit le vicomte, cela vous honore et je vous en félicite de tout mon cœur. Vous êtes un bon Français!

— Y a gros à parier, qu'j'en suis f'un de bon Français; mais *gnia* pas de quoi faire tant de bruit quand on a fait son devoir! J'avais juré de vivre libre ou de mourir en franc républicain, ce n'est pas ma faute si la République *s'est périe* avant moi!...

— Oui, reprit madame Gringilliard, dont les opinions ne sympathisaient pas avec celles de son mari, la République vous a joliment récompensé; elle vous a laissé la liberté.... de tirer toute votre vie le cordon d'une main.

— Et vous donc, madame la ci-devant? quéqu'ça vous a donc rapporté d'avoir zété à *Coblance* avec Pitt et Cobourg, et avec tous vos aristocrates? Vous y avez appris à faire la révérence, à parler du français qu'est un tas de *blagues* où je ne comprends rien; faut-y pas faire tant d'embarras pour ça!

— Taisez-vous, vieille croûte! sachez que j'ai appris à vivre dans le grand monde, moi, et que je ne serais pas déplacée dans un salon; tandis que vous, vous vous en feriez chasser par la grossièreté de votre langage et de vos manières populacières!

— J'suis du peuple! c'est vrai, mais du peuple souverain, madame Fleurus! Tâchez à l'avenir d'en parler avec respect du peuple souverain, entendez-vous! Un soldat républicain n'a que faire de science pour se battre. Du fer et du pain, mille cartouches, c'est assez pour aller à la gloire! Je parle sans *illusions*, moi; et qu'importe que vous *saviez* vous tirer d'affaire dans un salon, lorsque votre position vous force de rester à la porte avec votre digne époux?

— Le savoir aura toujours son prix, dit madame Fleurus, avec son air pincé, et s'adressant au vicomte : Pardon d'avoir poussé si loin cette discussion en votre présence; mais mon mari a beau dire et beau faire, je n'oublierai jamais tout ce que je dois à la noblesse!

— Respect à l'opinion de chacun, madame Fleurus, dit le vicomte, même à celle de votre mari, quoique par le privilège de ma naissance je doive me ranger à la vôtre.

« Voici, madame, le motif qui m'amène chez vous :
« Je suis originaire de la Flandre française; ma famille réside à Saint-Sylvestre-Cappel, et je me nomme le marquis de Woolblek. Lors de la dernière révolution, ma grand'mère a perdu la tête, et, il y a environ un an qu'elle s'est enfuie du château, emportant une somme de quatre à cinq mille francs. Je suis à sa recherche, et, d'après des renseignements précis que l'on m'a fournis récemment, j'ai lieu de croire que c'est dans cette maison qu'elle s'est retirée, et où elle est connue sous le nom de la *Dame au voile vert.*

— Je regrette d'avoir à détruire vos espérances, monsieur le marquis, dit madame Fleurus, mais la dame dont vous parlez habite ici depuis deux ans, elle ne peut donc être votre parente.

Madame Fleurus mentait lorsqu'elle disait que la dame au voile vert habitait depuis deux ans la maison confiée à la garde de son époux. De Lussan le savait bien, mais il ne pouvait lui laisser voir qu'il était instruit de ce qu'il paraissait vouloir apprendre; la portière, d'ailleurs, ne faisait, suivant toutes les probabilités, qu'obéir aux instructions qu'elle avait reçues.

Le vicomte vit bien qu'il n'y avait rien à espérer, ni de cette vieille caricature, ni de son imbécile de mari, et, quoique peu satisfait du résultat de son enquête, il en savait au moins assez pour dresser d'autres batteries qui le missent à même de venir à bout de ses desseins. Il se retira donc en comblant les Fleurus de politesse et de salutations.

Nous connaissons trop de Lussan comme homme de résolution pour croire qu'il se rebute devant les obstacles, et qu'il se laisse pour battu par la puissance d'inertie des Fleurus.

On pense bien que dès le jour même de l'entretien qu'il avait eu avec le vicaire de Saint-Roch, et par suite duquel il avait été instruit de tout ce qui se rattachait à la dame au voile vert, de Lussan n'avait pas manqué d'en rendre compte à son ami Salvador. Tous deux s'étaient ingéniés à qui mieux mieux pour mettre la vigilance des Fleurus en défaut;

mais la bêtise du mari, plus redoutable encore que l'esprit et l'audace de la femme, avait déconcerté tous leurs projets.

Il fallait donc renoncer à cette importante affaire qui promettait un si beau *résultat* : c'est à quoi ne pouvaient se résoudre ni de Lussan, ni Salvador, et ils cherchaient tous les moyens d'arriver au but qu'ils voulaient absolument atteindre, lorsqu'ils furent arrêtés tous deux.

XLIV

Suite du précédent.

Les exigences de notre récit nous forcent à conduire nos lecteurs dans un lieu que nous ne nommerons pas; mais que la courte description que nous allons essayer d'en faire fera suffisamment connaître.

De la boutique d'une maison sise dans une des petites rues qui débouchent sur le boulevard Bonne-Nouvelle, on a fait un petit salon, tapissé seulement d'un papier rouge commun. Ce salon (puisque salon il y a) est meublé seulement d'une grande table ronde, couverte d'un tapis vert, d'un canapé en velours d'Utrecht jaune, et de quelques chaises en merisier couvertes en crin; quelques mauvaises lithographies dans des cadres dorés sont appendues aux murs, une pendule d'albâtre et deux vases de porcelaine dorée, dans lesquels se prélassent deux grosses touffes de fleurs artificielles, ornent la cheminée.

Un bon feu brûle dans l'âtre, et répand dans le salon une douce chaleur qui parait réjouir fort ceux qui s'y trouvent.

D'abord six femmes encore jeunes et à peu près jolies, décolletées, vêtues seulement, bien que la température soit froide et qu'elles soient forcées de sortir de quart d'heure en quart d'heure, de robes de soie assez légères, de couleurs claires; ensuite deux hommes dont la physionomie ressemble à celle de tout le monde, si ce n'est qu'elle est plus belle que celles que l'on rencontre ordinairement. L'un de ces hommes est vêtu d'une redingote et d'un pantalon bleus assez propres; l'autre, d'un pantalon de velours côtelé et d'une blouse de chasse de toile grise presque neuve.

Nous venons de dire que la physionomie de ces deux hommes était plus belle que celles que l'on rencontre ordinairement; nous devons ajouter, cependant, que celui qui est vêtu d'une redingote porte des lunettes vertes qui font un assez vilain effet, et que l'autre a l'œil droit couvert d'un bandeau de taffetas noir. Tels qu'ils sont, cependant, ces messieurs paraissent plaire infiniment aux habitantes du lieu dans lequel ils se trouvent, qui toutes, à l'exception d'une fort jolie brune qui est assise à l'écart et ne parait pas s'occuper de ce qui se passe autour d'elle, leur prodiguent une foule de petits soins et de gracieux sourires.

Nos lecteurs comprendront l'empressement et l'amabilité de ces dames, lorsque nous leur aurons dit que les deux messieurs ont commandé un énorme bol d'eau-de-vie brûlée qu'une servante vient d'apporter tout enflammée sur la table.

— Allons, Flamant, versez du punch à ces dames, dit à son compagnon l'homme aux lunettes vertes.

— Très-volontiers, mon cher Albert, répondit Flamant, qui prit avec une grâce toute particulière la cuillère à potage, digne accompagnement d'un punch servi dans un saladier, et qui remplit jusqu'aux bords les verres destinés aux dames.

La conversation fut interrompue par l'entrée dans le salon d'un homme dont le brillant costume arracha à toutes les femmes des exclamations admiratives : il était vêtu d'un superbe paletot sauce poulette, d'un pantalon bleu baril, une chaîne d'or décrivait de nombreux contours sur son gilet de velours noir, son cou était emprisonné dans une cravate rouge, il était coiffé d'un chapeau à long poil, chaussé de bottes vernies, et il tenait à la main un magnifique jonc à pomme d'or; tout cela était neuf.

— Vous vous êtes bien amusés, mes gaillards, tandis que je m'échinais à courir, dit-il à Flamant et à Albert; mais ça m'est égal, tout est arrangé pour le mieux, et je vais avoir mon tour. Du punch, s'écria-t-il, en frappant à coups redoublés sur la table, du punch?

La maîtresse du lieu accourut tout effarée, et demanda d'une voix revêche pourquoi l'on faisait un tel tapage dans une maison honnête.

— Parce que nous voulons du punch, et du soigné, répondit le fashionable, en jetant négligemment deux pièces d'or sur le tapis vert qui couvrait la table.

La vue de l'or calma subitement la vieille mégère, ses traits renfrognés se rassérénèrent.

— On va vous servir, mon poulet, dit-elle, on va vous servir; un peu de patience, causez avec ces dames en attendant.

Le fashionable se jeta négligemment sur le canapé de velours d'Utrecht.

— Il est à moitié ivre, dit Albert à son compagnon.

— Cela ne m'étonne pas; dès que ces misérables ont quelques pièces d'or à leur disposition, voilà l'usage qu'ils en font.

— Je ne lui en voudrai pas, s'il s'est acquitté avec intelligence des diverses missions dont nous l'avons chargé.

— C'est ce qu'il faudrait savoir.

Flamant et Albert s'étaient retirés à l'extrémité du salon, pour échanger les quelques paroles qui précèdent; ils firent signe au fashionable de venir les y trouver.

Celui-ci qui avait préalablement demandé aux dames si la fumée du tabac ne les incommodait pas, et qui avait obtenu une réponse conforme à ses désirs, tira de sa poche une pipe de terre culottée, qu'il alluma avant de s'approcher d'eux.

— Voyons, mon cher Vernier, lui dit Albert (nos lecteurs ont déjà deviné que cet individu n'était autre que Salvador, et que celui que jusqu'à présent nous avons appelé Flamant était le vicomte de Lussan), vous êtes quelque peu gai, mais vous êtes en état de nous écouter et de nous répondre, n'est-ce pas?

— A mort, j'ai bu *quelques glacis de lance d'aff* (1); mais je suis aussi sain d'esprit que de corps, et ce n'est pas peu dire, le coffre est bon, tonnerre !

— Dites-nous alors ce que vous avez fait depuis ce matin ?

— Très-volontiers, et vous allez voir que j'ai bon pied bon œil; en vous quittant, je suis allé trouver Louis l'Aventurier : il m'a donné, ainsi que je m'y attendais, *trois mille balles* (2), des bijoux de la danseuse, il m'a de plus *renfrusquiné* (3).

— Ensuite?

— Ensuite, comme je savais que vous n'auriez pas, dans la maison où je vous avais priés de m'attendre, le temps de vous ennuyer, je suis allé déjeuner copieusement.

— Ensuite ?

— J'ai pris un cabriolet, et je suis allé retrouver Louis l'Aventurier qui m'attendait chez un marchand de vins de la cour Saint-Martin, nous nous sommes de suite mis en campagne, et après avoir longtemps cherché, nous avons enfin trouvé dans une maison isolée et sans portier, de la rue de l'Ouest, ce qu'il nous fallait : un petit appartement composé de deux pièces et d'une cuisine. L'appartement a été loué par Louis l'Aventurier, qui a donné son nom et son adresse, soi-disant parce que des parents qui arrivent ce soir ou demain matin de la province; l'appartement a été meublé de suite, on y a apporté des malles pleines de linge et d'habits, de sorte que vous pouvez y arriver les deux mains dans vos poches, sans inspirer le moindre soupçon, à l'heure qu'il est il est prêt à vous recevoir, j'ose dire que vous y serez en sûreté; voici votre clé et le passe-partout; pour que vous ne vous trompiez pas, j'ai écrit sur la porte le nouveau nom de Rupin.

— Et Louis l'Aventurier ne sait pas pour qui il a loué cet appartement?

— Il sait seulement qu'il doit être habité par deux *grinches* (4) qui viennent de s'évader de là-bas, à donné les nouveaux noms que vous avez adoptés et tout a été dit. Louis l'Aventurier fait tout ce qu'on veut lorsqu'on le paye bien, aujourd'hui cependant il s'est montré bon *zigue* (5), il ne m'a pris que mille francs pour le tout.

— Nous allons les remettre.

— Je n'en veux pas, il me reste deux mille francs, c'est assez pour attendre, en menant joyeuse vie, une nouvelle affaire.

— Nous n'en ferons plus qu'une à Paris, mon cher Vernier, mais celle-là sera bonne, je t'en réponds.

(1) Verres d'eau-de-vie.
(2) Francs.
(3) Rhabillé.
(4) Voleurs.
(5) Bon enfant.

— Celle de la dame au voile vert dont vous parliez ce matin avec Rupin?

— Tu l'as dit.

— Elle demeure toujours rue Thérèse numéro 25, je m'en suis assuré.

— Réussirons-nous ? dit Salvador, qui avait jusque-là écouté, sans y prendre part, les propos échangés entre Vernier les Bas-Bleus et le vicomte de Lussan.

— Il le faudra bien, mon cher Albert, dussions-nous, pour entrer chez cette vieille mégère, passer par le trou de la serrure, nous ne pouvons avec la misérable somme que nous possédons, songer à passer à l'étranger.

— Vous l'avez dit, nous risquerons le tout pour le tout, et si nous échouons, on ne nous prendra pas vivants.

— Cela coule de source ; je ne me soucie pas pour ma part de retourner à Bicêtre, cette maison me déplaît horriblement, on y traite un gentilhomme absolument comme le dernier des manants.

— Et je suis des vôtres, ajouta Vernier.

— C'est convenu, nous nous mettrons à l'œuvre dès que notre ami aura fabriqué les papiers qui nous sont nécessaires pour quitter la France.

La conversation des trois bandits fut interrompue par l'entrée dans le salon d'une bonne qui portait un vase d'une plus grande capacité que celui qui venait d'être servi et plein jusqu'aux bords, d'un punch flamboyant, elle était suivie par la maîtresse du lieu, qui posa sur la table deux assiettes de porcelaine, sur lesquelles se prélassaient quelques douzaines de biscuits de Reims.

La bonne, qui n'avait pas remarqué les trois hommes qui causaient ensemble à l'extrémité du salon, allait se retirer, après avoir posé sur la table le vase dont elle était chargée; elle en fut empêchée par une des femmes.

— Reste avec nous, Céleste, lui dit cette femme, tu boiras un verre de punch et tu nous chanteras quelque chose.

— Je n'ai pas le temps, répondit Céleste, c'est aujourd'hui mon jour de sortie; ce n'est que parce que j'avais oublié quelque chose que je suis rentrée; je vais ressortir.

— Je t'en prie, ma bonne Céleste, reprit la femme qui venait de parler, chante-nous quelque chose.

— Je ne vous chanterai rien; vous avez de douces paroles dans la bouche lorsque vous voulez obtenir quelque chose, et vous vous moquez de ma laideur, vous m'appelez la mouchique (1), lorsque vous avez obtenu ce que vous désiriez; je ne vous chanterai rien.

— Messieurs Messieurs, joignez-vous à ces dames, dit la maîtresse du lieu, priez Céleste de chanter; vous n'en serez pas fâchés, elle chante à ravir, et en musique encore.

De Lussan, toujours excessivement poli, crut devoir adresser quelques mots à la femme dont on vantait avec tant d'emphase le talent musical.

Céleste regarda le vicomte avec tant de fixité que celui-ci en fut presque troublé, et l'effroyable laideur de cette femme lui fit faire un pas en arrière.

— Je n'ai rien à refuser à d'aussi gracieuses invitations, répondit Céleste, et, sans plus se faire prier elle attaqua les premières mesures du grand air de la Reine de Chypre.

— C'est la marquise de Roselly, dit de Lussan à Salvador, tandis qu'elle chantait.

— Il n'est que trop vrai, répondit celui-ci, et je crois qu'elle nous a reconnus.

— Que faire?

— Attendre, nous ne risquons rien; elle n'a pas sujet de se plaindre de nous et sa position n'est guère meilleure que la nôtre, nous n'avons donc rien à redouter.

Salvador ne se trompait pas, Silvia les avait reconnus. Tandis que les autres femmes et Vernier les Bas-Bleus, émerveillés, l'applaudissaient avec fureur, elle s'approcha des deux amis et leur dit à voix basse :

— Monsieur le marquis de Pourrières et monsieur le vicomte de Lussan sont-ils contents de la chanteuse?

— Pas d'imprudence, ma chère Silvia, lui répondit Salvador, suivez-nous lorsque nous sortirons d'ici, mais ne nous abordez que lorsque nous serons arrivés chez nous.

— C'est bien; mais n'espérez pas m'échapper, j'aurai l'œil sur vous.

Lorsque minuit sonna, Salvador et de Lussan manifestèrent l'intention de quitter les aimables habitantes du lieu quelque peu suspect dans lequel ils se trouvaient; toutes les instances qu'on fit pour les retenir furent inutiles.

(1) Laide.

— Nous vous embarrassons depuis assez longtemps, dirent-ils à la maîtresse du lieu, une séance de douze heures nous paraît suffisante pour une première visite, mais nous vous laissons notre ami pour vous consoler de notre absence, c'est un joyeux compagnon dont vous serez satisfaite.

Vernier les Bas Bleus avait en effet déclaré à ses deux compagnons qu'il se trouvait en trop bonne compagnie pour quitter la place avant le lendemain matin.

Salvador et de Lussan arrivèrent sans encombres à leur nouveau domicile; Silvia, qui, ainsi que cela avait été convenu, les avait suivis sans leur parler, entra avec eux.

Silvia ne pouvait savoir mauvais gré à Salvador, que les événements s'étaient chargés de justifier à ses yeux, de ce qu'il l'avait abandonnée au moment où le sort venait de la frapper si cruellement; elle ne lui fit donc aucun reproche et parut très-joyeuse de ce qu'il avait pu se soustraire à la triste fin qui lui était destinée; elle lui expliqua comment, après avoir reçu le petit billet qu'il lui avait adressé au moment où il se disposait à quitter Paris, elle s'était empressée de quitter sa demeure, emportant avec elle ce qu'elle possédait de plus précieux. De chez elle, elle s'était fait conduire dans une maison de santé, où elle s'était fait passer pour une dame italienne, ce qui lui avait été facile, attendu qu'elle connaissait parfaitement la langue du pays dont elle se disait native. Elle était restée dans cette maison assez longtemps, mais ses ressources étant à peu près épuisées, elle avait été forcée d'en sortir. Elle avait d'abord essayé d'utiliser ses connaissances musicales, mais cela ne lui avait pas été possible, attendu que sa figure était devenue si affreuse, qu'elle épouvantait ses jeunes élèves; enfin, de chute en chute, et ne sachant de quel bois faire flèche, elle s'était tombée après avoir vainement cherché sa mère dans la maison où il venait de la rencontrer.

Silvia, Salvador et de Lussan, furent éveillés le lendemain matin par Vernier les Bas Bleus, qui entra chez eux suivi de deux garçons restaurateurs, qui apportaient tout ce qu'il fallait pour faire un somptueux déjeuner; quelques mots lui expliquèrent la présence de Silvia.

— Elle n'est pas belle, la particulière, dit-il, mais c'est égal si le bêcheur (1) n'a pas menti, c'est une luronne, et je suis bien aise qu'elle soit avec nous, si surtout elle plaît à Rupin.

— Elle ne me plaît pas, répondit Salvador, mais je la supporte, il le faut bien.

— Eh bien, alors, reprit Vernier les Bas Bleus, pourquoi ne pas s'en débarrasser; et il fit un geste significatif, traduction fidèle de sa pensée.

— Par exemple, s'écria de Lussan, une compagne d'infortune!

— Et qui, après tout, peut nous être utile, ajouta Salvador.

— A table! dit Silvia qui venait d'achever de mettre le couvert et qui n'avait pas entendu les paroles échangées entre les trois complices; à table!...

Ils s'empressèrent tous d'obéir à cette invitation, et ils firent honneur aux vins fins et aux mets délicats apportés par Vernier les Bas-Bleus.

Plusieurs jours se passèrent ainsi; grâce à l'obligeance intéressée de Louis l'Aventurier et au talent de faussaire de Salvador, les membres de cette société de bandits étaient tous munis de passe-ports en règle; il ne leur manquait plus que de l'argent pour être en mesure de quitter la France, ainsi qu'ils en avaient l'intention, celui qu'ils avaient volé à la danseuse Coralie commençant à s'épuiser; il était donc temps de penser à se damer au voile vert.

De nouvelles démarches furent faites, mais les obstacles devant lesquels avaient échoué les ruses précédemment mises en œuvre existaient toujours; comment les surmonter?

Salvador et de Lussan s'étaient plaints à plusieurs reprises devant Silvia des difficultés insurmontables que présentait cette entreprise et de la nécessité où ils seraient de l'abandonner, mais enfin, vaincue par leurs doléances, et voyant qu'ils avaient épuisé sans succès tous les moyens, toutes les ressources, jalouse de leur montrer sa supériorité, elle leur rappela la part qu'elle avait prise à l'affaire du père Josué, et elle leur jura qu'elle viendrait à bout de celle-ci.

— Oui, messieurs, ajouta-t-elle en s'exaltant, je réussirai si vous me promettez de suivre docilement mon plan; vous reconnaîtrez encore une fois que rien ne résiste à l'imagination et au génie d'une femme douée d'une volonté forte. En disant ces mots, ses yeux brillent d'un éclat sinistre; l'inspiration

(1) L'avocat du roi ou à procureur général.

satanique dont elle vient de recevoir la commotion perce à la surface!

Salvador et de Lussan, confiants dans une parole qui ne leur a jamais manqué, partagent l'enthousiasme de Silvia; ils la pressent tour à tour dans leurs bras, et, malgré l'horreur que doivent inspirer ses traits, ils la proclament la première femme du monde!

— Demain matin, dit-elle, je me mettrai à l'œuvre; tenez-vous prêts à me seconder.

Le lendemain matin, Silvia fut exacte. Elle développa son plan, dans tous ses détails, à ses complices. Ils le trouvèrent si adroitement conçu qu'ils l'applaudirent à plusieurs reprises.

— Trouvez-vous, leur dit-elle, à Saint-Roch, à neuf heures, vous jugerez par vous-mêmes si mon déguisement n'inspire aucun soupçon, et, en même temps, de l'effet que ma présence produira sur la femme au voile vert.

A l'heure indiquée, les deux bandits étaient au poste. La vieille dame ne tarda pas à arriver; elle alla se placer à quelques pas du confessionnal, qui se trouve près de la chapelle de la Vierge. Au bout de quelques instants, ils virent arriver une autre femme couverte de vêtements en lambeaux, et dont les couleurs primitives, effacées, maculées, indiquaient néanmoins par leurs vestiges, que celle qui les portait avait été dans l'aisance; c'était Silvia, mais, sous cet accoutrement, elle était méconnaissable. Sans regarder autour d'elle, elle se plaça sur les marches du tribunal de la pénitence, et tira d'un petit cabas, qu'elle portait, un livre de prières qui, par un reste de fermoir en vermeil, indiquait avoir été orné avec luxe, mais, du reste, véritable bouquin, et sale comme tout le reste du costume de la pénitente; elle l'ouvrit et se mit à prier avec une grande ferveur apparente. La messe finie, elle ne parut pas songer à se retirer, mais, au contraire, elle entama une autre série de prières dans lesquelles elle paraissait complètement absorbée. La dame au voile vert était restée priant, sur sa chaise, près de là, un chapelet à la main. Tout à coup elle le laissa tomber et se baissa pour le ramasser; mais la faiblesse de sa vue faisait tâtonner à droite et à gauche, sans le retrouver d'abord. Silvia, voyant son embarras, se baisse, le ramasse, et le présente à la vieille dame. Celle-ci lui adressa mille remercîments, qu'elle termine en lui disant:

— Dieu vous bénira, ma chère dame, puisque vous compatissez aux souffrances des affligés!...

— Grand merci de vos souhaits, vénérable dame, répondit Silvia, j'en ai grand besoin, car je suis bien malheureuse!

— Persévérez dans la voie patiente où vous êtes, ma fille; confiez-vous en Dieu, il ne vous abandonnera jamais.

— C'est aussi ce que je veux faire, répondit Silvia, et c'est pour me donner la force de supporter les coups de l'adversité que je viens me jeter aux pieds du vicaire de cette paroisse, que l'on m'a indiqué comme un homme aussi pieux et charitable. Je veux lui faire l'aveu de mes fautes et m'entourer de ses conseils, car le malheur m'a persécutée avec tant d'acharnement, que souvent l'idée m'a pris de mettre fin à mon existence. Je l'aurais même déjà fait, si je n'avais été retenue par un reste des sentiments religieux qui vivent encore dans mon âme.

— Ah! Ciel! que me dites-vous! répliqua la vieille; Dieu vous préserve d'une telle pensée, ce serait courir à votre damnation éternelle!

— Madame, dit Silvia; mais quand on manque de tout et que l'on meurt de faim, que faut-il faire?

— Quoi! vous seriez réduite à cette affreuse nécessité, dit la vieille; tenez, prenez ce peu de monnaie; voici aussi un petit pain que j'avais acheté pour moi, mangez-le.

Silvia se précipita sur les mains sales et décharnées de sa bienfaitrice, les pressa, les baigna de ses larmes, et en un clin-d'œil elle eut avalé le petit pain.

— Dieu vous récompensera, dit-elle à la vieille, vous m'avez sauvé la vie!

— Mais, lui répliqua celle-ci, vous êtes encore jeune, qui donc vous empêche de travailler?

— Hélas! dit Silvia, depuis que j'ai eu le malheur d'avoir la figure brûlée, je ne puis obtenir d'ouvrage, tant on me trouve laide! Tenez, voyez vous-même.

En disant ces mots, elle leva un mauvais voile qui lui couvrait le visage; la vieille s'étant approchée de plus près, à cause du mauvais état de sa vue, recula de surprise et d'horreur en voyant cette monstrueuse laideur.

Enfin, pour ne pas trop la désoler, elle lui dit froidement:

— Il est vrai que vos yeux ont été bien maltraités, mais

vous n'avez pas cesse d'être un membre de la grande famille, et il faut que vous viviez. Si vous voulez venir ici tous les jours, je vous donnerai douze sols pour vivre, en attendant mieux. Je vous le répète, soyez confiante en la Providence, elle ne vous abandonnera pas.

— Oh! merci, bonne et respectable dame, merci de vos secours inespérés; je les accepte avec joie, ainsi que vos sages conseils.

La dame au voile vert s'étant retirée en ce moment, Salvador et de Lussan la suivirent.

Pendant ce temps-là, Silvia était restée à l'église, attendant le vicaire pour se confesser : il ne tarda pas à venir, et la voyant agenouillée dans ce pieux dessein, d'un geste il l'invita à prendre place au confessionnal. Silvia s'approcha, et après avoir récité son *Confiteor*, elle commença l'aveu de ses fautes sur lesquelles elle s'étendit largement; puis, prenant sa voix la plus douce, la plus insinuante, elle se mit à raconter une histoire si lamentable, et avec un tel accent de vérité, qu'elle fit verser des larmes au digne et trop crédule ecclésiastique qui l'écoutait attentivement. Bref, en peu d'instants, la perfide créature avait su se rendre intéressante, et convaincre son confesseur de ses malheurs imaginaires. Le digne homme en fut tellement touché qu'il lui remit quelques pièces de monnaie en lui promettant sa protection. Enfin, elle se retira; mais ayant aperçu de Lussan et Salvador, qui depuis quelques instants étaient rentrés dans l'église, et avaient été témoins de ses manœuvres hypocrites, elle leur remit une adresse ainsi conçue :

« Mademoiselle Aimée Dufresne, rue Maubuée, numéro 13, chambre 37, au sixième.

Dans la soirée, Salvador et de Lussan, très-modestement vêtus, se rendirent à cette adresse; ils trouvèrent Sylvia dans un misérable galetas.

En voyant arriver ses complices, Sylvia plaça sur une table estropiée un excellent poulet et une bouteille de bordeaux vieux, qu'elle tenait à côté d'elle. Ensuite, elle se leva pour offrir un escabeau à monsieur le vicomte et un tabouret au marquis, puis elle prit place sur le bord du lit.

— Vous voyez, messieurs, leur dit-elle, que la ci-devant marquise de Roselly sait se conformer aux circonstances. Elle veut réussir, elle réussira. Cette journée m'a vue faire beaucoup de chemin, ajouta-t-elle, je suis étonnée de tant de succès. Croiriez-vous que la dame au voile vert s'intéresse déjà à moi? D'un autre côté, mon confesseur, qui me fait l'effet d'un excellent homme, d'un parfait chrétien, m'a promis sa protection; vous voyez que tout va bien, et que j'ai quelque raison de dire que l'avenir est à moi. Soyez donc tranquilles, messieurs; si j'ai perdu mes charmes, j'ai beaucoup acquis en intelligence, et d'ailleurs j'ai été à bonne école.

Quinze jours se passèrent en visites de Sylvia au vicaire, et en assiduités de toute espèce à l'église. La dame au voile vert y rencontrait chaque jour sa protégée, elle lui apportait les restes de ses repas et quelque monnaie pour l'aider dans ses autres dépenses. Enfin, Sylvia, dans ses divers rapports avec l'un et avec l'autre, joua si bien son rôle, que le vicaire crut devoir engager la dame au voile vert à la prendre chez elle. A votre âge, lui dit-il, il est imprudent de vivre seule ; prenez cette infortunée avec vous, vous attirerez sur vous les bénédictions du Seigneur!

La vieille accueillit cette proposition, et, dès le lendemain, la fille de la Sans-Refus était installée chez la dame au voile vert.

Les complaisances, les petits soins de cette sirène captèrent bientôt toute la confiance de la vieille pécheresse. Tous les soirs elle lui faisait la lecture, et puisait dans la fertilité de son imagination. A compter de ce jour, elle fut chargée des soins du ménage et prit une part plus intime aux affaires de la vieille, sans toutefois que celle-ci la laissât penser seule à la maison, ni lui confiât aucune de ses clés. Enfin, par sa causerie toujours intéressante et spirituelle, par ses prévenances incessantes, Silvia avait tellement subjugué la dame au voile vert, que celle-ci ne pouvait se passer d'elle. L'intimité était parvenue à un tel point qu'un soir Silvia, lui chantant une romance de cette voix fraîche et suave, qui naguère lui avait mérité tant de suffrages adulateurs :

— Vous chantez admirablement, mon enfant, dit la vieille qui avait écouté Silvia avec ravissement.

— Si j'avais un piano, ce serait bien plus agréable, on ne peut bien chanter sans accompagnement.

— C'est un clavecin que vous voulez dire, n'est-ce pas, mon enfant?

— Piano ou clavecin, mais si vous aimez cet instrument,

dit Silvia, je puis vous satisfaire sans qu'il vous en coûte rien, car j'en ai un chez mon pauvre père. Si vous voulez me permettre de lui écrire, et ensuite me promettre de faire ajouter à ma lettre quelques mots de recommandation par notre excellent vicaire, je suis persuadée que mon père daignera me pardonner et m'enverra mon piano. Oh! combien alors je serai heureuse près de vous, chère madame! Déjà vous vous êtes faite à ma figure, en me donnant les moyens de vous procurer d'agréables distractions, de charmer votre vieillesse, il me sera bien doux de penser que nous ne nous quitterons jamais.

— Je n'avais pas besoin de cette dernière preuve de dévouement, répondit la vieille; je suis prête à faire tout ce qui peut vous faire plaisir.

Silvia, enchantée de voir que son plan réussissait à merveille, écrivit le lendemain à son prétendu père une lettre apostillée par l'abbé Royer.

Une réponse favorable du père ne se fit pas longtemps attendre; elle était adressée à monsieur l'abbé Royer et ainsi conçue :

« Monsieur l'abbé,

« J'ai l'honneur de vous remercier de la bonté que vous avez eue de vous intéresser à ma fille et de la tirer de la malheureuse position où elle se trouvait, par suite des égarements de la fatale imprudence de sa jeunesse. Sa lettre m'a fait verser des larmes bien amères, mais, en présence du témoignage d'un homme de bien qui prêche et pratique tout à la fois les maximes de l'Évangile, je ne puis oublier que je suis père et je lui pardonne.

« Ma fille me demande son piano dans le but de procurer quelques moments agréables à sa maîtresse, je ne puis le lui refuser. Veuillez donc être assez bon, monsieur l'abbé, pour lui dire qu'elle le recevra très-incessamment, et parfaitement emballé, à l'adresse de M. Fleurus, rue Thérèse, numéro 25.

« J'ose espérer, monsieur l'abbé, que vous ne laisserez pas votre bonne œuvre incomplète, et que ma fille trouvera toujours près de vous cette protection éclairée et ces bons conseils qui l'ont enfin fait rentrer dans les voies du Seigneur.

« Recevez, monsieur l'abbé, avec l'expression de ma vive et sincère reconnaissance, les salutations respectueuses de

« Votre très-humble serviteur,

« FRANÇOIS DUFRESNE,

« Menuisier, rue Jeanne-d'Arc, à Orléans. »

On a deviné que cette lettre avait été pensée et écrite par Salvador et de Lussan, que le chemin de fer avait depuis quelques jours transportés à Orléans où ils avaient pris un logement sous le nom de François Dufresne.

L'abbé Royer s'empressa de communiquer cette réponse à Silvia : elle en fut si joyeuse qu'elle sauta au cou de la vieille dame et l'accabla de caresses. Celle-ci, de son côté, n'en était pas moins ravie; il lui semblait qu'une nouvelle ère allât s'ouvrir pour elle, et que les sons magiques de l'instrument tant désiré devaient la rajeunir et lui rendre la beauté et les grâces du bel âge!

Enfin, au bout de quelques jours, le piano arriva.

A la vue de la caisse qui le contenait, la vieille s'écria :

— Dieu! qu'il est grand, votre clavecin!

— Et lourd! dirent les deux vigoureux commissionnaires qui l'avaient apporté.

— Oh! oui, il est lourd, dit Silvia, car c'est un piano à queue et à six octaves, de la fabrique de Pleyel; c'est ce qu'il a fait de plus solide et de plus riche!

— Il paraît que l'expéditeur est un homme avisé tout de même, dit le père Fleurus, car il l'a fait emballer dans une caisse joliment solide, et à deux serrures encore!

— Tiens, c'est vrai, dit Silvia : je reconnais bien mon père à l'excès de ses précautions.

La vieille paraissait examiner tout cela avec une espèce de satisfaction; mais ce qui l'embarrassait, c'était de trouver une place pour loger l'énorme caisse sans tout bouleverser dans son appartement. Ne pourrait-on pas sortir le clavecin de la boîte, dit-elle, il tiendra moins de place, et on l'entrerait plus facilement.

— C'est vrai, dit le citoyen Fleurus, s'il y a *une* clef, on peut *l'ouvrir il médiatement,* tout de suite.

— Taisez-vous, monsieur le cuirassier, dit madame Fleurus, il faut donc que vous mêliez votre musique partout :

Le trop parler, monsieur, souvent nous est contraire;
Pour garder le silence il faut savoir se taire!

— Est-elle cocasse *mame* mon épouse! Va, j'ai le chic en fait d'instrument, moi *qu'ai tété* trois mois trompette dans les *curassiers*. Allons, mes amis, donnez-moi la clé, je vous ferai voir l'truc pour déballer un *cravezin*.

— Les clés? qui qui les a, les clés? dit l'un des commissionnaires à son camarade : est-ce toi, fiston? ousque tu les a fichées les clés? ◦

— Tiens, répondit l'autre, tu sais bien que je les ai données à Pierrot, il est capable de les avoir emportées chez le père Moulard, là *ous* qu'il loge à Charonne!

L'un de ces commissionnaires, il n'est peut-être pas nécessaire de le dire, n'était autre que Vernier les Bas-Bleus, revêtu ainsi qu'un de ses camarades (qui bien entendu ne connaissait pas le mot de l'énigme et qui avait consenti, moyennant une somme de deux cents francs, à jouer le rôle qui lui était imposé), du costume complet des enfants du Cantal.

Pendant le colloque des deux commissionnaires, maître Fleurus avait été chercher un gros marteau et un ciseau, et déjà il se mettait en devoir de forcer les serrures; mais Silvia se jeta sur lui en lui disant :

— Qu'allez-vous faire! malheureux Vandale? vous allez briser mon piano, le désaccorder pour toujours, et peut-être m'en donner pour deux cents francs de réparations! De grâce, madame, continua-t-elle en s'adressant à la vieille, ordonnez que l'on attende à demain; ce brave homme (indiquant l'un des commissionnaires) apportera la clef. Du reste, il faut un luthier pour déballer mon piano sans accident, et je ne pense pas qu'il y ait le moindre inconvénient à l'entrer jusqu'à demain dans la première pièce. Il faut le placer là, dit-elle en indiquant la place où elle voulait l'avoir.

La vieille ne s'y étant pas opposée, la caisse fut placée à l'endroit indiqué par Silvia, et tout le monde se retira satisfait, excepté pourtant le citoyen Fleurus, qui marmottait entre ses dents :

— En v'là *z'une de couleurrr* qu'ils y ont montée *zà* la vieille, c'est pour avoir un deuxième pourboire, les *faignants*, qui l'y apporteront les clés demain!

Il était bien trois heures de l'après-midi lorsque tout ceci fut terminé. Peu de temps après, la vieille et Silvia se mirent à dîner, et on pense bien qu'il ne fut question que du piano.

— Dieu, qu'il est grand! disait la vieille, je n'en ai jamais vu de cette dimension. Puis elle se levait et tournait à chaque instant autour de la caisse, l'examinait en tous sens, ajoutant : Voilà une boîte qui est bien faite, je n'en ai jamais vu de pareille.

— Mon père l'aura faite exprès, dit Silvia : c'est un homme qui ne fait que du solide en toutes choses.

La vieille s'en approcha encore une fois, l'examina de nouveau avec attention, puis la frappa de l'extrémité des doigts.

— Tiens, dit-elle, il me semble que j'ai entendu *queque* chose *grouiller*!

— Ce n'est rien, dit Silvia, c'est la vibration qui produit cet effet.

— *Queque* c'est *q'la* vibration? demanda la vieille.

Silvia eut assez de peine à faire comprendre l'effet de vibration qu'elle avait entendu.

— Nous allons finir de dîner, ma bonne mère, dit Silvia, puis ensuite je vous lirai le deuxième volume de l'ouvrage que nous avons commencé.

— Ah! oui, c'est gentil tout d'même ces histoires-là!... C'est des fables qui ne sont pas vraies, n'est-ce pas?... N'importe, j'aime bien tout d'même! — Tiens, il me semble que la caisse craque?

— Oui, c'est vrai, vous ne voulez pas, chère maman, la caisse a craqué; mais c'est l'effet du bois qui a changé d'atmosphère.

— Tiens, c'est du nouveau *l'arme aux sphères!* ça fait donc craquer le bois? Ah! mon Dieu, v'là qu'il craque encore plus fort! c'est comme mon buffet, qui craque si fort la nuit qu'il m'a éveillée plusieurs fois.

— Ce n'est rien, ce n'est rien, dit Silvia; tous les meubles sont sujets à cela lorsqu'ils ne sont pas parfaitement en équilibre. Ne nous occupons plus de cela, lisons.

Enfin neuf heures sonnèrent; la vieille se disposa à se coucher, mais lorsqu'elle voulut fermer la porte de sa chambre à double tour, comme elle en avait l'habitude, elle s'aperçut que la caisse était placée de manière à l'empêcher; force fut donc pour elle de se mettre au lit et de laisser les choses dans l'état où elles étaient, car à elles deux elles n'étaient pas assez fortes pour remuer la caisse, ni la changer de place. Après l'avoir embrassée et lui avoir souhaité le bonsoir, Silvia se retira dans sa chambre.

Laissons-les l'une et l'autre; nous ne tarderons pas à apprendre comment elles ont passé la nuit.

XLV

Drame.

La vieille est ensevelie dans le plus profond sommeil; Silvia, l'oreille attentive, vient à pas de loups et pieds nus s'en assurer.

La chambre où repose la vieille n'est éclairée que par la faible lumière d'une veilleuse; Silvia approche, elle plonge un indicible regard sur la victime :

— Elle dort, dit-elle, elle dort, mais c'est pour ne plus se réveiller!

Puis revenant précipitamment dans la pièce voisine, elle ouvre la caisse, il en sort deux hommes... Salvador et de Lussan!

Enfermés depuis plus de six heures dans cette espèce de cercueil, ils en sortent brisés et presque asphyxiés; mais grâce à un verre d'eau-de-vie que leur administre Silvia, ils ne tardent pas à se remettre et à retrouver l'énergie farouche et sanguinaire qu'exige l'accomplissement de leurs desseins.

Prêts à frapper, ils n'attendent que le signal de leur complice. Celle-ci retourne auprès de la vieille, qui dort toujours du plus profond sommeil...

Silvia appelle et guide du geste les deux assassins!

Rapides comme la pensée, ils se précipitent sur la malheureuse vieille, et l'étranglent sans qu'elle puisse pousser un gémissement!!!

— C'est fait! dit de Lussan.

— Oui, répond Salvador! cette *marraine* (1) là ne viendra pas *me tenir sur les fonts baptismaux* (2).

Sur la demande de Salvador, Silvia apporta une lumière; il voulait s'assurer si la vieille était bien morte; il l'approche de sa figure :

— Dieu de Dieu! s'écrie-t-il, c'est la mère Sans-Refus!

— Ma mère! dit Silvia : quoi! j'ai fait assassiner ma mère!...

— Comment? c'est la Sans-Refus, dit à son tour Lussan : voilà une aventure diabolique!...

Salvador et Lussan s'entre-regardaient sans mot dire, l'œil fixe, et comme atterrés par cette découverte!

— Ah bah! dit Silvia, à qui un si grand crime n'avait pas arraché une larme, *c'est un fait accompli*, il faut en subir les conséquences. Après tout, c'est une manière d'hériter tout comme une autre; un peu plus tôt, un peu plus tard, la succession ne pouvait manquer de nous venir.

— C'est vrai, dit Salvador, Silvia a raison.

Et ces trois monstres se serrèrent alors la main en signe d'acquiescement et de félicitation.

— Ne perdons pas un temps précieux, dit Lussan; procédons à la recherche de la cachette indiquée par mon cher confesseur.

En un instant ils eurent découvert la cachette que l'abbé Royer avait si indiscrètement indiquée, et s'emparèrent de tout ce qu'elle contenait!...

Trois heures du matin sonnaient comme finissait cette sanglante expédition; mais, pour sortir de là sans bruit, il fallait user d'adresse.

A cinq heures un quart, le père Fleurus, en homme vigilant, arriva dans la cour pour commencer son service quotidien. Fidèle à ses vieilles habitudes et gai comme un pinson, il sifflotait l'air de la *Carmagnole* et du *Ça ira*, comme aux belles journées de 93. Lorsque le jour fut venu tout à fait, Silvia l'appela par le petit guichet, et le pria d'aller de suite lui acheter un peu de fleurs d'oranger pour sa maîtresse qui, disait-elle, était incommodée.

— A quoi qu'c'est bon, vot'fleur d'orange? répondit-il : *faurait ben* mieux lui faire prendre une bonne goutte de Paul-Niquet (3) ou de 107 ans!

— Non, non, citoyen Fleurus, c'est de la fleur d'oranger

(1) Témoin.
(2) Déposer contre moi.
(3) Eau-de-vie commune provenant du trois six ou esprit-de-vin.

qu'il vous faut. Allez vite; tenez, voici de l'argent, vous garderez de quoi boire un verre de vin blanc pour votre peine.

— Vous êtes ben bonne, mamzelle ; mais je ne puis laisser
la maison seule en ce moment : on ne sait ce qui peut arriver,
l'ennemi est quéq'fois plus près qu'on ne pense. J'reste donc
à mon poste, à moins que mame Fleurus ne vienne me relever ; mais il n'est pas encore six heures, et ce n'est guère
qu'à neuf qu'elle se lève et descend dans la cour ; quand elle
sera arrivée je serai tout à vot' service.

— Ce vieil imbécile est capable de nous faire prendre comme
dans une souricière, dit Lussan.

— Si vous le faisiez entrer, dit tout bas Salvador à Silvia,
nous aurions bientôt la clé des champs.

— Excellente idée, dit Silvia.

Elle revient au guichet, appelle le père Fleurus et lui dit
que sa maîtresse désire lui parler et le prie de vouloir bien
entrer un instant chez elle.

— Ah ! pour ça, dit le rébarbatif portier, je suis t'à vos
ordres.

Puis comme Silvia avait toutes les clés, elle lui ouvrit la
porte, les deux brigands restèrent cachés derrière. Quand le
père Fleurus fut entré dans la première pièce, Silvia lui dit
qu'elle avait besoin d'un chaudron qui se trouvait sur un
rayon très-élevé dans la cuisine, et le pria de vouloir bien le
lui donner. Notre cuirassier, sans défiance, entre dans la cuisine, monte sur une chaise; mais au même moment la porte
est refermée sur lui à double tour, les trois complices disparaissent avec la rapidité de l'éclair !...

Le brave citoyen, tout ébahi, était loin de supposer le véritable motif de son emprisonnement; il ne s'en affectait
même pas le moins du monde, car il supposait que c'était
une mauvaise plaisanterie que lui faisait Silvia pour se venger
du refus qu'il lui avait fait un instant auparavant. Il en riait
donc d'assez bon cœur ; mais quand il vit que cela se prolongeait par trop longtemps, il appela :

— Aimée, Aimée, ouvrez-moi donc ! J'vous promets qu'une
aut' fois j'serai *pus gentil*. Voyons, ouvrez-moi vite, car *mame*
Fleurus me grondera si ma cour n'est pas en état de *propriété* quand elle va descendre ! Aimée, Aimée ? Tiens, pas de
réponse !... Attends, attends va, petite farceuse, tu me payeras
ça, je vas t'avoir bientôt fait d'*ouvert* la cage !

En effet, moitié riant, moitié grommelant, en moins de cinq
minutes il eut dévissé la serrure ; mais une fois sorti, il eut
beau chercher ; il ne vit personne.

— Diable, diable, dit-il, en v'là une sévère de farce,
quoiqu'ça *siguenfia* ?

Il cherche de nouveau, il appelle : personne ne répond.
Alors, voyant que la chambre de la vieille est ouverte, il entre :
quel spectacle ! Tout y est dans le plus grand désordre, le lit
est au milieu de l'appartement et ne renferme plus qu'un
cadavre ! ! !

— Savoyard de sort, dit-il : en v'là zune de *catatrofe* (1) ;
qu'est-ce va dire *mame* Fleurus? Mon Dieu, mon Dieu ! tout
est perdu, le diable est dans la maison !

Ce disant, il revient dans la première pièce, jette les yeux
sur la caisse ouverte, point de piano. Seulement il y voit
deux places artistement disposées et rembourrées, et les empreintes récentes dont elles conservent les traces en indiquent
l'usage. Plus de doute, les assassins ont été introduits dans
cette caisse par Aimée et elle a disparu avec eux !

— Au voleur ! à l'assassin ! crie le malheureux portier : A
moi, au secours !...

. . . .

. . . .

La police se livra à de longues et minutieuses recherches
mais vaines précautions, l'heure fatale n'avait pas encore
sonné pour ces trois scélérats !

Le jour qui suivit celui où l'assassinat de la malheureuse
Sans-Refus fut consommé, Salvador s'éveilla avec le soleil,
et arracha de Lussan et Vernier les Bas-Bleus au sommeil.
(Ce dernier avait passé la nuit dans le logement de la rue de
l'Ouest;) Sylvia dormait encore paisiblement. Salvador mena
ses deux complices dans la pièce voisine de la chambre à
coucher.

— Nous n'avons pas de temps à perdre, leur dit-il ; la police va mettre tous ses agents en campagne, et comme malheureusement la figure de Silvia est plus que remarquable,
il est probable que nous serons découverts si nous restons
ici : il nous faut donc quitter ce logement.

. (1) Il veut dire catastrophe.

— Quittons-le donc et mettons-nous en route, répondit le
vicomte de Lussan, nous avons de l'or, des papiers en règle...

— Nous ne pouvons en ce moment penser à nous mettre
en route. Je pense que nous devons laisser s'écouler un peu
de temps et nous confier dans quelque obscure retraite.

— Nous ferons, cher marquis, tout ce que vous jugerez
convenable; vous êtes aujourd'hui la sagesse et la prudence
elles-mêmes.

— Je suis bien aise que vous me rendiez cette justice ; car
vous ne songerez pas alors à blâmer la cruelle nécessité qui
vous force à abandonner notre amie.

— Comment abandonner la marquise, celle à qui nous devons le succès qui vient de couronner notre dernière entreprise ? Ah ! marquis !...

— Songez, vicomte, que la malheureuse Silvia est, à l'heure
qu'il est, si laide, si reconnaissable surtout, que le premier
individu peut fort bien dire en la voyant passer : Voilà la
femme qui a introduit les assassins chez la vieille de la rue
Thérèse.

— C'est vrai, s'écria Vernier les Bas-Bleus, je me range à
l'avis de Rupin.

— Laissons alors à la marquise, ajouta de Lussan, le quart
de ce que nous possédons.

— A quoi bon, reprit Salvador, le sort de la malheureuse
est fixé : elle sera prise avant qu'il ne se soit écoulé trois
jours, ajouta-t-il d'une voix piteuse; est-il donc nécessaire
qu'une partie de ce que nous avons eu tant de peine à gagner tombe entre les mains de la justice ?

— Au fait, reprit Vernier les Bas-Bleus, je n'en vois pas la
nécessité.

Le résultat de la conversation qui précède n'est pas difficile à deviner. Les trois bandits partirent, important l'or, les
bijoux et les billets de banque volés à la mère Sans-Refus;
ce ne fut que, pressés par les instances du vicomte de Lussan,
qu'ils se déterminèrent à laisser sur la commode deux billets
de banque de mille francs.

— C'est autant de perdu, avait dit Salvador en se déterminant à obéir à son complice : elle sera arrêtée lorsqu'elle
voudra les changer.

Nous n'essayerons pas de peindre la rage qui s'empara de
Silvia, lorsqu'elle eut acquis la certitude qu'elle avait été
abandonnée par son amant.

— Je devais m'y attendre, s'écria-t-elle en proie à la plus
sombre fureur. Je devais m'y attendre, il ne m'aimait que
parce que j'étais belle; mais je me vengerai.

Plusieurs jours s'étaient passés depuis la disparition de
de Lussan, de Salvador et de Vernier les Bas-Bleus, et Silvia
désespérait de parvenir à les découvrir, lorsqu'un soir elle vit
ce dernier qui se dirigeait vers les cabriolets qui stationnent
sur la place des Victoires ; il marchait en chancelant, son
teint était allumé, en un mot, il était ivre.

— Aux Batignolles, rue des Dames, n° 13, dit-il au cocher
dont il avait choisi le véhicule.

— Enfin ! se dit Silvia qui avait entendu ces mots, je les
tiens, j'en suis sûre ; mais, pour que ma vengeance soit complète, il faut qu'ils sachent que c'est à moi qu'ils devront
leur perte.

Silvia, réfléchissant aux moyens qu'elle devait employer
pour arriver au but de ses désirs, allait gagner la retraite
qu'elle avait choisie après avoir abandonné le logement de la
rue de l'Ouest, lorsqu'elle se trouva en face d'un homme qu'elle
connaissait depuis longtemps.

C'était Ronquetti, dit le duc de Modène.

Comme elle avait suivi avec assiduité le compte rendu par
les journaux des débats qui avaient amené la condamnation
de son amant et de ses complices, elle savait le rôle qu'y
avait joué cet homme qui, pour récompense des révélations
qu'il avait faites, avait obtenu la remise du restant de sa
peine, et était entré au service de la police à laquelle il savait
se rendre très-utile.

Elle l'aborda résolument.

— Vous êtes Ronquetti, le duc de Modène ? lui dit-elle.

— Pour vous servir si j'en suis capable, belle dame.

Silvia était assez élégamment costumée : un voile épais
couvrait son visage, et l'élégance de sa taille justifiait de reste
le compliment que venait de lui adresser son ancien amant.

— Vous êtes mouchard ? ajouta-t-elle.

Ronquetti voulut se fâcher.

— Ne vous mettez pas en colère, lui dit Silvia ; nous n'avons pas de temps à perdre en paroles inutiles : bornez-vous
à répondre à ma question. Vous êtes mouchard ?

— Je suis mouchard, vous l'avez dit.

— Vous ne me reconnaissez pas ?

Silvia entraîna Ronquetti sous un reverbère et leva son voile.

Ronquetti recula épouvanté.

— Je n'ai pas cet honneur, répondit-il.

— Je suis Silvia la cantatrice, ou plutôt la marquise de Roselly.

— Ah bah! en ce cas, ma chère amie, je vous arrête au nom de la loi ; vous avez à régler un petit compte avec M. le procureur du roi.

— Je sais cela.

— Vous êtes, à ce qu'il paraît, lasse de vivre. Au fait, je comprends cela, votre visage...

— Brisons, je vous prie. Je puis vous donner Salvador, de Lussan et Vernier les Bas-Bleus.

— Oh! faites cela, ma chère Silvia, et je vous promets que vous n'aurez pas sujet de vous plaindre de moi.

— Je le ferai, mais à une condition.

— Quelle qu'elle soit, elle vous sera accordée si toutefois elle est possible.

— Je veux être présente à l'arrestation de ces trois hommes.

— N'est-ce que cela ? Accordé, accordé, je vous le garantis.

Le lendemain, de grand matin, une nombreuse escouade d'agents de police envahissait une petite maison isolée de la rue des Dames, aux Batignolles, et pénétrait dans un appartement où elle trouvait les trois bandits que, jusqu'alors, elle avait vainement cherchés.

Salvador, de Lussan et Vernier se conformant à la détermination qu'ils avaient prise de ne pas se laisser arrêter vivants, firent une vigoureuse résistance ; ils tuèrent deux des agents chargés d'opérer leur arrestation ; la police, elle aussi, à ses champs de bataille, mais il fallut enfin qu'ils cédassent au nombre : Salvador, blessé au bras, de Lussan, qui avait reçu une balle dans la jambe, Vernier, horriblement maltraité, ne pouvaient plus faire de résistance ; on se jeta sur eux, ils furent garrottés et tout fut dit.

Lorsqu'ils se trouvèrent dans l'impossibilité de nuire, Silvia, qui, jusqu'à ce moment, s'était tenue à l'écart, s'approcha d'eux.

— C'est à moi que vous devez votre arrestation, dit-elle, je suis bien vengée, n'est-ce pas vrai ?

— Furie, s'écria Salvador, débarrasse-moi de ton odieuse présence.

— Ne vous mettez pas en colère, cher marquis, dit de Lussan, nous n'avons que ce que nous méritons, il faut le reconnaître ; nous ne devions pas abandonner notre amie.

— Elle montera à la butte (1) avec nous, notre amie, dit Vernier les Bas-Bleus, ça sera drôle.

— J'échapperai à l'échafaud, dit Silvia à Salvador, adieu, monsieur le marquis de Pourrières.

Elle porta à ses lèvres un petit flacon qui contenait de l'acide prussique, et tomba sur le carreau comme frappée de la foudre.

— Elle est allée retenir nos places là-haut, dit Vernier les Bas-Bleus ; bon voyage !

Salvador voulut s'emparer du flacon dont Silvia venait de se servir, mais il en fut empêché par les agents de police.

Les trois complices furent de suite conduits à la Conciergerie, et des ordres furent donnés pour qu'ils fussent gardés à vue ; le nouveau procès qu'il fallut leur faire ne fut pas long ; on n'avait en quelque sorte qu'à constater leur identité, et d'ailleurs, ils ne songèrent pas à nier le nouveau crime dont ils s'étaient rendus coupables depuis leur évasion.

Enfin, le soleil, qui devait éclairer le jour où ils allaient recevoir la juste récompense due à leurs crimes, se leva.

De Lussan, dès le matin, s'était fait couper les cheveux aussi courts que possible; il avait arraché lui-même le collet de sa chemise, enfin, sa toilette était faite.

— Vous le voyez, maître, dit-il au bourreau lorsque ce fonctionnaire s'approcha de lui; je suis prêt pour la cérémonie, vous n'aurez donc pas besoin de poser votre main sur moi.

Après avoir achevé sa toilette, de Lussan, excellent catholique, comme on sait, se confessa et communia avec une dignité et un recueillement très-remarquables; après avoir rempli tous ses devoirs, il fut gai et plaisant comme toujours; il envisageait la mort sans effroi.

Salvador qui, d'abord, avait voulu faire le frondeur, qui avait repoussé les consolations de la religion, ne put résister

(1) L'échafaud.

aux exhortations du vénérable aumônier des prisons et à l'exemple de son complice, qui parvint à le décider à finir en chrétien, ce qu'il fit, en effet.

Ce scélérat se confessa avec une abondance et une sincérité de cœur que l'on dut croire véritables; il fit même l'aveu d'un crime dont les hommes ne lui avaient pas demandé compte; il confessa l'assassinat commis sur la personne du malheureux serviteur de la maison de Pourrières, d'Ambroise, qui, ainsi qu'on se le rappelle, trouva une mort si cruelle dans les ravins qui bordent le parc du vieux château, et après avoir reçu l'absolution, il reprit sa gaieté naturelle, et, de ce moment à quatre heures, il causa avec le bon prêtre et son complice, avec une lucidité et une aisance véritablement remarquables.

Le repentir manifesté par ces deux hommes, qui moururent avec un courage calme et sans forfanterie, fut-il sincère ou ne fut-il qu'une dernière comédie jouée par eux pour se divertir aux dépens de ceux qui regrettaient de voir se terminer sur l'échafaud leur carrière qui aurait pu être brillante s'ils avaient bien employé les nombreuses facultés dont ils étaient doués, c'est un secret entre Dieu et eux.

A Dieu seul le privilège de lire dans les cœurs.

ÉPILOGUE.

Et maintenant, le lecteur va sans doute vouloir que nous lui apprenions ce que devinrent, après les événements que nous venons de rapporter, ceux des personnages de cette histoire, dont nous n'avons pas parlé dans les derniers chapitres qu'il vient de lire. Nous allons donc, avant de prendre congé de lui, satisfaire un désir que nous aurions été bien fâché de ne point entendre manifester.

A quelques portées de fusil de Senlis, bien loin de la grande route, au milieu d'une belle prairie, semée de bouquets d'arbres, il existe un joli petit village, nommé Saint-Léonard ; à quelques pas de ce village est un noble et vieux château que ses nouveaux propriétaires viennent de faire réparer, et dans lequel ils ont réuni tout ce qui peut contribuer à faire chérir la vie des champs : des livres, des tableaux, de la musique. Non loin du château, à l'entrée du village de Saint-Léonard, est une jolie maison bourgeoise, dont la façade est ornée de quelques pieds de vigne vierge. Le château est habité par sir Lambton, Laure et son mari, la maison sert de retraite à Edmond de Bourgerel, à sa femme et à Lucie. La bonne madame de Saint-Preuil est morte entre les bras de ses enfants, heureuse de laisser sa chère nièce unie à un homme estimable.

Laure ne pouvant se résoudre à vivre loin de son amie, qui, ainsi qu'on l'a vu, s'était réfugiée chez Eugénie, que parce qu'elle avait deviné que sir Lambton ne voudrait pas qu'elle s'aperçût que sa fortune n'était plus ce qu'elle avait été, a voulu que son oncle vendît la propriété de Guermantes, et qu'il vînt se fixer à Saint-Léonard, et comme ses désirs n'ont jamais cessé d'être des ordres, sir Lambton et Servigny se sont empressés de lui obéir.

La plus étroite amitié unit Servigny et Edmond de Bourgerel, doués tous deux du plus noble caractère; Edmond est, de plus, un infatigable joueur de billard, ce qui plaît fort à sir Lambton, qui achève tranquillement sa vie, entouré d'êtres vertueux, et de trois beaux et joyeux enfants, qui bientôt ne lui laisseront pas le temps de regretter la vieille Angleterre.

Deux de ces enfants appartiennent à Laure et à Servigny, le troisième est celui d'Edmond et d'Eugénie. Il y a tout lieu de croire qu'ils ne feront pas mentir le vieux proverbe : tel père tel fils, ils paraissent doués des plus aimables qualités du cœur et de l'esprit, qualités qui, grâce à l'excellente éducation qu'ils reçoivent, deviendront avec l'âge des vertus solides.

Le bon abbé Renzet visite souvent la petite colonie, qui vit heureuse à Saint-Léonard, il amène quelquefois avec lui un jeune avocat de ses parents, qui a déjà conquis une certaine réputation ; ce jeune homme n'a pu voir, sans l'aimer, la douce Lucie, et nous croyons bien que cette aimable femme ne le voit pas sans éprouver un certain plaisir ; si jamais il devient l'époux de Lucie, nous sommes certain qu'il lui fera oublier toutes les peines qu'elle a supportées.

La mère de Beppo, après la mort de son fils, est retournée en Provence, elle a emmené Georgette avec elle ; cette bonne femme a revu avec plaisir ses compatriotes, le ciel bleu de la belle Provence, et les grèves sablonneuses de la Méditerranée ; nous croyons cependant qu'elle ne vivra pas longtemps ; mais les soins affectueux de Georgette, qui est devenue une très-honnête fille, et qui épousera probablement un pêcheur qui ne lui demandera pas un compte trop sévère de son passé, adouciront ses derniers instants.

Paolo est encore au service du général comte de Morengy, qui s'est fixé en Savoie, dans une jolie villa, près de la vallée de Chamouny ; le général comte Morengy n'a fait que passer sous les yeux de nos lecteurs, nous leur dirons peut-être plus tard les raisons qui déterminèrent ce brave militaire à quitter sa patrie, que cependant il aimait autant que nous aimons notre dernière maîtresse.

Mathéo terminera ses jours à l'abbaye de la Meilleraye ; frère Eugène (c'est le nom de religion du docteur Mathéo) est de tous les trappistes celui qui s'est imposé les pénitences les plus rudes. Dieu, nous aimons à le croire, daignera laisser tomber un regard de commisération sur ce pauvre pécheur, qui trouvera, dans un monde meilleur, le repos qu'il n'a pu rencontrer ici-bas.

Les individus que nous avons souvent rencontrés chez la mère Sans-Refus ; Charles la Belle-Cravate, Grand-Louis, Cornet tape-dur, Robert, Cadet-Vincent, Mimi, Lenain, Dejean la main d'or, Petit-Crépine, Biscuit, Lasaline, et les autres, ont reçu la punition due à leurs crimes : les uns sont dans les maisons centrales, les autres au bagne où ils termineront probablement leur existence. Le Grand-Louis et Charles la Belle-Cravate, on le sait déjà, sont du nombre de ces derniers, ces deux misérables ont été condamnés aux travaux forcés à perpétuité.

Cadet-Filou, Coco Lardouche et Cadet l'Artésien, ces trois vénérables représentants de l'ancienne *pègre*, sont morts en regrettant les us et coutumes du temps passé, c'est dire qu'ils sont morts en état d'impénitence finale. Messire Satan a dû, lorsqu'ils sont arrivés dans son ténébreux séjour, leur faire une bien magnifique réception.

Fanfan la Grenouille, de voleur devenu agent de police, n'a pas su faire un bon usage des dix mille francs que la mère Sans-Refus lui donna, et il favorisait son évasion. Après avoir dépensé cette somme en folles orgies, Fanfan la Grenouille se trouva un beau matin sans ressources sur le pavé du roi, force lui fut alors de reprendre son ancien métier ; mais comme il avait, pendant une longue oisiveté, à peu près perdu la plupart de ses facultés, il se laissa prendre la main dans le sac, et il alla rejoindre en prison tous ceux qu'il y avait fait entrer, triste retour des choses d'ici-bas !

Vernier les Bas-Bleus, pris ainsi qu'on l'a vu avec Salvador et de Lussan, les a accompagnés sur l'échafaud ; ce misérable n'a pas suivi l'exemple de ses deux complices, il est mort ainsi qu'il avait vécu.

De Préval prit un peu tard la résolution de vivre désormais en honnête homme, il rassembla tous ses capitaux, qu'il convertit en inscription de rentes sur l'État, et il se trouva à la tête d'un revenu d'environ cinq mille francs ; c'était plus qu'il n'en fallait pour mener bonne et joyeuse vie dans une petite ville de province, et telle était, en effet, l'intention de Préval, mais le diable, qui ne veut pas que ses féaux fassent souche d'honnêtes gens, lui réservait un tour de sa façon : de Préval rentrant chez lui à une heure avancée de la nuit, la veille du jour qui devait éclairer son départ de Paris, se trouva par hasard devant un malheureux auquel il avait gagné, à l'écarté, une somme très-considérable ; cet individu avait acheté quelques heures auparavant une paire de pistolets, avec lesquels il voulait se faire sauter la cervelle, ils étaient tout chargés, et il se rendait aux Champs-Élysées, afin de se tuer à son aise, lorsqu'il rencontra de Préval ; la vue de celui qu'il accusait, non sans raison, de sa ruine, alluma dans son sein une furieuse colère, et comme, lorsque l'on est bien déterminé à se tuer, on ne craint guère les suites d'une action désespérée, il déchargea l'un de ses deux pistolets dans la poitrine du pauvre de Préval.

— Tu ne voleras plus personne, dit-il lorsque le malheureux Grec tomba à ses pieds.

A la naissance du jour, deux cadavres furent relevés, l'un rue Monsigny, derrière la salle Ventadour, l'autre aux Champs-Élysées.

Minu est toujours belle ; un prince valaque est amoureux d'elle, et comme la courtisane, en ce moment follement éprise d'un mauvais sujet qui la bat et qui la quittera lorsqu'il l'aura ruinée, ne veut pas prêter l'oreille aux tendres discours du noble Slave, il est présumable que, plus tard, elle sera princesse — quant à la lorette, elle vient de se retirer du monde ; elle a épousé un riche négociant de province, auquel elle a fait croire qu'elle était très-vertueuse ; elle habite actuellement une petite ville dont tous les habitants vantent la dignité de ses manières et la pureté de ses mœurs.

Quant à Félicité Beauperthuis, cette pauvre fille, plus malheureuse que coupable, est morte dernièrement à l'hôpital de la Charité. Son corps fut, suivant l'usage, porté à la salle de dissection ; on nous a dit que lorsque le drap qui la couvrait fut levé, un ancien chirurgien major de régiment, nommé depuis peu de temps chef de l'un des services de l'hôpital de la Charité, se trouva presque mal et qu'il sortit de la salle en se cachant le visage entre ses mains, ce qui fit beaucoup rire messieurs les étudiants qui se trouvaient là.

Ces messieurs, à ce qu'il paraît, retrouvent très-souvent sur les tables de marbre de l'amphithéâtre les malheureux objets de leurs passagères amours.

Coralie, la danseuse, malgré le vol commis à son préjudice par de Lussan et ses complices, est toujours la plus délicieuse créature qui se puisse imaginer ; elle ruine ses adorateurs, c'est vrai, mais elle ne les trompe pas ! Elle ne promet à personne un amour qu'elle est incapable de donner : « elle vend des sourires, des œillades et de doux propos, » et c'est peut-être parce qu'elle offre de rendre l'argent à ceux qui ne trouveraient pas la marchandise de bonne qualité, qu'elle ne manque jamais d'acheteurs ; elle dit, à qui veut l'entendre, qu'elle quittera le théâtre lorsqu'elle possédera cinquante mille livres de rente, et que, si elle n'épouse pas un diplomate, elle se fera dévote et gardienne si vigilante des bonnes mœurs, qu'elle chassera de chez elle celles de ses servantes qui ne sauront pas résister aux doux propos des lovelaces de l'antichambre.

Et maintenant, cher lecteur, que nous sommes arrivé au bout d'une assez longue carrière, nous vous rappellerons ce que nous vous avons dit au commencement de cet ouvrage, que, lorsque nous nous sommes déterminé à l'écrire, nous voulions prouver ceci : « Que les fautes les plus légères ont presque toujours des suites déplorables, que souvent les crimes sont punis l'un par l'autre, que les conséquences de toutes les liaisons qui ne sont pas fondées sur la vertu sont toujours déplorables, qu'il n'est pas de chutes dont on ne puisse se relever, lorsque l'on a du courage... »

FIN

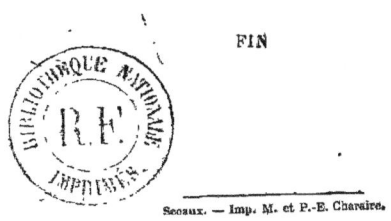